經學研究叢書・經學史研究叢刊

詩經纂箋

中

蔡宗陽　著

目 次

小雅

小雅

　　小雅，多半是燕饗詩、祭祀詩、批評朝政詩，尚有部分詩篇內容、形式與〈國風〉相似。雅是西周王都鎬（音浩，ㄏㄠˋ）京一帶的詩歌，凡七十四篇。

鹿鳴之什

一　鹿鳴

　　呦呦鹿鳴，食野之苹。我有嘉賓，鼓瑟吹笙。吹笙鼓簧，承筐是將。人之好我，示我周行。

　　呦呦鹿鳴，食野之蒿。我有嘉賓，德之孔昭。視民不恌，君子是則是傚。我有旨酒，嘉賓式燕以敖。

　　呦呦鹿鳴，食野之芩。我有嘉賓，鼓瑟鼓琴。鼓瑟鼓琴，和樂且湛。我有旨酒，以燕樂嘉賓之心。

注釋　〈鹿鳴〉，取首章首句「呦呦鹿鳴」的「鹿鳴」為篇名。

原文　呦呦鹿鳴¹，食野之苹²。我有嘉賓³，鼓瑟吹笙⁴。吹笙鼓簧⁵，承筐是將⁶。人之好我⁷，示我周行⁸。

注釋

1　呦呦鹿鳴，當作「鹿鳴呦呦」，是兼有押韻的肯定句倒裝。詳見附錄：《詩經》倒裝的三觀。呦呦，音悠悠，ㄧㄡ　ㄧㄡ，鹿鳴的和聲。毛

《傳》：「呦呦，鹿得苹，呦呦然鳴而相呼。」許慎《說文解字》：「呦，鹿鳴聲也。」朱守亮《詩經評釋》：「鹿鳴呦呦然，和樂之象也。」

2　食，吃。野，《爾雅・釋地》：「邑外謂之郊，郊外謂之牧，牧外謂之野，野外謂之林。」之，連詞，「的」之意。楊樹達《詞詮・卷五》：「之，連詞，與口語『的』相當。按：（馬建忠）《馬氏文通》以下文法諸書，均謂此『之』字為介詞，今定為連詞。說評附錄〈論之的二字之詞性〉。」苹，音平，ㄆㄧㄥ，毛《傳》：「苹，萍也。」鄭玄《箋》：「苹，藾蕭。」余培林《詩經正詁》：「毛、鄭之訓，皆見《爾雅・釋草》，然萍生水中，非鹿所食，且郭璞注曰：『苹，藾蒿也。』正與《詩》二章『食野之蒿』詞義一例，故鄭氏之說較勝。」此說是也。陸璣《毛詩草木鳥獸蟲魚疏》：「葉青白色，莖似箸而輕脆，始生者可生食，又可蒸食。」陳奐《詩毛氏傳疏》：「鹿鳴食野草，以興君燕群臣。」

3　我有嘉賓，是有無句。有無句的特色：（一）包括主語、述語、賓語，與敘事的類似。（二）有無句的述語一定是「有」或「無」，敘述句的述語，不一定是「有」或「無」。我，是主語。有，是述語。嘉賓，是賓語。詳見蔡宗陽《國文文法・第六章單句的類型》。嘉，善。嘉賓，佳賓、貴賓。嘉賓，有二解：（一）朱熹《詩集傳》：「賓，所燕之容，或本國之臣，或諸侯之使也。」（二）姚際恆《詩經通論》：「超額，即群臣。」按余培林《詩經正詁》：「此天子燕群臣之詩，所謂『嘉賓』，當指群臣。」

4　鼓，本是名詞，此當動詞，「彈」之意。鼓瑟，彈瑟。笙，樂器名，用竹和匏製成。詳見程俊英、蔣見元《詩經注析》。余培林《詩經正詁》：「鼓瑟吹笙，所以致歡迎之意，且娛樂嘉賓也。」

5　簧，毛《傳》：「簧，笙也。吹笙而（則）鼓簧矣。」許慎《說文解字》：「笙中簧也。」四句「吹笙」與五句「吹笙」，是修辭學的頂針，又名頂真。

6　承筐是將，當作「將承筐」，是兼有押韻的肯定句倒裝。詳見附錄：《詩經》倒觀的三觀[1]。是，結構助詞，又名語中助詞。楊樹達《詞詮・卷五》：「是，語中助詞，外動詞之賓語倒置於外動詞之前時，以『是』字居二者之中助之。如《書・蔡仲之命》：『皇天無親，惟德是輔。』」陳霞村《古代漢語虛詞類解》解：「是，結構助詞，用講前賓語和動詞之間，幫助賓語前置，構成『前置賓語＋助詞＋動詞』格式。」承，捧上。鄭玄《箋》：「承，猶奉也。」奉，是捧的古字。奉、捧是古今字。筐，筥屬，盛幣帛的竹器。毛《傳》：「筐，筥屬，所以行幣帛也。」鄭玄《箋》：「飲之而有幣酬幣也；食之而有幣，侑幣也。」將，行、送。朱熹《詩集傳》：「將，行也。奉筐而竹幣帛，飲則以酬賓送酒，食則以侑賓勸飽也。」余培林《詩經正詁》：「筐所以盛幣帛。古天子或諸侯於燕饗之衰落中，往往以幣帛贈送賓客，致其款誠之意，以勸賓客多用酒食，而得興也。」

7　人，指嘉賓。之，結構助詞，又名語中助詞，無意義。詳見楊樹達《詞詮・卷五》。段德森《實用古漢語虛詞》：「之，結構助詞，用在主謂結構之間。『之』用在主謂結構之間，最為常見，它的作用是強調主語與謂語之間的關係，延宕語氣。」好，本是形容詞，此當動詞，「愛好」之意。我，指天子或諸侯。

8　示，告訴、指明。周行，至道、大道、正道，比喻治國之大道。毛《傳》：「周，至。行，道也。」朱熹《詩集傳》：「周行，大道也。」孔穎達《毛詩正義》引王肅：「夫飲食以饗之，琴瑟以樂之，幣帛以將之，則能好愛我。好愛我，則示我以至美之道矣。」朱守亮《詩經評釋》：「言庶幾乎人之能愛於我，示我以至美應行之至道正途也。」

1　見蔡宗陽：《詩經纂箋》（臺北市：萬卷樓圖書公司，2013年10月），頁539-551。（以下僅註篇名，不另註出版項）

押韻 一章鳴、苹、笙，是 12（耕）部。簧、將、行，是 15（陽）
部。耕、陽二部，是旁轉而押韻。

章旨 一章描述國君以禮樂與幣帛，善待嘉賓，盼望群臣協助朝政。

作法 一章兼有比喻（譬喻）、頂針（頂真）而觸景生情的興。

原文 呦呦鹿鳴，食野之蒿 1。我有嘉賓，德之孔昭 2。視民
不恌 3，君子是則是傚 4。我有旨酒 5，嘉賓式燕以敖 6。

注釋

1 蒿，音嚆，ㄏㄠ，青蒿，又名方潰、犰蒿、香蒿。詳見余培林《詩經正
詁》。李時珍《本草綱目》：「青蒿、生華陰川澤，處處有之，即今青
蒿，人亦取雜香菜食言主治、治留熱在骨節閒，明目，婦人血氣，腹內
滿，及冷熱久痢。」

2 聲音，有三解：（一）聲名。余培林《詩經正詁》：「此『德音』，仍應如
〈有女同車〉：『德音不忘』，〈南山有臺〉：『德音不已』、『德音是茂』之
『德音』，訓為『聲名』。」（二）言語。嚴粲《詩緝》、屈萬里《詩經詮
釋》皆訓為「言語」。余培林以為「言語」清明，無是稱道。（三）德性
與言語。于省吾《澤螺居詩經新證》謂此處本應作「德言，即人內在之
德性與外在之言語。」孔，甚、非常。昭，明。鄭玄《箋》：「孔，甚。
昭，明。」

3 視，古「示」字。就訓詁學言，視、示，古今字。視是古字，示是今
字。就文字學言，示是本字，視是後起字。視，顯示。恌，音挑，ㄊㄧ
ㄠ，《韓詩》作「佻」，偷薄、不厚道。朱熹《詩集傳》：「恌，偷薄
也。」視民不恌，有二解：（一）余培林《詩經正詁》：「謂顯示於民
者，無輕薄之態。」（二）糜文開、裴普賢《詩經欣賞與研究》：「視，
對待。恌，音挑，ㄊㄧㄠ，同『佻』，鄙賤。此句謂『看待人民不輕
賤』，即尊重人民。」

4 君子，有二解：（一）指有官爵者。屈萬里《詩經詮釋》：「君子，《詩經》中之君子，多指有官爵者言。」（二）指一般貴族。程俊英、蔣見元《詩經注析》：「君子，指一般貴族。是，代詞，指嘉賓。則，法則、榜樣。傚，三家，《詩》或作『效』，效法、學習。」朱熹《詩集傳》：「言嘉賓之德音甚明，足以示民使不偷薄，而君子所當則效。」按：屈萬里《詩經詮釋》：「則、傚，皆效法也。」是，此，指示代詞，表示近指，指嘉賓。楊樹達《詞詮‧卷五》：「是，指示代名詞，此也。」段德森《實用古漢語虛詞》：「『是』和『此』，都是同音系的指示代詞，表近指，可是指代人。」則、傚，就文法言，是意謂動詞，「以……為則、傚（效法）。許世瑛《常用虛字用法淺釋》：「以……為……」，有『致使』（見於事實）和『意謂』（存於心中）兩種意思。含致使之意的「以……為……」和白話的『拿、用……當、做……』相當。……含意謂之時的『以……為……』和白話的『把……當……』或『覺得……是……』相當。」此當「意謂」動詞，存於心中。許世瑛《中國文法講話》將意謂動詞和致使動詞分為兩類。《常用虛字用法淺釋》意謂動詞，「以……為……」僅有一類，另將「致使動詞」，獨立成一類，又名役使動詞，簡稱使動詞，如〈關雎〉「友之」，使之友；「樂之」，使之樂，皆是致使動詞。詳見附錄：《詩經‧周南‧關雎》分章與詮詁的辨析[2]。

5 我有旨酒，是文法的有無句。我，是主語：「有」，是述語，「嘉賓」是賓語。詳見蔡宗陽《國文文法》。旨，美好。許慎《說文解字》：「旨，美也。」

6 式，音節助詞。陳霞村《古代漢語虛詞類解》：「『式』用在動詞、形容詞之前，只在《詩經》使用。」按：式，是單音節的名詞、動詞、副詞

---

2 見蔡宗陽：《詩經纂箋》（臺北市：萬卷樓圖書公司，2013年10月），頁517-526。（以下僅註篇名，不另註出版項）

之前,增加一個音節,而無實義。燕,同「宴」,宴飲。敖,古「遨」
字。敖、遨,是古今字。敖是古字,遨是今字。遨,遊樂。毛《傳》:
「敖,遊也。」余培林《詩經正詁》:「『式……以……』,為《詩經》中常
見之套語,其用與『既……且……』相似,其下二字多為形容詞,且意
甚相近,〈南有嘉魚〉:『式、燕以樂』、『式燕以衎(音看,ㄎㄢˋ,和樂
之意)』,〈車舝〉:『式燕且喜』、『式燕且譽』,可以為證。」此言甚諦。

押韻 二章蒿、照、恌、傚、敖,是 19(宵)部。

章旨 二章陳述嘉賓德音甚美,因此人君以酒食款待嘉酒的情形。

作法 二章兼有比喻(譬喻)而觸景生情的興。

原文 呦呦鹿鳴,食野之芩 [1]。我有嘉賓,鼓瑟鼓琴 [2]。鼓瑟
鼓琴,和樂且湛 [3]。我有旨酒,以燕樂嘉賓之心 [4]。

注釋

1 芩,音琴,ㄑㄧㄥˊ,蒿,青蒿。又名草蒿、方潰、犰蒿、香蒿。詳見
余培林《詩經正詁》。陸璣《毛詩草木鳥獸蟲魚疏》:「芩,莖如釵股,
葉如幻蔓,生澤中下地鹹處,為草貞實,牛馬亦喜食。」陸德明《經典
釋文》引《說文》:「芩,蒿也。」馬瑞辰《毛詩傳箋通釋》:「芩,草
也。」

2 四句、五句,連用兩次「鼓瑟鼓琴」,這是類疊(複疊)疊句,具有增
強語勢,渲染氣氛的作用。

3 湛,音沉,ㄔㄣˊ,盡興。毛《傳》:「湛,樂之久。」程俊英、蔣見元
《詩經注析》:「湛,本字為媅(同妉,音單,ㄉㄢ),樂也。」《爾雅·
釋詁》:「媅,樂也。」《說文》:『媅,樂也。』盡興的意思。或假借作
耽。」

4 燕,安樂。毛《傳》:「燕,安也。」朱守亮《詩經評釋》:「句言燕飲
之,使嘉賓心感娛樂。」朱熹《詩集傳》:「言安樂其心,則非養其體,

娛其外而已。蓋所以致其慇懃之厚，而欲其教示之無已也。」按：「燕樂嘉賓」，當作「使嘉賓燕樂」，「燕樂」，是致使動詞、役使動詞、使役動詞，簡稱使動詞。詳見許世瑛《中國文法講話》。

押韻 三章芩、琴、琴、湛、心，是 28（侵）部。

章旨 三章敘述人君以禮樂酒食，款待嘉賓，使嘉賓安樂。

作法 三章兼有比喻（譬喻）、頂針（頂真），而觸景生情的興。

研析

　　全詩首、末二章兼有比喻（譬喻）、頂針（頂真）而觸景生情的興，二章兼有比喻（譬喻）而觸景生情的興。

　　余培林《詩經正詁》：「一章寫詩嘉賓之厚，『鼓瑟吹笙』、『承筐是將』，即具體寫之也。二章寫嘉賓之美，在於『德音孔昭。視民不恌』──此二句亦在補出上章『周行』之實。末章總結前二章，寫君臣和睦，上下無間。」方玉潤《詩經原始》：「嘉賓即群眾，以名分言曰臣，以禮意言曰賓。文武之待群臣，如待大賓，情意既洽而節文又敬，故能成一時盛治也。至其音節，一片和平，盡善盡美。」洵哉斯言。

二 四牡

四牡騑騑，周道倭遲。豈不懷歸？王事靡盬，我心傷悲。
四牡騑騑，嘽嘽駱馬。豈不懷歸？王事靡盬，我遑啟處。
翩翩者鵻，載飛載下，集于苞栩。王事靡盬，不遑將父。
翩翩者鵻，載飛載止，集于苞杞。王事靡盬，不遑將母。
駕彼四駱，載驟駸駸。豈不懷歸？是用作歌，將母來諗。

注釋 〈四牡〉，取首章首句「四牡騑騑」的「四牧」為篇名。

篇旨 季本《詩說解頤》：「同之征夫勞於王事，王得歸而思其父母，
故作此詩也。」〈詩序〉：「〈四牡〉，勞使工匠之來也。」細觀
詩文，有「王事」、「懷歸」，當是征人思歸之作，與〈唐風‧
鴇羽〉相類。詳見余培林《詩經正詁》。

原文 四牡騑騑 [1]，周道倭遲 [2]。豈不懷歸 [3]？王事靡盬 [4]，我
心傷悲 [5]。

押韻 一章騑、歸、悲，是 7（微）部。遲，是 4（脂）部。微、脂
二部，是旁轉而押韻。

注釋

1 四牡，駕車的四匹雄馬。騑騑，音非，ㄈㄟ ㄈㄟ，有二解：（一）馬疲
倦的樣子。《廣雅》：「疲也。」（二）行不止的樣子。毛《傳》：「行不止
之貌。」按：馬行不止，則疲憊不堪。

2 周道，大道，如〈周南‧卷耳〉：「寘彼周行。」朱熹《詩集傳》：周
道、周行，大道。屈萬里《詩經詮釋》：「蓋周之國道，引申其義，猶言
大道也。」倭，音威，ㄨㄟ。倭遲，即逶迤，道路迂迴彎曲遙遠的樣
子。毛《傳》：「歷遠之貌。」朱熹《詩集傳》：「回遠也。」

3　豈不懷歸，這是修辭學設問中「問而不答」的激問，又名反詰，答案在
問題的反面。豈，難道。懷，思念。懷鄉，思念回家鄉。「懷歸」，是全
詩的主題。

4　王事，猶〈邶・北門〉：「王事適我」之「王事」，為天子從事戰伐之
事。靡，非，不，無。盬，音ㄍㄨˇ，止息。

5　我心傷悲，當作「我心悲傷」，這是兼有押韻的肯定句倒裝。詳見附
錄：《詩經》倒觀的三觀。

章旨　一章敘述下人自詠勞苦，久不得歸，而懷念其父母，心為之悲
傷的情況。

作法　一章兼有設問、倒裝、類疊（複疊）而平鋪直敘的賦。

原文　四牡騑騑，嘽嘽駱馬 [1]。豈不懷歸？王事靡盬，我遑啟
處 [2]。

押韻　二章騑、歸，是 7（微）部。馬、盬、處，是 13（魚）部。

注釋

1　嘽嘽，音貪貪，ㄊㄢ ㄊㄢ。毛《傳》：「嘽嘽，喘息之貌。」馬勞則喘
息。屈萬里《詩經詮釋》：「此當與〈杕杜〉之『嘽嘽』、〈采芑〉之『嘽
嘽』同義，蓋形容聲之盛，〈杕杜〉、〈采芑〉形容車聲；此形容馬行聲
也。」屈氏之說是也。朱熹《詩集傳》：「嘽嘽，眾盛之貌。」亦通。
駱，音洛，ㄌㄨㄛˋ，白馬黑鬣、身白、尾黑的馬。許慎《說文解字》：
「駱，馬白色黑鬣尾也。」

2　不遑，沒有閒暇。毛《傳》：「遑，暇。」啟，跪。處，居。毛《傳》：
「啟，跪。處，居也。」古人席地而坐，坐時兩膝著地，臀部貼在足
跟，臀部不著足跟為跪，跪而聳身直腰為跽。啟，是「跪」的假借。

章旨　二章描述征人在道路奔馳，無法過平靜安居而從容的生活。

作法　二章兼有設問、類疊（複疊）而平鋪直敘的賦。

原文 翩翩者雉[1]，載飛載下[2]，集于苞栩[3]。王事靡盬，不遑
將父[4]。

押韻 三章下、栩、盬、父，是13（魚）部。

注釋

1 翩翩，音偏偏，ㄆㄧㄢ ㄆㄧㄢ，疾速飛動的樣子。這是疊字衍聲複詞。
者，指示代詞，「的」之意。楊樹達《詞詮‧卷五》：「者，指示代名
詞，兼代人物。代人可譯為『人』；代事物可譯為『的』。」雉，音追，
ㄓㄨㄟ，鵻、夫不、浮鳩、鵖鴀、鵴鳩、楚鳩、祝鳩、鷦鳩、鶻鳩、小
鳩、勃姑。毛《傳》：「雉，夫不也。」《爾雅‧釋鳥》鳩鳩：「佳，鵖
鴀。」郭璞注：「今雉鳩。」邢昺引李巡曰：「今楚鳩。」王闓運《詩經
補箋》：「雉，祝鳩，今鵓也。」陸德明《經典釋文》：「夫，字又作鵖。
不，字又作鴀。《草木疏》云：『夫不，一名浮鳩。』」程俊英、蔣見元
《詩經注析》：「雉，鵻。陸璣：『今小鳩也。』毛《傳》稱為『夫不』，
今名勃姑。皆取其鳴聲為名。」

2 載……載……，又……又……。這是類疊（複疊）的類字。載，助詞。
段德森《實用古漢語虛詞》：「載……載……，成對用在並列的兩個動詞
或形容詞之間，有一定關聯作用，譯為『又……又……』或『一邊……
一邊……』。」載，飛載下，又飛上又飛下。就修辭言，是互文。原作
「載飛載下」，當作「又飛（上）又（飛）下」。

3 集，止棲。于，於、在。苞，豐茂。《爾雅‧釋詁》：「苞，茂、豐也。
栩，音許，ㄒㄩˇ，杼（音住，ㄓㄨˋ，織布機上橫織之木）。《爾雅‧
釋木》：「栩，杼。」孔穎達《毛詩正義》引陸璣《疏》云：「今作櫟
（音力，ㄌㄧˋ，木名）也。徐州人謂櫟為杼，或謂之栩。其子為皂，
或言皂斗，其穀為汁，可以染皂。」

4 將，養。毛《傳》：「將，養也。」

章旨 三章征人看到浮鳩上下自由飛翔，棲息在所安之處，如今感慨

勞苦於外，而無暇養其父的心情。

作法　三章兼有類疊（複疊）而觸景生情的興。

原文　翩翩者鵻，載飛載止 [1]，集于苞杞 [2]。王事靡盬，不遑
　　　　將母。

押韻　四章止、杞、母，是 24（之）部。

注釋

　1　載飛載止，又飛翔又棲息。止，棲息。

　2　杞，音起，ㄑㄧˇ，枸杞，又名苦杞、甜菜、地骨。《爾雅・釋木》：
　　　「杞，枸檵。」郭璞注：「今枸杞也。」李時珍《本草綱目》：「枸杞，
　　　主治五內邪氣，熱中消渴，久服堅筋骨，輕身不老，耐寒暑，利大小
　　　腸，補精氣不足，明目安神，令人長壽。」

章旨　四章征人觸景生情，浮鳩或飛或止，棲息安樂之處因懷念己母
　　　　無暇奉養的難過心情。

作法　四章兼有類疊（複疊）而觸景生情的興。

原文　駕彼四駱 [1]，載驟駸駸 [2]。豈不懷歸 [3]？是用作歌 [4]，將
　　　　母來諗 [5]。

押韻　五章駸、諗，是 28（侵）部。

注釋

　1　彼，代詞，是遠指，此指四駱。陳霞村《古代漢語虛詞類解》：「彼，是
　　　遠指指示代詞。」楊樹達《詞詮・卷一》：「彼，指示代名詞，此指物而
　　　言。」駱，音洛，ㄌㄨㄛˋ，尾和鬣，毛黑色的白馬。四駝，陳奐《詩
　　　毛氏傳疏》：「四駱，四馬皆駱也。」

　2　載，則、就、於是。段德森《實用古漢語虛詞》：「載，用作『則』，在
　　　句中起承上啟下的作用，可譯為『就』、『於是』。」驟，音縐，ㄗㄡˋ，

奔跑。許慎《說文解字》:「驟,馬疾步也。」駸駸,音侵侵,〈一ㄣ
〈一ㄣ,馬疾馳的樣子。毛《傳》:「駸駸,驟貌。」許慎《說文解
字》:「馬行疾也。」

4　是,此。用,以,因。是用,當作「用是」,即「因此」之意。作歌,
　　創作詩歌,即作詩。

5　將,副詞,將要、快要。段德森《實用古漢語虛詞》:「將,副詞,表示
　　動作、情況快要發生或出現。有『將要』、『快要』的意思,著重事物發
　　展的時間性。」來,是,結構助詞,語中助詞。王引之《經義述聞》:
　　「來,猶是也。」母來諗,當作「諗母」,是兼有押韻的肯定句倒見。
　　詳見附錄:《詩經》倒觀的三觀。諗,音審,ㄕㄣˇ,思念。《爾雅·釋
　　言》:「諗,念也。」王先謙《詩三家義集疏》:「言我惟養母是念。」
　　按:「我惟養母是念」,當作「我思念惟(快要)養母。」將,有「將
　　要」、「快要」之意。

章旨　五章總結前四章心事,乃賦詩以作結。所歌者,惟以思念將要
　　　　奉養母為主,母恩偏多,故再言之。

作法　五章兼有設問、類疊(複疊)、倒裝而平鋪直敘的賦。

研析

　　全詩五章,首章兼有設問、倒裝類疊(複疊)、而平鋪直敘的
賦。二章兼設問、類疊(複疊)而平鋪直敘的賦。三、四章皆有類疊
(複疊)而觸景生情的興。末章兼有設問、倒裝、類疊(複疊)而抒
發情感的興。

　　余培林《詩經正詁》:「『懷歸』二字,為全詩之重心。一章『傷
悲』,開啟下三章『不遑啟處』與『將父』、『將母』,末章以『作歌』
總結,章法井然。」余培林云:「勞於王事,忠也,公也;將父將
母,孝也,私也。此詩忠孝並陳,公私兼顧,無怪乎後世邦國燕禮歌
之,鄉飲酒禮用之,大學始教亦教之也。」季本《詩說解頤》:「周之

征夫勞於王事，不得歸而思其父母，故作此詩也。」洵哉斯言。朱守亮《詩經評釋》：「夫鴇，孝鳥也。詩以取喻，則詩重在『孝』字上。然忠臣於孝子之門，故詩中每言勤勞王事也。」此說俞矣。

三 皇皇者華

皇皇者華，于彼原隰。駪駪征夫，每懷靡及。
我馬維駒，六轡如濡。載也載驅，周爰咨諏。
我馬維騏，六轡如絲。載馳載驅，周爰咨謀。
我馬維駱，六轡沃若。載馳載驅，周爰咨度。
我馬維駰，六轡既均。載馳載驅，周爰咨詢。

注釋　〈皇皇者華〉，取首章首句「皇皇者華」為篇名。

篇旨　〈詩序〉：「皇皇者華，君遣使臣也。送之以禮樂，言遠而有光華也。」王靜芝《詩經通釋》：「細審全詩純是征途所見，及出使之心情，並無遣行之義在。」朱守亮《詩經評釋》：「此忠勤使臣，奔波道路，博訪民情之詩。」滕志賢《新譯詩經讀本》：「此是使工匠自儆自勉之詩。」綜觀諸說，詩義更明確。

原文　皇皇者華[1]，于彼原隰[2]。駪駪征夫[3]，每懷靡及[4]。

押韻　一章華、夫，是 13（魚）部。隰、及，是 27（緝）部。

注釋

1　皇皇，鮮明的樣子。這是類疊（複疊）中的疊字。就文法言，是疊字衍聲複詞。詳見蔡宗陽《應用修辭》、《國文文法》。毛《傳》：「皇皇，猶煌煌也。」皇、煌，古今字。就訓詁學言，皇是古字，煌是今字。就文字學言，皇是本字，煌是後起字。者，指示代詞，「的」之意。楊樹達《詞詮・卷五》：「者，指示代名詞，兼代人物。代人可譯為『人』；代事物可譯為『的』。」就文字學言，華，是本字，花是後起字。就訓詁學言，華是古字，花是後起字。

2　于，於，在。彼，代詞，是遠指，此指原隰。陳霞村《古代漢語虛詞類

解》：「彼，是遠指指示代詞。」楊樹達《詞詮・卷一》：「彼，指示代名
詞，此指物而言」原，廣平之地。《爾雅・釋地》：「廣平曰原，高平回
陸。」隰，音昔，ㄒㄧˊ，下溼之地。《爾雅・釋地》：「下溼曰隰。」
此二句言使臣途中所見的景物。

3　駪駪，音心心，ㄒㄧㄣ　ㄒㄧㄣ，眾多的樣子。這是疊字衍聲複詞，又是
類疊（複疊）中的疊字。毛《傳》：「駪駪，眾多之貌。」許慎《說文解
字》：「駪，馬眾多貌。」這是本義，引申為人眾多的樣子。詳見周何
《中國訓詁學》。征夫，使臣及其隨從。朱熹《詩集傳》「征夫，使臣與
其屬也。」陳奐《詩毛氏傳疏》：「言從使臣者眾多，所謂卿行師從
也。」

4　每，常常。馬持盈《詩經今註今譯》：「每，常常。」懷，思，擔心。靡
及，不及。朱熹《詩集傳》：「懷，思也。其所懷思，常若有所不及。」
「每懷靡及」，是全詩的主題、重心。

章旨　一章描寫使臣在途中所見，與時常懷念忠勤之心；猶恐不及的
心緒。

作法　一章兼有類疊（複疊）而觸景生情的興。

原文　我馬維駒 1，六轡如濡 2。載也載驅 3，周爰咨諏 4。
押韻　二章駒、濡、驅、諏，是 16（侯）部。
注釋

1　維，是。楊樹達《詞詮・卷八》：「維，不完全內動詞，是也。」

2　轡，音佩，ㄆㄟˋ，御馬之韁繩。孔穎達《毛詩正義》：「每馬有二轡，
四馬當八轡矣。諸文皆六轡者，以驂馬內轡納之觖，故在手者唯六轡
耳。」按：觼，音厥，ㄐㄩㄝˊ，或作鐍、鱊，通作「觖」，環之有舌
者，置於軜前，以繫軜。軜，音納，ㄋㄚˋ。毛《傳》：「軜，驂內轡
也。」余培林《詩經正詁》：「一馬二轡，四馬八轡，《詩》皆言六轡

者，二轡即繫於觼，置於軾前。」如，而，連詞。楊樹達《詞詮・卷五》：「如，承接連詞，而也。」濡，音儒，ㄖㄨˊ，鮮澤。毛《傳》：「潤澤也。」

3 載……載……，又……又……。這是類疊（複疊）中的類字。段德森《實用古漢語虛詞》：「載，助詞。載……載……，成對用在並列的兩個動詞或形容之間，有一定的關聯作用，可譯為『又……又……』或『一邊……一邊……。』」馳，走馬。驅，策馬。馳驅，車馬疾行。

4 朱熹《詩集傳》：「周，遍也。爰，於。咨諏，訪問也。」諏，音鄒，ㄗㄡ。《爾雅・釋詁上》：「靖、惟、漠、圖、詢、度、咨、諏、究、如、慮、謨、猷、肇、基、訪，謀也。」楊樹達《詞詮・卷九》：「爰，介詞，用同『於』。」

章旨 二章敘述使臣自詠馳驅各地，博訪民情的狀況。

作法 二章兼有類疊（複疊）而平鋪直敘的賦。

原文 我馬維騏[1]，六轡如絲[2]。載馳載驅，周爰咨謀[3]。

押韻 三章騏、絲、驅、謀，是 24（之）部。

注釋

1 維，是。楊樹達《詞詮・卷八》：「維，不完全內動詞，是也。」騏，音其，ㄑㄧˊ，青黑色的馬。許慎《說文解字》：「騏，馬青驪文如綦也。」段玉裁注：「謂白馬而有青黑紋路相交如綦也。」

2 如絲，好像絲的和柔、調勻。這是比喻（譬喻）中的明喻。毛《傳》：「言調忍也。」日本竹添光鴻《毛詩會箋》：「憑、韌同。調忍，猶云和柔也。前後『如濡』、『沃若』，皆帶柔意。」《淮南子・修務》高誘注：「六轡，四馬如絲，言調勻也。」

3 謀，猶諏也。商討。這是互文見義，相當於錯綜的抽換詞面，為押韻而運用字異而義同的錯綜。朱熹《詩集傳》：「謀，猶也諏也，變文以協韻

　　　　耳。下章放此。」

章旨　三章陳述使臣自詠驅馳之。地，探訪民情的狀況。

作法　三章兼有比喻（譬喻）、類疊（複疊）而平鋪直敘的賦。

原文　我馬維駱[1]，六轡沃若[2]。載馳載驅，周爰咨度[3]。

押韻　四章駱、若、度，是 14（鐸）部。

注釋

　　1　駱，音洛，ㄌㄨㄛˋ，黑鬣的白馬。《爾雅・釋畜》：「白馬黑鬣，駱。」

　　2　沃若，潤澤的樣子。朱熹《詩集傳》：「沃若，猶如濡也。」二章「如濡」與四章「沃若」，是互文見義，為押韻而抽換詞面，詞異而義同。

　　3　度，言墮，ㄉㄨㄛˋ。咨度，訪問。朱熹《詩集傳》：「度，猶謀。」三章「謀」與四章「度」，字異而義同，為押韻而抽換詞面的錯綜。

章旨　四章描述使臣自詠驅馳各地，博訪民情的狀況。

作法　四章兼有類疊（複疊）、錯綜而平鋪直敘的賦。

原文　我馬維駰[1]，六轡既均[2]。載馳載驅，周爰咨詢[3]。

押韻　五章駰、均、詢，是 6（真）部。

注釋

　　1　駰，音因，ㄧㄣ，淺黑色而有白雜毛的馬。《爾雅・釋畜》：「陰白雜毛，駰。」郭璞注：「陰，淺黑。今之泥驄。」

　　2　既，已經。均，調和、調均。毛《傳》：「均，調也。」

　　3　咨詢，與二章「咨諏」、三章「咨謀」、四章「咨度」，皆為押韻而抽換詞，詞異而義同，皆是訪問、謀議、商談之義。詳見朱守亮《詩經評釋》。

章旨　五章敘述使臣馳驅各地，訪問民情的狀況。

作法　五章兼有類疊（複疊）、錯綜、互文見義而平鋪直敘的賦。

研析

　　全詩五章，首章兼有類疊（複疊）而觸景生情的興，次章兼有類疊（複疊）而平鋪直敘的賦，三章兼有比喻（譬喻）、類疊（複疊）而平鋪直敘的賦，四章兼有類疊（複疊）、錯綜而平鋪直敘的賦，末章兼有類疊（複疊）、錯綜、互文見義而平鋪直敘的賦。

　　余培林《詩經正詁》：「『每懷靡及』一語，為全詩之重心，其下四章之『咨諏』、『咨謀』、『咨度』、『咨詢』，皆由此生出，此詩之章法也。駒、騏、駱、駟，正是一乘，非易字也。『如濡』、『如絲』、『沃若』、『既均』，寫六轡之鮮澤柔和，實則寫御術之精也。」此剖析章法精微，闡釋詩義深入。方玉潤《詩經原始》：「使臣一人知識有限，故戒以『每懷靡及』之心。於是周諮博訪，乃無負職，庶可副朝廷望耳。」洵哉斯言。

四 常棣

常棣之華，鄂不韡韡。凡今之人，莫如兄弟。
死喪之威，兄弟孔懷。原隰裒矣，兄弟求矣。
脊令在原，兄弟急難。每有良朋，況也永歎！
兄弟鬩于牆，外禦其務。每有良朋，烝也無戎。
喪亂既平，既安且寧。雖有兄弟，不如友生。
儐爾籩豆，飲酒之飫。兄弟既具，和樂且孺。
妻子好合，如鼓瑟琴。兄弟既翕，和樂且湛。
宜爾室家，樂爾妻帑。是究是圖，亶其然乎。

注釋 〈常棣〉，取首章首句「常棣之華」的「常棣」為篇名。

篇旨 王靜芝《詩經通釋》：「此敘兄弟之情，以勸兄弟相親之詩。後
引用為燕弟兄之樂歌。」「燕弟兄之樂歌」，源於〈詩序〉：
「〈常棣〉，燕兄弟也。閔管、蔡之失道，故作〈常棣〉焉。」
〈詩序〉本《左傳・僖公二十四年》、《國語・周語》，詳見余
培林《詩經正詁》。朱守亮《詩經評釋》：「此周公傷管、蔡之
死，敘兄弟之情，應互相友愛之詩。」綜觀綜說，詩旨更明
確，來龍去脈更清晰。

原文 常棣之華[1]，鄂不韡韡[2]。凡今之人[3]，莫如兄弟[4]。

押韻 一章韡，是 7（微）部。弟，是 4（脂）部。微、脂二部，是
旁轉而押韻。

注釋

1 常，假借「棠」。常棣，即棠棣，又名唐棣。棣，音弟，ㄉㄧˋ。《爾
雅・釋木》：「唐棣，栘（音怡，ㄧˊ）。」孔穎達《毛詩正義》引陸璣

《疏》：「奧李也，一名雀梅，亦曰車下李。」之，連詞，「的」之意。楊樹達《詞詮·卷五》：「之，連詞，與口語『的』字相當。按：《馬氏文通》以下文法諸書均謂此『之』字為介詞，今定為連詞。說詳附錄『論之的二字之詞性』。」華，是「花」的古字。華、花，就文字學，華是本字，花是後起字。就訓詁學言，華是古字，花是今字。朱守亮《詩經評釋》：「詩人每以常棣花，喻兄弟，以其花朵相依也。」

2　鄂，音餓，ㄜˋ，鄭玄《箋》：「承花者曰鄂。」不，當作柎，即花托。鄭玄《箋》：「不，當作柎，鄂足也。古聲不、柎同。」戴震《毛鄭詩考正》：「鄂不，今字為萼跗。」姚際恆《詩經通論》：「萼，花苞也。不，花蒂也。」朱守亮《詩經評釋》：「此以花萼之相承，喻兄弟關係之親密。」韡韡，音偉，ㄨㄟˇ ㄨㄟˇ，光明的樣子。毛《傳》：「光明也。」朱熹《詩集傳》：「光明貌。」按：「兩個字組成疊字衍聲複詞，不是形容聲音，就是形容……樣子。就修辭學言，是類疊（複疊）中的疊字。

3　凡，所有。「今之人」的「之」，結構助詞，語中助詞。無意義。楊樹達《詞詮·卷五》：「之，語中助詞，無意義。」陳霞村《古代漢語虛詞類解》：「之，結構助詞，用在主謂結構之間。『之』用在主謂結構之間，最為常見，它的作用是強調主語跟謂語之間的關係，延宕語氣。」

4　莫，不。莫如，比不止。莫如兄弟，《左傳·僖公二十四年》：「擇禦侮者，莫如親親，故以親屏周。」《國語·周語》：「兄弟鬩（音係，ㄒㄧˋ）於牆，外禦其侮。」

章旨　一章描述以花與鄂的彼此相依，比喻兄弟關係親密的情形。

作法　一章兼有比喻（譬喻）、類疊（複疊）而觸景生情的興。

原文　死喪之威[1]，兄弟孔懷[2]。原隰裒矣[3]，兄弟求矣[4]。

押韻　二章威、懷，是7（微）部。裒、求，是21（幽）部。

注釋

1　之，句中助詞、結構助詞，無意義。詳見楊樹達《詞詮・卷五》、陳霞村《古代漢語虛詞類解》。威，畏。動詞。毛《傳》：「威，畏也。」死喪之威，當作「威死喪」，是兼有押韻的肯定句倒裝。詳見附錄：《詩經》倒裝的三觀。

2　孔，甚、很、非常。懷，懷念、思念。毛《傳》：「思也。」

3　原，廣平之地。《爾雅・釋地》：「廣平曰原，高平曰陸。」隰，音昔，ㄒㄧˊ，下溼之地。《爾雅・釋地》：「下溼曰隰。」裒，音抔，ㄆㄡˊ，聚。《爾雅・釋詁》：「裒，聚也。」王靜芝《詩經通釋》：「離散遷徙之人，或聚於原矣，或聚於隰矣，每見眾人聚處，則尋求探詢，冀得見其兄弟於此間也。」按：矣，用在句末，表示一般的感嘆語氣，「啊」之意。詳見段德森《實用古漢語虛詞》。下句「矣」字用法，與此相同。

4　兄弟求，當作「求兄弟」。求，求兄弟，尋覓兄弟。毛《傳》：「求兄弟。」嚴粲《詩緝》：「方困窮流離，群聚於原野之時，維兄弟則相求以相依也。」

章旨　二章敘述兄弟於離散之際，關懷生死，遇有人聚，必探詢其蹤跡，冀得見其兄弟的心情。

作法　二章兼有倒裝而平鋪直敘的賦。

原文　脊令在原[1]，兄弟急難[2]。每有良朋[3]，況也永歎[4]！
押韻　三章原、難、歎，3（元）部。
注釋

1　脊令，水鳥，亦名雝渠、鶺鴒、連錢。鄭玄《箋》：「脊令，雝渠，水鳥，而今在原，失其常處，則飛則鳴求其類，天性也。」按：水鳥在原，失其常處，比喻兄弟有患難。《爾雅・釋鳥》：「鶺鴒，雝渠。」陸璣《毛詩草木鳥獸蟲魚疏》：「大如鸚雀，長腳、長尾、尖喙，背上青灰

色,腹下泉,頸下黑如連錢,故杜陽人謂之連錢是也。」

2 急,本是形容詞,此當動詞,搶救。就修辭言,是轉品,又名轉類。就文法言,是詞類活用。難,患難。急難,毛《傳》:「言兄弟之相救於急難。」

3 每,雖,推拓連詞。楊樹達《詞詮·卷一》:「每,推拓詞,雖也。」《爾雅·釋訓》:「每,雖也。」陳霞村《古代漢語虛詞類解》:「『每』表示讓步,極少使用,相當于『雖然』、『即使』。如《詩雅·小雅·常棣》:『每有良朋,況也永嘆!』」

4 況,茲,通「滋」,增益、增加。也,用在句中,表示停頓。詳見段德森《實用古漢語虛詞》。永,毛《傳》:「永,長也。」戴震《毛鄭詩考正》:「茲,今通用滋。《說文》『茲』字注云:『草木多益。』『滋』字注云:『益也。』詩之辭意,言不能如兄弟相救,空滋之長歎而已。」

章旨 三章以「脊令在原」,比喻「兄弟急難」,兄弟必彼此救助,而良朋置之不顧。

作法 三章兼有比喻(譬喻)的興。

原文 兄弟鬩于牆[1],外禦其務[2]。每有良朋,烝也無戎[3]。

押韻 四章務,是 16(候)部。戎,是 23(冬)部。按:陳新雄三十二部,務、冬不押韻。但王力《詩經韻讀》二十九部,務,是 21(幽)部。侯、幽二部,是旁轉而相韻。程俊英、蔣見元《詩經注析》贊成陳說不押韻,滕志賢《新譯詩經讀本》贊成王氏押韻。

注釋

1 鬩,音系,ㄒㄧˋ,鬥狠、爭鬥。《左傳·僖公二十四年》杜預注:「鬩,訟爭貌。」朱熹《詩集傳》:「鬩,鬥很也。」按:很,即狠。于,於,在。牆,指在牆內。

2　外，指對外。禦，抵抗。其，代詞，此指兄弟。務，欺侮，《爾雅・釋言》：「務，侮也。」

3　烝，眾多。毛《傳》：「烝，眾也。」也，用在句中，表示停頓。詳見段德森《實用古漢語虛詞》。戎，相助、幫助、佐助。《爾雅・釋言》：「戎，相也。」按：相，音像，ㄒㄧㄤˋ，幫助、佐助。余培林《詩經正詁》：「謂良朋雖多，亦無助。」

章旨　四章陳述兄弟或有意見不合，難免有爭鬥，但遭遇外侮，兄弟相親相愛，共同抵禦外侮。

作法　四章平鋪直敘的賦。

原文　喪亂既平[1]，既安且寧。雖有兄弟，不如友生[2]。

押韻　五章平、寧、生，是 12（耕）部。

注釋

1　喪亂，死喪禍亂。既，已經。平，平定。

2　生，人。友生，友人。余培林《詩經正詁》：「生，人也。凡生民、生人、生靈、友生之生，皆應作此解，不與唐人習用語如『太憎生』、『太瘦生』、『怎麼生』、『何以生』等之用為語詞者相同。二句言兄弟居於平時，反不如朋友之可親。」

章旨　五章描述同安樂時，兄弟不如朋友之情形。

作法　五章平鋪直敘的賦。

原文　儐爾籩豆[1]，飲酒之飫[2]。兄弟既具[3]，和樂且孺[4]。

押韻　六章豆、飫、且、孺，是 16（侯）部。

注釋

1　儐，音賓，ㄅㄧㄣ，陳列。毛《傳》：「陳也。」爾，佴詞，表示近指，相當於「這個」，此指籩豆。詳見段德森《實用古漢語虛詞》。籩，音

邊，ㄅㄧㄢ，竹豆，食器。豆，木豆，食器。《爾雅‧釋器》：「竹豆謂之籩，木豆謂之豆。」邢昺《疏》：「籩，盛棗、栗、桃、梅……之屬，祭祀享燕所用。豆，其實韭、菹、醓、醢……之類，以供祭祀燕饗。」

2 飲酒之飲，當作「飫飲酒」，這是兼有押韻的肯定句倒裝，詳見附錄：《詩經》倒裝的三觀。之，語中助詞，結構助詞，無意義，詳見楊樹達《詞詮‧卷五》、陳霞村《古代漢語虛詞類解》。飫，音玉，ㄩˋ，飽足。

3 既，已經。具，俱在。《孟子‧盡心上》：「父母俱存，兄弟無故，一樂也。」

4 孺，有三解：（一）愉悅、喜樂。俞樾《群經平議》以為「愉」字假借。（二）滯久。屈萬里《詩經詮釋》：「疑『濡』之假借，滯久也。」按：下（七）章句末「湛」，音沉，ㄔㄣˊ，毛《傳》：「湛，樂之久。」俞、屈二說，可合而為一，孺即樂之久。疑乃互文見義，字異而義同，是錯綜中的抽換詞面。（三）小兒之慕父母。王靜芝《詩經通釋》：「孺，小兒之慕父母也。」

章旨 六章敘述陳籩並，饜飲酒，兄弟俱在，和樂而生孺慕父母之情。

作法 六章兼有倒裝而平鋪直敘的賦。

原文 妻子好合[1]，如鼓瑟琴[2]。兄弟既翕[3]，和樂且湛[4]。

押韻 七章合、翕，是 27（緝）部。琴、湛，是 28（侵）部。緝、侵二部，是對轉而押韻。

注釋

1 妻子，有二解：（一）妻。偏義複詞，子是帶詞尾衍聲複詞。（二）妻和子。並列短語，又名並列詞組、聯合詞組、聯合短語、詞聯，詳見蔡宗陽《國文文法‧第四章術語的異稱表》。好合，歡好、志意合。鄭玄

《箋》:「好合,志意合也。」屈萬里《詩經詮釋》:「好合,猶言歡好也。」

2　一、二句琴瑟和諧,比喻夫婦親愛和好。詳見朱守亮《詩經評釋》。「鼓瑟琴」,當作「鼓琴瑟」,為押韻而倒裝的肯定句。詳見附錄:《詩經》倒裝的三觀。

3　既,已經。翕,音,系ㄒㄧˋ,和睦。毛《傳》:「翕,合也。」

4　湛,音沉,ㄔㄣˊ,樂之久。毛《傳》:「湛,樂之久。」陳子展《詩經直解》:「湛,盡興。」

章旨　七章陳述妻子能好合鼓琴瑟,兄弟更宜好合,而和樂且久的情況。

作法　七章兼有比喻(譬喻)而平鋪直敘的賦。

原文　宜爾室家[1],樂爾妻孥[2]。是究是圖[3],亶其然乎[4]。

押韻　八章家、孥、圖、乎,是 13(魚)部。

注釋

1　宜,和睦妥適。爾,代詞,指兄弟。室家,夫婦。孔穎達《毛詩正義》:「《桓十八‧左傳》:『女有家,男有室。』室家,謂夫婦也。」朱熹《詩集傳》:「室,謂夫婦所居。家,謂一門之內。」

2　樂爾妻孥,當作「使爾妻孥樂」。樂,是致使動詞、役使動詞,簡稱使動詞,使……快樂。爾,代詞,指妻孥。孥,音奴,ㄋㄨˊ,子。毛《傳》:「孥,子也。」妻、孥,是妻和子,並列短語。詳見蔡宗陽《國文文法》。

3　是究是圖,當作「究是圖是」,為押韻而倒裝的肯定句。詳見附錄:《詩經》倒裝的三觀。上「是」字,代詞,指宜爾室家。下「是」字,代詞,指樂爾妻孥。究,深究、推究。毛《傳》:「究,深也。」圖,思慮圖謀。毛《傳》:「因圖,謀也。」

4 亶，看膽，ㄉㄢˇ，誠信、確實。其，代詞，指「宜爾室家，樂爾妻
孥」。然，如此。乎，語末助詞，表示讚美、感悟等感情，「啊」之意。
楊樹達《詞詮・卷五》三乎，語末助詞，助形容詞或副詞為其語尾。」
段德森《實用古漢語虛詞》：「『乎』用在感歎句末，可以幫助表示讚
美、感悟、驚訝、痛惜等各種感情，常譯為『啊』。」

章旨　八章總結全詩，宜爾室家，樂爾妻孥，呈現兄弟親愛之情。

作法　八章兼有倒裝而平鋪直敘的賦。

研析

　　全詩八章，首章兼有比喻（譬喻）、類疊（複疊）而觸景生情的
興。二、六、八章兼有倒裝而平鋪直敘的賦。三章兼有比喻（譬喻）
的興。四、五章平鋪直敘的賦。七章兼有比喻（譬喻）而平鋪直敘的
賦。

　　朱守亮《詩經評釋》：「朱子有『垂涕泣而道之者』，牛運震有
『一聲一淚』之言也。又此詩句少而章多，故除一章首揭兄弟相親之
義外，其後則次第敘死生之間，急難之間，共安樂之間，與室家之間
兄弟相親之狀也。語淺而真，慘而厚，志切辭哀，而用心也亦苦。」
此言甚諦。方玉潤《詩經原始》：「良朋、妻孥未嘗無助於己，然終不
若兄弟之情深而相愛也。故曰：『凡今之人，莫如兄弟。』」此即全詩
的主題、重心。

五 伐木

　　伐木丁丁，鳥鳴嚶嚶。出自幽谷，遷于喬木。嚶其鳴今，求其友聲。相彼鳥矣，猶求友聲；矧伊人矣，不求友生？神之聽，終和且平。

　　伐木許許，釃酒有藇。既有肥羜，以速諸父。寧適不來，微我弗顧。於粲洒埽，陳饋八簋。既有肥牡，以速諸舅。寧適不來，微我有咎。

　　伐木于阪，釃酒有衍。籩豆有踐，兄弟無遠。民之失德，乾餱以愆。有酒湑我，無酒酤我。坎坎鼓我，蹲蹲舞我。迨我暇矣，飲此湑矣。

注釋　〈伐木〉，取首章首句「伐木丁丁」的「伐木」為篇名。

篇旨　〈詩序〉：「〈伐木〉，燕朋友故舊也。自天子至于庶人，未有不須友以成者，親親以睦，友賢不棄，不遺故舊，則民德歸厚矣。」古來解詩者，多從〈詩序〉之說。

原文　伐木丁丁 [1]，鳥鳴嚶嚶 [2]。出自幽谷 [3]，遷于喬木 [4]。嚶其鳴今 [5]，求其友聲 [6]。相彼鳥矣 [7]，猶求友聲 [8]；矧伊人矣 [9]，不求友生 [10]？神之聽 [11]，終和且平 [12]。

押韻　一章丁、嚶、鳴、聲、聲、生、聽、平，是 12（耕）部。谷、木，是 17（屋）部。

注釋

1　丁丁，音爭爭，ㄓㄥ ㄓㄥ，以斧砍伐樹木之聲。就文法言，是狀聲詞、象聲詞、擬聲詞、摹聲詞。詳見蔡宗陽《國文文法·第三章術語的異稱表》。毛《傳》：「丁丁，伐木聲也。」就修辭言，是類疊（複疊）。

2 嚶嚶，音英英，一ㄥ 一ㄥ，鳥鳴聲。毛《傳》：「嚶嚶，鳥鳴聲。」就文
法言，是狀聲詞、象聲詞、擬聲詞、摹聲詞。就修辭言，是類疊（複
疊）。

3 幽，深。毛《傳》：「幽，深也。」幽谷，深谷。

4 喬，高。毛《傳》：「喬，高也。」喬木，高木。遷，登。許慎《說文解
字》：「遷，登也。」于，往，到……去。遷于喬木，遷到喬木去。孔穎
達《毛詩正義》：「鳥既驚懼，乃飛出，從深谷中，遷於高木之上。」陳
奐《詩毛氏傳疏》：「鳥遷喬木而不忘幽谷之鳥，以興君子、居高位而不
忘下位之朋友。」鳥，比喻君子。喬木，比喻高位。

5 嚶其，嚶然、嚶嚶，鳥鳴聲。矣，語氣助詞，用在祈使句末，表示「請
求」意味，「吧」之意。詳見陳霞村《古代漢語虛詞類解》。

6 求，祈求。其，代詞，指鳥。

7 相，音像，ㄒㄧㄤˋ，看。鄭玄《箋》：「相，視也。」彼，代詞，表示
遠指，此指「鳥」。詳見陳霞村《古代漢語虛詞類解》。矣，用在句末，
表示感嘆，「啊」之意。詳見段德森《實用古漢語虛詞》。

8 猶，副詞，尚、還。楊樹達《詞詮‧卷七》：「猶，副詞。《禮記‧檀
弓》注云：猶，尚也。與今語『還』同。」

9 矧，音審，ㄕㄣˇ，何況。毛《傳》：「矧，況也。」伊，是。段德森
《實用古漢語虛詞》：「伊，用在句中，引出謂語。用在判斷句的名詞性
謂語成分的前邊，『伊』有解釋說明的作用，表示強調、肯定的語氣，
可譯為『是』。如《詩經‧召南‧何彼襛矣》：『其釣維何？維絲伊
緡。』」矣，用在句末，表示感嘆，「啊」之意。

10 友生，友人。余培林《詩經正詁》：「生，人也。凡生民、生人、生
靈、友生之生，皆應作此解，不與唐人習用語，如『太憎生』、『太瘦
生』、『怎麼生』、『何以生』等之用為語詞者相同。」黃柏《詩疑辨
證》：「細玩此詩，專言友生之不可求，『求』字乃一篇大主腦。」「求」

是詩的重心。

11 神之聽之，有二解：（一）王靜芝《詩經通釋》：「神，神明也。上之字語助詞，無義。下之字代詞，指友朋相交之誼，神明聽之。」（二）神，慎重。《爾雅·釋詁下》：「神，重也。」按：上、下兩個「之」字，代詞，指交友。如：「勉之」的「之」是代詞，非語助詞，無意義。此言慎重交友，聽從朋友忠告。朱熹《詩集傳》：「以鳥之求友，喻人之不可無友也。」西諺云：「朋友是一面鏡子。」程俊英、蔣見元《詩經注析》：「這章寫鳥求友聲，比人必需求朋友。」

12 終……且……，既……又……。和，和樂。平，平安、安寧。

章旨　一章以鳥與鳥之相求，比喻人與之交友，人如能慎重交友，聽從朋友忠告，既能和樂，又能安寧。

作法　一章兼有類疊（複疊）、比喻（譬喻）的興。

原文　伐木許許[1]，釃酒有藇[2]。既有肥羜[3]，以速諸父[4]。寧適不來[5]，微我弗顧[6]。於粲洒埽[7]，陳饋八簋[8]。既有肥牡[9]，以速諸舅[10]。寧適不來，微我有咎[11]。

押韻　一章許、藇、羜、父、顧，是 13（魚）部。埽、簋、牡、舅、咎，是 21（幽）部。

注釋

1 許許，音虎虎，ㄏㄨˇ ㄏㄨˇ，用鋸伐木之聲。許許，許慎《說文解字》引作「所所」，「伐木聲也。」段玉裁注：「丁丁者，斧斤聲；所所，則鋸聲也。」許許，就文法言，是狀聲詞、摹聲詞、象聲詞、擬聲詞。

2 釃，音斯，ㄙ，下酒、醇酒。許慎《說文解字》：「釃，下酒也。一曰醇也。」藇，音序，ㄒㄩˋ，美。有藇，藇然，美的樣子。毛《傳》：「藇、美貌。」《玉篇》：「藇，酒之美也。」

3 既，已經。羜，音住，ㄓㄨˋ，五月小羊。《爾雅·釋畜》：「未成年，羜。」郭璞注：「俗乎五月羔為羜。」

4 以速諸父，當作「以（之）速諸父」。之，代詞，指肥羜。以，用來。速，邀請。鄭玄《箋》：「速，召也。」按：召，即邀請。諸父，對同姓長輩的尊稱，今語伯父、叔父。朱熹《詩集傳》：「諸父，朋友之同姓而尊者也。」

5 寧，寧可。適，恰巧有事。不來，不能來。寧適不來，寧可邀請諸父，諸父恰巧有事不能來。

6 微，無，非，勿，不。鄭玄《箋》：「微，無也。」余培林《詩經正詁》：「凡《詩》言『微君』、『微我』，微皆訓非。「弗」，不。楊樹達《詞詮·卷一》：「弗，否定副詞，不也。」微、弗，皆「非」之意。數學負責得正，兩個反面意義，變成一個正面意義，此數理式語文教學法。微我弗顧，我必須邀請諸父，表示顧念他們、關懷他們。鄭玄《箋》：「寧召之適自不來，無使言我不顧念也。」

7 於，音烏，ㄨ，嘆詞，「啊」之意、陳霞村《古代漢語虛詞類解》：「『於』單獨使用，表示讚美、稱頌、感嘆，如《詩經·大雅·靈臺》：『於論鼓鐘！於樂辟雍！』」粲，鮮明、清淨。毛《傳》：「粲，鮮明貌。」陳奐《詩毛氏傳疏》：「鮮明，猶言清淨也。」埽，掃。洒，同「灑」。洒埽，打掃。「於粲洒埽」，當作「於洒埽粲」，這是兼有押韻而倒裝的感歎句。詳見附錄：《詩經》倒裝的三觀。

8 陳，陳列、陳設。饋，音愧，ㄎㄨㄟˋ，食物。簋，音鬼，《ㄨㄟˇ，古代祭祀或宴會時，盛黍稷用的圓形食品。毛《傳》：「天子八簋。」

9 既，已經。「肥牡」與「肥羜」，是互文，肥羜之牡。所謂互文，是上下文互相省略的一種修辭手法。詳見蔡宗陽《應用修辭學·第三章第八節互文的解說與活用》。孔穎達《毛詩正義》：「肥牡，肥羜之牡。」

10 以速諸舅，當作「以（之）速諸舅」。之，代詞，指肥牡。速，召，邀

請。諸舅，對異性長輩的尊稱，今語伯舅、叔舅。朱熹《詩集傳》:「諸
舅，朋友之異姓而尊者也。先諸父而後諸舅者，親疏之殺也。」按:
差，音晒，ㄕㄞˋ，等差。

11 咎，音救，ㄐㄧㄡˋ，過錯、責怪。毛《傳》:「咎，過也。」

章旨 二章敘述準備酒食，勤打掃，以宴朋友之諸父舅尊者的情形。

作法 二章兼有類疊（複疊）、互文的興。

原文 伐木于阪 [1]，釃酒有衍 [2]。籩豆有踐 [3]，兄弟無遠 [4]。民
之失德 [5]，乾餱以愆 [6]。有酒湑我 [7]，無酒酤我 [8]。坎坎
鼓我 [9]，蹲蹲舞我 [10]。迨我暇矣 [11]，飲此湑矣 [12]。

押韻 三章阪、衍、踐、遠、愆，是 3（元）部湑、酤、鼓、舞、
暇、湑，是 13（魚）部。

注釋

1 于，於，在。阪，音板，ㄅㄢˇ，山坡。許慎《說文解字》:「坡者曰
阪。」

2 釃，音斯，ㄙ，醇。有衍，衍然，多而美的樣子。衍，毛《傳》:「美
貌。」蘇轍《詩集傳》:「多也。」陳奐《詩毛氏傳疏》:「衍，謂多溢之
美。」

3 籩豆，《爾雅·釋器》:「竹豆謂之籩，木豆謂之豆。」邢昺《疏》:
「籩，盛棗、栗、桃、梅……之屬，祭祀享燕所用。豆，其實韭、菹、
酏醢之類……以供祭祀燕饗。」有踐，踐然，行列的樣子。毛《傳》:
「行列貌。」

4 兄弟，朱熹《詩集傳》:「兄弟，朋友之同儕者。」朱熹又云:「先諸舅
而後兄弟者，尊卑之等也。」無，勿，含有「禁止」之意。楊樹達《詞
詮·卷八》:「無，禁戒副詞，莫也。」遠，疏遠。遠，是致使動詞、役
使動詞、使役動詞，簡稱使動詞。詳見蔡宗陽《國文文法·第三章術語

的異稱表》。兄弟無遠，當作「無遠兄弟」，勿使兄弟疏遠。

5 民，人。之，結構助詞，表示延宕語氣。陳霞村《古代漢語虛詞類
解》：「之，結構助詞，用在于謂結構之間。『之』用在主謂結構之間，
最為常見，它的作用是強調主語跟講話之間的關係，延宕語氣。」德，
恩德、恩惠。失德有二解：（一）失和、無情無義。詳見朱守亮《詩經
評釋》、滕志賢《新譯詩經讀本》。（二）失德，失乾食之惠。詳見余培
林《詩經正詁》。

6 餱，音侯，ㄏㄡˊ，乾食。許慎《說文解字》：「餱，乾食也。」以，因
為。愆，音千，ㄑㄧㄢ，過錯。朱熹《詩集傳》：「愆心，過也。」朱
守亮《詩經評釋》：「言人與人之彼此失和，往往因款待稍薄，飲食細
故。」

7 湑，音許，ㄒㄩˇ，濾酒去其渣，而使酒清。湑我，當作「我湑」，以
下「酤我」、「鼓我」、「舞我」，皆同。毛《傳》：「茜（音欠，ㄑㄧㄢˋ）
之也。」陸德明《經典釋文》：「茜，與，《左傳》『縮酒』同義。謂以茅
沛之，而去其糟也。」按：沛，音己，ㄐㄧˇ，將酒的渣滓過濾後而成
的清酒。

8 酤，音姑，ㄍㄨ，買。鄭玄《箋》：「酤，買也。」

9 坎坎，擊鼓聲。就修辭言，這是類疊（複疊）。毛《傳》：「坎坎，擊鼓
聲。」鼓我，我鼓。鼓，本是名詞，此當動詞，擊鼓。就修辭言，是轉
品，又名轉類。就文法言，是詞類活用。

10 蹲蹲，音逡，ㄑㄩㄣ ㄑㄩㄣ，舞蹈的樣子。就修辭言，這是類疊（複
疊）。毛《傳》：「蹲蹲，舞貌。」舞我，當作「我舞」。舞，本是名詞，
此當動詞，跳舞。既是轉品，又是詞類活用。

11 迨，音殆，ㄉㄞˋ，及、趁。暇，閒暇、空閒。鄭玄《箋》：「迨，及
也。」矣，語氣助詞，用在祈使句末，表示請求，「啊」之意。詳見陳
霞村《古代漢語虛詞類解》。

12 此，代詞，近指，此指清酒。湑，本當名詞已濾過的清酒。鄭玄
　　《箋》：「及（趁）我今之閒暇，共飲此湑酒。欲其無不醉之意。」矣，
　　語氣助詞，用在祈使句末，表示請求，「吧」之意。詳見陳霞村《古代
　　漢語虛詞類解》。

章旨　三章描述有美酒，而又陳籩豆，燕請朋友同儕共樂的情形。

作法　三章兼有轉品、類疊（複疊）、倒裝的興。

研析

　　全詩三章，首章兼有類疊（複疊）、比喻（譬喻）的興。次章兼
有類疊（複疊）、互文的興，末章兼有轉品、類疊（複疊）、倒裝的
興。

　　余培林《詩經正詁》：「一章總言朋友之重要，二章言燕諸父、諸
舅，三章言燕兄弟。諸父、諸舅，非真父、舅，尊之而已。由是推知
兄弟亦非真同胞，年少位卑，稱之兄弟，親之而已。實則皆朋友
也。」此剖析精闢，闡論入微。朱守亮《詩經評釋》：「首章言朋友而
先以鳥，言鳥而先。以伐木，言鳥聲而又先以出幽谷，遷喬木，何等
有波折。次章兩『寧』字，兩『微』，何等婉致。三章『無遠』二
字，親洽之極。且有酒我釃以飲之，無酒我沽以飲之，總不致無酒以
入口也。」此說甚諦。朱善《詩解頤》：「《伐木》以燕朋友，而篇中
有諸父、諸舅、兄弟之辭，何也？曰：人之所資乎朋友者，以明道
也，以進德也。貴之而為天子，賤之而為庶人；尊之而為父兄，卑之
而為子弟；親之而為同姓，疏之而為異姓。其分雖不同，而其可友則
如一。」朱說俞矣。

六　天保

天保定爾，亦孔之固。俾爾單厚，何福不除？俾爾多益，以莫不庶。

天保定爾，俾爾戩穀。罄無不宜，受天百祿。降爾遐福，維日不足。

天保定爾，以莫不興。如山如阜，如岡如陵。如川之方至，以莫不增。

吉蠲為饎，是用孝享。禴祠烝嘗，于公先王。君曰：「卜爾，萬壽無疆。」

神之弔矣，詒爾多福。民之質矣，日用飲食。群黎百姓，徧為爾德。

如月之恆，如日之升。如南山之壽，不騫不崩。如松柏之茂，無不爾或承。

注釋　〈天保〉，取首章首句「天保定爾」的「天保」為篇名。

篇旨　〈詩序〉、鄭玄《箋》、朱熹《詩集傳》之說，季本《詩說解頤》、方玉潤《詩經原始》已駁其非是。姚際恆《詩經通論》：「此臣致致祝于君之詞。」朱守亮《詩經評釋》：「細考詩篇，全詩六章，皆是祝頌之詞，姚說是也。」綜觀眾說，更洞悉詩義矣。

原文　天保定爾 1，亦孔之固 2。俾爾單厚 3，何福不除 4？俾爾多益 5，以莫不庶 6。

押韻　一章固、除，是 13（魚）部。庶，是 14（鐸）部。魚、鐸二部，是對轉而押韻。

注釋

1 保，安定。爾，汝，指君王。鄭玄《箋》：「保，安也。爾，汝也，汝王也。」陳奐《詩毛氏傳疏》：「通篇十『爾』字，皆指君上也。」

2 亦，語首助詞，無意義。詳見楊樹達《詞詮・卷七》。孔，甚、很。之，語中助詞，無意義。楊樹達《詞詮・卷五》：「之，語中助詞，無義。」固，堅固。毛《傳》：「固，堅也。」

3 俾，音必，ㄅㄧˋ，使。毛《傳》：「俾，使也。」爾，汝，指君王。單厚，同義複詞，福祿厚。毛《傳》：「單，信也。或曰厚也。」

4 除，有二解：（一）儲積。俞樾《群經平議》：「除，當讀為『儲』。〈易・萃・象傳〉：『君子以除戎器。』《釋文》曰：『除，本作「儲」。』是其例。」（二）賜予。馬瑞辰《毛詩傳箋通釋》：「除、余古通用。《爾雅》：『四月為余』，《小明詩箋》作『四月為除』，是其證也。余、予古今字。余通為予我之予，即可通為賜予之予。『何福不除』，猶云何福不予。」何福不除，就修辭言，設問中的「激問」，又名反詰。詳見蔡宗陽《應用修辭學・第七章設問中的解說與活用》。

5 益，多，指福祿多。多益，「多多益善」節縮為「多益」，此就修辭言。就文法言，多益，是同義複詞。陳奐《詩毛氏傳疏》：「『單厚』、『多益』，皆合二字成義。」是其證也。

6 以，而，承接連詞。楊樹達《詞詮・卷七》：「以，承接連詞，與『而』同。」莫不，數學負負得正，兩個反面意義，變成一個肯定意義，此乃蔡宗陽「數理式語文教學法」。庶，眾多。毛《傳》：「庶，眾也。」余培林《詩經正詁》：「此申言『多益』之意。」孔穎達《毛詩正義》：「每物眾多，是安定汝，王位甚堅固也。」

章旨 一章，以保安孔固，福祿多益，祝福君王的情形。

作法 一章兼有設問而平鋪直敘的賦。

原文 天保定爾，俾爾戩穀[1]。罄無不宜[2]，受天百祿[3]。降爾遐福[4]，維日不足[5]。

押韻 二章穀、祿、足，是17（屋）部。

注釋

　1 戩，音剪，ㄐㄧㄢˇ，幸福。《爾雅·釋詁》：「戩，福也。」穀，祿。《爾雅·釋言》：「穀，祿也。」郝懿行《爾雅義疏》：「福祿二字，若散文，祿即是福。」

　2 罄，音慶，ㄑㄧㄥˋ，全部、所有。《爾雅·釋詁》：「罄，盡也。」毛《傳》：「罄，盡也。」無不，數學負負得正，兩個反面意義，等於一個正面意義，此乃「數理式語文教學法」。宜，適宜、合適、順利。許慎《說文解字》：「宜，所安也。」

　3 百祿，許多幸福。百，形容很多、許多，這是數量的夸飾（夸張）。許慎《說文解字》：「祿，福也。」

　4 遐，長遠、長久。鄭玄《箋》：「遐，遠也。」

　5 維，通「惟」，獨、僅。楊樹達《詞詮·卷八》：「惟，副詞，獨也，僅也。」此言福祿之多，惟感時日之不足，以接受福祿之來臨。

章旨 二章敍述福祿甚多，惟感時日不足，以接受福祿之來臨。

作法 二章兼有夸飾（夸張）而平鋪直敍的賦。

原文 天保定爾，以莫不興[1]。如山如阜[2]，如岡如陵[3]。如川之方至[4]，以莫不增[5]。

押韻 三章興、陵、增，是26（蒸）部。

注釋

　1 以，而，承接連詞。楊樹達《詞詮·卷七》：「以，承接連詞，與『而』同。」興，興盛。鄭玄《箋》：「興，盛也。」

　2 如山如阜，當作「（福祿）如山如阜」，省略主語的明喻式博喻。詳見蔡

宗陽《文法與修辭探驪・譬喻的變化類型》。博喻，又名複喻、聯比。
阜，土山。劉熙《釋名》：「土山曰阜。」

3　如岡如陵，當作「（福祿）如岡如陵」，也是省略主語的明喻式博喻。
《爾雅・釋地》：「高平曰陸，大陸曰阜，大阜曰陵。」陵，大土山。

4　如川之方至，當作「（福祿）如川之方至」，是省略主語的明喻。之，語
中助詞，無意義。詳見楊樹達《詞詮・卷五》。此句言福祿如川水源遠
流長。

5　以，而，承接連詞。詳見楊樹達《詞詮・卷七》。增，增加、盛大。

章旨　三章陳述上天保定福祿興盛，如山、阜、岡、陵、川之高隆而
遠流，祝福君王。

作法　三章兼有比喻（譬喻）而平鋪直敘的賦。

原文　吉蠲為饎 1，是用孝享 2。禴祠烝嘗 3，于公先王 4。君
曰：「卜爾 5，萬壽無疆 6。」

押韻　四章享、嘗、王、疆，是 15（陽）部

注釋

1　吉，善。毛《傳》：「吉，善也。」蠲，音捐，ㄐㄩㄢ，清潔。毛
《傳》：「蠲，潔也。」為，做、準備。饎，音溪，ㄒㄧ，酒食。《爾
雅・釋訓》：「饎，酒食也。」此句言選擇吉日齋戒沐浴以潔身，獻酒食
以祭祀。

2　是，此，代詞，指饎、酒食。「是用孝享」，當作「用是孝享」。享，
獻。許慎《說文解字》：「享，獻也，象進熟物形。」孝享，祭祀祖先，
以致孝心。詳見余培林《詩經正詁》。

3　禴，音越，ㄩㄝˋ。禴祠烝嘗，四時宗廟的祭祀名稱。《爾雅・釋名》：
「春祭曰祠，夏祭曰禴，秋祭曰嘗，冬祭曰烝。」董仲舒《春秋繁露・
四祭》：「四祭者，因四時所生熟而祭其先祖父母也。」

4 于，介詞，「對」、「對於」之意。段德森《實用古漢語虛詞》：「于，介引跟行為有關的人或事物，可譯為『對』、『對於』。」公，指先公。鄭玄《箋》：「公，先公。」此言對於先公、先王致祭。

5 君，本是指先公先王，此指代表先公先王之尸。這是修辭學借代義，詳見蔡宗陽《文法與修辭探驪‧修辭義探析》。朱熹《詩集傳》：「君，通謂先公先王也。」按：代表先公先王之尸，尸是神主，古代代表死者受祭的活人，通常由卑幼的孫兒擔任。卜，賜、予、賜給。《爾雅‧釋詁》：「卜，予也。」爾，汝，此指君王。

6 萬壽，萬歲長壽。無疆，無限。

章旨 四章選擇吉日齋戒沐浴潔身，以酒食獻祭先公先王，先公先王賜予君王萬壽無疆。

作法 四章平鋪直敘的賦。

原文 神之弔矣[1]，詒爾多福[2]。民之質矣，日用飲食[3]。群黎百姓[4]，徧為爾德[5]。

押韻 五章福、食、德，是25（職）部。

注釋

1 之，語中助詞，無意義。楊樹達《詞詮‧卷五》：「之，語中助詞，無義。」陳霞村《古代漢語虛詞類解》：「『之』結構助詞，用在主謂結構之間。……它的作用是強調主語跟謂語之間的關係，延宕語氣。」弔，有二解：（一）至。毛《傳》：「弔，至。」（二）善。鄭玄《箋》：「至，猶善也。」矣，語氣助詞，用在祈使句末，表示請求。詳見陳霞村《古代漢語虛詞類解》。

2 詒，音義同「貽」，音宜，一ˊ，贈送、給予。爾，汝，指君王。

3 之，語中助詞，無意義。詳見楊樹達《詞詮‧卷五》。質，樸實。矣，語末助詞，表示已然的事實。詳見楊樹達《詞詮‧卷七》。

4　日，日日、天天。用，以。此二句言人民樸實，天天以飲食為滿足。朱熹《詩集傳》：「言其（指人民）質實無偽，日用飲食而已。」

5　群黎，人民。黎，眾。鄭玄《箋》：「黎，眾也。」百姓，百官。毛《傳》：「百姓，百官族姓也。」

6　徧，同「遍」。為，感化。遍化，普遍感化。馬瑞辰《毛詩傳箋通釋》：「為，當讀如『式訛爾心』之訛。訛，化也。遍為爾德，猶云遍化爾德也。」爾，汝，指君王。此言人民和百官都被君王美德感化了。按：「君黎百姓，徧為爾德」，是全詩之主題、重心。

章旨　五章描述神明降福，人民和百官被君王美德所感化的情形。

作法　五章平鋪直敘的賦。

原文　如月之恆 1，如日之升 2。如南山之壽 3，不騫不崩 4。如松柏之茂 5，無不爾或承 6。

押韻　六章升、崩、承，是 26（蒸）部。壽、茂，是 21（幽）部。

注釋

1　如月之恆，當作「（君王基業）如月之恆」，這是省略主語的明喻。恆，上弦月，既漸圓，又久。毛《傳》：「恆，弦升出也。」鄭玄《箋》：「月上弦而就盈，日始出而就明。」嚴粲《詩緝》：「恆，常也，久也。」上、下句兩個「之」字，皆語中助詞，無意義。詳見楊樹達《詞詮．卷五》。

2　如日之升，當作「（君王基業）如日之升」，這也是省略主語的明喻。日之升，言日初升漸高、漸明。詳朱守亮《詩經評釋》。

3　如南山之壽，當作「壽如南山」。壽，本是名詞，此當動詞，「祝壽」之意。就修辭言，是轉品，又名轉類。就文法言，是詞類活用。之，結構助詞，用在前置賓語和動詞之間，幫助賓語前置，構成「前置賓語＋助詞＋動詞」格式。陳霞村《古代漢語虛詞類解》。南山，終南山。嚴粲

《詩緝》:「南山,終南山也。」

4　騫,音千,ㄑㄧㄢ,虧損。毛《傳》:「騫,虧也。」崩,崩壞、倒塌、傾覆。

5　如松柏之茂,當作「(君王之基業)如松柏之茂」,這是省略主語的明喻。之,語中助詞,無意義,詳見楊樹達《詞詮・卷五》。

6　無不爾或承,當作「無不承爾」。「或」,作助詞,常常用在句中,起協調音節、舒緩語氣的作用。詳見段德森《實用古漢語虛詞》。按:「無不爾或承」,用在前置賓語和動詞之間。承,繼承。朱熹《詩集傳》:「承,繼也。言舊葉將落,而新葉已生,相繼而長茂也。」爾,汝,指君王。余培林《詩經正詁》:「隱喻子子孫孫,引無極也。」按:此言君王之基業,子孫不斷地繼承。

章旨　六章以「月之恆」、「日之升」、「南山之壽」、「松柏之茂」,祝福君王功業漸圓、漸明,承繼不斷,子孫繩繩。

作法　六草兼有比喻(譬喻)而平鋪直敘的賦。

研析

　　全詩六章,首章兼有設問而平鋪直敘的賦。次章兼有夸飾(夸張)而平鋪直敘的賦,三、六章兼有比喻(譬喻)而平鋪直敘的賦。四、五章皆平鋪直敘的賦。

　　余培林《詩經正詁》:「前三章為一段,後三章又為一段。前三章假天以致君福祿,而以五『如』字作結;後三章假神(先公先王)以祝君永壽、祝君子孫繩繩,而以曰『如』字作結,篇法章法,無不井然。」旨哉斯言。朱守亮《詩經評釋》:「其用字也,『如』字有九,三章有五,六章有四,相隔相應,錯落有致。又多用『爾』字,一章、二章各有三,五章有二,三章、四、六章各有一。忠愛之至,親之之詞,故不厭其複也。」朱說詮析精闢,絲絲入扣。季本《詩說解頤》:「人君能以德及民,宜享多福,故其臣美之。」旨哉斯言。

七　采薇

采薇采薇，薇亦作止。曰歸曰歸，歲亦莫止。靡室靡家，玁狁之故；不遑啟居，玁狁之故。

采薇采薇，薇亦柔止。曰歸曰歸，心亦憂止。憂心烈烈，載飢載渴。我戍未定，靡使歸聘。

采薇采薇，薇亦剛止。曰歸曰歸，歲亦陽止。王事靡盬，不遑啟處。憂心孔疚，我行不來。

彼爾維何？維常之華；彼路斯何？君子之車。戎車既駕，四牡業業。豈敢定居？一月三捷。

駕彼四牡，四牡騤騤。君子所依，小人所腓。四牡翼翼，象弭魚服。豈不日戒？玁狁孔棘。

昔我往矣，楊柳依依；今我來思，雨雪霏霏。行道遲遲，載渴載飢。我心傷悲，莫知我哀。

注釋　〈采薇〉，取首章首句「采薇采薇」的「采薇」為篇名。

篇旨　王質《詩總聞》：「當是將佐述離家還家之狀。」姚際恆《詩經通論》：「此戍役還歸之詩。」屈萬里《詩經詮釋》：「此當是戍役者所自作。」朱守亮《詩經評釋》：「此戍守之人還歸自詠之詩。」綜觀諸說，詩旨更明確矣。

原文　采薇采薇[1]，薇亦作止[2]。曰歸曰歸[3]，歲亦莫止[4]。靡室靡家[5]，玁狁之故[6]；不遑啟居[7]，玁狁之故。

押韻　一章薇、歸，是 7（微）部。作，14（鐸）部。家、故、居、故，是 13（魚）部。魚、鐸二部，是對轉而押韻。

注釋

1 采,採。就訓詞詁學言,采是古字,採是今字。就文字學,采是本字。採是後起字。薇,豆科植物,野菜名,今語野豌豆苗。

2 亦,語中助詞,無意義。詳見楊樹達《詞詮·卷七》。作,新生。毛《傳》:「作,先也。」止,語末助詞,表示決定。詳見楊樹達《詞詮·卷五》。

3 上、下兩個「曰」字,皆語首助詞,無意義。楊樹達《詞詮·卷九》:「曰,語首助詞,無義。如〈小雅·采薇〉:『歸曰歸曰。』」曰歸曰歸,這是類疊(複疊)中的疊詞,具有加強語勢,渲染氣氛的作用。詳見蔡宗陽《應用修辭學》。朱守亮《詩經評釋》:「詩人屢屢思念其家,亟欲歸之,故重言之。」按:此「重言」,即類疊(複疊)。

4 亦,語中助詞,無意義。莫、暮,古今字。就訓詁學言,莫是古字,暮是今字。就文字學言,莫是本字,暮是後起字。莫,晚。鄭玄《箋》:「莫,晚也。」止,語末助詞,表示決定。程俊英、蔣見元《詩經注析》:「歲莫,一年將盡之時,指歲末。」

5 靡,非,無。鄭玄《箋》:「靡,無也。」余培林《詩經正詁》:「征人終歲在外,與室家分離,猶無室家,故曰『靡室靡家』。」

6 玁狁,音險允,ㄒㄧㄢˇ ㄩㄢˇ,北狄、匈奴。鄭玄《箋》:「玁狁,北狄,今匈奴也。」王國維《觀堂集林·鬼方毗夷玁狁考》:「商、周間稱鬼方、混夷、獯鬻,周稱玁狁,春秋謂之戎,戰國時始稱匈奴,稱胡。」朱守亮《詩經評釋》:「西周中葉以後稱玁狁,秦漢時稱匈奴,唐稱突厥,宋稱契丹,久為邊患。」

7 遑,閒暇。朱守亮《詩經評釋》:「遑,暇也。不遑,今言來不及。啟,跪也。古人席地,跪與坐無別。居,處也。啟居,猶言安居。句謂無平靜安居從容之生活也。」

章旨 一章敘述戍守之人,遠別室家,久戍勞苦,歲莫思家的情況。

作法 一章兼有類疊（複疊）而觸景生情的興。

原文 采薇采薇，薇亦柔止 [1]。曰歸曰歸，心亦憂止。憂心烈烈 [2]，載飢載渴 [3]。我戍未定 [4]，靡使歸聘 [5]。

押韻 二章薇、歸，是 7（微）部。柔、幽，是 21（幽）部。烈、渴，是 2（月）部。定、聘，是 12（耕）部。

注釋

1 柔，始生而莖弱。朱熹《詩集傳》：「柔，始生而（莖）弱也。」

2 烈烈，憂心的樣子。鄭玄《箋》：「憂也。」就修辭言，是類疊（複疊）中的疊字。

3 載……載……，又……又……之意。段德森《實用古漢語虛詞》：「載……載……，成對用在並列的兩個動詞或形容詞之間，有一定的關係作用，可譯為又……又……。」按：飢、渴，是兩個形容詞，鄭玄《箋》：「則飢則渴，言其苦也。」

4 戍，駐守。朱熹《詩集傳》：「戍，屯兵以守也。」定，安定。許慎《說文解字》：「定，安也。」

5 靡，非，不，無。使，指使、委託。聘，探問。毛《傳》：「聘，問也。」孔穎達《毛詩正義》：「無人使問家安否。」余培林《詩經正詁》：「此歸字，即〈北風‧靜女〉：『自牧歸荑』之歸，與饋同，贈人以物也。征人身心俱苦，故盼飲食之物，以解飢渴，盼家中音訊，以解心憂。今戍守未定，故家中無人饋問之也。」

章旨 二章陳述戍守邊疆，又飢又渴，又無家人音訊，憂心忡忡的情形。

作法 二章兼有類疊（複疊）而觸景生情的興。

原文 采薇采薇，薇亦剛止 [1]。曰歸曰歸，歲亦陽 [2] 止。王事

靡鹽 [3]，不遑啟處 [4]。憂心孔疾 [5]，我行不來 [6]。

押韻 三章薇、歸，是 7（微）部。剛、陽，是 15（陽）部。鹽、處，是 13（魚）部。疾、來，是 24（之）部。陽、魚二部，是對轉而押韻。

注釋

1 剛，堅硬。朱守亮《詩經評釋》：「薇已壯而莖剛勁也。」

2 陽，幽曆與夏曆同是十月、殷曆十一月，周曆十二月。《爾雅·釋天》：「十月為陽。」朱守亮《詩經評釋》：「今俗農曆，十月仍稱小陽春。」按：農曆與幽曆、夏曆相同。

3 王事，王室之事，指行役之事、國家大事。靡，非，不。鹽，音古，《ㄍㄨˇ，止息、休止。

4 啟處，猶啟居。安居。

5 孔，甚，很，非常。朱熹《詩集傳》：「孔，甚。」疚，病。《爾雅·釋詁》：「疚，病也。」孔疚，甚憂病，非常痛苦

6 行，遠行，指行戍役。來，有二解：（一）回來、回家。朱熹《詩集傳》：「來，歸也。」（二）慰勞。朱守亮《詩經評釋》：「來，或讀為賴ㄌㄞˋ，勞慰也。言我自戍邊以來，即無人勉慰也。」

章旨 三章描述行役戍守辛勞，無法返家，憂心疾病的情形。

作法 三章兼有類疊（複疊）而觸景生情的興。

原文 彼爾維何 [1]？維常之華 [2]；彼路斯何 [3]？君子之車 [4]。戎車既駕 [5]，四牡業業 [6]。豈敢定居？一月三捷 [7]。

章旨 四章華、車，是 13（魚）部。業，是 31（盍）部。捷，是 29（怗）部。盍、怗二部，是旁轉而押韻。

注釋

1 彼，是遠指指示代詞，相當於「那些」。詳見陳霞村《古代漢語虛詞類

解》。爾，三家《詩》作「薾」，花盛開的樣子。許慎《說文解字》：「薾，
華盛貌。《詩》曰：『彼薾維何。』」按：華，是古字。花，是今字。就
訓詁學言，華、花，是古今字。維，是。楊樹達《詞詮‧卷八》：「維，
不完全內動詞，是也。」何，什麼（花）。

2　維，是。常，常棣。毛《傳》：「常，常棣也。」華，是「花」的古字。
　　鄭玄《箋》：「此言彼爾者，乃常棣之華，以興將率（帥）車馬服飾之
　　盛。」

3　彼，是遠指指示代詞，相當於「那些」。路，同「輅」，高大的車，將帥
　　作戰時用的車，又名戎車。毛《傳》：「路，車也。」朱熹《詩集傳》：
　　「路，戎車也。」斯，是。楊樹達《詞詮‧卷六》：「斯，不完全內動
　　詞，是也。如《詩經‧小雅‧采薇》：『彼路斯何？君子之車。』」何，
　　什麼（車）。君子，指將帥。毛《傳》：「君子，謂將率（帥）。」

4　戎車，兵車。朱熹《詩集傳》：「戎車，兵車也。既，已經。」

5　牡，音母，ㄇㄨˇ，公馬。業業，壯大的樣子。就修辭言，是類疊（複
　　疊）的疊字。就文法言，是疊字衍聲複詞。〈大雅‧烝民〉毛《傳》：
　　「業業，高大也。」

6　此二句設問中自問自答的提問。捷，勝利。毛《傳》：「捷，勝也。」一
　　月三捷，形容短時間勝利很多次，這是數量的夸飾（夸張）。三，是虛
　　數，形容很多次。余培林《詩經正詁》：「『一月三捷』並非事實，此自
　　期之詞，以勉從速立功，『豈敢定居』之因在此。」

章旨　四章陳述將帥車馬盛多，戍役辛勞的情形。

作法　四章兼有設問、類疊（複疊）、夸飾（夸張）而觸景生情的
　　　　興。

原文　駕彼四牡，四牡騤騤 [1]。君子所依 [2]，小人所腓 [3]。四牡
　　　　翼翼 [4]，象弭魚服 [5]。豈不日戒 [6]？玁狁孔棘 [7]。

押韻　五章騤、服，是 4（脂）部。依、腓，是 7（微）部。脂、微
　　　　二部，是旁轉而押韻。翼、服、戒、棘，是 25（職）部。

注釋

1　上、下句用「四牡」，是頂針（又名頂真），具有語氣連貫，音律流暢的
　　作用。騤騤，葵葵，ㄎㄨㄟˊ ㄎㄨㄟˊ，高大的樣子。就修辭言，是類
　　疊（複疊）。就文法言，是疊字衍聲詞。

2　君子，指將帥。所，語中助詞，無意義。詳見楊樹達《詞詮‧卷六》。
　　依，憑靠、乘立。朱熹《詩集傳》：「依，乘也。」陳奐《詩毛氏傳
　　疏》：「君子所依，謂依於車中者也。依，倚也。」

3　小人，指士兵。鄭玄《箋》：「小人，戍役。」所，語中助詞，無意義。
　　腓，音肥，ㄈㄟˊ，庇護。鄭玄《箋》：「腓當作芘。」芘，是庇的假
　　借。《爾雅‧釋言》：「庇，蔭也。」陳喬樅《三家詩遺說考》：「小人所
　　腓，兵士以車馬掩護。」

4　翼翼，形容行列整齊的樣子。朱熹《詩集傳》：「行列整治之狀。」

5　象弭，兩端用象骨裝飾的弓。弭，音米，ㄇㄧˇ。《爾雅‧釋器》：「有
　　緣者，謂之弓。無緣者，謂之弭。」魚服，用魚獸皮所做成的箭袋。陸
　　璣《毛詩草木鳥獸蟲魚疏》：「魚獸，似豬，東海有之。其皮背上斑文，
　　腹下純青，今以為弓鞬步叉者也。」

6　日戒，每日戒備。毛《傳》：「戒，警勅（音斥，ㄔˋ，告誡之意）軍事
　　也。」

7　孔，甚，很，非常。棘，音急，ㄐㄧˊ，緊急、急迫。鄭玄《箋》：
　　「棘，急也。」

章旨　五章敘述將帥車馬眾多，戍守邊疆，時時警惕戒備的情況。

作法　五章兼有設問、類疊（複疊）而觸景生情的興。

原文　昔我往矣，楊柳依依 ¹；今我來思，雨雪霏霏 ²。行道

遲遲[3]，載渴載飢[4]。我心傷悲[5]，莫知我哀[6]。

押韻　六章依、霏、悲、哀，是 7（微）部。遲、飢，是 4（脂）部。脂、微二部，是旁轉而押韻。

注釋

1　矣，語末助詞，表示已經這樣的事實。詳見楊樹達《詞詮・卷七》：「矣，語末助詞，助句，表已然之事實。」依依，茂盛的樣子。王先謙《詩三家義集疏》：「韓說曰：依依，盛貌。」

2　昔、今，是映襯，又名對比。思，語末助詞，無意義。詳見楊樹達《詞詮・卷六》。雨，音玉，ㄩˋ，本是名詞，此當動詞，落、下。霏霏，雪盛多的樣子。朱熹《詩集傳》：「霏霏，雪盛貌。」借楊柳代春天，這是借代義。借雨雪代冬天，這也是借代義，詳見蔡宗陽《文法與修辭探驪》。

3　行，有二解：（一）名詞，道路。行道，是同義複詞。（二）動詞，走。行道，走路。遲遲，有二解：（一）緩行的樣子。〈邶風・谷風〉毛《傳》：「遲遲，舒行的樣子。」（二）長遠的樣子。毛《傳》：「遲遲，長遠也。」

4　載……載……，又……又……。段德森《實用古漢語虛詞》：「載……載……，成對用在並列的兩個動詞或形容之間，有一定的關聯作用，可譯為『又……，又……』。按：渴、飢，是形容詞。」

5　傷悲，當作「悲傷」，為押韻而倒裝的肯定句，詳見附錄：《詩經》倒裝的三觀。

6　莫，不，無。哀，悲哀、傷痛。此言言無人知道我內心的悲哀痛苦。

章旨　六章描述春去冬歸，歸途中下雪，又渴又飢，悲傷哀痛的情形。

作法　六章兼有映襯（對比）、借代、類疊（複疊）、倒裝而觸景生情的興。

研析

　　全詩六章，一、二、三章兼有類疊（複疊）而觸景生情的興，四章兼有設問、類疊（複疊）、夸飾（夸張）而觸景生情的興，五章兼有設問、類疊（複疊）而觸景生情的興，六章兼有映襯（對比）、借代、類疊（複疊）、倒裝而觸景生情的興。

　　方玉潤《詩經原始》：「五章追求之詞，末乃言歸途景物；並回憶往時風光，不禁黯神傷。絕世文情，千古常新。」糜文開、裴普賢《詩經欣賞與指導》：「此詩末章真情實景之筆，尤以『昔我往矣，楊柳依依；今我來思，雨雪霏霏』之句，最為膾炙人口，眾所推崇。」朱守亮《詩經評釋》：「戍守者勤苦有四：一則有舍其室家之悲，二則有不遑啟居之勞，三則有載飢載渴之苦，四則有不得其家音信之憂。」洵哉斯言。張學波《詩經篇旨通考》：「此詩之佳，全在末章，真情實景，感時傷事，別有深情，非可言喻。」張說甚諦。

八　出車

　　我出我車，于彼牧矣。自天子所，謂我來矣。召彼僕
夫，謂之載矣。王事多難，維其棘矣。

　　我出我車，于彼郊矣。設此旐矣，建此旄矣彼旟旐斯，
胡不斾斾！，憂心悄悄，僕夫況瘁。

　　王命南仲，往城于方出車彭彭，旂旐央央。天子命我，
城彼朔方。赫赫南仲，獫狁于襄。

　　昔我往矣，黍稷方華；今我來思，雨雪載塗。王事多
難，不遑啟居。豈不懷歸？畏此簡書。

　　喓喓草蟲，趯趯阜螽。未見君子，憂心忡忡；既見君
子，我心則降。赫赫南仲，薄伐西戎。

　　青春日遲遲，卉木萋萋。倉庚喈喈，采蘩祁祁。執訊獲
醜，薄言還歸。赫赫南仲，獫狁于夷。

注釋　〈出車〉，取首章首句「我出我車」的「出車」為篇名。這是
　　　　修辭學的「節縮」。

篇旨　王質《詩總論》：「其詩以王命為辭，此亦是將佐敘離家還家之
　　　　狀，與〈采薇〉同。」說詩者多從之。屈萬里《詩經詮釋》：
　　　　「此蓋征伐獫狁之將佐，歸來後自敘之詩。」至其作詩時間，
　　　　余培林《詩經正詁》：「當在宣王之世。」

原文　我出我車[1]，于彼牧矣[2]。自天子所[3]，謂我來矣[4]。召
　　　　彼僕夫[5]，謂之載矣[6]。王事多難[7]，維其棘矣[8]。

押韻　一章牧、棘，25（職）部。來、載，是 24（之）部。職之二
　　　　部，是對轉而押韻。

注釋

1 上「我」，字，指我的國家。下「我」字，指我的軍隊。詳見朱守亮《詩經評釋》。出，出動。車，兵車。

2 于，往，到……去。彼，遠指指示代詞，「那些」之意。詳見陳霞村《古代漢語虛詞類解》。牧，郊外之地。《爾雅・釋地》：「邑外謂之郊，郊外謂之牧。」本章四個「矣」字，語末助詞，表示已經這樣的事實。詳見楊樹達《詞詮・卷七》。毛《傳》：「出車就馬于牧地。」

3 自，從。天子，指周王。所，處所。

4 謂，使。馬瑞辰《毛詩傳箋通釋》：「《廣雅》：『謂，使也。』謂我來，即使我來也。」余培林《詩經正詁》：「銜天子命而來，示其重也。」

5 召，召集。彼，那些，遠指指示代詞，此指僕夫。僕夫，駕車之人。毛《傳》：「僕夫，御夫也。」

6 謂，使。之，代詞，此指僕夫。載，駕。

7 王事，王室之事，今語國家之事，此指戰事。難，危急。

8 維，《爾雅・釋詁下》：「伊，維也。」邢昺《疏》：「發語辭詞。」楊樹達《詞詮・卷八》：「維，語首助詞。」其，代詞，此指王事，即戰事。或指玁狁。棘，音急，ㄐㄧˊ，危急。鄭玄《箋》：「棘，急也。」

章旨 一章陳述初出征的情況。

作法 一章平鋪直敘的賦。

原文 我出我車，于彼郊矣[1]。設此旐矣[2]，建此旄矣[3]彼旟旐斯[4]，胡不旆旆[5]！，憂心悄悄[6]，僕夫況瘁[7]。

押韻 二章郊、旐、旄，是 19（宵）部。旆，2（月）部。瘁，是 8（沒）部。月、沒二部，是旁轉而押韻。

注釋

1 郊，邑外之地。《爾雅・釋地》：「邑外謂之郊。」本章三個「矣」，語末

助詞，表示已經這樣的事實。詳見楊樹達《詞詮·卷七》。

2　設，陳列。此，近指指示代詞，「這些」之意。詳見陳霞村《古代漢語虛詞類解》。旐，音兆，ㄓㄠˋ，畫有龜蛇的旗子。毛《傳》：「龜蛇曰旐。」

3　建，建立。旄，音毛，ㄇㄠˊ，裝飾牛尾的旗子。

4　彼，遠指指示代詞，「那些」之意。旟，音余，ㄩˊ，畫有鳥隼的旗子。毛《傳》：「鳥隼曰旟。」按：隼，音損，ㄙㄨㄣˇ，鳥名，猛禽類，形似鷹，翅窄而尖，飛得快，性凶猛，常捕食小鳥獸。斯，語末助詞，無意義。詳見楊樹達《詞詮·卷六》。

5　胡，為何。旆旆，音沛沛，ㄆㄟˋ ㄆㄟˋ，飛揚的樣子。毛《傳》：「旆旆，旒，垂貌。」朱熹《詩集傳》：「旆旆，飛揚之貌。」按：旒，音流，ㄌㄧㄡˊ，旗子上面垂下來的綵帶。

6　悄悄，憂心的樣子。這是類疊（複疊）中的疊字。〈邶風·柏舟〉毛《傳》：「悄悄，憂貌。」

7　僕夫，駕車之人。毛《傳》：「僕夫，御夫也。」況，病。瘁，音翠，ㄘㄨㄟˋ，病。況瘁，就文法言，是同義複詞。馬瑞辰《毛詩傳箋通釋》：「況瘁皆為病，與殄瘁、盡瘁同義。」朱熹《詩集傳》：「彼旗幟者，豈不旆旆而飛揚乎？但將帥以任大責重為憂，而僕夫亦為之恐懼而憔悴耳。」

章旨　二章敘述出征後，將帥、僕夫恐懼而憔悴的情形。

作法　二章兼有類疊（複疊）、設問而平鋪直敘的賦。

原文　王命南仲 [1]，往城于方 [2]　出車彭彭 [3]，旂旐央央 [4]。天子命我，城彼朔方 [5]。赫赫南仲 [6]，玁狁于襄 [7]。

押韻　三章方、彭、央、方、襄，是 15（陽）部。

注釋

1 王，指周王。命，命令。南仲，大將名。周宣王時，曾率兵討伐玁狁。
   程俊英、蔣見元《詩經注析》：「南仲，亦作南中、張仲，宣王時大
   將。」

2 城，本是名詞，此當動詞，築城。于，往，到……去。方，有二解：
   （一）朔方。（二）地名。朱守亮《詩經評釋》：「方，朔方也。或以為
   地名，即〈小雅‧六月〉詩『侵鎬及方』之方。」

3 彭彭，音邦邦，ㄅㄤ ㄅㄤ，有二解：（一）車馬眾多的樣子。（二）車行
   唪唪急馳的聲音。詳見朱守亮《詩經評釋》。

4 旂，音其，ㄑㄧˊ，畫有交龍的旗子。《爾雅‧釋天》：「有鈴曰旂。」
   毛《傳》：「交龍為旂。」旐，音兆，ㄓㄠˋ，繪有龜蛇的旗子。央央，
   鮮明的樣子。毛《傳》：「央央，鮮明也。」

5 彼，遠指指示代詞，「那」的意思。朔方，北方。毛《傳》：「朔方，北
   方。」

6 赫赫，威名顯耀的樣子。朱熹《詩集傳》：「赫赫，威名光顯也。」

7 于，王引之《經傳釋詞》：「于，猶是也。」玁狁于襄，玁狁是襄，當作
   「襄玁狁」，消滅玁狁。于、是，結構助詞，幫助動詞，將賓語前置。
   詳見陳霞村《古代漢語虛詞類解》。襄，消除、消滅。毛《傳》：「襄，
   除也。」

章旨 三章描述大將南仲出師勝利的狀況。

作法 三章兼有類疊（複疊）而平鋪直敘的賦。

原文 昔我往矣 [1]，黍稷方華 [2]；今我來思 [3]，雨雪載塗 [4]。王
   事多難，不遑啟居 [5]。豈不懷歸？畏此簡書 [6]。

押韻 四章華、塗、居、書，是 13（魚）部。

注釋

1　矣，語末助詞，表示已經這樣的事實。詳見楊樹達《詞詮・卷七》。

2　黍，稷之黏者，即小黃米。黏者是黍，不黏者是稷。詳見朱守亮《詩經評釋》。方，剛，正在。華、花是古今字。華是古字，花是今字。借「黍稷方華」代「夏天六月」，這是借代義。詳見蔡宗陽《文法與修辭探驪・修辭義探析》

3　思，語末助詞，無意義。詳見楊樹達《詞詮・卷六》。

4　雨，音玉，ㄩˋ，落、下。本是名詞，本當動詞。就文法言，是詞類活用。就修辭言，是轉品，又名轉類。載，就、於是。段德森《實用古漢語虛詞》：「連詞。『載』用作『則』，在句中起承上啟下的作用，可譯為『就』、『於是』。」塗，有二解：（一）同途，指征途。（二）凍釋。毛《傳》：「塗，凍釋也。」朱熹《詩集傳》：「凍釋而泥塗也。」是春天正月。陳奐《詩毛氏傳疏》：「『黍稷方華』著城方之始，『雨雪載塗』著伐戎之始。」按：借「雨雪載塗」代「春天正月」，這是借代義。詳見蔡宗陽《文法與修辭探驪・修辭義探所》。

5　遑，閒暇。不遑啟居，沒有閒暇，過平靜安居從容的生活。

6　豈不懷歸？畏此簡書。就部分言，「豈不懷歸」是設問中的激問，又名反詰。就整體言，是自問自答的提設問。此，近指指示代詞，「這」之意。詳見陳霞村《古代漢語虛詞類解》。簡書，策書、戎命。毛《傳》：「簡書，戎命也。」嚴粲《詩緝》引長樂劉氏曰：「謂王命載之於竹簡也。」余培林《詩經正詁》：「如後世之詔書、敕命。」

章旨　四章敘述還鄉途中，追憶往事的情景。

作法　四章兼有映襯（對比）、設問而觸景生情的興。

原文　喓喓草蟲¹，趯趯阜螽²。未見君子³，憂心忡忡⁴；既見君子⁵，我心則降⁶。赫赫南仲⁷，薄伐西戎⁸。

押韻 五章蟲、螽、忡、降、仲、戎，是 23（冬）部。

注釋

1 喓喓，音腰腰，一ㄠ 一ㄠ，草蟲鳴聲。就文法言，是狀聲詞。就修辭言，是摹寫。（摹狀）。草蟲，《爾雅》作「草螽」。郝懿行《爾雅義疏》:「《詩》作『草蟲』，蓋變文以韻句，蟲、螽，古字通也。」俗名紡織娘。

2 趯趯，音替替，ㄊㄧˋ ㄊㄧˋ，跳躍的樣子。就文法言，是疊字衍聲複詞。就修辭言，是類疊（複疊）。毛《傳》:「趯趯，躍也。」朱熹《詩集傳》:「趯趯，躍貌。」阜蟲，尚未生翅的幼蝗。陸德明《經典釋文》引李巡:「阜蟲，蝗子也。」

3 君子，指出征之人，其丈夫。

4 忡忡，音ㄔㄨㄥ ㄔㄨㄥ，憂心的樣子。《爾雅·釋訓》:「忡忡，憂也。」

5 既，已經。三句「未見」與五月「既見」，是映襯（對比）。

6 則，就。降，音洪，ㄏㄨㄥˊ，下。心降，心安。朱守亮《詩經評釋》:「意謂心在懸念，降則不懸而安矣。」

7 赫赫，威名顯耀。

8 薄，語首助詞，無意義。詳見楊樹達《詞詮·卷一》。伐，討伐。西戎，獫狁的別名。朱守亮《詩經評釋》:「西戎，西方昆夷也，即獫狁之別名，乃變其文，以叶韻耳。」

章旨 五章陳述將士出征，家人懷念的情形。

作法 五章兼有類疊（複疊）、映襯（對比）而觸景生情的興。

原文 青春日遲遲 1，卉木萋萋 2。倉庚喈喈 3，采蘩祁祁 4。執訊獲醜 5，薄言還歸 6。赫赫南仲，獫狁于夷 7。

押韻 六章遲、萋、喈、祁、夷，是 4（脂）部。歸，是 7（微）部。脂、微二部，是旁轉而押韻。

注釋

1 遲遲，舒緩的樣子。毛《傳》：「遲遲，舒緩也。」余培林《詩經正詁》：「春日漸長，故云（遲遲）。」

2 卉，音會，ㄏㄨㄟˋ，草。揚雄《方言》：「東越、揚州之間，名草為卉也。」毛《傳》：「卉，草也。」萋萋，茂盛的樣子。

3 倉庚，黃鶯，又名商庚、楚雀。詳見余培林《詩經正詁》。毛《傳》：「倉庚，離黃也。」喈喈，音基基，ㄐㄧ ㄐㄧ，鳥鳴聲。就文法言，狀聲詞。就修辭言，是摹寫（摹狀）。

4 采，採的古字。采、採，是古今字。就文字學言，采是本字，採是後起字。蘩，音煩，ㄈㄢˊ，白蒿。《爾雅·釋草》：「蘩，皤蒿。」祁祁，眾多的樣子。陳奐《詩毛氏傳疏》：「倉庚、采蘩，二月時也。」

5 執，擒。訊，言。《爾雅·釋言》：「訊，言也。」鄭玄《箋》：「執其可言問。」朱熹《詩集傳》：「訊，其魁首當訊問者也。」醜，眾。毛《傳》：「醜，眾也。」獲醜，獲其士卒。朱守亮《詩經評釋》：「獲醜，謂殺死眾多敵人也。」

6 薄，語首助詞，無意義。詳見楊樹達《詞詮·卷一》。言，語中助詞，無意義。詳見楊樹達《詞詮·卷七》。還，音旋，ㄒㄩㄢˊ，返。

7 于，王引之《經傳釋詞》：「于，猶是也。」玁狁于夷，當作「夷玁狁」，平定玁狁。于（是）係結構助詞，幫助動詞，將賓語前置。詳見陳霞村《古代漢語虛詞類解》。夷，平定、平服。毛《傳》：「夷，平也。」

章旨 六章描述春光明媚時，凱旋歸來的情況。

作法 六章兼有類疊（複疊）、摹寫（摹狀）而觸景生情的興。

研析

全詩六章，一、三章兼有類疊（複疊）而平鋪直敘的賦。二章兼有類疊（複疊）、設問而平鋪直敘的賦。四章兼有映襯（對比）、設問

而觸景生情的興。五章兼有類疊（複疊）、映襯（對比）而觸景生情
的興。六章兼有類疊（複疊）、摹寫（摹狀）而觸景生情。

　　余培林《詩經正詁》:「詩之前三章文字剛勁，一片肅殺之氣；後
三章則語多溫婉，寫景、抒情，並配時節。而前後文能融而為一，此
詩人之妙筆也。」此言甚諦。日本竹添光鴻《毛詩會箋》:「出師尚
嚴:讀首三章，便凜如秋霜；凱歸貴和:讀後三章，便藹如春露。其
間有整有暇，有勤有慎，有威有斷。我出我車，責任專也；自天子
所，寵命渥也；憂心悄悄，臨時懼也；執訊獲醜，恩威著也。全是專
閫氣象。」剖析精闢，詮證精確，詩義更易洞悉。

九　杕杜

　　有杕之杜，有睆其實。王事靡盬，繼嗣我日。日月陽
止，女心傷止，征夫遑止。

　　有杕之杜，其葉萋萋。王事靡盬，我心傷悲。卉木萋
止，女心悲止，征夫歸止。

　　陟彼北山，言采其杞。王事靡盬，憂我父母。檀車幝
幝，四牡痯痯，征夫不遠。

　　匪載匪來，憂心孔疚。期逝不至，而多為恤。卜筮偕
止，會言近止，征夫邇止。

注釋　〈杕杜〉，取首章首句「有杕之杜」的「杕杜」為篇名。這是
　　　　修辭學的「節縮」。

篇旨　姚際恆《詩經通論》：「此室家思其夫婦之詩。」屈萬里《詩經
　　　　詮釋》：「此征人思歸之詩。」王靜芝《詩經通釋》：「此閨人思
　　　　念征人之詩。」陳子展《詩經直解》：「〈杕杜〉，征夫踰時不
　　　　歸，婦人思怨之作。」綜觀眾說，篇旨洞悉，詩義更明確矣。

原文　有杕之杜¹，有睆其實²。王事靡盬³，繼嗣我日⁴。日
　　　　月陽止⁵，女心傷止，征夫遑止⁶。

押韻　一章杕，是 13（魚）部。盬、陽、傷、遑，是 15（陽）部。
　　　　魚、陽二部，是對轉而押韻。實、日，是 5（質）部。

注釋

　　1　杕，音地，ㄉㄧˋ，孤特的樣子。毛《傳》：「杕，特貌。」有杕，杕
　　　　然，孤特的樣子。之，連詞，相當於口語「的」之意。詳見楊樹達《詞
　　　　詮·卷五》。杜，木名，赤棠樹。毛《傳》：「杜，赤棠也。」

2 有皖其實，當作「其實有皖」，是兼有押裝肯定句的倒裝。詳見附錄：
《詩經》倒裝的三觀。皖，音晚，ㄨㄢˇ。有皖，皖然，果實眾多而美
好的樣子。毛《傳》：「皖，實貌。」其，代詞，其，代詞，指杜。詳見
楊樹達《詞詮·卷四》。

3 王事，王室之事，指行役之事、國家大事。靡，非，不。盬，音古，
《ㄨˇ，止息、休止、止境。

4 嗣，續。鄭玄《箋》：「嗣，續也。」我，指征人。繼嗣我日，繼續我出
征之日。馬瑞辰《毛詩傳箋通釋》：「此詩戍役，蓋以春行，至秋杜成
實，已近秋時。過期不返，故曰：『繼嗣我日』。」

5 日月，指時光。陽，幽曆與夏曆同月，相當於殷曆十一月、周曆十二
月。《爾雅·釋天》：「十月為陽。」本章三個「止」字，語末助詞，表
示決定。詳見楊樹達《詞詮·卷五》

6 遑，閒暇。鄭玄《箋》：「遑，暇也。」朱守亮《詩經評釋》：「征夫此時
當有暇歸家而竟未能，故念之深也。」

章旨 一章陳述閨人想念征夫當歸而未歸，思念傷心的情形。

作法 一章兼有倒裝而觸景生情的興。

原文 有杕之杜，其葉萋萋 [1]。王事靡盬，我心傷悲 [2]。卉木
萋止 [3]，女心悲止，征夫歸止 [4]。

押韻 二章杜、盬，是 13（魚）部。萋，是 4（脂）部。悲、悲、
歸，7（微）部。脂、微二部，是旁轉而押韻。

注釋

1 其，代詞，指杜。萋萋，枝葉茂盛的樣子。程俊英、蔣見元《詩經注
析》：「萋萋，枝葉茂盛貌。指次年春時。」

2 傷悲，當作「悲傷」，為押韻而倒裝，這是肯定句的倒裝。詳見附錄：
《詩經》倒裝的三觀。

3　卉，音會，ㄏㄨㄟˋ，草。本章三個「止」字，語末助詞，表示決定。

4　征夫歸，征夫此時應該歸家，但實際上沒有回家。

章旨　二章敘述閨人想念丈夫該回家而未回，思念傷心的狀況。

作法　二章兼有類疊（複疊）、倒裝而觸景生情的興。

原文　陟彼北山[1]，言采其杞[2]。王事靡盬，憂我父母[3]。檀車
　　　　幝幝[4]，四牡痯痯[5]，征夫不遠[6]。

押韻　三章杞、母，24（之）部。幝、痯、遠，是 3（元）部。

注釋

1　陟，音至，ㄓˋ，爬登。彼，遠指代詞，「那」之意。指北山。

2　言，語首助詞，無意義。詳見楊樹達《詞詮・卷七》。采，是「採」的
　　古字。采、採，古今字。其，代詞，指北山。杞，音起，ㄑㄧˇ，枸
　　杞。《爾雅・釋木》：「杞，枸檵。」郭璞注：「今枸杞也。」又名苦杞、
　　地骨。陸璣《毛詩草木鳥獸蟲魚疏》：「一名苦杞，一名地骨，春生，作
　　羹茹微苦。」

3　憂我父母，朱守亮《詩經評釋》：「女子之憂心於父母，因丈夫出征不在
　　家，無人耕稼，將使父母生活發生困難，故而擔憂也。」

4　檀，音談，ㄊㄢˊ，木名。朱熹《詩集傳》：「檀木堅，宜為車。」檀
　　車，役車。毛《傳》：「檀車，役車也。」幝幝，音產產，ㄔㄢˇ
　　ㄔㄢˇ，有二解：（一）車聲。屈萬里《詩經詮釋》：「幝幝，疑與嘽嘽
　　（音貪，ㄊㄢ ㄊㄢ）同義，車聲也。」（二）破舊的樣子。毛《傳》：
　　「幝幝，敝貌。」馬瑞辰《毛詩傳箋通釋》：「物敝則緩，義正相通。」

5　痯痯，音管管，ㄍㄨㄢˇ ㄍㄨㄢˇ，疲憊而生病的樣子。《爾雅・釋
　　訓》：「痯痯，病也。」毛《傳》：「痯痯，罷（疲）貌。」

6　征夫不遠，朱守亮《詩經評釋》：「距家不遠，言其將至也。」程俊英、
　　蔣見元《詩經注析》：「征夫不遠，這句是思婦猜測之辭，車敝馬疲，征

夫服役日久，他或許歸期不遠了。姚際恆《詩經通論》:「末三句，想像
甚妙。」按:此三句是修辭學的懸想示現。詳見蔡宗陽《應用修辭
學》。

章旨 三章描述閨人思念征夫，而登北山，遠望之，想像其夫將歸的
情形。

作法 三章兼有懸想示現、類疊（複疊）而觸景生情的興。

原文 匪載匪來 [1]，憂心孔疾 [2]。期逝不至 [3]，而多為恤 [4]。卜
筮偕止 [5]，會言近止 [6]，征夫邇止 [7]。

押韻 四章來、疚，是 24（之）部。至、恤，是 5（質）部。偕、
邇。是 4（脂）部。質、脂二部，是對轉而押韻。

注釋

1 匪，匪，不。載，乘。匪載匪來，征夫不乘於車，人亦不見歸來。

2 孔，甚，很，非常。疚，病痛、痛苦、難過。

3 期，歸期。逝，往，已過。不至，仍然歸至，即還是不回家。

4 而多為恤，當作「而恤為多」，為押韻而倒裝。而，乃。屈萬里《詩經
詮釋》:「而，猶乃也。」恤，憂。毛《傳》:「恤，憂也。」程俊英、蔣
見元《詩經注析》:「而多為恤，是倒裝句，即『而恤為多』，以憂愁為
多。」

5 卜，用龜甲，占吉凶。筮，音士，ㄕˋ，用蓍（音詩，ㄕ）草，占吉
凶。偕，音皆，ㄐㄧㄝ，俱。既卜又筮，卜筮俱用。朱熹《詩集傳》，
引范氏:「以卜筮終之，言思之切而無所不為也。」本章三個「止」
字」語末助詞，表示決定。詳見楊樹達《詞詮‧卷五》。

6 會，綜合。鄭玄《箋》:「會，合。」綜合卜、筮的結果，都說征夫距家
已近。

7 邇，近。毛《傳》:「邇，近也。」征夫歸期很近，而將至矣。

章旨　四章敘述望夫早歸，而夫不歸，就占噬之，占辭曰近，閨人相信丈夫將歸來，以抒發思念的情緒。

作法　四章兼有類疊（複疊）而平鋪直敘的賦。

研析

　　全詩四章，首章兼有倒裝而觸景生情的興，次章兼有類疊（複疊）、倒裝而觸景生情的興，三章兼有懸想示現、類疊（複疊）而觸景生情的興，四章兼有類疊（複疊）而平鋪直敘的賦。

　　余培林《詩經正詁》：「每章前四句（第三章前六句）皆征夫自述其行役之勞，思歸之苦，後三句（第三章末句）語氣突發，疊用『止』字為語末。轉述室家思己歸而傷悲，望己歸之殷切。……二章曰『逝止』，二章曰『歸止』（始歸也），三章曰『不遠』，四章曰『邇止』，層層遞遞（此乃修辭學層遞手法），愈後而愈急。明明是思念室家，而反寫室家思之，與老杜『香霧雲鬟溼，清暉玉臂寒』之筆法，先後輝映。」洵哉斯言。朱守亮《詩經評釋》：「於〈杕杜〉詩，知閨人之情切、意厚、憂深，傷悲無限也。」此言甚諦。桓寬《鹽鐵論‧繇役》：「古者無過年之繇，無踰時之役。今近者數千里，遠者過萬里，歷一期長子不還，父母憂愁妻子詠歎，憤懑之恨，發動於心，慕思之積，痛於骨髓。此〈杕杜〉、〈采薇〉之所為作也。」其說俞矣。

十　魚麗

魚麗于罶，鱨鯊。君子有酒，旨且多。
魚麗于罶，魴鱧。君子有酒，多且旨。
魚麗于罶，鰋鯉。君子有酒，旨且有。
物其多矣，維其嘉矣。
物其旨矣，維其偕矣。
物其有矣，維其時矣。

注釋　〈魚麗〉，取首章首句「魚麗于罶」的「魚麗」為篇名。

篇旨　朱熹《詩集傳》：「此燕饗通用之樂歌。」余培林《詩經正詁》：「此乃此詩之用，非初作之本旨也。」姚際恆《詩經通論》：「此王者燕享臣士之樂歌。」洵哉斯言。

原文　魚麗于罶[1]，鱨鯊[2]。君子有酒[3]，旨且多[4]。

押韻　一章罶、酒，是21（幽）部。鯊、多，是1（歌）部。

注釋

1　麗，同「罹」，遭遇。屈萬里《詩經詮釋》：「麗，罹也，遭也。」于，於，在。罶，音柳，ㄌㄧㄡˇ，捕魚的竹器。毛《傳》：「罶，曲梁也，寡婦之笱也。」孔穎達《毛詩正義》：「曲，薄也。以薄為魚笱，其功易，故號之寡婦笱耳，非寡婦所作也。」按：笱，音苟，ㄍㄡˇ，大口窄頸，能進而不能出的捕魚竹籠。

2　鱨，音嘗，ㄔㄤˊ，黃鱨名，又名黃頰魚。詳見陸璣《毛詩草木鳥獸蟲魚疏》。邱靜子《詩經蟲魚意象研究》：「古書所謂之『鱨』，當是鯰，形目，鱨科，黃頰魚類，俗稱黃臘丁。……象徵禮意之動。」鯊，音沙，ㄕㄚ，能吹沙的小魚。《爾雅‧釋魚》：「鯊，鮀（音駝，ㄊㄨㄛˊ）。」

郭璞注：「今吹沙小魚。」

3　君子，有二解：（一）君王。（二）指宴客的主人。

4　旨，美。且，又。許慎《說文解字》：「旨，美也。」鄭玄《箋》：「酒美而此魚又多也。」馬瑞辰《毛詩傳箋通釋》：「『旨且多』、『多且旨』、『旨且有』，自專指酒言之。」按：前二句言，後二句言酒。

章旨　一章敘述以魚鮮酒，美燕饗賓客，賓客讚美的情況。

作法　一章睹物思人的興。

原文　魚麗于罶，魴鱧[1]。君子有酒，多且旨[2]。

押韻　二章罶、酒，是 21（幽）部。鱧、旨，是 4（脂）部。

注釋

1　魴，音房，ㄈㄤˊ，鯿魚，又名赤尾魚。鱧，音禮，ㄌㄧˇ，烏魚。屈萬里《詩經詮釋》：「鱧，音禮，即今烏魚。」李時珍《本草綱目》：「鱧魚，蠡蟲、玄鱧、烏鱧、銅魚、文魚，俗呼火柴頭魚。」邱靜子《詩經蟲魚意象研究》：「《詩經》言『鱧』者，僅一見，象徵禮意之勤（〈小雅·魚麗〉）。」

2　旨，美。許慎《說文解字》：「旨，美也。」鄭玄《箋》：「酒多而此魚又美也。」

章旨　二章描述以魚鮮酒美燕饗賓客，賓客讚美的情形。

作法　二章睹物思人的興。

原文　魚麗于罶，鰋鯉[1]。君子有酒，旨且有[2]。

押韻　三章罶、酒，是 21（幽）部。鯉、有，是 24（之）部。幽、之二部，是旁轉而押韻。

注釋

1　鰋，音晏，ㄧㄢˋ，鮎（音拈，ㄋㄧㄢˊ），俗稱黏魚。毛《傳》：「鰋，

鮎也。」陳大章《詩傳名物集覽》、徐鼎《毛詩名諺圖說》，陳、徐二氏
之說，以為「鰋非鮎」。鰋屬魚類體長，頭部扁平。口闊，呈弧形，有
鬚，眼小，體光滑無麟，具黏液。象徵禮意之勤。詳見邱靜子《詩經蟲
魚意象研究》。按：「鮎」字又作「鯰」，與鰋皆屬鯰形目，因而形似。
鮎為鯰科，鯰屬，鰋為吸口鯰科，鰋屬，二者不同。

2 有，多。朱熹《詩集傳》：「有，猶多也。」旨且有，猶旨且多，變文以
協韻。按：首章末句「旨且多」、次章末句「多且旨」、三章末句「旨且
有」，這是層遞，兼有頂針（頂真）的修辭手法。

章旨 三章陳述以魚鮮酒美燕饗賓客，賓客讚美的狀況。

作法 三章睹物思人的興。

原文 物其多矣[1]，維其嘉矣[2]。

押韻 四章多、嘉，是 1（歌）部。

注釋

1 物，指燕饗賓客所列的食物。其，副詞，「大概」之意。段德森《實用
古漢語虛詞》：「其，副詞，表示對數量不十分肯定的推測、估計，可譯
為『大概』。」矣，語末助詞，表示感歎。楊樹達《詞詮・卷七》。

2 維，語首助詞。楊樹達《詞詮・卷八》：「維，語首助詞。《爾雅・釋
詁》：『伊，維也。』」邢昺《疏》：『發語辭。』」其，代詞，指物。嘉，
美好。矣，「啊」之意。段德森《實用古漢語虛詞》：「『矣』用在句末，
表示一般的感歎語氣，可譯為『啊』。」按：這裡表示讚美語氣。

章旨 四章讚美酒食豐盛而美味的情況。

作法 四章兼有讚歎而平鋪直敘的賦。

原文 物其旨矣[1]，維其偕矣[2]。

押韻 五章旨、偕，是 4（脂）部。

注釋

1　其，副詞，表示對事物不十分肯定的推測、估計，可譯為「大概」。詳見段德森《實用古漢語虛詞》。旨，美。矣，語末助詞，「啊」之意，表示讚美語氣。

2　維，有二解：（一）語首助詞。（二）發語詞。其，代詞，指物。偕，齊備。蘇轍《詩集傳》：「偕，齊也。」矣，語末助詞，「啊」之意，表示讚美語氣。

章旨　五章讚美各種食物皆齊備而美味可口的情形。

作法　五章兼有贊歎而平鋪直敘的興。

原文　物其有矣¹，維其時矣²。

押韻　六章有、時，是 21（之）部。

注釋

1　上、下兩個「矣」字，表示讚美語氣，「啊」之意。有，多。朱熹《詩集傳》：「有，猶多也。」

2　時，指當時新鮮的食物。毛《傳》：「時，得其時。」嚴粲《詩緝》：「時，適當其時。」

章旨　六章讚美所有食物既多又新鮮的情況。

作法　六章兼有讚歎而平鋪直敘的賦。

研析

　　全詩六章，一、二、三章皆睹物思人的興。四、五、六章皆兼有讚歎而平鋪直敘的賦。

　　余培林《詩經正詁》：「前三章只言魚與酒，後三章推展開去，擴及萬物。後三章多、旨、有，依次承前三章末一字，為一層；嘉、偕、時，又為一層。於文句中，參差中見規律，於形式複疊中有層次，而主厚客觀，人和年豐之意，盡在其中。」洵哉斯言。王靜之

《詩經通釋》:「此詩共章。前三章為同義三疊唱;後三章又為同義三疊唱。為雙重之三疊唱者,亦為極美之形式。」其說甚諦。

　　南陔

　　白華

　　華黍

　　以上三篇,僅有篇目而無詩。朱熹《詩集傳》:「此笙詩也,有聲無辭。」誠哉斯言。

南有嘉魚之什

一　南有嘉魚

> 南有嘉魚，烝然罩罩。君子有酒，嘉賓式燕以樂。
> 南有嘉魚，烝然汕汕。君子有酒，嘉賓式燕以衎。
> 南有樛木，甘瓠纍之。君子有酒，嘉賓式燕綏之。
> 翩翩者鵻，烝然來思。君子有酒，嘉賓式燕又思。

注釋　〈南有嘉魚〉，取首章首句「南有嘉魚」為篇名。

篇旨　朱熹《詩集傳》：「此亦燕饗通用之樂。」余培林《詩經正詁》：「此當是述君燕臣工，君臣偕樂之詩。後世乃用為燕禮、鄉飲酒之樂，故燕禮、鄉飲酒禮皆歌之也。」陳子展《詩經直解》：「〈南有嘉魚〉，君子以魚酒燕樂嘉賓之詩。」綜觀諸說，詩義更洞悉矣。

原文　南有嘉魚 ¹，烝然罩罩 ²。君子有酒 ³，嘉賓式燕以樂 ⁴。

押韻　一章四章罩、樂，是 20（藥）部。

注釋

1　南，南方，指長江、漢水之間。毛《傳》：「南，江、漢之間，魚所產也。」鄭玄《箋》：「言南方水中有善魚。」嘉魚，善魚。

2　烝然，眾多的樣子。唐朝陸德明《經典釋文》引王肅云：「烝，眾也。」罩罩，游水的樣子。馬瑞辰《毛詩傳箋通釋》：「罩罩，汕汕，蓋皆眾魚游水之貌。」

3　君子，有二解：（一）指宴客之主人。詳見朱守亮《詩經評釋》。（二）

指君王。詳見余培林《詩經正詁》。

　4　式，語首助詞，無意義。詳見楊樹達《詞詮‧卷五》。燕，義同「宴」，宴飲。詳見屈萬里《詩經詮釋》。以，承接連詞，與「而」同。詳見楊樹達《詞詮‧卷七》。

章旨　一章敘述以嘉魚宴飲嘉賓，賓主皆歡樂的情形。

作法　一章由南方有嘉魚，聯想燕饗嘉賓的興。

原文　南有嘉魚，烝然汕汕[1]。君子有酒，嘉賓式燕以衎[2]。

押韻　二章汕、衎，是 3（元）部。

注釋

　1　汕汕，音善善，ㄕㄢˋ ㄕㄢˋ，魚游水的樣子。許慎《說文解字》：「汕，魚游水貌。」

　2　衎，音看，ㄎㄢˋ，樂。毛《傳》：「衎，樂也。」

章旨　二章陳述以魚酒燕饗嘉賓，賓主盡歡的情況。

作法　二章由南方有嘉魚，聯想燕饗嘉賓的興。

原文　南有樛木[1]，甘瓠纍之[2]。君子有酒，嘉賓式燕綏之[3]。

押韻　三章纍、綏，是 7（微）部。

注釋

　1　樛，音糾，ㄐㄧㄡ。樛木，枝條向下彎曲的樹木。毛《傳》：「木下曲曰樛。」

　2　瓠，音胡，ㄏㄨˊ，葫蘆。呂祖謙《呂氏家熟讀詩記》：「瓠有甘有苦，甘瓠則可食也。」纍，音雷，ㄌㄟˊ，纏繞。陸德明《經典釋文》：「纍，纏繞也。」之，代詞，指樛木。

　3　綏，安心享樂。毛《傳》：「綏，安也。」綏之，使之綏，致使動詞、役使動詞。之，代詞，指嘉賓。

章旨　三章以南有樛木，聯想燕饗賓客的狀況。

作法　三章觸景生情的興。

原文　翩翩者鵻[1]，烝然來思[2]。君子有酒，嘉賓式燕又思[3]。

押韻　四章來、又，是24（之）部。

注釋

1　翩翩，鳥飛翔的樣子。朱熹《詩集傳》：「翩翩，飛貌。」者，代詞，「的」之意。楊樹達《詞詮‧卷五》：「者，指示代名詞。兼代人物。代人可譯為『人』，代事物可譯為『的』。」鵻，音追，ㄓㄨㄟ，夫不、鵻鴰、浮鳩、楚鳩、祝鳩，即今鴿子。詳見余培林《詩經正詁》。王闓運《詩經補箋》：「鵻，祝鳩，今鴿也。」

2　烝然，眾多的樣子。思，語末助詞，無意義。詳見楊樹達《詞詮‧卷六》。

3　又，勸酒。胡承拱《毛詩後箋》：「又，疑侑之假借。侑，勸也。」思，語末助詞，無意義。詳見楊樹達《詞詮‧卷六》。

章旨　四章敘述以翩翩者鵻，聯想燕饗嘉賓的情形。

作法　四章觸景生情的興。

研析

　　全詩四章，一、二章由南方有嘉，聯想燕饗嘉賓方興。三、四章觸景生情的興。

　　王靜芝《詩經通釋》：「此篇前後四章，前二章以南有嘉魚起興，三章改南有樛木，四章改翩翩者鵻，而統以君子有酒嘉賓式燕貫之，結構極美。」洵哉斯言。余培林《詩經正詁》：「魚、樛木、鵻，皆眾微嘉賓，觀乎前三章皆有『南有』之文，『南有樛』又見於〈周南〉，則此嘉賓當皆南方之諸侯也。又一、二章韻在句末，三、四章韻在第三字，變化中有規律。由此可知，末句『又思』之思，即『來思』之

思，為語詞無疑。」此言甚諦。按：楊樹達《詞詮・卷六》：「思，語末助詞，無義。」是其證也。

二　南山有臺

南山有臺，北山有萊。樂只君子，邦家之基；樂只君
子，萬壽無期。

南山有桑，北山有楊。樂只君子，邦家之光；樂只君
子，萬壽無疆。

南山有杞，北山有李。樂只君子，民之父母；樂只君
子，德音不已。

南山有栲，北山有杻。樂只君子，遐不眉壽；樂只君
子，德音是茂。

南山有枸，北山有楰。樂只君子，遐不黃耇；樂只君
子，保艾爾後。

注釋　〈南山有臺〉，取首章首句「南山有臺」為篇名。

篇旨　季本《詩說解頤》：「此人臣頌美其君之辭。」余培林《詩經正
詁》：「《詩》曰：『邦身家之基』『邦家之光』，則此君當是邦國
之諸候，而非天子也。」朱守亮《詩經評釋》：「此頌德祝壽之
詩。」通觀眾說，詩義篇旨更明確矣。

原文　南山有臺 [1]，北山有萊 [2]。樂只君子 [3]，邦家之基 [4]；樂
只君子，萬壽無期 [5]。

押韻　一章臺、萊、基、期，是 24（之）部。

注釋

1　臺，通「薹」，莎草，又名蓑衣草。《爾雅・釋草》：「臺，夫須。」陸璣
《毛詩草木鳥獸蟲魚疏》：「舊說，夫須，莎草也，可以為蓑笠。」余培
林《詩經正詁》：「蓑以禦雨，笠以遮陽。今人多以臺為簑，而以箬為

笠。」

2 萊，草名。毛《傳》：「萊，草也。」孔穎達《毛詩正義》：「萊為草之總名，非有別草名之為萊。」陸璣《毛詩草木鳥獸蟲魚疏》：「萊，草名，其葉可食，今兗（音眼，ㄧㄢˇ）州人蒸以為茹。」

3 樂只君子，當作「君子樂只」，不兼押韻的讚美句倒裝。詳見附錄：《詩經》倒裝的三觀。只，語中助詞，無意義。楊樹達《詞詮·卷五》：「只，語中助詞，無義。如〈小雅·南山有臺〉：『樂只君子，邦家之基。』」樂，快樂。段德森《實用古漢語虛詞》：「只，助詞，一般用『啊』去對譯，有的也不必譯出。」高亨《詩經今注》：「只，猶哉，語氣詞。」朱守亮《詩經評釋》：「樂只，猶言樂哉。」君子樂只，譯為「快樂啊君子」，意義更明確。余培林《詩經正詁》：「君子，由『邦家之基』、『民之父母』等語觀之，當是『諸侯』。」

4 邦，國。江必興、胡家賜、段德森《同義辨析》：「『邦』、『國』，《說文》：『邦，國也。』『國，邦也。』二者都指國家或諸侯的封地。」朱守亮《詩經評釋》：「邦家，國家也。」按：古代天子有天下，諸侯有國，大夫有家。邦國，國家，是偏義複詞，僅「國」之意。基，根本。毛《傳》：「基，本也。」

5 無期，無窮盡。嚴粲《詩緝》：「無期，言無窮也。」萬壽無期，萬年長壽，而無盡期。

章旨 一章敘述以南山有臺起興，祝君子萬年長壽而無窮期的情形。

作法 一章觸景生情的興。

原文 南山有桑，北山有楊。樂只君子，邦家之光[1]；樂只君子，萬壽無疆[2]。

押韻 二章桑、楊、光、疆是 15（陽）部。

注釋

1　光，光榮。高亨《詩經今注》：「光，光榮。」

2　萬壽無疆，萬年長壽而無窮盡。疆，疆界，界限。毛《傳》：「疆，竟（境）也。」

章旨　二章以南山有桑起興，祝君子萬年長壽鸞無窮盡的狀況。

作法　二章觸景生情的興。

原文　南山有杞 1，北山有李。樂只君子，民之父母 2；樂只君子，德音不已 3。

押韻　三章杞、李、母、已，是 24（之）部。

注釋

1　杞，音起，ㄑㄧˇ，木名，枸杞。

2　民之父母，余培林《詩經正詁》：「言愛民如子，民戴之若父母也。」朱守亮《詩經評釋》：「言頌其為民之父母，期其懷安其民，造福其民也。」

3　德音，聲名。嚴粲《詩緝》：「德音，聲名也。」不已，不止。鄭玄《箋》：「已，止也。」德音不已，言其聲名不止，即聲譽日盛之意。詳見余培林《詩經正詁》。

章旨　三章描述以南山有杞起興，祝君子聲譽日高而不止的情況。

作法　三章觸景生情的興。

原文　南山有栲 1，北山有杻 2。樂只君子，遐不眉壽 3；樂只君子，德音是茂 4。

押韻　四章栲、杻、壽、茂，是 21（幽）部。

注釋

1　栲，音考，ㄎㄠˇ，山樗（音書，ㄕㄨ）。《爾雅·釋木》：「栲，山

樗。」

2 杻，音紐，ㄋㄧㄡˇ，檍。《爾雅‧釋木》：「杻，檍（音億，ㄧˋ）。」

3 遐，何，為何。王引之《經傳釋詞》：「遐，何也。遐不，何不也。」眉壽，長壽、高壽。毛《傳》：「眉壽，秀眉也。」孔穎達《毛詩正義》：「人年老者必有豪毛秀出。」

4 是，連詞，表示承接，承接前邊已實現的事實而引出結果，可譯為「因此」。詳見段德森《實用古漢語虛詞》。茂，美盛。〈齊風‧還〉毛《傳》：「茂，美也。」鄭玄《箋》：「茂，盛也。」

章旨 四章敘述以南山有栲起興，祝君子高壽而聲譽日隆的情形。

作法 四章觸景生情的興。

原文 南山有枸[1]，北山有楰[2]。樂只君子，遐不黃耇[3]；樂只君子，保艾爾後[4]。

押韻 五章枸、楰、耇、後，是16（侯）部。

注釋

1 枸，音舉，ㄐㄩˇ，木名，枳枸，又名木蜜。毛《傳》：「枸，枳枸。」孔穎達《毛詩正義》：「枸樹高大似白楊，有子著枝端，大如指，長數寸。噉（音啖，ㄉㄢˋ）之甘美如飴，八月熟。今官園種之，謂之木蜜。」按：噉、啖、啗，音義同，「吃」之意。

2 楰，音余，ㄩˊ，木名，鼠梓、苦楸。《爾雅‧釋木》：「楰，鼠梓。」孔穎達《毛詩正義》：「陸璣《疏》曰：『其樹葉木理如楸，山楸之異者，今人謂之苦楸。』是也。」

3 遐不黃耇，是設問中的激問，又名反詰。遐不，為何不。黃，黃髮。毛《傳》：「黃，黃髮也。」孔穎達《毛詩正義》：「老人髮白復黃也。」耇，音苟，ㄍㄡˇ，老。《爾雅‧釋詁》：「黃髮、齯齒、鮐背、耇、老，壽。」黃耇，長壽。

4　保，安。毛《傳》：「保，安也。」艾，音愛，ㄞˋ，養育。毛《傳》：
　　「艾，養也。」爾，汝，代詞。後，後代子孫。保艾爾後，言保護養育
　　汝後代子孫。

章旨　五章陳述以南山有枸起興，祝君子長壽而能安養其後代子孫的
　　狀況。

作法　五章觸景生情的興。

研析

　　全詩五章，皆是觸景生情的興。

　　日本竹添光鴻《毛詩會箋》：「詩舉草木，各有倫類；臺也、萊，
附地者也，故曰邦家之基；桑也、楊也，葉之沃若者也，故曰邦家之
光；杞也、李也，多子者也，故曰民之父母；栲杻也、枸楰也，耐久
者也，故曰眉壽、黃耇，非真叶韻而已。」洵斯斯言。余培林《詩經
正詁》：「臺、萊、桑、楊等各有其用，此象徵邦國人才濟濟。山有草
木，則生機旺盛，此象徵邦國基礎穩固，國力深厚。要之，皆有所取
義也。」此言甚諦。余培林又云：「一章曰：『萬壽無期。』二章曰：
『萬壽無疆。』此祝其長壽無盡也；三章曰：『德音不已。』四章
曰：『德音是茂。』此祝其聲譽不已也；末章曰：『保艾爾後。』此祝
其子孫無窮也。先言壽命，次言聲譽，末言子孫，自有層次。」旨哉
此言。朱守亮《詩經評釋》：「上〈天保〉詩『九如』，以錯綜出之。
此詩十『樂只』，整整相對。〈天保〉言『爾』，此詩亦言『爾』。或錯
綜，或整齊，或相同。章法所，又不盡相似也。」旨哉斯言。

　　由庚

　　崇丘

　　由儀

　　以上三篇，亦僅有篇目而無詩，與〈南陔〉、〈白華〉、〈華黍〉相
同。朱熹《詩集傳》：「此亦笙詩也，有聲無詞。」洵哉斯言。

三 蓼蕭

　　蓼彼蕭斯，零露湑兮。既見君子，我心寫兮。燕笑語兮，是以有譽處兮。

　　蓼彼蕭斯，零露瀼瀼。既見君子，為龍為光。其德不爽，壽考不忘。

　　蓼彼蕭斯，零露泥泥。既見君子，孔燕豈弟。宜兄宜弟，令德壽豈。

　　蓼彼蕭斯，零露濃濃。既見君子，鞗革忡忡。和鸞雝雝，萬福攸同。

注釋　〈蓼蕭〉，取首章首句「蓼彼蕭斯」的「蓼蕭」為篇名。這是修辭學的「節縮」。

篇旨　朱熹《詩集傳》：「諸侯朝於天子，天子與之燕，以示慈惠，故歌此詩。」王靜芝《詩經通釋》：「細審詩義，是天子燕諸侯而美之之語，亦戒而勵之。其始當是天子美諸侯之詩，後乃引以為燕諸侯之樂歌。」吳闓生《詩義會通》：「據詞當是諸侯頌美天子之作。」綜觀諸說，詩義更洞悉矣。

原文　蓼彼蕭斯[1]，零露湑兮[2]。既見君子[3]，我心寫兮[4]。燕笑語兮[5]，是以有譽處兮[6]。

押韻　一章湑、寫、語、處，是13（魚）部。

注釋

1 蓼，音路，ㄌㄨˋ，長大的樣子。毛《傳》：「蓼，長大貌。」彼，遠指代詞，「那」之意。詳見陳霞村《古代漢語虛詞類解》。蕭，荻蒿。《爾雅・釋草》：「蕭，荻。」毛《傳》：「蕭，高也。」陸璣《毛詩草木鳥獸

蟲魚疏》：「今人所謂荻蒿者是也。」斯，語末助詞，無意義。詳見楊樹達《詞詮・卷六》。

2 零，落。毛《傳》三零，落也。」湑，音許，ㄒㄩˇ，盛多的樣子。本章四個「兮」字，語末助詞，無意義。詳見楊樹達《詞詮・卷四》。

3 既，已經。君子，有二解：（一）指諸侯。（二）指周天子。

4 寫，輸寫，舒洩，舒暢。毛《傳》：「寫，輸寫其心也。」鄭玄《箋》：「我心寫者，舒其情意無留恨也。」余培林《詩經正詁》：「今猶稱逍遙舒適曰寫意。我心寫兮，即我心舒暢也。」陳奐《詩毛氏傳疏》：「《經》言寫，《傳》言輸寫，此以雙字釋單字，輸亦寫也。」

5 燕，有二解：（一）樂。見余《正詁》。（二）燕飲。鄭玄《箋》：「天子與之燕而笑語。」

6 是，此。以，因。是以，因此。譽，樂。蘇轍《詩集傳》：「譽、豫通。凡《詩》之譽，皆言樂也。」處，安樂。朱熹《詩集傳》：「處，安樂也。」程俊英、蔣見元《詩經注析》：「這二句意為，大雨在宴會中有說明笑，所以會場裡含有安樂的氣氛。」

章旨　一章以蓼蕭起興，敘述天子接見諸侯，燕飲而安樂的情況。

作法　一章觸景生情的興。

原文　蓼彼蕭斯，零露瀼瀼¹。既見君子，為龍為光²。其德不爽³，壽考不忘⁴。

押韻　二章瀼、光、忘，是 15（陽）部。

注釋

1 零，落。瀼瀼，音攘攘，ㄖㄤˊ ㄖㄤˊ，盛多的樣子。這是類疊（複疊）。毛《傳》：「瀼瀼，盛貌。」朱熹《詩集傳》：「濃濃，亦露多貌。」

2 為，是。楊樹達《詞詮・卷八》：「為，不完全內動詞，是也。」龍，恩

寵。毛《傳》：「龍，寵也。」光，光榮。此言君子既是加恩寵於我，又
是加光榮於我。

3　其，代詞，指君子。爽，差錯。毛《傳》：「爽，差也。」此言君子品德
完美高尚而無差錯。

4　考老。許慎《說文解字》：「考，考也。」忘，止。壽考不忘，長生不
老、長壽無窮盡。

章旨　二章以蓼蕭起興，陳述天子燕飲諸侯，而諸侯讚美天子品德，
並祝天子萬壽無疆。

作法　二章兼有類疊（複疊）而觸景生情的興。

原文　蓼彼蕭斯，零露泥泥 [1]。既見君子，孔燕豈弟 [2]。宜兄
宜弟 [3]，令德壽豈 [4]。

押韻　三章泥、弟、弟，是 4（脂）部。豈，是 7（微）部。脂、微
二部，是旁轉而押韻。

注釋

1　泥泥，音你你，ㄋㄧˇ　ㄋㄧˇ，有二解：（一）露盛多的樣子。（二）露
溼的樣子。毛《傳》：「泥泥，露濡也。」這是類疊（複疊），也是疊字
衍聲複詞。

2　孔，甚、很、非常。燕，安樂。鄭玄《箋》：「孔，甚。燕，安也。」豈
弟，音慨替，ㄎㄞˇ　ㄊㄧˋ，既快樂又平易近人。毛《傳》：「豈，樂。
弟，易也。」

3　宜，適合。宜兄宜弟，形容兄弟親密而疑忌。朱熹《詩集傳》：「宜兄宜
弟，猶曰宜其家，蓋諸侯繼世而立，多疑忌其兄弟，故以宜其兄弟美
之，亦所以警戒之也。」

4　令，美。豈，音慨，ㄎㄞˇ，歡樂。此言君子既有美德，又長壽歡樂。

章旨　三章以蓼蕭起興，描述君子燕饗諸侯，而諸侯讚美其德，並祝

君子長壽而和樂。

作法　三章兼有類疊（複疊）而觸景生情的興。

原文　蓼彼蕭斯，零露濃濃[1]。既見君子，鞗革忡忡[2]。和鸞雝雝[3]，萬福攸同[4]。

押韻　四章濃、忡，是 23（冬）部。同，是 18（東）部。冬、東二部，是旁轉而押韻。

注釋

1　濃濃，濃厚的樣子。毛《傳》：「濃濃，原貌。」

2　鞗，音條，ㄊㄧㄠˊ，轡首銅。革，馬勒。陳奐《詩毛氏傳疏》：「鞗當作鋚。廿，古文甥。《說文》云：『鋚，轡首銅也。』『勒，馬頭絡銜也。』『衍，馬勒口中也。』是轡之路馬首者，謂之勒，勒關馬口者，謂之銜。勒，以革為之，故字從革。勒絡馬首所垂之轡其上飾，謂之鋚。鋚以金為之。《說文》曰銅，銅即金也。」忡忡，音沖沖，ㄔㄨㄥㄔㄨㄥ，下垂的樣子。毛《傳》：「忡忡，垂飾貌。」按：「忡忡」，相臺本、同唐石經小字本，作「沖沖」。

3　和鸞，都是鈴。毛《傳》：「在軾曰和，在鑣曰鸞。」雝雝，音雍雍，ㄩㄥㄩㄥ，鈴聲和諧。

4　攸，所。鄭玄《箋》：「攸，所也。」同，聚。朱熹《詩集傳》：「同，聚也。」賈誼《新書·容經》：「登車則馬行，馬行則鸞鳴，鸞鳴而和應。聲曰和，和則敬。故《詩》曰：『和鸞雝雝，萬福所同。』言動有紀律，則萬福之所聚也。」

章旨　四章以蓼蕭起興，陳述君子燕饗諸侯，而諸侯祝君子萬福無疆。

作法　四章兼有類疊（複疊）而觸景生情的興。

研析

　　全詩四章，首章觸景生情的興，後三章兼有類疊（複疊）而觸景生情的興。

　　余培林《詩經正詁》：「一章寫君子安樂笑語之狀。二章寫得見君子，深感榮寵，因讚君子道德崇高，祝其長壽無疆。三章寫君子安樂平易，心胸寬闊而坦蕩，遇兄弟諸侯誠信有恩，因祝其德美壽高而安樂。末章寫車馬儀容之盛，因祝其萬福同歸。所有描繪祝頌之語，皆由『既見君子』而生，故此語於全詩中最為重，而『君子』則詩之核心也。」闡析全詩結構，言簡意賅。方玉潤《詩經原始》：「此蓋天子燕諸侯而美之之詞，然美中寓戒，而因以勸導之。曰德曰壽，有是德乃有是壽，固也。諸侯之易於失德，則尤在兄弟爭奪之間，與鄰國侵伐之際，故又從令德中，特言宜兄宜弟。夫必內有以和其親，然後外有以睦其鄰。諸侯睦，而萬國寧，乃真天子福也。故更曰萬福攸同，是豈徒為諸侯須哉！古人立言，各有體裁，以上頌下，當以此種得體。」此言甚諦。

四　湛露

湛湛露斯，匪陽不晞。厭厭夜飲，不醉無歸。

湛湛露斯，在彼豐草。厭厭夜飲，在宗載考。

湛湛露斯，在彼杞棘。顯允君子，莫不令德。

其桐其椅，其實離離。豈弟君子，莫不令儀。

注釋　〈湛露〉，取首章首句「湛湛露斯」的「湛露」為篇名。這是修辭學的「節縮」。

篇旨　〈詩序〉：「〈湛露〉，天子燕諸侯也。」《左傳・文公四年》：「昔諸侯朝正於王，王宴樂之，于是賦〈湛露〉。」此〈詩序〉之所本。余培林《詩經正詁》：作此詩者，當是天子之臣，故全詩中無一『我』字，而諸侯為『君子』也。」

原文　湛湛露斯[1]，匪陽不晞[2]。厭厭夜飲[3]，不醉無歸[4]。

押韻　一章晞、歸，是 7（微）部。

注釋

1　湛湛，音站站，ㄓㄢˋ ㄓㄢˋ，露水濃厚的樣子。毛《傳》：「湛湛，露茂盛貌。」斯，語末助詞。詳見楊樹達《詞詮・卷六》。

2　匪，非，不。陽，陽光、日光。毛《傳》：「陽，日也。」晞，音希，ㄒㄧ，乾。毛《傳》：「晞，乾也。」按：以「湛湛露斯，匪陽不晞」，比喻「厭厭夜飲，不醉無歸」。

3　厭厭夜飲，當作「夜飲厭厭」，是肯定句的倒裝，使詩文產生波瀾的現象，是修辭倒裝。詳見附錄：《詩經》倒裝的三觀。厭厭，安樂的樣子。毛《傳》：「厭厭，安也。」朱熹《詩集傳》：「厭厭，安也，亦久也，足也。」夜飲，私燕。毛《傳》：「夜飲，私燕。」孔穎達《毛詩正

義》：「夜飲者，君留而盡私思之義。」

  4 不醉無歸，不、無，是兩個否定意義，以蔡宗陽〈數理式語文教學法〉：「兩個負面意義，變成一個正面意義。」此言必醉才歸。

章旨 一章以湛露起興，描述燕飲必須盡歡的情況。

作法 一章兼有比喻（譬喻）而觸景生情的興。

原文 湛湛露斯，在彼豐草[1]。厭厭夜飲，在宗載考[2]。

押韻 二章草、考，是21（幽）部。

注釋

  1 彼，遠指代詞，「那」之意。詳見陳霞村《古代漢語虛詞類解》。豐，茂。毛《傳》：「豐，茂也。」

  2 宗，宗廟。姚際恆《詩經通論》：「宗，宗廟也。〈大雅・鳧鷖〉亦云：『既燕于宗』。聘、享皆于廟，則燕亦在廟也。」載，則，就。考，有二解：（一）成。鄭玄《箋》：「載之言則也。考，成也。」（二）祭享。林義光《詩經通解》：「考，祭享也。彝器言享孝者，亦作享考。此詩『在宗載考』，即享考宗室之義。」按：林說較勝。按：「湛湛露，在彼豐草」，比喻「厭厭夜飲，在宗載考」。

章旨 二章以湛露起興，敘述燕飲盡歡，而能成其禮的情形。

作法 二章兼有比喻（譬喻）而觸景生情的興。

原文 湛湛露斯，在彼杞棘[1]。顯允君子[2]，莫不令德[3]。

押韻 三章棘、德，是25（職）部。

注釋

  1 杞，音起，ㄑㄧˇ，木名，枸杞。棘，棗，酸棗樹。毛《傳》：「枸，枸檵也。」按：以「湛露在杞棘」，比喻「君子皆有美好品德。」

  2 顯，清明。允，信實。朱熹《詩集傳》：「顯，明。允，信也。」令德，

美好品行。鄭玄《箋》：「令，善也。無不善其德，言飲酒不至於醉。」莫不，兩個否定詞，變成一個肯定句，這是蔡宗陽〈數理式語文教學法〉中的「負負得正」，詳見《中國語文月刊》695 期，頁 4-6。

章旨　三章以湛露在杞棘起興，陳述諸侯具有美好品德。

作法　三章兼有比喻（譬喻）而觸景生情的興。

原文　其桐其椅¹，其實離離²。豈弟君子³，莫不令儀⁴。

押韻　四章離、儀，是 1（歌）部。

注釋

1　上下兩個「其」字，指示形容詞，「那」之意。楊樹達《詞詮・卷四》：「其，指示形容詞，與今語『那』相當。」桐、椅，皆樹木名。陸璣《毛詩草木鳥獸蟲魚疏》：「楸之疏理白色而生子者為梓，梓實桐皮曰椅。」朱熹《詩集傳》：「桐，梧桐也。」按：椅桐之材，可作琴瑟，以奏樂。

2　其，代詞，指桐、椅。離離，果實盛多而下垂的樣子。毛《傳》：「離離，垂也。」按：以「桐椅果實美盛」，比喻「君子之令儀。」令儀，美好的威儀。朱熹《詩集傳》：「令儀，言辭而不喪其威儀也。」

3　豈，音慨，ㄎㄞˇ。弟，音替，ㄊㄧˋ。豈弟同「愷悌」。和樂平易。

4　莫不，詳見三章注 2。令儀，美好威儀。

章旨　四章以桐椅果實美而盛多起興，比喻君子之令儀。

作法　四章兼有比喻（譬喻）而觸景生情的興。

研析

全詩四章，皆兼有比喻（譬喻）而觸景生情的興。

余培林《詩經正詁》：「此篇露當象徵君子之恩澤，草木皆當象徵諸侯，木實離離，象徵諸侯之瓜瓞綿綿。一章『在宗載考』，述天子厚愛於諸侯。三、四章『令德』、『令儀』，述諸侯自持嚴謹，無隕越

於天子。君有餘愛，臣有餘敬；君盡其情，君守其分。『湛湛露斯』、『其實離離』，不亦宜乎！」其說是也。方玉潤《詩經原始》：「夜飲至醉，易於失儀，故必不喪其威儀而後謂之禮成。其威儀之所以醉而不改乎其度者，則非有令德以將之也不可。故醉中可以觀德，尤足以知蘊蓄之有素。」洵哉斯言。朱守亮《詩經評釋》：「首章之『不醉無歸』，此天子眷顧勤厚之意也。二章之『在宗載考』，此夜飲恐醉，易於失態，故言成其禮而無差忒也。三、四章之『顯允君子，莫不令德。』『豈弟君子，莫不令儀。』此期明信樂易之君子，於萬燭輝煌，觥酬交錯，笙歌連宵，絃管永夕之際。不喪其令德，不失其令儀，美中寓戒也。」此言甚諦。

五　彤弓

　　彤弓弨兮，受言藏之。我有嘉賓，中心貺之。鐘鼓既設，一朝饗之。

　　彤弓弨兮，受言載之。我有嘉賓，中心喜之。鐘鼓既設，一朝右之。

　　彤弓弨兮，受言櫜之。我有嘉賓，中心好之。鐘鼓既設，一朝醻之。

注釋　〈彤弓〉，取首章首句「彤弓弨兮」的「彤弓」為篇名。

篇旨　〈詩序〉：「〈彤弓〉，天子錫有功諸侯也。」朱熹《詩集傳》：「此天子燕有功諸侯，而錫以弓矢之樂歌也。」《左傳·文公四年》：「古諸侯敵王所愾而獻其功，王于是乎賜之彤弓一，彤矢百，玈（音廬，ㄌㄨˊ，黑色的）弓十，玈矢千，以覺報宴。」杜預注：「謂諸侯有四夷之功，王賜之弓矢。又為歌〈彤弓〉，以明報功宴樂。」此乃〈詩序〉之所本。

原文　彤弓弨兮[1]，受言藏之[2]。我有嘉賓[3]，中心貺之[4]。鐘鼓既設[5]，一朝饗之[6]。

押韻　一章藏、貺、饗，是 15（陽）部。

注釋

　1　彤，音同，ㄊㄨㄥˊ，紅色。毛《傳》：「彤弓，朱弓也。」彤弓，用紅色漆成的弓。《荀子·大略》：「天子雕弓，諸侯彤弓，大夫黑弓，禮也。」弨，音超，ㄔㄠ，弓弦放鬆的樣子。毛《傳》：「弨，弛貌。」嚴粲《詩緝》：「賜弓不張。」按：不張，不張開，即鬆弛之意。兮，語末助詞，無意義。詳見楊樹達《詞詮·卷四》。

2 言，語中助詞，無意義。詳見楊樹達《詞詮・卷七》。之，代詞，指彤弓。呂祖謙《呂氏家塾讀詩記》：「『受言藏之』，言其重也。弓人所獻，藏之王府，以待有功，不敢輕與人也。」

3 我，指天子。嘉賓，指有功諸侯。

4 貺，音況，ㄎㄨㄤˋ，賞賜。毛《傳》：「貺，賜也。」之，代詞，指嘉賓，即有功諸侯。呂祖謙《呂氏家塾讀詩記》：「『中心貺之』，言其誠也。中心實欲貺之，非由外也。」

5 既，已經。設，陳設、陳列。《周禮・樂師》：「饗食諸侯，序其樂事，令奏鐘鼓。」按：天子饗燕諸侯，演奏鐘鼓。

6 一朝，整個上午。陳奐《詩毛氏傳疏》：「一朝，猶終朝也。」饗，大燕賓客。鄭玄《箋》：「大飲賓曰饗。」之，代詞，指嘉賓。

章旨 一章描述天子燕饗有功諸侯，並賜之以弓矢的情形。

作法 一章平鋪直敘的賦。

原文 彤弓弨兮，受言載之[1]。我有嘉賓，中心喜之[2]。鐘鼓既設，一朝右之[3]。

押韻 二章載、喜、右，是 24（之）部。

注釋

1 言，語中助詞，無意義。載，本義是載之以歸，引申為「收藏」之意。毛《傳》：「載，載（之）以歸也。」之，代詞，指彤弓。

2 喜之，使之喜。就文法言，致使動詞、役使動詞、使役動詞。之，代詞，指嘉賓。

3 右，有二解：（一）勸酒。毛《傳》：「右，勸也。」（二）助。嚴粲《詩緝》：「右，助也。右與宥、侑通，昏助也。《左傳》・莊公十八年：『王饗禮，命之宥。』杜預注：『以幣物助歡也。』……是饗禮必有賜之以為宥，而彤弓則宥之大者也。」余培林《詩經正詁》：「舒幣以助歡，亦

所以勸酒。」

章旨　二章陳述天子燕饗有功諸侯，並賜之以彤弓的情況。

作法　二章平鋪直敘的賦。

原文　彤弓弨兮，受言櫜之 [1]。我有嘉賓，中心好之 [2]。鐘鼓
　　　既設，一朝醻之 [3]。

押韻　三章櫜、好、醻，是 21（幽）部。

注釋

1　櫜，音高，《ㄍㄠ，本義是放弓入弓袋，這裡當動詞，引申義是「收藏」
　　之意。毛《傳》：「櫜，韜也。」按：韜，音滔，ㄊㄠ，名詞，弓劍的套
　　子。動詞，掩藏，收藏。就修辭言，是轉品，又名轉類。就文法言，是
　　詞類活用。之，代詞，指彤弓。

2　好，音號，ㄏㄠˋ，喜好、喜愛。好之，使之好，是致使動詞、彼使動
　　詞、使役動詞，簡稱使動詞。之，代詞，指嘉賓，即有功諸侯。

3　醻，同「酬」，有二解：（一）勸酒。鄭玄《箋》：「醻，猶厚也、勸
　　也。」何楷《詩經世本古義》：「禮於食有侑賓，勸飽之幣也，上章言
　　『右』是也；於飲有酬，送酒之幣，此章言『醻』是也。飲為饗禮，兼
　　言右、醻者，以饗之兼食故也。」（二）敬酒。朱熹《詩集傳》：「醻，
　　報也。飲酒之禮，主人獻賓，賓酢主人，主人又酌自飲，而遂酌而飲
　　賓，謂之醻。」之，代詞，指嘉賓，即有功的諸侯。

章旨　三章敘述天子燕饗有功諸侯，並賜之以彤弓的狀況。

作法　三章兼有轉品（轉類）而平鋪直敘的賦。

研析

　　全詩三章，一、二章皆平鋪直敘的賦，三章兼有轉品（轉類）而
平鋪直敘的賦。

　　余培林《詩經正詁》：「一章為綱，二、三章皆申述其事。『載

之』、『囊之』，申述『藏之』之事；『喜之』、『好之』，申述『貺之』
之心；『右之』、『醻』，申述『饗之』之禮。而一章中又以『錫有功』
為重心，因有功而賜弓，以增其榮寵，『貺之』、『饗之』，述賜弓之
事。全詩條理一貫，而文辭典雅，情真意誠，氣象開闊。」此闡析全
詩，層次井然，論述精闢，剖析入微。朱守亮《詩經評釋》：「此篇現
出鐘鼓，見得煌煌巨典，非尋常可比。是此詩之作，當是周初制禮時
所定。故其詞甚莊雅而意亦深厚也。既重其典，又隆其燕，禮之甚盛
者耳。」斯言是也。

六　菁菁者莪

菁菁者莪，在彼中阿。既見君子，樂且有儀。
菁菁者莪，在彼中沚。既見君子，我心則喜。
菁菁者莪，在彼中陵。既見君子，錫我百朋。
汎汎楊舟，載沉載浮。既見君子，我心則休。

注釋　〈菁菁者莪〉，取首章首句「菁菁者莪」為篇名。

篇旨　季本《詩說解頤》：「此人君得賢而愛樂之詩也。」姚際恆《詩經通論》：「大抵是人君喜得見臣人之詩。」解詩者多從之。

原文　菁菁者莪[1]，在彼中阿[2]。既見君子[3]，樂且有儀[4]。

押韻　一章莪、阿、儀，是1（歌）部。

注釋

1　菁菁，音精精，ㄐㄧㄥ ㄐㄧㄥ，茂盛的樣子。毛《傳》：「菁菁，盛貌。」者，指示代詞，「的」之意。楊樹達《詞詮・卷五》：「者，指示代名詞，兼代人物。代人可譯為『人』；代事物可譯為『的』。」莪，蘿蒿。毛《傳》：「莪，蘿蒿也。」《爾雅・釋草》：「莪，蘿。」陸璣《毛詩草木鳥獸蟲魚疏》：「莪，蒿也。一名蘿蒿。生澤曰漸洳之處，葉似邪蒿而細科，生三月中。莖可生食，又可蒸，香美，味頗似蔞蒿。」朱熹《詩集傳》：「以菁菁者莪，比君子容貌威儀之盛也。」

2　彼，遠指代詞，「那」之意。詳見陳霞村《古代漢語虛詞類解》。中阿，當作「阿中」，為押韻而倒裝，是肯定句倒裝。詳見附錄：《詩經》倒裝的三觀。阿，大土山。《爾雅・釋地》：「大陵曰阿。」毛《傳》：「中阿，阿中也。大陵曰阿。」

3　既，已經。君子，指賢者。

4 樂且有儀，既喜樂又有禮儀。此有二解：（一）歐陽脩《詩本義》：「謂此君子樂易而有威儀也。」按：樂易，喜樂而平易近人。（二）朱熹《詩集傳》：「既見君子，則我心喜樂，而有禮儀矣。」

章旨 一章以菁菁者莪起興，描述既見賢者，喜樂又有禮儀的情形。

作法 一章兼有比喻（譬喻）而觸景生情的興。

原文 菁菁者莪，在彼中沚¹。既見君子，我心則喜²。

押韻 二章沚、喜，是24（之）部。

注釋

1 中沚，當作「沚中」，為押韻而倒裝，這是肯定句倒裝。毛《傳》：「中沚，沚中也。」沚，音止，ㄓˇ，水中可居的小渚。《爾雅·釋水》：「水中可居者曰洲。小洲曰渚。小渚曰沚。小沚曰坻（音遲，ㄔˊ）。」

2 則，表示承接，連接條件或結果，相當于「便」、「就」。詳見陳霞村《古代漢語虛詞類解》。

章旨 二章以菁菁者莪起興，陳述既見賢者，心中喜樂的情況。

作法 二章兼有比喻（譬喻）而觸景生情的興。

原文 菁菁者莪，在彼中陵¹。既見君子，錫我百朋²。

押韻 三章陵、朋，是26（蒸）部。

注釋

1 中陵，當作「陵中」，為押韻而倒裝，是肯定句倒裝。毛《傳》：「中陵，陵中也。」陳奐《詩毛氏傳疏》：「中阿，阿中。中沚，沚中。中陵，陵中。皆倒句以就韻。」詳見附錄：《詩經》倒裝的三觀，是其證也。陵，大土山。《爾雅·釋地》：「大陸曰阜。大阜曰陵。」按：首章「阿」與三章「陵」，互文見義，字異而義同，是錯綜的抽換詞面。

2 錫，賜。鄭玄《箋》：「錫，賜也。」朋，貨幣名稱。古代以海貝當貨

幣。鄭玄《箋》：「古者貨貝，五貝為朋。」王國維《觀堂集林·說珏朋》：「古制貝玉皆五枚為一系，二系，一朋。」郭沫若〈安陽圓坑墓中鼎銘考釋〉：「墓中有三堆海貝，其中有一堆，可以看出確是十貝為朋，聯成一組。」有，是虛數，形容很多，係數量的夸飾（夸張）。

章旨　三章以菁菁者莪起興，敘述既見君子，如獲至寶的狀況。

作法　三章兼有比喻（譬喻）、夸飾（夸張）而觸景生情的興。

原文　汎汎楊舟[1]，載沉載浮[2]。既見君子，我心則休[3]。

押韻　四章舟、浮、休，是 21（幽）部。

注釋

1　汎汎，音犯犯，ㄈㄢˋ ㄈㄢˋ，船飄流的樣子。許慎《說文解字》：「汎，浮貌。」楊舟，用楊木作的船。

2　載……載……，又……又……。段德森《實用古漢語虛詞》：「載，助詞。載……載……，成對用在並列的兩個動詞或形容詞之間，有一定的關聯作用，可譯為『又……又……』。」余培林《詩經正詁》：「載沉載浮，無所維繫也。」按：又沉又浮，故曰：「無所維繫」。又按：以楊舟沉浮，比喻未見君子而心不定，無所維繫。

3　則，連詞，在句中起承上啟下的作用，可譯為「就」。詳見段德森《實用古漢語虛詞》。休，《廣雅·釋名》：「休，喜也。」王引之《經義述聞》：「休，亦善也。」

章旨　四章以汎汎楊舟起興，描繪既見賢者，喜悅的心情。

作法　四章兼有比喻（譬喻）而觸景生情的興。

研析

　　全詩四章，一、二、四章兼有比喻（譬喻）而觸景生情的興，三章兼有比喻（譬喻）、夸飾（夸張）而觸景生情的興。

　　余培林《詩經正詁》：「每章之重心，皆在末句。一、三章寫『君

子』，二、四章寫『我心』；而一章之『樂且儀』，則又全詩之重心，其他皆自此引申而出。」此闡析全詩重心，層次井然，絲絲入扣，言簡意賅。朱守亮《詩經評釋》：「前三章以中阿、中沚、中陵，喻賢者所隱處幽深之地。仰望甚切，得見極難。及既得而見之，仰望其豐采，故中心喜樂，如獲重寶也。末章之『載沉載浮』，言可升可降，猶有與時俯仰，隨波上下之意。若非既見而『樂且有儀』、『錫我百朋』，中心喜悅，則何能觀賢人之光輝，親哲士之楷模乎？又詩人喜以舟喻心，多涵有憂意。」此就全詩意涵闡論剖析，詮證中肯，俾詩義更洞悉矣。

七　六月

　　六月棲棲，戒車既飭。四牡騤騤，載是常服。玁狁孔
熾，我是用急，王于出征，以匡王國。

　　比物四驪，閑之維則。維此六月，既成我服。我服既
成，于三十里。王于出征，以佐天子。

　　四牡脩廣，其大有顒。薄伐玁狁，以奏膚公。有嚴有
翼，共武之服；共武之服，以定王國。

　　玁狁匪茹，整居焦穫。侵鎬及方，至于涇陽。織文鳥
章，白斾央央。元戎十乘，以先啟行。

　　戎車既安，如輊如軒。四牡既佶，既佶且閑。薄伐玁
狁，至于大原。文武吉甫，萬邦為憲。

　　吉甫燕喜，既多受祉。來歸自鎬，我行永久。飲御諸
友，炰鱉膾鯉。侯誰在矣？張仲孝友

注釋　〈六月〉，取首章首句「六月棲棲」的「六月」為篇名。

篇旨　朱熹《詩集傳》：「玁狁內侵，逼近京邑。王崩，子宣王靖即
位，命尹吉甫帥師伐之。有功而歸，詩人作歌以序其事如
此。」季本《詩說解頤》：「尹吉甫伐玁狁成功而還，以飲御諸
友，故在朝之君子作此以美之。」此詩之作者，當從末二語求
之，即張仲。詳見余培林《詩經正詁》。

原文　六月棲棲 [1]，戒車既飭 [2]。四牡騤騤 [3]，載是常服 [4]。玁
狁孔熾 [5]，我是用急 [6]，王于出征 [7]，以匡王國 [8]。

押韻　一章棲、騤，是 4（脂）部。飭、服、熾、國，是 25（職）
部。急，是 27（緝）部。按：桓寬《鹽鐵論》引作「戒」，是

25（職）部。

注釋

1 六月，幽曆與夏曆同是六月，相當於殷曆七月、周曆八月。鄭玄
《箋》:「記六月者，盛夏出兵，明其急也。」棲棲，有二解:（一）不
安的樣子。蘇軾《詩集傳》:「棲棲，不安也。」（二）行不止。馬瑞辰
《毛詩傳箋通釋》:「棲、栖古同字，義與《論語》栖栖同，謂行不止
也。」棲棲，是類疊（複疊）。

2 戎車，兵車。朱熹《詩集傳》:「戎車，兵車也。」晚，已經。飭，整
修。朱熹《詩集傳》:「飭，整也。」

3 牡，公馬。騤騤，音葵葵，ㄎㄨㄟˊ ㄎㄨㄟˊ，馬強壯的樣子。朱熹
《詩集傳》:「騤騤，強貌。」騤騤，是類疊（複疊）。

4 是，指示代詞，此，「這些」之意。楊樹達《詞詮·卷五》:「是，指示
代名詞，此也。」常服，戎服，此借代著戎服之士兵，是借代義。詳見
蔡宗陽《文法與修辭探驪·修辭義探析》。

5 玁狁，音險允，ㄒㄧㄢˇ ㄩㄣˊ，北狄、匈奴。毛《傳》:「玁狁，北狄
也。」鄭玄《箋》:「玁狁，今匈奴也。」孔，甚，很。熾，音赤，
ㄔˋ，勢盛。毛《傳》:「熾，盛也。」

6 是，此。用，以，因。是用，當作「用是」，「因此」之意。急，桓寬
《鹽鐵論》引作「我是用戒」的「戒」字，是 25（職）部。戒與飭、
服、熾、國，同是 25（職）部。「急」，是 27（緝）部，是雙脣韻尾，
而「戒」是，古恨韻尾;但二者皆是入聲。由於 27（緝）部是雙脣韻
尾，25（職）部則是，古根韻尾，因此戴震《毛鄭詩考正》以為「急」
字於韻不合。

7 于，曰。鄭玄《箋》:「于，曰也。」《爾雅·釋詁》:「于，曰也。」
以，用，外動詞。楊樹達《詞詮·卷七》:「以，外動詞，用也。」

8 匡，匡正，救助。鄭玄《箋》:「匡，正也。」馬瑞辰《毛詩傳箋通

釋》：「匡當讀為『匡撫寡君』之匡。匡者，助也。『以匡王國』，猶云以
佐天子也。」

章旨　一章描述玁狁之亂甚盛，出征緊急的情況。

作法　一章兼有類疊（複疊）而平鋪直敘的賦。

原文　比物四驪[1]，閑之維則[2]。維此六月[3]，既成我服。我服
既成[4]，于三十里[5]。王于出征[6]，以佐天子。

押韻　二章則、服，是 25（職）部。成、征，是 12（耕）部。里、
子，是 24（之）部。職、之二部，是對轉而押韻。

注釋

1　比，齊同。陸德明《經典釋文》：「比，齊同也。」物，毛物。毛
《傳》：「物，毛物也。」《周禮‧夏官校人》鄭玄注：「毛，馬齊其色。
物，馬齊其力。」驪，音離，ㄌㄧˊ，黑色毛的馬。按：既齊色，又齊
力，故曰：「四驪。」

2　閑，閑熟，熟習。毛《傳》：「閑，習也。」之，代詞，指四驪。維，
有。則，法則。王引之《經傳釋詞》：「維，有也。閑之維則，言閑之有
法也。」毛《傳》：「則，法也。言先教戰，然後用歸。」

3　維，是，不完全內動詞。詳見楊樹達《詞詮‧卷八》。六月，幽曆與夏
曆同是六月，相當於殷曆七月、周曆八月。

4　既，已經。服，戎服，即常服。鄭玄《箋》：「服，戎服。」上、下句連
用「我服」，是修辭學頂針，又名頂真。

5　于，往。三十里，古代師行一日三十里。毛《傳》：「師行三十里。」朱
熹《詩集傳》：「三十里，一合也。古者吉行，日五十里；師行，曰三十
里。」

6　于，曰。鄭玄《箋》：「于，曰也。」

章旨　二章陳述出征的狀況。

作法　二章兼有頂針（頂真）而平鋪直敘的賦。

原文　四牡脩廣 [1]，其大有顒 [2]。薄伐玁狁 [3]，以奏膚公 [4]。有
　　　嚴有翼 [5]，共武之服 [6]；共武之服，以定王國 [7]。

押韻　三章顒、公，18（東）部翼、服、服、國，是 25（職）部。

注釋

1　脩，長。廣，大。毛《傳》：「脩，長。廣，大也。」

2　其，代詞，指牡。顒，音庸，ㄩㄥ，大的樣子。毛《傳》：「顒，大
　貌。」有顒，顒然，大的樣子。按：屈萬里《詩經詮釋》：「《詩》中凡
　以『有』字冠於形容詞或副詞之上者，等於加『然』字於形容詞或副詞
　之下。」故「有顒」，猶「顒然」也。

3　薄，語首助詞，無意義。按：楊樹達《詞詮・卷一》：「薄，語首助詞，
　無義。如〈小雅・六月〉：『薄伐玁狁。』」是其證也。

4　以，用來，引申為「目的」之意。奏，作為，引申為「完成」之意。毛
　《傳》：「奏，為也。」膚，大。公，功。毛《傳》：「廣，大。公，功
　也。」

5　有嚴有翼，猶嚴然翼然，詳見本章注 2，威嚴而謹慎的樣子。毛
　《傳》：「嚴，威嚴也。翼，敬也。」按：敬，恭敬謹慎之意。朱熹《詩
　集傳》：「言將帥皆嚴敬，以共武事也。」

6　「共我之服」，連用兩次，是類疊（複疊）的疊句。共，音恭，ㄍㄨㄥ，
　「恭」之意。陸德明《經典釋文》：「共，王、徐音恭。」按：共，恭，
　古代通用。服，事。余培林《詩經正詁》：「共武之服，言敬謹於武事
　也。」馬瑞辰《毛詩傳箋通釋》：「軍事以敬為之。《左氏傳》所謂『不
　共是懼也。』共武之服，即言敬武之事，承上『有嚴有翼』言之。嚴、
　翼，皆恭也。」

7　定，安定。鄭玄《箋》：「安，定也。」

章旨　三章敘述討伐玁狁，立大功的情形。

作法　三章兼有類疊（複疊）而平鋪直敘的賦。

原文　玁狁匪茹¹，整居焦穫²。侵鎬及方³，至于涇陽⁴。織文鳥章⁵，白旆央央⁶。元戎十乘⁷，以先啟行⁸。

押韻　四章茹，是 13（魚）部。穫，是 14（鐸）部。魚、鐸二部，是對轉而押韻。方、陽、章、央、行，是 15（陽）部。魚、鐸、陽三部，是對轉而押韻。

注釋

1　匪，非，不。茹，有二解：（一）度量。鄭玄《箋》：「茹，度也。」匪茹，不度量，不自度量。（二）柔弱。《廣雅》：「茹，柔也。」匪茹，不是柔弱的。

2　整，齊。居，居住。孔穎達《毛詩正義》：「整齊而處者，言其居周之地，無所畏懼也。」焦穫《魯詩》作「焦護」，古澤名。屈萬里《詩經詮釋》：「焦穫，地名，在今陝西涇陽縣境，玁狁所居之地。」

3　鎬、方，皆地名。鎬，非鎬京之「鎬」。朱熹《詩集傳》：「劉向以為千里之鎬，則非鎬京之鎬矣。」方，是〈小雅・出車〉：「往城于方」之「方」。

4　至于，直到、甚至。段德森《實用古漢語虛詞》：「至于，副詞，表示事情發展到的程度或狀況，有『達到……地步』意思，可譯為『直到』、『甚至』。涇陽，涇，音經，ㄐㄧㄥ，水名。涇水之北。水北曰陽。朱熹《詩集傳》：「涇水之北，在豐鎬之西北。言其深入為寇也。」

5　織，音幟，ㄓˋ，微織。鄭玄《箋》：「織，微織也。」朱熹《詩集傳》「織、幟字同。」按：余培林《詩經正詁》：「微織，大夫以上為旌旗，士卒則著於衣。」鄭玄《箋》：「鳥章，鳥隼之文。」大夫以上的旌旗畫有鳥隼圖案在上面。」

6 白，帛。斾，音夗ㄟˋ，以帛繼續旗末為燕尾者。詳見《爾雅・釋天》郭璞注。白斾，即今飄帶。屈萬里《詩經詮釋》：「白斾，以帛繼旐下，猶今謂佩帶也。」按：旐，音兆，ㄓㄠˋ，畫有龜蛇四游圖案的旗子。央央，鮮明的樣子。這是類疊（複疊）。毛《傳》：「央央，鮮明也。」

7 元戎，大戎車。朱熹《詩集傳》：「元，大也。戎，戎車也。軍之前鋒也。」乘，音剩，ㄕㄥˋ，四馬曰乘，此指車。毛《傳》：「元，大也。夏后氏曰鉤車，殷曰寅車，周曰元戎。」陳奐《詩毛氏傳疏》：「甲士二五為一乘，十乘百人，即甲士百人。」

8 啟，開。行，音航，ㄏㄤˊ，道路。啟行，作開路先鋒。朱熹《詩集傳》：「啟，開。行，道也。」

章旨 四章描繪出征的理由，出征的經過情況。

作法 四章平鋪直敘的賦。

原文 戎車既安[1]，如輊如軒[2]。四牡既佶[3]，既佶且閑[4]。薄伐玁狁，至于大原[5]。文武吉甫[6]，萬邦為憲[7]。

押韻 五章安、軒、閑、原、憲，是3（元）部。

注釋

1 既，已經。安，安隱。指駕御兵車適調安穩。詳見程俊英、蔣見元《詩經注析》。

2 如，有二解：（一）或。輊，音至，ㄓˋ，車後低。軒，車前高起。如輊如軒，或低或昂。詳見屈萬里《詩經詮釋》。（二）如。朱熹《詩集傳》：「輊，車之覆而前也。軒，車之卻而後也。凡車從視之如輊，從前視之如軒，然後適洞也。」

3 既，已經。佶，音吉，ㄐㄧˊ，健壯的樣子。鄭玄《箋》：「佶，健壯之貌。」

4 閑，熟習、嫺熟。孔穎達《毛詩正義》：「閑，習也。」既佶且閑，既健

壯又熟習。

5　至于，直到、甚至。詳見段德森《實用古漢語虛詞》。大原，地名，一曰大鹵，在今大原府陽曲縣。此言追逐敵人至大原之地。

6　文武吉甫，文武兼備而討伐玁狁的大將。毛《傳》：「吉甫，尹吉甫也。有文有武。」

7　萬邦，形容很多諸侯，這是數量的夸飾。就文法。言，是虛數。憲，法式，楷模、榜樣。毛《傳》：「憲，法也。」朱熹《詩集傳》：「非文無以附眾，非武無以威嚴。能文能武，則萬邦以之為法矣。」按：萬邦，為憲，很多諸侯國把尹吉甫當作榜樣。

章旨　五章敘述尹吉甫允文允武，出征平亂大原的情形。

作法　五章兼有夸飾（夸張）而平鋪直敘的賦。

原文　吉甫燕喜 [1]，既多受祉 [2]。來歸自鎬 [3]，我行永久 [4]。飲御諸友 [5]，炰鱉膾鯉 [6]。侯誰在矣 [7]？張仲孝友 [8]

押韻　六章喜、祉、久、友、鯉、矣、友，是 24（之）部。

注釋

1　燕，有二解：（一）樂。屈萬里《詩經詮釋》：「燕，樂也。」（二）宴飲。朱熹《詩集傳》：「燕，燕飲。」按：燕，通「宴」。喜，喜樂。

2　既，已經。祉，福。毛《傳》：「祉，福也。」鄭玄《箋》：「多受賞賜也。」

3　來歸自鎬，當作「自鎬來歸」，為押韻而倒裝，這是肯定句倒裝。詳見附錄：《詩經》倒裝的三觀。鎬，玁狁所侵之地，非鎬京之鎬。詳見嚴粲《詩緝》。

4　我行永久，言我此行征戰，與親人故友離別甚久。

5　御，進獻酒食。毛《傳》：「御，進也。」按：吉甫凱旋歸來，因此進獻酒食，以燕飲諸友。

6 炰，音袍，ㄆㄠˊ，蒸煮。孔穎達《毛詩正義》：「以火熟之，謂烝煮之也。」鱉，音憋，ㄅㄧㄝ，與「鼈」同，屬爬蟲龜鱉目，又稱甲魚。膾，音快，ㄎㄨㄞˋ，細切肉。許慎《說文解字》：「膾，細切肉也。」膾鯉，細切鯉魚。

7 侯，維。維，語首助詞。毛《傳》：「侯，維也。」楊樹達《詞詮·卷八》：「維，語首助詞。」矣，語末助詞，表示疑問。詳見楊樹達《詞詮·卷七》。

8 張仲，人名，當時賢臣。毛《傳》：「張仲，賢臣也。善父母為孝，善兄弟為友。」

章旨 六章陳述，吉甫凱旋歸來，燕飲喜樂的心情。

作法 六章兼有設問而平鋪直敘的賦。

研析

全詩六章，一、三章兼有類疊（複疊）而平鋪直敘的賦，二章兼有頂針（頂真）而平鋪直敘的賦。四章平鋪直敘的賦，五章兼有夸飾（夸張）而平鋪直敘的賦，六章兼有設問而平鋪直敘的賦。

余培林《詩經正詁》：「一章寫軍事之緊急，及三師軍容之壯盛。二章寫王師之從容與訓練有素。三章寫將帥輯睦，戮力王事。四章前四句寫玁狁之猖獗，後四句寫王師之雄壯。五章寫作戰經過。末章寫吉甫凱旋受賞，飲御諸友，由此引出張仲，點出作者為結，頗有畫龍點睛之妙。」此剖析全詩結構，絲絲入扣，言簡意賅。朱守亮《詩經評釋》：「詩中出征情狀、平亂情狀、立功情狀、凱旋燕飲情狀，敘之又層次井然；至文則壯盛嚴整，餘波又綺麗輕逸也。寫王者之師之筆，固當如是，洵為一篇宣王征伐玁狁，周室中興之寶貴史詩也。」其言甚諦。方玉潤《詩經原始》：「所謂有武略者尤須文德以濟之，非吉甫其孰當此？宜乎萬邦取以為法也。」旨哉斯言。

八　采芑

　　薄言采芑，于彼新田，于此菑畝，方叔涖止，其車三千，師干之試。方叔率止，乘其四騏，四騏翼翼。路車有奭，簟茀魚服，鉤膺鞗革。

　　薄言采芑，于彼新田，于此中鄉。方叔涖止，其車三千，旂旐央央。方叔率止，約軝錯衡，八鸞瑲瑲。服其命服，朱芾斯皇，有瑲蔥珩。

　　鴥彼飛隼，其飛戾天，亦集爰止。方叔涖止，其車三千，師干之試。方叔率止，鉦人伐鼓，陳師鞠旅。顯允方叔，伐鼓淵淵，振旅闐闐。

　　蠢爾蠻荊，大邦為讎。方叔元老，克壯其猶。方叔率止，執訊獲醜。戎車嘽嘽，嘽嘽焞焞，如霆如雷。顯允方叔，征伐玁狁，蠻荊來威。

注釋　〈采芑〉，取首章首句「薄言采芑」的「采芑」為篇名。

篇旨　朱熹《詩集傳》：「宣王之時，蠻荊皆叛，王命方叔南征。」季本《詩說解頤》：「方叔奉命南征，而能以威望服蠻荊，故詩人作此以美之。」此乃方叔南征蠻荊之最佳印證。

原文　薄言采芑[1]，于彼新田[2]，于此菑畝[3]，方叔涖止[4]，其車三千[5]，師干之試[6]。方叔率止[7]，乘其四騏[8]，四騏翼翼[9]。路車有奭[10]，簟茀魚服[11]，鉤膺鞗革[12]。

押韻　一章芑、畝、止、止、騏，24（之）部。田、千，6（真）部。試、翼、奭、服、革，25（職）部。之、職二部，是對轉而押韻。

注釋

1 薄，語首助詞，無意義。楊樹達《詞詮·卷一》：「薄，語首助詞，無義。如〈小雅·采芑〉：『薄言采芑，于彼新田。』」是其證也。言，語中助詞，無意義。詳見楊樹達《詞詮·卷七》。采、採，就文字學言，采是本字，採是後起字。就訓詁學，采是古字，採是今字。芑，音起，〈ㄧˇ〉，菜。毛《傳》：「芑，菜也。」陸璣《毛詩草木鳥獸蟲魚疏》：「芑，似苦菜也。莖青白色，摘其葉白汁出。肥可生食，亦可蒸為茹。」朱熹《詩集傳》：「采芑，宜馬食，軍行采之，人馬皆可食也。」

2 于，在。彼，遠指代詞，「那」之意。詳見陳霞村《古代漢語虛詞類解》。新田，新墾二年的田。《爾雅·釋地》：「田，一歲曰菑，二歲曰新田，三歲曰畬。」

3 于，在此，近指代詞，「這」之意。詳見陳霞村《古代漢語虛詞類解》。菑，音茲，ㄗ，新墾一新的田。畝，田。陳奐《詩毛氏傳疏》：「案：新，菑為休耕之田，至畬而出耕。新田菑畝中，得有芑菜可采，以喻國家人材養蓄之，以待足用。」按：陳奐以為菑畝、新田，皆休耕的田地，此又另一解，可資參閱。

4 方叔，人名，周宣時卿士、大將。毛《傳》：「方叔，卿士也，受命而為將也。」涖，音立，ㄌㄧˋ，臨。毛《傳》：「涖，臨也。」止，有二解：（一）之，代詞，指新田、菑畝。（二），止，語末助詞，無意義。按：就本章押韻言，兩個「止」字皆有押韻，當指新田、菑畝，而非語末助詞。

5 其，代詞，指方叔。朱熹《詩集傳》：「其車三千，法當用三十萬眾。蓋兵車一乘，甲士三人，步卒七十二人，又二十五人將重車在後，凡百人也。然此亦極其盛而言，未必實有此數也。」按：三千，是數量夸飾（夸張）。

6 師，兵眾。毛《傳》：「師，眾也。」干，盾。之，是。試，練習。屈萬

里《詩經詮釋》：「干，盾也。」之，猶是也。試，練習。此詩前三章皆
言練兵，末章始言征伐。」師干之試，當作「試師干」，這是兼有押韻
的倒裝。按：之（是），助詞，幫助賓語前置，使賓語更凸出、更強
調，結構更緊湊，更顯豁。詳見段德森《實用古漢語虛詞》。師干之
試，此言練習甲兵，即方叔校閱軍隊（士兵）操練武器的情況。

7 率，率領、統率。止，之，指師（兵眾、士兵）。

8 其，代詞，指方叔。騏，音其，ㄑㄧˊ，青色如綦文的馬。許慎《說文
解字》：「騏，馬青驪文如綦也。」按：綦，音其，ㄑㄧˊ，青黑色的布
帛。

9 翼翼，高大的樣子。這是類疊（複疊）。

10 路車，戎車。朱熹《詩集傳》：「路車，諸侯之車也。」奭，音士，
ㄕˋ，赤色的樣子。毛《傳》：「奭，赤貌。」有奭，奭然，赤色的樣
子。

11 簟，音ㄉㄧㄢˋ，方文的竹席。毛《傳》：「簟，方文席也。」茀，音
弗，ㄈㄨˊ，車的蔽物。毛《傳》：「車之蔽曰茀。」簟茀，用竹席當作
車蔽。魚，獸名，似豬。魚服，魚獸皮作成的箭袋。

12 膺，馬帶。毛《傳》：「膺，馬帶也。」余培林《詩經正詁》：「以帶在
馬胸，故謂之膺。鉤即馬帶之飾，以金為鉤，施之於膺以招之，故謂之
鉤膺。」鞗，音條，ㄊㄧㄠˊ，轡首銅。許慎《說文解字》：「鋚，一曰
轡首銅也。」革，轡首。《爾雅·釋器》：「轡首謂之革。」朱守亮《詩
經評釋》：「鋚革，謂以金屬飾於皮革所製之轡首也。」

章旨　一章以采芑起興，讚美方叔車馬之美，軍容之盛的情形。

作法　一章兼有倒裝、類疊（複疊）而觸景生情的興。

原文　薄言采芑，于彼新田，于此中鄉 [1]。方叔涖止，其車三
千，旂旐央央 [2]。方叔率止，約軝錯衡 [3]，八鸞瑲瑲 [4]。

服其命服⁵，朱芾斯皇⁶，有瑲蔥珩⁷。

押韻 二章苢、止、止、服，是 24（之）部。田、千，是 6（真）
部。鄉、央、衡、瑲、皇、珩，是 15（陽）部。

注釋

1 中鄉，當作「鄉中」，為押韻而倒裝。「中鄉」與一章「菑畝」，是互
文，言於此鄉中之菑畝。詳見黃焯《毛詩鄭箋平議》。毛《傳》：「鄉，
所也。」

2 旂，音其，ㄑㄧˊ，畫有交龍之旗。毛《傳》：「交龍為旂。」旐，音
兆，ㄓㄠˋ，畫有龜蛇之旗。央央，鮮豔的樣子。毛《傳》：「央央，鮮
明也。」這是類疊（複疊）。

3 約，約束、纏束。軝，音祁，ㄑㄧˊ，長轂。許慎《說文解字》：「軝，
長轂也。」錯，文彩。衡，車衡，車轅前瑞的橫木。錯衡，施文彩於橫
木上。

4 鸞，車鈴。朱熹《詩集傳》：「鈴在鑣曰鸞。馬口兩旁各一，四馬，故八
也。」瑲瑲，音槍槍，ㄑㄧㄤ ㄑㄧㄤ，鈴聲。毛《傳》：「瑲瑲，聲
也。」這是狀聲詞，又名摹聲詞、象聲詞。詳見蔡宗陽《國文文法》。

5 上「服」字，是動詞，「穿」之意就文法言，是詞類活用。就修辭言，
是轉品，又名轉類。下「服」字，是名詞。命服，天子所賜之禮服。朱
熹《詩集傳》：「命服，天子所命之服也。」

6 芾，音扶，ㄈㄨˊ，同「韍」，皮製蔽膝。毛《傳》：「朱芾，黃朱芾
也。」〈小雅·斯干〉鄭玄《箋》：「天子純朱，諸侯黃朱。」孔穎達
《毛詩正義》：「天子朝朱芾，諸侯之朝赤芾，朱深於赤。」按：此「朱
芾」，即諸侯「赤芾」之服。斯，王引之《經傳釋詞》：「斯，猶其
也。」按：其，代詞，指朱芾。皇，鮮明的樣子。毛《傳》：「皇，猶煌
煌也。」按：煌煌，鮮明的樣子。

7 瑲，音槍，ㄑㄧㄤ，玉聲。毛《傳》：「瑲，珩聲也。」有瑲，瑲然，形

容蔥珩的聲音。蔥，蒼色。毛《傳》：「蔥，蒼也。」珩，音杭，ㄏㄤˊ，雜佩上端的橫玉。蔥行，蒼色的橫玉。朱熹《詩集傳》：「佩首橫玉也。禮：三命赤芾蔥珩。」

章旨　二章以采芑起興，讚美方叔車馬之美，軍容之盛的情況。

作法　二章兼舒倒裝、互文、類疊、轉品（複疊）而觸景生情的興。

原文　鴥彼飛隼 [1]，其飛戾天 [2]，亦集爰止 [3]。方叔涖止，其車三千，師干之試。方叔率止，鉦人伐鼓 [4]，陳師鞠旅 [5]。顯允方叔 [6]，伐鼓淵淵 [7]，振旅闐闐 [8]。

押韻　三章天、千、淵、闐，是 6（真）部。止、止、試、止，是 24（之）部。鼓、旅，是 13（魚）部。

注釋

1　鴥，音玉，ㄩˋ，疾飛的樣子。毛《傳》：「鴥，疾飛的樣子。彼，代詞，指隼。隼，音准，ㄓㄨㄣˇ，急疾之鳥。朱熹《詩集傳》：「隼，鷂屬，急疾之鳥也。」

2　其，代詞，指隼。戾，到。《爾雅・釋詁》：「戾，至也。」余培林《詩經正詁》：「戾天，言其飛之高也。」

3　亦，語首助詞，無意義。詳楊樹達《詞詮・卷七》。集，群鳥聚集在樹上。許慎《說文解字》：「集，群鳥在木上。」爰，而。裴學海《古書虛字集釋》：「爰，猶而也。」止，止息、休息。按：以隼之飛翔休息，比喻方叔軍隊的進攻、止息有方。詳見程俊英、蔣見元《詩經注析》。

4　鉦，音征，ㄓㄥ，樂器名，即今蹺鈸。許慎《說文解字》：「鉦，鐃也。」伐，擊。毛《傳》：「伐，擊也。」鉦人伐鼓，即「鉦人（擊鉦），（鼓人）伐鼓」的互文。詳見附錄：《詩經》互文與互文見義的辨析。余培林《詩經正詁》：「古軍中，擊鼓以進兵，擊鉦以止兵。」

5　陳，陳列。鞠，告。毛《傳》：「鞠，告也。」陳師鞠旅，即「陳師

（旅）鞠（師）族」的互文。鄭玄《箋》：「言鉦人，伐鼓，互言爾。」
是其證也。師旅，泛指軍隊。鄭玄《箋》：「二千五百人為師，五百人為
旅。」又鄭玄《箋》：「陳列其師旅誓告之也。」即今向軍隊誓師。

6　顯，顯赫、清明、英明。允，信實、忠誠。朱熹《詩集傳》：「顯，明。
　　允，信也。」

7　伐鼓，打鼓，表示進兵。淵淵，鼓聲。毛《傳》：「淵淵，鼓聲。」這是
　　狀聲詞、象聲詞、摹聲詞。

8　振振，有二解：（一）整齊師眾。這是類疊（複疊）。《爾雅》郭璞注：
　　「振振，整眾也。（二）戰罷而其眾以入。王靜芝《詩經通釋》：「入曰
　　振振，言戰罷而止，其眾以入也。」闐闐，音田田，ㄊㄧㄢˊ ㄊㄧㄢˊ，
　　有二解：（一）群行的聲音。《爾雅・釋天》郭璞注：「闐闐，群行聲。」
　　（二）盛多的樣子。王靜芝《詩經通釋》：「闐闐，盛貌。」

章旨　三章以飛隼起興，描述方叔軍容之盛的情形。

作法　三章兼有互文，類疊（複疊）而觸景生情的興。

原文　蠢爾蠻荊[1]，大邦為讎[2]。方叔元老[3]，克壯其猶[4]。方
　　叔率止，執訊獲醜[5]。戎車嘽嘽[6]，嘽嘽焞焞[7]，如霆如
　　雪[8]。顯允方叔，征伐玁狁，蠻荊來威[9]。

押韻　四章讎、猶、醜，是 21（幽）部。焞，是 9（諄）部。雪、威
　　是 7（微）部。諄、微二部，是對轉而押韻。

注釋

1　蠢，愚蠢。朱熹《詩集傳》：「蠢者，動而無知之貌。」爾，汝，代詞，
　　指蠻荊。毛《傳》：「蠻荊，荊州之蠻。」按：陳奐《詩毛氏傳疏》、王
　　先謙《詩三家義集疏》都以為「蠻荊」是「荊蠻」的誤倒。

2　大邦，指中國。朱熹《詩集傳》：「大邦，猶言中國也。」讎，音仇，
　　ㄔㄡˊ，仇敵。

3　元，大。毛《傳》：「元，大也。」毛《傳》：五官之長出于諸侯，曰王子之老。」按：《禮記‧曲禮上》：「七十曰老。」此指老臣，即方叔。

4　克，能。壯，大。毛《傳》：「壯，大也。」其，代詞，指方叔。猶，通猷，謀略、戰略。鄭玄《箋》：「猶，謀也。謀，兵謀也。」

5　執，擒。訊，鄭玄《箋》：「訊，言。執其可言問。」朱熹《詩集傳》：「訊，其魁首當訊問者也。」醜，徒眾，士卒。獲，虜獲、擒獲。

6　嘽嘽，音貪貪，ㄊㄢ ㄊㄢ，形容聲之盛。詳見屈萬里《詩經詮釋》。此「嘽嘽」與下句「嘽嘽」，是頂針（又名頂真）。

7　焞焞，音推推，ㄊㄨㄟ ㄊㄨㄟ，形容車盛聲的樣子。這是狀聲詞、象聲詞。毛《傳》：「焞焞，盛也。」

8　霆，疾雷。《爾雅‧釋天》：「疾雷為霆。」如霆如雷，形容威勢之盛大如霆如雷。這是比喻（譬喻）中的博喻。

9　來，是。蠻荊來（是）威，當作「威蠻荊」。來（是），語末助詞、結構助詞。按：此句賓語前置於動詞，具有強調作用。威，是。陳奐《詩毛氏傳疏》：「威，猶畏也。」畏，是役使動詞，使之畏。之，代詞，指蠻荊。

章旨　四章陳述方叔平定蠻荊，蠻荊畏服的情況。

作法　四章兼有比喻（譬喻）、頂針（頂真）而平鋪直敘的賦。

研析

　　全詩四章，首章兼有倒裝、類疊（複疊）而觸景生情的興，次章兼有倒裝、互文、轉品（轉類）而觸景生情的興，三章兼有互文、類疊（複疊）而觸景生情的興，末章兼有比喻（譬喻）、頂針（頂真）而平鋪直敘的賦。

　　余培林《詩經正詁》：「一章述方叔車馬之盛。二章述其旌旗服飾之美，在在顯示其身分之特殊。三章述其治兵振旅，號令嚴明，運容齊整，預期南征之必勝。末章讚美智勇雙全。」剖析結構，層次井

然。方玉潤《詩經原始》:「全篇前路閒閒,後乃警策動人,然制勝合
在先為不可勝以待敵之可勝,故不戰而已屈人之師。」此乃全詩布局
之特點。

九　車攻

我車既攻，我馬既同。四牡龐龐，駕言徂東。
田車既好，四牡孔阜。東有甫早，駕言行狩。
之子于苗，選徒囂囂，建旐設旄，搏獸于敖。
駕彼四牡，四牡奕奕。赤芾金舄，會同有繹。
決拾既佽，弓矢既調；射夫既同，助我舉柴。
四黃既駕，兩驂不猗。不失其馳，舍矢如破。
蕭蕭馬鳴，悠悠旆旌。徒御不驚，大庖不盈。
之子于征，有聞無聲，允矣君子，展也大成。

注釋　〈車攻〉，取首章首句「我車既攻」的「車攻」為篇名。這是修辭學的「節縮」。

篇旨　〈詩序〉：「宣王復古也。宣王能內脩政事，外攘夷狄，復文武之境土，脩車馬，備器械，復會諸侯於東都，因田獵而選車徒焉。」〈詩序〉之說，蓋本《墨子・明鬼》：「周宣王合諸侯而田於圃田，車數百乘。」余培林《詩經正詁》：「所謂『古』，當指成王二十五年大會諸侯於東都事（見《竹書紀年》）。」朱守亮《詩經評釋》：「細考詩篇，固多言及田獵之事；但其主旨，則重在會諸侯，帶有濃厚政治作用。蓋東都之盛，不行田獵已久，故宣王假狩獵，示其天子之威，以懾服眾諸侯耳。」斯言是也。

原文　我車既攻 [1]，我馬既同 [2]。四牡龐龐 [3]，駕言徂 [4] 東。
押韻　一章攻、同、龐、東，是 18（東）部。

注釋

1 既，已經。攻，堅硬。毛《傳》：「攻，堅也。」

2 既，已經。同，馬行速度齊同。毛《傳》：「同，齊也。」上、下句間隔使用「既」字，是類疊（複疊）中的類字。

3 龐龐，音龍龍，ㄌㄨㄥˊ　ㄌㄨㄥˊ，馬高大強盛的樣子。這是疊字衍聲複詞。

4 言，語中助詞，無意義。詳見楊樹達《詞詮·卷七》。徂，音殂，ㄘㄨˊ，往。《爾雅·釋話》：「徂，往也。」東，東都，洛陽。毛《傳》：「東，洛邑也。」

章旨　一章陳述將出獵而備車馬，此行之目的地是東部。

作法　一章平鋪直敘的賦。

原文　田車既好[1]，四牡孔阜[2]。東有甫草[3]，駕言行狩[4]。

押韻　二章好、阜、草、狩，是21（幽）部。

注釋

1 田車，田獵之車。孔穎達《毛詩正義》：「田車，田獵之車。」既，已經。好，指修理準備。朱熹《詩集傳》：「好，善也。」

2 孔，甚、很。阜，大。毛《傳》：「阜，大也。」

3 甫草：有二解：（一）大草地。毛《傳》：「甫，大也。」（二）地名。鄭玄《箋》：「甫草者，甫田之草。鄭有甫田。」

4 言，語中助詞，無意義。詳見楊樹達《詞詮·卷七》。

章旨　二章描述車堅馬壯，欲往東方田獵的狀況。

作法　二章平鋪直敘的賦。

原文　之子于苗[1]，選徒囂囂[2]，建旐設旄[3]，搏獸于敖[4]。

押韻　三章苗、囂、旄、敖，是19（宵）部。

注釋

1　之子，此人，指負責狩獵的官吏。毛《傳》：「之子，有司也。」于，往，苗，狩獵。朱熹《詩集傳》：「苗，狩獵之通名也。」

2　選，計算。徒，士卒。蹻蹻，音遨遨，ㄠˊ ㄠˊ，同囂囂，形容喧嘩的聲音。這是摹聲詞、狀聲詞、象聲詞。詳見蔡宗陽《國文文法》。

3　建、設，樹起、插上。旐，音兆，ㄓㄠˋ，畫有龜蛇的旗子。旄，音毛，ㄇㄠˊ，畫有犛牛尾的旗子。

4　搏獸，搏取野獸。于，在。敖，山名，陳奐《詩毛氏傳疏》：「敖，今開封府滎澤縣有敖山，即此。」

章旨　三章敘述主敖山打獵，行前準備選徒、建旐、設旄的情形。

作法　三章平鋪直敘的賦。

原文　駕彼四牡[1]，四牡奕奕[2]。赤芾金舃[3]，會同有繹[4]。

押韻　四章奕、舃、繹，是 14（鐸）部。

注釋

1　彼，遠指代詞，「那」之意。詳見陳霞村《古代漢語虛詞類解》。「四牡」，上、下句是頂針（頂真）。

2　奕奕，音亦亦，ㄧˋ ㄧˋ，盛大的樣子。〈小雅・巧言〉毛《傳》：「奕奕，大貌。」

3　赤，紅色。芾，音扶，ㄈㄨˊ，蔽膝。舃，音細，ㄒㄧˋ。赤芾，諸侯之服。金舃，赤舃而加金飾，亦諸侯之服。詳見朱熹《詩集傳》。

4　會同，《周禮・大宗伯》：「時見曰會，殷見曰同。」鄭玄《箋》：「時見者，言無常期。殷，猶眾也。」朱守亮《詩經評釋》：「諸侯無定期朝見天子曰時見。諸侯合其眾同時朝見天子曰殷見。」有繹，繹然，陳列聯屬的樣子。朱熹《詩集傳》：「繹，陳列聯屬之貌也。」

章旨　四章陳述諸侯朝見天子的情況。

作法 四章兼有頂針（頂真）而平鋪直敘的賦。

原文 決拾既佽[1]，弓矢既調[2]；射夫既同[3]，助我舉柴[4]。

押韻 五章佽，是 4（脂）部。柴，是 10（支）部。調、同，是 18（東）部。按：指部是舌尖韻尾，支部是舌根韻尾，因此脂、支二部不能旁轉。

注釋

1 一、二、三句間隔使用「既」字，是類疊（複疊）的類字。朱守亮《詩經評釋》：「決，象骨所製之扳指，著於右手拇指，以鉤弓弦。拾，以皮為衣，著於左臂，即射韝，類今之套袖。」既，已經。佽，音次，ㄘˋ，便利、順利、合適。毛《傳》：「佽，俐也。」

2 既，已經。調，調適。鄭玄《箋》：「謂弓強弱與矢輕重相得。」

3 射夫，諸侯。孔穎達《毛詩正義》：「射夫，即諸侯也。」既，已經。同，會合。陳奐《詩毛氏傳疏》：「同，猶合也。既同，言已合耦也。」

4 舉，取。柴，音ㄗˋ，積。毛《傳》：「柴，積也。」余培林《詩經正詁》：「積，指所獵之獵物而言，固不限於積禽也。」助我舉柴，助我獲取獵物。

章旨 五章描述諸侯會同後，而田獵的狀況。

作法 五章兼有類疊（複疊）而平鋪直敘的賦。

原文 四黃既駕[1]，兩驂不猗[2]。不失其馳[3]，舍矢如破[4]。

押韻 六章駕、猗、馳、破，是 1（歌）部。

注釋

1 四黃，四匹黃馬。既，已經。

2 四匹馬，中間兩匹稱為服馬，左右兩匹稱為驂考。猗，偏倚。朱熹《詩集傳》：「猗，偏倚不正也。」毛《傳》：「言御者之良也。」

3　不失其馳，《孟子‧滕文公》引此句，趙岐注：「言御者不失其馳驅之法。」朱熹《詩集傳》：「馳，馳驅之法也。」

4　舍矢，發箭。如，而。破，射穿。王引之《經傳釋詞》：「如，猶而也。舍矢而破，與『舍拔則獲』同義，皆言其中之速也。」此言諸侯射術精湛。

章旨　六章敘述車馬奔馳，射術既精又快的情形。

作法　六章平鋪直敘的賦。

原文　蕭蕭馬鳴[1]，悠悠旆旌[2]。徒御不驚[3]，大庖不盈[4]。

押韻　七章鳴、旌、驚、盈，是12（耕）部。

注釋

1　蕭蕭馬鳴，當作「馬鳴蕭蕭」，為押韻而倒裝。詳見附錄：《詩經》倒裝的三觀。蕭蕭，馬鳴聲，這是象聲詞、狀聲詞、摹聲詞。孔穎達《毛詩正義》：「蕭蕭，馬鳴之聲。」

2　悠悠旆旌，當作「旆旌悠悠」，為押韻而倒裝。悠悠，形容飄動緩慢的樣子。旆旌，旌旗、旗幟。

3　徒，徒走士卒。朱熹《詩集傳》：「徒，步卒也。」御，乘車士卒。朱熹又云：「御，車御也。」王念孫《廣雅疏證》：「以其徒行而引車，故亦曰徒御。」不驚，不驚擾人民。

4　庖，音袍，ㄆㄠˊ，庖廚。大庖，指宣王廚房。不盈，不滿。此言射獲雖多，但多分給諸侯，自己不多取。三、四句間隔使用同一「不」字，是類疊（複疊）。

章旨　七章陳述獵畢歸來，而不驚擾人民的情況。

作法　七章兼有類疊（複疊）而平鋪直敘的賦。

原文　之子于征[1]，有聞無聲[2]，允矣君子[3]，展也大成[4]。

押韻 八章征、聲、成，是 12（耕）部。

注釋

1 之子，此子，指同宣王。于，往。征，行，指東行打獵歸來。孔穎達
《毛詩正義》：「征，行也。」

2 有聞無聲，「有」、「無」，是正反映襯。屈萬里《詩經詮釋》：「言但聞其
事而不聞其聲也，即上文『不驚』之意。」

3 允矣君子，當作「君子允矣」，這是讚美句的倒裝。允，信實。唉，語
末助詞，表示感歎，詳見楊樹達《詞詮‧卷七》。按：矣，表示讚美語
末助詞，「啊」之意。君子，指同宣王。

4 展也大成，當作「大成展也」，這是讚美句的倒裝。展，信實。《爾雅‧
釋詁》：「允、展，信也。」也，語末助詞，表示感歎。詳見楊樹達《詞
詮‧卷七》。按：也，表示讚美，「啊」之意大成，功業大有成就。何楷
《詩經世本古義》：「大成，謂功業大有成就。余培林《詩經正詁》：「大
成，指疑次獵事，兼指其功業。」斯言是也。

章旨 八章敘述打獵之嚴謹，以「大成」讚美周宣王作結。

作法 八章兼有映襯、倒裝而平鋪直敘的賦。

研析

全詩八章，一、二、三、六章皆是平鋪直敘的賦，四章兼有頂針
（頂真）而平鋪直敘的賦，五、七章兼有類疊（複疊）而平鋪直敘的
賦，末章兼有映襯、倒裝而平鋪直敘的賦。

朱守亮《詩經評釋》：「通篇以嚴肅之字為骨幹。車如何，馬如
何，旌旗如何，弓矢如何，御射如何，無不井然有序，一無所失。尤
以『徒御不驚』，『有聞無聲』，為具體寫照，天子會諸侯，固當如是
也。」洵哉斯言。余培林《詩經正詁》：「全詩脈絡分明，一氣呵
成。」此言甚諦。

十　吉日

　　吉日維戊，既伯既禱。田車既好，四牡孔阜。升彼大
阜，從其群醜。

　　吉日庚午，既差我馬。獸之所同，麀鹿麌麌。漆沮之
從，天子之所。

　　瞻彼中原，其祁孔有。儦儦俟俟，或群或友。悉率左
右，以燕天子。

　　既張我弓，既挾我矢。發彼小豝，殪此大兕。以御賓
客，且以酌醴。

注釋　〈吉日〉，取首章首句「吉日維戊」的「吉日」為篇名。

篇旨　〈詩序〉：「〈吉日〉，美宣王曰也。能慎微接下，無不自盡，以
　　　　奉其上焉。」孔穎達《毛詩正義》：「作〈吉日〉詩，美宣王田
　　　　獵也。以宣王能慎於微事，又以恩義接及群下，王之田獵能如
　　　　是，則群下無不自盡誠心，以奉事其君上焉。」余培林《詩經
　　　　正詁》：「〈石鼓文〉者，韓退之以為宣王時石刻也。其文有
　　　　云：『吾車既攻，吾馬既同，吾車既好，吾馬既駒。』又曰：
　　　　『或群或友，悉率左右，以燕天子』前者，〈車攻〉之文也；
　　　　後者，〈吉日〉之文也。由此可證，此詩乃美宣王無疑。」余
　　　　說舉證歷歷，其言甚諦。

原文　吉日維戊 1，既伯既禱 2。田車既好 3，四牡孔阜 4。升
　　　　彼大阜 5，從其群醜 6。

押韻　一章戊、禱、好、阜、阜、醜，是 21（幽）部。

注釋

1. 維，乃，是。詳見王引之《經傳釋詞・卷三》。戊，剛日。鄭玄《箋》：「戊，剛日也。」按：戊，天干第五，屬於，奇數，是剛日。偶數，是柔日。《禮記・曲禮上》：「外事以剛日，內事以柔日。」打獵為外事，故剛日之戊為吉日。

2. 既，本章間隔使用三次，是類疊（複疊）的類字。既，已經，伯，本是名詞，當作動詞，祭馬祖。毛《傳》：「伯，馬祖也。將用馬力，必先為之禱其祖。」禱，祝禱。

3. 田車，田獵之車。好，善。田車既好，獵車已經準備好了。

4. 四牡，四匹馬很高大。孔，甚，很。阜，高大。

5. 彼，遠指代詞，「那」之意。阜，土山。《爾雅・釋地》：「高平曰陸，大陸曰阜。」

6. 從，音粽，ㄗㄨㄥ丶，追逐。其，代詞，指禽獸。醜，眾。鄭玄《箋》：「醜，眾也。」

章旨 一章陳述天子選良辰吉日，祭祀馬祖，出外打獵的情形。

作法 一章兼有類疊（複疊）而平鋪直敘的賦。

原文 吉日庚午[1]，既差我馬[2]。獸之所同[3]，麀鹿麌麌[4]。漆沮之從[5]，天子之所[6]。

押韻 二章午、馬、麌、所，是 13（魚）部。同、從，是 18（東）部。

注釋

1. 庚，是天干第七，屬奇數，為剛日。午，是地支第七，屬數，亦為剛日。朱熹《詩集傳》：「庚午，亦剛日也。」是其證也。

2. 既，已經。差，音釵，ㄔㄞ，選擇。《爾雅・釋畜》：「差，擇也。」按：許慎《說文解字》：「差，貳也，左不相值也。」這是本義。段玉裁

注：「〈吉日〉傳曰：『差，擇也。』其引申之義也。」

3　獸之所同，當作「獸同之所」，禽獸聚集的地方。同，聚集。鄭玄《箋》：「同，猶聚也。」之，連詞，「的」之意。詳見楊樹達《詞詮・卷五》。所，地方。

4　麀，音攸，一ㄡ，牝鹿。麌麌，音雨雨，ㄩˇ　ㄩˇ，眾多的樣子。毛《傳》：「鹿牝曰麀。」毛《傳》：「麌麌，言多也。」

5　漆沮之從，當作「從漆沮」。之，是之意，結構助詞、語中助詞。從，驅逐禽獸，動詞，幫助賓語前置。詳見陳霞村《古代漢語虛詞類解》。漆沮，岐州之永。毛《傳》：「漆沮，岐州之二水也。」蘇轍《詩集傳》：「漆沮在渭北，所謂洛水也。」

6　天子之所，天子的地方。所，處所、地方。朱守亮《詩經評釋》：「二句言從漆沮之水所流經之處，驅禽獸至天子之所，以供田獵也。」

章旨　第二章敘述驅逐禽獸至天子所在之地，以供田獵的情況。

作法　二章兼有倒裝而平鋪直敘的賦。

原文　瞻彼中原[1]，其祁孔有[2]。儦儦俟俟[3]，或群或友[4]。悉率左右[5]，以燕天子[6]。

押韻　三章有、俟、友、右、子，是 24（之）部。

注釋

1　瞻，向遠處看。彼，遠指代詞，「那」之意。詳見陳霞村《古代漢語虛詞類解》。中原，原中，指原野。

2　其，代詞，指原野禽獸。祁，大。毛《傳》：「祁，大也。」孔，甚。有，多，豐富，指禽獸很多。

3　儦儦，音標標，ㄅㄧㄠ　ㄅㄧㄠ，疾走的樣子。這是疊字衍聲複詞。毛《傳》：「趣則儦儦。」按：趣，同「趨」。俟俟，音似似，ㄙˋ　ㄙˋ，緩行的樣子。毛《傳》：「行則俟俟。」

4 或，有的。間隔使用「或」字兩次，是類疊（複疊）類字。群，獸三相聚。友，獸二相聚。毛《傳》：「獸，三曰群，二曰友。」

5 悉，盡，完全、全部。此言盡率左右隨從之人。

6 以，用來，表示目的。燕，樂，這是致使動詞、役使動詞、使役動詞。詳見蔡宗陽《國文文法》。燕天子，使天子燕，使天子樂。樂，音要，一ㄠˋ，喜愛。

章旨 三章描述原中禽獸眾多，使天子喜愛的狀況。

作法 三章兼有類疊（複疊）而平鋪直敘的賦。

原文 既張我弓 [1]，既挾我矢 [2]。發彼小豝 [3]，殪此大兕 [4]。以御賓客 [5]，且以酌醴 [6]。

押韻 四章矢、兕、醴，是 4（脂）部。

注釋

1 既，已經。張，加弦在弓上。朱守亮《詩經評釋》：「古人用弓則加弦，是為張。不用則解弦，是為弛。」張我弓，拉開我的弓弦。

2 挾，挾持。挾矢，左拇指拓弓，右拇指鉤弦，而以兩手的食指和中指挾持箭。詳見程俊英、蔣見元《詩經注析》。《儀禮·鄉射》：「凡挾矢，於二指之間橫之。」鄭玄注：「二指，謂左右手之第二指，以此食指、將指挾之。」

3 發，發箭。彼，遠指代詞，「那」之意。豝，音巴，ㄅㄚ，母豬。鄭玄《箋》：「豕牝曰豝。」

4 殪，音意，一ˋ，死。《爾雅·釋詁》：「殪，死也。」此，近指代詞，「這」之意。兕，音四，ㄙˋ，野牛。朱熹《詩集傳》：「兕，野牛也。」按：「發彼小豝，殪此大兕」，當作「發而殪彼小豝，發而殪此大兕」，這是互文。詳見附錄：《詩經》互文與互文見義的辨析。

5 以，用來。御，進獻、進送。朱熹《詩集傳》：「御，進也。」賓客。指

　　　　諸侯。鄭玄《箋》:「賓客,謂諸侯也。」

　　6　且,姑且。以,用來。酌,用勺取酒。許慎《說文解字》:「酌,盛酒行
　　　　觴也。」余培林《詩經正詁》:「自飲、飲人皆可曰酌。」醴,甜酒。朱
　　　　熹《詩集傳》:「醴,酒名,如今甜酒也。」

章旨　四章陳述張弓發矢,獵獲之物甚多,以歡宴作結。

作法　四章兼有類疊(複疊)、互文而平鋪直敘的賦。

研析

　　全詩四章,一、三章兼有類疊(複疊)而平鋪直敘的賦。二章兼
有倒裝而平鋪直敘的賦。末章兼有類疊(複疊)、互文而平鋪直敘的
賦。

　　朱守亮《詩經評釋》:「全篇層次分明,結構完整,所應注意者,
寫天子田獵有:吉日之選擇,馬神之祭祀,馬匹之挑選,獵車之堅
好,田獵之場所,弓矢之技巧,獵獲物之宴饗,無不一點明。」洵哉
斯言。余培林《詩經正詁》:「此篇(指〈吉日〉)與〈平攻〉同為寫
天子田獵之事。〈車攻〉重在寫天子車馬服飾及威儀,此篇重在寫射
前之伯禱從獸及臣下之燕天子,然以燕賓客示同心作結則一也。」此
闡析、比較異同,斯言甚諦。

鴻鴈之什

一　鴻鴈

　　鴻鴈于飛，肅肅其羽。之子于征，劬勞于野。爰及矜
人，哀此鰥寡。
　　鴻鴈于飛，集于中澤。之子于垣，百堵皆作。雖則劬
勞，其究安宅。
　　鴻鴈于飛，哀鳴嗷嗷。維此哲人，謂我劬勞；維彼愚
人，謂我宣驕。

注釋　〈鴻鴈〉，取首章首句「鴻鴈于飛」的「鴻鴈」為篇名。

篇旨　〈詩序〉：「〈鴻鴈〉，美宣王也。萬民離散，不安其居，而能勞
　　　　來還下安集之，至于矜寡，無不得其所焉。」朱熹《詩集
　　　　傳》：「周室中衰，萬民離散，而宣王能勞來還定安集之，故流
　　　　民喜之而作此詩。……然今亦未有以見其為宣王之詩。」余培
　　　　林《詩經正詁》：「此詩乃使臣從民之僚屬所作。」朱守亮《詩
　　　　經評釋》：「惟其作者當是詩人感流民之受使臣賑濟，漸獲安居
　　　　而歌頌之，並代使臣以容流民之歌頌也。」

原文　鴻鴈于飛[1]，肅肅其羽[2]。之子于征[3]，劬勞于野[4]。爰
　　　　及矜人[5]，哀此鰥寡[6]。

押韻　一章羽、野、寡，是 13（魚）部。

注釋

　　1　鴻、鴈，皆是鳥名。毛《傳》：「大曰鴻，小曰鴈。」于，語中助詞，無

意義。詳見楊樹達《詞詮・卷九》。

2 蕭蕭其羽，當作「其羽蕭蕭」，為押韻而倒裝。詳見附錄：《詩經》倒裝
的三觀。蕭蕭，羽聲，狀聲詞、摹聲詞、象聲詞。其，代詞，指鴻鴈。
朱守亮《詩經評釋》：「以鴻鴈飛翔，羽聲蕭蕭，喻流民之流離不安
也。」

3 之子，此子，有二解：（一）指安撫流民的使臣姚際恆《詩經通論》：
「之子，指使臣也。」（二）指流民。朱熹《詩集傳》：「之子，流民自
相謂也。」于，語中助詞，無意義。征，遠行。

4 劬，音渠，ㄑㄩˊ，勞。許慎《說文解字》：「劬，勞也。」劬勞，辛
勞。毛《傳》：「劬勞，病苦也。」按：姚際恆《詩經通論》：「篇中三
『劬勞』，皆指使臣言。」野，牧外。《爾雅・釋地》：「邑外謂之郊，郊
外謂之牧，牧外謂之野。」

5 爰，語首助詞，無意義。詳見楊樹達《詞詮・卷九》。及，至於。矜，
可憐。矜人，可憐之人，指流民。鄭玄《箋》：「矜人人可憐之人。」

6 哀，哀情。此，近指代詞，「這些」之意。詳見陳霞村《古代漢語虛詞
類解》。鰥，音關，ㄍㄨㄢ，老而無妻。寡，老而無夫。《孟子・梁惠王
下》：「老而無妻曰鰥，老而無夫曰寡。」

章旨 一章以「鴻鴈于飛，蕭蕭其雙」，比喻「流民流徙無定」的情
況。

作法 一章兼有比喻（譬喻）而觸景生情的興。

原文 鴻鴈于飛[1]，集于中澤[2]。之子于垣[3]，百堵皆作[4]。雖
則劬勞[5]，其究安宅[6]。

押韻 二章澤、作、宅，是 14（鐸）部。

注釋

1 大曰鴻，小曰鴈。于，語中助詞，無意義。

2　集，棲息。于，在。中澤，澤中，沼澤中央。

3　之子，有二解：（一）使臣。（二）流民。于，在。垣，音原，ㄩㄢˊ，本是名詞，此當動詞「築牆」之意。余培林《詩經正詁》：「《詩經》凡『之子于』句，第四字皆為動詞。……『之子于垣』之垣，當亦為動詞，謂築牆也。」

4　百，形容很多，這是數量的夸飾（夸張）。堵，音睹，ㄉㄨˇ，牆。毛《傳》：「一丈為版，五版為堵。」皆作，同時興造（建築）。

5　雖則，雖然。楊樹達《詞詮・卷六》：「則，承接連詞，表因果之關係。則字以上之文為原因，以下之文為結果。」劬勞，辛勞、勞苦。

6　其，代詞，指流民。究，終。朱熹《詩集傳》：「究，終也。」此二句言使臣雖然辛勞，但流民終究獲得安定的居所。

章旨　二章以「鴻鴈于飛，集于中澤」，喻「流民遷徙無定」的狀況。

作法　二章兼有比喻（譬喻）而觸景生情的興。

原文　鴻鴈于飛，哀鳴嗸嗸 [1]。維此哲人 [2]，謂我劬勞；維彼愚人 [3]，謂我宣驕 [4]。

押韻　三章嗸、勞、驕，是 19（宵）部。

注釋

1　哀鳴，鴻鴈哀鳴。嗸嗸，音遨遨，ㄠˊ ㄠˊ，鴻鴈哀鳴的聲音。陸德明《經典釋文》：「嗸嗸，聲也。」程俊英、蔣見元《詩經注析》：「詩人以鴻鴈之哀鳴嗸嗸，興自己不平而作歌。」

2　維，同惟，只有。詳見程俊英、蔣見元《詩經注析》。此，近指代詞，「那些」之意。哲人，明智之人。朱熹《詩集傳》：「哲，智也。」

3　維，同惟，只有。彼，遠指代詞，「那些」之意。

4　宣驕，驕奢。王引之《經義述聞》：「宣驕與劬勞相對成文。劬，亦勞

也。宣，亦驕也。……宣為侈大之意。宣驕，猶言驕奢，非謂宣示其驕
也。」朱熹《詩集傳》：「流民以鴻鴈哀鳴自比而作此歌也。知者聞我歌
者，知其出于劬勞。不知者謂我閒暇而宣驕也。」

章旨 三章以「鴻鴈于飛，哀鳴嗸嗸」，比喻流民，描述使臣劬勞，
猶被指為宣驕，詩人代使臣以答流民的情形。

作法 三章兼有比喻（譬喻）而觸景生情的興。

研析

全詩三章，皆兼有比喻（譬喻）而觸景生情的興。

朱守亮《詩經評釋》：「三章皆以『鴻鴈于飛』起興者，轉徙無
宋，喻流民之流離不安也。三章之『哀鳴嗸嗸』，尤可見此意。『爰及
矜人，哀此鰥寡。』『雖則劬勞，其究安宅』諸語，給予人溫暖至
少。而『劬勞』字凡三見，真摯之情，亦甚感人。」洵哉斯言。方玉
潤《詩經原始》：「大抵使臣承命安民，費盡辛苦，民不能知，頗有煩
言，感而作此。」此乃哲人、愚人之辨也。古今中外皆此現象，政府
推行德政，而人民不知，這是正常現象。如今媒體發達，網際網路四
通八達，政府可以大力宣導德政，免惹民怨。

二　庭燎

夜如何其？夜未央。庭燎之光。君子至止，鸞聲將將。
夜如何其？夜未艾。庭燎晣晣。君子至止，鸞聲噦噦。
夜如何其？夜鄉晨。庭燎有輝。君子至止，言觀其旂。

注釋　〈庭燎〉，取首章三句「庭燎之光」的「庭燎」為篇名。

篇旨　朱熹《詩集傳》：「王將起視朝，不安於寢，而問夜之早晚。」
嚴粲《詩緝》：「今宣王中夜而起，失於太早，詩人設為問答之
辭。」余培林《詩經正詁》：「此詩乃記諸侯朝見宣王情形，於
此見宣王治政之勤與德威之盛也。」綜觀諸說，詩義篇旨更清
晰矣。

原文　夜如何其¹？夜未央²。庭燎之光³。君子至止⁴，鸞聲
將將⁵。

押韻　一章央、光、將，是 15（陽）部。

注釋

1　其，音基，ㄐㄧ，語末助詞，表示疑問。楊樹達《詞詮·卷四》：「其，
語末助詞，表疑問，音姬。如〈小雅·庭燎〉：『夜如何其？夜未央。』
是其證也。」「夜如何其？夜未央」，是設問中的提問。

2　央，盡。陸德明《經典釋文》：「央，已也，盡也。」夜未央，夜尚未
盡，為時乃早。

3　庭燎，大燭，即今火炬、火把。毛《傳》：把「庭燎，大燭也。」《周
禮·司烜》鄭玄注：「樹於門外曰大燭，門內曰庭燎，皆所以照眾為
明。」之，連詞，「的」之意。詳見楊樹達《詞詮·卷五》。

4　君子，諸侯。毛《傳》：「君子，謂諸侯也。」止，語末助詞，表示決

定。詳見楊樹達《詞詮・卷五》。

5　鸞，鈴，鈴聲繫在鑣者。將將，音槍槍，ㄑㄧㄤ ㄑㄧㄤ，鸞鈴鳴聲。毛《傳》：「將將，鸞鑣聲也。」

章旨　一章描述君王視朝尚早的情況。

作法　一章兼有設問而平鋪直敘的賦。

原文　夜如何其？夜未艾 [1]。庭燎晣晣 [2]。君子至止，鸞聲噦噦 [3]。

押韻　二章艾、晣、噦，是 2（月）部。

注釋

1　艾，音易，ㄧˋ，盡。朱熹《詩集傳》：「艾，盡也。」艾與央，是互文見義，字異而義同。詳見附錄：《詩經》互文與互文見義的辨析。王念孫《廣雅疏證》：「夜未艾，猶言夜未央耳。」是其證也。

2　晣晣，音至至，ㄓˋ ㄓˋ，明亮的樣子。毛《傳》：「晣晣，明。」

3　噦噦，音慧慧，ㄏㄨㄟˋ ㄏㄨㄟˋ，鸞鈴鳴聲。陳奐《詩毛氏傳疏》：「噦噦，亦鸞鑣聲也。」噦噦與將將，是互文見義，字異而義同。

章旨　二章陳述君王早期勤政的情形。

作法　二章兼有設問而平鋪直敘的賦。

原文　夜如何其？夜鄉晨 [1]。庭燎有煇 [2]。君子至止，言觀其旂 [3]。

押韻　三章晨、煇、旂，是 9（諄）部。

注釋

1　鄉，向。陳奐《詩毛氏傳疏》：「鄉者，今日『向』字。」鄉晨，接近黎明。朱熹《詩集傳》：「鄉晨，近曉也。」

2　煇，音輝，ㄏㄨㄟ，光亮的樣子。毛《傳》：「煇，亮也。」有煇，煇

　　然，光亮的樣子。

　3　言，語首助詞，無意義。詳見楊樹達《詞詮・卷七》。陳奐《詩毛氏傳
　　　疏》：「言，語詞。」觀，展示。余培林《詩經正詁》：「觀，當如《左
　　　傳・昭公五年》：『楚子遂觀兵』之觀，示也。主詞為『君子』，承上而
　　　省。言君子既至，乃展示其旂也。」其，代詞，指君子。旂，音其，
　　　ㄑ一ˊ，繪有交龍之旗。

章旨　三章敘述君王早朝的狀況。

作法　三章兼有設問而平鋪直敘的賦。

研析

　　全詩三章，皆是兼有設問而平鋪直敘的賦。

　　余培林《詩經正詁》：「每章首句『夜如何其』，皆詩人自為設問
之辭。次句『夜未央』、『夜未艾』，言猶在夜中，天色未明，而諸侯
已至，然只能聞其鸞聲將將、噦噦。及至『夜鄉晨』，天已破曉，可
辨其色，君子至止，則『觀其旂』矣。……由此亦可見，宣王聲威之
盛，與其文治武功之隆矣。」闡析精微，詩義更明確矣。朱守亮《詩
經評釋》：「此詩也，為一幅鮮明早期圖，有聲有色，敘次如畫。」斯
言甚諦。

三 沔水

沔彼流水，朝宗于海。鴥彼飛隼，載飛載止。嗟我兄
弟，邦人諸友，莫肯念亂，誰無父母？

沔彼流水，其流湯湯。鴥彼飛隼，載飛載揚。念彼不
蹟，載起載行。心之憂矣，不可弭忘。

鴥彼飛隼，率彼中陵。民之訛言，寧莫之懲。我友敬
矣，讒言其興。

注釋 〈沔水〉，取首章首句「沔彼流水」的「沔水」為篇名。這是
修辭學的「節縮」。

篇旨 明朝季本《詩說解頤》：「亂世讒謗相傾，而勸其友人謹言免
禍，故作是詩。此朋友相戒之亂也。」

原文 沔彼流水 [1]，朝宗于海 [2]。鴥彼飛隼 [3]，載飛載止 [4]。嗟
我兄弟 [5]，邦人諸友，莫肯念亂，誰無父母 [6]？

押韻 一章海、止、友、母是 24（之）部。

注釋

1 沔，音免，ㄇㄧㄢˇ，水滿的樣子。毛《傳》：「沔，水流滿也。」彼，
遠指代詞，「那」、「那些」之意。「沔彼流水」，當作「彼流中沔」，這是
為詩文產生波瀾現象而倒裝。

2 朝宗，本義是諸侯春見天子曰朝，夏見曰宗。《周禮・大宗伯》：「春見
曰朝，夏見曰宗。」這裡借來比喻流水，百川歸大海。余培林《詩經正
詁》：「借以喻水，言流水必會歸於海，小就大也。」于，往。

3 鴥，音玉，ㄩˋ，疾飛的樣子。彼，遠指代詞，「那」之意。隼，音
准，ㄓㄨㄣˇ，急疾之鳥。朱熹《詩集傳》：「隼，鷂屬，急疾之鳥

也。」鴥彼飛隼，當作「彼飛隼鴥」，是表態句。彼飛隼，是主語。鴥，是表語。

4　載……載……，又……又……。段德森《實用古漢語虛詞》：「載……載……」，成對用在並列的兩個動詞或形容詞之間，有一定的關聯作用，可譯為『又……又……』。」載飛載止，又飛翔又棲息。程俊英、蔣見元《詩經注析》：「詩人見流水尚可朝宗於海，飛隼尚有所止，興自己的處境不如水、隼。」按：這是兼有比喻（譬如）的興。

5　嗟，音皆，ㄐㄧㄝ，感歎詞，「唉」之意。

6　莫，不。念，憂念、顧念。亂，禍亂、離亂。朱守亮《詩經評釋》：「言人人皆有父母，能不憂慮父母遭離亂之安危乎？」王符《潛夫論·釋難》：「且夫一國盡亂，無有安身。《詩》云：『莫肯念亂，誰無父母？』言將皆為害。然有親者，憂將深也。」斯言是也。

章旨　一章以流水、飛隼，比喻自己處境不如流水、飛隼，感歎兄弟、諸友不能互相鼎助的情況。

作法　一章兼有比喻（譬喻）、類疊（複疊）、設問而觸景生情的興。

原文　沔彼流水，其流湯湯[1]。鴥彼飛隼，載飛載揚[2]。念彼不蹟[3]，載起載行[4]。心之憂矣[5]，不可弭忘[6]。

押韻　二章湯、揚、行、忘，是 15（陽）部。

注釋

1　其，代詞，指水。湯湯，音傷傷，ㄕㄤ ㄕㄤ，有二解：（一）水盛的樣子。毛《傳》：「湯湯，水盛貌。」（二）水流聲。屈萬里《詩經詮釋》：「湯湯，當是流聲。」

2　揚，高舉。毛《傳》：「言無所定止也。」陳奐《詩毛氏傳疏》：「高（誘）注《淮南子·精神》云：『飛揚不從軌度也。』與《傳》言『無所定止』義合。」按：程俊英、蔣見元《詩經注析》：「詩人以流水動

蕩、隼飛無止，興自己憂愁禍亂而坐立不安的心情。」

3　念，思念。彼，遠指代詞，「那些」之意。不蹟循正道之人。毛《傳》：「不蹟，不循道也。」《爾雅・釋訓》：「不蹟，不道。」

4　行，音杭，ㄏㄤˊ。朱熹《詩集傳》：「載起載行，言憂念之深，尺遑寧處也。」

5　之，語中助詞，無意義。詳見楊樹達《詞詮・卷五》。矣，語末助詞，表示感歎，「啊」之意。詳見楊樹達《詞詮・卷七》。

6　弭，音米，ㄇㄧˇ，止。毛《傳》：「弭，止也。」余培林《詩經正詁》：「弭忘二動詞，皆指憂而言，謂止憂而忘之也。」

章旨　二章以流水、飛隼，比喻自己坐立不安，感歎憂亂甚多，既不可止，又不能忘的心情。

作法　二章兼有比喻（譬喻）、類疊（複疊）而觸景生情的興。

原文　鴥彼飛隼，率彼中陵[1]。民之訛言[2]，寧莫之懲[3]。我友敬矣[4]，讒言其興[5]。

押韻　三章陵、懲、興，是26（蒸）部。

注釋

1　率，循、沿。鄭玄《箋》：「率，循也。」彼，遠指代詞，「那」之意。中陵，陵中。程俊英、蔣見元《詩經注析》：「以飛隼循陵，興己不自由，不如飛隼。」

2　之，連詞，「的」之意。詳見楊樹達《詞詮・卷五》。訛，音譌，ㄜˊ，偽。鄭玄《箋》：「訛，偽也。」訛言，謠言。《荀子・大略》：「流言止於智者。」按：流言，即謠言。

3　寧莫之懲，當作「寧莫懲之」，兼有押韻的否定句倒裝。祥見附錄：《詩經》倒裝的三觀。王念孫《經傳釋詞・卷六》：「寧，猶『乃』也。」鄭玄《箋》：「寧，猶曾也。」楊樹達《詞詮・卷四》：「寧，副詞，乃

也。」莫，不。懲，止。毛《傳》：「懲，止也。」之，代詞，指訛言、
流言、謠言。寧莫之懲，竟然不制止謠言。所謂「謠言止於智者」是
也。

4　敬，謹慎警惕。鄭玄《箋》：「敬，慎也。」矣，語末助詞，表示感歎，
　　「啊」之意。

5　讒言，讒毀之言，即挑撥離開之言。其，將。楊樹達《詞詮・卷四》：
　　「其，時刻副詞，將也。」興，起，產生、發生。余培林《詩經正
　　詁》：「謂我友各謹慎其身，不然讒言即將興起矣。」

章旨　三章以飛隼循陵，比喻自己不自由，不如飛隼，並感歎世亂而
　　　　讒言將興起，勸其友謹言免禍。

作法　三章兼有比喻（譬喻）、倒裝而觸景生情的興。

研析

　　全詩三章，首章兼有比喻（譬喻）、類疊（複疊）、設問而觸景生
情的興，次章兼有比喻（譬喻）、類疊（複疊）而觸景生情的興，末
章兼有比喻（譬喻）、倒裝而觸景生情的興。

　　朱熹《詩集傳》：「疑當作三章，章八句，卒章脫前兩句。」余培
林《詩經正詁》：「其說是也；然此無傷於詩義之完整。」洵哉斯言。

　　余培林《詩經正詁》：「『敬』則對應於一章『亂』、二章『不蹟』
而言。蓋敬則合蹟，合蹟則不亂；反之，不敬則不蹟，不蹟則亂矣。
故『敬』之一字，實為全詩之重心。」闡析詩義，絲絲入扣，扣緊全
詩重心，此言甚諦。

四 鶴鳴

　　鶴鳴于九皋，聲聞于野。魚潛在淵，或在于渚。樂彼之園，爰有樹檀，其下維蘀。它山之石，可以為錯。

　　鶴鳴于九皋，聲聞于天。魚在于渚，或潛在淵。樂彼之園，爰有樹檀，其下維穀。它山之石，可以攻玉。

注釋　〈鶴鳴〉，取首章首句「鶴鳴于九皋」的「鶴鳴」為篇名。

篇旨　方玉潤《詩經原始》:「此一篇好招隱詩也。」鄭玄《箋》:「求賢人之未仕者。」余培林《詩經正詁》:「此詩重心，全在每章之末二句。」朱守亮《詩經評釋》:「末二句『它山之石，可以為錯。』『它山之石，可以攻玉。』招隱之意，甚為顯著。蓋人君若得此賢者，則必可為錯，以磨治美玉，謂砥礪己行，而大有益於治國安邦也。」綜觀諸說，詩義更洞悉矣。

原文　鶴鳴于九皋 [1]，聲聞于野 [2]。魚潛在淵 [3]，或在于渚 [4]。樂彼之園 [5]，爰有樹檀 [6]，其下維蘀 [7]。它山之石 [8]，可以為錯 [9]。

押韻　一章野、渚，是 13（魚）部。園、檀，是 3（之）部。蘀、石、錯，是 14（鐸）部。魚、鐸二部，是對轉而押韻。祥見附錄:《詩經》倒裝的三觀。

注釋

1　鶴，比喻隱士。程俊英、蔣見元《詩經注析》:「鶴，此處喻隱居的賢人。」于，在。九，「高」之意。皋，音高，《ㄠˊ，陵，岸，屈萬里《詩經詮釋》:「九，有『高』義；皋，猶，陵也、岸也。九皋，猶言高陵、高岸也。」

2　聞，音問，ㄨㄣˋ，名聲所達，即傳播。朱守亮《詩經評釋》：「言賢者雖不求聞達，然聲稱自遠也。」于，往，到……去。野，牧外。《爾雅・釋地》：「郊外之謂牧，牧外謂之野。」毛《傳》：「聲聞于野，言身隱而名著也。」程俊英、蔣見元《詩經注析》：「聲聞于野，比喻他的品德、學問的名聲，人們都會瞭解之。」按：聲聞于野，言隱士品學，名聞遐邇。

3　以「魚」，比喻賢者。潛，沈藏。淵，水深的地方。

4　或，有時。于，於。渚，本是水中小沙洲，此指小洲旁的淺。《爾雅・釋水》：「小洲曰渚。」渚與淵，是對舉。以魚在淵、或在渚，比喻賢者時隱時任。孔穎達《毛詩正義》：「以魚之出沒，喻賢者之進退，於理為密。」

5　樂，音要，一ㄠˋ，喜愛。彼，遠指代詞，「那」之意。之，語中助詞，無意義。詳見楊樹達《詞詮・卷五》。園，種樹木的地方。〈鄭・將仲子〉毛《傳》：「園，所以樹木也。」以「園」，比喻國家。

6　爰，語首助義，無意義。詳見楊樹達《詞詮・卷九》。檀，強韌的樹木，比喻賢人。毛《傳》：「檀，彊韌之木。」按：樹檀，當作「檀樹」，為押韻而倒裝。詳見附錄：《詩經》倒裝的三觀。

7　其，代詞，指檀樹。維，是。蘀，音拓，ㄊㄨㄛˋ，木名。王引之《經義述聞》：「蘀，當為木名。」以「蘀」，比喻小人。

8　它山之名，比喻異國的賢人。鄭玄《箋》：「它山，喻異國。」

9　錯，礪石。陸德明《經典釋文》：「錯，厲也。」厲即礪，礪石，可以磨治美玉。毛《傳》：「錯，石也，可以琢玉。」它山之石，可以為錯，比喻異國的賢人，可以輔助人君進德修業，以治好國家。詳見程俊英、蔣見元《詩經注析》、朱守亮《詩經評釋》。

章旨　一章描述隱士居高雅幽靜之處，如人君求得，可進德修業有助於治國。

作法 一章比喻（譬喻）而觸景生情的興。

原文 鶴鳴于九皋，聲聞于天[1]。魚在于渚，或潛在淵。樂彼
之園，爰有樹檀，其下維穀[2]。它山之石，可以攻玉[3]。

押韻 二章天、淵，是 6（真）部。園、檀，是 3（之）部。穀、
玉，是 17（屋）部。真、元二部，是旁轉而押韻。

注釋

1 天，高遠。鄭玄《箋》:「天，高遠也。」余培林《詩經正詁》:「此言聲
聞之高也。」

2 穀，音古，《ㄍㄨˇ，惡木名。毛《傳》:「穀，惡木也。」以「穀」，比
喻小人。詳見程俊英、蔣見元《詩經注析》。

3 攻，磨治、琢磨。毛《傳》:「攻，錯也。」攻玉，磨治美玉、琢磨玉
器。

章旨 二章敍述隱士居高雅幽靜之地，如人君求得，可進德修業，而
治好國家。

作法 二章兼有比喻（譬喻）而觸景生情的興。

研析

全詩二章，皆是兼有比喻（譬喻）而觸景生情的興。

余培林《詩經正詁》:「每章前四句為興。『鶴鳴』二句，言賢者
處隱而自有聞也。『聲聞于天』一語，尤堪玩味。『魚潛』二句，言賢
者進退無常也。『樂彼之園』，乃理想之園，非真有此園也。檀可為
車、為輪，其用大；蘀可以決，穀可為布、為紙，其用小。其用大者
處上，其用小者處下，舉賢用才，無不適所。『它山』二句，乃每章
之結語，言必藉賢，人才士以成君之德業也。此明明是理想之政，而
以『樂園』方之，可謂善於用喻矣。」此闡析精微，論證精闢。按:
余氏所謂「興」，兼有比喻（譬喻）而觸景生情的興。朱熹《朱子語

類》：「〈鶴鳴〉，做得巧，含蓄意思全不發露。」吳闓生《詩集會通》：「理極平實，文極鮮妍。」斯言甚諦。

五　祈父

祈父！予，王之爪牙。胡轉予于恤？靡所止居。
祈父！予，王之爪士。胡轉予于恤？靡所厎止？
祈父！亶不聰。胡轉予于恤？有母之尸饔。

注釋　〈祈父〉，取首章首句「祈父」為篇名。

篇旨　〈詩序〉：「〈祈父〉，刺宣王也。」朱熹《詩集傳》：「責句馬者，不敢斥主也。」此乃修辭學的「委婉」。余培林《詩經正詁》：「此詩辭則咎祈父，而意實在王也，故〈序〉謂刺王，誠是；然所刺是否為宣王，於詩文中，頗難看出。」朱守亮《詩經評釋》：「〈祈父〉之詩，但見悲憤之情，全幾譏刺之意。」朱熹《詩集傳》：「軍士怨於久役，故呼祈父而告之。」此乃「呼告」修辭手法。屈萬里《詩經詮釋》：「此詩當是王近畿之士，而調任邊疆作戰者所作。」綜觀諸說，詩義更明確矣。

原文　祈父[1]！予[2]，王之爪牙[3]。胡轉予于恤[4]？靡所止居[5]。

押韻　一章牙、居，是13（魚）部。

注釋

1　祈，封畿。鄭玄《箋》：「祈、圻、畿同。」父，音甫，ㄈㄨˇ。古代男子的尊稱。祈父，官名，又名司馬。毛《傳》：「祈父，司馬也。職掌封畿之甲兵。」

2　予，我。《爾雅·釋詁下》：「卬、吾、台、予、朕、身、甫、余，言我也。」

3　之，連詞，「的」之意。詳見楊樹達《詞詮·卷五》。爪牙，比喻護衛之士。孔穎達《毛詩正義》：「鳥用爪，獸用牙，以防衛己身。此人自謂王

之爪牙，以鳥獸為喻也。」

4　胡，為何。轉，本是轉移，引申為調動。鄭玄《箋》：「轉，徙也。」
予，我，指護衛之士。恤，音續，ㄒㄩˋ，憂患之地。毛《傳》：「恤，
憂也。」

5　靡，非，不，沒有。所，處所、地方。止、居。止居，是同義複義，
「安居」之意。鄭玄《箋》：「爪牙之士，當為王閉守之衛，女何移我於
憂，使我無所止居乎？」靡所止居，當作「靡止居（之）所」。

章旨　一章敘述王之爪牙，應護衛君王，為何調往邊疆作戰，而訴苦
之心情。

作法　一章兼有呼告、委婉、比喻（譬喻）、設問而平鋪直敘的賦。

原文　祈父！予，王之爪士[1]。胡轉予于恤？靡所底止[2]？

押韻　二章士、止，是 24（之）部。

注釋

1　爪士，爪牙之士，即虎士。朱熹《詩集傳》：「爪士，爪牙之士也。」馬
瑞辰《毛詩傳箋通釋》：「爪士，猶言虎士。〈周官〉：『虎賁氏屬有虎士
八百人。』」

2　底，音紙，ㄓˇ，止。《爾雅・釋詁下》：「底，止也。」「底」與一章
「止」，互文見義，字異而義同。詳見附錄：《詩經》互文補義與互文見
義的辨析。

章旨　二章陳述王之爪士，應護衛君王，為何調往邊疆作戰，而訴苦
的情形。

作法　二章兼有呼告、委託、比喻（譬喻）、設問而平鋪直敘的賦。

原文　祈父！亶不聰[1]。胡轉予于恤？有母之尸饔[2]。

押韻　三章聰、饔，是 18（東）部。

注釋

1 亶，音旦，ㄉㄢˋ，實在，確實。毛《傳》：「亶，誠也。」聰，聽到。
毛《傳》：「聰，聞也。」林義光《詩經通釋》：「不聰，謂不聞人民疾
苦。」

2 尸，主，陳列。饔，音雍，ㄩㄥ，熟食。有之尸饔，有二解：（一）朱
熹《詩集傳》：「尸，主也。饔，熟食也。言不得奉，而使母反主勞苦之
事也。」（二）陳奐《詩毛氏傳疏》：「有母之尸饔，有母二字當逗讀。
『之』，猶則也。言我從軍以出，有母不得終養，歸則陳饔以祭，是可
憂也。」按：董仲舒《春秋繁露・精華》：「《詩》無達詁。」二說見仁
見智，可資參考。

章旨 三章描述王之爪士，調註邊疆，而無法終養其母，怨之深，責
之切，斥祈父不聞不問的狀況。

作法 三章兼有呼告、設問而平鋪直敘的賦。

研析

　　全詩三章，一、二章皆兼有呼告、委婉、比喻（譬喻）、設問而
平鋪直敘的賦。末章兼有呼告、設問而平鋪直敘的賦。

　　余培林《詩經正詁》：「三章首句皆直呼祈父，情切而意憤也。次
句『王之爪牙』，為了解詩義之關鍵。以其責在捍衛禁宮，不在行役
戍守，故下句『胡轉予于恤』乃順勢而出。三章『亶不聰』，乃深斥
之言。末句『有母之尸饔』，乃詩人作此詩橐，故為全詩之重心。」
旨哉斯言。余培林又云：「綜觀此詩責祈父者有二：一為爪牙之士不
當行役，二為有母不得奉養，而後者尤甚於前者，『亶不聰』一語，
即以此而發也。」余氏綜觀此詩責祈父之二因，良有以也。

六　白駒

皎皎白駒，食我場苗。縶之維之，以永今朝。所謂伊
人，於焉逍遙。

皎皎白駒，食我場藿。縶之維之，以永今夕。所謂伊
人，於焉嘉客。

皎皎白駒，賁然來思。爾公爾侯，逸豫無期。慎爾優
游，勉爾遁思。

皎皎白駒，在彼空谷。生芻一束，其人如玉。毋金玉爾
音，而有遐心。

注釋　〈白駒〉，取首章首句「皎皎白駒」的「白駒」為篇名。

篇旨　朱熹《詩集傳》:「為此此詩者，以賢者之本，而不可留也。」
方玉潤《詩經原始》:「此王者欲留賢者不得，田放歸山林，而
賜以詩也。其好賢之心，可謂切;而留賢之意，可謂殷。奈士
各有志，難以相強。」余培林《詩經正詁》:「詩既曰『爾公爾
侯』，則此人必有封域或采邑無疑。是則所謂歸隱者，歸其封
域，不為天子之卿而已，非如後世所謂歸隱小林也。」

原文　皎皎白駒[1]，食我場苗[2]。縶之維之[3]，以永今朝[4]。所
謂伊人[5]，於焉逍遙[6]。

押韻　一章苗、朝、遙，是 19（宵）部。

注釋

1　皎皎，潔白的樣子。陸德明《經典釋文》:「皎皎，潔白也。」「皎皎白
駒」，當作「白駒皎皎」，為使詩文產生波瀾現象而倒裝。詳見附錄:
《詩經》倒裝的三觀。駒，音居，ㄐㄩ，泛指小馬。朱熹《詩集傳》:

「駒,馬之未壯者,謂賢者所乘也。」

2　食,吃。場,圃。場、圃,是一地二用。春、夏作作圃,以種菜茹。秋冬為場,以治穀物。苗,日本竹添光鴻《毛詩會箋》:「穀蔬初生皆曰苗,草之類始生亦曰苗。」

3　縶,音至,ㄓˋ,絆。毛《傳》:「縶,絆也。」維,繫。毛《傳》:「維,繫也。」孔穎達《毛詩正義》:「繫之,謂絆,其足。維之,謂繫靮也。」按:靮,音引,一ㄣˇ,縛在馬胸部,用來引車前進的皮帶。之,代詞,指駒,這裡比喻賢者。絆繫其駒,比喻不欲賢者隱居。

4　以,用來,引申為「目的」之意。永,終、盡。屈萬里《詩經詮釋》:「永、終二字古為聯綿字,永猶終也。」按:永,又有「長」、「久」之意。朱熹《詩集傳》:「永,久也。」朱守亮《詩經評釋》:「言留賢之殷,期以延長其時,盡此今朝。

5　伊人,指賢者。鄭玄《箋》:「所謂伊人,所謂是乘白駒而去之賢人。」

6　於焉,於是。逍遙,優遊自得的樣子。顧野王《玉篇》:「焉,猶是也。」余培林《詩經正詁》:「於焉,於是,謂自今而後也。」朱熹《詩集傳》:「逍遙,遊息也。」

章旨　一章敘述留賢之情殷,以絆繫其駒,比喻不欲賢者隱居狀況。

作法　一章兼有比喻(譬喻)而平鋪直敘的賦。

原文　皎皎白駒,食我場藿 ¹。繫之維之,以永今夕 ²。所謂伊人,於焉嘉客 ³。

押韻　二章藿、夕、客,是 14(鐸)部。

注釋

1　藿,音霍,ㄏㄨㄛˋ,苗。毛《傳》:「藿,猶苗也。」藿與一章「田」,互文見義,字異而義同。詳見附錄:《詩經》互文補義與互文見義的辨析。

2　夕，朝。鄭玄《箋》：「夕，猶朝也。」夕與一章「朝」，互文見義，字
　　異而義同。

3　於焉，於是。嘉，美。嘉客，本是名詞，此當動詞「做嘉賓」。余培林
　　《詩經正詁》：「對焉嘉客，謂於是自今而後而為嘉客。」

章旨　二章描寫留賢者心切意殷，以絆繫其駒，比喻不欲賢者隱居的
　　　情形。

作法　二章兼有比喻（譬喻）而平鋪直敘的賦。

原文　皎皎白駒，賁然來思[1]。爾公爾侯[2]，逸豫無期[3]。慎爾
　　　優游[4]，勉爾遁思[5]。

押韻　三章思、期、思，是 24（之）部。

注釋

1　賁，音奔，ㄅㄣ，有二解：（一）光彩。朱熹《詩集傳》：「賁然，光彩
　　之貌也。」（二）通「奔」，馬疾行。〈考工記・弓人〉鄭玄《箋》：
　　『奔，猶疾也。』賁然，蓋馬來疾行之貌。」馬瑞辰《毛詩傳箋通
　　釋》：「奔、賁，古通用。」思，語末助詞，無意義。孔穎達《毛詩正
　　義》：「此來思、遁思，二思皆語助，不為義也。」

2　爾，汝，指賢者公、侯，古代爵位名稱。余培林《詩經正詁》：「公、侯
　　當是實指，言昔日為公為侯；非假設也。」胡承珙《毛詩後箋》：「謂爾
　　宜為公也，爾宜為侯也，何為逸樂無期以反也。如此，於愛賢留賢之意
　　乃合。」

3　逸，安。豫，樂。《爾雅・釋詁》：「豫，樂也。」毛《傳》：「逸豫，逸
　　樂。」按：逸樂，安樂。無期，無盡期，沒有期限。

4　慎，謹慎。嚴粲《詩緝》：「慎，謹也。」按：謹慎，是同義複詞。爾，
　　汝，指賢者。優游，朱熹《詩集傳》：「優游，閑暇之意。」

5　勉，有二解：（一）嘉勉。（二）通「免」，打消。爾，汝，指賢者。

遁，隱逸。此句一解：言嘉勉汝之隱逸生活。（二）打消汝隱逸之念
頭，含有「慰留」之意。

章旨 三章描述規勸賢者打消隱逸之念頭，至盼慰留之心意。

作法 三章兼有比喻（譬喻）而平鋪直敘的賦。

原文 皎皎白駒，在彼空谷 ¹。生芻一束 ²，其人如玉 ³。毋金
玉爾音，而有遐心 ⁴。

押韻 四章谷、束、玉，是 17（屋）部。音心，是 28（侵）部。

注釋

1　彼，遠指代詞，「那」之意。詳見陳霞村《古代漢語虛詞類解》。空谷，
深谷。王先兼《詩三兩義集疏》：「《韓》、《齊》『空』作『穹』。《韓》說
曰：『穹谷，深谷也。』」

2　生芻，新刈之草。嚴粲《詩緝》：「芻，刈草也。俗作『蒭』。生芻，新
刈之草，所謂青芻也。」一束，形容很少。

3　其人，指賢者。其人如玉，形容賢者之品德如玉之純潔美麗。這是比喻
（譬喻）中的明喻。鄭玄《箋》：「其人如玉，賢人其德如玉然。」

4　毋，音無，ㄨˊ，表示禁止之意，勿。金玉，本是名詞，此當動詞，珍
惜之意。就修辭言，這是轉品，又名轉類。就文法言，是詞類活用。王
先謙《詩三家義集疏》：「金玉者，珍重爾，汝，指賢者。音，音信。」
遐，本義是形容詞「遠」之意，此當動詞，「疏遠」之意。這也是轉
品、轉類、詞類活用。鄭玄《箋》：「遐心，遠我之心。」孔穎達《毛詩
正義》：「汝雖不來，當傳書信，毋得金玉汝之音聲於我。謂自愛音聲如
金玉，不以遺問我，而有疏遠我之心。」

章旨 四章陳述賢者留之不得而遠去，目斷心傷，臨行一再叮嚀，惠
我佳音的狀況。

作法 四章兼有比喻（譬喻）、轉品（轉類）而平鋪直敘的賦。

研析

　　全詩四章，前三章兼有比喻（譬喻）而平鋪直敘的賦，末章兼有
比喻（譬喻）、轉品（轉類）而平鋪直敘的賦。

　　朱守亮《詩經評釋》：「三章勸勉、禁戒、希冀之言，無不用之；
願其為公為侯，以益時效，勿優游思遁也。『慎、勉』二字，宜用心
看。四章以留止不得，故多繾綣之情，瞻戀之意，不能自己之言。末
兩句尤可見其拳拳思慕，眷懷神往也。」闡析詩義章旨，言簡意賅。
滕志賢《新譯詩經讀本》：「三章勸賢者勿隱，『爾公爾侯』四句，乃
全詩重心。」洵哉斯言。

七　黃鳥

　　黃鳥黃鳥，無集于穀，無啄我粟。此邦之人，不我肯穀。言旋言歸，復我邦族。

　　黃鳥黃鳥，無集于桑，無啄我粱。此邦之人，不可與明。言旋言歸，復我諸兄。

　　黃鳥黃鳥，無集于栩，無啄我黍。此邦之人，不可與處。言旋言歸，復我諸父。

注釋　〈黃鳥〉，取首章首句「黃鳥黃鳥」的「黃鳥」為篇名。

篇旨　朱熹《詩集傳》：「民適異國，不得其所，故作是詩。」後之解說此詩者多從之。

原文　黃鳥黃鳥 [1]，無集于穀 [2]，無啄我粟 [3]。此邦之人 [4]，不我肯穀 [5]。言旋言歸 [6]，復我邦族 [7]。

押韻　一章穀、粟、穀、族，是 17（屋）部。

注釋

　1　黃鳥，黃雀。黃鳥食粟，黃鶯食果。作者將自己，轉化為黃鳥，是比擬（轉化）中的擬物化（物性化）。連用兩次「黃鳥」，這是呼告、類疊（複疊），旨在提醒自己，具有強調作用。羅貫中《三國演義·第三回》：「良禽擇木而棲，賢臣擇主而事。」良有以也。

　2　集，棲息。于，在。穀，音古，ㄍㄨˇ，惡木名。毛《傳》：「穀，惡木也。」

　3　粟，音素，ㄙㄨˋ，稻實，即有殼之米。許慎《說文解字》：「粟，穀實也。」

　4　此，近指代詞，「這個」之意。邦，國家。許慎《說文解字》：「邦，國

也。」之，連詞，「的」之意。詳見楊樹達《詞詮・卷五》。

5　不我肯穀，當作「不肯穀我」，這是兼有押韻的否定句倒裝。詳見附錄：《詩經》倒裝的三觀。穀，善待。毛《傳》：「穀，善也。」朱守亮《詩經評釋》：「言所流寓國之人，莫肯善待我也。」鄭玄《箋》：「不我肯穀，不肯以善道與我。」

6　上、下「言」字，皆語助詞，無意義。詳見楊樹達《詞詮・卷七》。言旋言歸，即旋歸、回國。旋，回。

7　復，返。鄭玄《箋》：「復，反也。」按：反，即「返」之意。邦，本國、故國。族，宗族、本族。余培林《詩經正詁》：「邦族，即下諸兄、諸父也。」余培林又云：「先諸兄、後諸父者，先親後尊也。」

章旨　一章敘述民往異國，遭受歧視，不能安居，才有思歸之心情。

作法　一章一章將自己比擬（轉化）為黃鳥，這是兼有比擬（轉化）的興。

原文　黃鳥黃鳥，無集于桑，無啄我粱。此邦之人，不可與明[1]。言旋言歸，復我諸兄[2]。

押韻　二章桑、粱、明、兄，是 15（陽）部。

注釋

1　明，音盟，ㄇㄥˊ，盟信、相信。鄭玄《箋》：「明，當為盟；盟，信也。」不可與明，不可相信、不可信賴。

2　復我諸兄，返於我諸兄之處。借諸兄，代諸兄之處，這是借全體代本部的借代義。詳見蔡宗陽《文法與修辭探驪・修辭義探所》。

章旨　二章描寫民往異國，遭遇歧視，不能安居，而欲思歸的情形。

作法　二章將自己比擬（轉化）為黃鳥，這是兼有比擬（轉化）的興。

原文 黃鳥黃鳥，無集于栩 [1]，無啄我黍 [2]。此邦之人，不可
與處 [3]。言旋言歸，復我諸父 [4]。

押韻 三章栩、黍、處、父，是 13（魚）部。

注釋

    1 栩，音許，ㄒㄩˇ，樹木名。櫟樹，又名柞櫟。

    2 黍，音蜀，ㄕㄨˇ，穀類名，有二種：（一）黃米。（二）玉蜀黍。

    3 處，相處。毛《傳》：「處，君也。」

    4 諸父，伯父、叔父等總稱。

章旨 三章陳述民往異周，遭受歧視，不能安居，而欲思歸的情況。

作法 三章兼有比擬（轉化）的興。

研析

    全詩三章，皆兼有比擬（轉化）的興。

    余培林《詩經正詁》：「詩人蓋以黃鳥象徵自己，無集於穀、桑、
栩者，止非其處也；無食我粟、粱、黍者，食非其所也。以之象徵自
己所適非其邦而欲復歸也。二章末句言『復我諸兄』，卒章末句言
『復我諸父』，皆猶一章言『復我邦族』也。」余氏闡析精微，詮證
精闢，言簡意賅。

八　我行其野

　　我行其野，蔽芾其樗。昏姻之故，言就爾居。爾不我
畜，復我邦家。

　　我行其野，言采其蓫。昏姻之故，言就爾宿。爾不我
畜，言歸斯復。

　　我行其野，言采其葍。不思舊姻，求爾新特。成不以
富，亦祇以異。

注釋　〈我行其野〉，取首章首句「我行其野」為篇名。

篇旨　朱熹《詩集傳》：「民適異國，依其婚姻，而不見收卹，故作此
　　　　詩。」按：卹，音序，ㄒㄩˋ，憐惜、照顧。

原文　我行其野 [1]，蔽芾其樗 [2]。昏姻之故 [3]，言就爾居 [4]。爾
　　　　不我畜 [5]，復我邦家 [6]。

押韻　一章樗、居、家，是 13（魚）部。

注釋

　　1　行，走。其，句中助詞，無意義。詳見楊樹達《詞詮・卷四》。野，郊
　　　　野。《爾雅・釋地》：「郊外謂之牧，牧外謂之野。」

　　2　芾，音費，ㄈㄟˋ，草木茂盛。許慎《說文解字》：「芾，草木盛芾芾
　　　　然。」蔽芾，茂盛的樣子。朱熹《詩集傳》：「蔽芾，盛貌。」「蔽芾其
　　　　樗」，當作「其樗蔽芾」，兼有押韻的肯定司倒裝。其，代詞，指野。
　　　　樗，音書，ㄕㄨ，惡木，俗稱臭椿。毛《傳》：「樗，惡木也。」孔穎達
　　　　《毛詩正義》引王肅之：「行遇惡木，言己適人遇惡夫也。」以「惡
　　　　木」，比喻「惡夫」。或以「惡木」，比喻「惡妻」。

　　3　昏，同「昏」。昏姻，有二解：（一）鄭玄《箋》：「婦之父，婿之父，相

謂昏姻。」（二）應劭《白虎通義・嫁娶》：「婚者，昏時行禮，故曰婚。姻者，婦人因夫而成，故曰姻。」《周禮・大宗伯》賈公彥《疏》：「若據男女身，則男曰昏，女曰姻；若以親言之，則女父曰昏，婿之父曰姻。」按：昏姻，即婚姻。之，連詞，的之意。故，緣故。

4 言，語首助詞，無意義。詳見楊樹達《詞詮・卷七》。就，到。爾，汝，你。居，住。

5 爾不我畜，當作「爾不畜我」，是否定的倒裝。爾，汝，你。畜，有二解：（一）愛。（二）養。

6 復，返回。鄭玄《箋》：「復，反也。」按：反，返。邦，本國、故國。家，家鄉、故鄉。

章旨 一章敘述以惡木比喻婚姻，不如意，惡木尚可庇蔭，今棄婚姻而不愛我、不養我，故思返家鄉。

作法 一章兼有比喻（譬喻）而觸景生情的興。

原文 我行其野，言采其蓫 ¹。昏姻之故，言就爾宿 ²。爾不我畜，言歸斯復 ³。

押韻 二章蓫、宿、畜、復，是 22（覺）部。

注釋

1 言，語首助詞，無意義。采，是採的本字。採，是後起字。就訓詁言，采、採，是古今字。其，代詞，指野。蓫，音逐，ㄓㄨˊ，惡菜，羊蹄。《齊民要術》君子謀道陸璣云：「蓫，今人謂之羊蹄。……揚州謂之羊蹄，幽州謂之蓫，一名蓨。」

2 宿，居。「宿」與上章「居」，互文見義，字異而義同。

3 言，乃。斯，而。裴學海《古書虛字集釋・卷八》：「斯，猶『而』也。如〈小雅・我行其野〉：『言歸斯復。』言，『乃』也。」按：乃，於是。而，相當於「則」，「就」之意。段德森《實用古漢語虛詞》：「連

詞，『斯』用在詞組、分句、句子之間，不指稱和替代，就起連接作用了。……可譯為『就』。」言歸斯後，「於是往歸鄉的方向，就返回（家鄉）了。復，返回毛《傳》：「復，返也。」按：反，返回。

章旨 二章描述以惡菜比喻婚姻不如願，只好返回家鄉。

作法 二章兼有比喻（譬喻）而觸景生情的興。

原文 我行其野，言采其葍[1]。不思舊姻[2]，求爾新特[3]。成不以富[4]，亦祗以異[5]。

押韻 三章葍、特、富、異，是 25（職）部。

注釋

1　葍，音福，ㄈㄨˊ，惡菜。毛《傳》：「葍，惡菜。」賈思勰《齊民要術》引陸璣云：「河東、關內謂之葍，幽、兗謂之燕葍，一名爵弁，一名蔓。」言，語首助詞，無意義。詳見楊樹達《詞詮・卷七》。其，代詞，指野。

2　思，念。舊姻，有二解：（一）馬瑞辰《毛詩傳箋通釋》：「舊姻，即棄婦，自稱其家，舊為夫所因也。」（二）余培林《詩經正詁》：「詩人自稱舊姻，則是婿之父也。」

3　求，追求。爾，汝。特，配偶。〈鄭・柏舟〉毛《傳》：「特，匹也。」嚴粲《詩緝》：「新特，謂新親也。」新特，有二解：（一）新婦。馬瑞辰《毛詩傳箋通釋》：「新特，謂新婦。特，當讀『實維我特』之特。毛《傳》訓『匹』是也。新特，猶新昏也。」（二）新夫。余培林《詩經正詁》：「新特，當指新婿。」

4　成，「誠」之古字。成、誠，是古今字，就訓詁學。以，因。朱熹《詩集傳》：「實不以彼之富而厭我之貧。」

5　亦，語首助詞，無意義。詳見楊樹達《詞詮・卷七》。祗，只，僅。以，因。異，新異。王靜芝《詩經通釋》：「並非為新夫之富有，祗為新

異而已。此地之風俗，實大惡矣。」屈萬里《詩經詮釋》：「誠然不因新特之富，亦祇以其新異耳。責其厭故喜新也。」

章旨 三章陳述以惡菜比喻婚姻不如意，責其喜新厭舊，另求新歡。

作法 三章兼有比喻（譬喻）而觸景生情的興。

研析

全詩三章，比兼有比喻（譬喻）而觸景生情的興。

余培林《詩經正詁》：「詩人蓋以樗雖惡木，猶可庇身；蓫、葍雖惡菜，猶可果腹，而昏姻之親，反不我畜也。三、四句為了解此詩之關鍵。一、二章『昏姻之故』，乃言就居、就宿之因；卒章『不思舊姻，求爾新特』之故。卒章末二句，朱子謂：『此詩人責人忠厚之意。』然其刺亦可謂銳利，但隱而不露而已。」洵哉斯言。

九　斯干

秩秩斯干，幽幽南山；如竹苞矣，如松茂矣。兄及弟矣，式相好矣，無相猶矣。

似續妣祖，築室百堵，西南其戶。爰居爰處。爰笑爰語。

約之閣閣，椓之橐橐。風雨攸除，鳥鼠攸去，君子攸芋。

如跂斯翼，如矢斯棘，如鳥斯革，如翬斯飛。君子攸躋。

殖殖其庭，有覺其楹，噲噲其正，噦噦其冥。君子攸寧。

下莞上簟，乃安斯寢。乃寢乃興，乃占我夢。吉夢維何？維熊維羆，維虺維蛇。

大人占之，維熊維羆，男子之祥；維虺維蛇，女子之祥。

乃生男子，載寢之床，載衣之裳，載弄之璋。其泣喤喤，朱芾斯皇，室家君王。

乃生女子，載寢之地，載衣之裼，載弄之瓦。無非無儀，唯酒食是議，無父母詒罹。

注釋　〈斯干〉，取首章首句「秩秩斯干」的「斯干」為篇名。

篇旨　屈萬里《詩經詮釋》：「此當是築室既成，而須禱之詩。」王靜芝《詩經通釋》：「此王侯公族築室初成，頌禱祈吉之詩也。」此說皆承襲朱熹《詩集傳》：「築室既成而燕飲以落之，因歌其事。」細審詩篇，無燕飲之語。所謂「築室既成」，既〈詩

序〉所謂「考室」者也。〈詩序〉:「〈斯干〉,宣王考室也。」
班固《漢書・劉向傳》:「宣王賢而中興,更為儉宮室,小寢
廟。詩人美之,〈斯干〉之詩是也。」是其證也。

原文 秩秩斯干[1],幽幽南山[2];如竹苞矣[3],如松茂矣[4]。兄
及弟矣[5],式相好矣[6],無相猶矣[7]。

押韻 一章干、山,是 3(元)部。苞、茂、好、猶,是 21(幽)
部。

注釋

1 秩秩斯干,當作「斯干秩秩」,這是兼押韻的肯定倒裝。秩秩,水流的
樣子。毛《傳》:「秩秩,流行也。」斯,指示代詞,表示近指,「此」、
「這」之意。楊樹達《詞詮・卷六》:「斯,指示代名詞,此也。」陳霞
村《古代漢語虛詞類解》:「斯,表示近指,『這』之意。」朱熹《詩集
傳》:「斯,此也。」干,兩山間的水流。毛《傳》:「干,澗也。」按:
澗,音見,ㄐㄧㄢ丶,山夾水《爾雅・釋山》:「山夾水,澗。」〈召南・
采蘩〉毛《傳》:「山夾水曰澗。」

2 幽幽南山,當作「南山幽幽」,這是兼有押韻的肯定句倒裝。幽幽,深
遠的樣子。毛《傳》:「幽幽,深遠也。」南山,即今陝西省的終南山。
詳見程俊英、蔣見元《詩經注析》。

3 上、下兩個「如」字,有三解:(一)含有「有」之意。姚際恆《詩經
通論》:「如竹苞二句,因其地所有而詠之。王雪山曰:『如,非喻,乃
枚舉焉爾。』」按:王之說,正如黃慶萱《修辭學・第十二章譬喻》:
「所謂假設實在不是譬喻,它沒有喻體(即本體),也沒有喻依(即喻
體);雖然也用『譬如』、『比方』等詞,但是舉例性質,也不能算是喻
詞。(二)而。朱彬《經傳考證》:「如,與『而』通。」(三)似。朱守
亮《詩經評釋》:「以竹之苞,松之茂,喻兄弟之和好也。」苞,茂盛。

「苞」與「茂」，是互文見義，字異而義同。詳見附錄：《詩經》互文補義與互文見義的辨析。本章五個「矣」字，表示讚歎語氣，「啊」之意。

4　茂，枝葉繁盛。

5　兄及弟矣，以竹、松比喻兄及弟。

6　式，語首助詞，無意義。王引之《經傳釋詞・卷九》：「式，語詞之用也。」《詩・小雅・斯干》：「式相好矣。」是也。常語也。」楊樹達《詞詮・卷五》：「式，語首助詞。」如〈小雅・斯干〉：「式相好矣。」好，相好。鄭玄《箋》：「好，相愛好。」

7　猶，有二解：圖謀。歐陽脩《詩本義》：「猶，圖謀也。」余培林《詩經正詁》：「二句言兄弟應相親愛而無相圖謀也。」（二）欺詐。猶，大通「䛆」。揚雄《方言》：「䛆，詐也。」《廣雅》：「猶欺也。」程俊英、蔣見元《詩經注析》：「這章敘述宮室地勢風景的美好，目的在於家族的和睦共處。」

章旨　一章敘述地勢優美，以祝福家族和樂。

作法　一章兼有比喻（譬喻）、類疊（複疊）、讚歎而觸景生情的興（按：毛《傳》：「興也。」）。

原文　似續妣祖 ¹，築室百堵 ²，西南其戶 ³。爰居爰處 ⁴。爰笑爰語 ⁵。

押韻　二章祖、堵、戶、處、語，是 13（魚）部。

注釋

1　似，本義是「好像」，此當「嗣」的假借義。毛《傳》：「似，嗣也。」似續，繼續。妣，先祖。祖，先祖。孔穎達《毛詩正義》：「先妣姜嫄，先祖后稷。」按：《禮記・曲禮下》：「生曰父，曰母、曰妻；死曰考、曰妣、曰嬪。」

2　百，形容很多，這是數量夸飾（夸張）。堵，築牆高一方丈是一堵。毛

《傳》:「一丈為版,五版為堵。」許慎《說文解字》:「堵,垣也。五版為堵。」段玉裁:「版廣二尺,五版積高一丈為堵。」築室百堵,形容建築房室甚多。

3 西南其戶,當作「其戶西南」,兼有押韻的肯定句倒裝。其,代詞,指室。戶,開。此指過得去有向西開的門,有向南開的門。

4 爰,於是,在此處。高亨《詩經今注》:「爰,于是。」于,於,在。鄭玄《箋》:「爰,於也。於是居,於是處。」居、處,居住。間隔使用「爰」字,是類疊(複疊)的類字。

5 爰笑爰語,鄭玄《箋》:「於是笑,於是語,言諸寢之中,皆可安樂。程俊英、蔣見元《詩經注析》:「這章敘述建築新居是為了繼承先人之志。」

章旨 二章陳述築室之始終,以繼續先人之志。

作法 二章兼有夸飾(夸張)、類疊(複疊)而平鋪直敘的賦。

原文 約之閣閣 [1],椓之橐橐 [2]。風雨攸除 [3],鳥鼠攸去,君子攸芋 [4]。

押韻 三章閣、橐,14(鐸)部。除、去、芋,是 13(魚)部。魚、鐸二部,是對轉而押韻。

注釋

1 約,捆紮。之,代詞,指築牆板。閣閣,狀聲詞、象聲詞、疊字衍聲複詞、聽覺的摹寫(摹狀)。高亨《詩經今注》:「約,捆束。之,指築牆板。閣閣,象聲詞,捆板的聲音。一說:閣閣,牢固貌。」

2 椓,音灼,ㄓㄨㄛˊ,築。孔穎達《毛詩正義》:「如椓杙之椓,謂以杵築之也。」橐,音沱,ㄊㄨㄛˊ,擊土杵聲也。蘇轍《詩集傳》:「橐橐,杵聲也。」

3 攸,猶「用」。按:用,以,因。王引之《經傳釋詞·卷一》:「攸,猶

『用』也。」除，去。朱熹《詩集傳》：「除，猶去也。」三句「除」與四句「去」，是互文見義，字異而字同。此言風雨之害，因是而去。

4　攸，所以，因此。王引之《經傳釋詞》：「攸，猶『所以』也。」按：所以，因此。芋，居住。芋，《魯詩》作「宇」。許慎《說文解字》：「宇，壓下去邊也。」這是本義，引申為居住。

章旨　三章描述以板築牆堅固的情形。

作法　三章兼有類疊（複疊）而平鋪直敘的賦。

原文　如歧斯翼 [1]，如矢斯棘 [2]，如烏斯革 [3]，如翬斯斯飛 [4]。
君子攸躋 [5]。

押韻　四章翼、棘、革，是 25（職）部。飛，是 7（微）部。躋，是 4（脂）部。微、脂二部，是旁轉而押韻。

注釋

1　歧，音企，ㄑㄧ丶，有二解：（一）舉起腳跟不著地。嚴粲《詩緝》：「歧，舉踵也。腳跟不著地。」王引之《經傳釋詞》：「斯，猶其也。」本章四個「斯」字，皆「其」之意。斯翼，其翼，翼然。屈萬里《詩經詮釋》：「兩手附身，如鳥翼附體，恭敬之狀也。此言宮室之大勢，如人歧立翼然也。」（二）余培林《詩經正詁》：「歧，當讀為『鴀』。《說文·佳部》：『雉，雉鳥也。』跂、雉同從支聲，故假『歧』為『雉』。」按：本章四個「如」字，「好像」之意。省略本體（宮室），喻詞是「如」，「歧斯翼」是喻體。全句是省略本體的明喻，以征三句皆然。

2　棘，稜角。屈萬里《詩經詮釋》：「矢鏃有稜，故取以為喻。此言宮室廉隅之正，如矢鏃之棘然。」

3　革，翅膀。毛《傳》：「革，翼也。」屈《詮釋》：「革，翼也，此謂張翼之狀。」按：宮過得去的高揚，好像鳥張開翅膀的樣子。

4 翬，音輝，ㄏㄨㄟ，雉。斯飛，飛然，飛的樣子。按：前四句，皆以比喻（譬喻），形容宮室之建築美。就文法言，「跂」、「矢」、「鳥」、「翬」，是主語，當作「名詞」，「跂」解「䳌」，其說是也。「翼」、「棘」、「革」、「飛」或言名詞、動詞、副詞，皆非表態句之詞性。此四字是表語，就詞性言，當是形容詞或形容詞謂語。詳見蔡宗陽《國文文法・第六章》。此四句當是宮室體勢挺拔如䳌張翅膀的樣子；宮室四角，如箭之稜角分明的樣子；宮室屋簷，如鳥展開翅膀想要飛的樣子；宮室高峻，如野雞高飛的樣子。

5 君子，指君王。攸，音幽，ㄧㄡ，連詞，用，於主詞與動詞之間。詳見楊樹達《詞詮・卷七》。按：攸，有「於是」之意。躋，音基，ㄐㄧ，登上。毛《傳》：「躋，升也。」按：君子，是主語，即楊氏所謂主詞。躋，是動詞性謂語，即楊氏所謂動詞。

章旨 四章運用四個比喻（譬喻），形容宮室特色與美麗的情況。

作法 四章兼有比喻（譬喻）而平鋪直敘的賦。

原文 殖殖其庭[1]，有覺其楹[2]，噲噲其正[3]，噦噦其冥[4]。君子攸寧[5]。

押韻 五章庭、楹、正、冥、寧，是12（耕）部。

注釋

1 殖殖其庭，當作「其庭殖殖」，兼有押韻的肯定句倒裝。詳見附錄：《詩經》倒裝的三觀。殖殖，平正的樣子，這是類疊（複疊）的疊字，也是疊字衍聲複詞。其，代詞，指宮室。庭，前院。顧野王《玉篇》：「庭，堂階前也。」朱熹《詩集傳》：「庭，宮寢之前庭也。」

2 有覺其楹，當作「其楹有覺」，兼有押韻的肯定句倒裝。有覺，覺然，高大而直的樣子。朱熹《詩集傳》：「覺，高大而直也。」其，代詞，指宮室。《爾雅・釋宮》：「宮謂之室，室謂之宮。」宮室，是同義複詞。

楹，堂前兩個柱子。孔穎達《毛詩正義》:「楹，柱也。」許慎《說文解字》:「楹，柱也。」屈萬里《詩經詮釋》:「宮室四周有柱，其門前之二柱曰楹。」

3 噲噲其正，當作「其正噲噲」，兼有押韻的肯定句倒裝。噲噲，音快快，ㄎㄨㄞˋ ㄎㄨㄞˋ，明亮的樣子。馬瑞辰《毛詩傳箋通釋》:「噲噲，明亮貌。」其，代詞，指宮室。正，有二解:（一）白天。鄭玄《箋》:「噲噲，猶快快也正，晝。」（二）正中處，指堂言，即中庭。屈《詮釋》:「正，謂正中處，指堂言。」按:古庭分前庭、中庭、後庭，此指中庭。

4 噦噦其冥，當作「其冥噦噦」，兼有押韻的肯定句倒裝。噦噦，音慧慧，ㄏㄨㄟˋ ㄏㄨㄟˋ幽暗的樣子。馬瑞辰《毛詩傳箋通釋》:「噦噦，猶昧昧也。是狀其室之深暗。」其，伬詞，指宮室。冥，有二解:（一）夜晚。鄭玄《箋》:「噦噦，猶熠熠也。冥，夜也。」程俊英、蔣見元《詩經注析》:「言建成的宮，晝則明亮、夜則幽暗，日夜都很合適。」（二）暗處，指室。屈《詮釋》:「冥，謂暗處，指室言。」

5 寧，安居。孔穎達《毛詩正義》:「寧，安也。」

章旨 五章描繪宮過得去寬廣亮麗的情形。

作法 五章運用倒裝、類疊（複疊）的寫作技巧。

原文 下莞上簟¹，乃安斯寢²。乃寢乃興³，乃占我夢⁴。吉夢維何⁵？維熊維羆⁶，維虺維蛇⁷。

押韻 六章簟、寢，是 28（侵）部。興、夢，是 26（蒸）部。何、羆、蛇，是 1（歌）部。

注釋

1 莞，音管，ㄍㄨㄢˇ，蒲蓆。朱熹《詩集傳》:「莞，蒲蓆也。」簟，音店，ㄉㄧㄢˋ，竹蓆。下莞上簟，蒲蓆在下，上覆竹蓆。

2 乃，於是。斯，乃。乃安斯寢，當作「乃安（寢）斯（安）寢」，是互
文。王引之《經傳釋詞‧卷八》：「斯，亦乃也，互文耳。」斯寢，乃
（安）寢。乃安斯寢，於是睡得很安穩舒適。

3 本章五個「乃」字，「才」、「於是」之意。段德森《實用古漢語虛詞》：
「乃，副詞，表示過程慢，行動晚，可譯為『才』。『乃』用在動詞前
邊，表示時間長的詞語。」楊樹達《詞詮‧卷二》：「乃，副詞，於是
也，然後也，始也。今語言『這纔』。」陳霞村《古代漢語虛詞類解》：
「乃，副詞，表示承接，用在動詞之前，表示前後兩事在時間上先後相
繼，或在事理上前後相關，相當于『於是』、『然後』、『因此』。」寢，
就寢，睡覺。乃寢乃興，於是就睡覺，於是就早起。興，起，早起。

4 乃占我夢，於是就占夜我所夢之事。

5 吉夢，好夢土，是。何，什麼。

6 維，是。羆，音皮，ㄆㄧ╱，獸名。《爾雅‧釋獸》：「羆，如熊，黃白
文。」郭璞注：「羆，似熊，而長頭高腳。猛憨多力，能拔樹木。」

7 維，是。虺，音毀，ㄏㄨㄟ╲，蛇之一種，有劇毒。孔穎達《毛詩正
義》引舍人曰：「蝮，一名虺。江淮以南曰蝮，江淮以北曰虺。」熊、
羆、虺、蛇，皆所夢之物。

章旨 六章陳述君子安寢，並得吉夢的狀況。

作法 六章兼有類疊（複疊）、設問而平鋪直敘的賦。

原文 大人占之 [1]，維熊維羆，男子之祥 [2]；維虺維蛇，女子
之祥 [3]。

押韻 七章羆、蛇，是 1（歌）部。祥、祥，是 15（陽）部。

注釋

1 大人，占卜之官。朱熹《詩集傳》：「大人，大卜之屬，占夢之官也。」
占之，占夢。之，代詞，指夢。

2　祥，吉兆。朱熹《詩集傳》：「熊羆，陽物在山，強力壯毅，男子之祥也。」

3　祥，吉兆。朱熹《詩集傳》：「虺蛇，陰物穴處，柔弱隱伏，女子之祥也。」

章旨　七章占夢之官占夢，皆獲吉祥之徵兆。

作法　七章運用類疊（複疊）而平鋪直敘的賦。

原文　乃生男子 [1]，載寢之床，載衣之裳，載弄之璋 [2]。其泣喤喤 [3]，朱芾斯皇 [4]，室家君王 [5]。

押韻　八章床、裳、璋、喤、皇、王，是 15（陽）部。

注釋

1　乃，於是。

2　三個「載」字，「又……，又……，又……。另一說，載，則，就。按：「載」用在三個並列的動詞之間，有一定的關聯作用，可譯為「又……又……又……」，詳見段德森《實用古漢語虛詞》。寢、衣、弄，皆是動詞。寢，本是名詞，此當動詞，就寢。衣，音亦，ㄧˋ，本是名詞，此當動詞，穿。弄，玩，是動詞。三個「之」字，皆語中助詞，無意義。詳見楊樹達《詞詮·卷五》。鄭玄《箋》：「男子生而臥於床，尊之也。」鄭玄《箋》：「衣以裳者，明當主於外事也。」璋，半圭。毛《傳》：「半末曰璋。」按：生（男）子，以「慶叶弄璋」、「弄璋之喜」，表示慶賀，蓋本於此。

3　其，代詞，指男子。泣，哭。喤喤，音黃黃，ㄏㄨㄤˊ ㄏㄨㄤˊ，哭聲宏亮。這是象聲詞、疊字衍聲複詞、類疊（複疊）。朱熹《詩集傳》：「喤喤，大聲也。」

4　芾，音費，ㄈㄟˋ，蔽藤。斯，王引之《經傳釋詞·卷八》：「斯，猶『其』也。」皇，通「煌」。斯皇，皇然、皇皇。鮮明的樣子。

5 君，指諸侯。王，指天子。鄭玄《箋》：「室家，一家之內。宣王將生之子，或且為諸侯，或且為天子。」余培林《詩經正詁》：「室家，謂周室周家也。句言為周室之諸侯、天子也。」

章旨 八章祝生男的情形。

作法 八章兼有類疊（複疊）而平鋪直敘的賦。

原文 乃生女子[1]，載寢之地[2]，載衣之裼[3]，載弄之瓦[4]。無非無儀[5]，唯酒食是議[6]，無父母詒罹[7]。

押韻 九章，地、瓦、儀、議、罹，是1（歌）部。

注釋

1 乃，於是。

2 載⋯⋯載⋯⋯載⋯⋯，又⋯⋯又⋯⋯又⋯⋯。寢，此當動詞，就寢。本章三個「之」字，皆語中助詞，無意義。寢之地，鄭玄《箋》：「臥于地，卑之地。」

3 衣，音亦，一ˋ，此當動詞，穿、包裹。裼，音替，ㄊㄧˋ，包裹嬰兒的小被。毛《傳》：「裼，褓也。」班固《漢書·宣帝紀》孟康注：「褓，小兒被也。」

4 弄，玩。瓦，紡錘。毛《傳》：「瓦，紡塼也。」塼，音專，ㄓㄨㄢ，線墜子，古代防織時，瓦製用來放絲的工具，如紡塼。按：生男子生女子，以「慶叶弄瓦」、「弄瓦之喜」，表示慶賀，蓋本於此。

5 非，違。許慎《說文解字》：「非，違也。」儀，專制。馬瑞辰《毛詩傳箋通釋》：「婦人從人者也，不自度事，以自專制，故曰無儀。」

6 唯酒食是議，當作「唯議酒食」，兼有押韻的肯定句倒裝。議，議論、商量。是，語中助詞，結構助詞。詳見附錄：《詩經》倒裝的三觀。

7 詒，留給。罹，憂。毛《傳》：「罹，憂也。」無，禁戒副詞，「勿」之意。詳見楊樹達《詞詮·卷八》。無父母詒罹，勿留給父母憂愁。

章旨　九章祝生女的情況。

作法　九章兼有類疊（複疊）、倒裝而平鋪直敘的賦。

研析

　　全詩九章，首章兼有比喻（譬喻）、類疊（複疊）、讚歎而觸景生情的興。次章兼有夸飾（夸張）、類疊（複疊）而平鋪直敘的賦。三、八、八章兼有類疊（複疊）而平鋪直敘的賦。四章兼有比喻（譬喻）而平鋪直敘的賦。五、九章兼有倒裝、類疊（複疊）而平鋪直敘的賦，六章兼有類疊（複疊）、設問而平鋪直敘的賦。

　　裴普賢《詩經欣賞與研究》：「全詩寫來層次分明，由遠而近，由大而小，由外而內，由靜而動，由實而虛。」洵哉斯言。

十　無羊

誰謂爾無羊？三百維群，誰謂爾無牛？九十其犉。爾羊來思，其角濈濈；爾牛來思，其耳濕濕。

或降于阿，或飲于池，或寢或訛。爾牧來思，何蓑何笠，或負其餱。三十維物，爾牲則具。

爾牧來思，以薪以蒸，以雌以雄。爾羊來思，矜矜兢兢，不騫不崩。麾之以肱，畢來既升。

牧人乃夢，眾維魚矣，旐維旟矣。大人占之，眾維魚矣，實維豐年；旐維旟矣，室家溱溱。

注釋　〈無羊〉，取首章首句「誰謂爾無羊」的「無羊」為篇名。

篇旨　朱熹《詩集傳》：「此詩言牧事有成，而牛羊眾多也。」後之解詩者多從之。

原文　誰謂爾無羊？三百維群 [1]，誰謂爾無牛？九十其犉 [2]。爾羊來思 [3]，其角濈濈 [4]；爾牛來思，其耳濕濕 [5]。

押韻　一章群、犉，是 9（諄）部。濈、濕，是 27（緝）部。

注釋

1　首二句是設問。謂，說。爾，汝，你。三百，形容很多，是數量的夸飾（夸張）。維，有二解：（是）。鄭玄《箋》：「誰謂汝無羊？今乃三百頭為一群。」按：為，是。將「維」舛為「是」。（二）其。余培林《詩經正詁》：「『維』與下文『九十其犉』之『其』為互文，故維即其也。『三百維群』，乃維群三百之倒文，謂其群有三百，此正答『誰謂爾無羊』之問也。」

2　三、四句也是設問。九十，形容很多，是數量的夸飾（夸張）。其，有

二解：（一）是。（二）其，代詞，指羊，此指犉。犉，音純，ㄔㄨㄣ，牛七尺。《爾雅‧釋畜》：「牛七尺曰犉。」毛《傳》：「黃牛黑唇曰犉。」

3 五、七句句末「思」字，語末助詞，無意義。詳見楊樹達《詞詮‧卷六》。

4 其，代詞，指羊。濈濈，音吉吉，ㄐㄧˊ ㄐㄧˊ，有二解：（一）眾多聚集的樣子。毛《傳》：「聚其角而息濈濈然。」（二）和。許慎《說文解字》：「濈，和也。」段玉裁注：「毛意言角之多，蓋言聚而和也。如輯之訓聚兼訓和。」朱熹《詩集傳》引王氏曰：「濈濈，和也。羊以善觸為患，故諈和，謂聚而不相觸也。」

5 其，代詞，指牛。濕濕，有二解：（一）潤澤。朱熹《詩集傳》引王曰：「濕濕，潤澤也。牛病則耳燥，安則潤澤也。」（二）其動的樣子。王靜芝《詩經通釋》：「濕濕，耳動之貌，言其爵食而耳動也。」

章旨 一章描述牛羊蕃殖盛多的情況。

作法 一章兼有設問、夸飾（夸張）、類疊（複疊）而平鋪直敘的賦。

原文 或降于阿[1]，或飲于池，或寢或訛[2]。爾牧來思[3]，何蓑何笠[4]，或負其餱[5]。三十維物[6]，爾牲則具[7]。

押韻 二章阿、池、訛，是1（歌）部。餱、具，是16（侯）部。

注釋

1 本章五個「或」字，「有的」之意。降，下來。于，往，從。阿，大陵。毛《傳》：「大陵曰阿。」

2 訛，音譌，ㄜˊ，動。毛《傳》：「訛，動也。」

3 爾，汝，你。牧，牧人。思，語末助詞，無意義。

4 何，音賀，ㄏㄜˋ，同「荷」，披載。蓑笠，蓑衣斗笠。毛《傳》：「蓑

所以備雨，笠所以禦暑。」孔穎達《毛詩正義》：「蓑唯備雨之物，笠則
元以禦暑，兼可禦雨。」

5　負，背著。其，代詞，指或，即有的人。餱，音侯，ㄏㄡˊ，乾糧。許
慎《說文解字》：「餱，乾食也。」段玉裁注：「凡乾者曰餱。」按：乾
食，即今乾糧。

6　三十，形容很多，數量夸飾。維，其，代詞，指牧人。物，雜色牛。王
國維《觀堂集林・續編・三冊・戩壽堂殷虛書契考釋》：「三十維物，與
三百維群、九十其犉，句法正同，謂雜色牛三十也。」

7　爾，汝，指牧人。牲，牲畜，祭祀用的不同毛色的牲畜，詳見《周禮・
地官・牧人》。則，就。具齊備、具備。朱熹《詩集傳》：「具，備
也。」

章旨　二章敘述牧場的牧人與牲畜活動的狀況。

作法　二章二章兼用類疊（複疊）、夸飾（夸張）而平鋪直敘的賦。

原文　爾牧來思，以薪以蒸 ¹，以雌以雄 ²。爾羊來思，矜矜
兢兢 ³，不騫不崩 ⁴。麾之以肱 ⁵，畢來既升 ⁶。

押韻　三章蒸、雄、兢、崩、肱、升，是 26（蒸）部。

注釋

1　二、三句四個「以」字，「取」、「搏」之意。鄭玄《箋》：「麤（粗）曰
薪，細曰蒸。」余培林《詩經正詁》：「此言採薪，以供飼食也。」按：
薪、蒸，指粗的牧草、細的牧草。俞正燮《癸巳類稿・薪烝》義：「古
草木適曰薪。」是其證也。

2　雌雄，禽獸。余《正詁》：「此言合雄雌，以蕃育也。」俞正燮《癸巳類
稿》：「以雌以雄者，謂育種也。」鄭玄《箋》：「言牧人有餘力，則出取
薪蒸，搏禽獸，以來歸也。」

3　矜矜兢兢，有二解：（一）指羊身強體健。鄭玄《箋》：「矜矜兢兢，以

言堅彊也。」（二）形容羊性溫和善良。裴普賢《詩經欣賞與研究》：「矜矜，矜持；兢兢，戒懼，狀其溫謹也，羊性和善。」

4　騫，音牽，ㄑㄧㄢ，有二解：（一）虧損。毛《傳》：「騫，虧也。」（二）羊不肥。胡承珙《毛詩後箋》：「騫，謂羊不肥。」崩，有二解：（一）本義是山崩，引申為散群。林義光《詩經通釋》：「騫，虧也。」朔月，壞散也。小失曰騫，全失曰崩。不騫不崩，言群羊馴謹相隨，無走失之患也。（二）羊生病。胡《後箋》：「崩，則謂羊有疾。」不騫不崩，羊群既不受損，又不生病。

5　麾，音揮，ㄏㄨㄟ，指揮。麾之以肱，當作「以肱麾麾」，兼有押韻的肯定句倒裝。之，代詞，指羊群。以，用。肱，音工，ㄍㄨㄥ，手臂。毛《傳》：「肱，臂也。」

6　畢，俱，完全。既，盡，完全。朱熹《詩集傳》：「既，盡也。」升，登。毛《傳》：「升，升入牢也。」朱《集傳》：「其羊亦馴擾從人，不假箠楚，但以手麾之，使來則畢來，使升則既升也。」

章旨　三章陳述牧人的技術，羊群的健壯。

作法　三章兼用類疊（複疊）、倒裝而平鋪直敘的賦。

原文　牧人乃夢[1]，眾維魚矣，旐維旟矣[2]。大人占之[3]，眾維魚矣[4]，實維豐年[5]；旐維旟矣，室家溱溱[6]。

押韻　四章魚、旟，是 13（魚）部。年、溱，是 6（真）部。

注釋

1　乃，於是。楊樹達《詞詮‧卷二》：「乃，副詞，於是也。」夢，本是名詞，此當動詞，做夢。這是轉品，又名轉類。

2　二、三句「維」，「是」，之意。旐，音兆，ㄓㄠ丶，畫有龜蛇的旗幟，音與，ㄩ丶，畫有鳥隼的旗。此二句皆描繪夢境。此二句有二解：（一）俞樾《群經平議》：「眾維魚矣，猶云維眾魚矣；旐維旟矣，猶云

維旐旟矣。」朱守亮《詩經評釋》:「以魚、餘、裕音近,故以之釋豐年之象。」(二)余培林《詩經正詁》:「據上篇(〈斯干〉)『維熊維羆,維虺維蛇』,此『眾維魚矣』,猶云『維眾維魚』;『旐維旟矣』,猶云『維旐維旟』。熊、羆、虺、蛇、旐、旟,皆名詞,則眾、魚當亦為二名詞。眾,眾庶也、師眾也,不當訓眾多之意。」余培林又云:「眾、魚二字,取義必同,魚行成群,與『眾』義相同,故有豐年之象。」按:修辭學之諧音析字,「年年有魚」中之「魚」,含有「餘」之意,象徵豐年的預兆。夭,占夢之官。古代有太卜之官,尊之為大人。之,代詞,指夢。

4　本章四個「矣」字,語末助詞,表示讚歎,「啊」之意。

5　實,是,此,這。陳奐《詩毛氏傳疏》:「實當作『寔』,是也。」按:是,此,這。維,為,是。實維豐年,這是象徵豐年的預兆。

6　室家,指周室、王室。余培林《正詁》:「旐旟所以聚眾,故有王室興盛之象。」溱溱,音珍珍,ㄓㄣ ㄓㄣ,眾多的樣子。毛《傳》:「溱溱,眾也。旐旟,所以聚眾也。」

章旨　四章以牧人之夢想或願望作結。

作法　四章兼有類疊(複疊)而平鋪直敘的賦。

研析

　　全詩四章,首章兼有設問、夸飾(夸張)、類疊(複疊)而平鋪直敘的賦,次章兼有類疊(複疊)、夸飾(夸張)而平鋪直敘的賦,三章兼有類疊(複疊)、倒裝而平鋪直敘的賦,末章兼有類疊(複疊)而平鋪直敘的賦。

　　裴普賢《詩經欣賞與研究》:「這是一幅令人激賞的牛羊放牧圖。詩中描寫人畜的動態,十分靈活而深刻,美妙得簡直像法國米勒的筆下的名畫。所不同者,〈無羊〉在美麗畫面上,又浮現出一個美麗的夢境來。」此言甚諦。

　　余培林《詩經正詁》:「首章言牛羊蕃盛強健之狀。以設問開端能引人。二章寫牛羊生態,並及牧人之辛勤。『爾牲則具』一語,實為了解此詩之關鍵。有此句,則畜牧之旨出,詩旨亦隱現矣。三章,言牧人放牧技術之高超,羊群之健壯。姚際恆曰:『此兩章是群牧圖,或寫物態,或寫人情,深得人物兩意之妙。』末章以大人占夢作結,亦兼有祝碩之意。」闡析全詩結構,層次分明,井然有序,言簡意賅,並指出「爾牲則具」為全詩之主題、重心,誠如方玉潤《詩經原始》云:「『爾牲則具』一語,為全詩表腦。」

　　王士禎《漁洋詩話》:「〈小雅·無羊〉之『或降于阿,或飲于池,或寢或訛。爾牧來思,何蓑何笠,或負其餱。』『麾之以肱,畢來既升。』字字寫生,恐史道碩、戴嵩畫手擅場,未能如此極妍盡態也。」方玉潤《詩經原始》:「其體入微處,有畫手所不能到。」王、方二說,闡釋體物之工,精鬭入微,極盡妍態。

節南山之什

一　節南山

　　節彼南山，維石巖巖。赫赫師尹，民具爾瞻。憂心如
惔，不敢戲談。國既卒斬，何用不監？

　　節彼南山，有實其猗。赫赫師尹，不平謂何？天方薦
瘥，喪亂弘多。民言無嘉，憯莫懲嗟。

　　尹氏大師，維周之氐。秉國之均，四方是維；天子是
毗，俾民不迷。不弔昊天，不宜空我師。

　　弗躬弗親，庶民弗信；弗問弗仕，勿罔君子？式夷式
已，無小人殆。瑣瑣姻亞，則無膴仕。

　　昊天不傭，降此鞠訩；昊天不惠，降此大戾。君子如
屆，俾民心闋；君子如夷，惡怒是違。

　　不弔昊天，亂靡有定。式月斯生，俾民不寧。憂心如
酲，誰秉國成。不自為政，卒勞百姓。

　　駕彼四牡，四牡項領。我瞻四方，蹙蹙靡所騁。

　　方茂爾惡，相爾矛矣。既夷既懌，如相酬矣。

　　昊天不平，我王不寧。不懲其心，覆怨其正。

　　家父作誦，以究王訩。式訛爾心，以畜萬邦。

注釋　〈節南山〉，取首章首句「節彼南山」的「節南山」為篇名。
　　　　這是「節縮」修辭手法。

篇旨　方玉潤《詩經原始》：「此家父刺師尹也。」王靜芝《詩經通
　　　　釋》：「此家父所作，刺師尹之詩也。」高亨《詩經今注》他

「這首詩是家父所作，諷刺周王朝執政大官尹氏，似作於西周。亡後不久。西周亡後，平王東遷，鎬享仍有統治機構。尹氏當是這個機構的執政者。」綜觀諸說，本詩作者及詩義更明確矣。

原文 節彼南山 [1]，維石巖巖 [2]。赫赫師尹 [3]，民具爾瞻 [4]。憂心如惔 [5]，不敢戲談 [6]。國既卒斬 [7]，何用不監 [8]？

押韻 一章巖、瞻、惔、談、斬、監，是 32（談）部。

注釋

1 節彼南山，當作「彼南山節」，不兼押韻的肯定的倒裝。詳見附錄：《詩經》倒裝的三觀。節，高峻的樣子。毛《傳》：「高峻貌。」彼，遠指代詞，「那」之意。南山，節南山。嚴粲《詩緝》：「南山，節南山也。」

2 維，通「惟」。惟，猶「其」，代詞，指南山。詳見裴海學《古書虛字集釋‧卷三》。巖巖，高峻的樣子。孔穎達《毛詩正義》：「節與巖巖一也。」按：毛《傳》：「巖巖，積石貌。」這是本義，此引申為高峻的樣子。巖巖，既是類疊（複疊）中的疊字，也是疊字衍聲複詞。

3 赫赫師尹，當作「師尹赫赫」，不兼押韻的肯定句倒裝。赫赫，威勢顯赫的樣子。毛《傳》：「赫赫，顯盛貌。」師，大師。尹，尹氏。毛《傳》：「師，大師，周之三公也。尹，尹氏，為大師。」陳奐《詩毛氏傳疏》：「伊氏本官名，武王時尹佚為之，有功，後子孫因以官族。」陳奐又云：「周公以冢宰兼大師，大公以司馬兼大師，皇父以司徒兼大師，是大師為三公之兼官矣。」按：以「南山高峻」，比喻「師尹尊顯」。

4 具，俱，皆：都。爾，汝，指師尹。爾瞻，當作「瞻爾」，看著師尹。毛《傳》：「具，俱也。瞻，視。」

5 憂心如惔，是比喻（譬喻）中的明喻。惔，音談，ㄊㄢ／，焚燒、火燒。

6　戲談，戲言，鄭玄《箋》:「戲談，相戲而言。」

7　國，國運。既，已經。卒，盡，完全。斬，斷絕。國既卒斬，言國家命運已經完全斷絕。

8　用，以。何以，為何、為什麼。監，監視、視察。毛《傳》:「監，視。」何用不監，（你）為什麼不監視？這是設問語的激問，又名反詰。

章旨　一章以南山高峻，比喻師尹地位尊顯，師尹不監視國運漸衰，使人憂心忡忡的情形。

作法　一章兼有比喻（譬喻）、類疊（複疊）、倒裝、設問而觸景生情的興。

原文　節彼南山，有實其猗 [1]。赫赫師尹，不平謂何 [2]？天方薦瘥 [3]，喪亂弘多 [4]。民言無嘉 [5]，憯莫懲嗟 [6]。

押韻　二章猗、何、瘥、多、嘉、嗟，是 1（歌）部。

注釋

1　有實其猗，當作「其猗」有實，兼有押韻的肯定句倒裝。有實，實然，廣大的樣。屈萬里《詩經詮釋》:「《詩》中，凡以『有』字冠於形容詞或副詞之上土，易於加『然』字於形容詞或副詞之下。」故「有實」，猶「實然」。其，代詞，指南山。猗，山之曲阿處。王引之《經義述聞》:「猗，疑當讀為阿。山之曲隅謂之阿。實，廣大貌。有實其猗者，言南山之阿實然廣大也。」

2　不平謂何，當作「謂何不平」，兼有押韻的疑問句倒裝。謂何，為何、奈何。此句言師尹處事為什麼還有不公平呢？

3　方，將要、剛要。薦，重、再。瘥，音嵯，ㄘㄨㄛˊ，本義「病癒」，這裡「反訓」為「疾病災疫」。反訓，相反為訓。詳見周何《中國訓詁學‧第九章訓詁的方式》。此句言上天將要再降下疾病災疫。按:《爾

雅·釋詁》:「瘥，病也。」此乃反訓。

4 喪亂，死亡災亂。嚴粲《詩緝》:「喪亂，死喪禍亂。」弘，廣大。毛
《傳》:「弘，大也。」此句言死亡災胞既廣大又眾多。

5 嘉，善。此句言人民對師尹處事，毫無善言，惟聞毀謗耳。

6 憯莫懲嗟，當作「嗟憯莫懲」，兼有押韻感歎句的倒裝。憯，音慘，
ㄘㄢˇ，曾、竟。毛《傳》:「憯，音也。」滕志賢《新譯詩經讀本》:
「憯，竟也。嗟，嘆詞，為押韻，倒置句末。」懲，警戒。此句言「唉
類疊（複疊）師尹竟然還不知道警戒」。

章旨 二章以南山廣大山曲，比喻師尹為政不平，招致喪亂，而顧天
怒民怨的狀況。

作法 二章兼有比喻（譬喻）、類疊（複疊）、倒裝、設問而觸景生情
的興。

原文 尹氏大師，維周之氐[1]。秉國之均[2]，四方是維[3]；天子
是毗[4]，俾民不迷[5]。不弔昊天[6]，不宜空我師[7]。

押韻 三章師、氐、毗、迷、師，是 4（脂）部。維，是 7（徵）
部。脂、徵二部，是旁轉而押韻。

注釋

1 維，是，含有「好像」之意。之，連詞，「的」之意，氐，音底，ㄉㄧˇ，
同「柢」，根本。毛《傳》:「氐，本也。」此句言尹氏太師重責大任，
是周室的根本。這是比喻（譬喻）中的暗喻，又名隱喻。

2 秉，掌握。均，有二解:（一）平均。毛《傳》:「均，平也。」（二）通
「鈞」，陶人模下圓轉者。朱守亮《詩經評釋》:「尹氏大師掌握政權以
治國，猶陶人之製器，方圓大小，任其所欲，謂秉持大權也。」這是比
喻（譬喻）。

3 四方，指天下、全國，四方是維，當作「維四方」，兼有押韻的肯定句

倒裝。是，語中助詞、結構助詞，用在前置賓語和動詞之間，幫助賓語前置，構成「前置賓語＋助詞＋動詞」格式。把賓語前置，就是為了強調賓語。詳見陳霞村《古代漢語虛詞類解》。維，維繫、維持。

4 天子是毗，當作「毗天子」，兼有押韻肯定句的倒裝。是，語中助詞、結構助詞。毗，音皮，ㄆㄧˊ，輔助。鄭玄《箋》：「毗，輔也。」此句言尹氏應該輔佐天子。

5 俾，音必，ㄅㄧˋ，使。迷，迷惑、迷失。朱守亮《詩經評釋》：「句言使百姓不迷失一己，而得其正當生活也。」

6 不弔昊天，當作「昊天不弔」，不兼押韻的否定句倒裝。不弔，不善，不幸、不淑。昊，音浩，ㄏㄠˋ，廣大昊天，元氣博大的樣子。〈王風‧黍離〉：「元氣廣大，則稱昊天。」昊天，即今「老天」。此句言老天啊類疊（複疊）太不善良。這是「呼告」修辭手法。

7 空。窮困。毛《傳》：「空，窮也。」師，眾民。朱熹《詩集傳》：「師，眾也。」余培林《詩經正詁》：「句言不宜困窮我百姓，意即不宜使太師居其位而應速去之也。」

章旨 三章以周室的根本，比喻尹氏太師重責大任，為政當均平，不應使眾民窮困。

作法 三章兼有比喻（譬喻）、類疊（複疊）、倒裝、呼告而抒發情志的興。

原文 弗躬弗親 [1]，庶民弗信 [2]；弗問弗仕 [3]，勿罔君子 [4]？式夷式已 [5]，無小人殆 [6]。瑣瑣姻亞 [7]，則無膴仕 [8]。

押韻 四章親、信，是 6（真）部。子、已、殆、仕，是 24（之）部。

注釋

1 弗，不。躬，親身。《爾雅‧釋詁》：「躬，身也。」《爾雅‧釋言》：

「身，親也。」躬、親，同義詞。此句言尹氏太師不親自處理政事。

2 庶，眾。庶民弗信，眾民不能信任尹氏太師。陳奐《詩毛氏傳疏》：「今君子不能躬率庶民，則庶民於上之言不肯信從矣。」

3 問，過問。仕，從事、做事。朱熹《詩集傳》：「仕，事也。」

4 罔，欺罔、欺騙。蘇轍《詩集傳》：「罔，欺也。」君子，有二解：（一）君王。（二）在官者。屈萬里《詩經詮釋》：「君子，指在官者言。」姚際恆《詩經通論》：「以君子而弗咨詢之，弗仕使之，是誣罔君子也，故戒其『勿』。」按：王行之《經傳釋詞·卷十》：「勿，語助也。《詩·節南山》曰：『弗問弗仕，勿罔君子。』勿罔，罔也。言弗問而察之，則下民欺罔其上矣。」楊樹達《詞詮·卷八》：「勿，語首助詞，無義。如《詩·小雅·節南山》：『弗問臣仕，勿罔君子。』」

5 式，語首助詞。詳見楊樹達《詞詮·卷五》。夷，平。毛《傳》：「夷，平也。」已，停止。朱熹《詩集傳》：「已，止也。」余培林《詩經正詁》：「夷訓平，平亦有止義。謂停止此『弗躬弗親』、『弗問弗仕』之治政態度也。」

6 殆，危殆、危險。毛《傳》：「殆，危也。」無小人殆，有三解：（一）朱守亮《詩經評釋》：「謂勿使小人危其國也。」（二）余培林《詩經正詁》：「言無為小人所危也。」（三）馬瑞辰《毛詩傳箋通釋》：「夷，謂平其心，即下章『君子如夷』也。已，謂知所止，即下章『君子如屆』也。」

7 瑣瑣，渺小的樣子。毛《傳》：「瑣瑣，小貌。」姻，婿之父。鄭玄《箋》：「婿之父曰姻。」亞，兩婿相謂。毛《傳》：「兩婿相謂曰亞。」姻亞，即後代「連襟」，此指裙帶關係。

8 則，就。膴，音五，ㄨˇ，厚。仕，事，用。鄭玄《箋》：「瑣瑣婚姻妻黨之小人，無厚任用之，置之大任。」余培林《詩經正詁》：「言瑣瑣裙帶之親，則不可重用，置之大位，予以重祿也。」

章旨　四章敘述尹氏太師不盡職責，不親政事，任用小人，而用姻親以重祿，連引私黨。

作法　四章兼有類疊（複疊）、設問而平鋪直敘的賦。

原文　昊天不傭 ¹，降此鞠訩 ²；昊天不惠 ³，降此大戾 ⁴。君子如屆 ⁵，俾民心闋 ⁶；君子如夷，惡怒是違 ⁷。

押韻　五章傭、訩，是 18（東）部。惠、戾、屆、闋，是 5（質）部。夷，是 4（脂）部。違，是 7（微）部。脂、質二部，是對轉而押韻。脂、微二部，是旁轉而押韻。

注釋

1　昊天，即今老天。傭，音庸，ㄩㄥ，均平、公平。《爾雅·釋言》：「傭，均也。」

2　鞠，窮，極。訩，音凶，ㄒㄩㄥ，災亂。朱熹《詩集傳》：「鞠，窮也。」

3　惠，仁愛。嚴粲《詩緝》：「惠，愛也。」

4　此，這近指。戾，音利，ㄌㄧˋ，本是乖違不順，之意，此指災難。鄭玄《箋》：「戾，乖也。」高亨《詩經今注》：「戾，借為癘，災難。」句言降這極大災難。

5　君子，指師尹。朱《評釋》：「君子，設想之人亦暗指師尹而刺之也。」如，假如、如果。屆，止，此指停止暴虐之政。毛《傳》：「屆，極也。」鄭玄《箋》：「屆，至也。」余培林《詩經正詁》：「極、至，皆有『止』義。」

6　俾，音必，ㄅㄧˋ，使。闋，音缺，ㄑㄩㄝ，平息。毛《傳》：「闋，息也。」此句當作「俾民心（惡怒）闋」。與下文「（民心）惡怒是違」，是互文。詳見附錄：《詩經》互文補義與互文見義的辨析。

7　夷，公平，此指為政公平。鄭玄《箋》：「夷，平也。」「惡怒是違」，當

作「違惡怒」。「是」，係結構助詞。這是兼有押韻的倒裝句倒裝。詳見附錄：《詩經》倒裝的三觀。違，消除。毛《傳》：「違，去也。」句言師尹如果為政公平，就可以消除人民厭惡怒恨的心緒。

章旨　五章描述尹氏太師假如為政公平，而停止暴虐之政，天怒民怨的現象，自然就消失了。

作法　五章兼有排比、倒裝而平鋪直敘的賦。

原文　不弔昊天，亂靡有定 [1]。式月斯生 [2]，俾民不寧 [3]。憂心如酲 [4]，誰秉國成 [5]。不自為政 [6]，卒勞百姓 [7]。

押韻　六章定、生、寧、酲、成、政、姓，是 12（耕）部。

注釋

1　亂，動亂。靡，非、不、無。定，停止。程俊英、蔣見元《詩經注析》：「定，止。這句意為，禍亂並沒有止息。」

2　式，語首助詞。楊樹達《詞詮‧卷五》：「式，語自助詞。」斯，陳霞村《古代漢語虛詞類解》：「『斯』用于主謂結構之間，強調主語和謂語的關係，凸出謂語，延宕語氣，使用較少。」楊樹達《詞詮‧卷六》：「斯，句中助詞。」裴海學《古書虛字集釋‧卷八》：「斯，猶『而』也。」

3　寧，安寧。

4　憂心如酲，是比喻（譬喻）中的明喻。酲，音呈，ㄔㄥˊ，蔣、程《注析》：「酲，酒醉而不醒。」毛《傳》：「病酒曰酲。」

5　秉，平治。毛《傳》：「秉，平也。」馬瑞辰《毛詩傳箋通釋》：「秉國政，即執國政。」句言誰能執行國政的平治呢？「誰秉國政？」是設問。

6　不自為政，言師尹不能親自執政，委任小人執政。

7　卒，始終。鄭玄《箋》：「卒，終也。」勞，勞苦、痛苦。孔穎達《毛詩

正義》：「勞，勞苦也。」百姓，人民。句言始終使人民承受痛苦，不得安寧。按：馬瑞辰《傳箋通釋》：「卒，瘁之假借，音犁，ㄘㄨㄟˋ，勞也。」高本漢《詩經注釋》支持其說。卒，勞也。卒勞，即同義複詞。「卒勞百姓」，即「使百姓卒勞」。「卒勞」，是致使動詞、役使動詞、使役動詞，簡稱使動詞。詳見蔡宗陽《國文文法》。此備一說，可資卓參。

章旨　六章陳述師尹親自執政，執政平治，天怒民怨，自然消失。

作法　六章兼有比喻（譬喻）中的明喻、設問而平鋪直敘的賦。

原文　駕彼曰牡，四牡項領[1]。我瞻四方，蹙蹙靡所騁[2]。

押韻　七章領，是 6（真）部。騁，是 12（耕）部。按：王力《詩經韻讀》，真、耕二部合韻，即章太炎所謂旁轉，孔廣森所謂韻轉。

注釋

1　上下句使用相同「四牡」，即頂針，又名頂真，旨在使語氣聯貫，音律流暢，結構縝密，條理清晰。彼，那，遠指。項，大。毛《傳》：「項，大也。」余《正詁》：「領，頸也。項領，言馬肥大也。」

2　瞻，遠看。蹙蹙，縮小的樣子。鄭玄《箋》：「蹙蹙，縮小的樣子。馳，馳騁。」余《正詁》：「言天下日蹙，雖欲馳騁而無所往。」

章旨　七章描繪本欲駕馬脫離此地，由於四方擾亂，頓覺天地渺小，無處可安身。

作法　七章兼有頂針（頂真）而平鋪直敘的賦。

原文　方茂爾惡[1]，相爾矛矣[2]。既夷既懌[3]，如相醻矣[4]。

押韻　八章惡、懌，是 14（鐸）部。矛、醻，是 21（幽）部。

注釋

1 方茂爾惡,當作「爾惡方茂」,是兼有押韻的肯定句倒裝。方,楊樹達《詞詮‧卷一》:「方,時間副詞,正也,適也。表現在。」茂,盛,強烈。朱熹《詩集傳》:「茂,盛也。」上句言正當汝惡行強烈之時。

2 相,看。鄭玄《箋》:「相,視也。」爾,汝。相爾矛,鄭玄《箋》:「相爾矛,言欲戰鬥。」此句言人民看汝的矛(兵器),欲與汝戰鬥,以顯現人民嫉惡如仇。

3 既,已經。夷,心平氣和。鄭玄《箋》:「夷,平也。」懌,音亦,一ㄟ,喜悅也。朱熹《詩集傳》:「懌,悅也。」

4 醻,同「酬」,敬酒。飲酒之禮:始主人酌客曰獻,客飲而還酌之人曰酢,主人既卒酢爵,又飲而酌客曰醻。余培林《詩經正詁》:「謂汝既終止惡行,而我已怡樂矣,則我與汝如賓主飲酒相醻酢也。」

章旨 八章陳述師氏反覆無常,如能心平氣和,好像賓主飲酒喜悅。

作法 八章兼有比喻(譬喻)、倒裝而平鋪直敘的賦。

原文 昊天不平,我王不寧。不懲其心[1],覆怨其正[2]。

押韻 九章平、寧、正,是 12(耕)部。

注釋

1 懲,警戒。不懲其心,師尹不自己警戒其惡心。

2 覆,反而。正,正道、正人。覆怨其正,余《正詁》:「反怨憎其正道也。」

章旨 九章敘述上天視師尹之事為不平,因此降禍而使吾王不寧;然師尹竟不自警戒其心,反而怨恨持正道之人。

作法 九章平鋪直敘的賦。

原文 家父作誦[1],以究王訩[2]。式訛爾心[3],以畜萬邦[4]。

押韻　十章誦、訩、邦，是 18（東）部。

注釋

1　父，音甫，ㄈㄨˇ，作者的字。《春秋・桓公八年》杜預注：「家，氏。
　　父，字。」誦，可誦之詩。嚴粲《詩緝》：「誦，歌誦也。」

2　以，許世瑛《常用虛字用法淺釋》：「用『以』字引進一個補詞或小句，
　　它是用來表示原因的。」究，推究、窮究。鄭玄《箋》：「究，窮也。」
　　訩，音凶，ㄒㄩㄥ，災胞。余《正詁》：「王訩，王之災亂之由來也。」

3　式，楊樹達《詞詮・卷五》：「式，語首助詞。」訛，音譌，ㄜˊ，變
　　化、改變。鄭玄《箋》：「訛，化也。」爾，指師尹。

4　畜，休養。鄭玄《箋》：「畜，養也。」萬邦，四方諸侯之國，此指天
　　下。余《正詁》：「句言使萬邦得以休養也。」

章旨　十章描述作詩之人與作詩之原因，並願意改變王之災亂，使天
　　下能夠休養。

作法　十章平鋪直敘的賦。

研析：

　　首章兼有比喻（譬喻）、類疊（複疊）、倒裝、設問而觸景生情的
興，次章兼有比喻（譬喻）、類疊（複疊）、倒裝、設問而觸景生情的
興，三章兼有比喻（譬喻）、類疊（複疊）、倒裝、呼告而抒發情志的
興，四章兼有類疊（複疊）、設問而平鋪直敘的賦，五章兼有排比、
倒裝而平鋪直敘的賦，六章兼有比喻（譬喻）中的明喻、設問而平鋪
直敘的賦，七章兼有頂針（頂真）而平鋪直敘的賦，八章兼有比喻
（譬喻）、倒裝而平鋪直敘的賦、九章、十章皆是平鋪直敘的賦。

　　余培林《詩經正詁》：「此詩前六章每章皆言『民』，而全詩言
『天子』者一，言『王』者二，由此可知。百姓與天子在詩人心中之
比重，及詩人作此詩、究王訩之用心矣。又詩曰『憯莫懲嗟』、『式夷
式已』、『君子如屆』、『君子如夷』、『不懲其心』、『式訛爾心』，凡

此，皆冀望師尹及時悔悟，於此亦可見詩人之敦厚也。」

陳喬樅《詩經四家異文考》：「《箋》釋『不弔昊天，不宜空我師』云：『不善乎昊天，愬之也。』此詩屢言昊天，如『昊天不傭』、『昊天不惠』。又『不弔昊天，亂靡有定』，及疑『昊天不平』，皆呼天而愬之詞。」此乃運用「呼告」修辭手法。司馬遷《史記·屈原傳》：「夫天者，人之始也。父母者，人之本也。人窮則反本，故勞苦倦極，未嘗不呼天也。疾痛慘怛，未嘗不呼父母也。」司馬遷指出「呼告」修辭手法中呼「天」產生的由來。

胡承珙《毛詩後箋》：「許白云《詩鈔》曰：此詩刺王用尹氏，前九章惟極言尹氏之罪，而卒章以言歸之王心，則輕重本末自見。其所以刺尹氏者，大要有二事，為政不平而委任小人也。」洵哉斯言。

朱守亮《詩經評釋》：「末章乃以『訛爾心』、『畜萬邦』作結，何等忠厚，一篇怨斥幽憤罪責，至此皆成苦口良藥矣。」闡析明確，言簡意賅。

二　正月

正月繁霜，我心憂傷。民之訛言，亦孔之將。念我獨兮，憂心京京。哀我小心，癙憂以痒。

父母生我，胡俾我瘉？不自我先，不自我後。好言自口，莠言自口。憂心愈愈，是以有侮。

憂心惸惸，念我無祿。民之無辜，并其臣僕。哀我人斯，于何從祿？瞻烏爰止，于誰之屋？

瞻彼中林，侯薪侯蒸。民今方殆，視天夢夢。既克有定，靡人弗勝。有皇上帝，伊誰云憎！

謂山蓋卑，為岡為陵。民之訛言，寧莫之懲。召彼故老，訊之占夢，具曰：「予聖。」誰知烏之雌雄？

謂天蓋高，不敢不局；謂地蓋厚，不敢不蹐。維號斯言，有倫有脊。哀今之人，胡為虺蜴？

瞻彼阪田，有菀有特。天之扤我，如我不克。彼求我則，如不我得；執我仇仇，亦不我力。

心之憂矣，如或結之。今茲之正，胡然厲矣！燎之方揚，寧或滅之。赫赫宗周，褒姒威之。

終其永懷，又窘陰雨。其車既載，乃棄爾輔。載輸爾載，將伯助予。

無棄爾輔，員于爾輻，屢顧爾僕，不輸爾載。終踰絕險，曾是不意。

魚在于沼，亦匪克樂；潛雖伏矣，亦孔之炤。憂心慘慘，念國之為虐。

彼有旨酒，又有嘉肴；洽比其鄰，昏姻孔云。念我獨兮，憂我慇慇。

佌佌彼有屋，蓛蓛方有穀。民今之無祿，天天是椓。哿
矣富人，哀此惸獨。

注釋 〈正月〉，取首章首句「正月繁霜」的「正月」為篇名。

篇旨 方玉潤《詩經原始》:「七周大夫感時傷遇之作，非躬親其善，不能言之痛切如此。」王靜芝《詩經通釋》:「此篇宗周已滅，詩人感時事而作。」

原文 正月繁霜[1]，我心憂傷。民之訛言[2]，亦孔之將[3]。念我獨兮[4]，憂心京京[5]。哀我小心[6]，癙憂以痒[7]。

注釋

1 正，音征，ㄓㄥ。毛《傳》:「正月，真（曆）之四月。」按:程俊英、蔣見元《詩經注析》:「正月，當指周曆。繁，多。毛《傳》:「繁，多也。」程、蔣《注析》:「正月，即夏曆，十一月，此時降霜，篤屬正常。」

2 朱《詩傳》:「四月非降霜之時，今乃多霜，是氣候反常，故天變示儆也。」按:高亨《詩經今注》:「夏、殷、周三曆，正月多霜，都是正常。殷、周正月均不是夏之四月，經文與傳文之『正』均口當作『四』，形似而誤。」之，的，連詞。楊樹達《詞詮‧卷五》:「之，連詞，與口語『的』字相當。」訛，音譌，ㄜˊ，偽、假。訛言，猶今語「謠言」。

3 亦，語自助詞，無意見。詳見楊樹達《詞詮‧卷七》。孔，甚、很。之，語中助詞，無意義。詳見楊樹達《詞詮‧卷五》。將，毛《傳》:「將，大也。」擴大。句謂謠言擴大盛行。

4 念，思念。獨，孤獨。鄭玄《箋》:「言我獨憂此政也。」

5 京京，憂愁的樣子。毛《傳》:「京京，憂不去也。」朱《評傳》:「二句

謂思我一人獨力辯其偽言之非是，而無力挽回，故心中憂愁不已也。」

6　哀，憂傷。小心，狹小之心。

7　瘋，音鼠，ㄕㄨˇ，憂傷。以，承接連詞，與「而」同。詳見楊樹達《詞詮·卷七》。痒，音羊，一ㄤˊ，生病。《爾雅·釋詁》：「痒，病也。」余培林《詩經正詁》：「句謂憂傷而至於病也。」

押韻　一章霜、傷、將、京、痒，15（陽）部。

章旨　一章描述由於天時天常，人多謠言，哀傷自己孤立讒邪，憂心忡忡以至於病。

作法　一章兼有類疊（複疊）而平鋪直敘的賦。

原文　父母生我，胡俾我瘉[1]？不自我先，不自我後[2]。好言自口，莠言自口[3]。憂心愈愈[4]，是以有侮[5]。

注釋

1　胡，為何、為什麼。俾，使。瘉，音魚，ㄩˊ，生病、痛苦。《爾雅·釋詁》：「瘉，病也。」此指災難。句言為什麼使我遭亂災難的痛苦。

2　自，從。鄭玄《箋》：「自，從也。」朱《評釋》：「二句謂禍亂之興，不先不後，我乃適逢其會也。」

3　莠，音有，一ㄡˇ，醜惡。毛《傳》：「莠，醜也。」余《正詁》：「二句言訛言之人，反覆無常，好言出自其口，惡言亦出，自其口。」

4　愈愈，憂懼的樣子。這是疊字衛聲複詞。

5　是，此。以，因。是以，因此。侮，侮辱。朱《評傳》：「句言因憂傷時徵，而為人嫉恨，故遭欺侮也。」

押韻　二章瘉、後、口、愈、侮，是16（侯）部。

章旨　二章陳述自傷生不逢辰，讒邪可畏，憂懼不已。

作法　二章兼有設問、類疊（複疊）而平鋪直敘的賦。

原文　憂心惸惸¹，念我無祿²。民之無辜³，并其臣僕⁴。哀我人斯⁵，于何從祿⁶？瞻烏爰止⁷，于誰之屋⁸？

注釋

1　惸惸，音瓊瓊，ㄑㄩㄥˊㄑㄩㄥˊ，憂心的樣子。毛《傳》：「惸惸，憂意也。」唐朝陸德明《經典釋文》：「本又作『煢煢』。」煢煢，孤獨的樣子。

2　祿，福。許慎《說文解字》（以下簡稱「許《說文》」）：「祿，福也。」無祿，不幸。朱熹《詩集傳》（以下簡稱朱《集傳》：「無祿，猶言不幸也。」

3　之，語中助詞，無意義。楊樹達《詞詮·卷五》：「之，語中助詞，突義。」辜，罪過。鄭玄《箋》：「辜，罪也。」

4　并，皆、都。朱《集傳》：「并，具也。」臣僕，囚虜奴隸。馬瑞辰《毛詩傳箋通釋》（以下簡稱「馬《通釋》」）：「古以罪人為臣僕。《詩》云：『并其臣僕』，謂使無罪者并為臣僕，在罪人之列。」

5　哀，悲哀、可憐。我我人，我們、吾人。斯，語末助詞。楊樹達《詞詮·卷六》：「斯，語末助詞。」段德森《實用古漢語虛詞》：「斯，用在句末，表示感嘆。可譯為『啊』、『呀』。」

6　于，往，到……去。何，何處、什麼地方。從祿，得到俸祿。余培林《詩經正詁》：「從祿，得祿。」

7　瞻，向遠看。烏，烏雅。爰，於何處、在什麼地方。朱《評釋》：「爰，於何也。」止，棲息。余培林《詩經正詁》：「俗謂烏落於富家之屋；今舉世窮困，不知烏將落於誰家之屋也。」程俊英、蔣見元《詩經注析》：「詩人烏鴉不知棲止在誰家屋上，比喻自己不知結局如何？」錢鍾書《管錐篇》引張穆《烏齋文集》：「烏者，周家受命之祥。」

8　于，在。之，連詞，「的」之意。楊樹達《詞詮·卷五》：「之，連詞，與口語『的』字相當。」

押韻　三章祿、僕、祿、屋，是十七（屋）部。

章旨　三章敘述自傷無福，無辜受罪，以致後患莫測。

作法　三章兼有類疊（複疊）、設問而平鋪直敘的興。

原文　瞻彼中林[1]，侯薪侯蒸[2]。民今方殆[3]，視天夢夢[4]。既克有定[5]，靡人弗勝[6]。有皇上帝[7]，伊誰云憎[8]！

注釋

1　瞻，向遠處看。彼，遠指代詞，「那」之意。中林，林中，就古代而言，是語文正則；就現代而言，是詞彙倒裝，就英文文法而言，是習慣用法。

2　侯，語首、助詞，無意見。詳見楊樹達《詞詮・卷三》。薪，粗薪柴。蒸，細薪柴。鄭玄《箋》：「林中大木之處而唯有薪蒸，喻朝廷宜有賢者，而但聚小人。」

3　方，正。殆，危殆、危險、危難。

4　夢夢，迷迷糊糊。朱熹《詩集傳》：「夢夢，不明也。」句言仰視上天，好像迷迷糊糊而無能為力。

5　既，已經。楊樹達《詞詮・卷四》：「既，時間副詞，表過去，已也。」克，能夠。定，定亂。句言上天已經肯平定禍亂，則無人能勝過，所謂「天定勝人」是也。

6　靡，非、無。弗，不。楊樹達《詞詮・卷一》：「弗，否定副詞，不也。」

7　有皇，皇然、皇皇，偉大的樣子。屈萬里《詩經詮釋》：「《詩》中，凡以『有』字形於冠於形容詞或副詞之上者，等於加『然』於形容詞或副詞之下。」由此觀之，「有皇」，猶「皇然」也。

8　伊，語首助詞，無意義。詳見楊樹達《詞詮・卷七》。云，語中助詞，無意義。詳見楊樹達《詞詮・卷九》。「誰云憎」，是「憎誰」的疑問句

倒裝句。詳見附錄:《詩經》倒裝的三觀。二句言偉大的上帝,不肯平定禍亂,是憎恨誰?

押韻 四章蒸、夢、勝、憎,是 26(蒸)部。

章旨 四章禍亂由上天決定,不敢怨恨任何人。

作法 四章兼有類疊(複疊)、設問而觸景生情的興。

原文 謂山蓋卑 [1],為岡為陵 [2]。民之訛言 [3],寧莫之懲 [4]。召彼故老 [5],訊之占夢 [6],具曰:「予聖 [7]。」誰知烏之雌雄 [8]?

注釋

1　謂,評論、批評。楊樹達《詞詮·卷八》:「謂,外動詞,非對其人為言時,而亦用之,與今言『評論』、『批評』義同。」蓋,何,如何、怎麼。詳見楊樹達《詞詮·卷三》:「蓋,疑問副詞,何也。」卑、低。

2　為,是。詳見楊樹達《詞詮·卷八》:「為,不完全內動詞,是也。」岡,山脊。《爾雅·釋山》:「山脊曰岡。」陵,大陵。《爾雅·釋地》:「大陵曰阜。」朱《評釋》:「岡,山脊也。陵,大阜也。均有『高』意。」

3　之,連詞,「的」之意。訛言,謠言、流言。《荀子·大略》:「流言止於知(同「智」)者。」

4　寧,乃,竟然。「莫之懲」,當作「莫懲之」,是否定句倒裝,詳見附錄:《詩經》倒裝的三觀。莫,不能。之,代詞,指「民之訛言」,即人民的流言。懲,禁止。句言竟然不能禁止人民的流言。

5　召,召集。彼,遠指代詞,「那些」之意。故老,元老、年高望重之人。毛《傳》:「故老,元老。」

6　訊,詢問。之,代詞,指元老,年高德劭之人。占夢,官名。朱熹《詩集傳》:「官名,掌占夢者也。」句言詢問年高德劭之人與占夢之官。

7　具，俱、皆、都。予，我，指自己。《爾雅・釋詁下》：「卬、吾、台、
　　予、朕、身、甫、余，言我也。」聖，精通、精明。許慎《說文解字》
　　「以下簡稱許《說文》：「聖，通也。」句言元老與占夢之官都說：「我
　　（指自己）最精通、最精明。」

8　烏之雌雄，本是烏鴉外貌相似，難以辨別何者是母、何者是公，這裡比
　　喻元老與占夢者之言，也很難辨別其是非、對錯。

押韻　五章陵、懲、夢、雄，是 26（蒸）部。

章旨　五章描述謠言不止，是非難辨，無法禁止謠言的情況。

作法　五章兼有類疊（複疊）、倒裝、比喻（譬喻）而平鋪直敘的
　　賦。

原文　謂天蓋高，不敢不局 [1]；謂地蓋厚，不敢不蹐 [2]。維號
　　斯言 [3]，有倫有脊 [4]。哀今之人，胡為虺蜴 [5]？

注釋

1　局，曲身。毛《傳》：「局，曲也。」孔穎達《毛詩正義》（以下簡稱孔
　　《正義》）：「曲者，曲身也。」陳奐《詩毛氏傳疏》：「『謂山蓋卑』，言
　　山何卑也。『謂天蓋高，謂地蓋厚』，言天何高、地何厚也。三『蓋』字，
　　並與『何』字同義。」朱《評釋》：「二句言天雖甚高，然吾人遭此世
　　亂，在天之下，亦不敢直立而只有曲身也。極言人之行動小心謹慎。」

2　蹐，音及，ㄐㄧˊ，小步。許《說文》：「蹐，小步也。」余《正詁》：
　　「言地雖厚，不敢闊步而行者，以言慎也。」

3　維，語首助詞。詳見楊《詞詮・卷八》。號，呼喚。鄭玄《箋》：「號，
　　呼也。」斯，此。斯言，此前兩句。姚際恆《詩經通論》：「謂天蓋高四
　　句，即唐人詩曰：出門有礙，誰云天地寬。」胡承珙《毛詩後箋》：「按
　　斯言緊承上兩『謂』字。」

4　有倫有脊，當作「有倫（脊）有（倫）脊」，強調「很有道理」，是「句

中互文」。詳見附錄:《詩經》互文與互文見義的辨析。

5 哀,悲哀,可憐。胡,何。虺,音毀,ㄏㄨㄟˇ,蜴,音易,一ˋ,蜥蜴,蛇屬。虺蜴,朱《集傳》:「虺蜴,皆毒螫之蟲也。」余《正詁》:「二句言可憐今世之人,何以童如虺蜴為害人之事?」

押韻 六章局、蹐、脊、蜴,是 11(錫)部。

章旨 六章陳述處於亂世,權貴害人,傷無辜之民,危懼不安,不得不小心謹慎。

作法 六章兼有類疊(複疊)、互文、設問而平鋪直敘的賦。

原文 瞻彼阪田 [1],有菀有特 [2]。天之扤我 [3],如我不克 [4]。彼求我則,如不我得 [5];執我仇仇 [6],亦不我力 [7]。

注釋

1 陂,音板,ㄅㄢˇ,高低不平而又貧瘠的土地。田,田地、地。

2 菀,音玉,ㄩˋ,茂盛。有菀,菀然,茂盛的樣子。特,特出之苗。朱《集傳》:「特,特生之苗也。」余《正詁》:「崎嶇之田,有菀然特出之苗,喻昏亂之朝,有挺然特立之賢者。」

3 之,語中助詞,無意義。扤,音誤,ㄨˋ,振動。毛《傳》:「扤,動也。」朱《評釋》:「為手持樹振動而搖落其果實,故有『危害』之意。」

4 克,制勝、戰勝。鄭玄《箋》:「克,勝也。」「如我不克」,當作「如不克我」,是否定句倒裝。詳見附錄:《詩經》倒裝的三觀。句言上天危害我,好像不能戰勝我一般的無所不用其極。

5 則,敗壞、過失。如不我得,當作「如不得我」,是否定句倒裝。二句言彼追求我的過失,好像不能找到我的過失一般的無微不至。

6 執,執持、掌握。上「仇」字,意謂動詞,仇恨、怨恨。下「仇」字,名詞,仇人。我仇,我仇仇,把我當作怨恨的仇人看待。

7　亦，也。楊《詞詮・卷七》：「亦，副詞，又也。《公羊傳・昭公十七
　　年》注：『亦者，兩相須之意。』按今語言『也』。」力，力用，重用。
　　亦不我力，也不重用我。

押韻　七章特、克、則、得、力，是 25（職）部。

章旨　七章先敘述瞻彼阪田，有菀其特」，再聯想自己懷才不遇，不
　　被重用。

作法　七章有類疊（複疊）、比喻（譬喻）而觸景生情的興。姚際恆
　　《詩經通論》：「末六句中，用六我字，弄姿。」

原文　心之憂矣 ¹，如或結之 ²。今茲之正 ³，胡然厲矣 ⁴！燎
　　製方揚 ⁵，寧或滅之 ⁶。赫赫宗周 ⁷，襃姒烕之 ⁸。

注釋

1　之，語中助詞，無意義。矣，語末助詞，表示「已然」之事實。詳見楊
　　《詞詮・卷七》。

2　如，好像。或，有東西，虛指指示代詞。詳見楊《詞詮・卷三》。結，
　　纏結。之，代詞，指心。孔《正義》：「言憂不離，如有物之纏結也。」

3　茲，此。詳見楊《詞詮・卷六》。之，連詞，「的」之意。正，政，政
　　治。

4　胡，為何。然，如此、這樣。詳見楊《詞詮・卷五》。厲，暴惡。毛
　　《傳》：「厲，惡也。」朱《集傳》：「言我心之憂如結者，為國政之暴惡
　　也。」

5　燎，放火燃燒，野火。許《說文》：「燎，放火也。」之，語中助詞，無
　　意義。方，正。揚，旺盛鄭玄《箋》：「揚，盛也。」

6　寧，乃、豈、難道、竟。王引之《經傳釋詞》：「寧，猶乃也。」或，有
　　人。高亨《詩經今注》（以下簡稱高《今注》）之，代詞，指燎、野火。
　　按：高《今注》：「野火與火炬的稱燎。」

7 赫赫，顯盛的樣子。宗，主。宗周，指鎬（音浩，ㄏㄠˋ）京。高《今注》：「周人稱鎬京為宗周，也稱西周為宗周。宗，主也。因其為天下所宗，故稱宗周。」

8 褒姒，周幽王后。毛《傳》：「褒，國也。姒，姓也。」褒國，在今陝西省褒城縣。烕，毀滅、滅亡。高《今注》：「本義滅火，引申為滅亡。之，代詞，指宗周。」

押韻 八章結，是 3（質）部。屬、滅、烕，是 2（月）部。質、月二部是旁轉而押韻。

章旨 八章描述周幽王寵褒姒，導致國家滅亡。

作法 兼有比喻（譬喻）、類疊（複疊）間而平鋪直敘的賦。

原文 終其永懷 [1]，又窘陰雨 [2]。其車既載 [3]，乃棄爾輔 [4]。載輸爾載 [5]，將伯助予 [6]。

注釋

1 陳奐《詩毛氏傳疏》（以下簡稱陳《傳疏》）：「終，猶既也。永，長。懷，傷也。言既長為之憂傷。」

2 窘，困也。又窘陰雨，本義是又被陰雨所困，這裡比喻所遭多難。陳《傳疏》：「陰雨，以喻所遭多難。」

3 其，代詞，彼、那。詳見楊《詞詮‧卷四》車，裝載貨物的大車。既，已經。載，裝載貨物。

4 乃，竟。棄，拋棄。爾，汝、你。輔，即今所謂車廂。陳《傳疏》：「輔者，掩輿之版。〈大東〉《傳》：『箱，大車之箱也。』余《正詁》：「輔，即今所謂車廂也。」

5 載，語首助詞，無意義。詳見楊《詞詮‧卷六》。輸，墮，掉下來。鄭玄《箋》：「輸，墮也。」爾載，汝所裝載之物。朱《評釋》：「二句言其車既已滿載，竟而棄其夾輔兩旁之版，則所載之物必墮矣。此用以喻國

家輔佐之賢臣。」

6　將，音羌，くㄧㄤ，謂，顧，希望。伯，長。對人的敬稱，猶今語老
　　兄、仁兄。毛《傳》：「伯，長也。予，代詞，我。伯，是主語。助，鼎
　　助、幫助，是述語。予，我，是賓語。鄭玄《箋》：「棄汝車輔，則墮汝
　　之載，乃請長者見助。以言國危而求賢者已晚矣。」

押韻　九章雨、輔、予，是 13（魚）部。

章旨　九章以車載物棄輔，比喻政治措施失誤，必敗而懺悔不已。

作法　九章運用比喻（譬喻）的寫作手法。

原文　無棄爾輔¹，員于爾輻²，屢顧爾僕³，不輸爾載。終踰
　　絕險⁴，曾是不意⁵。

注釋

1　無，禁戒副詞，「勿」之意。詳見楊《詞詮·卷八》。

2　員，有二義：（一）大。毛《傳》：「員，蓋也。」陳《傳疏》：「益與
　　大，義相近。」（二）落。朱駿聲《說文通訓定聲》：「員，假借為
　　『殞』，落也。與『棄輔』同。《傳》訓益，失之。余《正詁》贊成此
　　說。但一般贊成前說。禦，介詞，在，表方所。詳見楊《詞詮·卷
　　九》。

3　屢，屢次、常常。顧，看、照顧。僕，車夫。鄭玄《箋》：「屢，數（音
　　鑠，ㄕㄨㄛˋ，屢次）也。顧，猶視也、念也。僕，將（音匠，ㄐㄧㄤˋ，
　　率領、駕駛）車者也。」

4　終，既，已經。踰，越過。絕險，最危險的地方。

5　曾，乃，竟。是，此，代詞，指首四句。不意，不以為意，不放在心
　　上。鄭玄《箋》：「汝曾不以是為意乎？以商事，喻治國也。」程、蔣
　　《注析》：「以商業行車，比喻治國，要依靠賢臣輔佐，始能渡過險
　　境。」

押韻 十章輻、載、意，是 25（職）部。

章旨 十章以行車安危，比喻政治成敗。姚際恆《詩經通論》（以下
簡稱姚《通論》）：「此承上，純作『比』意妙。」往摹神。」

作法 十章運用比喻（譬喻）的寫作技法。

原文 魚在于沼 [1]，亦匪克樂 [2]；潛雖伏矣 [3]，亦孔之炤 [4]。憂
心慘慘 [5]，念國之為虐 [6]。

注釋

1 于，於。沼，音找，ㄓㄠˇ，水池。毛《傳》：「沼，池也。」

2 亦，也，又，副詞。詳見楊《詞詮・卷七》。匪，非、不。克，能夠。
樂，快樂。

3 潛，深藏。潛雖伏矣，當作「雖潛伏矣」。伏，隱伏。陳奐《傳疏》：
「潛，深也。伏，伏於淵也。」

4 亦，又、也。孔，甚、很。之，語中助詞，無意義。炤，有二義：
（一）易見。音濁，ㄓㄨㄛˊ。鄭玄《箋》：「炤炤，易見也。（二）明
顯。高《今注》：「炤同昭，明也。上四句言：魚在池中也不能快樂，雖
潛藏於深水，仍舊明白可見。比喻被壓迫者無可逃避。」朱《評釋》：
「喻賢者之無可逃避也。」按：陳新雄三十二部，炤是 19（宵）部，
當讀「昭」（ㄓㄠ），並非「濁」（ㄓㄨㄛˊ），但意義可通，「明顯易
見」。

5 慘慘，憂愁不安的樣子。毛《傳》：「慘慘，猶戚戚也。」

6 念，想念、想到。之，語中助詞，無意義。為，行，施行。為虐，國家
施行暴虐政治。

押韻 十一章，沼、炤，是 19（宵）部。樂、虐，是 20（藥）部。
宵、藥二部，是對轉而押韻。詳見附錄：《詩經》倒裝的三
觀。

章旨 十一章以魚比喻自己，哀傷進退兩難，國家施行暴虐政治，自己難逃災禍。陳子展《詩經直解》（以下簡陳《直解》）：「以魚潛池沼，亦為人見，暗喻畏禍而無藏身之所。」

作法 十一章兼有類疊（複疊）而比喻（譬喻）的寫作手法。

原文 彼有旨酒¹，又有嘉肴²；洽比其鄰³，昏姻孔云⁴。念我獨兮⁵，憂我慇慇⁶。

注釋

1　彼，遠指代詞，「那」之意。馬持盈《詩經今註今譯》（以下簡稱馬《今註今譯》）：「彼，指那些小人們。」旨，美。許《說文》：「旨，美也。」

2　嘉，美。許《說文》：「嘉，美也。」肴，通「肴」，菜。旨、嘉，是互文見義。詳見附錄：《詩經》互文補義與互文見義的辨析。

3　洽，融洽。毛《傳》：「洽，合也。」比，親密。竹添光鴻《毛詩會箋》：「比，親附也。」其，代詞，「他」之意。鄰，近，指和他親近之人。毛《傳》：「鄰，近也。」

4　昏姻，親戚，指其鄰。孔，甚、很。云，友善。鄭玄《箋》：「云，友也。」友，友善，形容詞。句言當政者對親戚很友善。

5　念，想。獨，孤獨。兮，語末助詞，「啊」之意。

6　憂我，我以國事為憂。憂，憂愁，是意謂動詞。詳見蔡《文法》。慇慇，音因因，ㄧㄣ ㄧㄣ，十分哀痛的樣子。許《說文》：「慇，痛也。」疊字具有加強語氣的作用。

押韻 十二章酒，是 21（幽）部。肴，是 19（宵）部。鄰，是 6（真）部。慇，是 9（諄）部。幽、宵二部，旁轉而押韻。真、諄二部，亦旁轉而押韻。

章旨 十二章敘述小人當政，朋比為奸，思念自己以國事為憂，萬分

哀痛之心情。

作法 十二章兼有互文見義、類疊（複疊）而平鋪直敘的賦。

原文 佌佌彼有屋¹，蔌蔌方有穀²。民今之無祿³，天夭是椓⁴。哿矣富人⁵，哀此惸獨⁶。

注釋

1 佌佌，音此此，ㄘˇ ㄘˇ，鮮盛的樣子，引申為「華麗之意」。佌佌彼有屋，當作「彼有屋佌佌」，是兼有押韻的肯定句倒裝。彼，代詞，指小人。

2 蔌蔌，音速速，ㄙㄨˋ ㄙㄨˋ，有二解：（一）車行聲。詳見屈《詮釋》、朱《評釋》、余《正詁》。（二）鄙陋的小人。毛《傳》：「蔌蔌，陋也。」高亨《今注》：「蔌蔌，形容鄙陋。有穀，有糧食。二句言鄙陋小官都有吃有住，生活很好。」

3 之，語中助詞，無意義。無祿，無福，不幸。

4 天夭，今韓詩作「夭夭」。屈《詮釋》：「夭夭，少壯之貌，此謂少壯之人也。」「天夭是椓」，當作「椓天夭」，兼有押韻的肯定句倒裝。詳見附錄：《詩經》倒裝的三觀。是，係語中助詞、結構助詞。椓，章卓，ㄓㄨㄛˊ，危害。朱《集傳》：「椓，害也。」

5 哿矣富人，當作「富人哿矣」，感歎句倒裝。哿，音可，ㄎㄜˇ，歡樂。王引之《經義述聞》：「哿者，歡樂也。」矣，表示感歎語氣，「啊」之意。

6 此，近指代詞，「那些」之意，指孤獨之窮人。惸，音窮，ㄑㄩㄥˊ，陸德明《經典釋文》：「惸，獨也。」惸獨，孤獨之窮人。句言可憐那些孤獨無依的窮人。

押韻 十三章屋、穀、祿、椓、獨，是 17（屋）部。

章旨 十三章陳述社會貧富懸殊，作強烈對比，呈現作者哀矜的心

情。

作法　十三章兼有類疊（複疊）、映襯、倒裝、感歎而平鋪直敘的
　　　　賦。

研析

　　劉勰《文心雕龍・比興》：「何謂為比？蓋寫物以附意，颺言以切
事者也。」程俊英、蔣見元《詩經注析》：「以說高岡大陵是卑小的，
比喻小人顛倒是非。以在高山厚地上不敢不彎腰小步走路，比在虐政
下人們不得不謹慎小心。以虺蜴比害人的統治者，以特苗比賢才的自
己。以野火方揚尚不易撲滅，反比赫赫宗周會被褒以所滅。以車喻
國，以載物喻治國，以輔喻賢臣，以顧僕喻政治措施。詩人多譬善
喻，是本詩的藝術特徵。」闡析縝密，言之有理。

　　余培林《詩經正詁》：「全詩言『憂』者八，言『哀』者四，言
『民』者五，則詩人所憂、所哀者可知矣。」洵哉斯言。

　　觀賞本詩，當今之貧窮懸殊，如出一轍，豈不可悲！可歎！

三 十月之交

十月之交，朔月辛卯。日有食之，亦孔之醜。彼月而微，此日而微。今此下民，亦孔之哀。

日月告凶，不用其行，四國無政，不用其良。彼月而食，則維其常；此日而食，于何不臧？

爗爗震電，不寧不令。百川沸騰，山冢崒崩。高岸為谷，深谷為陵。哀今之人，胡憯莫懲？

皇父卿士，番維司徒，家伯維宰，仲允膳夫，棸子內史，蹶維趣馬，楀維師氏，豔妻煽方處。

抑此皇父，豈曰不時？胡為我作，不即我謀？徹我牆屋，田卒汙萊。曰：「予不戕，禮則然矣。」

皇父孔聖，作都于向。擇三有事，亶侯多藏。不憖遺一老，俾守我王。擇有車馬，以居徂向。

黽勉從事，不敢告勞。無罪無辜，讒口囂囂。下民之孽，匪降自天；噂沓背憎，職競由人。

悠悠我里，亦孔之痗。四方有羨，我獨居憂。民莫不逸，我獨不敢休。天命不徹，我不敢傚我友自逸。

注釋 〈十月之交〉，取首章首句「十月之交」為篇名。

篇旨 何楷《詩經世本古義》：「幽王之世，褒氏用事于內，皇父之徒亂政于外。」詩人刺皇父等亂政，以致災變之作。天示異象，降災禍，而民不堪命矣。是以詩人言變，歸之人事，以刺之也。」〈詩序〉：「〈十月之交〉，大夫刺幽王也。」其說俞矣。

原文 十月之交 [1]，朔月辛卯 [2]。日有食之 [3]，亦孔之醜 [4]。彼

月而微 [5]，此日而微 [6]。今此下民，亦孔之哀 [7]。

注釋

1　十月，周曆十月，即夏曆八月。詳見〈豳‧七月〉，注一，頁四七七。之，連詞，「的」之意。交，交會。毛《傳》：「日月之交會。」即月朔之時。

2　朔月，月之朔，即月之初一日。辛卯，古以干支紀月，周幽王六年十月初一日，正是辛卯日。

3　有，音ㄧㄡˋ，又。食，通「蝕」。又有日蝕之事。日有食之，當作「有日蝕之」，即「又（有）日蝕之（事）」。

4　亦，也，又。孔，甚、很。之，語中助詞。醜，醜惡。毛《傳》：「醜，惡也。」余《正詁》：「日食、地震等，古人皆以為乃國君失道，天所示儆也。故曰醜惡。」

5　彼，彼時，往日。微，幽昧不明。鄭玄《箋》：「微，謂不明也。」朱《評釋》：「月而微，指月食。」按：而，則，就。承接連詞。詳見楊《詞詮‧卷十》。

6　此，此時，今日。朱《評釋》：「此，指今日。」月而微，指日食。朱《評釋》：「句言詩人寫此詩時又發生日食，災變愈大矣。」

7　此，近指代詞，「這些」之意。下民，天下人民，天下老百姓。亦，也，又。孔，甚、很。哀，可哀、可憐。鄭玄《箋》：「君臣失道，災害將起，故下民亦甚可哀。」

押韻　一章卯、醜，是21（幽）部。微、微、哀，是7（微）部。

章旨　一章描述日食、月蝕天變，在上位者的醜惡，天下人民很可憐的情況。龔自珍《龔定菴全集‧乙丙之際塾議第十七》：「月食為凶災、孰言云？〈小雅〉之詩人言之。」

作法　一章平鋪直敘的賦。

原文 日月告凶 [1]，不用其行 [2]，四國無政 [3]，不用其良 [4]。彼月而食 [5]，則維其常 [6]；此日而食，于何不臧 [7]？

注釋

1 日月，日蝕月蝕。句言日蝕月蝕告示天下人，凶災的徵兆。鄭玄《箋》：「告凶，告天下以凶亡之徵也。」

2 由，介詞，由，因。詳見楊《詞詮・卷九》。其，代詞，此指日月。行，常道，正常軌道。朱《集傳》：「行，道也。」按：季旭昇《說文新詮》：「甲骨文『行』象四達道，即今言十字路。」「行，道也」，是其證也。

3 四國，四方之國，此指天下。無，無善政。

4 其，代詞，指天子，即周幽王。良，善良之人。孔《正義》：「良，善人也。」鄭玄《箋》：「四方之國無政者，由天子不用善人也。」

5 彼，遠指代詞，「那」之意。而，陪從連詞。楊《詞詮・卷十》：「而，陪從連詞，接續介詞與動詞。」食，《魯詩》作「蝕」。劉熙《釋名》：「日月虧曰蝕，稍小侵虧，如蟲食草木之葉也。」

6 則，承接連詞，表示因果關係，「則」字以上之文為原因，以下之文為結果。詳見楊《詞詮・卷六》。維，是。楊《詞詮・卷八》：「維，不完全內動詞，是也。」其，代詞，此指月。常，平常之事。古人認為「月食」是平常的事。馬《通釋》：「考《春秋經》書日食三十有六，而月食則不書，此古人重日食而輕月之證。」

7 此，近指代詞，「這」之意。于何，如何。余《正詁》：「于何，如何也，猶今口語『多麼』。」臧，音髒，ㄗ尢，善。鄭玄《箋》：「臧，善也。」

押韻 二章行、良、常臧，是 15（陽）部。

章旨 二章陳述日食、月食的天變，是由於君王無善政，不任用賢人，日食更為不吉祥。

作法　二章兼用設哺而平鋪直敘的賦。

原文　燁燁震電 [1]，不寧不令 [2]。百川沸騰，山冢崒崩 [3]。高岸
為谷，深谷為陵 [4]。哀今之人，胡憯莫懲 [5]？

注釋

1　燁燁，音頁頁，ㄧㄝˋ ㄧㄝˋ，電光的樣子。朱《集傳》：「燁燁，電光
貌。」許《說文》段玉裁注（以下簡稱「段注」）：「凡光之成曰燁。」
八卦，震卦，自然界代表電，人生界代表男。毛《傳》：「震，雷也。」
余《正詁》：「雷電閃閃，地震前，有此情況。」

2　寧，安。令，善。朱《集傳》：「寧，安也。令，善也。」鄭玄《箋》：
「雷電過常，天下不安，政教不善之徵。」之外。

3　沸騰，波浪湧起。毛《傳》：「沸，出。騰，乘也。」百川沸騰，百川如
沸水騰湧。冢，音腫，ㄓㄨㄥˇ，山頂。崒，音猝，ㄘㄨˋ。崒崩，碎
崩，頹崩。馬《傳箋通釋》：「『崒崩』二字當連讀，與上『沸騰』相對
成文，即碎崩之假借。」余《正詁》：「崒崩者，頹崩也。」

4　高岸，高大之岸。詳見孔《正義》。為，變做、變成。楊《詞詮．卷
八》：「外動詞，作也。今言『做』。」陵，嶺。高亨《今注》：「陵，即
崩。此二句言：高岸變成深谷，深谷變成大嶺。」余《正詁》：「此二句
言地震後之景象。」

5　胡，為何、如何。憯，音慘，ㄘㄢˇ，曾、乃、竟。莫，不。懲，懲
戒、警惕。二句可憐（哀傷）如今在位之人，為何竟然不知懲戒、警惕
其惡政？

押韻　三章電、令，是 6（真）部。騰、崩、陵、懲，是 26（蒸）
部。

章旨　三章敘述天變見於上，地變動於下，百川沸騰，山谷易處，在
位者不知警戒其惡政的情形。

作法 三章兼有類疊（複疊）、設問而平鋪直敘的賦。

原文 皇父卿士¹，番維司徒²，家伯維宰³，仲允膳夫⁴，棸
子內史⁵，蹶維趣馬⁶，楀維師氏⁷，豔妻煽方處⁸。

注釋

1 皇父，鄭玄《箋》：「皇父、家伯、仲允，皆字。番、棸、蹶、楀，皆
氏。」卿士，官名。六卿之長，總管政事，類似《周禮》的冢宰與後代
的丞相。

2 番，氏也。維，是。司徒，官名。鄭玄《箋》：「司徒之職，掌天下土地
之圖，人民之數。」

3 家伯，字也。維，是。宰，官名。鄭玄《箋》：「冢宰掌建邦之典。」

4 仲允有二義：（一）人名。高亨《今注》：「仲允，人名。」（二）膳夫之
字。余《正詁》：「仲允，字也。」按：朱《評釋》：「仲允，人名。或以
為膳夫之字也。」膳夫，官名。鄭玄《箋》：「膳夫，上士也。掌王之飲
食膳著（同「饈」）。」

5 棸，音鄒，ㄗㄡ。朱《評釋》：「棸子，人名。或以為『氏』也。」內
史，官名。鄭玄《箋》：「中大夫也。掌爵祿廢置、殺生予奪之法。」

6 蹶，音桂，ㄍㄨㄟˋ，氏也。維，是。趣馬，官名。鄭玄《箋》：「趣
馬，中士也。掌王馬之政。」

7 楀，音矩，ㄐㄩˇ，氏也。維，是。師氏，官名。鄭玄《箋》：「師氏，
中大夫也，掌司朝得失之事。」于省吾《詩經新證》：「師氏，掌師旅
官。」按：余《正詁》：「于氏之說似較勝。」

8 豔妻，指褒姒。毛《傳》：「美色曰豔。」煽，熾（音亦，ㄧˋ）盛。方
處，並處，有聯手、朋黨之意。鄭玄《箋》：「方，並也。」余《正
詁》：「言褒姒時方勢力熾盛，而與七子朋黨為奸也。」

押韻 四章四章士、宰、史，是 24（之）部。徒、夫、馬、處，是

13（魚）部。之、魚二部，是旁轉而押韻。

章旨　四章陳述豔妻受寵，小人居位，引起群惡的情況。姚際恆《詩
　　　經通論》：「末五字句別收，妙。」

作法　四章平鋪直敘的賦。

原文　抑此皇父¹，豈曰不時²？胡為我作³，不即我謀⁴？徹
　　　我牆屋⁵，田卒汙萊⁶。曰：「予不戕⁷，禮則然矣⁸。」

注釋

1　抑，語首助詞，無意義。詳見楊《詞詮・卷七》。段德森《實用古漢語
　　虛詞》：「抑，用在句子開頭，有調協音節，提出話題的作用，近似于
　　『夫』。」按：「夫，音扶，ㄈㄨˊ，發語詞。許世瑛《常用虛字用法淺
　　釋》：「『夫』字要讀為ㄈㄨˊ。夫，純粹是虛詞，沒法用別的字去翻
　　的。它可以位於句首，專做『發語詞』用，它的作用在於提引。」朱
　　《集傳》：「抑，發語辭。」是其證也。此，近指代詞，「這」之意。

2　曰，說。楊《詞詮・卷九》：「外動詞，亦『言』義。惟用以解釋上文，
　　故與前條用法異。在今語與『他的意思是說』相同。」時，是。毛
　　《傳》：時，是也。」余《正詁》：「言皇父豈自謂所作非是？」

3　胡，何。胡為，當作「為胡」，「為何」之意。我作，役使我工作，是役
　　使動詞、致使動詞。詳見蔡宗陽《國文文法》。鄭玄《箋》：「作，役作
　　也。」

4　即，就，到，來。朱《集傳》：「即，就。」謀，商議、商量。二句言汝
　　為何役使我工作，而不來跟我商議呢？

5　徹，通撤，毀掉、破壞。陳奐《詩毛氏傳疏》：「徹，讀為撤。」按：林
　　尹《訓詁學概要・第七章訓詁的術語》：「易其字，以釋其義曰讀，凡言
　　讀為、讀曰、當為皆是也。」徹與撤，音義相通。

6　卒，盡，都，完全。朱《集傳》：「卒，盡也。」汙，積成池。萊，生草

荒蕪。毛《傳》:「下則汙,高則萊。句言使我的田低處都積水成池,高
處都生草荒蕪。」

7 曰,說。予,我,此指皇父。戕,音牆,ㄑㄧㅊˊ,戕害,傷害。鄭玄
《箋》:「戕,害也。」

8 禮有二義:(一)禮制。(二)理。則,就,就是。然,這樣。矣,啊。
二句言皇父破壞人民的屋田,反而說:「不是我傷害你們,按理(禮
制)本來就是這樣啊!」

押韻 五章時、謀、萊、矣,是 24(之)部。

章旨 五章敘述皇父破壞人民的屋田,還強調奪理的情形。

作法 五章兼有設問而平鋪直敘的賦。

原文 皇父孔聖[1],作都于向[2]。擇三有事[3],亶侯多藏[4]。不
憖遺一老[5],俾守我王[6]。擇有車馬[7],以居徂向[8]。

注釋

1 孔,甚、很。聖,聖明、聰明。怨恨皇父而說他十分聰明。這是修辭學
「反諷」。

2 作都,建設公卿采地。《周禮·載師》鄭玄注:「家邑,大夫之采地。小
都,卿之采地。大都,公之采地。」于,在。向,邑名,在今河南省濟
源縣西南。按:朱《評釋》:「皇父先作避亂之準備,故詩人諷之曰『孔
聖』。」

3 擇,選擇。三有事,三個有司,指三卿。毛《傳》:「三有事,國之三卿
也。」鄭玄《箋》:「禮:畿內諸侯二卿。」孔《正義》:「皇父封畿內,
當二卿。今立三有事,是增一卿,以比列國也。」孔《正義》:「三卿
者,依周制而言,謂之司徒兼冢宰之事,立司馬兼宗伯之事,立司空兼
司寇之事。」

4 亶,音膽,ㄉㄢˇ,誠信、確實。侯,維、是。毛《傳》:「侯,維

也。」陳奐《傳疏》：「侯訓維。維，猶是也。」藏，音臟，ㄗㄤˋ，
畜。朱《集傳》：「藏，蓄也。」多藏，多財產之富人。顧炎武《日知
錄》：「王室方騷，人心危懼。皇父以柄國之大臣而營邑於向，於是三有
事之多藏者隨之而去矣，庶民之有車馬者隨之而去矣。蓋亦知西戎之已
偪（同「逼」），而王室之將傾也。」

5　懋，音印，ㄧㄣˋ，肯，願。許《說文》：「懋，肯也。」陸德明《經典
釋文》（以下簡稱陸《釋文》）：「懋，願也。」遺，留。老，老臣、舊
臣。句言不肯一位老臣。

6　俾，音必，ㄅㄧˋ，使。守，守衛、保護。王，君王，指周幽王。句言
使他守衛君王。

7　擇有車馬，皇父選擇有車馬之人。

8　以居徂向，當作「徂向以居」，是為押韻而倒裝。于省吾《詩經新證》：
「以居徂向，那徂向以居，特倒文以與藏、王為韻耳。」此其證也。
徂，音殂，ㄘㄨˊ，往，到……去。向，邑名。以，而。楊《詞詮‧卷
七》：「以，承接連詞。與『而』同。」居，居住、安居。句言到向邑去
而安居。

押韻　六章向、藏、王、向，是 15（陽）部。

章旨　六章描述皇父選擇位高財富者，同往向邑而安居，以責怪皇父
明哲保身的情況。

作法　六章兼有倒裝而平鋪直敘的賦。

原文　黽勉從事[1]，不敢告勞[2]。無罪無辜[3]，讒口囂囂[4]。下
民之孽[5]，匪降自天[6]；噂沓背憎[7]，職競由人[8]。

注釋

1　黽，音敏，ㄇㄧㄣˇ，勉勵，黽勉，又作「僶俛」，努力。從事，參加，
做某種事情。

2 告勞，自己說辛勞。告，本是從牛從口。牛是大牢，藉以表達於神祇（音祈，ㄑㄧˊ）。按：神祇，地神。

3 辜，罪，過錯。罪、辜，是互文見義。詳見附錄：《詩經》互文與互文見義的辨析。

4 讒口，讒言，毀謗之言。囂囂，即「嗸嗸」，古音敖敖，ㄠˊ ㄠˊ；今音宵宵，ㄒㄧㄠ ㄒㄧㄠ，眾多的樣子。鄭玄《箋》：「囂囂，眾多貌。」

5 下民，天下人民。之，「的」之意，連詞。孽，音聶，ㄋㄧㄝˋ，災害。孔《正義》：「孽，災害。」

6 匪，非，不。自，由，從。陳奐《傳疏》：「由，從也。」

7 噂，音撙，ㄗㄨㄣˇ，聚。許《說文》：「噂，引《詩》作僔，聚也。」沓，音踏，ㄊㄚˋ，合。馬瑞辰《傳箋通釋》：「沓，合也。小人之情，聚則相合，背則相憎。」憎，音增，ㄗㄥ，仇恨。憎恨。聚在一起，當面和好，而背後互相仇恨。

8 職，專注。《爾雅·釋詁》：「職，主也。」楊《詞詮·卷五》：「職，副詞，主也。」競，逐，爭。鄭玄《箋》：「競，逐也。」高亨《今注》：「競，爭也。」由，從。陳奐《傳疏》：「『由人』與『自天』對文。職競由人，言不從天降，而主從人之競為惡也。」余《正詁》：「言下民之災害，實由於人專事競，相『噂沓背憎』，有以致之也。」

押韻 七章勞、囂，是 19（宵）部。天，人，是 6（真）部。

章旨 七章敘述自己勤於王事，無辜受毀謗，而人們災害，是小人所造成的狀況。

作法 七章兼有互文見義、類疊（複疊、反覆）而平鋪直敘的賦。

原文 悠悠我里[1]，亦孔之痗[2]。四方有羨[3]，我獨居憂[4]。民莫不逸[5]，我獨不敢休[6]。天命不徹[7]，我不敢傚我友自逸[8]。

注釋

1　悠悠我里，當作「我里悠悠」，兼有押韻的肯定句倒裝。里，憂思。鄭玄《箋》：「里，憂也。」悠悠，深遠的樣子。

2　亦，語首助詞，無意義。詳見楊《詞詮・卷七》。孔，甚、很。之，語中助詞，無意義。痗，音昧，ㄇㄟˋ，病痛，痛苦。毛《傳》：「痗，病也。」二句言我憂思既深遠，又很痛苦。

3　羨，寬裕閒暇。毛《傳》：「羨，餘也。」

4　居有三解：（一）有。余《正詁》：「居，有也。」（二）語中助詞，無意義。詳見楊《詞詮・卷四》。（三）處。朱《評釋》：「居，處也。二句言四方皆有豐餘，獨我身處憂患之中也。」

5　莫不，兩個否定句變成一個肯定。如數學負負得正。逸，安樂。鄭玄《箋》：「逸，逸豫。」

6　休，休息安樂。

7　徹，道。高亨《今注》：「徹，道，軌轍。此句言天命沒有規律，即天命無常。」

8　傚，同「效」，效法、學習。我友，指同在官位的同僚。此指皇父等七人。姚際恆《詩經通論》：「我友自逸，皆指七子輩也。」自逸，自己追求安樂。

押韻　八章里、痗，是 24（之）部。憂、休，是 21（幽）部。之、幽二部，是旁轉而押韻。徹，是 2（月）部。逸，是 5（質）部。月、質二部，是旁轉而押韻。

章旨　八章描述自己憂國憂民與七子自求安樂成強烈的對比，作者以自我明志作結。

作法　八章兼有映襯（對比）、類疊（複疊）而平鋪直敘的賦。

研析

余培林《詩經正詁》：「詩之前半主言天災，後半主言人禍，而人

禍則歸咎於皇父。蓋皇父官居卿士，身繫天下安危，竟築向自謀，朋
黨自利，擇有車馬，立三有事，儼然禦朝廷。其視若贅旒，視若芻
狗，如此，天下之不亡者幾希，此詩人所以深責之也。」扣緊主題，
闡析詳盡。

　　陳子展《詩經直解》：「〈十月之交〉，〈序〉說『大夫刺幽王』之
詩。刺幽王何事？按：刺幽王寵豔妻，用小人，致有災異，詩中已自
表。……宋范氏《補傳》、清阮氏《補箋》，或從史事，或從古曆法科
學，確認刺幽。今又得到現代天文曆法科學家之證實。」旁徵博引，
博採眾義，集思廣益，可得真諦。

四　雨無正

　　浩浩昊天，不駿其德。降喪饑饉，斬伐四國。昊天疾威，弗慮弗圖。舍彼有罪，既伏其辜；若此無罪，淪胥以鋪。

　　周宗既滅，靡所止戾。正大夫離居，莫知我勚。三事大夫，莫有夙夜；邦君諸侯，莫肯朝夕。庶曰式臧，覆出為惡。

　　如何昊天？辟言不信。如彼行邁，則靡所臻。凡百君子，各敬爾身。胡不相畏？不畏于天？

　　戎成不退，饑成不遂。曾我暬御，憯憯日瘁。凡百君子，莫肯用訊。聽言則答，譖言則退。

　　哀哉不能言，匪舌是出，維躬是瘁。哿矣能言，巧言如流，俾躬處休。

　　維曰于仕，孔棘且殆。云不可使，得罪于天子；亦云可使，怨及朋友。

　　謂爾遷于王都，曰：「予未有室家。」鼠思泣血，無言不疾。昔爾出居，誰從作爾室？

注釋　陳啟源《毛詩稽古編》，「詩篇以意取名者，〈雨無正〉、〈巷伯〉、〈常武〉、〈酌〉、〈賚〉、〈般〉，凡六，而〈雨無正〉之名尤難解。……源（指陳啟源）謂敘此詩者解命題之意，原作詩之由，如是而已。所云眾多非政，乃謂詩由此而作，非謂詩中語悉不離乎此也。」陳子展《詩經直解》：「范氏《補傳》、胡氏《後箋》，論此詩篇與〈序〉語，亦皆有可取者。讀者合而觀之，而自得結論矣。」余培林《詩經正詁》：「吾人讀詩，但

由詩文直探詩義，〈序〉說僅供參考而已，不必受其左右也。」王靜芝《詩經通釋》：「此篇名與詩毫無關係，究竟何故，已不可考。」綜觀眾說，見仁見智。

篇旨 王靜芝《詩經通釋》：「此傷群臣離散，匡國無人之詩也。〈詩序〉：『〈雨無正〉，大夫刺幽也。兩自上下者也，眾多如雨，而非所以為政也。』〈序〉說與詩之內容絲毫無關。窺其詞，則是詩人傷群臣離散，無人匡國，感歎而詠也。」

原文 浩浩昊天 [1]，不駿其德 [2]。降喪饑饉 [3]，斬伐四國 [4]。昊天疾威 [5]，弗慮弗圖 [6]。舍彼有罪 [7]，既伏其辜 [8]；若此無罪，淪胥以舖 [9]。

注釋

1 浩浩昊天，當作「昊天浩浩」，是兼有押韻的肯定句兼讚美句的倒裝。浩浩，廣大的樣子。昊，音浩，ㄏㄠ、，廣大。朱《集傳》：「浩浩，廣大貌。昊，亦廣大意。」昊天，皇天，指上天。

2 駿，長，常。《爾雅·釋詁》：「駿，長也。」陳奐《詩毛氏傳疏》（以下簡稱陳奐《傳疏》）：「長，猶常也。不長其德，猶云不恆其德耳。」朱《評釋》：「乃怨天之詞。」

3 喪，死喪、死亡。饑，五穀不熟。饉，蔬菜不熟。《爾雅·釋天》：「穀不熟為饑，蔬不熟為饉。」毛《傳》：「穀不熟曰饑，蔬不熟曰饉。」句言上天降下死亡饑饉的災禍。

4 斬伐，傷害、摧殘、絕滅。孔《正義》：「斬伐，絕滅也。」四國，四方之國，指天下。句言上天摧殘天下人民的生機。

5 昊天，《注疏本》本作「旻天」。陳奐《傳疏》：「『旻天』當依定本作『昊天』。此篇三名篇作『昊天』，作『旻』者因〈小旻〉、〈召旻〉致誤。《逸周書·祭公》亦云『昊天疾威』，可證。」疾威，暴虐。馬瑞辰

《傳箋通釋》：「《廣雅》：『暴，疾也。』疾、威上字平列。朱子《集傳》云：『疾威，猶言暴虐。』是也。」按：疾、威二字平列，即文法同義複詞。詳見蔡宗陽《國文文法・第二章字、詞、複詞・第二節複詞的類型》。按：朱《集傳》當作「疾威，猶暴虐也」程、蔣《注析》：「詩人以昊天代周王，是言論不自由的反映。」以昊天代周王，是修辭學的借代。

6 弗，《魯詩》作「不」。弗慮弗圖，當作「弗慮（圖）弗（慮）圖」，是修辭學的互文見義。詳見附錄：《詩經》互文補義與互文見義的辨析。慮、圖皆是「考慮、計劃」之意。鄭玄《箋》：「慮、圖，皆謀也。」屈萬里《詩經詮釋》（以下簡稱屈《詮釋》）：「謂當政者不思修明其政也。」程、蔣《注析》：「指周王不考慮臣氏的有罪無罪。」

7 舍、捨，就訓詁學言，是古今字。就文字學言，舍是本字，捨是後起字。舍，捨棄、除去、赦免、赦置。毛《傳》：「舍，除也。」朱《評釋》：「舍，置也，赦也。」彼，遠指代詞，「那些」之意。句言周王赦免那些有罪之人。

8 既，已經。伏，隱藏。其，指有罪者。辜，罪。王引之《經義述聞》：「伏者，藏也，隱也。凡戮有罪者，當聲其罪而誅之。今王之舍彼有罪也，則既隱藏其罪而不之發矣。蓋惟其欲舍有罪之人，是以匿其罪狀耳。」

9 若，如果。此，近指代詞，「這些」之意。無罪，無罪之人，是修辭學的借代。淪，毛《傳》：「淪，率也。」胥，《爾雅・釋詁》：「胥，相也。」以，而。楊《詞詮・卷七》：「以，承接連詞，與『而』同。」鋪，懲處。屈《詮釋》：「即〈大雅・江漢〉『淮夷來鋪』及〈常武〉『鋪敦淮濆』之鋪，猶懲處也。」余《正詁》：「二句言若此無罪之人，亦相率而被懲處也。蓋傷無罪而受累也。」

押韻　一章德、國，是 25（職）部。圖、章、鋪，是 13（魚）部。

章旨 一章描述上天降災，君王刑罰平的情況。

作法 兼用類疊（複疊、反覆）、倒裝、互文見義、映襯（對比）而平鋪直敍的賦。

原文 周宗既滅 [1]，靡所止戾 [2]。正大夫離居 [3]，莫知我勩 [4]。三事大夫 [5]，莫有夙夜 [6]；邦君諸侯 [7]，莫肯朝夕 [8]。庶曰式臧 [9]，覆出為惡 [10]。

注釋

1 周宗有二義，（一）周之宗廟，指鎬京。鄭玄《箋》：「周宗，鎬京也。」（二）周宗，即宗周，指鎬京。高亨《今注》：「周宗，當作『宗周』，鎬京也。《左傳・昭和十六年》引作『宗周』。」按：二說殊塗而同歸，皆指鎬京。既，已經。朱守亮《評釋》：「周宗既滅，當是過甚之辭，謂周勢衰微，周天子已不被尊重也。」此運用夸飾（誇張）修辭手法。

2 靡，非、不、無。所，處所。戾，定。毛《傳》：「戾，定也。」《爾雅・釋詁》：「戾、定，止也。」止、戾，二字義同，就文法而言，是同義複詞，「安定而居」之意。句言無處所可安定而居。

3 正大夫，指天子六卿。鄭玄《箋》：「正，長也。長官之大夫。」程、蔣《注析》：「正大夫，指天子六卿，即冢宰、司徒、宗伯、司馬、司寇、司空。」離居，離群索居，此指六卿皆離開鎬京而散居各處。

4 莫，不。勩，音亦，一ˋ，勞苦。朱《評釋》：「句言不知我民處災難中之勞苦也。」

5 三事大夫，指天子之三公。陳奐《傳疏》：「〈十月之交〉〈常武〉所云『三事』，諸侯三卿也。此云『三事』，天子三公也。」程、蔣《注析》：「周以太師、太傅、大保為三公。」

6 莫，不，夙，早。朱《評釋》：「句謂莫肯早晚護衛王上，努力王事，休戚相關也。」

7　邦，國。許《說文》：「邦，國也。」段玉裁注：「《周禮》注曰：大曰邦，小曰國。邦言之也。許云：邦，國也。國，邦也。統言之也。」邦君，國君，此指諸侯。

8　莫，不。鄭玄《箋》「不肯晨夜朝暮省王也。」馬《傳疏通釋》：「朝夕與夙夜對言。《左傳・成公十二年》：『百官承事，朝而不夕。』謂朝朝于君，而不夕見也。故《箋》言『朝暮省王』，非泛言朝夕也。」按：「夙夜」與「朝夕」，是互文見義。

9　庶，庶幾，希望之意。鄭玄《箋》：「庶，庶幾也。」曰，語中助詞，無意義。詳見楊《詞詮・卷五》。式，本是名詞「法式」，此當助詞「效法」、「施行」之意。就文法言，是詞類活用。就修辭言，是轉品，又名轉類。臧，善。式臧，行善、法善。按：「式臧」與「為惡」，是正反對比的映襯。句言希望能夠行善。

10　覆，反而。毛《傳》：「覆，反也。」句言反而出去為惡。

押韻　二章滅、戾，是 5（質）部。勩、夜、久惡，是 2（月）部。質、月二部，是旁轉而押韻。

章旨　二章陳述國亂不安，幽王處於眾叛親離之境，群臣離開鎬京，而離散各地避禍的情形。

作法　二章兼用映襯（對比）、互文見義，而平鋪直敘的賦。

原文　如何昊天 [1]？辟言不信 [2]。如彼行邁 [3]，則靡所臻 [4]。凡百君子，各敬爾身 [5]。胡不相畏 [6]？不畏于天？

注釋

1　如何昊天，當作「昊天如何」，是兼有押韻的疑問句倒裝。昊天，上天。如何，奈何，怎麼辦。楊《詞詮・卷五》：「外動詞。《公羊傳・昭公十二年》注云：如，猶奈也。童斐云：『如』字，含有『處置』二字之意。按今『如』字，又猶今言『對付』。」句言上天啊！該怎麼辦？

鄭玄《箋》：「如何乎昊天，痛而愬也。」

2 群言，合於法度之言。毛《傳》：「辟，法也。」不信，不被執政者所採信、所信用。

3 如，好像、好比。彼，遠指代詞，「那」。行，走。邁，遠行、遠道、遠路。句言好比那走遠路。

4 則，就。靡，非，不知。所臻，臻何所，到何處去。所，處所、地方。臻，至。朱《集傳》：「臻，至也。」程、蔣《注析》：「靡所臻，不知走到什麼地方去，指沒有目的地。」鄭玄《箋》：「我之言不見信，如行而無所至也。」

5 凡，所有。百，形容很多。就文法言，是虛數，形容甚多。句言所有很多在位者。鄭玄《箋》：「凡百君子，謂眾在位者。」敬，謹慎。爾，汝。句言所有很多在位者應該各個謹慎小心，潔身自愛。

6 胡，為何、為什麼。句言為什麼天災如此，你們惟獨不畏懼於上天的災禍？

押韻 三章天、信、臻、身、天，是6（真）部。

章旨 三章陳述君王不信法度之言，不聽正言，大臣不畏天命，惟有呼天而苦訴的情況。

作法 三章兼有倒裝、說問而平鋪直敘的賦。

原文 戎成不退，饑成不遂[1]。曾我暬御[2]，憯憯日瘁[3]。凡百君子，莫肯用訊[4]。聽言則答[5]，譖言則退[6]。

注釋

1 戎，兵亂、兵禍。毛《傳》：「戎，兵也。」此言兵禍已成，而情勢卻不退去，這是外患正熾盛。遂，安。毛《傳》：「遂，安也。」句言饑饉之災禍已造成，而其生活不安。余《正詁》：「此言內憂之迫也。」

2 曾，但、只有。鄭玄《箋》：「曾，但也。」按：但，即只有、僅有。

埶，音謝，ㄒㄧㄝˋ，近。埶，近侍之臣。朱《集傳》：「埶御，近恃
也。……蓋如漢侍中之官也。」陳奐《傳疏》：「毛以『侍御』訓埶御，
則當為左右親近之臣。故末章《傳》云：『遭亂世，義不得去。』其非
小官可知。」

3 慘慘，音慘慘，ㄘㄢˇ ㄘㄢˇ，憂傷的樣子。朱《集傳》：「慘慘，憂
貌。」瘁，音翠，ㄘㄨㄟˋ，憔悴。高亨《今注》：「瘁，憔悴。」二句
言只有我近侍之臣，以致憂傷得每天逐漸地憔悴。

4 用，以。楊樹達《詞詮·卷九》：「用，介詞，與『以』同。《一切經音
義·七》引《倉頡篇》云：『用，以也。』以、用一聲之轉，故義
同。」訊，報告。鄭玄《箋》：「訊，告也。」程、蔣《注析》：「謂眾在
位者皆不肯以戎、饑之事告王。」

5 聽言，順從之言。馬瑞辰《傳箋通釋》：「聽有順從之義。聽言對譖言而
言，正謂順從之言。」

6 譖，音怎四聲，ㄗㄣˋ，說壞話誣陷別人，毀謗。馬瑞辰《通釋》：
「《廣韻》：『譖，毀也。』毀，猶謗也。……譖言，即諫言也。」退，
避。二句言聞順從之言就採用，聞進諫就斥退。

押韻 四章退、遂、瘁、訊、退，是 8（沒）部。答，是 27（緝）
部。王力《詩經韻讀》以為物（沒）、緝二部，是合韻（即旁
轉而押韻）。

章旨 四章敘述內憂外患日甚，眾臣不敢進諫，而已獨憂傷憔悴的情
況。

作法 四章兼用映襯（對比）而平鋪直敘的賦。

原文 哀哉不能言 [1]，匪舌是出 [2]，維躬是瘁 [3]。哿矣能言 [4]，
巧言如流 [5]，俾躬處休 [6]。

注釋

1 哀哉不能言，當作「不能言哀哉」。就古代言，是語文的正則。就現代言，是文法的倒裝。詳見附錄：《詩經》倒裝的三觀。句言作者自己不能進諫之言，真是可憐（哀）啊！哉，表示感歎，「啊」之意。

2 匪舌是出，當作「匪出舌」，是兼有押韻的肯定倒裝。段德森《實用古漢語虛詞》：「是，連詞，幫助賓語前置。動詞的賓語置于動詞前，有的需要助詞幫助，其作用是：用上助詞作標準，結構更緊湊，更顯豁，使賓語更凸出、強調。『是』係具有這種作用的助詞。」匪，非、不。舌，口。出舌，出舌。句謂有話未說出口。出口，未說出口，即未表達進諫之言。

3 維躬是瘁，當作「維瘁躬」。維，是。楊《詞詮‧卷八》：「維，不完全內動詞，是也。」瘁躬，役使躬瘁、致使躬瘁，這是役使動詞、致使動詞，詳見蔡《文法》。躬，本身、自身，指自己。瘁，憂病、憔悴。鄭玄《箋》：「瘁，病也。」此句言只是使自己憔悴。

4 「哿矣能言」，當作「能言哿矣」。哿，音可，ㄎㄜˇ，歡樂、快樂。高亨《今注》：「哿，嘉，樂。」此句言能夠進諫之言，真是歡樂啊！矣，語末助詞，表示感歎，「啊」之意。詳見楊《詞詮‧卷七》。

5 巧言如流言，巧言順耳好像流水一樣順暢。毛《傳》：「巧言從俗，如水流轉。」

6 俾，使。躬，自己。休，美，樂。此句言可以使自己美好安樂。

押韻 五章出、瘁，是8（沒）部。流、休，是21（幽）部。

章旨 五章描述以不能言的忠臣與能巧言的諛佞對比，諷刺昏王討厭忠言逆耳，喜歡接納巧言。

作法 五章兼用映襯（對比）、比喻（譬喻）、倒裝而平鋪直敘的賦。

原文 維曰于仕 ¹，孔棘且殆 ²。云不可使 ³，得罪于天子 ⁴；

亦云可使⁵，怨及朋友⁶。

注釋

1　維，語首助詞，發語詞。詳見楊《詞詮・卷八》。曰，語中助詞，無意義。詳見楊《詞詮・卷九》于，為。楊《詞詮・卷九》：「于，介詞，用同『為』。」仕，官職。余《正詁》：「于，為也。仕，官職也。于仕，為官也。」

2　孔，甚、很。棘，緊急，困難。鄭玄《箋》：「棘，急也。」且，又。殆，危險。高亨《今注》：「殆，危險。此二句言做官既是困難，又是危險。

3　云，說。詳見楊《詞詮・卷九》：「云，外動詞，與『曰』同。」按：曰，「說」之意。使，用。余《正詁》：「使，用也。」此言言如果說某人不可任用。

4　得罪于天子，就得罪於天子。于，於。

5　亦有二義：（一）語首助詞，無意義。詳見楊《詞詮・卷七》。云，說。（二）亦，云。詳見吳昌瑩，亦若也。此句言如果說某人可以任用。

6　怨，怨恨。及，遭到。朋友，指同僚。詳見余《正詁》。此句言會來同僚的怨恨我。

押韻　六章，仕、殆、使、子、使、友，是 24（之）部。

章旨　六章敘述直道做官不容易，諫諍困難的狀況。

作法　六章兼用映襯（對比）而平鋪直敘的賦。

原文　謂爾遷于王都¹，曰：「予未有室家²。」鼠思泣血³，無言不疾⁴。昔爾出居⁵，誰從作爾室⁶？

注釋

1　謂，使。爾，汝，代詞，指離居者，即正大夫。于，往，到……去。王都，此指東周的王城洛邑。此句言使離居者遷到王都去。

2 曰：離居者回答說。予，我。未有，沒有。室家，指房屋。離居者以王都沒有房屋為理由，不肯遷到王都去。

3 鼠，同「癙」，憂傷。鄭玄《箋》：「鼠，憂也。」思，語中助詞：「無意義。詳見楊樹達《詞詮‧卷六》。泣，無聲而有淚。許慎《說文解字》：「泣，無聲出涕者曰泣。」按：涕，淚。陳奐《詩毛氏傳疏》：「泣盡而繼以血，是涕多則血出為泣血也。」《說苑‧權謀》：「下蔡成公閉門而哭，三日三夜，泣盡而繼以血。」是其證也。泣血，形容極度憂傷。

4 疾，通「嫉」，嫉恨、憎惡。無……不，兩個負面，變成一個正面，這是蔡宗陽「國語文數理式教學法」。此言每一句話都被嫉恨、憎惡。

5 昔爾出居，昔日（從前）汝離居時。

6 從，為。孫昌衍《經詞衍釋》：「從，猶為也。」作，建造。此句言誰為汝建造房室呢？此句是設問修辭手法？誰從作爾室，當作「誰從爾作室」。

押韻 七章都、家，是13（魚）部。血、疾、室，是5（質）部。

章旨 七章陳述詩人規勸大臣遷回王都被拒絕，痛責離居的情況。

作法 七章兼用設問平鋪直敘的賦。

研析

　　朱守亮《詩經評釋》：「匡國無人，近侍小臣而感傷之也。詩則戎成饑成，自是全篇關鍵。蓋國家大患，厥有兩端，曰寇曰饑也。其所以致此者，乃二章之『正大夫』、『三事大夫』、『邦君諸侯』之莫肯夙夜朝夕護術主上，努力王事，離居走避。三章之『凡百君子，各敬爾身』之一無所畏也。末章一問一答，問得嚴正，答得勉強。末二句冷然一詰，正使置對不得。全詩文自沉痛，意極哀戚。」闡析精微，詮釋中肯。

　　余培林《詩經正詁》：「全詩七章，有『言』者凡四章，曰：『辟言』、『聽言』、『譖言』、『能言』、『巧言』、『無言』。而詩人自謂『不

能言』，其所不能者，聽言、巧言耳，非不能辟言、譖言也。」詮論精闢，剖析精闢。孫鑛《批評詩經》：「起得甚閑壯。不駿其德，語甚陗。」斯言甚諦。

五 小旻

昊天疾威，敷于下土。謀猶回遹，何日斯沮？謀臧不從，不臧覆用。我視謀猶，亦孔之卭。

潝潝訿訿，亦孔之哀。謀之其臧，則具是違；謀之不臧，則具是依。我視謀猶，伊于胡底？

我龜既厭，不我告猶。謀夫孔多，是用不集。發言盈庭，誰敢執其咎？如匪行邁謀，是用不得于道。

哀哉為猶！匪先民是程，匪大猶是經。維邇言是聽，維邇言是爭。如彼築室于道謀，是用不潰于成。

國雖靡止，或聖否或；民雖靡膴，或哲或謀，或肅或艾。如彼泉流，無淪胥以敗。

不敢暴虎，不敢馮河。人知其一，莫知其他。戰戰兢兢，如臨深淵，如履薄冰。

注釋 首章首句「旻天疾威」，取〈小旻〉為篇名。這是節縮「旻」字，再加「小」字，而成篇名。「小」字，就文法言，帶詞頭衍聲複詞。詳見蔡《文法》。余培林《詩經正詁》：「竊意以為篇名是否為作者自命，殊不可知；然〈小旻〉諸詩，『小』字不見於詩文，其必為編《詩》者所加，殆無可疑。」其說俞矣。

篇旨 〈詩序〉：「〈小旻〉，大夫刺幽王也。」朱熹《詩集傳》：「大夫以王惑於邪謀，不能斷以從善，而作此詩。」余培林《詩經正詁》：「以詩文衡之，其說皆是也。」綜觀諸說，篇旨更明確矣。

原文　昊天疾威[1]，敷于下土[2]。謀猶回遹[3]，何日斯沮[4]？謀
　　　　臧不從[5]，不臧覆用[6]。我視謀猶，亦孔之邛[7]。

押韻　一章土、沮，是 13（魚）部。從、用、邛，是 18（東）部。

注釋

1　旻，音民，ㄇㄧㄣˊ，幽遠。朱熹《詩集傳》：「旻，幽遠之意。」疾
　　威，暴虐。朱《集傳》：「疾威，猶暴虐也。」

2　敷，音夫，ㄈㄨ，布施，普降。毛《傳》：「敷，布也。」于，於，在。
　　下土，下地，大地，人間。此二句言皇天暴虐，降災難於大地。

3　猶，謀。謀猶，同義複詞。陳子展《詩經直解》：「或單言謀，言猶，皆
　　係同義語。如今人語謂政策也。」謀猶，計謀，政策。回遹，邪僻。
　　回，邪。毛《傳》：「回，邪也。」遹，音玉，ㄩˋ，僻。毛《傳》：
　　「遹，辟（僻）也。」按：辟，通「僻」。辟，猶可通「譬」、「避」、
　　「闢」。

4　斯，則，乃，才。王念孫《經傳釋詞》：「斯，猶乃也。」楊樹達《詞
　　詮·卷六》：「斯，承接連詞，則也，乃也。」按：乃，才之意。沮，音
　　居，ㄐㄩ，停止。鄭玄《箋》：「沮，止也。」

5　臧，音髒，ㄗㄤ，善，好。從，採用、採取。

6　覆，反而。朱熹《詩集傳》：「覆，反也。」

7　亦，語首助詞，無意義。詳見楊樹達《詞詮·卷七》。孔，甚，很多、
　　很大。之，「的」之意，連詞。詳見楊《詞詮·卷五》。邛，音窮，ㄑㄩ
　　ㄥˊ，弊病。

章旨　一章敘述君王對於好的政策不能果斷，反而採用不好的政策。

作法　一章兼用設問、映襯（對比）而平鋪直敘的賦。

原文　潝潝訿訿[1]，亦孔之哀。謀之其臧[2]，則具是違[3]；謀之
　　　　不臧，則具是依[4]。我視謀猶，伊于胡厎[5]？

押韻　二章哀、違、依，是 7（微部）。底，是 4（脂）部。微、脂二

　　　　部，是旁轉而押韻。

注釋

1　潝潝，音係係，ㄒㄧˋ ㄒㄧˋ，互相附和的樣子。朱熹《詩集傳》：「潝

　　潝，相和也。」訿訿，音子子，ㄗˇ ㄗˇ，互相詆毀的樣子。朱《集

　　傳》：「訿訿，相詆也。」

2　謀，政策。之，若，如。詳見朱守亮《詩經評釋》。其，代詞，指謀。

　　臧，善。

3　則，承接連詞，表示因果關係。「則」字以之文集原因，以下之文是結

　　果。詳見楊《詞詮・卷六》。具，俱，都，完全。朱熹《詩集傳》：

　　「具，俱也。」是，連詞，於是。詳見楊《詞詮・卷五》。違，違背、

　　背棄、反對。

4　依，依從、採用。

5　伊，語首助詞，無意義。詳見楊《詞詮・卷七》于，往，到……去。

　　胡，何種地步。底，音致，ㄓˋ，至，到。鄭玄《箋》：「底，至也。」

　　鄭《箋》：「謀之善者，俱背違之。其不善者，依就之。我視今君臣之謀

　　道，往行之將何所至乎？言必至于亂。」

章旨　二章描述政策不正確的危害情形。

作法　二章兼有類疊（複疊）、映襯（對比）、設問而平鋪直敘的賦。

原文　我龜既厭 [1]，不我告猶 [2]。謀夫孔多 [3]，是用不集 [4]。發

　　　　言盈庭 [5]，誰敢執其咎 [6]？如匪行邁謀 [7]，是用不得于

　　　　道 [8]。

押韻　三章猶、咎、道，21（幽）部。集，是 27（緝）部。

注釋

1　既，已經。厭，厭煩、厭倦。

2　不我告猶，當作「不告我猶」，就古代而言，是文法的正則。就英文文法而言，是習慣用法。就現代而言，是兼有押韻的否定句倒裝。詳見附錄：《詩經》倒裝的三觀。猶，謀，政策《周易‧蒙‧卦辭》：「初筮告，再三瀆，瀆則不告。」按：瀆，音讀，ㄉㄨˊ，冒犯。

3　謀夫，謀士。孔，甚，很。

4　是用，當作「用是」。用，以，因。是，此。是用，「因此」之意。集，成就。毛《傳》：「集，就也。」

5　發言，發表政策。盈庭，充滿朝庭。

6　執，持，負責。其，代詞，指「猶」、「政策」。咎，罪過、責任。誰敢執其咎，是設問中的激問，又名反詰。

7　匪，彼。王念孫《經傳釋詞》：「匪，彼也。」楊樹達《詞詮‧卷一》：「匪，指示代名詞，與『彼』同。《詩‧小雅‧小旻》：『如匪行邁謀，是用不得于道。』」行邁，行路。《左傳‧襄公八年》杜預注：「行邁謀，謀于路人也。」

8　不得于道，《左傳‧襄公八年》杜預注：「不得于道，眾無適從也。」朱守亮《詩經評釋》：「二句謂與行路之人謀，路與己無故，知己不詳，是以不能得其正道也。」

章旨　三章陳述政策難以決定，無人肯負危害之責的情形。孫鑛《批評詩經》：「此章特露精神，說得最中人情、最醒快。」

作法　三章兼有倒裝、設問而平鋪直敘的興。

原文　哀哉為猶 [1]！匪先民是程 [2]，匪大猶是經 [3]。維邇言是聽[4]，維邇言是爭 [5]。如彼築室于道謀 [6]，是用不潰于成[7]。

押韻 四章程、經、聽、爭、成，12（耕）部。

注釋

1 哀哉為猶，當作「為猶哀哉」，感歎句的倒裝。為，施行。猶，同「猷」，政策。哀，悲哀。哉，表示感歎，「啊」之意。

2 匪，非，不。先民，古人。程，效法。毛《傳》：「程，法也。」匪先民是程，當作「匪程先民」。是，語中助詞、結構助詞，無意義。

3 匪，非，不。大猶，大謀，大計，大道。經，行，遵循。匪大猶是經，當作「匪經大猶」，兼有押韻的否定句倒裝。是，句中助詞、結構助詞，無意義。詳見馬瑞辰《毛詩傳箋通釋》。

4 維邇言是聽，當作「維聽邇言」。本章二、三、四、五句中「是」，皆為語中助詞、結構助詞，無意。維，通「惟」，只有。邇言，淺近的言論。邇，淺近、膚淺。毛《傳》：「邇，近也。」

5 維邇言是爭，當作「維爭邇言」。爭，爭訟、爭論。

6 如，好像、好比。彼，遠指代詞，「那」之意。築室，建築房屋。余培林《詩經正詁》：「此句之意應為如與彼築室於道之人謀，非築室於道而謀之路人也。諺曰：『作舍道邊，三年不成。』與『築室于道』之人謀，其不能成，明矣。」

7 是用，當作「用是」，「因此」，之意。潰，遂，達，至，達到。毛《傳》：「潰，遂也。」成，建成、成功。

章旨 四章描述決定政策沒有遠大的卓見，但憑膚淺之言論，必一無所成。

作法 四章兼有感歎、倒裝、比喻（譬喻）而平鋪直敘的賦。

原文 國雖靡止 [1]，或聖否或 [2]；民雖靡膴 [3]，或哲或謀 [4]，或肅或艾 [5]。如彼泉流 [6]，無淪胥以敗 [7]。

押韻 五章止、否、謀，是 24（之）部。膴，是 13（魚）部。之、

魚二部，是旁轉而押韻。艾、敗，是 2（月）部。

注釋

1 靡，非，不。止，有二解：（一）定。朱熹《詩集傳》：「止，定也。」
（二）大。馬瑞辰《毛詩傳箋通釋》：「『止』宜訓『大』矣。」

2 或，虛指指示代名詞，「有人」之意。詳見楊《詞詮・卷三》。段德森
《實用古漢語虛詞》。聖，通達。許慎《說文解字》：「聖，通也。」
否，不明事理。

3 膴，音五，ㄨˇ，多。朱熹《詩集傳》：「膴，大也，多也。」

4 或哲或謀，有人明哲，有人聰謀。毛《傳》：「有明哲者，有聰謀者。」
哲，聰明。謀，智謀，指善於謀畫。

5 或肅或艾，有人恭敬嚴肅，有人善於治理。艾，音亦，一ˋ，治理。
《尚書・洪範》：「五事：一曰貌，二曰言，三曰視，四曰聽，五曰思。
貌曰恭，言曰從，視曰明，聽曰聰，思曰睿。恭作肅，從作乂，明作
哲，聰作謀，睿作聖。」

6 如彼泉流，好像那泉水滔滔流逝，比喻周王不用賢才，國運無可挽回。
詳見程俊英、蔣見元《詩經注析》。

7 淪胥，相率。毛《傳》：「淪，率也。」胥，相。《爾雅・釋詁》：「胥，
相也。」以，而。此二句，程、蔣《注析》：「不要像泉水滔滔流而不
返，無論賢愚，大家都相率而入於敗亡。」

章旨 五章敘述雖國小民寡，亦有才智之士，可以共同決策圖功，以
免共同蹈入失敗。

作法 五章兼有類疊（複疊）、比喻（譬喻）、映襯（對比）而平鋪直
敘的賦。

原文 不敢暴虎[1]，不敢馮河[2]。人知其一，莫知其他[3]。戰戰
兢兢[4]，如臨深淵[5]，如履薄冰[6]。

押韻　六章河、他，是1（歌）部。兢、冰，是26（蒸）部。

注釋

1　暴虎，徒手搏虎，空手打虎。毛《傳》：「徒搏曰暴虎。」

2　馮，同「憑」。河，指黃河。馮河，徒走渡河。毛《傳》：「徒涉曰馮河。」余培林《詩經正詁》：「暴虎、馮河，皆危險之事，故不敢也。」

3　一，指暴虎、馮河之憂患。鄭玄《箋》：「人皆知暴虎、馮河立至之害，而無知當畏慎小人能危亡也。」程俊英、蔣見元《詩經注析》：「言外之意，指暴虎、馮河僅危及一人身，而謀猶（政策）回遹（邪僻），則站籠全國，人們反而不知。」

4　戰戰兢兢，恐懼戒慎的樣子。毛《傳》：「戰戰，恐也。兢兢戒也。」

5　如，好像。臨，面臨著。如臨深淵，好像面臨。深水，而恐怕墜落。毛《傳》：「如臨深淵，恐隊（同「墜」）。」

6　如，好像。履，踩踏。此句言好踏上薄薄的冰層，而恐怕陷入冰中。毛《傳》：「如履薄冰，恐陷入也。」程俊英、蔣見元《詩經注析》：「詩人看見朝廷的諷刺畫回遹（即政策邪僻），恐怕國家將敗亡，產生了如臨淵履薄之感。」

章旨　六章描述以暴虎、馮河，臨淵、履冰，反覆比喻，暗示執政者而無良好政策，或有政策而不能掌握的危害情況。孫鑛《批評詩經》：「以上通論謀，皆是實說。唯此章寓言微婉，蓋歎息省戒，以申其惓惓未盡之意。」

作法　六章兼有比喻（譬喻）、類疊（複疊）而平鋪直敘的賦。按：朱熹《詩集傳》將此詩歸入「賦」，細審詩文運用比喻（譬喻）者綦多，宜歸入「比」。

研析

　　陳子展《詩經直解》：「全篇一氣呵成，詞意完足。主題明確，比喻恰切。尤其末章全用比喻，卻不點明正意，令人玩味不盡。」剖析

精闢，詮釋中肯。陳子展又云：「《詩》首章云：謀猶回遹，何日斯沮？已自揭明其為一篇主旨。篇中云謀猶者三，云謀者七、云猶者三，實為貫通全篇之脈絡。」條分縷析，層次井然，闡論精闢。

余培林《詩經正詁》：「軍無謀則敗，國無謀則亡。俗云：『馬上得天下，不可以馬上治天下。』實則治天下須用謀，得天下亦不可不無謀士也。暴虎馮河，豈能得天下乎？」其說是也。

方玉潤《詩經原始》：「號大哥大下不患無謀，患在有謀而弗用；不患在有謀弗用，而患在用非其謀。謀非所用，則好謀實足以誤實。」洵哉斯言。嚴粲《詩緝》：「刺不能聽謀，將致亂也。」斯言甚諦。吳闓生《毛詩會通》：「此篇以謀猶回遹為主，而剴切反覆言之，最見志士憂國患悃勃鬱之忱。」近人說解此詩者，多從吳氏之說。

六 小宛

　　宛彼鳴鳩，翰飛戾天。我心憂傷，念昔先人。明發不
寐，有懷二人。

　　人之齊聖，飲酒溫克，彼昏不知，壹醉日富。各敬爾
儀，天命不又。

　　中原有菽，庶民采之。螟蛉之子，蜾蠃負之。教誨爾
子，式穀似之。

　　題彼脊令，載飛載鳴。我日斯邁，而月斯征。夙興夜
寐，毋忝爾所生。

　　交交桑扈，率場啄粟。哀我填寡，宜岸宜獄。握粟出
卜，自何能穀？

　　溫溫恭人，如集于木。惴惴小心，如臨于谷。戰戰兢
兢，如履薄冰。

注釋　首章首句「宛彼鳴鳩」，節縮為「宛」，再加「小」字，而成篇
　　　　名〈小宛〉。「小」字，是帶詞頭衍聲複詞。詳見蔡宗陽《國文
　　　　文法》。《國語・晉語》：「秦伯（穆公）賦〈鳩飛〉。」韋昭
　　　　注：「鳩飛，即小宛。」茲備一說。

篇旨　〈詩序〉：「〈小宛〉，大夫刺幽王也。」余培林《詩經正詁》：
　　　　「觀乎篇中曰：『天命不又。』必是指天子無疑，諸侯、大夫
　　　　皆不得謂天命也。若指天子，則又必指幽王無疑，是〈序〉說
　　　　確然有據，無可疑也。惟詩曰：『有懷二人。』曰：『毋忝所
　　　　生。』作者當是幽王之兄長。故此詩當是兄長之臣戒幽王而
　　　　作。」陳子展《詩經直解》：「〈小宛〉，大夫遭亂畏禍，兄弟相
　　　　戒之詩。詩中已自揭明其主旨。憂亂刺王乃其餘事。」可備一

說。

原文　宛彼鳴鳩¹，翰飛戾天²。我心憂傷，念昔先人³。明發不寐⁴，有懷二人⁵。

押韻　一章天、人、人，是 6（真）部。

注釋

1　宛，小的樣子。毛《傳》：「宛，小貌。」彼，遠指代詞，「那」之意。鳴鳩，班鳩。朱熹《詩集傳》：「鳴鳩，斑鳩也。」

2　翰，高。毛《傳》：「翰，高也。」戾，音利，ㄌㄧˋ，至。毛《傳》：「戾，至也。」

3　先人，有三解：（一）文武。毛《傳》：「先人，文武也。」（二）作者的父母。高亨《詩經今注》：「先人，指作者的父母。」（三）祖先。余培林《詩經正詁》：「先人，祖先也。總文武至父母而言。」

4　明發，黎明、天亮。朱熹《詩集傳》：「明發，謂將旦而光明開發也。」寐，睡著、睡眠。

5　有，助詞，用在單音節形容詞前邊，加深性狀的程度，帶有一定的感情色彩，古人認為『有×』相當於形容詞的重疊。詳見段德森《實用古漢語虛詞》。王引之《經傳釋詞·卷三》：「有，語助也。一字不成詞，則加『有』、字以配之。」有懷，懷懷、懷然，懷念的樣子。二人，父母。朱《集傳》：「二人，父母也。」

章旨　一章描述心憂感傷，懷念祖先、想念父母的情況。孫鑛《批評詩經》：「念先人、懷二人，意若重，然姿態卻正在此。」

作法　一章觸景生情的興。

原文　人之齊聖¹，飲酒溫克²，彼昏不知³，壹醉日富⁴。各敬爾儀⁵，天命不又⁶。

押韻 二章克、富，是 25（職）部。又，是 24（之）部。職、之二部，是對轉而押韻。

注釋

1 之，有。高亨《詩經今注》:「之，猶有也。」齊聖，聰明睿。王引之《經義述聞》:「齊聖，聰明睿智之稱。」

2 溫，有二解:（一）溫和恭敬。詳見朱《集傳》、高《今注》。（二）蘊藉、含蓄。詳見鄭玄《箋》。克，有二解,（一）能夠。詳見朱守亮《評釋》。（二）勝、自我克制。毛《傳》:「克，勝也。」克，自我克制。詳見程、蔣《注析》。

3 彼，遠指代詞,「那」之意,此指「那些人」。詳見楊《詞詮·卷一》。昏，愚昧。此句言那些昏昧無知之人。

4 壹，專一。壹醉，專一飲酒。王粲《詩緝》:「壹，專也。壹醉，專務酣飲也。」富，甚,指飲酒更多。朱《集傳》:「富，猶甚也。」此二句言那些昏庸無知之人，飲酒專意於醉，日甚一日，終於酒德敗壞。

5 敬，謹慎。爾，代詞，汝。儀，威儀。鄭玄《箋》:「儀，威儀也。」

6 又，復，再。毛《傳》:「又，復也。」此句言天命一去而不再回來。

章旨 二章敘述君臣縱酒暢飲，失儀敗德，將導致滅亡。孫鑛《批評詩經》:「富字深酷，又字新陗皆蒽蒨有色。此便是後來『響』字所祖。」

作法 二章平鋪直敘的賦。

原文 中原有菽 [1]，庶民采之 [2]。螟蛉之子 [3]，蜾蠃負之 [4]。教誨爾子，式穀似之 [5]。

押韻 三章采、負、似，是 24（之）部。

注釋

1 中原，當作「原中」，原野之中、田野之中。菽，大豆，此指豆葉。毛

《傳》:「菽,藿也。」段玉裁《說文》注:「李善引《說文》作豆之葉
也。」李善《文選》注引《說文》:『藿,豆之葉也。』詩但言菽,
《傳》知其不為豆而為藿者,蓋因豆皆有主,惟葉任人采,其主不
禁。」

2 庶民,眾民。采、採,是古今字。之,代詞,指菽。

3 螟蛉,音冥,ㄇㄧㄥˊ。蛉,音零,ㄌㄧㄥˊ。高亨《詩經今注》:「螟
蛾的幼蟲。」之,連詞,「的」之意。詳見楊樹達《詞詮·卷五》。

4 蜾蠃,音果裸,ㄍㄨㄛˇ ㄌㄨㄛˇ。高《今注》:「蜾蠃,一種青黑色的
細腰土蜂,常捕螟蛉以喂幼蟲,古人誤以為蜾蠃養螟蛉為子,因把『螟
蛉』或『螟蛉子』作為養子的代稱。」按:此「代稱」,即修辭學所謂
「借代」。此二句螟蛾的幼蟲,蜾蠃背去養育。負,背,今作「揹」。
背、揹,古今字。之,代詞,指「螟蛉之子」。

5 式,動詞,效法。余培林《詩經正詁》:「式,法也,動詞。」穀,善。
鄭玄《箋》:「穀,善也。」似,好像。之,指自己。

章旨 三章陳述、教誨其子的情形。姚際恆《詩經通論》:「中原二
句,螟蛉二句,此雙興法,亦奇。《孫文學說·知行總論》:
「首先從近代昆蟲蟲上釋及螟蛉蜾蠃,極為明快可襯。」

作法 三章兼用兩種比喻(譬喻)而觸景生情的興。

原文 題彼脊令[1],載飛載鳴[2]。我日斯邁[3],而月斯征[4]。夙
興夜寐[5],毋忝爾所生[6]。

押韻 四章令、生,是 6(真)部。鳴、征、生,是 12(耕)部。
真、耕二部,是對轉而押韻。

注釋

1 題,視。毛《傳》:「題,視也。」陳子展《詩經直解》:「今廣東方言猶
云視為睇。」彼,遠指代詞,「那」之意。脊令,鳥名,鶺鴒。高亨

《今注》:「脊令,鳥名,即鶺鴒。

2 載……載……,又……又……。脊令,比喻兄弟。以脊令飛鳴,比喻兄弟遠行。

3 月,日日,每天、天天。斯,承接連詞,則,乃。詳見楊《詞詮・卷六》。邁,遠行,指行役。鄭玄《箋》:「邁,行也。」

4 而,汝。楊樹達《詞詮・卷十》:「而,人稱代名詞,對稱用,汝也。」按:而,通「爾」,汝,指兄弟。月,月月、每月。斯,則,乃。征,行役、遠行。鄭玄《箋》:「征,行也。」朱守亮《詩經評釋》:「日邁月征,謂僕僕道路,無休息之時,為生活而奔走也。」

5 夙興夜寐,早起晚睡,勤奮不懈怠,以免玷辱父母。

6 毋,音無,ㄨˊ,含有「禁止」之意。楊樹達《詞詮・卷八》:「毋,禁戒副詞,莫也。」按:莫,「勿」之意。忝,玷辱、辱沒。《爾雅・釋言》:「忝,辱也。」所生,父母。爾所生,當作「所生爾」,父母生汝。

章旨 四章描述並警戒兄弟不玷辱父母,應該遷善不懈怠。

作法 四章兼用類疊(複疊)而觸景生情的興。

原文 交交桑扈[1],率場啄粟[2]。哀我填寡[3],宜岸宜獄[4]。握粟出卜[5],自何能穀[6]?

押韻 五章扈、寡,是 13(魚)祁。粟、獄、卜、穀,是 17(屋)部。

注釋

1 交交,鳥鳴聲。就文法言,是狀聲詞。就修辭言,是聽覺摹寫(摹狀)。高亨《詩經今注》:「交交,通咬咬,鳥鳴聲。一說:交交,小貌。」毛《傳》:「交交,小貌。」桑扈,鳥名,又名青雀。李時珍《本草綱目》:「桑扈,乃扈之在桑間者,觜或淡如脂,或凝黃如蠟,故名竊

脂，俗名蠟觜。」《爾雅・釋鳥》：「桑扈，竊脂。」

2　率，循，沿著、順著。場，打穀場。啄粟，啄食米粒。

3　哀，悲哀、可憐。填，有二解：（一）窮困。高亨《今注》：「填，通珍，窮困。寡，無妻無夫。《小爾雅・廣義》：「凡無妻無夫，通謂之寡。」（二）填，病。馬瑞辰《毛詩傳箋通釋》：「填，病也。寡，貧也。填寡，猶言貧病交加。」

4　兩「宜」字為「且」字之譌。馬瑞辰《傳箋通釋》、屈萬里《詮釋》皆有同樣說法。岸，訟。毛《傳》：「岸，訟也。」岸獄義同，均訴訟之意。且岸且獄，猶言又訴又訟，多受訴訟之累。詳見高亨《今注》。

5　握粟出卜，有二義：（一）以粟祀神。（二）以粟酬卜。詳見馬瑞辰《傳箋通釋》。程俊英、蔣見元《詩經注析》：「二義本自相通，蓋始用糯米，以享神，繼即，以之酬。」

6　自，從。何，何處、什麼地方。穀，善，吉利。穀，善。王粲《詩緝》：「長樂劉氏曰：『穀，善也。』」此言從什麼地方得到吉利，而可以擺脫困境呢？自何能穀，這是修辭學設問中的提問，又名反訓。

章旨　五章敘述人民生活極為困苦，期能卜筮，以去凶趨吉的狀況。孫鑛《批評詩經》：「細看來，此章正是詩骨，蓋感無辜之被繫，乃作此詩耳。」

作法　五章兼有設問、類疊（複疊）、摹寫（摹狀、譬狀）而觸景生情的興。

原文　溫溫恭人 [1]，如集于木 [2]。惴惴小心 [3]，如臨于谷 [4]。戰戰兢兢 [5]，如履薄冰 [6]。

押韻　六章木、谷，是 17（屋）部。兢、冰，是 26（蒸）部。

注釋

1　溫溫，和柔的樣子。毛《傳》：「溫溫，和柔貌。」恭人，恭謹守禮之人。

2　如集于木，好像鳥棲息在樹上，惟恐墜落。毛《傳》：「恐隊（同墜）
　　也。」

3　惴惴，音墜墜，ㄓㄨㄟˋ ㄓㄨㄟˋ，憂懼的樣子。

4　如臨于谷，好像面臨深谷，惟恐隕落。毛《傳》：「恐隕也。」

5　戰戰兢兢，戒慎恐懼的樣子。

6　如履薄冰，好像踩踏薄薄的冰層，恐怕掉入冰中。鄭玄《箋》：「衰亂之
　　世，賢人君子雖無罪猶恐懼。」

章旨　六章陳述恐懼災禍，勉為卑恭之人，小心謹慎的情狀。孫鑛
　　　　《批評詩經》：「此詩意頗錯雜，今作自戒解。果順。」

作法　六章連用三個比喻（譬喻）而平鋪直敘的賦。

研析

　　余培林《詩經正詁》：「一章首二句似有楚莊王一飛沖天之意。後
四句『念先人』、『懷二人』，既以之感悟幽王，復以之自重身分。二
章戒其勿為酒田而宜敬慎威儀。三章勉其『教誨爾子』，以承先啟
後。四章以已日邁月征，勞力不休，勸其『夙興夜寐，無忝爾所
生』。五章皆自謙之辭。末章示敬慎威儀之道，以之自勉，亦所以勉
王也。」闡析精闢，詮釋精確。朱守亮《詩經評釋》：「全詩孝思充
溢，其《孝經》之濫觴歟？！」洵哉斯言。

七　小弁

　　弁彼鸒斯，歸飛提提。民莫不穀，我獨于罹。何辜于天？我罪伊何？心之憂矣，云如之何？

　　踧踧周道，鞫為茂草。我心憂傷，惄焉如擣。假寐永歎，維憂用老。心之憂矣，疢如疾首。

　　維桑與梓，必恭敬止。靡瞻匪父，靡依匪母。不屬于毛，不罹于裡。天之生我，我辰安在？

　　菀彼柳斯，鳴蜩嘒嘒。有漼者淵，萑葦淠淠。譬彼舟流，不知所屆？心之憂矣，不遑假寐。

　　鹿斯之奔，維足伎伎。雉之朝雊，尚求其雌。譬彼壞木，疾用無枝。心之憂矣，寧莫之知？

　　相彼投兔，尚或先之；行有死人，尚或墐之。君子秉心，維其忍之。心之憂矣，涕既隕之。

　　君子信讒，如或酬之。君子之不惠，不舒究之。伐木掎矣，析薪扡矣。舍彼有罪，予之佗矣。

　　莫高匪山，莫浚匪泉。君子無易由言，耳屬于垣。無逝我梁，無發我笱，我躬不閱，遑恤我後！

注釋　取首章首句「弁彼鸒斯」之「弁」，是運用修辭學的「節縮」，而再加一「小」字，成為篇名〈小弁〉。小，就文法言，是帶詞頭衍聲複詞。詳見蔡宗陽《國文文法》。

篇旨　〈詩序〉：「〈小弁〉，刺幽也。」朱熹《詩集傳》：「幽王太子宜臼被廢而作此詩。」姚祭恆《詩經通論》承認「此詩乃宜臼為刺幽王而作也。」

原文 弁彼鸒斯[1]，歸飛提提[2]。民莫不穀[3]，我獨于罹[4]。何
辜于天[5]？我罪伊何[6]？心之憂矣[7]，云如之何[8]？

押韻 一章斯、提，是 11（支）部。罹、伊、何，是 1（歌）部。

注釋

1 弁，音變，ㄅㄧㄢˋ，快樂的樣子。毛《傳》：「弁，樂也。」彼，遠指
代詞，「那」之意。鸒，音玉，ㄩˋ，卑居，雅鳥。毛《傳》：「鸒，卑
居。卑居，雅鳥。」斯，語末助詞。楊樹達《詞詮‧卷六》：「斯，語末
助詞。」《詩‧小雅‧小弁》：「弁彼鸒斯，歸飛提提。」

2 歸飛，飛回。提提，群飛的樣子。毛《傳》：「提提，群貌。」

3 莫不，無不。兩個否定，變成一個肯定，是負負得正的「同語文數理式
教學法」。穀，善。朱熹《詩集傳》：「穀，善也。」

4 于，介詞，於，在。楊樹達《詞詮‧卷九》：「于，介詞，於。」罹，憂
傷、憂患。此句言我卻獨自在憂傷之中。

5 何，何處。辜，得罪。此句言我有何處得罪於天？

6 伊，指示形容詞，是。詳見楊樹達《詞詮‧卷七》。此句言我的罪過是
什麼？

7 之，語中助詞、結構助詞，無意義。詳見楊樹達《詞詮‧卷五》、段德
森《實用古漢語虛詞》。矣，表示感歎，「啊」之意。段德森《實用古漢
語虛詞》：「矣，用在感歎句末，可譯為『啊』。」

8 云，語首助詞，無意義。詳見楊《詞詮‧卷九》。如之何，段德森《實
用古漢語虛詞》：「『如……何』等中間插進代詞『之』，可以解釋為
『把，怎麼樣』，通常是把它作為一個固定詞組（即短語）來理解，
『之』失去稱代作用，就是『怎麼樣』的意思，帶有強烈的語氣。」

章旨 一章描述怨恨自己遭遇不幸，而呼天控訴的心情。

作法 一章兼用類疊（複疊）、設問而觸景生情的興。

原文 踧踧周道[1]，鞠為茂草[2]。我心憂傷，怒焉如擣[3]。假寐
永歎[4]，維憂用老[5]。心之憂矣，疧如疾首[6]。

押韻 二章道、草、擣、老、首，是21（幽）部。

注釋

1 踧踧，音狄狄，ㄅㄧˊ ㄅㄧˊ，平坦的樣子。毛《傳》：「踧踧，平易
也。」周道，大道，指周國國道。

2 鞠，音菊，ㄐㄩˊ，窮，盡，全部。鄭玄《箋》：「鞠，窮也。」為，
是。茂草，茂盛的草。平坦的大道，如今變成都是茂盛的草，呈現荒廢
的景象。

3 怒，音溺，ㄋㄧˋ，憂思。焉，然，樣子。段德森《實用古漢語虛
詞》：「焉，表示情態，與『然』相通，用在副詞、形容詞後邊，表示情
態，有『……的樣子』的附和義。焉，是帶詞尾的衍聲複詞。怒然，憂
思傷痛的樣子。如，好像。擣，音搗，ㄉㄠˇ，搗擊。此言我心中的憂
思傷痛，好像杵在舂搗。

4 假寐，打瞌睡。鄭玄《箋》：「不脫冠衣而寐曰假寐。」永歎，長歎。余
培林《詩經正詁》：「寐中而永歎，以言憂之深也。」

5 維，語首助詞。詳見楊樹達《詞詮・卷八》。用，以，因此言因憂而衰
老。

6 疧，音趁，ㄔㄣˋ，本義為「熱痛」，許慎《說文解字》：「疧，熱
病。」引申為「煩憂」。如，而。疾首，當作「首疾」，頭痛病。孔穎達
《毛經正義》：「疾首，謂頭痛也。」

章旨 二章敘述道路景象，傷親棄己，憂傷已極的情形。

作法 二章兼有類疊（複疊）、比喻（譬喻）而觸景生情的興。

原文 維桑與梓[1]，必恭敬止[2]。靡瞻匪父，靡依匪母[3]。不屬
于毛，不罹于裡[4]。天之生我，我辰安在[5]？

押韻 三章梓、止、母、裡，在，是24（之）部。

注釋

1 維，語首助詞。梓，音子，ㄗˇ。桑與梓，桑樹和梓樹。馬瑞辰《毛詩傳箋通釋》：「懷父母，睹其樹，因思其人也。至後世，以桑梓為故里之稱。」

2 朱熹《詩集傳》：「桑、梓二木，古者五畝之宅，樹之牆下，以遺子孫，給蠶食、具器用者也。」余培林《詩經正詁》：「桑梓乃養生之具，尚必恭敬以對，況賜我生命，為我所敬仰依恃之父母乎！」洵哉斯言。止，語末助詞，表決定。詳見楊樹達《詞詮‧卷五》。

3 靡，非，不，無。匪，非，不，無。靡、匪，負責得正。瞻，敬仰。依，依戀。此言所敬仰者惟父，所依戀者惟母。朱熹《詩集》：「瞻者，尊而仰之。依者，親和依之。」

4 屬，連。于，於，毛，外表，指髮膚。罹，麗。裡，指體內。孔穎達《毛經正義》：「毛，指謂父也。裡，指謂母也。」余培林《詩經正詁》：「『屬于毛』，謂連面於父的毛髮體軀；『罹于裡』，謂依附於母之體軀之內。皆述出生前之情形。」

5 之，語中助詞，無意義。辰，時，指出時日。毛《傳》：「辰，時也。」

章旨 三章描述無父何怙、無母何恃，痛失父母之憂傷，雖語至沈痛，但仍追慕父母之哀情。

作法 三章兼有設問而觸景生情的興。

原文 菀彼柳斯[1]，鳴蜩嘒嘒[2]。有漼者淵[3]，萑葦淠淠[4]。譬彼舟流[5]，不知所屆[6]？心之憂矣，不遑假寐[7]。

押韻 四章嘒、淠、屆，是5（質）部。寐，是8（沒）部。質、沒二部，是旁轉而押韻。

注釋

1 菀，音玉，ㄩˋ，茂盛的樣子。朱熹《詩集傳》：「菀，茂盛之貌。」
彼，遠指代詞，「那」之意。柳，柳樹。斯，語末助詞。楊樹達《詞
詮·卷六》。

2 蜩，音條，ㄊㄧㄠˊ，蟬。毛《傳》：「蜩，蟬也。」嘒嘒，音慧慧，
ㄏㄨㄟˋ ㄏㄨㄟˋ，蟬鳴聲。毛《傳》：「嘒嘒，聲也。」

3 濯，音璀，ㄘㄨㄟˇ。有濯，濯然，深的樣子。毛《傳》：「濯，深
貌。」者，的。詳見楊樹達《詞詮·卷五》。淵，深水的潭。

4 萑，音桓，ㄏㄨㄢˊ。萑葦，即蒹葭，蘆荻。淠淠，音譬譬，ㄆㄧˋ
ㄆㄧˋ，茂盛眾多的樣子。毛《傳》：「淠淠，眾也。」

5 舟流，舟順流而下。陳奐《詩毛氏傳疏》：「喻太子放逐。」

6 屆，至。所屆，當作「屆所」，至何地。程俊英、蔣見元《詩經注析》：
「以舟流不知所至，比自己不知流落到什麼地方去？」

7 遑，閒暇。余培林《正詁》：「言心憂之甚，雖假寐亦不得閒暇。」假
寐，打瞌睡。

章旨 四章敘述舟流不知至何方，比喻自己無所依歸的狀況。

作法 四章兼用比喻（譬喻）、類疊（複疊）、設問而觸景生情的興。

原文 鹿斯之奔[1]，維足伎伎[2]。雉之朝雊[3]，尚求其雌[4]。譬
彼壞木[5]，疾用無枝[6]。心之憂矣，寧莫之知[7]？

押韻 五章伎、雌、枝、知，是 11（支）部。

注釋

1 斯，語中助詞。孔穎達《毛經正義》：「此鹿斯與鶯斯、柳斯，斯皆語辭
也。」之，語中助詞。鹿斯之奔，鹿奔走。

2 維，是。伎伎，音ㄑㄧˊ ㄑㄧˊ，速行的樣子。馬瑞辰《傳箋通釋》：
「伎伎，速行之貌。」

3 雉，音至，ㄓˋ，野雞。雊，音夠，《ㄡˋ，雄雉鳴叫聲。

4 尚，還。其，代詞，指雉。此四句朱守亮《詩經評釋》：「鹿奔求其群，雉鳴求其雌，喻人不可孤立也。」

5 譬，譬如。彼，遠指代詞，「那」之意。壞木，枯萎之木。毛《傳》：「壞，瘣也，謂傷病也。」按：瘣，音賄，ㄏㄨㄟˋ，病也。許慎《說文解字》：「瘣，病也。」

6 用，以，因。疾，病。木病因無枝葉。

7 寧，乃，竟然。反詰副詞。莫之知，當作「莫知之」。之，代詞，指「心之憂矣」。王先謙《詩三家義集疏》：「言鹿、雉尚有群侶，己病自內發，無人相助，猶傷病之無枝葉相扶。故雖心憂而曾無知我者，徒自傷耳。」

章旨 五章描述鹿奔覓群、雉雊求雌，比喻自己無所依靠，自傷孤立，心中憂愁無人知悉的情況。

作法 兼用比（譬喻）、倒裝、設問而觸景生情的興。

原文 相彼投兔[1]，尚或先之[2]；行有死人[3]，尚或墐之[4]。君子秉心[5]，維其忍之[6]。心之憂矣，涕既隕之[7]。

押韻 六章先、墐、忍、隕，是9（諄）部。

注釋

1 相，視、看。彼，遠指代詞，「那」之意。投，掩捕。鄭玄《箋》：「披，掩也。」此言看那禮網所掩捕的兔。

2 尚，尚且。或，有人。先，開脫、釋放。之，代詞，指兔。

3 行，道路。鄭玄《箋》：「行，道也。」季旭昇《說文新詮》：「甲骨文『行』字，象四達道，即今言十字路。……其省體或作彳，或作亍，意思仍然是行道。」

4 尚。尚且。或，有人。墐，音僅，ㄐㄧㄣˇ，埋。孔《正義》：「墐者，

埋藏之名耳。」按：甲骨文『行』字，象東西通、南北通，即「四通八達」的「四通」道路。

5　君子，指父母。朱守亮《評釋》：「君子，雖泛言，意則指父母也。」秉心，存心，居心。鄭玄《箋》：「秉，執也。」

6　維，是。其，指示代詞，表示遠指，「那樣」之意，詳見段德森《實用古漢語虛詞》。忍，殘忍，忍心。之，代詞，指心。

7　涕，眼淚。既，已經。隕，音允，ㄩㄣˇ，落。毛《傳》：「隕，隊（墜）也。」按：隊，落。

章旨　六章敘述父母忍心拋棄我，以致我憂傷而落淚的狀況。

作法　六章觸景生情的興。

原文　君子信讒，如或醻之 [1]。君子之不惠，不舒究之 [2]。伐木掎矣 [3]，析薪杝矣 [4]。舍彼有罪，予之佗矣 [5]。

押韻　七章醻、究，是 21（幽）部。掎、杝、佗，是 1（歌）部。幽、歌二部，是旁轉而押韻。

注釋

1　君子，指父母。信，相信。讒，音禪，ㄔㄢˊ，顛倒是非，毀善害能的話。如，好像。或，有人。醻，音酬，敬酒。之，指父母。余培林《正詁》：「如有人酬酒則受，以喻有讒則信也。」

2　惠，愛護。舒，緩慢。究，考察、細察。朱熹《詩集傳》：「舒，緩也。究，察也。」此言父母不愛薪優，聽讒言不加細察而就相信讒言。之，代詞，指讒言。

3　掎，音幾，ㄐㄧ，用繩拉住樹梢，使樹砍完後，慢慢地倒下來。詳見程、蔣《注析》。矣，語末助詞，表示「已經這樣」的事實。詳見楊《詞詮·卷七》。

4　析薪，劈木柴。杝，音屹，ㄊㄨㄛ，隨木之紋理而析之。鄭玄《箋》：

「牝，謂觀其理也。必隨其理者，不欲妄挫折之。以言今王之遇太子，
不如伐木析薪也。」余培林《正詁》：「篇中木、薪，以喻父子一體。
掎、牝，以喻讒也。」

5　舍，捨棄。此言捨棄彼真有罪的讒人。予，我。佗，音駝，ㄊㄨㄛˊ，
負荷，加。此言反而使我負荷讒人的罪名。矣，表示感歎，「啊」之
意。

章旨　七章描述父母相信讒言，無惠愛於我，反而加罪名在自己身上
的情況。

作法　七章觸景生情的興。

原文　莫高匪山[1]，莫浚匪泉[2]。君子無易由言[3]，耳屬于垣[4]。
無逝我梁[5]，無發我笱[6]，我躬不閱[7]，遑恤我後[8]！

押韻　八章山、泉、言、垣，是 3（元）部。笱、後，是 16（侯）
部。

注釋

1　莫、匪，皆「不」，負負得正，此「數理式國語文教學法」。此言山莫不
高。

2　浚，音俊，ㄐㄩㄣˋ，深。毛《傳》：「浚，深也。」此言泉莫不深。日
本竹添光鴻《毛詩會箋》：「言高者皆山，浚者皆泉，以喻前後左右之
人，莫非讒黨，皆凶邪陰險也。」胡承珙《毛詩・詩後箋》：「以喻人心
之險猶山川。」

3　由，於。無易由言，不要輕易於發言。鄭玄《箋》：「由，於也。」

4　屬，連、附。于，於。垣，牆。余培林《正詁》：「耳附於牆，言竊聽
也。」

5　逝，往。此言勿到我的魚梁去。梁，攔魚的水壩。

6　發，打開。此言勿打開我的魚簡陋。笱，捕魚的鬚籠。

7　躬，自身，指自己。閟，收容，藏身。此言我自己沒有地方藏身。

8　遑，閒暇。恤，憂慮。此言那有閒暇憂慮我今後的事呢！

章旨　八章敘述自己被讒見逐，雖遠離，仍深念父母的哀傷心情。陳子展《詩經直解》：「言慎言、恤後，可見被迫害者之心理。即以此自儆自寬作結。」

作法　八章兼有比喻（譬喻）、引用而觸景生情的興。

研析

　　孫鑛《批評詩經》：「說詩最苦切，真出于中心之惻惺，語語割腸裂肝，此所謂『情來之調』。」洵哉斯言。

　　方玉潤《詩經原始》：「此詩反覆申言被放之由，及見逐之苦。或興或比，或反或正。或憂傷於前，或懼禍於後。無非祖父母鑒察其誠，而怨昊天之降罪無辜。此謂情文兼到之作。至其布局精巧，整中有散，正中寓奇。離奇變幻，令人莫測。」方氏闡析精闢，絲絲入扣，言之有據，理無虛發。

八 巧言

悠悠昊天，曰父母且。無罪無辜，亂如此憮。昊天已
威，予慎無罪；昊天心憮，予慎無辜。

亂之初生，僭始既涵。亂之又生，君子信讒。君子如
怒，亂遮遄沮；君子如祉，亂遮遄已。

君子屢盟，亂是用長；君子信盜，亂是用暴。盜言孔
甘，亂是用餤。匪其止共，維王之邛。

奕奕寢廟，君子作之。秩秩大猷，聖人莫之。他人有
心，予忖度之。躍躍毚兔，遇犬獲之。

荏染柔木，君子樹之。往來行言，心焉數之。蛇蛇碩
言，出自口矣。巧言如簧，顏之厚矣！

彼何人斯？居河之麋。無拳無勇，職為亂階。既微且
尰，爾勇伊何？為猶將多，爾居徒幾何！

注釋　〈巧言〉，取首章七句「巧言如簧」的「巧令」為篇名。孔子
云：「巧言令色，鮮矣仁。」(《論語・學而》)

篇旨　〈詩序〉：「〈巧言〉，刺幽王也，大夫傷於讒，故作是詩也。」
余培林《詩經正詁》：「觀之詩曰：『君子信讒。』『君子信
盜。』『荏染柔木，君子樹之。』凡言『君子』者，皆斥幽王
而言，是知〈序〉說不誤。」朱熹《詩集傳》：「大夫傷於讒，
無所控告，而訴之於天。」余培林《正詁》：「與〈序〉說無
異，惟不以為刺幽王而已。綜觀諸說，篇旨更明確矣。」

原文　悠悠昊天[1]，曰父母且[2]。無罪無辜[3]，亂如此憮[4]。昊
天已威[5]，予慎無罪[6]；昊天心憮[7]，予慎無辜[8]。

押韻 一章且、辜、幠、幠、辜，是 13（魚）部。威、罪，是 7（微）部。魚、微二部，是旁轉而押韻。

注釋

1 「悠悠昊天」，當作「昊天悠悠」。悠悠，廣大的樣子。朱熹《詩集傳》：「悠悠，廣大之貌。」昊，音浩，ㄏㄠˋ，「廣大」之意。昊天，上天、蒼天。

2 曰，語首助詞，無義。詳見楊樹達《詞詮・卷九》。且，用在句末，表示感歎語氣，可譯為「啊」。詳見段德森《實用古漢語虛詞》。此句是修辭學的「呼告」，此「呼天呼父母」之意。

3 罪，辜。辜，罪，辜。這是句中互文見義，又名當句互文見義。詳見附錄：《詩經》互文補義與互文見義的辨析。

4 幠，音呼，ㄏㄨ，大。毛《傳》：「幠，大也。」按：「幠，本義為覆，引申為大。詳見程俊英、蔣見元《詩經注析》。

5 昊天，指周王。已，甚，很。鄭玄《箋》：「已、泰，皆言甚也。」威，暴虐。

6 予，我。慎、誠，實在、確實。《爾雅・釋詁》：「慎，誠也。」

7 大，音泰，ㄊㄞˋ，太。幠，音呼，ㄏㄨ，傲慢。《禮記・投壺》：「毋幠母敖。」鄭玄注：「幠，敖慢也。」

8 辜，罪。

章旨 一章敘述自省無罪，為何遭此暴虐？

作法 一章兼有類疊（複疊）、感歎、互文見義而平鋪直敘的賦。

原文 亂之初生[1]，僭始既涵[2]。亂之又生，君子信讒[3]。君子如怒[4]，亂遮遄沮[5]；君子如祉[6]，亂遮遄已[7]。

押韻 二章涵、讒，是 32（談）部。怒、沮，是 13（魚）部祉、已，是 24（之）部。魚、之二部，是旁轉而押韻。

注釋

1 之，語中助詞、結構助詞。初，始。《爾雅・釋詁》：「初、哉、首、基、肇、祖、元、胎、俶、落、權輿，始也。」

2 僭，音譖，ㄗㄣˋ，讒言。譖，是本字，僭是假借字。許慎《說文》：「譖，愬也。」按：愬，音訴，ㄙㄨˋ，訴說別人的讒言。既，已經。涵，容納、接受。朱熹《詩集傳》：「言亂之所以生者，由讒人以不信之言始入，而王涵容不察其其偽也。」

3 君子，指君王。朱《集傳》：「君子，指王也。」信讒，相信讒言。

4 如，假如、如果。怒，怒斥讒言。

5 庶，庶幾，差不多。鄭玄《箋》：「庶，庶幾也。」遄，音船，ㄔㄨㄢˊ，迅速、快速。毛《傳》：「遄，疾也。」沮，音舉，ㄐㄩˇ，制止、停止。

6 祉，喜。朱《集傳》：「祉，猶喜也。」此句言君子假如喜愛賢人、善待賢人。

7 庶，庶幾，差不多。遄，快速。已，停止。鄭玄《箋》：「已，止也。」按：沮，已，皆「停止」之意，字異而義同，是互文見義。

章旨 二章闡述君王信讒則國亂矣，君王不信讒言，則國亂止也。

作法 二章兼用映襯（對比）、互文見義而平鋪直敘的賦。

原文 君子屢盟 [1]，亂是用長 [2]；君子信盜 [3]，亂是用暴 [4]。盜言孔甘 [5]，亂是用餤 [6]。匪其止共 [7]，維王之邛 [8]。

押韻 三章盟、長，是 15（陽）部。盜，是 19（宵）部。暴，是 20（藥）部。宵、藥二部，是對轉而押韻。甘、餤，是 32（談）部。共、邛，是 18（東）部。陽、東二部，是旁轉而押韻。

注釋

1　君子，指周王與諸侯屢次結盟。《左傳・桓公二十二年》引君子曰：「苟信不繼，盟無益也。《詩》云：『君子屢盟，亂是用長。』無信也。」按：結盟過多，則無益、無信。

2　亂，禍亂。是，此。用，以，因。是用，「因此」之意。長，音掌，ㄓㄤˇ，滋生、增長。孔穎達《毛經正義》：「長，滋長也。」

3　盜，比喻小人、進讒言之小人。鄭玄《箋》：「盜，謂小人也。」孔《正義》：「讒者小人，故以盜名之。」

4　暴，猛烈、凶暴。

5　孔，甚、很。甘，美。許慎《說文》：「甘，美也。」

6　餤，音談，ㄊㄢˊ，本義進食，引申為「更加猛烈」之意。

7　匪，非，不。其，代詞，指小人。止，容止。恭，音恭，ㄍㄨㄥ，恭敬。

8　維，是。之，連詞，「的」之意邛，音窮，ㄑㄩㄥˊ，毛病、過去。

章旨　三章陳述君王相信讒言，以致引起禍亂，賞罰不明，真假難辨的情況。

作法　三章類疊（類詞）、映襯（對比）、比喻（譬喻）而平鋪直敘的賦。

原文　奕奕寢廟 [1]，君子作之 [2]。秩秩大猷 [3]，聖人莫之 [4]。他人有心 [5]，予忖度之 [6]。躍躍毚兔 [7]，遇犬獲之 [8]。

押韻　四章作、莫、度、獲，14（鐸）部。

注釋

1　奕奕，音亦亦，ㄧˋ　ㄧˋ，雄偉高大的樣子。毛《傳》：「奕奕，大貌。」余培林《詩經正詁》：「寢廟有二：一為生者所居，以寢為主；一為亡者所處，以廟為先。」《禮記・月令》：「寢廟畢備。」鄭玄注：「凡

廟，前曰廟，後曰寢。」孔《正義》：「廟是接神之處，其處尊，故在前。寢，衣冠所藏之處，對廟而卑，故在後。」

2 作，建造。之，指寢廟。

3 秩秩，明智的樣子。大猷，大謀略，指國家政策。

4 莫，計謀、規劃。之，代詞，指大猷。

5 他人，指進讒言之人。鄭玄《箋》：「他人，讒人。」

6 予，我。忖，音刌，ㄘㄨㄣˇ；度，音惰，ㄉㄨㄛˋ。忖度，揣度、揣量。之，代詞，指大猷。

7 躍躍，音趯趯，ㄊㄧˋ ㄊㄧˋ，跳躍快速的樣子。朱《集傳》：「躍躍，跳疾貌。」毚，音讒，ㄔㄢˊ，狡猾。毛《傳》：「毚兔，狡兔也。」

8 之，代詞，指毚兔。余《正詁》：「二句謂狡兔雖跳躍迅疾，遇犬則見獲，以喻讒人雖用心狡險，我則能忖度之也。」

章旨 四章描述君子聖人光明正大，而讒人雖用心狡猾，難免被識破的情形

作法 四章兼有比喻（譬喻）、類疊（複疊）、映襯（對比）而觸景生情的興。

原文 荏染柔木[1]，君子樹之[2]。往來行言[3]，心焉數之[4]。蛇蛇碩言[5]，出自口矣[6]。巧言如簧[7]，顏之厚矣[8]！

押韻 五章樹、數、口、厚，16（侯）部。

注釋

1 荏，音忍，ㄖㄣˇ，本是名詞草木、植物名，此乍形容詞，柔弱的。這是詞類活用，又是轉品，轉類。荏染，柔弱的樣子。朱《集傳》：「荏染，柔貌。」柔木，比喻小人。日本人竹添光鴻《毛詩會箋》：「柔木，是杞柳之屬，非桐梓也。」荏染柔木，是柔弱的柔木，指杞柳之類，這裡比喻善柔便佞之小人。

2　君子，指君王。樹，本是名詞，此當助詞，作「栽植」之物。之，代詞，指柔木，即小人。此二句比喻進用小人。詳見朱守亮《詩經評釋》。

3　往來，無定的樣子，引申為「傳來傳去」之意。行言，流言、謠言、讒言。俞樾《群經平議》：「行言，浮言也，流言也。」

4　焉，代詞，之，指行言，道路傳來傳去的流言。數，數，本義是計算，引申為辨別、辨察。朱《集傳》：「數，辨也。」之，代詞，指行言、流言、讒言。王先謙《詩三家義集疏》：「樹木必由我心擇而取之，行言亦必由我心審而出之，非可苟也。」

5　蛇蛇，音移移，一ˊ一ˊ，誇大言論地欺騙他人的樣子。馬瑞辰《毛詩傳箋通釋》：「蛇蛇蓋大言欺世之貌。」碩，大。鄭玄《箋》：「碩，大也。」

6　矣，表示感歎，「啊」之意。

7　簧，本是笙金葉，以發出聲音。巧言如簧，比喻花言巧語的流言，好像吹笙簧那樣悅耳動聽。

8　顏，臉皮。之，語中助詞、結構助詞，無意義。顏之厚矣，諷刺進讒言的臉皮太厚啊！矣，語末感歎，「啊」之意。屈萬里《詩經詮釋》：「即今語厚臉皮也。」

章旨　五章陳述培植善類，心有判斷，碩言巧言，無從得逞的情形。

作法　五章兼有比喻（譬喻）而觸景生情的興。

原文　彼何人斯¹？居河之麋²。無拳無勇³，職為亂階⁴。既微且尰⁵，爾勇伊何⁶？為猶將多⁷，爾居徒幾何⁸！

押韻　六章麋、階，是 4（脂）部。何、何，是 1（歌）部。脂、歌二部，是旁轉而押韻。

注釋

1　彼，人稱代詞，「他」之意。楊《詞詮‧卷一》。何人，指進讒言之人。鄭玄《箋》：「何人者，斥讒人也。賤而惡之，故曰何人。」斯，語末助詞。楊達《詞詮‧卷六》。

2　河，指黃河。之，連詞，「的」之意。麋，「湄」是本義，麋是假借義，水岸是湄。

3　拳，勇力。毛《傳》：「拳，力也。」馬瑞辰《毛詩傳箋通釋》：「捲，亦為勇。」程、蔣《注析》：「拳，捲之假借，勇力，和下『勇』字同義。」拳、勇，字異而義同，是句中互文見義。

4　職，但、只。裴學海《古書虛字集釋》：「職，猶但也。」為，是。亂，禍亂。階，階梯、根源。

5　既……且……，既……又……。微，腳脛生瘡。程、蔣《注析》：「微，『癓』之假借。小腿生瘡。」《爾雅‧釋訓》：「骭瘍為微，腫足為尰。」郭璞注：「骭，腳脛也。瘍，瘡也。」尰，音腫，ㄓㄨㄥˇ，腳腫。

6　爾，汝。勇，勇力。伊，是。楊《詞詮‧卷七》。何，什麼。

7　猶，欺詐。馬瑞辰《通釋》：「為猶將多，言其為欺詐且多也。」將，大、太、甚、很。

8　爾，汝。居，句中助詞，無意義。楊《詞詮‧卷四》。徒，徒輩、黨徒。幾何，多少？

章旨　六章敘述指責讒人，而不指其名，僅描述形象，顯露其特徵。

作法　六章兼有設問、而平鋪直敘的賦。

研析

　　吳師道《傳說彙纂》：「前三章刺聽讒者，後三章刺讒人。」孫鑛《批評詩經》：「末章總是嗤其無能為意。」

　　余培林《詩經正詁》：「全詩凡九言『亂』，憂之深矣；七言，『君

子』，刺之深矣。同一讒言，而或曰『僭』，或曰『譖』，或曰『盜
言』，或曰『行言』，或曰『碩言』，或曰『巧言』，極變化之能事。
按：此乃互文見義，字異而義同。

九 何人斯

彼何人斯？其心孔艱。胡逝我梁，不入我門？伊誰云從？維暴之云。

二人從行，誰為此禍？胡逝我梁，不入唁我？始者不如今，云不我可。

彼何人斯？胡逝我陳？我聞其聲，不見其身。不愧于人，不畏于天？

彼何人斯？其為飄風。胡不自北？胡不自南？胡逝我梁？祇攪我心。

爾之安行，亦不遑舍；爾之亟行，遑脂爾車。壹者之來，云何其盱！

還而入，我心易也；還而不入，否難知也。壹者之來，俾我祇也。

伯氏吹壎，仲氏吹篪。及爾如貫，諒我不知？出此三物，以詛爾斯。

為鬼為蜮，則不可得有靦面目，視人罔極。作此好歌，以極反側。

注釋 〈何人斯〉，取首章首句「彼何人斯」為篇名。

篇旨 余培林《詩經正詁》：「詩中之言『彼何人斯』。此『何人』本與詩人親若兄弟，後反側而維暴是從，共同為禍於詩人，故詩人作此好歌以責之。」

原文 彼何人斯 [1]？其心孔艱 [2]。胡逝我梁 [3]，不入我門？伊誰云從 [4]？維暴之云 [5]。

押韻 一章艱、門、云，是 9（諄）部。

注釋

1 彼，代詞，「他」之意。何人，什麼人。鄭玄《箋》：「何人，斥讒人
也。」斯，語末助詞。見楊樹達《詞詮·卷六》。

2 其，代詞，指何人、讒人。孔，甚、很。艱，艱險、陰險。

3 胡，為何、為什麼。逝，往，到……去。梁，魚梁。鄭玄《箋》：「梁，
魚梁也。」

4 伊，維。陳奐《詩毛氏傳疏》：「伊，維也。」云，是。王引之《經傳釋
詞》：「云，猶是也。」從，跟從、隨從。此句謂「維誰是從」，當作
「維從誰」，是，結構助詞。

5 暴，人名。鄭玄《箋》：「暴，暴公。」云，余培林《詩經正詁》：「云，
當是上文『云從』之省略。」此說是也。維暴之云從，當作「維從
暴」。按：「之云」，當是語中助詞。余《正詁》：「之，猶是也。」此
「是」，亦語中助詞。屈萬里《詩經詮釋》、王靜芝《詩經通釋》訓
「云」為「語已詞」，二氏不知省略「從」，余氏明察秋毫，還其本原。

章旨 一章敘述讒人心極為險險可惡的情形。

作法 一章兼用設問而平鋪直敘的賦。

原文 二人從行¹，誰為此禍²？胡逝我梁，不入唁我³？始者
不如今⁴，云不我可⁵。

押韻 二章禍、我、可，是 1（歌）部。

注釋

1 二人，暴公及其信。鄭玄《箋》：「二人者，謂暴公與其侶也。」從行，
同行。

2 為，釀造。誰為此高，是誰釀造這場災禍。

3 唁，音彥，一ㄢˋ，同情、慰問。孔穎達《毛詩正義》：「弔生曰唁。」

許慎《說文》:「唁,弔生也。」

4　始者,昔者,當今。見余培林《詩經正詁》。

5　云,語首助詞,無義。見楊樹達《詞詮・卷九》。不我可,當作「我不可」,這是兼有押韻的否定句倒裝。二句言當初和我很好,不像今天認為我不可以。

章旨　二章斥責暴公及其同行共為此禍,以致自己身受其殃的情形。

作法　二章兼有設問、倒裝而平鋪直敘的賦。

原文　彼何人斯?胡逝我陳[1]?我聞其聲,不見其身[2]。不愧于人,不畏于天[3]?

押韻　三章,陳、身、天,是6(真)部。

注釋

1　陳,堂下至門之徑。《爾雅・釋言》:「堂塗謂之陳。」孫炎注:「堂下至門之徑。」

2　聞其聲,不見其身,朱熹《詩集傳》:「聞其聲而不見其身,言其蹤蹤之詭祕也。」

3　于人,對人。于天,對天。王先謙《詩三家義集疏》:「爾行蹤如此詭祕,不愧於人之指目乎?不畏於天之監察乎?所以深責之也。」

章旨　三章極力描述讒人性情不常,行蹤詭祕,往來無定的情況。

作法　三章兼用設問、映襯(對比)而平鋪直敘的賦。

原文　彼何人斯?其為飄風[1]。胡不自北[2]?胡不自南[3]?胡逝我梁[4]?祇攪我心[5]。

押韻　四章風、南、心,是28(侵)部。

注釋

1　飄風,暴風。毛《傳》:「飄風,暴起之風。」

2 胡，為何。自，從。暴風為什麼不從北方來？

3 胡，為什麼。暴風為什麼不從南方來？

4 逝，往，到……去。梁，魚梁。為什麼到我魚梁來？

5 祇，音支，ㄓ，適，恰好。攪，攪亂。毛《傳》：「攪，亂也。」此句言適足以擾亂我的心思。

章旨　四章敘述其人往來無定的情形。

作法　四章兼用設問而平鋪直敘的賦。

原文　爾之安行[1]，亦不遑舍[2]；爾之亟行[3]，遑脂爾車[4]。壹者之來[5]，云何其盱[6]！

押韻　五章舍、車、盱，是 13（魚）部。

注釋

1 爾，汝。之，語中助詞。安行，徐行，緩衝，緩慢地走。朱熹《詩集傳》：「安，徐也。」

2 亦，語首助詞。不遑，沒有閒暇。鄭玄《箋》：「遑，暇也。」舍，休息。

3 之，語中助詞。亟，音急，ㄐㄧˊ，疾。鄭玄《箋》：「亟，疾也。」亟行，快速地走。

4 遑，閒暇。脂，本是名詞膏油，這裡當動詞，塗油。爾，汝車，車軸。此句言有閒暇塗油在車軸，使車軸潤滑。四句都是指責其已經來了而不見自己。

5 壹者，一次。屈《詮釋》：「壹者，猶言一次也。」之，語中助詞。壹者之來，猶口語來這一次。見余《正詁》。

6 云，語首助詞，無義。楊《詞詮·卷九》。何，如何。盱，音虛，ㄒㄩ，憂傷、憂愁。

章旨　五章描述其人不來見我的狀況。

作法 五章兼有設問、映襯（對比）而平鋪直敘的賦。

原文 還爾而入 [1]，我心易也 [2]；還而不入，否難知也 [3]。壹者之來，俾我祇也 [4]。

押韻 六章易，是 11（錫）部。知、祇，是 10（支）部。錫、支二部，是對轉而押韻。

注釋

1 還，音旋，ㄒㄩㄢˊ，返，回來。程俊英、蔣見元《詩經注析》：「還，指暴公從周王朝廷回來。」入，進，指進詩人的家門。

2 易，喜悅。毛《傳》：「易，說也。」按：說，音悅，ㄩㄝˋ，喜悅。

3 否，有二解：（一）音丕，ㄆㄧ，丕之假借，太也，甚也。朱《評釋》：「二句謂汝還返不入我家，汝甚難知，責其居心叵測也。」（二）否，音痞，ㄆㄧˇ，不順。鄭玄《箋》：「否，不通也。」余《正詁》：「二句言汝來而不入唁我，則我事之不順，難以知也。」

4 俾，使。祇，音棋，ㄑㄧˊ，痛苦。毛《傳》：「祇病也。」按病，病痛，引申義痛苦。

章旨 六章敘述其人來則喜，不來則病。孫鑛《批評詩經》：「以上六章，煩煩絮絮，總是指過門不入一事，蓋似夙本相厚，一旦背而潛譖耳。」

作法 六兼用映襯（對比）而平鋪直敘的賦。

原文 伯氏吹壎 [1]，仲氏吹篪 [2]。及爾如貫 [3]，諒我不知 [4]？出此三物 [5]，以詛爾斯 [6]。

押韻 七章篪、知、斯，是 11（支）部。

注釋

1 伯，是兄、哥哥。壎，音勳，ㄒㄩㄣ，陶器作的樂器。

2 仲，是弟、弟弟。篪，音池，彳ㄥˊ，竹管作的樂器。鄭玄《箋》：「伯、仲，喻兄弟也。」

3 省略之語，「我」。及，與、和。鄭玄《箋》：「及，與也。」朱《集傳》：「如貫，如繩之貫物也，言相連屬也。」

4 諒，信、真。鄭玄《箋》：「諒，信也。」我不知，當作「不知我」，是兼有押韻的否定句倒裝。

5 三物，豬、犬、雞。《左傳・隱公十一年》：「鄭伯使卒出豭，行出犬、雞，以詛射潁考叔者。」按：豭，豬。

6 以，用。詛，音祖，ㄗㄨˇ，詛咒。爾，汝。斯，語末助詞。楊《詞詮・卷六》。

章旨 七章陳述不念往日如兄弟，而出豬、犬、雞以詛咒之。

作法 七章兼用比喻（譬喻）、設問而平鋪直敘的賦。

原文 為鬼為蜮 [1]，則不可得 [2] 有靦面目 [3]，視人罔極 [4]。作此好歌，以極反側 [5]。

押韻 八章蜮、得、極、側，是 25（職）部。

注釋

1 蜮，音域，ㄩˋ，短狐。許慎《說文》：「蜮，短弧也。以鱉，三足，以氣射殺人。」段玉裁注：「弧，各本作『狐』。」

2 得，能。

3 靦，音腆，ㄊㄧㄢˇ。有靦，靦然，羞愧的樣子。

4 視，示。罔，無。極，良。罔極，邪惡不正。

5 以，用來。極，糾正。反側，反覆無常之人。孔《正義》：「反側，翻覆之義。」

章旨 八章自言作此詩，以糾正反覆無常之人作結。

作法 八章兼用類疊（複疊）類字而平鋪直敘的賦。

研析

王安石《傳說彙纂》：「作是詩，將以絕之也。而曰好歌者，有欲其悔悟之心焉。」王氏剖析精微，言之鑿鑿。

鍾惺《評點詩經》：「模寫暴公百千閃爍，著骨著髓，只是一箇內慚耳。微詞緩調，無可氣身，真甚于豺虎有此之投矣。」鍾氏析論精闢，詮證確實。

朱守亮《詩經評釋》：「雖冷譃巧諷，深疾痛恨。但語委婉，境含蓄，情真痴，不失忠厚也。」所謂「溫柔敦厚，詩教」是也。

余培林《詩經正詁》：「詩人言其人之心則孔艱，其貌則靦然，其行則罔極，總結之則反側，使人讀之如在目前焉。」洵哉斯言。

十　巷伯

　　萋兮斐兮，成是貝錦。彼譖人者，亦已大甚。

　　哆兮侈兮，成是南箕。彼譖人者，誰適與謀？

　　緝緝翩翩，謀欲譖人。慎爾言也，謂爾不信。

　　捷捷幡幡，謀欲譖言。豈不爾受？既其女遷。

　　驕人好好，勞人草草。蒼天蒼天，視彼驕人，矜此勞人。

　　彼譖人者，誰適與謀？取彼譖人，投畀豺虎；豺虎不食，投畀有北；有北不受，投畀有昊。

　　楊園之道，猗于畝丘。寺人孟子，作為此詩。凡百君子，敬而聽之。

注釋　〈詩序〉：「〈巷伯〉，刺幽王也。寺人傷於讒，故作是詩。」余培林《詩經正詁》：「綜觀全詩，並無刺幽王之意；如有，亦言外之旨也。故當是傷於讒言之寺人，作此詩以刺讒人，並警朝中之卿大夫也。」朱熹《詩集傳》：「巷是宮內道名，秦漢所謂永巷是也。伯，長也。主宮內道官之長，即寺人也。故以名篇。」綜觀眾說，篇名更明確。

篇旨　這是寺人孟子諷刺讒人的詩歌。

原文　萋兮斐兮[1]，成是貝錦[2]。彼譖人者[3]，亦已大甚[4]。

押韻　一章錦、甚，是 28（侵）部。

注釋

　1　兮，語助詞，無意義。楊樹達《詞詮・卷四》。萋、斐，文彩的樣子。毛《傳》：「萋、斐，文章相錯也。」

2 成，織成。是，此、這。貝錦，貝文之錦。毛《傳》：「貝錦，錦文
也。」貝錦，比喻譖人以巧言羅織別人的罪狀。

3 彼，遠指代詞，「那」之意。譖，音怎四聲，ㄗㄣˋ，以虛假之事，誣
毀別人的讒言。

4 亦，語首助詞，無義。楊《詞詮·卷七》。已、大、甚，字異而義同，
含有「加強語氣」的作用。

章旨 一章敘述以貝錦比喻讒人誹謗別人太過甚的情形。

作法 一章純用比喻（譬喻）的修辭手法。

原文 哆兮侈兮 [1]，成是南箕 [2]。彼譖人者，誰適與謀 [3]？

押韻 二章箕、謀，是 24（之）部。

注釋

1 哆，音侈，ㄔˇ，張口。許慎《說文》：「侈，張口也。」侈，張大。蘇
轍《詩集傳》：「哆、侈，皆張也。」

2 南箕，星名。箕是在南，故曰南箕。南箕，比喻讒人進讒言，誇大其
詞。

3 誰適與謀，當「誰適與（之）謀」。適，主。朱《集傳》：「適，主
也。」此句言誰與讒人主其謀乎？

章旨 二章陳述讒人誇大其詞的狀況。

作法 二章兼用設喻的比喻（譬喻）的寫作手法。

原文 緝緝翩翩 [1]，課欲譖人 [2]。慎爾言也 [3]，謂爾不信 [4]。

押韻 三章翩、人、信，是 6（真）部。

注釋

1 緝緝，音器器，ㄑㄧˋ ㄑㄧˋ，竊竊私語的樣子。翩翩，花言巧語的樣
子。

2 謀，陰謀。欲，要。譖人，毀謗別人。

3 慎，謹慎。許慎《說文》：「慎，謹也。」爾，代詞，指讒人。也，句末助詞，表示感歎，「呀」之意。楊《詞詮・卷七》。

4 謂，批評。爾，汝。信，誠信。

章旨　三章描述讒人逞口舌之快。

作法　三章類疊（複疊）而平鋪直敍的賦。

原文　捷捷幡幡[1]，謀欲譖言[2]。豈不爾受[3]？既其女遷[4]。

押韻　四章，幡、言、遷，是 3（元）部。

注釋

1 捷捷，巧言的樣子。幡幡，音番番，ㄈㄢ ㄈㄢ，反覆的樣子。

2 譖言，誹謗的言語。

3 豈不爾受，當作「豈不受爾」，疑問兼否定的倒裝句。受，聽信讒言。

4 既，已經。其，將，時間副詞。楊《詞詮・卷四》。女，汝。遷，轉移。

章旨　四章陳述讒人也會遭遇不信任的情況。

作法　四章兼用類疊（複疊）、設問而平鋪直敍的賦。

原文　驕人好好[1]，勞人草草[2]。蒼天蒼天，視彼驕人[3]，矜此勞人[4]。

押韻　五章好、草，是 21（幽）部。人、人，是 6（真）部。

注釋

1 驕人，讒人得志而驕。好好，喜樂的樣子。毛《傳》：「喜也。」

2 勞人，指被讒的人。草草，憂愁的樣子。毛《傳》：「草草，勞心也。」

3 視，看、察看。彼，遠指代詞，「那」之意。

4 矜，矜憫、憐憫。此，近指代詞，「這」之意。

章旨 五章敘述讒人與被讒人憂樂不同的情況。方玉潤《詩經原始》:「讒人與被讒人,兩面雙提,總上總下,為全篇樞樞。」此言甚諦。

作法 五章兼用映襯(對比)而平鋪直敘的賦。

原文 彼讒人者,誰適與謀[1]?取彼讒人,投畀豺虎[2];豺虎不食,投畀有北[3];有北不受,投畀有昊[4]。

押韻 六章者、虎,是 13(魚)部。謀、受、昊,是 21(之)部。魚、之二韻,是旁轉而押韻。食、北,是 25(職)部。

注釋

1 首章首二句與、次章三、四句重複使用,就修辭言,是類疊(複疊)的類句,具有強調作用,表達更怨恨的心情。

2 投,丟、丟棄。畀,音閉,ㄅㄧˋ給予。豺,音柴,ㄔㄞˊ,狼屬,形似狗,俗名山狗。

3 有,帶詞頭衍聲複詞。北,北方寒涼而不毛的沙漠地帶。

4 有,帶詞頭衍聲複詞。昊,昊天。毛《傳》:「昊,昊天也。」

章旨 六章描述讒人深惡而痛疾之情形。姚際恆《詩經通論》:「刺讒諸詩無如此之快利,暢所欲言。」洵哉斯言。

作法 六章兼用設問、頂針(頂針)而平鋪直敘的寫作技巧。

原文 楊園之道[1],猗于畝丘[2]。寺人孟子[3],作為此詩[4]。凡百君子[5],敬而聽之[6]。

押韻 七章丘、詩、之,是 24(之)部。

注釋

1 楊園,園名,地下。毛《傳》:「楊園,園名。」余《正詁》:「蓋寺人孟子之居處。楊園之道,以喻己之言也。」

2　猗，同倚，依靠、連接。于，在。畞丘，丘名，高地。毛《傳》:「畞丘，高地。」朱熹《詩集傳》:「楊園，下地也。畞丘，高地也。以興賤者之言，或有補於君子也。」

3　寺人，內小臣、宦官。孟子，是寺人的字。

4　作，起來。為，寫。此，這。

5　凡，所有。百，形容很多，是數量夸飾（夸張）。君子，指當時在位者。

6　敬，謹慎。鄭玄《箋》:「（此句）欲使眾在位者，慎而知之。」聽，聽取、採納。見程、蔣《詩經注析》。

章旨　第七章自己敘述作詩之意，以警惕群臣的情況。

作法　七章兼有比喻（譬喻）而觸景生情的興。

研析

　　余培林《詩經正詁》:「全詩凡五言『讒人』、三言『投畀』，似對讒人深惡而痛絕，必欲去而後可也。」此言甚諦。

　　朱守亮《詩經評釋》:「篇中或諷或戒，或責或誨，或怨而訴，或惡而疾之。皆自真情深意出，故多蒼涼感喟語也。」剖析精微，言之有據，理無虛發。誠如劉勰《文心雕龍·明詩》所謂「人稟七情，應物斯感，感物吟志，莫非自然。」劉勰〈物色〉:「情以物遷，辭以情發。」良有以也。

谷風之什

一　谷風

　　習習谷風，維風及雨。將恐將懼，維予與女；將安將
樂，女轉棄予。

　　習習谷風，維風及頹。將恐將懼，寘予于懷；將安將
樂，棄予如遺。

　　習習谷風，維山崔嵬。無草不死，無木不萎。忘我大
德，思我小怨。

篇名　〈谷風〉，取首章首句「習習谷風」的「谷風」為篇名。

篇旨　屈萬里《詩經詮釋》：「此與〈邶風〉之〈谷風〉相似，蓋亦棄
　　　　婦之辭也。」朱守亮《詩經評釋》：「此婦人為夫所棄，以敘其
　　　　悲怨之情之詩。」斯言甚諦。

原文　習習谷風 [1]，維風及雨 [2]。將恐將懼 [3]，維予與女 [4]；將
　　　　安將樂 [5]，女轉棄予 [6]。

押韻　一章雨、女、予，是 13（魚）部。

注釋

　1　習習，和順舒適的樣子。谷風，來自山谷中的東風。

　2　維，竟，是。此句言風雨交加，比喻自己生活的凸變。

　3　將，且。將恐將懼，且恐（懼）且（恐）懼，是互文足義。鄭玄
　　　《箋》：「恐懼，喻遭厄難勤苦之事也。」

　4　維，通「惟」，只、僅。此句言只有我和你一同共渡難勤之事。

　　5　將安且樂，且平安且喜樂。

　　6　女，汝。轉，反。嚴粲《詩緝》：「轉，反也。」此句言且平安且喜樂，
　　　　汝反而拋棄我而不顧。

章旨　一章敘述夫妻可共患難，而不可共安樂的情形。

作法　兼有比喻（譬喻）、類疊（複疊）的類字、映襯（對比）而觸
　　　　景生情的興。

原文　習習谷風，維風及穨 [1]。將恐將懼，寘予于懷 [2]；將安
　　　　將樂，棄予如遺 [3]。

押韻　二章穨、懷、遺，是 7（微）部。

注釋

　　1　穨，音隤，ㄊㄨㄟˊ，暴風。嚴粲《詩輯》：「穨，暴風也。」

　　2　寘，音義同「置」，放。予，我。于，於，在。鄭玄《箋》：「寘，置
　　　　也。置我于懷，言至親己也。」朱《評釋》：「句謂愛則加諸膝，今言手
　　　　記我抱在懷裡。」

　　3　遺，動詞，忘記、失掉。鄭玄《箋》：「如遺者，如人行道，遺忘物，忽
　　　　然不省存也。」

章旨　二章深入描述夫妻可共患難，而不可共安樂的情況。

作法　二章兼有比喻（譬喻）、類疊（複疊）、映襯（對比）而觸景生
　　　　情的興。

原文　習習谷風，維山崔嵬 [1]。無章不死，無木不萎 [2]。忘我
　　　　大德，思我小怨。

押韻　三章嵬、萎，是 7（微）部。怨，是 3（元）部。微、元二
　　　　部，既不旁轉，又不對轉，但王力《詩經韻讀》以為合韻而押
　　　　韻。

注釋

    1　崔嵬，山高峻的樣子。屈萬里《詩經詮釋》：「崔嵬，高貌。」

    2　無草不死，無木不萎，暴風之下，草死木萎，比喻忘德恩怨，因斷情絕。無……不……，負負得正，此「數理式國語文教學法」。

章旨　三章更深入陳述夫妻可與共患，而不可與共安樂的狀況。

作法　三章兼用比喻（譬喻）、映襯（對比）、類字而觸景生情的興。

研析

    全詩三章就整體言，運用層遞修辭手，就部分言，兼用比喻（譬喻）、映襯（對比）、類疊（複疊）而觸景生情的興。

    三章皆言夫妻可與共患難，而不可與共安樂，逐章深入描述。正如湘諺云：「要我，抱在懷裡；不要我，推在崔裡。」末章末句「忘我大德，思我小怨」，是全詩重心。孫鑛《批評詩經》：「道情事真切，以淺境妙。末兩句道出受病根由，正是詩骨。」洵哉斯言。

二 蓼莪

蓼蓼者莪，匪莪伊蒿。哀哀父母，生我劬勞。

蓼蓼者莪，匪莪伊蔚。哀哀父母，生我勞瘁。

缾之罄矣，維罍之恥。鮮民之生，不如死之久矣。無父
何怙？無母何恃？出則銜恤，入則靡至。

父兮生我，母兮鞠我。拊我畜我，長我育我，顧我復
我，出入腹我。欲報之德，昊天罔極！

南山烈烈，飄風發發。民莫不穀，我獨何用號？

南山律律，飄風弗弗。民莫不穀，我獨不卒！

篇名 〈蓼莪〉，取首章首句「蓼莪者莪」的「蓼莪」為篇名。這是
運用「節縮」修辭手法。

篇旨 〈詩序〉：「〈蓼莪〉，刺幽王也。民人勞苦，孝子不得終養
爾。」其言「刺幽王」、「民人勞苦」，詩中未見。季本《詩說
解頤》：「父母背棄，孝子追悼之而作此詩也。」旨哉斯言。

原文 蓼蓼者莪[1]，匪莪伊蒿[2]。哀哀父母[3]，生我劬勞[4]。

押韻 一章莪，蒿、勞，是 19（宵）部。

注釋

1 蓼蓼，音路音，長大的樣子。毛《傳》：「蓼蓼，長大貌。」者，「的」
之意。楊樹達《詞詮・卷五》：「者，指示代名詞，兼代人物。代人可譯
為『人』，代事物可譯為『的』。」莪，音鵝，ㄜ／，美菜。朱熹《詩集
傳》：「莪，美菜也。」

2 匪，不是。伊，是。蒿，賤草。朱《集傳》：「蒿，賤草也。」余培林
《詩經正詁》：「以莪喻美材，蒿喻劣材。」

3　哀哀，哀之又哀，極為哀傷。

4　劬，音渠，ㄑㄩˊ，勞。劬勞，就文法言，是同義複詞。毛《傳》：「劬
　　勞，病苦也。」哀哀父母，生我劬勞，是全詩重心。

章旨　一章敘述父母期望甚高，而毛《傳》無法實現父母之理想，因
　　此哀傷不已。

作法　一章兼有比喻（譬喻）而觸景生情的興。

原文　蓼蓼者莪，匪莪伊蔚[1]。哀哀父母，生我勞瘁[2]。

押韻　一章蔚、瘁，是 8（沒）部。

注釋

1　蔚，音尉，ㄨㄟˋ，牡蒿。

2　瘁，音翠，ㄘㄨㄟˋ，憔悴。鄭玄《箋》：「瘁，病也。」

章旨　二章陳述父母望子成龍，而自己卻難以實現。

作法　二章兼有比喻（譬喻）而觸景生情的興。

原文　缾之罄矣，維罍之恥[1]。鮮民之生，不如死之久矣[2]。
　　無父何怙[3]？無母何恃[4]？出則銜恤[5]，入則靡至[6]。

押韻　三章恥、久、恃，是 24（之）部。恤、至，是 5（質）部。

注釋

1　上下兩個「之」字，語中助詞，無意義。矣，語末助詞，表示感歎。詳
　　見楊樹達《詞詮・卷七》。缾、罍，有二解：（一）缾，比喻父母。罍，
　　比喻子女。詳見朱熹《詩集傳》。（二）缾，比喻子女。罍，比喻父母。
　　詳見嚴粲《詩輯》。朱、嚴二氏說法正好相反。余培林《詩經正詁》：
　　「細想此二句乃詩人以不能終養父母，致貽父母羞，而深切自責之語。
　　故嚴說較是。」罄，空。毛《傳》：「罄，盡也。」維，是。楊《詞詮・
　　卷八》：「維，不完全內助詞，是也。」

2 鮮民，孤子。朱《詩集傳》：「鮮民，窮獨之民。」上下兩個「之」字，
語中助詞，無意義。矣，語末助詞，表示感歎。

3 無父何怙，當作「無父怙何」。這是疑問句的倒裝。怙，音戶，ㄏㄨˋ，
依靠。孔穎達《毛詩正義》：「怙，依怙也。」

4 無母何恃，當作「無母恃何。」這是疑問句的倒裝。恃，依靠。孔《正
義》：「恃，倚恃。」

5 銜，含。恤，憂愁。鄭玄《箋》：「恤，憂也。」此句言出門就懷憂抱
恨。

6 靡，無、不。鄭玄《箋》：「靡，無也。」至，親人。許慎《說文》：
「親，至也。」此句言進入家門就不見親人（父母）。

章旨 三章描述無父無母，生不如死的哀慟之情。

作法 三章兼用比喻（譬喻）、設問、映襯（對比）的寫作技巧。

原文 父兮生我，母兮鞠我[1]。拊我畜我[2]，長我育我[3]，顧我
復我[4]，出入腹我[5]。欲報之德[6]，昊天罔極[7]！

押韻 四章鞠、蓄、育、復、腹，是 22（覺）部。德、極，是 25
（職）部。

注釋

1 鞠，養育。毛《傳》：「鞠，養也。」孔《正義》：「母兮懷任以養我。」
余《正詁》：「即孕育也。」

2 拊，撫摸。嚴粲《詩輯》：「拊，謂以手摩拊。」余《正詁》：「拊與撫為
古今字，摩撫之，以示愛也。」畜，養。朱《集傳》：「畜，養也。」

3 長我，使我長大。長，是致使動詞、役使動詞。育，覆育。鄭玄
《箋》：「育，覆育也。」屈萬里《詩經詮釋》：「言寒冷之時，母以身偎
兒，如鳥之以翼覆其子也。」

4 顧，凝視。孔穎達《毛詩正義》：「旋視，謂去之而反顧也。」復，反

覆。鄭玄《箋》:「復,反覆也。」

5　腹,本是名詞,此當動詞,懷抱。鄭玄《箋》:「腹,懷抱也。」于省吾
　　《詩經新證》:「古聲有重脣無輕脣,故古讀腹為抱。」

6　欲,想要。言,指示形容詞,「此」之意。詳見楊《詞詮‧卷五》。

7　罔,無、不。極,正、良。罔極,不正、不良。毛《傳》:「極,中
　　也。」按:中,「正」之意。此二句有二解:(一)王引之《經義述
　　聞》:「言我方欲報是德,而昊天罔極,降此鞠凶,使我不得終養也。」
　　(二)朱熹《詩集傳》:「言欲報之以德,而其恩之大如天無窮。」

章旨　四章敘述不能報父母之恩,呼天自訴的情形。陳子展《詩經直
　　　　解》:「連下九我字,體念至深,無限哀痛,有淚有血。」洵哉
　　　　斯言。

作法　四章兼用互文補義、類疊(複疊)而平鋪直敘的賦。

原文　南山烈烈[1],飄風發發[2]。民莫不穀[3],我獨何用號[4]?
押韻　五章發、害,是 2(月)部。
注釋

1　烈烈,山高大的樣子。朱《集傳》:「烈烈,高大貌。」

2　發發,疾速的樣子。毛《傳》:「發發,疾貌。」

3　穀,善。朱《集傳》:「穀,善也。」。莫不,兩個否定,變成一個肯
　　定,這是數學負負得正的教學法。

4　害,災害。余《正詁》:「言我何以獨遭此災害?」

章旨　五章描繪眼前景色,觸發思親之情感。

作法　五章兼有類疊(複疊)、設問而觸景生情的興。

原文　南山律律[1],飄風弗弗[2]。民莫不穀,我獨不卒[3]!
押韻　六章弗、卒,是 8(沒)部。

注釋

1　律律，山勢高大的樣子。

2　弗弗，大風急速的樣子。

3　卒，終養。鄭玄《箋》:「卒，終也。」朱守亮《詩經評釋》:「不能卒報
　　父母之恩惠，故哀痛悲傷，抱恨獨深也。」

章旨　六章描述眼前景色，而觸發思親之哀傷。

作法　六章兼有類疊（複疊）、感歎而觸景生情的興。

研析

　　「哀哀父母，生我劬勞」、「哀哀父母，生我勞瘁」，此二句是全
詩重心、重點。「哀哀」二字，是全詩的詩眼。三章描述失怙失恃的
「哀哀」之情。四章連用九個「我」字，含有加強、強調作用，顯現
父母極為劬勞。姚際恆《詩經通論》:「勾人眼淚，全在此無數『我』
字。」。末二章敘述子女不能終養父母，更體現「哀哀」之情。

　　方玉潤《詩經原始》:「詩自尾各二章，前用比，後用興。前說父
母劬勞，復說人子不幸，遙遙相對。中間二章一寫無親之苦，一寫育
子之艱，備極沉痛。幾於一字一淚，可抵一部《孝經》讀。」方氏剖
析精微，詮釋明確。

　　嚴粲《詩緝》:「讀此詩而不感動者，非人子也。」朱守亮《詩經
評釋》:「感動之言，深獲我心。讀孟郊『誰言寸草心，報得三春
暉？』《韓詩外傳》:『樹欲靜而風不止，子欲養而親不待』句，尤感
此詩之哀，情切淚落，真不知何以為懷矣！」《晉書・王哀傳》:
「（哀）讀《詩》至『哀哀父母，生我劬勞』，未嘗不三復流涕。」
〈蓼莪〉詩篇感人肺腑，勾人眼淚。

三　大東

　　有饛簋飧，捄棘匕。周道如砥，其直如矢；君子所履，小人所視。睠言顧之，潸焉出涕。

　　小東大東，杼柚其空，糾糾葛屨，可以履霜。佻佻公子，行彼周行。既往既來，使我心疚。

　　有冽氿泉，無浸穫薪。契契寤歎，哀我憚人。薪是穫薪，尚可載也；哀我憚心，亦可息也。

　　東人之子，職勞不來；西人之子，粲粲衣服。舟人之子，熊羆是裘；私人之子，有僚是試。

　　或以其酒，不以其漿。鞙鞙佩璲，不以其長維天有漢，監亦有光。跂彼織女，終日七襄。

　　雖則七襄，不成報章。睆彼牽牛，不以服箱。東有啟明，西有長庚。有捄天畢，載施之行。

　　維南有箕，不可以簸揚；維北有斗，不可以挹酒漿。維南有箕，載翕其舌；維北有斗，西柄之揭。

篇名　〈大東〉，取次章首句「小東大東」中的「大東」為篇名。

篇旨　〈詩序〉：「〈大東〉，刺亂也。東國困於役而傷於財，譚大夫作是詩以告病焉。」王靜芝《詩經通釋》：「此傷東國役頻賦重，人民勞苦，而怨西人驕奢之詩。」

原文　有饛簋飧[1]，捄棘匕[2]。周道如砥[3]，其直如矢[4]；君子所履，小人所視[5]。睠言顧之[6]，潸焉出涕[7]。

押韻　一章匕、砥、矢、履、視、涕，是4（脂）。

注釋

1 餴，音蒙，ㄇㄥˊ，滿的樣子。有餴，餴然、餴餴，盛器滿貌。簋，音軌，《ㄨㄟˇ，古代食器，外圓而內方。飧，音孫，ㄙㄨㄣ，熟食、飯菜。毛《傳》：「飧，熟食，謂黍稷也。」

2 捄，音求，ㄑㄧㄡˊ，長的樣子。毛《傳》：「捄，長貌。」有捄，捄然、捄捄，長的樣子。匕，音比，ㄅㄧˇ，匙、勺。棘匕，棘木的勺。馬瑞辰《毛詩傳箋通釋》：「棘匕對桑匕言，古者喪用桑匕，吉用棘匕，皆取聲聲近為義。」

3 周道，周的國道。屈萬里《詩經詮釋》：「周道，蓋周之國道也。」砥，音抵，ㄉㄧˇ，礪名。周道如砥，形容周的國道好像礪石一樣平坦。

4 其，代詞，指周道。此句言周道好像箭一樣的筆直。

5 君子，指在位者。小人，指庶民。兩個「所」字，語中助詞，無意義。詳見楊樹達《詞詮·卷六》。履，行、走。朱熹《詩集傳》：「履，行也。」此二句言在位者可以走國道，但庶民不可以走國道，只能看而已。

6 睠，音倦，ㄐㄩㄢˋ，反顧，回頭看。言，語中助詞，無意義。詳見楊樹達《詞詮·卷七》。顧，看。之，代詞，指國道。

7 潸，音山，ㄕㄢ，流淚的樣子。毛《傳》：「潸，涕下貌。」焉，語末助詞，為形容詞或副詞之語尾。詳見楊《詞詮·卷七》。涕，眼淚。

章旨 一章描述昔日食物豐盛，如今「周道」大通，在位者常東來，東國「困於役而傷於財」，回頭看周道，只有潸潸然流淚。

作法 一章兼用比喻（譬喻）、映襯（對比）而觸景生情的興。

原文 小東大東[1]，杼柚其空[2]，糾糾葛屨，可以履霜[3]。佻佻公子[4]，行彼周行[5]。既往既來[6]，使我心疚[7]。

押韻 二章空、霜、行，是15（陽）部。來、疚，是24（之）部。

注釋

1　小東大東，指木時小大諸侯國。惠周惕《詩說》：「小東大東，言東國之遠近也。……遠言大，則近言小。」傅斯年《傅斯年全集·第三冊》：「大東，今山東境濟南泰安以南，兼及泰山東部是也。小東，當今山東濮陽大名一帶，自漢以來，所謂東郡是也。」

2　杼，音住，ㄓㄨˋ，梭。朱《評釋》：「杼，織布之特緯者，梭也。」柚，音逐，ㄓㄨˊ，織布機用來捲經的軸。空，盡。毛《傳》：「空，盡也。」其空，空然、空空。余《正詁》：「二句言杼柚盡空，無布可織，以禦賦斂之重，民財皆盡也。」

3　糾糾，纏繞，引申為破舊。屨，音巨，ㄐㄩˋ，草鞋。葛屨，用葛織成的草鞋。可，假借為「何」。可以，何以，如何。履，腳踏。

4　佻佻，音條條，ㄊㄧㄠˊ ㄊㄧㄠˊ，華美輕浮，而不耐勞苦的樣子。公子，指京師貴族子弟。

5　上「行」字，動詞，「走」之意。下「行」字，名詞，道路。彼，遠指代詞，「那」之意。周行，周的國道。

6　既，已經。間隔使用相同「既」字，旨在強調往來繁繁。馬瑞辰《毛詩傳箋通釋》：「既往既來，謂數數往來，疲於道路。」

7　疚，音究，ㄐㄧㄡˋ，心裡感覺痛苦。鄭玄《箋》：「疚，病也。」

章旨　二章敘述東國役頻賦重而傷於財，西人浮華奢侈的情況。

作法　二章兼用類疊（複疊）而平鋪直敘的賦。

原文　有冽氿泉 [1]，無浸穫薪 [2]。契契寤歎 [3]，哀我憚人 [4]。薪是穫薪 [5]，尚可載也 [6]；哀我憚心，亦可息也 [7]。

押韻　三章泉、歎，是 3（元）部。薪、人、薪、人，是 6（真）部。元、真二部，是旁轉而押韻。載，是 24（之）部。息，是 25（職）部。之、職二部，是對轉而押韻。

注釋

1 冽，音列，ㄌㄧㄝˋ，寒。毛《傳》：「冽，寒意也。」汍泉，泉從旁邊
  出來而不從正面出來。毛《傳》：「側出曰汍泉。」

2 浸，浸濕，把東西沈入水裡，使之變濕。穫有二解：（一）艾，收割。
  毛《傳》：「穫，艾（刈）也。」（二）木名。鄭玄《箋》：「穫，落木
  名。」

3 契契，音器器，ㄑㄧˋ ㄑㄧˋ，憂苦的樣子。毛《傳》：「契契，憂苦
  也。」寤，連續。余《正詁》：「寤，連續之意。寤歎，嘆息不止也。」

4 憚，音旦，ㄉㄢˋ，通癉，憂勞。憚人，憂勞之人。朱《評釋》：「二句
  言可哀我勞瘁之人，憂苦不堪，惟長歎而已。」

5 上「薪」字，本是名詞，此當動詞，劈砍。是，代詞，此、這之意。

6 尚，還。載，裝載，指裝在車上，把它運走，避免被水浸濕。詳見程、
  蔣《注析》。

7 哀我憚心，亦可息也，可憐我們憂勞的人，也應該可以休息了啊。亦，
  也。詳見楊《詞詮·卷七》。

章旨 三章陳述役頻勞苦，不能休憩的情形。

作法 三章兼用轉品（轉類）、類疊（複疊）而觸景生情的興。

原文 東人之子 [1]，職勞不來 [2]；西人之子 [3]，粲粲衣服 [4]。舟
  人之子 [5]，熊羆是裘 [6]；私人之子 [7]，有僚是試 [8]。

押韻 四章來、裘，是 24（之）部。服、試，是 25（職）部。之、
  職二部，是對轉而押韻。

注釋

1 東人，諸侯之人。日本竹添光鴻《毛詩會箋》：「東人泛言東諸侯之人，
  譚亦與焉。」王靜芝《詩經通釋》：「東人之子，泛言諸侯之國之民
  也。」

2　職，但、只。裴學海《古書虛字集釋》:「職，猶但也。」按:但，「只」之意。來，音賴，ㄌㄞˋ，慰勞、慰問。朱《集傳》:「來，慰撫也。」此句言只有勞苦而不得到慰問。

3　西人，京師之人。陳奐《詩毛氏傳疏》:「周在西，故以號歟為京師之人。」

4　粲粲，鮮豔美麗的樣子。毛《傳》:「粲粲，鮮盛貌。」

5　舟人，周人。鄭玄《箋》:「舟當作周。」

6　熊羆是裘，當作「裘熊羆」。裘，求。鄭玄《箋》:「裘，當作求。」熊羆是裘，指打獵。于省吾《詩經新證》:「周人之子，熊羆是求，係指田獵言之。」是，結構助詞，無意義。

7　私人，家臣。毛《傳》:「私人，家臣也。」

8　「百僚是試」，當作「試百僚」。百僚，百官。毛《傳》:「百僚，百官也。」是，結構助詞，無意義。試，任用。毛《傳》:「試，用也。」此句言各種官位都任用家臣。

章旨　四章敘述西人、舟人、私人之子有富貴者，而東人之子不能企及。

作法　四章兼映襯（對比）、倒裝而平鋪直敘的賦。

原文　或以其酒，不以其漿 ¹。鞙鞙佩璲 ²，不以其長 ³維天有漢 ⁴，監亦有光 ⁵。跂彼織女 ⁶，終日七襄 ⁷。

押韻　五章漿、長、光、襄，是 15（陽）部。

注釋

1　或，有人。以，用。不以，不用。陳奐《詩毛氏傳疏》:「或，有也。以，用也。不以，不用也。」余《正詁》:「漿亦酒類，但味微酢（音醋，ㄘㄨˋ，『醋』的古字）。此謂人飲其酒，而不飲漿，藉以酒美於漿也。」

2 鞙鞙，音炫炫；或者捲捲，ㄐㄩㄢˇ ㄐㄩㄢˇ，佩玉的樣子。毛《傳》：「鞙鞙，佩玉貌。」璲，音遂，ㄙㄨㄟˋ，瑞玉。毛《傳》：「璲，瑞也。」鄭玄《箋》：「佩璲，以瑞玉為佩，佩之鞙鞙然。」

3 不以其長，不用其良。二句言東人佩瑞玉，以為鞙鞙然，但西人卻不用其良，曾不以為長。

4 維，語首助詞，詳見楊《詞詮・卷八》。漢，天河。毛《傳》：「漢，天河。」按：天河，又稱雲漢、銀行。

5 監、視。鄭玄《箋》：「監，視也。」亦，語中助詞，無意義。程俊英、蔣見之《詩經注析》：「監，『鑑』的古字，今作『鏡』，古人用大盆盛水，以照人影。如《尚書・酒誥》所謂『人無于水監』，到戰國始用青銅製鏡。這句意為天河雖有光，但不能照人影。」

6 跂，音氣，ㄑㄧˋ，隅貌。毛《傳》：「跂，隅貌。」彼，遠指代詞，「那」之意。織女，星宿名，凡有三星。孔穎達《毛詩正義》：「三星鼎足而成三角，望之跂然，故毛《傳》云：『隅然』。」

7 終日，一天。襄，駕。鄭玄《箋》：「襄，駕也。駕，謂更其肆也。」朱《集傳》：「蓋天有十二次，日月所止舍，所謂肆也。經星一晝一夜左旋一周而有餘，則終日之間，自卯至酉，當更七次也。」

章旨 五章描述西人奢侈，懷念東人辛苦的情況。

作法 五章兼用映襯（對比）、類疊（複疊）而平鋪直敘的賦。

原文 雖則七襄，不成報章[1]。睍彼牽牛[2]，不以服箱[3]。東有啟明[4]，西有長庚[5]。有捄天畢[6]，載施之行[7]。

押韻 六章襄、章、箱、明、庚、行，是 15（陽）部。

注釋

1 則，然。每辰移動一次，終日由卯至酉，共七辰，故曰七襄。二句言織女之星，雖日有七襄，但織布不出布帛，徒具虛名。毛《傳》：「不成報

章，不能反報成章也。」反報，反覆。陳奐《詩毛氏傳疏》:「報，反
也。反報，猶反覆。」余《正詁》:「章，指布帛而言。」程、蔣《注
析》:「詩人以天上星星之有名無實，刺剝削者徒居高位，虛有其名，而
無同情人民之實。」

2　睆，音晚，ㄨㄢˇ，看。王靜芝《詩經通釋》:「睆，音莞，視也。」
　　被，遠指代詞，「那」意。牽牛，星名。

3　以，用。鄭玄《箋》:「以，用也。」服，駕。朱《集傳》:「服，駕也。」
　　箱，車箱，借部分代全體，此指車。此句言雖名牽牛，但不能駕車。

4　啟明，星名。朱《集傳》:「以其先日而出，故謂之啟明。」

5　長庚，星名。朱《集傳》:「以其後日而入，故謂之長庚。」

6　有捄，捄然、捄捄，彎而長的樣子。天畢，畢星。朱《集傳》:「天畢，
　　畢星也，狀如掩兔之畢。」

7　載，則、就。施，設置。之，代詞，指天畢。行，道路。此言天畢就設
　　置在道路上。

章旨　六章敘述仰望天河、眾星，而抒發情感。

作法　六章平鋪直敘的賦。

原文　維南有箕 ¹，不可以簸揚 ²；維北有斗 ³，不可以挹酒
　　　　漿 ⁴。維南有箕，載翕其舌 ⁵；維北有斗，西柄之揭 ⁶。

押韻　七章揚、漿，是 15（陽）部。舌、揭、是 2（月）部。

注釋

1　維，語首助詞。箕，星名，由四星組成，像簸箕形狀。

2　簸，音跛，ㄅㄛˇ，揚穀去其糠粕。許慎《說文》:「簸，揚米去康
　　（糠）也。」余《正詁》:「箕所以簸揚穀物，箕星則不能簸揚。」

3　斗，北斗，星名，共六星組成斗形，因它在箕星之北，所以稱為。孔
　　《正義》:「箕在南，而斗在北，故言南箕、北斗也。」

4 挹，音邑，一ㄝ，酌。北斗星不可以酌酒漿。

5 載，語首助詞，無意義。楊《詞詮・卷六》。翕，音系，ㄒ一ㄝ，收斂。陳奐《詩毛氏傳疏》：「箕四星，二為踵，二為舌，八形踵狹而舌廣，故曰載翕其舌，以見其主於收斂也。」

6 揭，高舉。陳奐《傳疏》：「揭，高舉也。」余《正詁》：「北斗有七星，四為斗，三為柄。斗柄西揭，似若有所酌取於東。」王先謙《詩三家義集疏》：「下四句與上四句，雖同言箕斗，自分兩義。上刺虛位，下刺斂民也。」

章旨 七章陳述箕斗二星有名實的情形。陳子展《詩經直解》：「以箕引其舌，若將吞噬；斗揭其柄，若將挹取；隱喻賦斂無厭，剝削不已，回到主題，慨歎作結。」

作法 七章平鋪直敘的賦。

研析

方玉潤《詩經原始》：「詩本詠政賦煩重，人民勞苦。入後忽歷數天星，豪縱無羈，幾鳥解。不知此正詩人之情，所謂光燄萬丈長也。試思此詩若無後半文字，則東國困敝，縱極寫得十分沉痛，亦不過平常歌詠而已。安能如許驚心動魄文字！所以詩貴有聲有刀，尤貴有興有致。」洵哉斯言。

朱守亮《詩經評釋》：「首章言賦重，次章言困窘，三章言役勞。其所以如此者，乃西人驕奢浮華以致之也。故第四章將東西人之勞逸不同，儉奢有異，極力形容，作一強烈對照描寫，以傷其不平。其下三章，乃取興星漢而訴之。但彼眾星也，皆虛列而無實。」此言甚諦。

四　四月

四月維夏，六月徂署。先祖匪人，胡寧忍予？

秋日淒淒，百卉具腓。亂離瘼矣，爰其適歸？

冬日烈烈，飄風發發。民莫不穀，我獨何害？

山有嘉卉，侯栗侯梅。廢為殘賊，莫知其尤。

相彼泉水，載清載濁。我日構禍，曷云能穀？

滔滔江漢，南國之紀。盡瘁以仕，寧莫我有。

匪鶉匪鳶，翰飛戾天；匪鱣匪鮪，潛逃于淵。

山有蕨薇，隰有杞桋，君子作歌，維以告哀。

篇名　〈四月〉，取首章首句「四月維夏」的「四月」為篇名。

篇旨　陳子展《詩經直解》：「〈四月〉，大夫自述行役，一年間自夏歷秋至冬，途中見聞，以及鎮憂亂、構禍、盡瘁、思隱，種種複雜之詩。」

原文　四月維夏 1，六月徂署 2。先祖匪人 3，胡寧忍予 4？

押韻　一章夏、暑、予，是 13（魚）部。

注釋

1　維，是。

2　徂，音殂，ㄘㄨˊ，有二解：（一）是鄭玄《箋》：「徂，猶始也。」（二）是程俊英、蔣見元《詩經注析》：「徂，往，到。徂暑，是『暑徂』的倒文。」按：徂暑，不一定以「倒文」解之。徂暑，「始」盛暑，或「到」盛暑。鄭玄《箋》：「四月（是）立夏矣，至六月乃始盛暑。與人為惡亦有漸，非一朝一夕。」二解皆可通。

3　匪，非。王夫之《詩經稗疏》：「匪人者，猶匪他人也。〈頍弁〉之詩曰：『兄弟匪他』，義同此。」

4 胡，為何、為什麼。楊《詞詮・卷三》：「胡，疑問副詞，為『為何』、『何故』之義。」寧，將難以表達的意思說出來，所以願望之詞為寧。予，我。此言（先祖）為何忍心讓我受苦？

章旨 一章敘述夏天行役之苦，抱怨先祖不能默佑的心情。

作法 一章觸景生情的興。

原文 秋日淒淒¹，百卉具腓²。亂離瘼矣³，爰其適歸⁴？

押韻 二章淒，是 4（脂）部。腓、歸，是 7（微）部。脂、微二部，是旁轉而押韻。

注釋

1 淒淒，寒涼的樣子。孔穎達《毛詩正義》：「淒淒，寒涼之意，言雨氣寒也。」

2 百，形容很多。就修辭言，數量之夸飾。卉，音惠，ㄏㄨㄟˋ，草。毛《傳》：「卉，草也。」具，同「俱」，皆、都。腓，音肥，ㄈㄟˊ，枯萎。毛《傳》：「腓，病也。」鄭玄《箋》：「涼風用事，而百草皆病，興貪殘之政行，而萬民困病。」

3 亂，喪亂。離，離散。嚴粲《詩緝》：「離，離散也。」瘼，音末，ㄇㄛˋ，病苦、痛苦。毛《傳》：「瘼，病也。」矣，語末助詞，表感歎，「啊」之意。詳見楊《詞詮・卷七》。

4 爰其適歸，《孔子家語・辨政》引《詩》作「奚其適歸」。奚，何處、什麼地方。其，時間副詞，「將」之意。詳見楊《詞詮・卷四》。適，往。《爾雅・釋詁》：「如、適、之、嫁、徂、逝，往也。」此句言不知何處將可往歸？

章旨 二章描述秋日寒涼，觸景生情的狀況。

作法 二章觸景生情的興。

原文　冬日烈烈[1]，飄風發發[2]。民莫不穀[3]，我獨何害[4]？

押韻　三章烈、發、害，是 2（月）部。

注釋

　　1　烈烈，寒冷的板子。鄭玄《箋》：「烈烈，猶栗列也。」

　　2　飄風，暴風、旋風。發發，風快速的樣子。毛《傳》：「發發，疾貌。」

　　3　穀，善。朱熹《詩集傳》：「穀，善也。」

　　4　害，災害。

章旨　三章敘述冬天景色，觸景傷己，獨遭不情的情形。

作法　三章觸景生情的興。

原文　山有嘉卉[1]，侯栗侯梅[2]。廢為殘賊[3]，莫知其尤[4]。

押韻　四章梅、尤，是 24（之）部。

注釋

　　1　嘉，善、好。鄭玄《箋》：「嘉，善也。」卉，草木。嚴粲《詩緝》：「殘氏曰：卉，草也。通言之，則草木皆卉也。」《文選・思玄賦》李善注：「卉，半日木凡名也。」

　　2　侯，語首助詞，無意義。詳見楊《詞詮・卷三》。鄭玄《箋》：「山有美善之草，生於梅栗之下，人取其實踩踐而害之，令不得蕃茂。喻上多賦歛，富人財盡，而弱民與受困窮。」

　　3　廢，變。朱《集傳》：「廢，變也。」殘賊，摧殘損害。余《正詁》：「殘、賊義同，皆害也。」

　　4　尤，罪過、過錯。鄭玄《箋》：「言在位者貪殘，為民之害，無自知其行之過者。」余《正詁》：「在位者變為害人之人，而竟無知其罪過。」

章旨　四章描述在上住者殘害人民的情形。

作法　四章兼有比喻（譬喻）而觸景生情的興。

原文 相彼泉水[1]，載清載濁[2]。我日構禍[3]，曷云能穀[4]？

押韻 五章濁、穀，是17（屋）部。

注釋

1 相，視、看。鄭玄《箋》：「相，視也。」彼，遠指代詞，「那」之意。

2 載……載……，成對用在並列的兩個動詞或形容詞之間，有一定的關聯作用，可譯為「又……又……」或「一邊……一邊」。詳見段德森《實用古漢語虛詞》。王先謙《詩三家義集疏》：「泉水本清，受染則濁。喻行役構禍，不能自潔也。」

3 日，每天、天天。構禍，遇禍。馬瑞辰《毛詩傳箋通釋》：「構者，遘之假借。構禍，猶之遇禍也。」

4 曷，何，何時。云，語中助詞，無意義。詳見楊《詞詮‧卷九》。穀，善。鄭玄《箋》：「穀，善也。」此句言我天天遭遇災禍，什麼時候才能改善？

章旨 五章先敘述泉水有清濁，再觸景生情，產生悲哀遇禍，而無法轉為善的狀況。

作法 五章觸景生情的興。

原文 滔滔江漢[1]，南國之紀[2]。盡瘁以仕[3]，寧莫我有[4]。

押韻 六章紀、仕、有，是24（之）部。

注釋

1 滔滔，大水的樣子。毛《傳》：「滔滔，大水貌。」江漢，指長江、漢水。

2 南國，指南方各條河流。詳見程、蔣《注析》。紀，綱紀。朱《集傳》：「紀，綱紀也，謂經帶包絡之也。」王先謙《詩三家義集疏》：「詩人行政至江漢合流之地，即水興懷，言江漢為南國之綱紀，王朝反不能為天下之綱紀也。」

3　盡瘁，憔悴，勞病。詳見王引之《經義述聞》。以，而。仕，通「事」，從事王朝的職務，猶今任職。

4　寧，「還是」之意。段德森《實用古漢語虛詞》：「『寧』用於祈使句，提出一種意願來商量、請求，語氣委婉，可譯為『還是』。」寧莫我有，當作「寧莫有我」。莫，不、非。有，親善、親信、信任。王念孫《廣雅疏證・一》：「古者謂相親曰有。有，猶友也。」此二句言我雖然竭心盡力。國事，上級還有不能信任我。

章旨　六章陳述行役南國，忠於王事，雖積勞成疾，而不被信任的情況。

作法　六章兼用比喻（譬喻）而觸景生情的興。

原文　匪鶉匪鳶 [1]，翰飛戾天 [2]；匪鱣匪鮪 [3]，潛逃于淵 [4]。

押韻　七章天、淵，是 6（真）部。

注釋

1　匪，彼。《廣雅・釋言》：「匪，彼也。」楊樹達《詞詮・卷一》：「匪，指示形容詞，亦與『彼』同。惟用在名詞之上。」鶉，音團，ㄊㄨㄢˊ，鵰。毛《傳》：「鶉，鵰也。」鳶，音淵，ㄩㄢ，貪殘之鳥，鷙鳥也。」毛《傳》：「鳶，貪殘之鳥也。」許慎《說文》：「鳶，鷙鳥也。」

2　翰，高。鄭玄《箋》：「翰，高也。」戾，至。鄭玄《箋》：「戾，至也。」

3　上下兩個「匪」字，指示形容詞，「那」之意。鱣，音占，ㄓㄢ，黃色大魚。鮪，音委，ㄨㄟˇ，魚名，閩南、廣東一帶俗稱「卜白」魚。余《正詁》：「鶉、鳶高飛至天，鱣、鮪深潛於淵，可逃避災禍，我則無能避害也。」陳奐《詩毛氏傳疏》：「鱣、鮪大魚，能逃處深淵者，以喻今民不能逃避禍害，是大魚之不如矣。」

4　潛，深藏。于，往，到……去。淵，深沈的回水，深水。

章旨 七章敘述鳶飛戾天，觸景生悲，抒發一己無法逃避禍害的狀況。

作法 七章兼用比喻（譬喻）而觸景生情的「悲」。

原文 山有蕨薇¹，隰有杞桋²，君子作歌³，維以告哀⁴。

押韻 八章薇、哀，是 7（微）部。桋，是 4（脂）部。微、脂二部，旁轉而押韻。

注釋

1　蕨，音厥，ㄐㄩㄝˊ，羊齒科，多年生草本，葉為複葉，春天出嫩葉，卷曲如拳狀，可食，又名「鱉菜」。薇，音微，ㄨㄟˊ，隱花植物，草本，羊齒類，葉上生多數胞子囊，嫩時可食。

2　隰，音席，ㄒㄧˊ，下濕之地。《爾雅·釋地》：「下溼曰隰。」杞，音起，ㄑㄧˇ，枸杞。桋，音夷，ㄧˊ，木名。赤楝。毛《傳》：「桋，赤楝也。」余《正詁》：「詩人或以桋杞生非其地，以象徵自己不得其所也。」朱《評釋》：「草木尚生得其所，我流離他方，不得安處，曾草木之不如也。」

3　君子，詩人自稱。歌，詩。「詩歌」的偏義複詞。如「國家」僅有「國」之意，也是偏義複詞。

4　維，語首助詞。詳見楊《詞詮·卷八》。以告，當作「以（之）告」。以，用。之，代詞，指「詩歌」之「詩」。告哀，訴說悲哀。程、蔣《注析》：「告哀，訴說自己行役，憂亂的悲哀。」

章旨 八章自述作詩的緣由，旨在告哀。

作法 八章觸景生情的興。

研析

　　孫鑛《批評詩經》：「實無可控訴，但自道其哀已耳。」陳子展《詩經直解》：「詩末二語，道盡古來詩歌作者類，皆有其心緒激切之

動機。正太史公所謂《詩》三百篇大抵皆古聖賢發憤之所為作也。」洵哉斯言。

　　朱守亮《詩經評釋》:「章章有哀思,是以末章明書『維以告哀』也。夫盡瘁國事莫我知,身罹憂患無可訴。流徙異域,徘徊江漢。因之,語多無可奈何之幽怨、悽愴、痛悲,其屈子騷賦先聲歟?」斯言甚諦。

　　朱善《詩解頤》:「此詩以為行役,或以為憂亂。以詩考之,由夏而秋,由秋而冬,則見其經歷之久。由四周而南國,由豐鎬而江漢,則見其跋涉之遠。此行役之證也。『父母先祖,胡寧忍予。』則無所歸咎之辭;『亂離瘼矣,爰其適歸。』則無所逃避之辭。此憂亂之證也。專以行役,則先祖匪人之怨,其辭過於深;專以為憂亂,則滔滔江漢之詠,其辭過於遠。然則是詩也,蓋大夫行役而憂時之亂,懼其禍之辭也。」剖析縝密,絲絲入扣,娓娓道來,言之有據,理無虛發。

五　北山

　　陟彼北山，言采其杞。偕偕士子，朝夕從事。王事靡
盬，憂我父母。

　　溥天下之下，莫非王土，率土之濱，莫非王臣。大夫不
均，我從事獨賢。

　　四牡彭彭，王事傍傍。嘉我未老，鮮我方將。旅力方
剛，經營四方。

　　或燕燕居息，或盡瘁事國；或息偃在床，或不已于行。

　　或不知叫號，或慘慘劬勞；或棲遲偃仰，或王事鞅掌。

　　或湛樂飲酒，或慘慘畏咎；或出入風議，或靡事不為。

篇名　〈北山〉，取首章首句「陟彼」的「北山」為篇名。

篇旨　王靜芝《詩經通釋》：「此行役之大夫，感勞役不均而作是詩
也。」

原文　陟彼北山 [1]，言采其杞 [2]。偕偕士子 [3]，朝夕從事 [4]。王
事靡盬 [5]，憂我父母 [6]。

押韻　一章杞、子、事、母，是 24（之）部。

注釋

1　陟，音至，ㄓˋ，登、升。彼，遠指代詞，「那」之意。

2　言，語首助詞，無意義。楊《詞詮・卷七》。采、採，古今字。其，代
　　詞，指北山。杞，音起，ㄑㄧˇ，枸杞。程、蔣《注析》：「這二句是
　　興，詩人以登山采杞，以喻勞於從事。」

3　偕偕，強壯的樣子。許慎《說文》：「偕，彊（強）也。」余《正詁》：
　　「士子，居官職者。」朱《詩集傳》：「詩人自謂也。」

4 從事，終年行役在外。鄭玄《箋》：「朝夕從事，言不得休息。」

5 王事，王室之事，即國家之事。靡，無。盬，音古，《ㄨˇ，停止休息。

6 憂我父母，有三解：（一）心中憂慮父母無人奉養。（二）父母以兒子終年，行役在外而憂愁。（三）自己長年行役於外，而憂愁不能回家奉養父母。

章旨 一章敘述自己長久行役於外，而憂慮不能回家奉養父母。

作法 一章平鋪直敘的賦。

原文 溥天下之下，莫非王土¹，率土之濱，莫非王臣²。大夫不均³，我從事獨賢⁴。

押韻 二章下、土，13（魚）部。濱、臣、均、賢，6（真）部。

注釋

1 溥，音義同「普」，ㄆㄨˇ，大、遍。毛《傳》：「溥，大也。」《孟子·萬章》引作「普」，趙岐注：「普，徧也。」按：「徧」，即「遍」。此二句言天下所有的地方，都是周王的領土。莫非，兩個，否定一個肯，這是數理「負負得正」。此乃「數理式語文教學法」是也。

2 率，循、沿、順。毛《傳》：「率，循也。」濱，水邊。毛《傳》：「濱，涯也。」孔穎達《正義》：「言率土之濱，舉其四方所至之內，見其廣也。」此二句言四海之內所住的人，都是周王的臣民。

3 不均，分配勞役不平均。

4 賢，勞。毛《傳》：「賢，勞也。」朱《集傳》：「不斥王而曰大夫，不言獨勞，而曰獨賢，詩人之忠厚如此。」按：就修辭言，賢，「勞」之意，是「倒反」。就訓詁言，是「反訓」。

章旨 二章陳述勞役分配不平均的情況。

作法 二章是平鋪直敘的賦。

原文　四牡彭彭[1]，王事傍傍[2]。嘉我未老[3]，鮮我方將[4]。旅
力方剛[5]，經營四方[6]。

押韻　三章彭、傍、將、剛、方，是15（陽）部。

注釋

1　牡，音母，ㄇㄨˇ，雄馬。彭彭，有二音：（一）音邦邦，ㄅㄤ　ㄅㄤ。
（二）音旁旁，ㄆㄤˊ　ㄆㄤˊ。彭彭，有三解：（一）強壯有力的樣
子。（二）馬的奔馳聲。（三）行不得休息的樣子。詳見朱《評釋》。
按：以「馬行不得休息的樣子」為佳。毛《傳》：「彭彭然不得息，傍傍
然不得已。」是其證也。

2　傍傍，音崩崩，ㄅㄥ　ㄅㄥ，人不得休息的樣子。毛《傳》：「傍傍，傍傍
然不得已。」

3　嘉，善，讚美。鄭玄《箋》：「嘉，善也。王善我年未老乎？」此言周王
讚美我年齡還不老。

4　鮮，善，稱讚。鄭玄《箋》：「鮮，善。善我方壯？」方，正。將，壯。
毛《傳》：「將，壯也。」此言周王稱讚我正強壯。

5　旅，「膂月」的假借。旅力，體力。王念孫《廣雅疏證》：「〈大雅・桑
柔〉云：『靡有旅力』，〈秦誓〉云：『旅力既愆』，〈周語〉云：『四軍之
眾，旅力方剛』，義並與『膂』同。膂、力一聲之轉，今人猶呼為膂
力，古之遺語也。」方，正。剛強，強健。旅力方剛，體力正強健。

6　經營，策劃，引申為治理。

章旨　三章敘述「從事獨賢」的緣故。鍾惺《評點詩經》：「嘉我未老
三句，似為『獨賢』二字下一注腳，筆端之妙如此。」

作法　三章平鋪直敘的賦。

原文　或燕燕居息[1]，或盡瘁事國[2]；或息偃在床[3]，或不已于
行[4]。

押韻 四章息、國，是 25（職）部。床、行，是 15（陽）部。

注釋

1 或，有的人。燕燕，安居休息的樣子。毛《傳》：「燕燕，安息貌。」

2 或，有的人。盡瘁，勞病，積勞成疾。事國，從事於國事。嚴粲《詩緝》：「事國，從事於國也。」

3 或，有的人。息，安息。偃，音掩，一ㄢ∨，仰臥、躺臥。

4 或，有的人。不已，不停止。鄭玄《箋》：「不已，猶不止也。」行，道路。不已於行，在道路上奔馳而不停止。

章旨 四章敘述勞逸迥然不同的情況。

作法 四章兼用類疊（複疊）、映襯（對比）而平鋪直敘的賦。

原文 或不知叫號[1]，或慘慘劬勞[2]；或棲遲偃仰[3]，或王事鞅掌[4]。

押韻 五章號、勞，是 19（宵）部；仰、掌，是 15（陽）部。

注釋

1 四個「或」，都是「有的人」之意。不知，不聞。叫，呼。號，召。毛《傳》：「叫，呼。號，召也。」朱熹《詩集傳》：「深居安逸，不聞人聲也。」

2 慘，憂慮的樣子。劬勞，勞苦。余《正詁》：「慘慘劬勞，勞苦不安。」

3 棲遲，遊息。〈陳・衡門〉毛《傳》：「棲遲，游息也。」偃，音掩，一ㄢ∨，仰面倒下。偃仰，仰臥。

4 鞅掌，事多的樣子。馬瑞辰《毛詩傳箋通釋》：「鞅掌，事多之貌。王事鞅掌，猶王事靡盬、王事傍傍，皆謂王事煩多也。」

章旨 五章陳述勞逸不同的情形。

作法 五章兼有類疊（複疊）、映襯（對比）而平鋪直敘的賦。

原文 或湛樂飲酒[1]，或慘慘畏咎[2]；或出入風議[3]，或靡事不為[4]。

押韻 六章酒、咎，是 21（幽）部。議、為，是 1（歌）部。

注釋

1 湛，音丹，ㄉㄢ，快樂。湛樂，過度享樂。按：程、蔣《注析》：「湛，亦作媅、耽，皆酖之假借。《說文》：『酖，樂酒也。』」

2 咎，罪過。

3 風，放，發表。鄭玄《箋》：「風，放也。」議，議論。孔穎達《毛詩正義》：「出入風議，謂閒暇無事，出入放恣義量時政。」

4 靡……不……，兩個否定，變成一個肯定。此言什麼事情都要做，形容極為勞苦。

章旨 六章描述勞逸大相逕庭的狀況。

作法 六章兼有類疊（複疊）、映襯（對比）而平鋪直敘的賦。

研析

　　方玉潤《詩經原始》：「前三章皆言一己獨勞之苦，尚屬臣子分所應為，故不敢怨。末乃勞逸對舉，兩兩相形，一直到底，不言怨而怨自深矣。此詩人善於立言處，固不徒以無數或字，見局陳之奇也。」方氏詮析縝密，層次井然，闡釋精闢，「不言怨而怨自深矣」，「《詩》可以怨」，其此之謂乎？

六　無將大車

> 無將大車，祇自塵兮。無思百憂，祇自疧兮。
> 無將大車，維塵冥冥。無思百憂，不出于熲。
> 無將大車，維塵雍兮。無恩百憂，祇自重兮。

篇名　〈無將大車〉，取首章首句「無將大車」為篇名。

篇旨　方玉潤《詩經原始》：「此詩人感時傷亂，搔道茫茫，百憂並
　　　　集；既憂知其徒憂無益，祇以自病，故作此曠達，聊以自遣之
　　　　詞。」

原文　無將大車¹，祇自塵兮²。無思百憂，祇自疧兮³。

押韻　一章塵，是 6（真）部。疧，是 4（脂）部。真、脂二部，是
　　　　對轉而押韻。

注釋

　　1　將，扶進。鄭玄《箋》：「將，猶扶進也。」孔穎達《毛詩正義》：「〈冬
　　　　官〉車人為車、有大車。鄭（玄）云：大車，平地任載之車，其車駕
　　　　牛。」大車，比喻百憂。

　　2　祇，音支，ㄓ，適。鄭玄《箋》：「祇，適也。」塵，本是名詞，此當動
　　　　詞，塵土撲身。兮，語末助詞，無意義。楊《詞詮・卷四》。

　　3　疧，音其，ㄑㄧˊ，病。毛《傳》：「疧，病也。」余《正詁》：「句謂思
　　　　百慮，適自尋其病也。」

章旨　一章敘述不為無益之事，不思致病之憂，而自作寬解。

作法　一章兼有比喻（譬喻）而觸景生情的興。

原文　無將大車，維塵冥冥¹。無思百憂，不出于熲²。

押韻 二章冥、潁，是 12（耕）部。

注釋

1 維，語首助詞。冥冥，程、蔣《注析》：「冥冥，昏暗不明貌，此處指塵土蔽空。」鄭玄《箋》：「冥冥者，蔽人目明，令無所見也。」

2 潁，音耿，《ㄥˇ，小明。朱熹《詩集傳》：「潁與耿同，小序也。在憂中耿耿然不能出也。」朱守亮《詩經評釋》：「句言不能離於憂也。」

章旨 二章陳述不思眼前之憂而自寬的情況。

作法 二章兼有比喻（譬喻）而觸景生情的興。

原文 無將大車，維塵雍兮[1]。無思百憂，祇自重兮[2]。

押韻 三章雍、重，是 18（東）部。

注釋

1 雍，遮蔽。鄭玄《箋》：「雍，猶蔽也。」

2 重，疲累。鄭玄《箋》：「重，猶累也。」余《正詁》：「言思百憂只自疲累而已。」

章旨 三章描述不想眼前之憂而自作寬解。

作法 三章兼有比喻（譬喻）而觸景生情的興。

研析

朱守亮《詩經評釋》：「詩則特重一無字，蓋禁止、叮囑、自期之意，全由此無字出。夫大車者，駕牛而後可行，故期以勿自將扶之也。否之，徒自將之，則適取其塵污爬。自憂者，須遣之不使害身而後稱善，故期以勿自思慮之也。否之，徒自思之，則適取其疕痛而已，此全詩之義也。」朱氏之言，娓娓道來，言之有據，不游談無根。

王質《詩總聞》：「賢者不願居高位，居高者則任重事。事態如此，高位不可居，重事不可任，莫若自顧為安。」此言甚諦。

七　小明

　　明明上天，照臨下土。我征徂西，至于艽野。二月初
吉，載離寒暑。心之憂矣，其毒大苦。念彼共人，涕零如
雨。豈不懷歸？畏此罪罟。

　　昔我往矣，日月方除。曷云其還，歲聿云莫。念我獨
兮，我事孔庶。心之憂矣，憚我不暇。念彼共人，睠睠懷
顧。豈不懷歸？畏此譴怒。

　　昔我往矣，日月方奧。曷云其遠？政事愈蹙。歲聿云
莫，采蕭穫菽。心之憂矣，自詒伊戚。念彼共人，興言出
宿，豈不懷歸？畏此反覆。

　　嗟爾君子，無恆安處。靖共爾位，正直是與。神之聽
之，式穀以女。

　　嗟爾君子，無恆安息。靖共爾位，好是正直。神之聽
之，介爾景福。

篇名　〈小明〉的「明」取首章首句「明明上天」的「明」，是節縮
　　　　修辭手法。「小」，就文法言，是帶詞頭衍聲複詞。至於鄭玄
　　　　《箋》：「名篇曰〈小明〉者，幽王日小其明，損其政事，以至
　　　　於亂。」蘇轍《詩集傳》以為區別於〈大雅〉之〈大明〉，故
　　　　名小。鄭、蘇二說，可資卓參。

篇旨　朱守亮《詩經評釋》：「此行役者久不得歸，詠其憂思，以寄僚
　　　　友之詩。」

原文　明明上天 [1]，照臨下土 [2]。我征徂西 [3]，至于艽野 [4]。二
　　　　月初吉 [5]，載離寒暑 [6]。心之憂矣 [7]，其毒大苦 [8]。念彼

共人 [9]，涕零如雨 [10]。豈不懷歸 [11]？畏此罪罟 [12]。

押韻　一章土、野、暑、苦、雨、罟，是 13（魚）部。

注釋

1　明明上天，當作「上天明明」。明，光明。明明，光明又光明，是類疊中的疊字，具有加強作用。此句言上天是極為光明的。

2　照臨，居高臨下普照。下土，下地，指人民所住的地方。此二句朱熹《詩集傳》：「大夫以二月西征，至於歲暮，而未得歸，故呼天而訴之。」

3　征，行役。鄭玄《箋》：「征，行也。」徂，音殂，ㄘㄨˊ，往，到……去。

4　至于，到。芫，音求，ㄑㄧㄡˊ。芫野，有二解：（一）荒遠的地方。毛《傳》：「芫野，遠荒之地。」（二）孔穎達《毛詩正義》：「野是遠稱，芫是地名。」朱守亮《詩經評釋》：「芫野，即鬼方之野也。」《爾雅・釋地》：「邑外謂之郊，郊外謂之牧，牧外謂之野。」

5　二月，夏曆二月。初吉，有二解：（一）朔日。毛《傳》：「初吉，朔日也。」（二）王引之《經義述聞》：「初吉，上旬之吉日也。」

6　載，語首助詞，無意義。楊《詞詮・卷六》。離，經歷。孔《正義》：「離，更也。」載離寒暑，當作「載離暑寒」，為押韻而倒裝的肯定句。詳見附錄：《詩經》倒裝的三觀。

7　「心之憂矣」的「之」，語中助詞，無意義。矣，語末助詞，表感歎，「啊」之意。

8　大，音義同「太」。鄭玄《箋》：「憂之甚，心中如有毒藥也。」王先謙《詩三家義集疏》：「我心甚憂，如毒藥之苦。」

9　彼，遠指代詞，「那」之意。共，通「恭」。屈萬里《詩經詮釋》：「共人，蓋行役者謂其妻也。」

10　涕，眼淚。零，落。涕零如雨，汗如雨下，既是比喻（譬喻），又是夸

飾（誇張），兼格修辭。

11 懷，思，想。鄭玄《箋》：「懷，思也。」此句言難道不思回家嗎？

12 罟，音古，《ㄨˇ，網。罪罟，法網。此句言怕這法網，因為逃歸就會獲罪。

章旨　一章敘述行役之人轉徙遠方，久而不得歸之心情。

作法　一章兼有比喻（譬喻）、類疊（複疊）、設問而平鋪直敘的賦。

原文　昔我往矣[1]，日月方除[2]。曷云其還[3]，歲聿云莫[4]。念我獨兮[5]，我事孔庶[6]。心之憂矣，憚我不暇[7]。念彼共人，睠睠懷顧[8]。豈不懷歸？畏此譴怒[9]。

押韻　二章除、暇、顧、怒，是 13（魚）部。莫、庶，是 14（鐸）部。魚、鐸二部，是對轉而押韻。

注釋

1 矣，語末助詞，表提示以起下文，與「也」同。楊樹達《詞詮·卷七》。

2 方，剛。除，除舊布新。毛《傳》：「除，除陳生新也。」

3 曷，何時。云，語中助詞，無意義。楊《詞詮·卷九》。其，時間副詞，將。楊《詞詮·卷四》。還，音旋，ㄒㄩㄢˊ，回家。

4 聿，音玉，ㄩˋ，已。裴學海《古書虛字集釋》：「聿，猶已也。」云，語中助詞，無意義。莫，「暮」的古字。余培林《詩經正詁》：「言今歲已暮矣。此未歸之詞。」

5 獨，單獨，指自己單獨行役在荒遠的地方。

6 孔，甚、很。庶，眾、多。鄭玄《箋》：「庶，眾也。」

7 憚，音旦，ㄉㄢˋ，勞苦。毛《傳》：「憚，勞也。」憚我，使我勞苦。憚，是致使動詞、役使動詞，使役動詞。暇，閒暇。

8 睠睠，音眷眷，ㄐㄩㄢˋ ㄐㄩㄢˋ，反顧的樣子懷顧，懷念朋友而回頭
看。

9 此，近指代詞，指統治者。譴，責備。怒，生氣。朱《集傳》：「譴怒，
罪責也。」

章旨 二章描述自己事務繁多。

作法 二章兼用設問而平鋪直敘的賦。

原文 昔我往矣，日月方奧 [1]。曷云其遠？政事愈蹙 [2]。歲聿
云莫，采蕭穫菽 [3]。心之憂矣，自詒伊戚 [4]。念彼共
人，興言出宿 [5]，豈不懷歸？畏此反覆 [6]。

押韻 三章奧、蹙、菽、戚、宿、覆，是 22（覺）部。

注釋

1 奧，音玉，ㄩˋ，暖。毛《傳》：「奧，煖也。」暖、煖，就訓詁言，形
體異構，二字音義雷同。如棊、碁，音義同「棋」，也是形體異構。

2 蹙，音促，ㄘㄨˋ，緊急、急促。毛《傳》：「蹙，促也。」

3 采，是「採」的古字。就文字學言，采是本字，採是後起字。穫，收
割。蕭，艾蒿。菽，豆。鄭玄《箋》：「歲晚，乃至采蕭穫菽，尚不得
歸。」

4 詒，遺、留。鄭玄《箋》：「詒，遺也。」伊，此、這。鄭玄《箋》：
「伊，此也。」不致，憂傷。毛《傳》：「戚，憂也。」

5 興，起。言，語中助詞，無意義。楊《詞詮‧卷七》。出宿，出宿於
外。朱《評釋》：「句言憂不能寐，起而宿於外也。」

6 此，代詞，指周王。反覆，反覆無常。余《正詁》：「畏王之反臉降罪
也。」

章旨 三章敘述行役甚久，憂不能寐，起而宿於外，以解吾憂。

作法 三章兼用設問而平鋪直敘的賦。

原文　嗟爾君子[1]，無恆安處[2]。靖共爾位[3]，正直是與[4]。神之聽之[5]，式穀以女[6]。

押韻　四章處、與、女，是 13（魚）部。

注釋

1　嗟，單獨使用，表示呼喚、歎惜。陳霞村《古代漢語虛詞類解》。爾，汝。楊《詞詮・卷十》：「爾，人稱代名詞，汝也。音變為今語『你』字。君子，指其僚友。」朱《集傳》：「君子，指其僚友。」

2　恆，常。朱《詩集傳》：「無以安處為常，言當有勞時，勿懷安也。」

3　靖，安。《左傳・襄公七年》杜預注：「靖，安也。」共，恭。爾，汝位，職位。余《正詁》：「言汝當安靖恭謹汝之職位也。」

4　與，親近。正直是與，當作「與正直」，親近正直之人。是，結構助詞，無意義。段德森《實用古漢語虛詞》：「動詞的賓語置于動詞前，有的需要助詞幫助，其作用是，用上助詞作標誌，結構更緊湊，更顯豁，使賓語更凸出、強調。『是』是具有這種作用的助詞之一。」

5　神，慎。馬瑞辰《毛詩傳箋通釋》：「神之，即慎之也。」之，俄語，指正直是與。聽，從。

6　式穀，行善。詳見余培林〈釋《詩經》中「式」字〉。式穀以女，行善由汝。

章旨　四章警戒其僚友，亂世不可仕。

作法　四章平鋪直敘的賦。

原文　嗟爾君子，無恆安息。靖共爾位，好是正直[1]。神之聽之，介爾景福[2]。

押韻　五章息、直、福，是 25（職）部。

注釋

1　好，音號，ㄏㄠˋ，愛。是，此、這。此句言喜愛這正直的人。

2 介，音匄，《ㄍㄞˋ，「匄」的假借，求、予。爾，汝。景，大。朱《評
　釋》：「匄言賜爾大福。」

章旨　五章嗟歎賢者在位，宜居安思危，以自我勉勵。

作法　五章平鋪直敘的賦。

研析

　　呂祖謙《東塾讀詩記》：「前三章皆言悔仕亂朝，若于勞役，欲安
處休息而不可得，雖懷歸而自知其不可歸。故復二章又戒其僚友在朝
者，深見亂世之不可仕也。」誠哉斯言。

　　余培林《詩經正詁》：「後二章形式複疊，內容相同，在勸誡僚
友，『無恆安處。靖共爾位』而已——此正本篇之主旨所在也。」此
言甚諦。朱守亮《詩經評釋》：「詩雖淒苦悲痛之情難堪，但忠厚之意
自不失也。」此乃溫柔敦厚之詩教也。

八　鼓鐘

　　鼓鐘將將，淮水湯湯。憂心且傷。淑人君子，懷允
不忘。

　　鼓鐘喈喈，淮水湝湝。憂心且悲。淑人君子，其德
不回。

　　鼓鐘伐鼛，淮有三洲。憂心且妯。淑人君子，其德
不猶。

　　鼓鐘欽欽，鼓瑟鼓琴。笙磬同音。以雅以南，以籥
不僭。

篇名　〈鼓鐘〉，取首章首句「鼓鐘將將」之「鼓鐘」為篇名。

篇旨　方玉潤《詩經原始》：「此詩循文案義，自是作樂淮上，……。
玩其詞意，極為歎美周樂之盛，不禁有懷在昔，德不可忘，而
至於憂心且傷也，此非淮徐詩人重觀周樂，以誌欣喜之作而誰
作哉？」此說允當。

原文　鼓鐘將將 [1]，淮水湯湯 [2]。憂心且傷。淑人君子 [3]，懷允
不忘 [4]

押韻　一章將、湯、傷、忘，是 15（陽）部。

注釋

1　鼓，本是名詞，此當動詞，「敲」之意。將將，音鏘鏘，ㄑㄧㄤ ㄑㄧㄤ，
　　鐘聲。就文法言，狀聲詞、象聲詞。詳見蔡宗陽《國文文法》。

2　淮水，程、蔣《詩經注析》：「淮水，今名淮河，發源於河南桐柏山，經
　　安徽、江蘇兩省入海。」湯湯，音傷傷，水流湍急的樣子。

3　淑，善。淑人君子，指所懷念的人。

4 懷，抱。余《正詁》：「懷，抱也。」允，信。鄭玄《箋》：「允，信
也。」不忘，不已。余《正詁》：「句言其守信不已也。」

章旨 一章敘述作樂，以懷念淑人君子，而憂傷的情形。

作法 一章平鋪直敘的賦。

原文 鼓鐘喈喈 1，淮水湝湝 2。憂心且悲。淑人君子，其德
不回 3。

押韻 二章喈、湝，是 4（脂）部。悲、回，是 7（微）部。脂、微
二部，是旁轉而押韻。

注釋

1 喈喈，音皆皆，ㄐ一ㄝ ㄐ一ㄝ，鐘聲和諧。王先謙《詩三家義集疏》：
「《說文》：『鍇，樂和鍇也。』此喈，即鍇之假借。」

2 湝湝，音皆皆，ㄐ一ㄝ ㄐ一ㄝ，水流聲。許慎《說文》：「湝，水流湝湝
也。」

3 回，邪。朱《評釋》：「句言君子之德，正而不邪也。」

章旨 二章描述作樂，以思念淑子君子，而憂傷的狀況。

作法 二章平鋪直敘的賦。

原文 鼓鐘伐鼛 1，淮有三洲 2。憂心且妯 3。淑人君子，其德
不猶 4。

押韻 三章鼓咎、洲、妯、猶，是 21（幽）部。

注釋

1 伐，擊。鼛，音高，ㄍㄠ，大鼓。毛《傳》：「鼛，大鼓也。」

2 朱右曾《詩地理徵》：「《水經注》曰：『淮水又東，為安風津。津中有
洲，領口關洲。蓋津關所在，故洲納厥稱。』通校全淮，惟此有洲，在
今霍邱縣北也。」

3 且，又。妯，音抽，ㄔㄡ，悼，音道，ㄉㄠˋ，哀傷。鄭玄《箋》：「妯之言悼也。」按：林尹《訓詁學概要》：「凡言『之言』者，必得意義全通。」

4 其，代詞，指淑女君子。猶，有二解：（一）詐。揚雄《方言·十三》：「猶，詐也。」高亨《詩經今注》：「其德不猶，言君子之德誠實無欺。」（二）同。屈萬里《詩經詮釋》：「猶與〈召南·小星〉『實命不猶』之猶同義，此言其德與常人不同也。」

章旨　三章陳述作樂，以懷念淑人君子，而哀傷的情形。

作法　三章平鋪直敘的賦。

原文　鼓鐘欽欽 [1]，鼓瑟鼓琴。笙磬同音 [2]。以雅以南 [3]，以籥不僭 [4]。

押韻　四章欽、琴、音、南、僭，是 28（侵）部。

注釋

1 欽欽，鐘聲。就文法言，是狀聲詞、象聲詞。

2 笙，竹製樂器。磬，樂器。朱《集傳》：「磬，樂器，以石為之。」同音，蘇轍《詩集傳》：「同音，言其和也。」

3 以，為、奏。顧野王《玉篇》：「以，為也。」雅，樂器名。南，樂器名。這兩種樂器名，後來都孳乳為樂調之名，即二〈雅〉、二〈南〉。詳見程、蔣《注析》。

4 以，為，吹。籥，音越，ㄩㄝˋ，樂器名，以竹為主，似笛，六孔。僭，音欽，ㄑㄧㄣ，混亂。朱《集傳》：「僭，亂也。」余《正詁》：「言吹籥而舞，進退不亂也。」

章旨　四章極力描述奏樂，和而不亂。

作法　四章平鋪直敘的賦。

研析

　　陳奐《詩毛氏傳疏》:「鼓鐘、擊鐘,謂金奏也。大饗,王出入奏〈王夏〉,賓出入奏〈肆夏〉。賓為諸侯詩為幽王會諸侯,則所謂鼓鐘者,奏〈王夏〉與〈肆夏〉也。凡饗食賓射尚金奏,故詩四章皆言鼓鐘。」此言詩四章皆「鼓鐘」,其來有自。孫鑛《批評詩經》:「寫奏樂絕妙,直畫出音來。凡樂奏皆以鐘為綱領,諸音隨之,而磬乃齊其節,所謂金聲玉振。金是腔,玉是板。」孫氏詮釋精闢,剖析精微。

九　楚茨

　　楚楚者茨，言抽其棘。自昔何為？我藝黍稷。我黍與與，我稷翼翼。我倉既盈，我庾維億。以為酒食，以享以祀。以妥以侑，以介景福。

　　濟濟蹌蹌，絜爾牛羊，以往烝嘗。或剝或亨，或肆或將。祝祭于祊，祀事孔明。先祖是皇，神保是饗。孝孫有慶，報以介福，萬壽無疆。

　　執爨踖踖，為俎孔碩。或燔或炙，君婦莫莫。為豆孔庶，為賓為客。獻醻交錯，禮儀卒度，笑語卒獲，神保是格。報以介福，萬壽攸酢。

　　我孔熯矣，式禮莫愆。工祝致告：「徂賚孝孫。苾芬孝祀，神嗜飲食。卜爾百福，如幾如式。既齊既稷，既匡既勑。永錫爾極，時萬時億。」

　　禮儀既備，鐘鼓既戒。孝孫徂位，工祝致告。神具醉止，皇尸載起。鼓鐘送尸，神保聿歸。諸宰君婦，廢徹不遲。諸父兄弟，備言燕私。

　　樂具入奏，以綏後祿。爾殽既將，莫怨具慶。既醉既飽，小大稽首。神嗜飲食，使君壽考。孔惠孔時，維其盡之。子子孫孫，勿替引之。

篇名　〈楚茨〉，取首章首句「楚楚者茨」的「楚茨」為篇名。這是運用「節縮」修辭手法。

篇旨　呂祖謙《東塾讀詩記》：「〈楚茨〉極言祭祀，事神受福之節，觀其威儀之盛，物品之豐，所以交神明，逮群下至於受福無疆者，非德盛政修何以致之！」王靜芝《詩經通釋》：「詩中昏詳

敘祭祀，始終無刺意，……鼓鐘送尸，乃奏肆夏，是王者之
禮。是記王者祭宗廟之詩也。」

原文 楚楚者茨[1]，言抽其棘[2]。自昔何為？我蓺黍稷[3]。我黍
與與[4]，我稷翼翼[5]。我倉既盈[6]，我庾維億[7]。以為酒
食，以享以祀[8]。以妥以侑[9]，以介景福[10]。

押韻 一章棘、稷、翼、億、食、福，是 25（職）部，祀、侑，24
（之）部。之、職二部，是對轉而押韻。

注釋

1 楚楚，叢生藏密的樣子。朱《集傳》：「楚楚，盛密貌。」者，指示代
　詞，兼代人物。戈人可譯為「人」，代事物可譯為「的」。詳見楊《詞
　詮・卷五》。茨，蒺藜。

2 言，語首中詞，無意義。楊《詞詮・卷七》。抽，拔除。毛《傳》：
　「抽，除也。」棘，刺。其，代詞，指蒺藜。楊雄《方言》：「凡草木刺
　人……自關而西，謂之刺；江淮之間，謂之棘。」

3 自昔，從古。程、蔣《注析》：「指從古以來，就是這樣開闢田地。」何
　為，當作「為何」，為什麼。我，指主者自稱。蓺，音藝，一ˋ，種。
　黍、稷，糧食名。

4 與與，繁盛的樣子。孔穎達《正義》：「與與，蕃殖而茂盛。」

5 翼翼，繁盛的樣子。朱熹《詩集傳》：「與與、翼翼，皆蕃盛貌。」

6 既，已經。盈，滿。

7 庾，音雨，ㄩˇ，積穀之囷。毛《傳》：「庾，露積。」許慎《說文》：
　「庾，一曰倉無屋者。」維，語中助詞，無意義。楊《詞詮・卷八》。
　億，有二解：（一）十萬。鄭玄《箋》：「倉言盈，庾言億，亦互辭喻多
　也。十萬曰億。」按：盈、億，形容很多，這是夸飾（誇張）修辭手
　法。（二）滿。馬瑞辰《毛詩傳箋通釋》：「億，《說文》作意，云：

『意，滿也。一曰十萬曰億。』是億之本義訓滿，與盈同義。王尚書
（引之）《經義述聞》曰：『億，亦盈也，語之轉耳，此盈字但取盈滿之
義，非紀其數，與萬億及秭之意不同。』其說是也。」

8 以，用。享，獻神。鄭玄《箋》：「享，獻也。」此二句言用酒食來獻神
祭祀。

9 妥，安坐。侑，音右，一ㄡˋ，勸酒。毛《傳》：「妥，安坐。侑，勸
也。」朱《評釋》：「句謂使尸安坐於神位，而勸其飲食也。」

10 以，用來。介，音匃，ㄍㄞˋ，求。景，大。此句言用來祈求大福氣。

章旨 一章敘述豐收而後祭祀，祈求幸福。

作法 一章平鋪直敘的賦。

原文 濟濟蹌蹌[1]，絜爾牛羊[2]，以往烝嘗[3]。或剝或亨[4]，或
肆或將[5]。祝祭于祊[6]，祀事孔明[7]。先祖是皇[8]，神保
是饗[9]。孝孫有慶[10]，報以介福[11]，萬壽無疆[12]。

押韻 二章蹌、羊、嘗、亨、將、祊、明、皇饗、慶、疆，是 15
（陽）部。

注釋

1 濟濟，眾多的樣子。蹌蹌，趨進的樣子。余培林《詩經正詁》：「《詩》
凡言『濟濟』，皆盛多之意。此言大夫儀容之盛。凡言『蹌蹌』，皆趨進
之貌。此言大禾趨進有節也。」

2 絜，潔，洗滌乾淨。爾，汝。牛羊，祭品。

3 以，用。往，到……去。烝，冬祭。嘗，冬祭。《爾雅·釋天》：「秋祭
曰嘗，冬祭曰烝。」烝嘗，此泛指祭祀。

4 或，有的人。剝，剝皮。鄭玄《箋》：「剝，解剝其皮也。」亨，烹調。
亨、烹，是古今字。

5 或，有的人。肆，陳列。蘇轍《詩集傳》：「謂陳其骨體於俎也。」朱

《評釋》：「謂陳祭肉於案上。」將，捧進。鄭玄《箋》：「將，奉持進之也。」鄭玄《箋》：「有肆其骨體於俎者，或奉持而進之者。」

6 祝，掌管祭禮之官吏。許慎《說文》：「祝，祭主贊辭者。」祊，音邦，ㄅㄤ，宗廟門內設祭壇處。《說文》：「祊，門內祭，先祖所旁皇也。」

7 孔，甚、很。明，音忙，ㄇㄤ／，完備。鄭玄《箋》：「明，猶備也。」

8 先祖是皇，當作「先祖皇是」。是，代詞，指祊。皇，讚美。毛《傳》：「皇，美也。」余培林《詩經正詁》：「言先祖美之，故神來饗也。」

9 神保，祖考之異名。詳見王國維〈與友人論詩書中成語書〉。饗，享受祭祀所獻之酒食。《說文》段玉裁注：「獻於神曰享，神食其所享曰饗。」饗，本是名詞，此當動詞。高亨《詩經今注》：「饗，享受祭祀。」就修辭言，是轉品、轉類。就文法言，是詞類活用。神保是饗，當作「饗神保」。是，係語中助詞、結構助詞，旨在使結構更緊湊，更顯露，具有強調作用。詳見段德森《實用古漢語虛詞》。

10 孝孫，主祭之人。朱熹《詩集傳》：「孝孫，主祭之人也。」慶，福祥。朱《集傳》：「慶，猶福也。」方玉潤《詩經原始》：「二、三章備言牲體之潔，俎豆之盛，以及從事之人莫不敬謹將事，是以神降之福。是初祭二大段。」

11 報以介福，當作「以介福報（之）」。省略代詞（之），指孝孫。此句言神以大福報孝孫。

12 萬壽無疆，萬年長壽，而無界限、無窮盡。疆，界限。

章旨 二章描述祭祀的狀況。祭祀之人，行有威儀；潔其牛羊，以行祭祀之事。

作法 二章兼用類疊（複疊）而平鋪直敘的賦。

原文 執爨踖踖 [1]，為俎孔碩 [2]。或燔或炙 [3]，君婦莫莫 [4]。為豆孔庶 [5]，為賓為客 [6]。獻醻交錯 [7]，禮儀卒度 [8]，笑語

卒獲 [9]，神保是格 [10]。報以介福，萬壽攸酢 [11]。

押韻　三章踖、碩、炙、莫、庶、客、錯、度、獲、格、酢，是 14
　　　　（鐸）部。

注釋

1　爨，音竄，ㄘㄨㄢˋ，灶。朱《集傳》：「爨，灶也。執爨，負責烹調之
　　事。」踖踖，音鵲，ㄑㄩㄝˋ，敬慎敏捷的樣子。孔穎達《毛詩正義》：
　　「踖踖，敬慎也。」

2　俎，祭祀時盛牲體的禮器。孔，甚、很。碩，大也。此句言禮器中的牲
　　體甚大。

3　或，有的。燔，音煩，ㄈㄢˊ，燒肉。炙，烤肉。高亨《詩經今注》：
　　「燔，燒肉也。炙，烤肉也。」

4　君婦，有二解：（一）嫡妻。鄭玄《箋》：「謂后也。凡嫡妻稱君婦。」
　　（二）主婦。朱熹《詩集傳》：「君婦，主婦也。」莫莫，清靜恭敬謹慎
　　的樣子。毛《傳》：「莫莫，言清靜而敬至也。」

5　豆，古代盛食物用的禮器。孔，甚、很。庶，眾多。孔《正義》：「庶，
　　眾多也。」

6　賓客，助祭者。屈萬里《詩經詮釋》：「賓客，謂助祭者。」

7　獻，主人向客人敬酒。醻，同「酬」，主人自飲一杯，然後敬客。交
　　錯，毛《傳》：「東西為文，邪行為錯。」按：相對敬酒叫交，斜對敬酒
　　叫錯。

8　卒，盡、完全。鄭玄《箋》：「卒，盡也。」度，法度。毛《傳》：度，
　　法度也。

9　獲，得，得其宜。朱《集傳》：「獲，得其宜也。」

10　神保是格，當作「格神保」。是，結構助詞，無意義。格，來到。毛
　　　《傳》：「格，來也。」按：程、蔣《詩經注析》：「格，與『格』通。來
　　　到。（揚雄）《方言》：『佫，來也。』」

11 攸，以。屈《詮釋》：「攸，猶以也。」酢，報答。毛《傳》：「酢，報
　　也。」程、蔣《注析》：「酢，本義為客人還敬主人酒。此處引申為神對
　　主人的報答。」

章旨　三章敘述祭禮豐盛，降福甚多的情形。

作法　三章兼用類疊（複疊）而平鋪直敘的賦。

原文　我子熯矣[1]，式禮莫愆[2]。工祝致告[3]：「徂賚孝孫[4]。苾
　　芬孝祀[5]，神嗜飲食[6]。卜爾百福[7]，如幾如式[8]。既齊
　　既稷[9]，既匡既勅[10]。永錫爾極[11]，時萬時億[12]。」

押韻　四章熯、愆，是 3（元）部。孫，是（9）諄部。元、諄二
　　部，是旁轉轉而押韻。食、福、式、稷、勅、極、億，是 25
　　（職）部。

注釋

1 孔，甚、很。熯，恭敬謹慎。矣，表示感歎，「啊」之意。

2 式，法禮、行禮。鄭玄《箋》：「式，法也。」莫，不。愆，音千，ㄑㄧ
　　ㄢ，過錯。鄭玄《箋》：「愆，過也。」此句言依禮而行，不敢有差錯。

3 工，官。馬瑞辰《毛詩傳箋通釋》：「〈少年饋食禮〉：『皇尸命工祝。』
　　鄭（玄）注：『工，官也。』」工祝，官祝。致告，代神致辭，以告祭
　　者。鄭玄《箋》：「致告，致神意告主人。」

4 徂，音殂，ㄘㄨˊ，有二解：（一）往。屈《詮釋》：「徂，往也。」
　　（二）祖。高亨《今注》：「徂，當作『祖』，形似而誤。」賚，音賴，
　　ㄌㄞˋ，賜予。毛《傳》：「賚，予也。」

5 苾，音必，ㄅㄧˋ，香。苾芬，芬芳。許慎《說文》：「苾，馨香也。
　　芬，草初生香分布也。」孝，享也。馬瑞辰《毛詩傳箋通釋》：「孝，享
　　也。」孝祀，享祀。《爾雅·釋詁》：「享，孝也。」朱守亮《詩經評
　　釋》：「句言以芬芳潔美之食，以孝敬祀神也。」

6 嗜，喜愛。余培林《詩經正詁》：「句言神喜飲之食之也。」

7 卜，賜予。鄭玄《箋》：「卜，予也。」爾，汝，指孝孫。百福，形容很
多福祿。這是數量的夸飾（誇張）。

8 如，合。高亨《今注》：「如，猶合也。」幾，法。《小爾雅・釋詁》：
「幾，法也。」式，法。毛《傳》：「式，法也。」幾、式，字異而義
同，是句中互文見義。

9 既，已經。齊，疾速。《爾雅・釋詁》：「齊，疾也。」稷，疾。毛
《傳》：「稷，疾也。」齊、稷，字異而義同，是句中互文見義。

10 匡，端正。朱《集傳》：「匡，正也。」勑，音赤，彳ㄟˋ，嚴正。高亨
《今注》：「勑，嚴正。」匡、勑，皆有「正」義，此亦字異而義同，是
句中互文見義。

11 永，長。錫，賜。鄭玄《箋》：「錫，賜也。」爾，汝，指孝孫。極，
至。朱《評釋》：「極，至也，言善之極至。」按：此指至善之福祿。

12 時，是，疑，指福祿。萬億，形容很多，是數量的夸飾（誇張）。

章旨　四章陳述工祝嘏辭。陳子展《詩經直解》：「此章工祝致告，謂
正祭。」

作法　四章兼用類疊（複疊）而平鋪直敘的賦。

原文　禮儀既備[1]，鐘鼓既戒[2]。孝孫祖位[3]，工祝致告。神具
醉止[4]，皇尸載起[5]。鼓鐘送尸[6]，神保聿歸[7]。諸宰君
婦[8]，廢徹不遲[9]。諸父兄弟，備言燕私[10]。

押韻　五章備、戒，是 25（職）部。告，是 22（覺）部。職、覺二
部，是旁轉而押韻。起，是 24（之）部。之、職二部，是對
轉而押韻。尸、歸，是 7（微）部。遲、弟、私，是 4（脂）
部。脂、微二部，是旁轉而押韻。

注釋

1 既，已經。備，準備完畢。孔《正義》：「備，畢也。」

2 既，已經。戒，準備完畢。屈《詮釋》：「戒，備也。」備、戒，皆是「畢」之意，此字異而義同，是平行式互文見義。

3 徂，音殂，ㄘㄨˊ，往。鄭玄《箋》：「孝孫，徂位，以祭禮畢，孝孫往位，堂下西面位也。」程、蔣《注析》：「徂位，指主人回到原來的西面的位子上。」止。

4 止，語末助詞，表示決定。詳見楊樹達《詞詮·卷五》。

5 皇，大。載，則、就。起，起來告辭。毛《傳》：「皇，大也。」余《正詁》：「尸，古祭祀時，以生人象所祭之祖先，以備祭也。天子以卿為尸，諸侯以大夫為尸，卿大夫以下則以孫輩為之。」朱《集傳》：「皇尸，尊稱之也。」此句言祭祀已經完畢，就起來告辭，離開受祭的位置。

6 鼓鐘，段玉裁《詩經小學》以為「鼓鐘」當作「鐘鼓」。孔穎達《毛詩正義》：「鼓鐘送，鳴鐘鼓以送尸。」

7 聿，音玉，ㄩˋ，語中助詞，無意義。楊《詞詮·卷九》。此句言神保隨著尸回去。

8 宰，官名，指家臣。朱《集傳》：「諸宰，家宰非一人之稱也。」

9 廢，去。鄭玄《箋》：「廢，去也。」徹，通作「撤」，退。不遲，鄭玄《箋》：「以疾為敬也。」此句言快速地徹戾祭品，以示恭敬。

10 備，皆，完全。言，語中助詞，無意義。燕，通「宴」。燕私，私宴，宴飲家人。

章旨 五章描述祭祀完畢送尸後，而為私宴的情形。

作法 五章兼用類疊（複疊）而平鋪直敘的賦。

原文 樂具入奏 [1]，以綏後祿 [2]。爾殽既將 [3]，莫怨具慶 [4]。既

醉既飽⁵，小大稽首⁶。神嗜飲食，使君壽考⁷。孔惠孔時⁸，維其盡之⁹。子子孫孫，勿替引之¹⁰。

押韻　六章奏、祿，是 17（屋）部。將、度，是 15（陽）部。飽、首、考，是 21（幽）部。盡、引，是 6（真）部。

注釋

1 具，通「俱」，皆、都。孔《正義》:「祭時在廟，燕當在寢，故言祭時之樂，皆復來入於寢而奏之。」

2 以，本義是用來，引申為目的。綏，安逸享樂。毛《傳》:「綏，安也。」祿，福。後祿，後日之福祿。鄭玄《箋》:「後祿，復日之福祿。」

3 爾，汝。殽，通「肴」，菜肴。既，已經。將，送進來。朱《集傳》:「將，進也。」

4 莫，不。怨，怨恨、抱怨。具，通「俱」，皆。慶，慶歡、慶樂、慶賀。鄭玄《箋》:「同姓之臣有怨者，而皆慶君。是其歡也。」

5 既，已經。醉，喝醉。飽，吃飽。

6 小大，長幼。鄭玄《箋》:「小大，猶長幼也。」稽，音起，ㄑㄧˇ。稽首，叩頭。呂祖謙《東塾讀詩記》:「董氏曰:稽首，謂頭拜至地也。」

7 考，老。壽考，長壽。

8 孔，甚，很。惠有二解，（一）順利。鄭玄《箋》:「惠，順也。」（二）仁慈。高亨《詩經今注》:「惠，仁慈。」時，善。高亨《今注》:「時，善也。此句言祖先之神很仁慈，很良善。」

9 維，通「唯」，僅有。其，代詞，指祖先之神。盡，完全。之，代詞，指子孫。高亨《今注》:「此句言祖先能盡其仁慈良善之德，創業留給子孫。」

10 替，廢。毛《傳》:「替，廢也。」引，延長。毛《傳》:「引，長也。」高亨《今注》:「此二句告誡子孫，不要廢棄祖先之業，要一代一代傳下

去。」朱守亮《詩經評釋》:「句謂子孫勿廢絕此祭禮,須代代引長,以
繼續之也。」

章旨 六章敘述祭畢後,私宴同姓諸臣的情形。

作法 六章兼用類疊而平鋪直敘的賦。

研析

　　余培林《詩經正詁》:「除五章外,每章皆有求福之語,如一章
曰:『以介景福。』二章曰:『報以介福,萬壽無疆。』三章曰:『報
以介福,萬壽攸酢。』四章曰:『卜爾百福。』『永錫爾類。』末章
曰:『使君壽考。』是則祭神之目的,非在謝恩,而在以『以綏後
祿』也。至於『諸父兄弟,備言燕私』、『莫怨具慶』,加強全族之團
結力量,此又祭祀祖先之另一目的。」余氏闡析精確,真知灼見。

　　方玉潤《詩經原始》:「五章神醉尸起,送尸歸神,一往蕭穆,敬
謹之至。」孫鑛《批評詩經》:「氣格閎麗,結構嚴密。寫祀事如儀
注,莊敬誠孝之意儼然。有境有態,而精語險句,更層見錯出,極情
文條理之妙。」洵哉斯言。

十　信南山

　　信彼南山，維禹甸之。畇畇原隰，曾孫田之。我疆我
理，南東其畝。

　　上天同雲，雨雪雰雰。益之以霢霂，既優既渥，既霑既
足，生我百穀。

　　疆埸翼翼，黍稷彧彧，曾孫之穡，以為酒食。畀我尸
賓，壽考萬年。

　　中田有廬，疆埸有瓜。是剝是菹，獻之皇祖。曾孫壽
考，受天之祜。

　　祭以清酒，從以騂牡，享于祖考。執其鸞刀，以啟其
毛，取其血膋。

　　是烝是享，苾苾芬芬，祀事孔明。先祖是皇，報以介
福，萬壽無疆。

篇名　〈信南山〉，取首章首句「信彼南山」之「信南山」為篇名。

篇旨　余培林《詩經正詁》：「此詩當與前篇相同，亦為詠周王祭祀祖
　　　　先之詩。」姚際恆《詩經通論》：「此篇與〈楚茨〉略同。但彼
　　　　篇言烝嘗，此獨言烝，蓋言王者烝祭歲也。」陳子展《詩經直
　　　　解》：「〈信南山〉，蓋為烝祭之樂歌。〈楚茨〉云：『以往烝
　　　　嘗』，可能尚賅禴祠，卷夏秋冬皆得用之。」綜觀諸說，篇旨
　　　　數明確矣。

原文　信彼南山 [1]，維禹甸之 [2]。畇畇原隰 [3]，曾孫田之 [4]。我
　　　　疆我理 [5]，南東其畝 [6]。

押韻　一章甸、田，是6（真）部。理、畝，是24（之）部。

注釋

1 信，長遠的樣子。馬瑞辰《毛詩傳箋通釋》：「古伸字借作信，長遠貌。」彼，遠指代詞，「那」之意。詳見陳霞村《古代漢語虛詞類解》。南山，終南山，於今陝西省西南市南。呂祖謙《私塾讀詩記》：「董氏曰：南山，終南山也。」

2 維，是。楊《詞詮・卷八》：「維，不完全內動詞，是也。」甸，治理。毛《傳》「甸，治也。」之，代詞，指南山。

3 畇，畇，音雲雲，ㄩㄣˊ ㄩㄣˊ，平坦的樣子。余培林《詩經正詁》：「『畇』當作作『勻』。勻，均也，平也，引申有平坦之意。原，高地。隰，音息，ㄒㄧˊ，低地。」《爾雅・釋地》：「下溼曰隰，大野曰平，廣平曰原。」

4 曾孫，此指周王、主祭者。于省吾《詩經新證》：「孫對先祖言，皆可稱曾孫。」余《正詁》：「《集傳》謂是主祭者，似是。惟此主祭者，亦是周之天子也。」田，治理。程、蔣《注析》：「田，與上句甸字同義。」田、甸，字異而義同，此乃平行式句間互文見義。馬瑞辰《通釋》：「經必上甸下田者，變文以協韻也。」是其證也。

5 疆，劃定田之大界。理，劃定田之溝途。朱熹《詩集傳》：「疆者，為之大界也。理者，定其塗塗也。」

6 南，南北縱向。東，東西橫向。其，代詞，指南山。孔穎達《毛詩正義》：「於土之宜須縱須橫，故或南或東也。」

章旨 一章描述夏禹開墾，曾孫耕作的辛勞。

作法 一章兼用互文見義而平鋪直敘的賦。

原文 上天同雲[1]，雨雪雰雰[2]。益之以霡霂[3]，既優既渥[4]，既霑既足[5]，生我百穀[6]。

押韻 二章雲、雰，是9（諄）部。霂、渥、足、穀，是17（屋）部。

注釋

1 上天，冬。《爾雅‧釋天》：「冬為上天。」孔《正義》：「以雲在於天上，雨從上下，故曰上天。」同雲，程、蔣《注析》：「同雲，密集陰雲。《說文》：「同，合會也。」

2 雨，音玉，ㄩˋ，本是名詞，此指動詞，落。這是轉品、轉類、詞類活用。雰雰，音紛紛，ㄈㄣ ㄈㄣ，落雪紛紛的樣子。毛《傳》：「雰雰，雪貌。」

3 益，加。之，代詞，指雪。以，用。霢霂，音末木，ㄇㄛˋ ㄇㄨˋ，小雨。《爾雅‧釋天》：「小雨謂之霢霂。」余《正詁》：「冬有雪，春有雨，豐年之兆。」按：就文法言，霢霂，是雙聲衍聲複詞。

4 既，已經。優，潤澤。鄭玄《箋》：「優，潤澤也。」渥，音握，ㄨㄛˋ，潤濕。朱守亮《詩經評釋》：「渥，潤濕。」許慎《說文》：「渥，霑也。霑，濕也。濕，濡也。」段玉裁注：「渥之言厚也。濡之深厚也。」按：優、渥，為句中互文見義。

5 霑，沾潤。足，濕潤。程俊英、蔣見元《詩經注析》：「霑，沾的異體字，沾潤。足，浞的假借，濕潤。」霑、足，皆有「潤」之意，因此是句中互文見義。按：朱熹《詩集傳》：「優、渥、霑、足，皆饒洽之意也。」因此「既優既渥，既霑既足」，是平行式互文見義。

6 生，生長。百，是數量的夸飾（誇張）。

章旨 二章敘述下落時，風調雨順，百穀豐收的情況。

作法 二章兼有轉品（轉類）、類疊（複疊）而平鋪直敘的賦。

原文 疆場翼翼[1]，黍稷或或[2]，曾孫之稸[3]，以為酒食。畀我尸賓[4]，壽考萬年。

押韻 三章翼、或、稸、食，是 25（職）部。賓、年，是 6（真）部。

注釋

1 場，音亦，一ˋ，田界。何楷《詩經世本古義》：「疆場，皆田界三名。」許慎《說文》：「大界曰疆，小界曰場。」翼翼，整飭、整齊的樣子。朱《集傳》：「翼翼，整飭也。」

2 黍稷，黏者是黍，不黏者是稷。或或，音玉玉，ㄩˋ ㄩˋ，茂盛的樣子。毛《傳》：「或或，茂盛貌。」

3 穧，收穫的穀類。〈魏・伐檀〉毛《傳》：「斂之曰穧。」

4 畀，音必，ㄅㄧˋ，給予。尸，神尸。賓，助祭之人。此句言以酒食獻給神尸及助祭者。

章旨 三章陳述用黍稷祭祀的情形。

作法 三章兼用類疊（複疊）而平鋪直敘的賦。

原文 中田有廬 [1]，疆場有瓜 [2]。是剝是菹 [3]，獻之皇祖 [4]。曾孫壽考，受天之祜 [5]。

押韻 四章廬、瓜、菹、祖、祜，是 13（魚）部。

注釋

1 中田，當作「田中」。鄭玄《箋》：「中田，田中也。」廬，房舍。孔穎達《毛詩正義》：「廬，廬舍。」朱守亮《詩經評釋》：「農人作草舍於田間，秋冬去，春夏居，以便耕作也。」

2 疆場有瓜，田界邊有瓜果。

3 瓜，此，代詞，指瓜。剝，剝開。菹，音居，ㄐㄩ，淹漬。鄭玄《箋》：「菹，淹漬也。」高亨《詩經今注》：「此指把瓜切成塊，擺在器中。」

4 之，代詞，指菹。皇祖，先祖。鄭玄《箋》：「皇祖，先祖也。」

5 之，的，連詞。楊《詞詮・卷五》：「之，連詞，與口語『的』相當。」祜，音互，ㄏㄨˋ，福。鄭玄《箋》：「祜，福也。」

章旨 四章敘述用瓜、菹祭祀，以求上天降福。

作法 四章兼用類疊（複疊）而平鋪直敘的賦。

原文 祭以清酒 [1]，從以騂牡 [2]，享于祖考 [3]。執其鸞刀 [4]，以
啟其毛 [5]，取其血膋 [6]。

押韻 五章酒、牡、考，是 21（幽）部。刀、毛、膋，是 25（職）
部。

注釋

1 祭以清酒，當作「以清酒祭（之）」。以，用。清酒，清潔的美酒。《周
禮・酒正》鄭司農注：「清酒，祭祀之酒也。」祭，祭祀。之，代詞，
指祖先。

2 從，隨從，引申為「再」之意。以，用。騂，音星，ㄒㄧㄥ，赤色。朱
《集傳》：「騂，赤色，周所尚也。」牡，音母，ㄇㄨˇ，雄牛、公牛。

3 享，獻祭。孔《正義》：「享，獻。」于，往，到……去。

4 執，持、拿。其，指示形容詞，「那」之意。楊《詞詮・卷四》：「其，
指示形容詞，與今語『那』相當。」鸞，鈴。毛《傳》：「鸞刀，刀有鸞
者。」孔《正義》：「鸞，即鈴也。謂刀環有鈴，其聲中節。」

5 以，用來。啟，割開、剖開、開啟。其，代詞，指騂牡。朱《集傳》：
「啟其毛，以告純也。」

6 其，代詞，指騂牡。膋，音聊，ㄌㄧㄠˊ，脂膏。鄭玄《箋》：「膋，脂
膏也。血以告殺，膋以升臭，合之黍稷，實之於蕭，合馨香也。」

章旨 五章敘述以清酒、騂牡祭祀的情況。

作法 五章平鋪直敘的賦。

原文 是烝是享 [1]，苾苾芬芬 [2]，祀事孔明 [3]。先祖是皇 [4]，報
以介福 [5]，萬壽無疆 [6]。

押韻 六章享、明、皇、疆，是 15（陽）部。

注釋

1 是，此，代詞，指清酒、騂牡。烝，進。毛《傳》：「烝，進也。」享，獻。

2 苾，音必，ㄅㄧˋ，香。苾苾芬芳，香氣濃郁的樣子。高亨《詩經今注》：「苾苾芬芳，香氣濃鬱貌。」

3 孔，甚、很。明，完備。朱《評釋》：「明，音忙，ㄇㄤˊ，完備也。」

4 是，語中助詞。皇，歸來、回來。高亨《詩經今注》：「皇，讀為廷，歸也。此句言先祖回家來享祭。」

5 以，用。介，大。

6 疆，界限萬壽無疆，萬年長壽，而無窮盡。

章旨 六章陳述祭祀完備，先祖賜大福而萬壽無疆的情形。

作法 六章兼用類疊（複疊）而平鋪直敘的賦。

研析

孫鑛《批評詩經》：「是紀祀事詩，卻乃遠從田事先來。首章田，次章雨雪，三章乃及尸賓。」姚際恆《詩經通論》：「上篇（指〈楚茨〉）鋪敘閎整，敘事詳密；此篇（指〈信南山〉）則稍略，而加以跌蕩，多閒情別致，格調又自不同。」洵哉斯言。余培林《詩經正詁》：「首章『疆』、『理』、『南』、『東』，名詞用作動詞，益見其巧。……末二章寫祭祀過程，細致入微。」剖析精闢，闡論精微。

甫田之什

一　甫田

　　倬彼甫田，歲取十千。我取其陳，食我農人自古有年。今適南畝，或耘或耔，黍稷薿薿。攸介攸止，烝我髦士

　　以我齊明，與我犧羊，以社以方。我田既臧，農夫之慶。琴瑟擊鼓，以御田祖。以祈甘雨，以介我稷黍，以穀我士女。

　　曾孫來止，以其婦子，饁彼南畝。田畯至喜，攘其左右，嘗其旨否。禾易長畝，終善且有。曾孫不怒，農夫克敏。

　　曾孫之稼，如茨如梁；曾孫之庾，如坻如京，乃求千斯倉，乃求萬斯箱，黍稷稻粱。農夫之慶，報以介福，萬壽無疆。

篇名　〈甫田〉，取首章首句「倬彼甫田」的「甫田」為篇名。

篇旨　王靜芝《詩經通釋》：「此詩所言，顯為君王祈豐年祭祀之詞。蓋詩人所作，而祭祀時所歌耳。」

原文　倬彼甫田 [1]，歲取十千 [2]。我取其陳 [3]，食我農人 [4] 自古有年 [5]。今適南畝 [6]，或耘或耔 [7]，黍稷薿薿 [8]。攸介攸止 [9]，烝我髦士 [10]

押韻　一章山田、千、陳、人、年，是 6（真）部。畝、耔、薿、止、士，是 24（之）部。

注釋

1 倬，音濁，ㄓㄨㄛˊ，大。高亨《詩經今注》:「倬，大也，即面積廣
闊。」彼，遠指代詞，「那」之意。詳見陳霞村《古代漢語虛詞類解》。
甫，大。孔穎達《毛詩正義》:「甫，大也。」程俊英、蔣見元《詩經注
析》:「甫田，大田，指公田。

2 歲取，每年抽稅。十千，形容很多，是數量的夸飾（誇張）。毛《傳》:
「十千，言多也。」

3 我，食祿之祭者。朱《集傳》:「我，食祿主祭之人。其，指示形容詞，
「那」之意。詳見楊《詞詮・卷四》。陳，舊粟。陳舊之糧食。

4 食，音四，ㄙˋ，東西給人。食，本是名詞，此當動詞。就修辭言，是
轉品，又名轉類。就文法言，是詞類活用。余培林《詩經正詁》:「句言
我取舊粟，以養我之農夫。」

5 有年，豐年。鄭玄《箋》:「有年，豐年也。」此句自古以來，都是豐
年。

6 適，往，到……去。鮑句言如今到南畝去巡視。南畝，泛指田畝。詳見
朱《評釋》。

7 或，有的人。耘，音云，ㄩㄣˊ，除草。毛《傳》:「耘，除草也。」
耔，音子，ㄗˇ，覆土培根。毛《傳》:「耔，雝本也。」高亨《詩經今
注》:「耔，用土培苗根。」

8 薿薿，音以以，ㄧˇ ㄧˇ，茂盛的樣子。朱《集傳》:「薿薿，茂盛貌。」

9 信，音憂，ㄧㄡ，乃。高《今注》:「攸，猶乃也。」介，休息。高《今
注》:「介，讀為愒，休息。介與止都是說農奴主在田裡休息。」鄭玄
《箋》:「介，舍也。」余《正詁》:「舍必歸於廬，止則隨其所倦而
息。」

10 烝，招進。髦，音毛，ㄇㄠˊ，俊秀。毛《傳》:「髦，俊也。」髦，
士，俊秀者。王先謙《詩三家義集疏》引黃云:「田畯之畯，《釋文》

『本作俊』，是《傳》之以『俊』訓髦，即偶髦士為田畯之官。」程俊英、蔣見元《詩經注析》：「田畯，即在田間監督農奴耕種的官。」

章旨　一章敘述自古以來，年年豐收，分配舊的糧食給農夫的情況。

作法　一章兼用類疊（複疊）而平鋪直敘的賦。

原文　以我齊明 [1]，與我犧羊 [2]，以社以方 [3]。我田既臧 [4]，農夫之慶 [5]。琴瑟擊鼓 [6]，以御田祖 [7]。以祈甘雨 [8]，以介我稷黍 [9]，以穀我士女 [10]。

押韻　二章明、羊、方、臧、慶，是 15（陽）部。鼓、祖、雨、黍、女，是 13（魚）部。魚、陽二部，是對轉而押韻。

注釋

1　以，用。齊明，齋盛，即齋來盛，用來祭祀。按：粢，音資，ㄗ，穀類的總稱。

2　與，和。犧羊，純色的羊。鄭玄《箋》：「犧羊，純色的羊。」

3　以，用來。社，本是名詞，此當動詞。祭土地神。毛《傳》：「社，后土也。」方，本是名詞，此當動詞，祭四方之神。孔《正義》：「方，四方之神。」

4　既，已經。臧，音髒，ㄗㄤ，善。

5　慶，賞賜。

6　擊，樂器名。高亨《今注》：「擊，樂器名，與搖鼓相類。」

7　以，用來。御，迎祭。鄭玄《箋》：「御，迎也。」田祖，神農。孔穎達《正義》：「始教造田謂之田祖，先為稼穡謂之先嗇，神其農業謂之神農，名殊而實同也。」

8　以，用來。祈，祈求。甘，美。許慎《說文》：「甘，美也。」

9　介，通匄，ㄍㄞ丶，祈求。此句言祈求我的稷黍豐收。

10　穀，養。鄭玄《箋》：「穀，養也。」穀，本是名詞，此當動詞。士女，

男女，此指人民。

章旨　二章描述祭祀土地神、四方之神、田祖，祈求稷黍豐收，以養
　　　　人民的情形。

作法　二章兼用類疊（複疊）而平鋪直敘的賦。

原文　曾孫來止 ¹，以其婦子 ²，饁彼南畝 ³。田畯至喜 ⁴，攘
　　　　其左右 ⁵，嘗其旨否 ⁶。禾易長畝 ⁷，終善且有 ⁸。曾孫
　　　　不怒，農夫克敏 ⁹。

押韻　三章止、子、畝、喜、右、否、畝、有、敏，是 24（之）
　　　　部。

注釋

1　曾孫，指周王。來，來巡視。止，語末助詞，表決定。詳見楊《詞詮・
　　卷五》。

2　以，帶領。其，代詞，指農夫。

3　饁，音葉，一ㄝˋ，送飯。彼，遠指代詞，「那」之意

4　畯，音俊，ㄐㄩㄣˋ。田畯，指監督農夫耕種的官吏。至，極、甚、
　　很。喜，喜樂。

5　攘，揖讓。馬瑞辰《毛詩傳箋通釋》：「攘古讓字。此詩攘即揖讓字，謂
　　田畯嘗其酒食而先讓左右從行之人，示有禮也。」

6　嘗，即嚐。其，代詞，指酒食。旨，美。

7　易，禾苗茂盛的樣子。馬瑞辰《傳箋通釋》：「易與移一聲之轉。《說
　　文》：『移，禾相倚移也。』倚移讀若阿那，為禾盛之貌。」長畝，竟
　　畝、滿畝。毛《傳》：「長畝，竟畝也。」

8　終，既。善，好。且，又。有，多。朱熹《詩集傳》：「有，多也。」

9　克，能夠。敏一敏捷。毛《傳》：「敏，疾也。」余《正詁》：「言曾孫未
　　施威怒，而農夫皆能敏疾治田也。」

章旨　三章敘述曾孫視察農地，愛民重農的事情。

作法　三章平鋪直敘的賦。

原文　曾孫之稼，如茨如梁 [1]；曾孫之庾 [2]，如坻如京 [3]，乃求千斯倉 [4]，乃求萬斯箱 [5]，黍稷稻梁 [6]。農夫之慶，報以介福 [7]，萬壽無疆 [8]。

押韻　四章梁，京、倉、箱、梁、慶、疆，是 15（陽）部。

注釋

1　茨，音次，ㄘ丶，屋蓋。鄭玄《箋》：「茨，屋蓋也。」梁，車梁、魚梁。毛《傳》：「梁，車梁。」余《正詁》：「當為魚梁，如茨、如梁，亦猶如坻、如京，皆言其穹隆也。」高亨《今注》：「梁，水上的大堤。一說，是橋。」

2　庾，音雨，ㄩˇ，積穀之囷。高亨《今注》：「堆在露天的糧囤。」

3　坻，音池，ㄔˊ，水中高地。鄭玄《箋》：「坻，水中之高地。」京，高立。毛《傳》：「京，高立也。」高亨《今注》：「坻，水丘。京，大丘。」

4　乃，於是斯，助詞，由代詞演變來，仍含有複指的意味。用在主謂語之間，有確指強調謂語的作用。詳見段德森《實用古漢語虛詞》。余《正詁》：「言求千倉以藏之。」

5　乃，於是。箱，車箱。孔穎達《正義》：「箱，車箱也。」余《正詁》：「言求萬箱以載之。」

6　余《正詁》：「言千倉萬箱，乃黍稷稻梁也。」

7　慶，賜給。介，大。介福，大福。

8　萬壽無疆，萬年長壽，無窮盡。

章旨　四章描述豐收情況，並祝君萬壽無疆。

作法　四章兼有比喻（譬喻）而平鋪直敘的賦。

研析

　　方玉潤《詩經原始》:「稼穡之盛,由於農夫克敏;農夫之敏,由於君王能愛農以事神。全篇章法一線,妥貼周密,神不外散。」洵哉斯言。

　　余培林《詩經正詁》:「此詩(〈甫田〉)開頭與結屋皆與(豳)〈七月〉相似,文字亦有部分相同。惟〈七月〉所寫較詳,而此詩稍略而已。」余氏闡析〈甫田〉與〈七月分〉,同中有異,異中有同。

　　全詩四章,首章勸農勤於耕作。次章寫祭祀於田祖,處處皆歸重於農夫。三章寫愛民重農。四章寫農產積蓄之多,故朱守亮《詩經評釋》:「通篇所重,全在一『農』字。」此言甚諦。

二　大田

　　大田多稼，既種既戒，既備乃事，以我覃耜，俶載南
畝，播厥百穀。既庭且碩，曾孫是若。

　　既方既皁，既堅既好，不稂不莠。去其螟螣，及其蟊
賊，無害我田穉。田祖有神，秉畀炎火。

　　有渰萋萋，興雨祁祁，雨我公田，遂及我私。彼有不穫
穉，此有不斂穧；彼有遺秉，此有滯穗，伊寡婦之利。

　　曾孫來止，以其婦子，饁彼南畝；田畯至喜。來方禋
祀，以其騂黑，與其黍稷，以享以祀，以介景福。

篇名　〈大田〉，取首章首句「大田多稼」的「大田」為篇名。

篇旨　余培林《詩經正詁》：「此詩乃記辛勤耕作之歷程及豐收後之祭
　　　　神活動。始述播種，次述除害，再述豐收，末章祭神。」

原文　大田多稼[1]，既種既戒[2]，既備乃事[3]，以我覃耜[4]，俶
　　　　載南畝[5]，播厥百穀[6]。既庭且碩[7]，曾孫是若[8]。

押韻　一章戒、事、是 24（之）部。事、耜、畝，是 24（之）部。
　　　　之、職二部，是對轉而押韻。碩、若，是 14（鐸）部。

注釋

　1　大田，廣大的田地。多稼，多種穀類。

　2　既，已經。種，本是名詞，此當動詞，選播。戒，準備農具。朱熹《詩
　　　集傳》：「戒，飭其具也。」鄭玄《箋》：「將稼者必相地之且而擇其種，
　　　季冬命民出五穀，計耦耕事，脩耒耜，具田器，此之謂戒。」

　3　既，已經。乃，其。楊《詞詮・卷二》：「乃，指示代名詞，用義與
　　　『其』同，用於領位。」

4 以，用。罨，音眼，一ㄢˇ，銳利。毛《傳》：「罨，利也。」耜，農
　具。高亨《詩經今注》：「耜，口同現在的犁。」

5 俶，音觸，ㄔㄨˋ，開始。《爾雅·釋詁》：「俶，始也。」載，從事。
　朱守亮《詩經評釋》：「句謂始從事於南畝之事也。」高亨《今注》：
　「俶，起土。載，翻草。」

6 厥，其。百，形容很多，是數量的夸飾（誇張）。

7 既……且……，既……又……。庭，挺直。俞樾《群經平議》：「庭讀為
　挺。」毛《傳》：「庭，直也。」碩，大。鄭玄《箋》：「碩，大也。」

8 曾孫是若，當作「若曾孫」。是，句中助詞，結構助詞。若，順心。顧
　廣譽《學詩詳說》：「《詩》云是若，皆是以為順於其心。」此句言順著
　曾孫之心意。

章旨 一章描述春天努力耕耘，五穀豐收的情況。

作法 一章兼有類疊（複疊）而平鋪直敘的賦。

原文 既方既皁 [1]，既堅既好 [2]，不稂不莠 [3]。去其螟螣 [4]，及
　　　其蟊賊 [5]，無害我田稺 [6]。田祖有神 [7]，秉畀炎火 [8]。

押韻 二章皁、好、莠，是 21（幽）部。螣、賊，是 25（職）部。
　　　稺，是 4（脂）部。火，是 7（微）部。脂、微二部，是旁轉
　　　而押韻。

注釋

1 既，已經。方，穀粒初生嫩殼。鄭玄《箋》：「方，房也，謂孚甲（殼）
　始生而未合時也。」皁，音造，ㄗㄠˋ，穀粒初生而未堅實。胡承珙
　《毛詩後案》：「皁，孚甲已成而未堅也。」

2 既，已經。堅，果實堅實。好，果實豐滿。

3 稂，音郎，ㄌㄤˊ，又名童粱。程俊英、蔣見元《詩經注析》：「稂，不
　結實的高粱，形似莠草。」《爾雅·釋草》：「稂，童粱。」莠，音有，

ㄧㄡˇ，似草之雜草。毛《傳》：「莠，似苗也。」

4　去，去掉。其代詞，指田。螟，音明，ㄇㄧㄥˊ，吃禾心的青蟲。螣，音特，ㄊㄜˋ，吃禾葉的青蟲。毛《傳》：「食心曰螟，食葉曰螣。」

5　蟊，音矛，ㄇㄠˊ，吃禾根的青蟲。賊，吃禾節的青蟲。毛《傳》：「食根曰蟊，食節曰賊。」

6　稺，音稚，ㄓˋ，幼苗、幼禾。鄭玄《箋》：「稺，稺禾也。」

7　田祖，農神。有，無意義。楊《詞詮·卷七》：「有，語首助詞，用在名詞之前，無義。」田祖有神，田祖之神，亦即農田。

8　秉，持、拿。畀，音必，ㄅㄧˋ，交付、付給、付與。高亨《今注》：「畀，交付。」炎火，大火。此句言盼望田祖有靈，能幫助消滅害蟲。

章旨　二章敘述夏天耘草除蟲，穀粒堅好的情形。

作法　二章兼有類疊（複疊）而平鋪直敘的賦。

原文　有渰萋萋 1，興雨祈祈 2，雨我公田 3，遂及我私 4。彼有不穫稺 5，此有不斂穧 6；彼有遺秉 7，此有滯穗 8，伊寡婦之利 9。

押韻　三章萋、祈、私、稺、穧，是 4（脂）部。穗、利，是 5（質）部。脂、質二部，是對轉而押韻。

注釋

1　有渰，渰然，雲興起的樣子。毛《傳》：「渰，雲興貌。」屈《詩經詮釋》：「《詩》中以『有』字冠於形容詞或副詞之上者，等於加『然』於形容詞或副詞之下。」按：「有渰」，猶「渰然」也。萋萋，盛多的樣子。朱熹《詩集傳》：「萋萋，盛貌。」

2　興雨，《呂氏春秋》、《韓詩外傳》引《詩》皆作「興雲」。陸德明《經典釋文》：「興雨，本或作興雲。」高亨《詩經今注》：「作雲是對的，今改正。」祈祈，眾多的樣子。高亨《今注》：「祈祈，多貌。」

3 雨，音玉，ㄩˋ，本是名詞，此當動詞，下雨，這是轉品、轉類、詞類活用。公田，公眾之田。朱《集傳》：「公田者，方里而井，井九百畝。其中為公田，八家皆私百畝，而同養公田也。」

4 遂，副詞，表示連續，「繼續」、「一直」之意。詳見段德森《實用古漢語虛詞》。及，到。私，私田。此言上天下雨到我公田，繼續下到我私田。

5 彼，遠指代詞，指的那邊。穫，收穫、收割。稚，嫩穀。

6 此，近指代詞，指的這邊。斂，收斂。穧，音濟，ㄐㄧˋ，已收穫的禾。不斂穧，割而未收束之禾。孔穎達《正義》：「穧，禾之鋪而未束者。」

7 遺，遺失。秉，禾巴。毛《傳》：「秉，把也。」

8 滯，留下。滯穗，留下來的禾穗。

9 伊，是。楊《詞詮·卷七》：「伊，不完全內動詞，是也。」利，利益。此言寡婦拾取田中禾穗作為自己的利益。

章旨 三章陳述秋天下雨而豐收的情況。

作法 三章兼用類疊（複疊）而平鋪直敘的賦。

原文 曾孫來止 ¹，以其婦子 ²，饁彼南畝 ³；田畯至喜 ⁴。來方禋祀 ⁵，以其騂黑 ⁶，與其黍稷 ⁷，以享以祀 ⁸，以介景福 ⁹。

押韻 四章止、子、畝、喜，是 24（之）部。黑、稷、福，是 25（職）部。之、職二部，是對轉而押韻。

注釋

1 止，語末助詞，表示決定。楊《詞詮·卷五》。

2 以，帶領。其，代詞，指農夫。

3 饁，音葉，ㄧㄝˋ，送飯。彼，遠指代詞，「那」之意。

4 畯，音俊，ㄐㄩㄣˋ。田畯，指監督農夫耕種的官吏。至，極、甚、
　很。喜，喜樂。

5 來方，指曾孫來祭四方之神。禋，音因，ㄧㄣ，潔敬的祭祀。許慎《說
　文》：「禋，絜祀也。」《左傳‧隱公十一年》杜預注：「絜（潔）齋以
　享，謂之煙祭。」

6 以，用。其，「那」之意。楊《詞詮‧卷四》：「其，指示形容詞，與今
　語『那』相當。騂，音星，ㄒㄧㄥ，赤色牛。毛《傳》：「騂，牛也。」
　黑，黑色羊豬。毛《傳》：「黑，牛豕也。」鄭玄《箋》：「陽祀用騂牲，
　陰祀用黝牲。」余培林《詩經正詁》：「四方當用四色以祭，今僅用騂
　（南方色）、黑（北方色）者，略舉二方以韻句耳。」

7 與，和。其，「那」之意。黍稷，黏者是黍，不黏者是稷。

8 以，用來。享，獻神。祀，祭祀。

9 以，用來。介，通匄，音丏，ㄍㄞˋ，祈求。景，大。

章旨　四章敘述周王慰勞農夫，祭神求福的情形。

作法　四章平鋪直敘的賦。

研析

　　朱守亮《詩經評釋》：「詩則以『大田多稼』一句，總冒全篇。下
則分寫方春始耕，頁耘除草，秋成收穫，祭祀祈福，層次極為分
明。……事極瑣碎，情極閒淡，無非為首句『多稼』一語設色生光，
所謂愈淡愈奇，愈閒愈妙，比等筆墨，皆不可等閒視之也。」剖析縝
密，闡論精闢，其言甚諦。方玉潤《詩經原始》：「凡文正面難於著
筆，須從旁渲染，或閒處襯托。」洵哉此言。

三 瞻彼洛矣

瞻彼洛矣，維水泱泱。君子至止，福祿如茨。韎韐有奭，以作六師。

瞻彼洛矣，維水泱泱。君子至止，鞸琫有珌。君子萬年，保其家室。

瞻彼洛矣，維水泱泱。君子至止，福祿既同。君子萬年，保其家邦。

篇名　〈瞻彼洛矣〉，取首章首句「瞻彼洛矣」為篇名。

篇旨　朱守亮《詩經評釋》：「此祝頌周王之詩。」高亨《詩經今注》：「這是為『君子』祝福的詩，所謂『君子』似是周王。」

原文　瞻彼洛矣¹，維水泱泱²。君子至止³，福祿如茨⁴。韎韐有奭⁵，以作六師⁶。

押韻　一章矣、止，是 24（之）部。一、二、三章泱，是遙韻。茨、師，是4（脂）部。

注釋

1　瞻，向前看。彼，遠指代詞，「那」之意。洛，宗周之浸水。毛《傳》：「洛，宗周漑浸水也。」孔穎達《毛詩正義》：「宗周，鎬京也。〈夏官・職方氏〉：『正面曰雍州，其浸渭洛。』是洛為宗周之浸水也。」矣，語末助詞，表感歎。楊樹達《詞詮・卷七》：「矣，語末助詞，助詞或句，表感歎。」按：「矣」，「啊」之意，表示感歎。

2　維，其，代詞，指洛。程俊英、蔣見元《詩經注析》：「維，其。」泱泱，深廣的樣子。毛《傳》：「泱泱，深廣貌。」

3　君子，指天子。朱熹《詩集傳》：「君子，指天子也。」止，語末助詞，

　　　　表示決定。楊《詞詮・卷五》：「止，語末助詞，表決定。」

　　4　茨，音詞，ㄘˊ，屋蓋，茅草屋頂。鄭玄《箋》：「茨，屋蓋也。如屋
　　　　蓋，喻多也。」

　　5　韎韐，音妹閣，ㄇㄟˋ　ㄍㄜˊ，用茅蒐草染成，用來蔽膝之衣。毛
　　　　《傳》：「韎，茅蒐染韋也。」毛《傳》：「韐，所以代韠也。」孔穎達
　　　　《正義》：「奭，赤貌。」

　　6　以，用來。興，起。朱《集傳》：「興，猶起也。」六師，六軍。毛
　　　　《傳》：「天子六軍。」《穀梁傳・襄公十一年》：「古者天子六師。」

章旨　一章描述周王至洛水，先祝福祿甚多，再頌軍容駿發的情況。

作法　一章兼用比喻（譬喻）而平鋪直敘的賦。

原文　瞻彼洛矣，維水泱泱。君子至止，韎韐有奭[1]。君子萬
　　　　年，保其家室[2]。

押韻　二章矣、止，是 24（之）部。奭、室，是 5（質）部。

注釋

　　1　鞞，音丙，ㄅㄧㄥˇ；水，音筆，ㄅㄧˇ，刀鞘下端的裝飾。琫，音董，
　　　　ㄅㄥˇ，刀鞘近口的裝飾。戴震《毛鄭詩考正》：「刀室曰削（俗作
　　　　鞘），室口之飾曰琫，下末之飾曰鞞。」珌，音必，ㄅㄧˋ。有珌，珌
　　　　然，文飾的樣子。戴震《毛鄭詩考正》：「珌，文貌。」

　　2　其，代詞，指君子。家室，猶家邦，國家。

章旨　二章敘述周王至洛水，祝福天子萬壽無疆。

作法　二章平鋪直敘的賦。

原文　瞻彼洛矣，維水泱泱。君子至止，福祿既同[1]。君子萬
　　　　年，保其家邦[2]。

押韻　三章矣、止，是 24（之）部。同、邦，是 18（東）部。

注釋

　　1　既，盡，全部。楊樹達《詞詮・卷四》：「既，表數副詞，盡也。」同，
　　　　聚集。朱熹《詩集傳》：「同，猶聚也。」

　　2　其，代詞，指君子。家聲，國家。

章旨　三章陳述周王至洛水，祝福天子長壽萬年。

作法　三章平鋪直敘的賦。

研析

　　朱守亮《詩經評釋》：「首章先祝後頌。二章先頌後祝。三章則去
其頌語，全為祝辭，此其變化矣。」洵哉斯言。

　　方玉潤《詩經原始》：「此詩（〈瞻彼洛矣〉）與〈秦風・紡南〉相
似。然彼自詠諸侯，此則天子事也。」此其大較也。

四　裳裳者華

　　裳裳者華，其葉湑兮。我覯之子，我心寫兮；我心寫兮，是以有譽處兮。

　　裳裳者華，芸其黃矣。我覯之子，維其有章矣；維其有章矣，是以有慶矣。

　　裳裳者華，或黃或白。我覯之子，乘其四駱；乘其四駱，六轡沃若。

　　左之左之，君子宜之。右之右之，君子有之；維其有之，是以似之。

篇名　〈裳裳者華〉，取首章首句「裳裳者華」為篇名。

篇旨　朱熹《詩集傳》：「此天子美諸侯之辭，蓋以答〈瞻彼洛矣〉也。」余培林《詩經正詁》：「『美諸侯』則是矣，是否為天子所作，則未敢遽定；然作者非平民，則毫無可疑也。」綜觀二氏之說，篇旨更明矣。

原文　裳裳者華 [1]，其葉湑兮 [2]。我覯之子 [3]，我心寫兮 [4]；我心寫兮，是以有譽處兮 [5]。

押韻　一章湑、寫、寫、處，是 13（魚）部。

注釋

　　1　裳裳，鮮明的樣子。高亨《詩經今注》：「裳裳，猶堂堂，鮮明貌。」者，指示代詞，「的」之意。楊樹達《詞詮・卷五》：「者，指示代名詞，兼代人物。俆人可譯為『人』；代事物可譯為『的』。」華是花的古字。就訓詁言，華、花，是古今字。陳子展《詩經直解》：「華，喻世祿子孫之美。」

2　其，代詞，指裳裳者。湑，音煦，ㄒㄩˇ，茂盛。毛《傳》：「湑，盛貌。」陳奐《詩毛氏傳疏》：「興者，以華葉之盛，喻賢者功臣其世澤之茂盛，亦如華葉之裳裳湑湑然。」末章四個兮，皆是語末助詞，無意義。詳見楊《詞詮・卷四》。

3　我，指天子。覯，音構，ㄍㄡˋ，朝見。鄭玄《箋》：「覯，見也。」之子，此子，指前來朝見的諸侯。

4　寫，舒暢。高亨《今注》：「寫，猶愉也，舒暢。」鄭玄《箋》：「我心寫者，舒其情意無留恨也。」

5　是，此。以，因。是以，因此。譽，樂。處，安。譽處，安樂。高亨《今注》：「譽，當讀為豫，安樂也。」

章旨　描述天子看見諸侯，十分安樂的情形。

作法　一章兼有比喻（譬喻）、類疊（複疊）而觸景生情的興。

原文　裳裳者華，芸其黃矣 [1]。我覯之子，維其有章矣 [2]；維其有章矣，是以有慶矣 [3]。

押韻　二章黃、章、章、慶，是 15（陽）部。

注釋

1　芸，黃盛。毛《傳》：「芸，黃盛也。」芸其，芸芸、芸然，眾盛的樣子。余培林《詩經正詁》：「芸其，猶芸芸、芸然，眾盛貌。」朱守亮《詩經評釋》：「句謂花開黃色而盛多也。」本章四個「矣」字，語末助詞，表示感歎，「啊」之意。

2　維，是。其，代詞，指諸侯。章，法則，禮文。鄭玄《箋》：「章，禮文也。」朱守亮《評釋》：「句謂動容周旋中禮也。」

3　足以，因此、慶，喜慶。高亨《今注》：「慶，喜慶。」朱熹《集傳》：「慶，福慶也。」

章旨　二章敘述天子看見諸侯的威儀合乎禮法的狀況。

作法　二章兼有類疊（複疊）而觸景生情的興。

原文　裳裳者華，或黃或白[1]。我覯之子，乘其四駱[2]；乘其駱，六轡沃若[3]。

押韻　三章白、駱、駱、若，是 14（鐸）部。

注釋

　　1　或，有的。首二句以「裳裳者華，或黃白」，象徵賢者才德兼，美盛如花。

　　2　其，代詞，指之子。四駱，四匹黑鬃白馬。

　　3　轡，音佩，ㄆㄟˋ，韁繩。沃若，沃然，光滑的樣子、潤澤的樣子。

章旨　三章陳述諸侯駕馬技術精湛。

作法　三章兼用比喻（譬喻）、類疊（複疊）而觸景生情的興。

原文　左之左之[1]，君子宜之[2]。右之右之[3]，君子有[4]；維其有之[5]，是以似之[6]。

押韻　四章左、宜，是 1（歌）部。右、有、有、似，是 24（之）部。

注釋

　　1　左，通「佐」，輔佐。之，代詞，指君子。馬瑞辰《毛詩傳箋通釋》：「左之右之，宜從錢澄之說《田間詩學》，謂左輔右弼。」

　　2　宜，安定。之，代詞，左輔右弼。

　　3　右，通俗，輔助。

　　4　「有」有二解：（一）才能。朱守亮《評釋》：「言君子輔助天子無所不能也。」（二）有，取。《廣雅》：「有，取也。」用他們（左右輔弼），詳見程俊英、蔣見元《詩經注析》。

　　5　維，是。其，代詞，指君子。

6　是以，因此。似，假借為「嗣」，繼承。此二句言周王鼓勵諸侯，能取
　　用左右輔助的賢人，因此諸侯才能繼承其祖業。

章旨　四章描述諸侯才德全備，才能繼承其先祖的君子。

作法　四章兼用類疊（複疊）而平鋪直敘的賦。

研析

　　朱守亮《詩經評釋》：「引龍仿山曰：『首因花及葉，次說花之
黃，三說花之或黃或白，便覺有無數人物在。末更洗盡鉛華，獨標本
色，有大才槃槃，隨意指揮之妙。』」剖析全詩四章之重心，絲絲入
扣，其言甚諦。

　　滕志賢《新譯詩經讀本》：「詩人善用象徵手法。詩之前三章皆以
『裳裳者華』起興，象徵賢者德才兼備，美盛似花也。下分寫德才兩
方面，亦用象徵手法，婉曲而有情致。前三章，章章有疊句，末章則
連用疊詞，音節優美，琅琅上口，『似歌非歌，似謠非謠』（方玉潤
《詩經原始》），妙不可言。」滕氏闡論縝密，層次井然，言之有據，
理無虛發。

五　桑扈

交交桑扈，有鶯其羽。君子樂胥，受天之祜。
交交桑扈，有鶯其領。君子樂胥，萬邦之屏。
之屏之翰，百辟為憲。不戢不難，受福不那。
兕觥其觩，旨酒思柔。彼交匪敖，萬福來求。

篇名　〈桑扈〉，取首章首句「交交桑扈」的「桑扈」為篇名。

篇旨　朱熹《詩集傳》：「此亦天子燕諸侯之詩。」屈萬里《詩經詮釋》：「此頌美天子之詩。」余培林《詩經正詁》：「合二說而觀之，則詩義得矣。故此詩當是天子燕諸侯，諸侯頌美天子之詩。」綜觀三說，詩義更明確矣。

原文　交交桑扈[1]，有鶯其羽[1]。君子樂胥[3]，受天之祜[4]。

押韻　一章扈、羽、胥、祜，是 13（魚）部。

注釋

1　「交交」有二解：（一）通「咬咬」，鳥鳴聲，見朱守亮《詩經評釋》。（二）飛來飛去的樣子，見朱熹《集傳》。桑扈，鳥名，又名青雀、布穀、竊脂。

2　有鶯其羽，當作「其羽有鶯」，為押韻而倒裝。其，代詞，指桑扈。羽，羽毛。有鶯，鶯然，文采的樣子。毛《傳》：「有鶯，鶯然有文章。」此句言桑扈的羽毛文彩鮮盛。陳奐《詩毛氏傳疏》：「言桑扈之羽翼、首領皆有文采可觀，以喻臣下舉動有禮文。」程俊英、蔣見元《詩經注析》：「詩首章是以桑扈有文采的羽毛，比喻君子的才華足以受福。」

3　「君子」有二解：（一）指天子。鄭玄《箋》：「君子，王者。」（二）指諸侯。朱熹《詩經集傳》：「君子，指諸侯。」樂胥，快樂。「胥」有四

解：（一）皆。毛《傳》：「胥，皆也。」（二）胥，樂。馬瑞辰《毛詩傳
箋通釋》：「皆、嘉一聲之轉，《廣雅・釋言》：『皆，嘉也。』樂胥，猶
言樂嘉，嘉亦樂也。」（三）朱熹《詩集傳》：「胥，語詞。」（四）蘇轍
《詩集傳》：「胥，辭也。」裴學海《古書虛字集釋》：「湑，猶兮也。」
此乃仁者見仁，智者見智，四訓皆可通。

　　4　之，連詞，「的」之意。楊樹達《詞詮・卷五》：「之，連詞，與口語
『的』字相當。」祜，音戶，ㄏㄨˋ，福。鄭玄《箋》：「祜，福也。」

章旨　一章敘述君子之才智，足以受上天之福。

作法　一章觸景生情的興。

原文　交交桑扈，有鶯其領[1]。君子樂胥，萬邦之屏[2]。

押韻　二章扈、胥，是 13（魚）部。領，是 6（真）部。屏，是 12
　　　（耕）部。王力《詩經韻讀》：「真、耕二部，是合韻。」按：
　　　真部是舌尖、韻尾、陽聲，耕部是舌根韻尾、陽聲。

注釋

　　1　有鶯其領，當作「其領有鶯」，為押韻而倒裝。詳見附錄：《詩經》倒裝
　　　的三觀。其，代詞，指桑扈。領，鳥頸。鄭玄《箋》：「領，頸也。」余
　　　培林《詩經正詁》：「桑扈全身皆有文彩，獨取其領者，韻句而已。」
　　　按：「韻句而已」，即為押韻而更換其他字。

　　2　之，連詞，「的」之意。屏，屏障、依靠。毛《傳》：「盛，蔽也。」

章旨　二章描述君子的才智，能夠安定萬邦。

作法　二章觸景生情的興。

原文　之屏之翰[1]，百辟為憲[2]。不戢不難[3]，受福不那[4]。

押韻　三章翰、憲、難，是 3（元）部。那，是 1（歌）部。歌、元
　　　部，是對轉而押韻。

注釋

1　之屏之翰，即萬邦之屏之翰，承上文省「萬邦」二字。詳見高亨《詩經今注》。翰，幹，盛障。朱熹《詩集傳》：「翰，幹也。所以當牆兩邊障土者也。」

2　辟，國君。鄭玄《箋》：「辟，君也。」百辟，指諸侯。憲，法、典範。鄭玄《箋》：「憲，法也。」

3　不，大。戴震《毛鄭詩考正》：「古『丕』字通作『不』，大也。」戩，音吉，ㄐㄧˊ，和。難，音挪，ㄋㄨㄛˊ，敬。馬瑞辰《毛詩傳箋通釋》：「戩，借為濺，和。難，借為難心，敬也。」《爾雅・釋詁》：「輯，和也。」余《正詁》：「此言君子為人甚和甚敬也。」程俊英、蔣見元《詩經注析》：「稱諸侯既和氣又遵守禮節。」二訓皆可通。

4　不，讀為丕，ㄆㄧ，大。那，音挪，ㄋㄨㄛˊ，多。毛《傳》：「那，多也。」不那，甚多、很多。《史記・陳勝世家》：「『楚人謂多為夥。』那與夥。」

章旨　三章陳述諸侯在國，功大而能敬，可以接受上天很多福祿。

作法　三章平鋪直敘的賦。

原文　兕觥其觩 [1]，旨酒思柔 [2]。彼交匪敖 [3]，萬福來求 [4]。

押韻　四章觩、柔、求，是 21（幽）部。敖，是 19（宵）部。宵、幽二部，是旁轉而押韻。

注釋

1　兕，音四，ㄙˋ，野牛。觥，音工，ㄍㄨㄥ，酒器。兕觥，用兕牛角做成的酒器。其，代詞，指兕觥。觩，音求，ㄑㄧㄡˊ，角上彎曲的樣子。朱《集傳》：「觩，角上曲貌。」

2　旨，美。許慎《說文》：「旨，美也。」思，語中助詞，無意義。詳見楊《詞詮・卷六》。柔，和柔。蘇轍《詩集傳》：「和，和柔也。」余《正

詁》:「此言美酒醇和而不烈也。」

3 「彼交匪敖」,《左傳・襄公二十七年》引作「匪交匪敖」。王引之《經
義述聞》:「彼,亦匪也。交,亦敖也。言樂湑之君子不侮慢、不驕傲
也。」

4 「萬福來求」之「來」,是。裴學海《古書虛字集釋》:「來,猶是也。」
「萬福是求」,當作「求萬福」。來、是,係語中助詞,賓語前置,有強
調作用。王引之《經義述聞》:「求,讀與逑同。逑,聚也,謂福祿來
聚。」

章旨 四章敘述諸侯在燕,情通而能敬,可以接受很多福祿。

作法 四章平鋪直敘的賦。

研析

　　方玉潤《詩經原始》:「頌禱中寓箴意,非上世君臣交儆,未見有
此和平莊雅之音。」朱守亮《詩經評釋》引龍仿山曰:「前兩章第二
句用『鶯』字,工妙無匹。第三章下二句反接警悚,大似〈關雎〉第
二章『求之不得』,一反,遂使通篇文勢不平。末章正襟而設談,揭
出本旨,『思柔』二字簡鍊。」又引許白雲曰:「謙虛逮下之意,洋溢
詞表,太平盛世之詩也。」三家之說,各有真知灼見,合而觀之,益
見〈桑扈〉詩義,數洞悉遣詞用字縝密,章法層次井然,內容豐贍,
手法獨特。

六　鴛鴦

> 鴛鴦于飛，畢之羅之。君子萬年，福祿宜之。
> 鴛鴦在梁，戢其左翼。君子萬年，宜其遐福。
> 乘馬在廄，摧之秣之。君子萬年，福祿艾之。
> 乘馬在廄，秣之摧之。君子萬年，福祿綏之。

篇名　〈鴛鴦〉，取首章首句「鴛鴦于飛」的「鴛鴦」為篇名。

篇旨　屈萬里《詩經詮釋》：「此蓋頌禱天子之詩。」朱熹《詩集傳》：「此諸侯所以答〈桑扈〉也。」余培林《詩經正詁》：「此篇（〈鴛鴦〉）與〈桑扈〉皆以鳥起興，所頌美者皆天子，內容皆祝天子得福，詩又在前後篇，二篇似為並時之作，所美者亦似為一人。惟究為何王，則不可知也。」綜觀象說，則篇旨更明確矣。

原文　鴛鴦于飛[1]，畢之羅之[2]。君子萬年[3]，福祿宜之[4]。

押韻　一章羅、宜，是1（歌）部。

注釋

1　鴛鴦，匹鳥。毛《傳》：「鴛鴦，匹鳥。」鄭玄《箋》：「匹鳥，言其止則相耦，飛則為雙，性馴偶也。」按：崔豹《古今注》，此鳥雌雄相守，偶居不離，人得其一，另一則相思而死。故古人把它比作恩愛夫妻。于，介詞，「在」之意。楊樹達《詞詮・卷九》：「于，介詞，表方所，在也。」

2　畢，本是名詞「田網」，此當動詞，「捕」之意。上下兩個「之」字，代詞，指鴛鴦。羅，本是名詞「鳥網」，此當動詞，「捕」之意。「畢」、「羅」，就六法言，是詞類活用。就修辭言，是轉品、轉類。

3 君子，指天子。鄭玄《箋》：「君子，謂明王也。」萬年，萬壽無疆。

4 宜，安。許慎《說文》：「宜，所安也。」宜之，使之宜。之，代詞，指君子。因此，「宜之」的「宜」，是致使動詞、役使動詞、使役動詞。

章旨 一章描述以「鴛鴦于飛」起興，祝君子萬年福祿的情況。

作法 一章兼用比喻（譬喻）、轉品而觸景生情的興。

原文 鴛鴦在梁[1]，戢其左翼[2]。君子萬年，宜其遐福[3]。

押韻 二章翼、福，是 25（職）部。

注釋

1 梁，魚梁、堵魚壩、水霸。鄭玄《箋》：「梁，石絕水之梁。」

2 戢，音吉，ㄐㄧˊ，有二解：（一）斂。鄭玄《箋》：「戢，斂也。」戢其左翼，鄭玄《箋》：「斂其左翼，以右翼掩之。」朱守亮《評釋》：「句言二鳥相並相偕，福祿之象也。」（二）戢，插。朱《評釋》：「句言鳥休息時，多插其喙於左翼中。」

3 宜，安。其，代詞，指國君。遐，遠、久、大。鄭玄《箋》：「遐，遠也。遠，猶久也。」按：馬瑞辰《毛詩傳箋通釋》：「福祿宜之，猶言『福祿綏之』，宜、綏皆安也。」因此首章末句「福祿宜之」的「宜」，與四章末句「福祿綏之」的「綏」，皆是「安」之意，此乃互文見義，即字異而義同。宜其遐福，安其遠大之福。

章旨 二章敘述以「鴛鴦在梁」起興，祝頌君子萬壽無疆，大福使君子安心的情形。

作法 二章觸景生情的興。

原文 乘馬在廄[1]，摧之秣之[2]。君子萬年，福祿艾之[3]。

押韻 三章秣、艾，是 2（月）部。

注釋

1　乘，音剩，ㄕㄥˋ。乘馬，四馬。廄，音救，ㄐㄧㄡˋ，馬房。許慎《說文》：「廄，馬舍也。」

2　摧，音錯，ㄘㄨㄛˋ，挫。毛《傳》：「摧，挫也。」鄭玄《箋》：「挫，今莝字也。」許慎《說文》：「莝，斬芻也。」這是斬芻來餵馬。上下兩個「之」字，代詞，指馬。秣，音莫，ㄇㄛˋ，飼馬穀。

3　艾有二解：（一）養。毛《傳》：「艾，養也。」（二）輔助。《爾雅‧釋詁》：「艾，相也。相，輔也。」

章旨　三章陳述以「乘馬在廄」起興，祝頌君子萬壽無疆，福祿輔助之、艾養之。

作法　三章觸景生情的興。

原文　乘馬在廄，秣之摧之。君子萬年，福祿綏之[1]。

押韻　四章摧、綏，是 7（微）部。

注釋

1　綏，安。綏之，使之綏。之，代詞，指君子。

章旨　四章描述以「乘馬在廄」起興，祝頌君子萬年、福祿。

作法　四章兼用互文見義而觸景生情的興。

研析

　　何楷《詩經世本古義》：「以〈白華〉之詩證之，其第七章曰：『鴛鴦在梁，戢其左翼，之子無良，二三其德。』是詩亦有『在梁』二語，詞旨昭然。詩人追美其初婚。凡《詩》言『于飛』者六，其以雌雄連言者，惟『鳳凰于飛』及此『鴛鴦于飛』耳。『乘馬』二章，皆詠親迎之事，而因以致其禱頌之意。〈漢廣〉之詩曰：『之子于歸，言秣其馬』亦同。」姚際恆《詩經通論》、方玉潤《詩經原始》皆從此說。

　　朱守亮《詩經評釋》引輔廣曰：「〈鴛鴦〉之詩，乃下禱上之辭。
上之禱下，猶且述其德，〈桑扈〉是也；下之禱上，則但極其頌禱之
情而已，〈鴛鴦〉是也。若不敢有擬其德者，敬之至也。」洵哉斯
言。

七　頍弁

　　有頍者弁，實維伊何？爾酒既旨，爾殽既嘉。豈伊異人？兄弟匪他。蔦與女蘿，施于松柏。未見君子，憂心弈弈；既見君子，庶幾說懌。

　　有頍者弁，實維何期？爾酒既旨，爾殽既時，豈伊異人？兄弟具來。蔦與女蘿，施于松上。未見君子，憂心恈恈；既見君子，庶幾有臧。

　　有頍者弁，實維在首。爾酒既旨，爾殽既阜。豈伊異人？兄弟甥舅。如彼雨雪，先集維霰。死喪無日，無幾相見。樂酒今夕，君子維宴。

篇名　〈頍弁〉，取首章首句「有頍者弁」的「頍弁」為篇名。這是運用「節縮」修辭手法。

篇旨　朱熹《詩集傳》：「此亦燕兄弟親戚之詩。」陳廷傑《詩序解》：「此詩寫主者燕兄弟親戚，甚情頗相通。」朱、陳二氏之說，篇旨更明確矣。

原文　有頍者弁 [1]，實維伊何 [2]？爾酒既旨 [3]，爾殽既嘉 [4]。豈伊異人 [5]？兄弟匪他 [6]。蔦與女蘿 [7]，施于松柏 [8]。未見君子 [9]，憂心弈弈 [10]；既見君子，庶幾說懌 [11]。

押韻　章何、嘉、他，是1（歌）部。柏、弈、懌，是14（鐸）部。

注釋

　1　頍，音傀，ㄎㄨㄟˇ。有頍，頍然，舉頭的樣子。許慎《說文》：「頍，舉頭也。」者，「人」之意。詳見楊《詞詮‧卷五》。弁，音便，ㄅㄧㄢˋ，未是名詞「皮弁」，此當動詞，「戴皮弁」。

2 實，是，此、這，指「戴皮弁」。維，是。伊，語中助詞，無意義。詳
見楊《詞詮・卷七》。何，為何、為什麼。

3 爾，汝。既，已經。旨，美。

4 殽，音肴，一ㄠ／，葷菜。詳見高亨《詩經今注》。嘉，美。

5 豈，難道。伊，有。王引之《經傳釋詞》：「伊，有。」異人，外人、別
人。

6 匪，非，不。他，他人。朱熹《詩集傳》：「匪他，非他人也。」

7 蔦，音鳥，ㄋㄧㄠˇ，植物名，寄生草。毛《傳》：「蔦，寄生也。」女
蘿，菟絲、松蘿。毛《傳》：「女蘿，菟絲、松蘿也。」

8 施，音易，一ˋ，蔓延。于，於，在。高亨《今注》：「此二句以蔦頭女
蘿寄附在松柏樹上，比喻兄弟親戚攀附貴族。」余培林《正詁》：「蔦與
女蘿，喻人生如寄。」

9 「君子」有數解：（一）余培林《正詁》：「君子，指主人及其他與宴
者。」（二）朱守亮《評釋》：「君子，指設宴之主人。」（三）高亨《今
注》：「君子，指宴客的貴族。」（四）程俊英、蔣見元《注析》：「君
子，指主人周王。」

10 奕奕，音亦亦，一ˋ 一ˋ，有二解：（一）憂心的樣子。《爾雅・釋
訓》：「奕奕，憂也。」（二）心神不定的樣子。高亨《今注》：「奕奕，
心神不定貌。」

11 庶幾，差不多。說，通「悅」，喜悅，懌，音亦，一ˋ，喜悅。說懌，
就文法言，是同義複詞。

章旨 一章描述燕飲兄弟，快樂無比的情形。

作法 一章兼用比喻（譬喻）而觸景生情的興。孫鑛《批評詩經》：
「轉折鋪張多，意態自濃。蔦蘿二喻是俊語，得此乃更有奇
色。」

原文　有頍者弁，實維何期[1]？爾酒既旨，爾殽既時[2]，豈伊異人？兄弟具來[3]。蔦與女蘿，施于松上。未見君子，憂心怲怲[4]；既見君子，庶幾有臧[5]。

押韻　二章期、時、來，是 24（之）部。上、怲、臧，是 15（陽）部。

注釋

1　實，是，此，指戴皮弁。維，是。何，為何、為什麼。期，音基，ㄐ一，語末助詞，表示疑問。楊《詞詮・卷四》：「期，語末助詞，與『其』、『居』。同。表疑問。」鄭玄《箋》：「期，辭也。」

2　時，善。毛《傳》：「時，善也。」余培林《正詁》：「菜殽應時，故善也。」高亨《今注》：「時，善也，美也。」朱守亮《評釋》：「謂應時新鮮之善美也。」

3　具，同「俱」，皆。鄭玄《箋》：「具，皆也。」

4　怲怲，音丙丙，ㄅ一ㄥˇ ㄅ一ㄥˇ，很憂愁的樣子。高亨《今注》：「炳炳，憂甚貌。」

5　庶幾，差不多。臧，音髒，ㄗㄤ，善。毛《傳》：「臧，善也。」有臧，有好處。

章旨　二章敘述宴樂兄弟，兄弟都來，可謂難得。

作法　二章兼用比喻（譬喻）而觸景生情的興。

原文　有頍者弁，實維在首[1]。爾酒既旨，爾殽既阜[2]。豈伊異人？兄弟甥舅[3]。如彼雨雪[4]，先集維霰[5]。死喪無日[6]，無幾相見[7]。樂酒今夕[8]，君子維宴[9]。

押韻　三章首、阜、舅，是 21（幽）部。霰、見、宴，是 3（元）部。

注釋

1 實，是，此，指戴皮弁。維，是。首，頭。

2 阜，音附，ㄈㄨˋ，多、豐盛。鄭玄《箋》：「阜，猶多也。」按：
「多」之意，引申為「豐盛」。

3 甥，姊妹的兒子。舅，母親的兄弟。此泛指母姑姊妹妻族的血緣姻親。
朱熹《詩集傳》：「甥舅，謂母姑姊妹妻族也。」

4 如，好比、好像。彼，遠指代詞，「那」之意。雨，音王，ㄩˋ，落、
下。本是名詞，此當動詞，是轉品、轉類、詞類活用。雨雪，落雪、下
雪。

5 集，落、下。高亨《今注》：「集，猶落也。」維，是。霰，音線，ㄒㄧ
ㄢˋ，雪珠，又名雪子。高亨《今注》：「先下霰，後下雪，而終將融
化，正如人生的容易消失。」程俊英、蔣見元《注析》：「意為霰是下雪
的先兆，但它和雪終久必皆融化，比喻周都的危難，是逐漸形成的，大
家都要像雪一樣終必消亡。」

6 死喪，死亡。無日，無有日數，引申為「不久」之意。余培林《正
詁》：「言死亡很快來臨，極言生命之短也。」

7 無幾，無多，不多。此句言我們相見的時間不多。

8 樂酒，歡樂喝酒。此句倒晚上開懷暢飲。

9 宴有三解：（一）宴飲。余培林《正詁》：「宴，宴飲也。此言君子儘管
暢欲也。」（二）安樂。程、蔣《注析》：「宴，安樂。……君子們只有
享受安逸生活。」（三）安。高亨《今注》：「宴，安也。以上二嗎反映
了貴族們及時行樂的思想。」

章旨 三章陳述當及時樂飲，以盡今夕之歡。

作法 三章兼用比喻（譬喻）而觸景生情的賦。

研析

陳延傑《詩序解》：「此詩寫生者燕兄弟親戚，其情頗相通。而優

柔紆舒，甚有悲涼之概。非涵泳浸漬，何能得其音哉？」洵哉斯言。

嚴粲《詩緝》：「上二章言族人以未見王為憂，既見王為喜，其辭猶緩也。末章言周亡無月，族人縱得見王，其能幾乎？當急與族人飲酒相樂於今夕，蓋王今維宜宴而已。言『今夕』，謂未保明日之存亡；言『維宴』，謂天下之事亦無可為，惟須飲耳。其辭甚迫矣，豈真望二宴樂之哉？」嚴氏闡析精微，層次縝密，其言甚諦。

余培林《詩經正詁》：「卒章，末四句乃全詩之高峰，頗似魏武〈短歌行〉之『對酒當歌』八句。惟魏武之文，稍嫌悲壯；此詩（〈頍弁〉）則感傷中，猶有歡欣之情也。」此言〈短歌行〉與〈頍弁〉，同中有異，異中有同。

八　車舝

間關車之舝兮，思孌季女逝兮。匪飢匪渴，德音來括。雖無好友，式燕且喜。

依彼平林，有集維鷮。辰彼碩女，令德來教。式燕且譽，好爾無射。

雖無旨酒，式飲庶幾；雖無嘉殽，式食庶幾。雖無德與女，式歌且舞。

陟彼高岡，析其柞薪。析其柞薪，其葉湑兮。鮮我覯爾，我心寫兮。

高山仰止，景行行止。四牡騑騑，六轡如琴，覯爾新昏，以慰我心。

篇名　〈車舝〉，取首章首句「間關車之舝兮」的「車舝」為篇名。這是運用「節縮」修辭手法。

篇旨　朱熹《詩集傳》：「此燕樂其新婚之詩。」《左傳‧昭公二十五年》：「叔孫婼如宋迎女，賦〈車舝〉。」是其證也。

原文　間關車之舝兮[1]，思孌季女逝兮[2]。匪飢匪渴[3]，德音來括[4]。雖無好友，式燕且喜[5]。

押韻　一章舝、逝、渴、括，是 2（月）部。友、喜，是 24（之）部。

注釋

1　間關，有二解：（一）展轉。詳見馬瑞辰《毛詩傳箋通釋》。（二）車輪轉動時而車轄發出格格聲。就文法言，是狀聲詞、象聲詞。詳見程、蔣《注析》。三，連詞，「的」之意。舝，音轄，ㄒㄧㄚˊ，同「轄」，車

　　　軸兩端的金屬鍵，以鞏固車轂，行則設之，無事則脫之兮，語末助詞。

2　思，語首助詞，無意義。楊《詞詮・卷六》。孌，音欒三聲，ㄌㄩㄢˇ，
　　美好的樣子。毛《傳》：「孌，美貌。」季女，少女。按：伯仲、叔季的
　　「季」是最小。逝，一表。高亨《今注》：「逝，往也，指她（季女）乘
　　車出嫁。兮，主要用在句末，表示感歎語氣，「啊」之意。段德森《實
　　用古漢語虛詞》。

3　匪，非、不。程、蔣《注析》：「這句意為從此沒有如飢渴般的相思。」

4　德音，美德名譽。括，聚會。毛《傳》：「括，會也。」

5　式，語首助詞。楊《詞詮・卷五》。燕，有二解：（一）樂。屈萬里《詩
　　經詮釋》：「燕，樂也。言雖無他好友，亦當喜樂也。」（二）燕，通
　　「宴」，宴飲。朱守亮《評釋》：「二句言雖無好友來賀，亦當燕飲，以
　　相喜樂也。」

章旨　一章描述間關遠道，往迎美少女的情況。孫鑛《批評詩經》：
　　　　「有兩語曼聲、綿麗，有姿態。」

作法　一章平鋪直敘的賦。

原文　依彼平林[1]，有集維鷮[2]。辰彼碩女[3]，令德來教[4]。式
　　　　燕且譽[5]，好爾無射[6]。

押韻　二章鷮、教，是 19（宵）部。譽，是 13（魚）部。射，是 14
　　　　（鐸）部。魚、鐸二部，是對轉而押韻。

注釋

1　依，是〈采薇〉：「楊柳依依」的「節縮」修辭手法，茂盛的樣子。彼，
　　遠指代詞，指平林，「那」之意。平林，平地上的樹林。毛《傳》：「平
　　林，林木之在平地者也。」

2　有，帶詞頭衍聲複詞，詳見蔡宗陽《國文文法》。集，棲止、棲息。
　　維，是鷮，音嬌，ㄐㄧㄠ，雉，長尾雉。毛《傳》：「鷮，雉也。」許慎

《說文》：「鷮，長尾雉，走且鳴。」陳奐《詩毛氏傳疏》：「平林之有鷮，以喻賢女之在父母家也。」

3 辰，高亨《今注》：「讀為「珍」。珍，美。《爾雅·釋詁》：「珍，美也。」彼，「那」之意。碩女，身材高大的女子，指季女。

4 令，美、善。高亨《今注》：「此句言美德的女子來教導我。乃作者的謙辭。」

5 式，語首助詞。燕，喜樂。譽，歡樂。高亨《今注》：「譽，通『豫』，歡樂。」

6 好，愛好。鄭玄《箋》：「好，愛好。」爾，汝，指季女。朱熹《集傳》：「爾，即季女也。」射，音亦，一ˋ，厭倦、厭棄。鄭玄《箋》：「射，厭也。」。

章旨 二章敘述季女既美且善，愛之不厭倦。

作法 二章觸景生情的興。

原文 雖無旨酒，式飲庶幾 [1]；雖無嘉殽，式食庶幾 [2]。雖無德與女，式歌且舞 [3]。

押韻 三章幾、幾，是 7（微）部。女、舞，是 13（魚）部。

注釋

1 式飲庶幾，當作「庶幾式飲」。為押韻而倒裝的肯定句，詳見附錄：《詩經》倒裝的三觀。式，語首助詞、發語詞。庶幾，希望。余培林《正詁》：「庶幾，希冀之詞。」此句言雖然沒有美酒，但希望能喝酒。

2 殽，同肴，菜肴。此句言雖然沒有嘉肴，但希望吃菜肴。

3 與，幫助。高亨《今注》：「與，助也。」女，汝，指季女。此句言雖然沒有美德可以幫助你，但希望你能且歌且舞。

章旨 三章陳述思得娶，以配君子，因此自謙禮簡無德，期能相樂。

作法 三章運用三句排比修辭手法而平鋪直敘的賦。

原文 陟彼高岡[1]，析其柞薪[2]。析其柞薪，其葉湑兮[3]。鮮我
覯爾[4]，我心寫兮[5]。

押韻 四章岡，是 15（陽）部。薪，是 6（真）部。王力《詩經韻
讀》以為陽、真三部合韻。湑、寫，是 13（魚）部。魚、陽
二部，是對轉而押韻。按：王力所謂合韻，即旁轉而押韻。王
力所謂通韻，是對轉而押韻。

注釋

1 陟，音至，ㄓˋ，升、登。彼，遠指形容詞，「那」之意。岡，山脊。

2 析，劈木。高亨《今注》：「析，劈木也。」其，代詞，提高岡。柞，音
昨，ㄗㄨㄛˊ，木名，櫟。朱熹《詩集傳》：「柞，櫟也。」程、蔣《注
析》：「柞，樹名，亦名橡、櫟。」馬瑞辰《毛詩傳箋通釋》：「〈漢廣〉
有刈薪之言，〈南山〉有析薪之句，〈豳風〉之伐柯與娶妻同喻，詩中以
析薪，喻昏姻者不一而足。」

3 其，代詞，指柞薪。湑，音煦，ㄒㄩˇ，枝葉茂盛的樣子。程、蔣《注
析》：「以登高析薪，興比娶妻，點明詩的主題。下一句以橡葉的柔嫩茂
盛，比季女的年輕貌美。」兮，語末助詞，表示感歎，「啊」之意。

4 鮮，有二解：（一）音險，ㄒㄧㄢˇ，好。鄭玄《箋》：「鮮，善也。」
（二）今。高亨《今注》：「鮮，讀為斯，猶今也。」覯，音構，ㄍㄡˋ，
遇見。鄭玄《箋》：「覯，見也。」爾，汝。

5 寫有二解：（一）同瀉，宣洩。程、蔣《注析》：「指心中的相思得以宣
洩而感到舒暢。」（二）愉悅。高亨《今注》：「寫，猶愉也。」兮，語
末助詞，表示感歎，「啊」之意。

章旨 四章描繪新婦非凡，自己心情歡暢無比。

作法 四章兼有比喻（譬喻）、頂針（頂真）而觸景生情的興。

原文 高山仰止[1]，景行行止[2]。四牡騑騑[3]，六轡如琴[4]，覯

爾新昏[5]，以慰我心[6]。

押韻　五章仰、行，是15（陽）部，琴、心，是28（侵）部。

注釋

1　仰，仰望。朱熹《集傳》：「仰，瞻望也。」止，陸德明《經典釋文》：
「仰止，本或作仰之。」按：于省吾《詩經新證》以為此二「止」字，
皆「之」字之訛。就訓詁學言，形近而譌（音訛，ㄜˊ，舛誤）。之，
代詞，指高山。

2　景，大。毛《傳》：「景，大也。」行，道路。朱熹《集傳》：「景行，大
道也。」「行止」的止，當作「之」，代詞，指景行。行，本是名詞，此
當動詞，「走」之意，引申為「嚮往」。是詞類活用、轉品、轉類。程、
蔣《注析》：「以高山大道，比喻美德的季女，表示對她的敬仰愛慕。」
按：上「行」，音杭，ㄏㄤˊ，名詞。下「行」，音形，ㄒㄧㄥˊ，動詞。

3　牡，雄馬。騑騑，音非非，ㄈㄟ ㄈㄟ，馬行不停的樣子。毛《傳》：「騑
騑，行不止之貌。」騑騑，是疊字衍聲複詞。

4　轡，音佩，ㄆㄟˋ，御馬的韁繩。六轡如琴，六條韁繩，好像琴絃那樣
整齊調和。

5　覯，音構，ㄍㄡˋ，見。爾，汝，指季女。昏、婚，就訓詁言，是古今
字。

6　以，因此。慰，安慰。此言因此使我的心得到安慰，不必如飢如渴般的
相思。詳見程、蔣《注析》。

章旨　五章描繪迎娶禮畢，返家途中，欣慰不已。

作法　五章兼有比喻（譬喻）而觸景生情的興。

研析

　　胡承珙《毛詩後箋》：「四牡二句，為往迎賢女，正與車舝為首尾
之詞，於上下皆順。」此印證前呼後應，首尾圓合。劉勰《文心雕
龍·附西日》所謂「總文理，統首尾，定與奪，合涯際，彌綸一篇，

使雜而不越者也。」洵哉斯言。

　　朱守亮《詩經評釋》：「以一『德』字貫全篇。首章言德音，此可開聽之也。次章言令德，此可體念之也。三章言無德，此自兼一己所無，益見新婚之德可美也。此三章皆明言之。四章『鮮我覯爾』，猶言難得見爾，蓋以其德之世不恆有，故云然。五章以高山景行興其德。」此言甚諦，一字點破詩眼─德。

　　余培林《詩經正詁》：「『覯爾新昏』一語，點出加馬車迎季女之故，亦揭示全篇主旨。全篇寫季女之美，僅有二處：一為一『孌』字，一為二章首二句以象徵手法表現。然寫季女之德，幾章章皆有。」剖析精微，條分縷析，絲絲入扣，切中肯綮。

九 青蠅

營營青蠅，止于樊。豈弟君子，無信讒言。
營營青蠅，止于棘。讒人罔極，交亂四國。
營營青蠅，止于榛。讒人罔極，構我二人。

篇名 〈青蠅〉，取首章首句「營營青蠅」的「青蠅」為篇名。

篇旨 陳子展《詩經直解》：「詩刺幽王信褒姒之讒，而傷害忠賢，蓋為衛武公所乍。」余培林《詩經正詁》：「若為衛武公所作，則作此語，頗為契合。」

原文 營營青蠅¹，止于樊²。豈弟君子³，無信讒言⁴。

押韻 一章樊、言，是 3（元）部。

注釋

1　營營，往來的飛聲。就文法言，是象聲詞、狀聲詞。就修辭言，是聽覺摹寫（摹狀）。青蠅，汙穢之蟲，猶今蒼蠅，比喻讒人。

2　止，停。于，於、在。樊，籬笆。毛《傳》：「樊，藩也。」

3　豈弟，同「愷悌」，平易近人。鄭玄《箋》：「豈弟，樂易也。」君子，指周王。孔穎達《正義》：「君子，謂當今之王者。」

4　無，勿。楊《詞詮·卷八》：「無，禁戒副詞，莫也。」

章旨 一章以青蠅比喻讒人，盼望勿信讒言。歐陽脩《詩本義》：「詩人以青蠅喻讒言，取其飛聲之眾，可以亂聽，猶今謂聚蚊成雷也。」

作法 一章兼有比喻（譬喻）而觸景生情的興。

原文 營營青蠅，止于棘¹。讒人罔極²，交亂四國³。

押韻　二章棘、極、國，是 25（職）部。

注釋

　　1　棘，酸棗樹，可以用來作籬笆。

　　2　罔，無、不。極，良、善。

　　3　交，釀成。交亂，擾亂。四國，四方諸侯國，指天下。

章旨　二章描述讒人擾亂全國的情況。王充《論衡‧言毒》：「人中諸毒，一身死之。中於口舌，一國潰亂。……故君子不畏虎，觸畏讒夫之口。讒夫之口，為毒大矣。」洵哉斯言。

作法　二章兼有比喻（譬喻）而觸景生情的興。

原文　營營青蠅，止于榛[1]。讒人罔極，構我二人[2]。

押韻　三章榛、人，是 6（真）部。

注釋

　　1　榛，音真，ㄓㄣ，叢生灌木，可以用來作籬笆。

　　2　構，本是構音，引申為挑撥。二人，指王者與被挑撥離間之人。孔穎達《正義》：「二人，謂人君與見讒之人。」

章旨　三章自述受害的情形，以警戒他人。

作法　三章兼有比喻（譬喻）而觸景生情的興。

研析

　　余培林《詩經正詁》：「一章戒君子『無信讒言』，此全詩主旨也。」誠哉此言。

　　朱守亮《詩經評釋》：「語云：『君子不畏虎，獨畏讒人之口。』故詩連用三止字，屏逐斥絕，戒人遠離而勿聽信之也。」「語云」之格言，源於王充《論衡‧言毒》：「君子不畏虎，獨讒夫之口。讒夫之口，為毒矣。」讒夫擾亂天下，其禍甚大矣，豈不慎哉？是以屈原云：「黃鐘毀棄，瓦釜雷鳴。讒人高張，賢士無名。」此言甚諦。讒

言多屬於流言、謠言，《荀子·大略》：「流言止於智者。」小人讒言，聖明賢君能不輕信，猶如讒言止於智者。當今社會亦有讒人陷害忠賢，在位者能審慎處理，則是國家之大幸，人民之大福。

十 賓之初筵

　　賓之初筵，左右秩秩。籩豆有楚，殽核維旅。酒既和旨，飲酒孔偕。鐘鼓既設，舉醻逸逸。大侯既抗，弓矢斯張。射夫既同，獻爾發功。發彼有的，以祈爾爵。

　　籥舞笙鼓，樂既和奏。烝衎烈祖，以洽百禮。百禮既至，有壬有林。錫爾純嘏，子孫其湛。其湛曰樂，各奏爾能。賓載手仇，室人入又。酌彼康爵，以奏爾時。

　　客之初筵，溫溫其恭。其未醉止，威儀反反；曰既醉止，威儀幡幡。舍其坐遷，屢舞僊僊。其未醉止，威儀抑抑；曰既醉止，威儀怭怭。是曰既醉，不知其秩。

　　賓既醉止，載號載呶。亂我籩豆，屢舞僛僛。是曰既醉，不知其郵。側弁之俄，屢舞傞傞。既醉而出，並受其福。醉而不出，是謂伐德。飲酒孔嘉，維其令儀。

　　凡此飲酒，或醉或否。既立之監，或佐之史。彼醉不臧，不醉反恥。式勿從謂，無俾大怠。匪言勿言，匪由勿語。由醉之言，俾出童羖。三爵不識，矧敢多又？

篇名　〈賓之初筵〉，取首章首句「賓之初筵」為篇名。

篇旨　王靜芝《詩經通釋》：「此詩先述射禮，後戒飲酒，則當是戒於典禮燕飲中多飲酒，以免出醜態之詩。燕飲多醉，想是當時風氣也。」按：燕飲多醉，不止當時風氣，於今尤烈。醉酒發生車禍，時有所聞，甚至於節節升高，政府雖三令五申加重處罰，但效果不彰。古今中外類似事情甚多，惟有學校多側重品德教育。

原文 賓之初筵 [1]，左右秩秩 [2]。籩豆有楚 [3]，殽核維旅 [4]。酒
既和旨 [5]，飲酒孔偕 [6]。鐘鼓既設，舉醻逸逸 [7]。大侯既
抗 [8]，弓矢斯張 [9]。射夫既同 [10]，獻爾發功 [11]。發彼有
的 [12]，以祈爾爵 [13]。

押韻 一章楚、旅，是 13（魚）部。旨、偕，是 4（脂）部。設，是
2（月）部。逸，是 5（質）部。月、質二部，是旁轉而押
韻。抗、張，是 15（陽）部。同、功，是 18（東）部。的、
爵，是 20（藥）部。

注釋

1 賓，賓客。之，語中助詞，無意義。初，開始。《爾雅·釋詁》：「初、
哉、首、基、肇、祖、元、胎、俶、落、權輿，始也。」筵，筵席。鄭
玄《箋》：「筵，席也。」孔穎達《毛詩正義》：「筵，亦席也。鋪陳曰
筵，藉之曰席。」席，本是名詞，此當動詞，入席。就文法言，是詞類
活用。就修辭言，是轉品、轉類。

2 左右，賓客或坐於左，或坐於右。呂祖謙《車塾讀詩記》：「邱氏曰，左
右，謂據筵席上左右之人。」秩秩，井然有序的樣子。朱熹《詩集
傳》：「秩秩，有序也。」高亨《詩經今注》：「秩秩，有順序貌。」

3 籩豆，古代食器，竹器叫做籩，木器叫做豆。有楚，楚然，陳列整齊而
盛多的樣子。屈萬里《詩經詮釋》：「《詩》中凡以『有』字冠於形容詞
或副詞之上者，等於加『然』字於形容詞死中求生副詞之下。」

4 殽，同肴。殽核，高亨《今注》：「殽核，同肴核，肉類、菜類食品和果
品。」維，是。旅，「臚」之假借，陳列。

5 和，和柔、醇和。旨，甜美、味美。鄭玄《箋》：「和旨，調美也。」此
句言酒既和柔又味美。

6 孔，甚、很。偕，和諧。屈《詮釋》：「偕，當為諧之假借，和諧也。」

7 醻，同「酬」，回敬。詳見高亨《今注》。舉醻，舉杯敬酒。逸逸，同

「繹繹」，敬酒往來不斷的樣子。詳見程、蔣《注析》。

8　侯，箭靶。大侯，又名君侯，最大的箭靶。毛《傳》：「大侯，君侯
也。」高亨《今注》：「古人習射或較射，豎一木架，架上張設獸皮，這
叫皮侯；或張設布，布上畫獸形，這叫做布侯。皮侯和布侯上加個圓形
或方形的布塊，叫做質。（或叫做的、正、鵠。）射以中賢為勝。」《儀
禮‧鄉射禮記》：「凡侯，天子熊侯、白質；諸侯麋侯、志質；大夫布
位，畫以虎豹，士布侯，畫以鹿豕。凡畫者丹質。」既，已經。抗，舉
起、豎起。毛《傳》：「抗，舉也。」

9　斯，承接連詞，則、乃。楊《詞詮‧卷六》：「斯，承接連詞，則也，乃
也。如〈小雅‧賓之初筵〉：「大侯既抗，弓矢斯張。」張，指弓絃在箭
上。高亨《今注》：「張，弓加上弦，放上箭，這叫做張。」

10　射夫，眾射者。鄭玄《箋》：「射夫，眾射者也。」既，已經。同，會
聚、排齊。朱守亮《評釋》：「同，會聚也。」高亨《今注》：「同，齊
也。」

11　獻，奏、表現。鄭玄《箋》：「獻，猶奏也。」孔穎達《正義》：「獻、奏
皆奉上之言，以發矢能中，是呈奏己功，故以獻為奏也。」爾，汝。
發，射。功，本領。

12　發，發射。彼，遠指代詞，「那」之意。有，就文法言，帶詞頭衍聲複
詞。詳見蔡宗陽《國文文法》。的，猶今紅心。《禮記‧射義》鄭玄注：
「的，謂所射之識也。」按：識，音誌，ㄓˋ，標誌，即今靶心、紅
心。

13　以，用來。祈，祈求。毛《傳》：「祈，求也。」爾，汝，指比賽對手。
爵，本是酒器名，在此借代為酒，再引申為罰酒。詳見程、蔣《注
析》。

章旨　一章敘述先飲酒而後射的情形。

作法　一章平鋪直敘的賦。

原文 籥舞笙鼓[1]，樂既和奏[2]。烝衎烈祖[3]，以洽百禮[4]。百禮既至[5]，有壬有林[6]。錫爾純嘏[7]，子孫其湛[8]。其湛曰樂，各奏爾能[9]。賓載手仇[10]，室人入又[11]。酌彼康爵[12]，以奏爾時[13]。

押韻 二章舞、鼓、祖，是 13（魚）部。禮，是 4（脂）部。至，是 5（質）部。脂、質二部，是對轉而押韻。壬、林、湛，是 28（侵）部。能、又、時，是 24（之）部。

注釋

1 籥，音越，ㄩㄝˋ，樂器，宛如今之排簫。高亨《今注》：「籥，古管器，似後世排簫。籥舞，持籥而舞的文舞。」毛《傳》：「籥舞，秉籥而舞。」籥舞，文舞。朱《集傳》：「籥舞，文舞也。」笙鼓，吹笙擊。孔穎達《正義》：「吹笙擊鼓，音節相應。」

2 樂，樂調。既，已經。和奏，指樂調與跳舞和諧伴奏。

3 烝，進。鄭玄《箋》：「烝，進也。」衎，音看，ㄎㄢˋ，樂。烈祖，有功業的先祖。朱《集傳》：「烈，業也。」

4 以，用來。洽，配合。鄭玄《箋》：「洽，合也。」百，是數量夸飾（夸張）禮，祭祀的各種禮節儀式。

5 上下句運用「百禮」，是句間頂針（頂真），具有節奏緊湊，產生音樂美感的作用。既，已經。至，完備。鄭玄《箋》：「至，偏至也。」

6 有壬有林，壬然、林然。壬，大。毛《傳》：「壬，大也。」林，盛多。朱《集傳》：「林，盛也。」此句言百禮盛大而多。

7 錫，賜。爾，汝，指主祭者。純，大。嘏，音古，ㄍㄨˇ，福。鄭玄《箋》：「純，大也。」鄭玄《箋》：「嘏，福也。」此句言尸賜主祭者以大福。

8 其，將。楊《詞詮·卷四》：「其，時間副詞，將也。」湛，音丹，ㄉㄢ，歡樂、喜樂。鄭玄《箋》：「湛，樂也。」上下句連用「其湛」，

是頂針（頂真）修辭手法，使語氣更連貫，音律更流暢，結構更縝密。

9　奏，獻。爾，汝。能，善射的能力。馬瑞辰《毛詩傳箋通釋》：「古以善射為能。」

10　載，則、就。手，取。仇，匹、耦，猶今對手、射伴。毛《傳》：「手，取也。賓自取匹而射。」余培林《正詁》：「手所以取物，因而凡取即謂之手如手弓、手劍是也。仇，匹也，耦也，今謂『對手』。此謂賓則自擇其射伴也。」

11　室人，主人。毛《傳》：「室人，主人也。」孔《正義》：「以主人自居於室，故謂之室人也。」入，進入射場。又，做賓客的射伴。高亨《今注》：「入，進入射場。又，借為『侑』。《說文》：『侑，耦（偶）也。』此是動詞，即做賓客的射伴。」

12　酌，斟。朱《評釋》：「酌，猶斟也。」彼，指示形容詞，「那」之意。康，大。馬瑞辰《通釋》：「康，大也。」康爵，大斗、大杯。

13　以，用來。奏，進獻。爾，汝。時，中射者。毛《傳》：「時，中者也。」馬瑞辰《通釋》：「詩何以云以奏爾時？蓋飲不中者以致罰，正所以進中者以致慶耳。」

章旨　二章描述先祭祀而後飲酒的情況。」姚際恆《詩經通論》：「此章言唯祭乃飲酒也。」

作法　二章兼用頂針（頂真）而平鋪直敘的賦。

原文　客之初筵，溫溫其恭[1]。其未醉止[2]，威儀反反[3]；曰既辭止[4]，威儀幡幡[5]。舍其坐遷[6]，屢舞僊僊[7]。其未醉止，威儀抑抑[8]；曰既醉止，威儀怭怭[9]。是曰既醉[10]，不知其秩[11]。

押韻　三章筵、反、幡、遷、僊是 3（元）部。抑、怭、秩，是 5（質）部。

注釋

1 溫溫其恭，當作「其恭溫溫」。其，代詞，指賓客。恭、恭敬。溫溫，柔和的樣子。鄭玄《箋》：「溫溫，柔和的樣子。」按：此兩句總結前兩章。

2 其，代詞，指賓客。止，語末助詞，表決定。楊《詞詮·卷五》。

3 威儀，容貌和舉止。反反，尊嚴的容貌和莊重的舉止。毛《傳》：「反反，言重慎也。」

4 曰，語首助詞，無意義。楊《詞詮·卷九》。既，已經。醉，喝醉。止，語末助詞表示決定。

5 幡幡，音番番，ㄈㄢ ㄈㄢ，反覆的樣子。朱《集傳》：「幡幡，反覆貌。」

6 舍，同捨，捨棄，引申為離開。高亨《今注》：「舍，離開。」其，代詞，指賓客。遷，遷徙、移動。馬瑞辰《毛詩傳箋通釋》：「古者飲酒之禮，取觶、奠觶皆坐。又凡禮盛者坐卒爵，其飲則皆立飲，又有升降、興拜、復席、復位諸禮，皆可以『遷』統之。舍其坐遷，蓋謂舍其當坐、當遷之禮耳。」

7 屢舞，多次跳舞。僊僊，音仙仙，ㄒㄧㄢ ㄒㄧㄢ，舞步輕盈的樣子。就文法言，疊字衍聲複詞。高亨《今注》：「僊僊，舞步輕盈貌。」按：《集韻》：「僊，同『仙』。僊僊，舞貌。」

8 抑抑，慎禮而密靜，引申為美麗的樣子。孔穎達《正義》：「抑抑，慎禮而密靜，即為美之義。」馬瑞辰《通釋》：「抑借為懿。懿懿，美也。」

9 泌泌，音必必，ㄅㄧˋ ㄅㄧˋ，有二解：（一）侮慢不恭的樣子。余培林《正詁》：「泌泌，即侮慢不恭之貌。」（二）輕薄的樣子。高亨《今注》：「泌泌，輕薄貌。」

10 是，此，這，這是。曰，說。既，已經。

11 其，代詞，指賓客。秩，過失。俞樾《群經平義》：「秩，當作

『失』。」高亨《今注》：「秩讀為『失』，過失。」

章旨　三章陳述飲酒未醉而有禮，醉則失禮的狀況。

作法　三章兼用倒裝而平鋪直敘的賦。

原文　賓既醉止，載號載呶[1]。亂我籩豆[2]，屢舞僛僛[3]。是曰既醉，不知其郵[4]。側弁之俄[5]，屢舞傞傞[6]。既醉而出，並受其福[7]。醉而不出，是謂伐德[8]。飲酒孔嘉[9]，維其令儀[10]。

押韻　四章僛、郵，是 24（之）部。俄、傞，是 1（歌）部。福、德，是 25（職）部。之、職二部，是對轉而押韻。嘉、儀，是 1（歌）部。

注釋

1　載……，載……，又……，又……。號，音毫，ㄏㄠˊ，號呼、號叫。毛《傳》：「號，號呼也。」呶，音撓，ㄋㄠˊ，喧嘩。高亨《今注》：「呶，喧嘩。」

2　亂我籩豆，使我籩豆弄亂。亂，是役使動詞、使役動詞、致使動詞。詳見蔡宗陽《國文文法》。

3　僛僛，音欺欺，ㄑㄧ ㄑㄧ，醉舞傾斜的樣子。高亨《今注》：「僛僛，醉舞攲斜貌。」朱熹《詩集傳》：「僛僛，傾側之狀。」按：醉舞時，東倒西歪。

4　其，代詞，指賓客。郵，過矣。鄭玄《箋》：「郵，過也。」

5　側弁，歪戴帽子。之，語中助詞，無意義。俄，傾斜的樣子。鄭玄《箋》：「俄，傾貌。」

6　傞傞，音娑娑，ㄙㄨㄛ ㄙㄨㄛ，醉舞盤旋不停止的樣子。毛《傳》：「傞傞，舞不止也。」

7　既，已經。而，則，就出，出去，引申為「離間」之意。鄭玄《箋》：

「出，猶去也。」並，普遍、都。其，代詞，指喝醉之賓客。王引之
《經義述聞》：「其字，指醉出之賓。並之言普也，遍（同『遍』）也。
謂眾賓與主人普受此賓客之福也。古聲並、普相近。」按：並，是並
母、12（耕）部。普，是滂母、13（魚）部。古聲、韻皆相近。

8 是，此，代詞，指醉而不出。謂，不完全內動詞，為也。楊樹達《詞
詮・卷八》。伐德，害德、敗德、缺德、損德。朱《集傳》：「伐，害
也。」許慎《說文》：「伐，敗也。」高亨《今注》：「伐德，害德，損
德。」

9 孔，甚、很。嘉，美。許慎《說文》：「嘉，美也。」

10 維，只有。余培林《正詁》：「維，通惟，僅也，但也。」令，善。高亨
《今注》：「令，美也。」儀，儀態、風度。余培林《正詁》：「儀，儀
態，猶今言風度。」

章旨 四章特寫已經喝醉而失禮的狀況，尤為生動有致。姚際恆《詩
經通論》：「屢舞醉態，凡作三層，寫一層、深一層。」按：就
修辭言，運用層遞修辭手法。

作法 四章兼用層遞而平鋪直敘的賦。

原文 凡此飲酒[1]，或醉或否[2]。既立之監[3]，或佐之史[4]。彼
醉不臧[5]，不醉反恥[6]。式勿從謂[7]，無俾大怠[8]。匪言
勿言[9]，匪由勿語[10]。由醉之言[11]，俾出童羖[12]。三爵
不識[13]，矧敢多又[14]？

押韻 五章否、史、恥、怠，24（之）部。語、羖，是13（魚）
部。識，是25（職）部。又、是，24（之）部。之、職，是
對轉而押韻。

注釋

1 凡，所有。此，這些。

2 或，有人。醉，有喝醉。否，沒有喝醉。

3 既，已經。立，設立。之，語中助詞，無意義。監，酒監，又名司正，
監督飲酒失禮之官吏。《儀禮‧鄉射禮》鄭玄注：「為有解倦失禮，立司
正以監之，察儀法也。」

4 或，楊《詞詮‧卷三》：「或，虛指指示代詞。」佐，佐助、輔助。之，
語中助詞，無意義。史，酒史，左史記事、右史記事，幫助記載酒醉失
言的事。馬瑞辰《通釋》：「監以察儀，史以記言。」嚴粲《詩緝》：「立
之監以正其禮，佐敦以書其過。政欲防失禮者也。」

5 臧，善、好。朱熹《集傳》：「彼醉者所為不善而不自知，使不醉反為之
羞愧也。」

6 恥，意謂動詞，以……為恥。詳見蔡宗陽《國文文法》。高亨《今注》：
「不醉反恥，人們反以不醉為辱。」

7 式，語首助詞。楊《詞詮‧卷五》。勿，禁戒之詞。謂，言說。勿從
謂，勿從謂，勿從人而言說，即勿言。詳見余培林《正詁》。

8 無，禁戒之詞，「勿」之意。俾，使。鄭玄《箋》：「俾，使也。」大，
同「太」。怠，輕慢失禮。鄭玄《箋》：「怠，怠慢也。」余培林《正
詁》：「醉已失禮醉而胡言，則猶失禮，故曰大怠也。」

9 匪，非、不。匪言，不當之言。鄭玄《箋》：「匪言，非所當言。」由，
式、法。馬瑞辰《通釋》：「《方言》、《廣雅》並曰：『由，式也。』式，
猶法也。」

10 匪，非，不。匪由，不合法之語。語，本是名詞，此當動詞，「說」之
意。

11 由，從、由於、出於。由醉之言，出於醉者之言。

12 俾，使。童，禿，牛羊不生角。高亨《今注》：「童，禿也，牛羊未生角
為童。」羖，音古，《ㄨˇ，黑色公羊。高亨《今注》：「羖，黑色公
羊。」滕志賢《新譯詩經讀本》：「童羖，無角之公羊，喻荒誕之言。」

13 三爵，古代君臣宴會，以飲三爵（杯）為度。孔穎達《正義》引《春秋
傳》：「臣侍君燕，過三爵，非禮也。」鄭玄《箋》：「三爵者，獻也，酬
也，酢也。」不識，不知道。鄭玄《箋》：「不識，不知也。」

14 矧，音審，ㄕㄣˇ，何況、況且。鄭玄《箋》：「矧，況也。」又，有二
解：（一）通「侑」，勸酒。（二）再飲酒。高亨《今注》：「又，指再飲
酒。余培林《正詁》：「三爵之後，已不省人事，況敢多飲乎？」姚際恆
《詩經通論》：「三爵之禮，亦不識，況敢又多飲乎？」

章旨 五章敘述飲酒有監史之制，飲酒醉後醜態，及其所以對待醉者
的情況。

作法 五章兼用映襯、互文見義而平鋪直敘的賦。

研析

古代平話小說〈酒戒〉：「少喫不濟事，多喫濟甚事？有事壞了
事，無事午出事！」鍾惺《評點詩經》：「所謂唯酒無量不及亂，飲之
聖也。」誠如宋竇苹《酒譜・酒令》：「詩、飲之立監史，所以已亂而
備酒禍。」飲酒需節制，古今如此。當今有「喝酒不開車，開車不喝
酒」的宣傳標語，但每年喝酒肇事，造成死傷，層出不窮。方玉潤
《詩經原始》：「詩本刺今，先陳古義，以見飲酒原未嘗廢，但須射祭
大禮而後飲，而飲又當有節，不至失儀，乃所以為貴。」洵哉斯言。

蘇東坡讚美李白：「詩中有畫，畫中有詩。」姚際恆《詩經通
論》：「昔人謂唐人詩中有畫，豈知亦原本于《三百篇》乎！《三百
篇》中有畫處甚多，此（指〈小雅・賓之初筵〉）醉客圖也。」按：
姚氏「謂唐人詩中有畫」，即指李白，而此名詞源於《三百篇》，《三
百篇》即《詩經》，《詩經》三百一十一篇，六篇笙詩有目次，但無內
容，僅三百零五篇，一般概數稱三百篇，指《詩經》，因此《三百
篇》是《詩經》的異稱。此外，尚有《毛詩》、《詩》的異稱。

魚藻之什

一　魚藻

魚在在藻，有頒其首。王在在鎬，豈樂飲酒。
魚在在藻，有莘其尾。王在在鎬，飲酒樂豈。
魚在在藻，依于其蒲。王在在鎬，有那其居。

篇名　〈魚藻〉，取首章首句「魚在在藻」的「魚藻」。這是運用「節約」修辭手法。

篇旨　朱熹《詩集傳》：「此天子燕諸侯，而諸侯美之（指天子）之詩。」屈萬里《詩經詮釋》：「此頌美天子之詩。詩中言玉在鎬，而又一片太平氣象，疑宣王時之作品也。」余培林《詩經正詁》：「觀詩中一片太平景象，必盛世之作，是則此王非最初武、成、康，必為宣王也。」綜觀眾說，篇旨更明確矣。

原文　魚在在藻[1]，有頒其首[2]。王在在鎬[3]，豈樂飲酒[4]。

押韻　一章藻、鎬，是 19（宵）部。首、酒，是 21（幽）部。宵、幽二部，是旁轉而押韻。

注釋

1　藻，水草名。魚在何處？在藻。句言魚在何處？魚在水藻中游。這是「設問」修辭手法。

2　有頒有首，是「其首有頒」的倒裝。詳見附錄：《詩經》倒裝的三觀。其，代詞，魚。首，頭。頒，音墳，ㄈㄣˊ，大頭。有頒，頒然，大頭的樣子。屈萬里《詩經詮釋》：「詩中凡以『有』字冠於形容詞或副詞之

上者，等於加『然』字於形容詞或副詞之下。」按：「有頒」，「頒然」，大頭的樣子。

3　王在在鎬。句言周王在何處？周王在鎬京。這是「設問」的修辭手法。鎬，音皓，ㄏㄠˋ，鎬京。鄭玄《箋》：「鎬，鎬京。」按：鎬京，武王所經營之都，在今陝西長安西邊。孔穎達《正義》：「王何所在乎？在於鎬京。」張廷傑《詩序解》：「是篇（指〈魚藻〉）寫魚之樂，藻蒲相依，悠然自得。蓋興王之在鎬，頗安所居。其體近乎風。」按：魚比喻周王，藻比喻鎬京。此二句兼有比喻（譬喻）而觸景生情的興。

4　豈，音凱，ㄎㄞˇ，通「愷」，樂。高亨《今注》：「豈，通『愷』，樂也。」豈樂飲酒，當作「飲酒豈樂」，言飲酒歡樂。

章旨　一章何楷《詩經世本古義》：「魚在在藻，王在在鎬，兩句炤映甚明。魚興王，藻興鎬。」姚際恆《詩經通論》：「二『在』字見姿。」按：上下句同用「在」字，是句間頂針（頂真）。詳見蔡宗陽《應用修辭學》。

作法　一章兼用設問、比喻（譬喻）、頂針（頂真）而觸景生情的興。

原文　魚在在藻，有莘其尾[1]。王在在鎬，飲酒樂豈[2]。

押韻　二章藻、鎬，是19（宵）部尾、豈，是7（微）部。

注釋

1　莘，音申，ㄕㄣ，尾長的樣子。高亨《今注》：「莘，尾長貌。」有莘，莘然，魚尾長的樣子。毛《傳》：「莘，長貌。」「有莘其尾」，當作「其尾有莘」，兼有押韻的倒裝。

2　樂豈，當作「豈樂」，為押韻而倒裝。豈，樂。

章旨　二章描述周王在鎬京，飲酒作樂的情況。

作法　二章兼有設問、比喻（譬喻）、頂針（頂真）而觸景生情的興。

原文　魚在在藻，依于其蒲 [1]。王在在鎬，有那其居 [2]。

押韻　三章藻、鎬，是 19（宵）部。蒲、居，是 13（魚）部。

注釋

1　依，依靠。于，於、在。其，代詞，指魚。蒲，蒲草。高亨《今注》：「蒲，一種水生植物，可以編蓆。」蒲，比喻鎬京。

2　有那其居，當作「其居有那」，是為押韻而倒裝。其，代詞，指周王。居，居處。那，音挪，ㄋㄨㄛˊ。有那，那然，有二解：（一）安閑的樣子。鄭玄《箋》：「那，安貌」余培林《正詁》：「王於其居安然，謂無四方之憂也。」（二）盛大的樣子。程俊英、蔣見元《注析》：「有那，即那那，盛大貌。」

章旨　三章描述周王在鎬京，其居高大而安逸的情形。

作法　三章兼有設問、比喻（譬喻）、頂針（頂真）而觸景生情的興。

研析

　　陳子展《詩經直解》：「全篇以問答為之，自問自答。口講指畫，頗似民謠風格。」方玉潤《詩經原始》：「細民聲口。」洵哉斯言。

　　滕志賢《新譯詩經讀本》：「全詩各章皆用比興。魚之在藻，喻王之在鎬。頷首莘尾，喻王心廣體胖也。『依于其蒲』，喻王所居美盛也。」此言甚諦。按：全篇除運用比、興外，兼用頂針（頂真）。

二 采菽

采菽采菽，筐之筥之。君子來朝，何錫予之？雖無予之，路車乘馬；又何予之，玄袞及黼。

觱沸檻泉，言采其芹。君子來朝，言觀其旂。其旂淠淠，鸞聲嘒嘒。載驂載駟，君子所屆。

赤芾在股，邪幅在下。彼交匪紓，天子所予。樂只君子，天子命之；樂只君子，福祿申之。

維柞之枝，其葉蓬蓬。樂只君子，殿天子之邦；樂只君子，萬福攸同。平平左右，亦是率從。

汎汎楊舟，紼纚維之。樂只君子，天子葵之；樂只君子，福祿膍之。優哉游哉，亦是戾矣。

篇名 〈采菽〉，取首章首句「采菽采菽」的「采菽」為篇名。

篇旨 朱熹《詩集傳》：「此天子所以答〈魚藻〉也。」方玉潤《詩經原始》：「此美諸侯來朝也。」朱守亮《詩經評釋》：「此美諸侯朝見天子之詩。」程俊英、蔣見元《詩經注析》：「這是讚美諸侯來朝，周王賞賜諸侯的詩。」綜觀眾說，篇旨更清晰矣。

原文 采菽采菽[1]，筐之筥之[2]。君子來朝[3]，何錫予之[4]？雖無予之，路車乘馬[5]；又何予之，玄袞及黼[6]。

押韻 一章筥、予、予、馬、予、黼，是13（魚）部。

注釋

1 采，採。就訓詁言，采、採是古今字。菽，音叔，ㄕㄨ，大豆。鄭玄《箋》：「菽，大豆也。」采菽采菽，是類疊（複疊）。

2 筐，本是方形竹器，此當動詞，用筐盛。上下兩個「之」字，代詞，指

菽。筥，音舉，ㄐㄩˇ，本是圓形竹器，此當動詞，用筥盛。

3　君子，指諸侯。毛《傳》：「君子，謂諸侯也。」

4　何，何物，什麼。錫，賜。予，給予。之，代詞，指諸侯。

5　路車，諸侯乘坐的車。《公羊傳・昭公二十五年》：「乘大路。」何休注：「禮，天子大路，諸侯路車，大夫大車，士飾車。」乘車，四匹馬。

6　玄，黑色。袞，音滾，ㄍㄨㄣˇ。玄袞，畫有卷龍的黑色禮服。毛《傳》：「玄袞，卷龍也。」黼，音斧，ㄈㄨˇ，黑白相間而斧形花紋的禮服。毛《傳》：「白與黑謂之黼。」朱熹《詩集傳》：「黼，如斧形畫之於裳也。」

章旨　一章描述初賜諸侯以路車乘馬，再賜以玄袞及黼，可見天子寵命十分優渥，及其諸侯身分極為貴重。

作法　一章不兼比喻（譬喻），但兼用類疊（複疊）、設問，而觸景生情的興。

原文　觱沸檻泉[1]，言采其芹[2]。君子來朝，言觀其旂[3]。其旂淠淠[4]，鸞聲嘒嘒[5]。載驂載駟[6]，君子所屆[7]。

押韻　二章芹、旂，是9（諄）部。淠、駟、屆，是5（質）部。

注釋

1　觱，音必，ㄅㄧˋ。觱沸，泉水湧出的樣子。毛《傳》：「觱沸，泉出貌。」檻，「濫」之假借。高亨《今注》：「檻，借為濫，泛也。」檻泉，泉水湧出的樣子。毛《傳》：「檻泉，正出也。」《爾雅・釋水》作「濫泉」：「濫泉，正出；正出，涌出也。」

2　言，語首助詞，無意義。其，「那」之意。楊樹達《詞詮・卷四》：「其，指示形容詞，與今語『那』相當。」芹，水芹菜。鄭玄《箋》：「芹，菜也，可以為菹。」

3 言，語首助詞，無意義。詳見楊《詞詮·卷七》。其，代詞，指君子。旆，音其，ㄑㄧˊ，畫有交龍的旌旗。

4 上、下句連用「其旆」，是句間頂針（頂真）。淠淠，音譬譬，ㄆㄧˋㄆㄧˋ，有二解：（一）飄動的樣子。朱守亮《評釋》：「淠淠，飄動貌。」（二）眾多的樣子。余培林《正詁》：「淠淠，多也。」

5 鸞，車鈴。嘒嘒，音慧慧，ㄏㄨㄟˋ ㄏㄨㄟˋ，車鈴聲。就文法言，狀聲詞、象聲詞。就修辭言，聽覺的摹寫（摹狀、譬況）。朱守亮《評釋》：「嘒嘒，車鈴和諧而合節拍聲。」

6 載……，載……，又……，又……。驂，駕三馬。許慎《說文》：「驂，駕三馬也。」駟，駕罵。驂、駟，本是名詞，此當動詞，是詞類活用、轉品、轉類。

7 所，語中助詞，無意義。屆，至、則。朱熹《集傳》：「屆，至也。」另一說：高亨《今注》：「所，猶攸，乃也。屆，至也，來到。」可資卓參。

章旨 二章敘述諸侯車旗的美盛。

作法 二章不兼比喻（譬喻），但兼用頂針（頂真）、摹寫（摹狀），而觸景生情的興。

原文 赤芾在股[1]，邪幅在下[2]。彼交匪紓[3]，天子所予[4]。樂只君子[5]，天子命之[6]；樂只君子，福祿申之[7]。

押韻 三章股、下、紓、予，是 13（魚）部。命、申，是 6（真）部。

注釋

1 赤，紅色。芾，音費，ㄈㄟˋ，蔽藤。赤芾，諸侯所服服。股，有二解：（一）大腿，指蔽膝在股之前，下過膝。詳見程、蔣《注析》。（二）股，小腿。鄭玄《箋》：「脛本曰股。」余培林《正詁》：「芾下垂

至股，故曰股。

2　邪幅，又作「邪偪」，猶今「綁腿」、「裹腿」。鄭玄《箋》：「邪幅，如今之行縢也。偪速其脛，自足至膝，故曰在下。」

3　彼交匪紓，《荀子・勸學》引《詩》作「匪交匪紓」。匪，非、不。交，驕傲。滕志賢《新譯詩經讀本》：「交，通『絞』。急也；傲也。紓，怠緩、怠慢。」鄭玄《箋》：「紓，緩也。」

4　予，賜予。此二句言諸侯雖受天子賜予殊榮，而不驕傲怠慢。

5　樂只君子，當作「君子樂只」，不兼押韻的感歎句倒裝。詳見附錄：《詩經》倒裝的三觀。只，語中助詞，無意義。詳見楊《詞詮・卷五》。

6　命，策命、賜命、賜予。《左傳・僖公二十六年》：「王命尹氏及王子虎、內史叔興父策命晉侯為侯伯。」，之，代詞，指諸侯。

7　申，重複、一再。毛《傳》：「申，重也。」程、蔣《注析》：「古代官吏等級，有一命到九命的差別。功愈大者命愈多，故詩人祝其福上加福。」

章旨　三章陳述天子賜赤芾、邪幅，而諸侯得到寵賜，既不驕傲，又不怠慢。

作法　三章兼用倒裝而平鋪直敘的賦。

原文　維柞之枝[1]，其葉蓬蓬[2]。樂只君子，殿天子之邦[3]；樂只君子，萬福攸同[4]。平平左右[5]，亦是率從[6]。

押韻　四章蓬、邦、同、從，是18（東）部。

注釋

1　維，語首助詞。楊《詞詮・卷八》。柞，音昨，ㄗㄨㄛˊ，櫟樹。之，連詞，「的」之意。枝，枝條。

2　其，代詞，指柞。蓬蓬，同「芃芃」，茂盛的樣子。毛《傳》：「蓬蓬，盛貌。」陳奐《詩毛氏傳疏》：「柞之枝，喻外諸侯。言此者，興諸侯承

順天子，天子恩被優渥，如柞葉之蓬蓬然盛也。」

3　殿，鎮定安撫。毛《傳》：「殿，鎮也。」之，連詞，「的」之意。

4　攸，助詞動，所。《爾雅・釋言》：「攸，所也。」同，會聚、聚龍。高亨《今注》：「同，猶聚也。」

5　平平，有三解：（一）閑雅的樣子。陸德明《經典釋文》：「《韓詩》作便便，云：閑雅之貌。」（二）辨別治理的樣子。毛《傳》：「平平，辯活也。」（三）明慧。高亨《今注》：「平平，即明慧之意。左右，諸侯的臣下。

6　亦是，有二解：（一）於是。屈萬里《詮釋》：「亦是，猶於是也。」（二）亦，語中助詞，無意義。楊《詞詮・卷七》。是，此，代詞，指左右，諸侯的屬臣。率，遵循、率從、順從。鄭玄《箋》：「率，循也。」從，服從。鄭玄《箋》：「諸侯之有賢才之德，能辯活其連屬之國，使得其所，則連屬之國亦循順之。」

章旨　四章描寫諸侯能鎮定安撫天子之邦，而其左右臣屬，於是相率順從而至的情況。

作法　四章兼有比喻（譬喻）、倒裝而觸景生情的興。

原文　汎汎楊舟[1]，紼纚維之[2]。樂只君子，天子葵之[3]；樂只君子，福祿膍之[4]。優哉游哉[5]，亦是戾矣[6]。

押韻　五章維，是 7（微）部。葵、膍，是 4（脂）部。微、脂部，是旁轉而押韻。戾，是 5（賢）部。脂、質二部，是對轉而押韻。

注釋

1　汎汎，音犯犯，ㄈㄢˋ ㄈㄢˋ，飄浮的樣子。許慎《說文》：「汎，浮貌。」楊舟，楊木之舟。汎汎楊舟，當作「楊舟汎汎」。

2　紼，音弗，ㄈㄨˊ，繫舟之麻製大索。纚，音離，ㄌㄧˊ，繫舟之竹製

大索。馬瑞辰《毛詩傳箋通釋》：「綿蓋以麻為索，纙蓋以竹為索，昏所
以維舟也。」維，繫、拴、綁。朱熹《集傳》：「維，繫也。」之，代
詞，指楊舟。高亨《今注》：「詩以索繫上楊舟，比喻天子留下諸侯。」

3　葵，揆度、考量、器重、賞識。毛《傳》：「葵，揆也。」之，代詞，指
　　諸侯。此句言天子能夠考量諸侯的才能。

4　膍，音皮，ㄆㄧˊ，厚賜。毛《傳》：「膍，厚也。」之，代詞，指諸
　　侯。

5　優，閑舒。哉，「啊」之意。游，自得其樂。

6　亦是戾矣，有三解：（一）亦是，於是。詳見屈《詮釋》。戾，至。毛
　　《傳》：「戾，至也。」此句言於是至矣。（二）高亨《今注》：「戾，《廣
　　雅·釋詁》：『戾，善也。』亦是戾矣，也是很好。」（三）程、蔣《注
　　析》：「亦，發語詞。是，這，指周京。戾，安定。《左傳·襄公二十九
　　年》杜預注：「戾，定也。」這句意為：希望諸侯能安定生活于周京。
　　這是留客之詞，故章首以綿纙維繫楊舟起興。

章旨　五章敘述矢子懷諸侯優渥，而諸閑舒自得，呈現君臣之間十分
　　　融洽的情形。

作法　五章兼用比喻（譬喻）、倒裝、感歎而觸景生情的興。

研析

　　余培林《詩經正詁》：「詩中寫物，細如菽芹筐筥、柞枝綿纙，貴
如束馬衰黻，旂鸞芾幅，熔於一爐。記事，大如天子錫命、諸侯來
朝，小如旂狀鸞聲，采菽維舟，無不盡到，詩人之筆真如椽矣。」此
剖析精微，闡論深入，言之有理，持之有故，理無虛發。

三　角弓

> 騂騂角弓，翩其反矣。兄弟昏姻，無胥遠矣。
> 爾之遠矣，民胥然矣。爾之教矣，民胥傚矣。
> 此令兄弟，綽綽有裕；不令兄弟，交相為瘉。
> 民之無良，相怨一方。受爵不讓，至于己斯亡。
> 老馬反為駒，不顧其後。如食宜饇，如酌孔取。
> 毋教猱升木，如塗塗附。君子有徽猷，小人與屬。
> 雨雪瀌瀌，見晛曰消。莫肯下遺，式居婁驕。
> 雨雪浮浮，見晛曰流。如蠻如髦，我是用憂。

篇名　〈角弓〉，取首章首句「騂騂角弓」的「角弓」為篇名。

篇旨　〈詩序〉：「〈角弓〉，父兄刺幽王也。不親九族而好讒佞，骨肉相怨，故作是詩也。」「刺幽王」，於詩無據。是以陳子展《詩經直解》：「〈角弓〉，蓋王室父兄刺王好近讒佞小人，不親九族，而骨肉相怨之詩。」余培林《詩經正詁》：「詩人似尚有勸王推行善政、潛化小人之意。」通觀各說，詩義自明，篇旨清晰。

原文　騂騂角弓[1]，翩其反矣[2]。兄弟昏姻[3]，無胥遠矣[4]。

押韻　一章反、遠，3（元）部。

注釋

1　騂騂角弓，當作「角弓騂騂」。騂騂，音星星，ㄒㄧㄥㄒㄧㄥ，調和的樣子。毛《傳》：「騂騂，調和貌。」角弓，兩端鑲牛角的弓。朱熹《詩集傳》：「角弓，以角飾弓也。」

2　翩，翩翩，翩然，弓弦向反面彎曲的樣子。朱熹《集傳》：「翩，反貌。

弓之為物，張之則內向而來，弛之則外反而去。」程、蔣《注析》：「詩人以角弓不可鬆弛，比喻兄弟昏姻不可疏遠。」鄭玄《箋》：「喻九族不以恩禮卹待之，則使之多怨也。」

3　兄弟，指同姓親戚。昏姻，指異姓親戚。

4　無，禁戒副詞，「勿」之意。楊《詞詮‧卷八》。胥，有二解：（一）皆。鄭玄《箋》：「胥，皆也。」余培林《正詁》：「言爾不親爾之兄弟昏姻，則民皆如此也。」（二）相。《爾雅‧釋詁》：「胥，相也。」遠，疏遠。此言勿互相疏遠啊！

章旨　一章敘述兄弟昏姻，應該關係密切，不應疏遠。

作法　一章兼有比喻（譬喻）而睹物生情的興。

原文　爾之遠矣[1]，民胥然矣[2]。爾之教矣[3]，民胥傚矣[4]。

押韻　二章遠、然，是3（元）部。教、傚，是19（宵）部。

注釋

1　爾，汝。之，語中助詞，無意義。遠，疏遠。第一、三「矣」，矣語末助詞，表示提示以起下文。楊《詞詮‧卷七》。

2　胥，皆，都。鄭玄《箋》：「胥，皆也。」然，如此、這樣第二、四「矣」字，語末助詞，表示理論上或事實上必然的結果。楊《詞詮‧卷七》。

3　亡，語中助詞，無意義。教，教導。

4　傚，仿效、模仿、學習。

章旨　二章描述上行下效的情況。馬瑞辰《毛詩傳箋通釋》：「詩以『教』與『遠』對言，遠為不善，則教當為善。上二句見民化於不善，下二句言民化於善也。」

作法　二章運用映襯（對比）而平鋪直的賦。

原文 此令兄弟[1]，綽綽有裕[2]；不令兄弟，交相為瘉[3]。

押韻 三章裕，是 17（屋）。瘉，是 16（侯）部。屋、侯二部，是對轉而押韻。

注釋

1 此，這些。令，友善。鄭玄《箋》：「令，善也。」

2 綽綽，音啜啜，ㄔㄨㄛˋ ㄔㄨㄛˋ，寬裕的樣子。毛《傳》：「綽綽，寬也。」裕，饒足。毛《傳》：「裕，饒也。」余培林《正詁》：「言相善之兄弟，情感融洽，綽然寬裕。」

3 交相，互相、彼此。為，為害。瘉，音愈，ㄩˋ，詬病。毛《傳》：「瘉，病也。」

章旨 三章敘述兄弟有善良，亦有不善良的情形。

作法 三章兼有映襯（對比）而平鋪直敘的賦。

原文 民之無良[1]，相怨一方[2]。受爵不讓[3]，至于己斯亡[4]。

押韻 四章良、方、讓、亡，是 15（陽）部。

注釋

1 民，人。《後漢書章帝紀》「民」引作「人」。之，語中助詞，無意義。良善良。劉向《說苑・建本》：「人而無良，相怨一方。民怨其止，不遂亡者，未之有也。」

2 相，有二解：（一）就文法言，帶詞頭衍聲複詞。（二）互相、彼此。怨，怨恨。一方，對方。朱《集傳》：「一方，彼一方也。」

3 受爵，接受爵位。讓，謙讓。

4 至于，有「假設」之意，詳見許世瑛《常用虛字用法淺釋》。斯，承接連詞，則、乃。詳見楊《詞詮・卷六》。亡，有二解：（一）危亡。朱守亮《評釋》：「亡，危亡也。句謂行為如此，必至己身危亡也。（二）忘。王引之《經義述聞》：「亡，即忘字也。」余培林《正詁》：「言至於

己之一方，則忘之矣。」

章旨 四章陳述不良之人，責人不責己；受爵不讓，求利忘己，甚至己身危亡。

作法 四章平鋪直敘的賦。

原文 老馬反為駒[1]，不顧其後[2]。如食宜饇[3]，如酌孔取[4]。

押韻 五章駒、後、饇、取，是 16（侯）部。

注釋

1　駒，音拘，ㄐㄩ，小馬。高亨《今注》：「老馬反為駒，比喻老人好像小孩，不懂事故。」

2　顧，顧念。其，代詞，指老馬、老人。後，後來、未來、將來。

3　如，有二解：（一）佁如、好比。陳子展《詩經直解》：「如，比如。」（二）如果。高亨《今注》：「如，如果。」食，吃飯。宜，多。高亨《今注》：「宜，借為多。」饇，音玉，ㄩˋ，飽。毛《傳》：「饇，飽也。」

4　酌，酌酒、喝酒。孔，甚、很。取，挹、舀。孔取，取之過多。余培林《正詁》：「吃飯則吃太飽，如飲酒則飲過量。」

章旨 五章敘述自己如老馬，不顧其緻，自知量力，而貪多不饜。

作法 五章運用比喻（譬喻）寫作技巧。陳子展《詩經直解》：「一喻小人不知優老。又兩喻小人須知養。」姚際恆《詩經通論》：「取喻多奇。」

原文 毋教猱升木[1]，如塗塗附[2]。君子有徽猷[3]，小人與屬[4]。

押韻 六章木、屬，是 17（屋）部。附，是 16（侯）部。侯、屋，是對轉而押韻。

注釋

1 毋,音無,ㄨˊ,不。楊《詞詮·卷八》:「毋,否定副詞,不也。」
猱,音撓,ㄋㄠˊ,猿猴。高亨《今注》:「猱,猿猴。」升木,上樹。
鄭玄《箋》:「猱之性善登木。」孔穎達《正義》引陸璣《疏》:「猱,彌
猴也。楚人謂之沐猴,老者為玃,長臂者為猨。」

2 塗塗附,就文法言,上「塗」字是主語、名詞,下「塗」字是述語、動
詞上。「塗」字,泥土、泥巴、泥漿。下「塗」字,塗泥。毛《傳》:
「塗,泥也。」朱守亮《評釋》:「塗附,謂塗泥於泥壁之上,易附著
也。」程、蔣《注析》:「這(兩句)是比喻,喻君子既欲人向善,又自
作壞榜樣。」

3 君子,指在上位者。徽,美好。毛《傳》:「徽,美也。」猶,有二解:
(一)品德。(二)政策。鄭玄《箋》:「猶,道也。」按:(一)詳見滕
志賢《新譯詩經讀本》。(二)詳見陳子展《詩經直解》。

4 小人,指不在位者。與屬,是同義複詞,歸附、隨從。毛《傳》:「屬,
附也。」余培林《正詁》:「與、屬義同,猶與歸。句言小人皆歸附。」
高亨《今注》:「與,從也。屬,猶隨也。」

章旨 六章陳述君子應以善道、善行、善策教人。孫鑛《批評詩
經》:「少微婉,多切直,然新意新語競出,風骨自高奇。」

作法 六章兼有比喻(譬喻)而睹物思情的興。

原文 雨雪瀌瀌[1],見晛曰消[2]。莫肯下遺[3],式居婁驕[4]。

押韻 七章瀌、消、驕,是 19(宵)部。

注釋

1 雨,音玉,落、下。瀌瀌,音標標,雪盛多的樣子。孔穎達《正義》:
「瀌瀌,雪之盛貌。」

2 晛,音ㄒㄧㄢˋ,日氣、日光。毛《傳》:「晛,日氣也。」許慎《說

文》：「晛，日光也。」曰，則，就。裴學海《古書虛字集釋》：「曰，猶
則也。」消，消融、融化。馬瑞辰《毛詩傳箋通釋》：「古者以雪喻小
人，以雪之遇日氣而消，喻小人之遇王政之清明而將敗也。」

3　莫，不。遺，有二解：（一）墮。胡承珙《毛詩後箋》：「遺，墮也。」
余培林《正詁》：「下遺，謙卑下降也。」程、蔣《注析》：「下遺，謙虛
卑下對待人。」（二）隨，順從。高亨《今注》：「遺，鄭（玄）《箋》：
『遺讀曰隨。』按：隨，順從也。莫肯下遺，言不踽謙下以從也。」

4　式，語首助詞。詳見楊《詞詮・卷五》。婁，高。馬瑞辰《通釋》：
「婁，當從《釋文》作樓，高也。」余培林《正詁》：「『婁驕』與上文
『下遺』義正相反，二句謂無人肯謙卑下降，惟自居高傲而已。」

章旨　七章描述王不肯謙虛卑下，自居高驕。

作法　七章兼用比喻（譬喻）而睹物生情的興。

原文　雨雪浮浮[1]，見晛曰流。[2]如蠻如髦[3]，我是用憂[4]。

押韻　八章浮、流、憂，是 21（幽）部。

注釋

1　浮浮，雪盛多的樣子。毛《傳》：「浮浮，猶瀌瀌也。」

2　流，消融、消化、融化。馬瑞辰《通釋》：「流，與消同義。《廣雅》：
『流，匕也。』匕即化字，謂消化也。」

3　蠻，南蠻。毛《傳》：「蠻，南蠻也。」髦，音毛，ㄇㄠˊ，西夷的別
名。鄭玄《箋》：「髦，西夷別名。」此句言王待兄弟好像南蠻、好像西
夷一樣的無禮無義。

4　是，此。用，以，因。是用，因此。

章旨　八章敘述王待兄弟如南蠻、西夷一般的不知禮義，以憂傷作
結。

作法　八章兼用比喻（譬喻）而睹物生情的興。

研析

　　方玉潤《詩經原始》:「前四章,疏遠兄弟難保不相怨,而民且傚
尤,體多用賦。後四章,親近小人,以至不顧其後而相殘賊,詩經用
比。乃篇法變換處。中間以『民之無良』,一句綰合上下。」方氏闡
析全篇結構縝密,層次井然,作法清晰。

　　滕志賢《新譯詩經讀本》:「首章以角弓弛,則易翻起興,誡周王
不可疏遠兄弟親戚,此為全篇總提。……全篇以『我是用憂』句作
結,沉痛之情溢於言表。」此言甚諦。

四 菀柳

有菀者柳，不尚息焉。上帝甚蹈，無自瘵焉。俾予靖
之，後予極焉。

有菀者柳，不尚愒焉。上帝甚蹈，無自瘵焉。俾予靖
之，後予邁焉。

有鳥高飛，亦傅于天。彼人之心，于何其臻？曷予靖
之，居以凶矜？

篇名 〈菀柳〉，取首章首句「有菀者柳」的「菀柳」為篇名。這是「節縮」修辭手法。

篇旨 〈詩序〉：「〈菀柳〉，刺幽王也。暴虐無親，而刑罰不中，諸侯皆不欲朝，言王者之不可朝事也。」吳闓生《詩義會通》：「此詩當為刺幽之作，〈序〉前三語得之，後二語則非。詩中並無不欲朝王及言王不可朝之義，不知作〈序〉者從何得此異說。此乃有功獲罪之臣，作此以自傷悼。」吳氏闡論甚諦。惟「此乃有功獲罪之臣」一語，余培林《詩經正詁》疑之，詳見「研析」。

原文 有菀者柳[1]，不尚息焉[2]。上帝甚蹈[3]，無自瘵焉[4]。俾予靖之[5]，後予極焉[6]。

押韻 一章柳、蹈，是 21（幽）部。息、瘵、極，是 25（職）部。

注釋

1 菀，音玉，ㄩˋ，有二解：（一）茂盛。鄭玄《箋》：「菀，枝葉茂盛也。」有菀，菀然，茂盛的樣子。屈萬里《詮釋》：「《詩》中凡以『有』字冠於形容詞或副詞之上者，等於加『然』字於形容詞或副詞之

下。」按:「有菀」,猶「菀然」。(二)枯病。馬瑞辰《通釋》:「菀,枯病也。」者,指示代詞,代事物可譯為「的」。詳見楊《詞詮‧卷五》。馬瑞辰《通釋》:「詩蓋以枯柳之不可止息,興王朝之不可依倚也。」

2 尚,有二解:(一)庶幾,希冀之詞。鄭玄《箋》:「尚,庶幾也。」(二)當。高亨《詩經今注》:「尚,讀為當。此二句言不應在枯柳的下面,隱喻不應在腐朽的周王朝做官。」按:「隱喻」,當作「借喻」。省略「本體」、「喻詞」。息,休息。焉,於是,在此。此,代詞,指柳。楊《詞詮‧卷七》:「焉,指示代名詞,用同『於是』,實兼介詞『於』與代名詞『是』兩詞之用。」是其證也。

3 上帝,指王。朱熹《集傳》:「上帝,指王也。」蹈,有二解:(一)動。毛《傳》:「蹈,動也。」馬瑞辰《通釋》:「動者,言其喜怒變動無常。」(二)胡作妄為、荒唐。高亨《今注》:「《韓詩外傳》四引作慆,均借為滔。水亂流為滔,因而人胡作妄為也為滔。上帝甚蹈,言上帝很荒唐。」

4 無,不、勿,禁戒之詞,自自己。暱,音匿,ㄋㄧˋ,有二解:(一)親近、接近。毛《傳》:「暱,近也。」余培林《正詁》:「言無自往親近之也。」(二)暱,病。高亨《今注》:「暱,王引之《經義述聞》引王念孫說:『暱,病也。』此句言不要自招災難。焉,之,代詞,指上帝,即王。」楊《詞詮‧卷七》:「焉,指示代名詞,用與『之』同。」

5 俾,音必,ㄅㄧˋ,使。予,我。《爾雅‧釋詁下》:「卬、吾、台、予、朕、身、甫、余,言我也。」靖,有三解:(一)治理。毛《傳》:「靖,治也。」之,指國家、國事。(二)安定。歐陽脩《詩本義》:「靖,安也。」朱熹《集傳》:「靖,定也。」此句言使我安定國家。(三)計謀、計議。高亨《今注》:「《爾雅‧釋詁》:『靖,謀也。』此句言使我計議國事。」

6 後,後來。予,我。極,有二解:(一)誅放、流放、放逐。鄭玄

《箋》：「極，誅也。」程、蔣《注析》：「極，殛的假借，放逐。」鄭玄
《箋》：「王信讒不察功考績，後反誅放我。」（二）忌恨。高亨《今
注》：「極，借為忌，忌恨也。後予極焉，後來卻忌恨我。」焉，語末助
詞，表示感歎。詳見楊《詞詮・卷七》。

章旨 一章以「菀柳尚見」，比喻王之不可親近，由於王性情多變
化，警惕人勿自己親近王。

作法 一章兼有比喻（譬喻）而睹物生情的興。

原文 有菀者柳，不尚愒焉[1]。上帝甚蹈，無自瘵焉[2]。俾予
靖之，後予邁焉[3]。

押韻 二章柳、蹈，是21（幽）部。愒、瘵、邁，是2（月）部。

注釋

1　愒，音憩，ㄑㄧˋ，休息。毛《傳》：「愒，息也。」按：上章「息」與
本章「愒」，是「休息」之意，字異而義同，屬於隔章的互文見義。
焉，代詞，之，指柳

2　瘵，音債，ㄓㄞˋ，禍害、惹禍。毛《傳》：「瘵，病也。」此句言勿自
己去惹王招來禍害而傷身。焉，代詞，指上帝，即王。

3　邁，行，放逐、流放、誅放。鄭玄《箋》：「邁，行也；行，亦放也。」
焉，語末助詞，表示感歎。首章末句「極」與次章末句「邁」，皆「放
逐」之意，是字異而義同，屬於隔章的互文見義。

章旨 二章以「菀柳尚愒」，比喻王之不可接近，由於個性多變，警
戒人勿自己接近王。

作法 二章兼有比喻（譬喻）而睹物生情的興。

原文 有鳥高飛[1]，亦傅于天[2]。彼人之心[3]，于何其臻[4]？曷
予靖之[5]，居以凶矜[6]？

押韻　三章天、臻、矜，是 6（真）部。

注釋

1 「有鳥」之「有」，是帶詞頭衍聲複詞，也是語首助詞。楊《詞詮·卷七》：「語首助詞，用在名詞之前，無義。」按：「有」字下「名詞」，「有」字無意義。如《尚書·大禹謨》：「蠢茲有苗。」是其證也。

2 亦，語首助詞，無意義。楊《詞詮·卷七》。傅，至，到。鄭玄《箋》：「傅，至也。」于，語中助詞，無意義。楊《詞詮·卷九》。

3 彼人，指周幽王。鄭玄《箋》：「彼人，斥幽王也。」之，連詞，「的」之意。

4 于何其臻，當作「其臻于何」，是兼有押韻的疑問句倒裝。其，代詞，指彼人心。臻，至，到。鄭玄《箋》：「臻，至也。」于，往，到⋯⋯去。何，何處、何地，什麼地步。

5 曷，音何，ㄏㄜˊ，為何，為什麼。

6 居，處。程、蔣《注析》：「居，處，動詞。」以，于，於，在。矜，危。毛《傳》：「矜，危也。」高亨《今注》：「此二句問：為什麼我謀議國事，反而處于凶危的境地？」

章旨　三章敘述王居叵測，為何使我治理國家，反而居我以凶危的地步。

作法　三章兼有設問而觸景生情的興。

研析

　　余培林《詩經正詁》：「蓋既曰『曷』，則『靖之』之事尚未發生；而『予極』、『予邁』及此（末）章之『居以凶矜』，亦僅必然之結果而已，非事實也。若以事實解之，恐將扞格而難通矣。吳闓生《詩義會通》以此詩『乃有功獲罪之臣乍此，以自傷悼』，似未達其旨也。」余氏闡析精闢，邏輯推理，極為周延，可資卓參。

　　朱守亮《詩經評釋》：「終言，『居以凶矜』。使之居於凶危之區，

惟命筆用字稍曲折深婉。故牛運震有『筆勢突兀聳拔』，『用字極刻奧』語也。」斯言甚諦。

五 都人士

　　彼都人士，狐裘黃黃。其容不改，出言有章。行歸于周，萬民所望。

　　彼都人士，臺笠緇撮。彼君子女，綢直如髮。我不見兮，我心不說。

　　彼都人士，充耳琇實。彼君子女，謂之君吉。我不見兮，我心苑結。

　　彼都人士，垂帶而厲。彼君子女，卷髮如蠆。我不見兮，言從之邁。

　　匪伊垂之，帶則有餘；匪伊卷之，髮則有旟。我不見兮，云何盱矣！

篇名　〈都人士〉，取首章首句「彼都人士」的「都人士」為篇名。

篇旨　王靜芝《詩經通釋》：「此懷念鎬京人物儀容之詩也。」余培林《詩經正詁》：「此詩乃尹氏與尹吉行歸于周，其友人詠而送之之詩。」陳子展《詩經直解》：「人都人吉，平王東遷，周人思西周之盛，不勝今昔盛衰之感。……〈序〉止『傷今不復見古人』一句，已道破詩旨。」綜觀諸說，篇旨詩義更明確、更清晰矣。

原文　彼都人士 [1]，狐裘黃黃 [2]。其容不改 [3]，出言有章 [4]。行歸于周 [5]，萬民所望 [6]。

押韻　一章黃、章、望，是 15（陽）部。

注釋

　1　彼，遠指指示代詞，「那」之意。詳見陳霞村《古代漢語虛詞類解》。

都，王都，指鎬京。朱熹《詩集傳》:「都，王都也。」

2　狐裘，諸侯之服。黃黃，鮮豔亮麗的樣子。《呂氏春秋・功名》:「缶醯
黃蚋」，高誘注:「黃，美也。」高亨《詩經今注》:「黃，借為煌。煌
煌，明亮貌。」

3　其，代詞，指人士。容，容貌態度。不改，不改變常態。朱熹《詩集
傳》:「不改，有常也。」

4　章，文章。朱熹《詩集傳》:「章，文章也。」出言有章，出口成章。鄭
玄《箋》:「其動作容貌既有常，吐口言語又有法度文章。」

5　行，將。歸，回。高亨《今注》:「行，猶將也。」于，往，到……去。
周，周京，指鎬京。朱熹《集傳》:「周，鎬京也。」所，語中助詞，無
意義。楊《詞詮・卷六》。

6　望，仰望、瞻望。高亨《今注》:「望，仰望。」余培林《正詁》:「『行
歸于周』一語，乃詩人作此詩之緣由，亦為此詩之重心也。」洵哉斯言。

章旨　一章描述鎬京人士之服飾、儀容、言語，都是萬民所仰望。

作法　一章平鋪直敘的賦。

原文　彼都人士，臺笠緇撮 [1]。彼君子女 [2]，綢直如髮 [3]。我不
見兮 [4]，我心不說 [5]。

押韻　二章撮、髮、說，是 2（月）部。

注釋

1　臺，通「薹」，莎草。笠，草帽。臺笠，用莎草編成的草帽。鄭玄
《箋》:「臺笠，以臺為笠也。」緇，音滋，ㄗ，黑色的布。撮，音撮，
ㄘㄨㄛˋ，以布條束髮成結為撮。緇撮，黑布製成的束髮小帽。毛
《傳》:「緇撮，緇布冠也。」

2　彼，遠指指示代詞，「那些人」之意。君子女，指都人的女子。朱熹
《詩集傳》:「君子女，都人貴家之女也。」按:君子，指都人。高亨

《今注》：「君子，指貴族。」

3 綢，密。直，伸直，長。如，其。此句當作「如髮綢直」。朱守亮《評釋》：「此倒裝句。句言其髮密柔而長也。」程、蔣《注析》：「此句猶云其髮密直，形容頭髮的美麗。」

4 我不見兮，當作「我不見（之）兮」。之，代詞，指都人士、君子女。兮，「啊」之意，表示感歎。

5 說，同「悅」。余培林《正詁》：「都人士、君子女皆行歸于周，我將不可得見，故我心不悅也。」

章旨 二章敘述不見都人士與君子子女的服飾美髮，心中不喜悅的情況。

作法 二章平鋪直敘的賦。

原文 彼都人士，充耳琇實 ¹。彼君子女，謂之君吉 ²。我不見兮，我心苑結 ³。

押韻 三章實、吉、結，是 5（質）部。

注釋

1 充，塞。高亨《今注》：「充，塞也。」充耳，又名瑱，以玉塞耳之飾。琇，美名。毛《傳》：「琇，美石也。」鄭玄《箋》：「言以美石為瑱。瑱，塞耳。」實有四解：（一）塞。朱守亮《評釋》：「實，塞也。」（二）堅。高亨《今注》：「實，猶堅也。」（三）果實之實。余培林《正詁》：「實，即果實之實。……琇，實，即美玉所作之實也。」（四）琇美的樣子。程、蔣《注析》：「實，琇美貌。」

2 謂，稱。楊《詞詮·卷八》：「謂不完全外動詞，名也，言也，稱也。」之，代詞，指君子女。尹吉，尹氏之妻。鄭玄《箋》：「吉，讀為結。尹氏、姞氏，周室昏姻之舊姓也。」余培林《正詁》：「此尹吉當為尹氏之妻矣。」

3　苑，音玉，ㄩˋ，苑結，鬱結，憂悶難解。余培林《正詁》：「苑，《正義》作『菀』。阮元《校勘記》曰：『苑結，即〈素冠〉之蘊結。』鬱結也。」

章旨　三章陳述都人士與君子女服飾，心中憂悶難解的情形

作法　三章平鋪直敘的賦。

原文　彼都人士，垂帶而厲 [1]。彼君子女，卷髮如蠆 [2]。我不見兮，言從之邁 [3]。

押韻　四章厲、蠆、邁，是 2（月）部。

注釋

1　垂帶，下垂的帽帶。而，如、若。鄭玄《箋》：「而，亦如也。」《淮南子・池論》高誘注引《詩》作「若」。厲，用青絲編成的帶子。高亨《今注》：「厲，讀為綼。《說文》：『綼，青絲綬也。』按：綼是用絲織的一種帶子，有穗。」垂帶而厲，下帶的帽帶如青絲編成的帶子。

2　卷，同「捲」。蠆，音柴，ㄔㄞˊ，蠍類。鄭玄《箋》：「蠆，螫蟲也。」陸德明《經典釋文》：「《通俗文》曰：長尾為蠆，短尾為蠍。」高亨《今注》：「蠆，蠍也。婦女鬢髮上卷似蠍尾。」

3　言，語首助詞，無意義。楊《詞詮・卷七》。從，跟從、跟隨。之，代詞，指都人士、君子女。邁，行。鄭玄《箋》：「邁，行也。」

章旨　四章描寫都人士服飾、君子女捲髮，心中思慕而欲跟從的情況

作法　四章兼有比喻（譬喻）而平鋪直敘的賦。

原文　匪伊垂之 [1]，帶則有餘 [2]；匪伊卷之，髮則有旟 [3]。我不見兮，云何盱矣 [4]！

押韻　五章餘、旟、盱，是 13（魚）。

注釋

1. 匪，非、不。伊，是。楊《詞詮·卷七》：「伊，不完全內動詞，是也。」之，代詞，指帶。

2. 則，承接連詞，表示因果之關係。楊《詞詮·卷六》。朱守亮《評釋》：「二句謂非因故意垂之，因帶長有餘，故垂之也。」有餘，餘然，帽帶下垂的樣子。

3. 旟，音魚，ㄩˊ，揚起。毛《傳》：「旟，揚也。」有旟，旟然旟，揚起的樣子。余培林《正詁》：「言非故意卷曲，因髮自然揚起，故卷曲也。」

4. 云，語首助詞，無意義。楊《詞詮·卷九》。何，如何、怎麼。盱，音虛，ㄒㄩ，通「吁」，憂愁傷心。矣，用在句、末，表示感歎語氣，「啊」之意。段德森《實用古漢語虛詞》。

章旨 五章敘述帶有餘，簹有旟，乃自然美，非假外飾。

作法 五章兼有感歎而平鋪直敘的賦。

研析

方玉潤《詩經原始》：「詩全篇只詠服飾之美，而其人之砌度端凝、儀容秀美自見；即其人之品望優隆與世族之華貴，亦因之而見。」洵哉斯言。

陳子展《詩經直解》：「詩人追憶彼都，第從彼都盛時人物儀容服飾上著眼，將其主次特徵扼要描述之，以喚起讀者之回憶與想像，便使之同有不勝今昔盛衰之感。此其藝術上之成功處。」此言甚諦。

六　采綠

終朝采綠，不盈一匊。予髮曲局，薄言歸沐。
終期采藍，不盈一襜。五日為期，六日不詹。
之子于狩，言韔其弓；之子于釣，言綸之繩。
其釣維何？維魴及鱮。維魴與鱮，薄言觀者。

篇名　〈采綠〉，取首章首句「終朝采綠」的〈采綠〉為篇名。

篇旨　方玉潤《詩經原始》：「婦人思夫，期逝不至也。幽王之時，政煩賦重，征夫久勞於外，踰時不歸，故其室思之。」陳子展《詩經直解》：「〈采綠〉，君子于役，過期不歸，婦人怨思之作。」

原文　終朝采綠[1]，不盈一匊[2]。予髮曲局[3]，薄言歸沐[4]。

押韻　一章綠、局、沐，是 17（屋）部。匊，是 22（覺）部。屋、覺二部，是旁轉而押韻。

注釋

1　終朝，整個早上。毛《傳》：「自旦及食時為終朝。」采，「採」的古字。綠，「菉」的假借，草名，又名王芻、藎草、黃草，可以染黃。鄭玄《箋》：「綠，王芻也。」陳奐《詩毛氏傳疏》：「綠，讀為菉，假借字。」許慎《說文》：「綠，藎草也。」余培林《正詁》：「綠，一名黃草，可以染黃。」

2　盈，滿。匊，「掬」的古字。兩手合捧。毛《傳》：「兩手曰匊。」朱守亮《評釋》：「終朝采之，竟不滿一匊，蓋思之深，而不專事於采，故得少也。」

3　予，我。局，卷曲。毛《傳》：「局，卷也。」程、蔣《注析》：「她因夫

行役，而無心梳洗，致髮捲曲蓬亂。」

4　薄言，有二解：（一）急忙。高亨《今注》：「薄，急忙。言，讀為焉。」聞一多《匡齋尺牘》：「薄言，迫而。」余培林《正詁》：「薄言，迫而，急忙也。」（二）語助詞。朱守亮《評釋》：「薄言，或單曰言，或單曰薄，或合曰薄言。」楊《詞詮・卷一》：「薄，語首助詞，無義。如《詩・周南・芣苢》：『薄采芣苢，薄言采之。』」沐，洗髮。歸沐，回家洗髮。朱熹《詩集傳》：「念其髮之曲局，於是舍之而歸沐，以待其君子還也。」

章旨　一章描述婦人想念丈夫，過期不歸的情況。

作法　一章平鋪直敘的賦。

原文　終期采藍[1]，不盈一襜[2]。五日為期，六日不詹[3]。

押韻　二章藍、襜、詹，是 32（談）部。

注釋

1　采，是「採」的古字。就訓詁言，采、採是古今字。藍，草名，染草，可以染青。鄭玄《箋》：「藍，染草也。」孔穎達《正義》：「藍，可以染青，故《淮南子》云：『青出於藍。』」

2　襜，音沾，ㄓㄢ，衣服的前襟。毛《傳》：「衣蔽前謂之襜。」

3　詹，到。毛《傳》：「詹，至也。」此二句言本約定五天回家，如今已六天，卻過期而不到家。姚際恆《詩經通論》：「五日，成言也。六日，調笑之意。言本五日為期，今六日尚不瞻見，只是過期之意，不必定泥為六日而詠也。」

章旨　二章敘述丈夫約定五日回家，如今已六日而猶未歸。

作法　二章平鋪直敘的賦。

原文　之子于狩[1]，言韔其弓[2]；之子于釣，言綸之繩[3]。

押韻　三章弓、繩，是 26（蒸）部。

注釋

1 之子，此子，指所思念的丈夫。于，往。狩，狩獵、打獵。

2 言，語首助詞，無意義。楊《詞詮・卷七》。韔，音唱，ㄔㄤˋ，本是名詞，此當動詞，裝入弓囊。這是轉品、轉類、詞類活用。其，代詞，指之子。

3 言，語助詞，無意義。綸，本是名詞，此當動詞，纏繞釣魚繩。馬瑞辰《通釋》：「綸，糾也。」之，代詞，此，指釣。高亨《今注》：「綸之繩，即纏好那釣魚繩。」毛《傳》：「綸，釣繳也。」

章旨　三章陳述婦人想像丈夫歸後，或狩獵，或釣魚，願意襄助丈夫的情況。孫鑛《批評詩經》：「亦竟不點出歸來字，大抵此詩只是橫說，更不直敘。」按：孫氏所謂「橫說」，即「想像」之意。

作法　三章兼用排比而平鋪直敘的賦。

原文　其釣維何？維魴及鱮[1]。維魴與鱮，薄言觀者[2]。

押韻　四章鱮、鱮、者，是 13（魚）部。

注釋

1 其，代詞，指丈夫。維，是。何，什麼。魴，音防，ㄈㄤˊ，鯿魚，亦名赤尾魚。鱮，音旭，ㄒㄩˋ，鰱魚。此二句運用自問自答的提問。

2 維魴與鱮，連用兩次，是疊句。薄言，急忙、趕快。者，通「諸」。諸，之。之，代詞，指魴與鱮。高亨《今注》：「者，通『諸』，猶『之』也。」按：王引之《經傳釋詞・卷九》：「《禮記・郊特性》曰：『以是藐諸孤。』……『藐諸』，即『藐者。』……『諸』，亦『者』字。……〈士昏禮記〉注曰：『諸，之也。』常語。」

章旨　四章描述婦人想像丈夫歸來釣魚。的情形。姚際恆《詩經通

論》:「只承釣言，大有言不盡意之妙。」

作法 四章兼用設問、類疊（複疊）而平鋪直敘的賦。

研析

陳子展《詩經直解》:「首一次二章從去後著想，極寫幽怨神理，刻畫情思入微。三、四兩章從歸後想像、極寫唱隨之樂，愈見別離之苦。示欲無往而不與之俱，意中事，詩中景也。」此闡論精闢，剖析入微。

呂闓生《詩義會通》:「三、四章歸後著想，真乃腸一日而九迴。結句餘音嫋嫋。」此言甚諦。余培林《詩經正詁》:「魴、鱮皆大魚，『維魴與鱮』，期其所釣者大，所志者遠也。末語『薄言觀者』，示其期望即歸而已。」洵哉斯言。

七　黍苗

　　芃芃黍苗，陰雨膏之。悠悠南行，召伯勞之。
　　我任我輦，我車我牛。我行既集，蓋云歸哉？
　　我徒我御，我師我旅。我行既集，蓋云歸處？
　　肅肅謝功，召伯營之；烈烈征師，召伯成之。
　　原隰既平，泉流既清。召伯有成，王心則寧。

篇名　〈黍苗〉，取首章首句「芃芃黍苗」的「黍苗」為篇名。

篇旨　王靜芝《詩經通釋》：「此召穆公營謝城邑，功成而士役美之
　　　　也。」

原文　芃芃黍苗 ^{1}，陰雨膏之 ^{2}。悠悠南行 ^{3}，召伯勞之 ^{4}。

押韻　一章苗、膏、勞，是 19（宵）部。

注釋

1　芃芃，音彭彭，ㄆㄥˊ ㄆㄥˊ，草木茂盛的樣子。孔穎達《毛詩正義》：「芃
　　芃，言芃芃然盛。」高亨《今注》：「芃芃，半日木茂盛貌。」芃芃黍
　　苗，當作「黍苗芃芃」，為押韻而例裝的肯定句。詳見附錄：《詩經》倒
　　裝的三觀。

2　膏，膏潤、滋潤。高亨《今注》：「膏，猶潤也。」之，代詞，指黍苗。

3　悠悠，路遙遠的樣子。程、蔣《注析》：「悠悠，長長，路遙遠貌。」南
　　行，向南行役之人。朱守亮《評釋》：「宣王封申伯於謝，命召伯往營城
　　邑。謝在今河南南陽境內，周之鎬京在今陝西，謝在鎬京之南，故曰南
　　行。」

4　召伯，召穆公虎。姓姬，名虎，封於召國，周初召公奭（音是，ㄕˋ）
　　之後代。勞，音澇，ㄌㄠˋ，慰勞、慰問。之，代詞，指向南行役之人。

章旨 一章描述召伯慰勞向南行役之人的辛勞。

作法 一章觸景生情的興。

原文 我任我輦¹，我車我牛²。我行既集³，蓋云歸哉⁴？

押韻 二章朱、哉，是 24（之）部。

注釋

   1 任，裝載。輦，音拈，ㄋㄧㄢˇ，有二解：（一）載物之車。余培林《正詁》：「輦，載物之車也。」（二）人推挽的車。朱守亮《評釋》：「輦，挽車也。」

   2 我車，我駕駛我的車。我牛，我驅策我駕車之牛。詳見朱守亮《評釋》。

   3 既，已經。集，有二解：（一）完成。鄭玄《箋》：「集，猶成也。」其所為十行之事既成。（二）集合。余培林《正詁》：「集當訓合，句言我之行列既集合也。南行營謝之事，乃召伯成立，非詩人（我）也。」

   4 蓋，通盍，何不。高亨《今注》：「蓋，通盍，何不也。」云，語中助詞，無意義。楊《詞詮・卷九》。歸，回周鎬京。哉，語末助詞，表示反詰。楊《詞詮・卷六》。

章旨 二章敘述行役之人，營治謝邑，功成將歸的心情。

作法 二章兼用排比、設問而平鋪直敘的賦。

原文 我徒我御¹，我師我旅²。我行既集，蓋云歸處³？

押韻 三章御、旅、處，是 13（魚）部。

注釋

   1 徒，徒步之人，指步兵。御，駕車之人指車夫。高亨《今注》：「徒，步兵。御，車夫。

   2 師，二千五百人為一師。旅，五百人為一旅。鄭玄《箋》：「五百人為

旅，五旅為師。」

　3　蓋，通盍，何不。云，語中助詞，無意義。歸處，回家安居。

章旨　三章陳述行役之人，營治謝邑，功成將回家安息的心情。

作法　三章差用排比、設問而平鋪直敘的賦。

原文　蕭蕭謝功¹，召伯營之²；烈烈征師³，召伯成之⁴。

押韻　四章營、成，是 12（耕）部。

注釋

　1　蕭蕭謝功，當作「謝功蕭蕭」。蕭蕭，有二解：（一）嚴正的樣子。鄭玄
　　　《箋》：「蕭蕭，嚴正之貌。」（二）快速的樣子。〈召南・小星〉：「蕭蕭
　　　宵征。」毛《傳》：「蕭蕭，疾貌。」，謝，邑名，申伯所封之國，在今
　　　河南信陽。功，通工，工程。按：金文「工、功」，同一字。謝工，建
　　　築謝邑的工程。〈大雅・崧高〉：「因是謝人，以作爾庸（墉）。」即「謝
　　　工」。

　2　營，經營。鄭玄《箋》：「營，治也。」之，代詞，指營功。

　3　烈烈，威武的樣子。鄭玄《箋》：「烈烈，威武貌。」征，遠行。鄭玄
　　　《箋》：「征，行也。」師，有二解：（一）軍隊。滕志賢《新譯詩經讀
　　　本》：「師，軍隊。」（二）群眾。程、蔣《注析》：「師，群眾。」按：
　　　師，指行役之眾。

　4　成，組成。高亨《今注》：「成，組成也。」之，代詞，指征師。

章旨　四章陳述經營謝邑之功，完全歸功於召伯。

作法　四章兼用排比而平鋪直敘的賦。

原文　原隰既平¹，泉流既清²。召伯有成³，王心則寧⁴。

押韻　五章平、清、成、寧，是 12（耕）部。

注釋

1　原，高平之地。《爾雅‧釋地》：「高平曰原。」隰，音席，ㄒㄧˊ，低下的溼地。《爾雅‧釋地》：「下溼曰隰。」既，已經。平，土地，已治。毛《傳》：「土治曰平。」

2　山流，山泉河流。既，已經。清，水已治。毛《傳》：「水治曰清。」

3　有成，成功。高亨《今注》：「有成，成功。」

4　王，指宣王。則，就。楊《詞詮‧卷六》：「則，承接連詞，表因果關係。」寧，安寧。鄭玄《箋》：「宣王之心則安也。」

章旨　五章描繪經營謝邑，出於王命，召伯完成任務，宣王之心則安寧。

作法　五章兼用排比而平鋪直敘的賦。

研析

　　余培林《詩經正詁》：「季本《詩說解頤》：『南行之士將歸，故作此詩以美其成功也。』證之詩之末章，信然。」此言甚諦。

　　朱守亮《詩經評釋》：「詩則四言召伯，十用我字，其親之情，不言而喻。其言召伯者，初曰勞之，勞慰我行役謝邑之人也。次曰營之，營治謝邑也。終曰成之，有成，經營謝邑之功告成也。⋯⋯全詩格啟嚴整，頗具形式之美。」此剖析縝密，闡論精闢，絲絲入扣，頗中肯綮。

八　隰桑

隰桑有阿，其葉有難。既見君子，其樂如何？
隰桑有阿，其葉有沃。既見君子，云何不樂？
隰桑有阿，其葉有幽。既見君子，德言孔膠。
心乎愛矣，遐不謂矣。中心藏之，何日忘之？

篇名　〈隰桑〉，取首章首句「隰桑有阿」的「隰桑」為篇名。

篇旨　朱守亮《詩經評釋》：「此男女相悅期會之詩。」朱氏綜合屈萬里、王靜芝之說，最周延、最縝密之篇旨詩義。

原文　隰桑有阿[1]，其葉有難[2]。既見君子[3]，其樂如何[4]？

押韻　一章阿、難、何，是1（歌）部。

注釋

1　隰，音席，ㄒㄧˊ，低下的溼地。《爾雅・釋地》：「下溼曰隰。」孔穎達《正義》：「下濕曰隰。桑宜濕潤之所。」有阿，阿然，美盛的樣子。屈萬里《詮釋》：「《詩》中凡以『有』字冠於形容詞或副詞之上者，等於加『然』字於形容詞或副詞之下。」按：有阿，猶阿然。毛《傳》：「阿，美貌。」

2　其，代詞，指桑。有難，難然，美盛而多的樣子。難，音挪，ㄋㄨㄛˊ，美盛而多。毛《傳》：「難，盛貌。」陳奐《詩毛氏傳疏》：「難、儺通。難之之為那也。《釋文》：『難，乃多反。』其讀曰那。〈桑扈〉、〈那〉傳》：『那，多也。』盛與多同義。阿難連綿字。」按：盛多，就文法言，是同義複詞。詳見蔡宗陽《國文文法》。「阿」、「難」，是互文補義。詳見附錄：《詩經》互文補義與互文見義之辨析。

3　既，已經。君子，有二解：（一）指丈夫。程、蔣《注析》：「君子，指

丈夫。（二）指女子之情人。滕志賢《新譯詩經讀本》：「君子，指女子之情人。」

    4　其，代詞，指君子。此二句是採桑時設想之言。何楷《詩經世本古義》：「其樂如何，云何不樂，又皆未有是事而假設之語。」

章旨　一章描繪男女相會而喜悅之情。

作法　一章兼有設問，而觸景生情的興。

原文　隰桑有阿，其葉有沃[1]。既見君子，云何不樂[2]？

押韻　二章沃、樂，是20（藥）部。

注釋

    1　其，代詞，指桑。有沃，沃然，柔潤美盛的樣子。毛《傳》：「沃，桑也。」陳奐《詩毛氏傳疏》：「柔者，亦是美盛之意。」

    2　云，語首助詞，無意義。楊《詞詮・卷九》。何，如何。

章旨　二章敘述男女聚會而愉悅之情況。

作法　二章兼有設問，而觸景生情的興。

原文　隰桑有阿，其葉有幽[1]。既見君子，德音孔膠[2]。

押韻　三章幽、膠，是21（幽）部。

注釋

    1　其，代詞，指桑。有幽，幽然，美盛的樣子。幽，「黝」的假借字。毛《傳》：「幽，黑色也。」馬瑞辰《通釋》：「葉之盛者色青而近黑，則黑亦為盛貌。」按：一章難，二章沃，三章幽，皆是「美盛」之意，是互文見義。詳見附錄：《詩經》互文補義與互文見義的辨析。

    2　德音好聲譽。孔，甚、很。膠，有一解：（一）牢固。毛《傳》：「膠，固也。」（二）美盛。馬瑞辰《通釋》：「膠當為𦡳之省借。《方言》：『𦡳，盛也。陳、宋之間曰𦡳。』《廣雅》：『𦡳，盛也。』孔膠，猶云

甚盛耳。」德音孔膠，是全詩重點。

章旨　三章描寫男女約會而喜樂之情形。

作法　三章觸景生情的興。

原文　心乎愛矣[1]，遐不謂矣[2]。中心藏之[3]，何日忘之[4]？

押韻　四章愛、謂，是 5（質）部。藏、忘，是 15（陽）部。

注釋

1　乎，用在主語和謂語之間，表示提頓。詳見段德森《實用古漢語虛詞》。矣，語末助詞，表示已然之事實。楊《詞詮・卷七》。

2　遐，通何，為何。高亨《今注》：「遐，通何。」謂，告訴矣，語末助詞，表示疑問。楊《詞詮・卷七》。

3　中心當作「心中」。藏，深藏、埋藏。之，代詞，指心愛之人，指君子

4　忘，忘懷、忘記。之，代詞，心愛之人，指君子。

章旨　四章敘述女子愛而不告，深藏不忘。

作法　四章兼用設問而平鋪直敘的賦。

研析

　　余培林《詩經正詁》：「三章首二句皆言隰桑美而葉盛，以象徵君子『德音是茂』。三章末語『德音孔膠』為全詩之重心，前二章言樂見君子，末章言愛之，其原因皆在此。」余氏闡論精闢，剖析肯綮，絲絲入扣，層次井然。

　　黃佐《傳說彙纂》：「此詩首三章是屢興其見之之喜，末一章是極道其愛之之誠。」誠哉此言。

　　滕志賢《新譯詩經讀本》：「全篇以『中心藏之，何日忘之』結尾，情意纏綿深切。《詩集傳》曰：『《楚辭》所謂思公子兮未敢言』，意蓋如此。愛之恨於中者深，故發之遲而存之久也。」其言甚諦。

　　朱守亮《詩經評釋》：「末二句『中心藏之，何日忘之。』蓋今語

所謂『愛在心頭，永藏心底』也。牛運震曰：『分明是言不能盡，卻
說遐不謂矣；分明是思不能忘，卻說何日忘之。搖曳含蓄，雋永纏
綿。』」洵哉斯言。

九　白華

　　白華菅兮，白茅束兮。之子之遠，俾我獨兮。
　　英英白雲，露彼菅茅。天步艱難，之子不猶。
　　滮池北流，浸彼稻田。嘯歌傷懷，念彼碩人。
　　樵彼桑薪，卬烘于煁。維彼碩人，實勞我心。
　　鼓鐘于宮，聲聞于外。念子懆懆，視我邁邁。
　　有鶖在梁，有鶴在林。維彼碩人，實勞我心。
　　鴛鴦在梁，戢其左翼。之子無良，二三其德。
　　有扁斯石，履之卑兮。之子之遠，俾我疧兮。

篇名　〈白華〉，取首章首句「白華菅兮」的「白華」為篇名。

篇旨　篇旨有二說：（一）朱熹《詩集傳》：「幽王取申女以為后，又得褒姒以黜申后，故申后作此詩。」余培林《詩經正詁》：「詩用第一人稱，曰卬、曰我，似出申后口吻，故《集傳》之說較長。」（二）朱守亮《詩經評釋》：「此棄婦自傷之詩。」此二說，見仁見智。

原文　白華菅兮[1]，白茅束兮[2]。之子之遠[3]，俾我獨兮[4]。

押韻　一章菅、遠，是3（元）部。束、獨，是17（屋）部。

注釋

1　華，是花的古字。就訓詁言，華、花是古今字。白華，野菅。《爾雅·釋草》：「白華，野菅。」菅，音堅，ㄐㄧㄢ，多年生草木，葉多毛，細長而尖。毛《傳》：「已漚為菅。」孔穎達《正義》：「漚之柔韌，異其名謂之為菅，因謂在野半漚者為野菅。」余培林《正詁》：「此云白華已漚而為菅也。」按：漚，音嘔，ㄡ、，以水浸泡，使之柔軟為漚。本章三

個「兮」字，皆是語末助詞，無意義。楊《詞詮・卷四》。

2 束，捆。高亨《今注》：「束，捆也。指用白茅把菅捆起。」程俊英、蔣
見元《詩經注析》：「詩人以菅喻自己，菅尚有白茅纏綿地相依，反襯自
己還不如菅草。」朱熹《詩集傳》：「蓋言白華與茅尚能相依，而我與子
乃相去如此之遠。」

3 之子，有二解：（一）指幽王。高亨《今注》：「之子，指幽王。」鄭玄
《箋》：「之子，斥幽王也。」（二）指丈夫。程、蔣《注析》：「之子，
指丈夫。」之遠，往遠方。程、蔣《注析》：「之遠，往遠方，指棄己而
去。」

4 俾，音必，ㄅ一ˋ，使。獨，獨處、孤獨。

章旨 一章，陳子展《詩經直解》：「以菅茅皆相漚相束為用，興夫婦
相須為活。反興幽王相棄，而申后獨苦。」朱守亮《詩經評
釋》：「以白茅束菅，相倚而成，言失何棄棄我遠去，使我獨處
也。」

作法 二章兼用比喻（譬喻），而觸景生情的興。

原文 英英白雲[1]，露彼菅茅[2]。天步艱難[3]，之子不猶[4]。

押韻 二章茅、猶，是21（幽）部。

注釋

1 英英白雲，當作「白雲英英」，為使詩文波瀾而倒裝，這是修辭學的倒
裝。英英、潔白的樣子。馬瑞辰《通釋》：「英英，白貌。」

2 露，本是名詞，此當動詞，滋潤。這是轉品、轉類、詞類活用。王夫之
《詩經稗疏》：「露之為言濡也也，謂濕雲之濡菅茅也。」程俊英、蔣見
元《詩經注析》：「詩人看到白雲滋潤菅茅，好像夫婦的相親相愛。對照
自己命運的不幸，覺得連菅茅還不如。」

3 步，行。毛《傳》：「步，行也。」天步，時運、命運。朱熹《詩集

傳》：「天步，猶言時運也。」天步艱難，天降災難之意。詳見朱守亮
《詩經評釋》。

4　之子，有二解：（一）指幽王。（二）指丈夫。猶，好。高亨《今注》：
「猶，當讀為婤。」《廣雅・釋詁》：「婤，好也。」不婤，不良。此句
言幽王或丈夫不認為我好。

章旨　二章陳子展《直解》：「以白雲覆露菅茅，同蒙庇蔭，反與天步
艱難，偏使申后獨不蒙王之恩澤。」朱守亮《評釋》：「以白雲
之於菅茅也，皆覆露之無所擇，言於天道艱難之際，夫乃不能
白雲之覆物而棄之也。」

作法　二章兼用比喻（譬喻），而觸景生情的興。

原文　滮池北流¹，浸彼稻田²。嘯歌傷懷³，念彼碩人⁴。

押韻　三章田、人，是 6（真）部。

注釋

1　滮，音彪，ㄅㄧㄠ。滮池，池名。酈道元《水經注・渭水》：「鎬水又北
流，西北注與滮水合，水行鄗池西，而北流入於鎬。」滮池北流，滮池
水向北流。

2　浸，音近，ㄐㄧㄣˋ，浸潤、灌溉。彼，遠指代詞，「那些」之意。鄭玄
《箋》：「池水為澤，浸潤稻田，使之生殖。喻王無思童於申后，滮池之
不如也。」

3　嘯歌，號哭而歌。聞一多《詩經通義》：「〈白華〉曰：『嘯歌傷懷』，謂
號哭而歌，憂傷而思也。」

4　彼，遠指代詞，「那」之意。碩，高大。碩人，有三解：（一）幽王，朱
熹《詩集傳》：「碩人，亦謂幽王也。」高亨《今注》：「碩人，指幽
王。」（二）指丈夫。朱守亮《評釋》：「碩人，身個高大之人，此指其
夫。」（三）碩人，褒姒。陳子展《詩經直解》：「碩人，謂褒姒也。」

章旨 三章陳子展《直解》：「以池水灌稻生長，反興王無恩澤於
后。」朱守亮《評釋》：「以彪池浸稻田，使之滋長，言夫竟棄
我失此浸潤，故嘯歌傷懷，念彼碩人也。」朱熹《詩集傳》：
「言小水微流，尚能浸灌。王之尊大，而反不能通其寵澤，所
以使我嘯歌傷懷而念之也。」

作法 三章兼有比喻（譬喻），而觸景生情的興。

原文 樵彼桑薪[1]，卬烘于煁[2]。維彼碩人[3]，實勞我心[4]。

押韻 四章煁、心，是28（侵）部。

注釋

1 樵，本是名詞，此當動詞用，砍伐。朱熹《詩集傳》：「樵，采也。」
彼，遠指代詞，「那」之意。桑薪，桑枝做成柴火。鄭玄《箋》：「桑
薪，薪之善者也。」

2 卬，音昂，ㄤˊ，我。詳見《爾雅‧釋詁》。毛《傳》：「卬，我也。」
烘，烘烤。毛《傳》：「烘，燎也。」于，於、在。煁，音陳，ㄔㄣˊ，
火爐。孔穎達《正義》：「無父王之屬，若今之火爐也。」孔《正義》：
「桑薪，薪之善者，宜以炊爨而養人，今不以炊爨，反燎于煁竈，失其
所也，以興幽王聘納彼申國之女，不以為后，反黜之使為卑賤而已。」

3 維，通惟，思念、想念。彼，遠指代詞，「那」之意。碩人，有二解：
（一）指幽王。（二）指丈夫。

4 實，實在。勞我心，使我心憂勞。勞，是致使動詞、役使動詞、使役動
詞。

章旨 四章陳子展《直解》：「以桑薪烘煁為無釜之炊，興申后之失寵
被廢。我，我申后也。」朱守亮《評釋》：「以桑薪用非其當，
言夫亦不以我為有用而遠棄之，思之實勞我心也。」

作法 四章兼有比喻（譬喻），而觸景生情的興。

原文　鼓鐘于宮[1]，聲聞于外[2]。念子懆懆[3]，視我邁邁[4]。

押韻　五章外、邁，是 2（月）部。

注釋

1　鼓，本是名詞，皆當動詞，「敲」之意；這是轉品、轉類、詞類活用。于，於、在。楊《詞詮・卷九》：「于，介詞，表方所，在也。」宮，室。《爾雅・釋宮》：「宮謂之室，謂之宮。」林義光《詩經通解》：「鐘有叩必聞，喻人之情意必相通光，此言妻之於夫憂念之甚，而夫恨恨然視之，曾不少為感動，如鼓鐘而不相聞。」

2　聞，音問，ㄨㄣˋ，傳而使人聞知。高亨《今注》：「聲聞于外，比喻有所作為，人們就能知道。」

3　念，思念。子，有二解：（一）指幽王。（二）指丈夫。懆懆，音草草，ㄘㄠˇ ㄘㄠˇ，憂愁不安的樣子。朱熹《詩集傳》：「懆懆，憂貌。」

4　邁邁，恨怒的樣子。陸德明《經典釋文》引個「怖怖」，許慎《說文》：「怖，恨怒也。」按：怖，音沛，ㄆㄟˋ，怒。顧野王《玉篇》：「沛，怒也。」

章旨　五章陳子展《直解》：「以鼓鐘外聞，興王廢申后，國人皆知。」朱守亮《評釋》：「以鼓鐘聞於外，言夫棄我之事，人皆知之，我仍念夫而心不安，但夫則以我為仇而恨怒之也。」

作法　五章兼有比喻（譬喻），而觸景生情的興。

原文　有鶖在梁[1]，有鶴在林[2]。維彼碩人，實勞我心。

押韻　六章林、心，是 28（侵）部。

注釋

1　有，就文法言，是帶詞頭衍聲複詞，無意義。楊《詞詮・卷七》：「有，語首助詞，用在『名詞』之前，無義。」鶖，音秋，ㄑㄧㄡ，禿鶖、鶴。毛《傳》：「鶖，禿鶖也。」李時珍《本草綱目》：「禿鶖，水鳥之大

者，其狀如鶴而大，青蒼色，長頭赤目，項皆無毛，好啖魚蛇及鳥雛。」梁，魚梁，攔魚的水壩。高亨《今注》：「此（指鵁）用以比褒姒。」

2 有，語首助詞、帶詞頭衍聲複詞，無意義。鶴，比喻申后。高亨《今注》：「鶴，申后自比。」鄭玄《箋》：「鵁也鶴也，皆以魚為美食者也。鵁之性貪惡而今在梁，鶴絜白而反在林。興王養褒姒而餒申后，近惡在遠善。」

章旨 六章陳子展《直解》：「以鵁鶴失所，興后妾易位。」朱守亮《評釋》：「以鵁鶴非其所處，清濁不分，言己被棄，思之實勞我心也。

作法 六章兼有比喻（譬喻），而觸景生情的興。

原文 鴛鴦在梁，戢其左翼[1]。之子無良[2]，二三其德[3]。

押韻 七章梁、良，是 15（陽）部。翼、德，是 25（職）部。

注釋

1 戢，音吉，ㄐㄧˊ，收斂。其，代詞，指鴛鴦。翼，翅膀。此句指鴛鴦休息時，插其嘴於左翼中。陳奐《詩毛氏傳疏》：「戢其左翼，言休息也。」

2 之子，有二解：（一）幽王。（二）丈夫。無良，不善，不好。

3 其，代詞，指幽王或丈夫。二三其德，猶今言三心兩意。馬瑞辰《毛詩傳箋通釋》：「詩蓋以鴛鴦匹鳥得其所止，能不貳其偶，以興幽王二三其德，為匹鳥之不若也。」

章旨 七章陳子展《直解》：「以鴛鴦相愛，得其所止，反興幽王無良，二三其德。」朱守亮《評釋》：「以鴛鴦雌雄相從，不失其性，言夫之於己，不能始終如一而棄之一也。」

作法 七章兼有比喻（譬喻），而觸景生情的興。

原文　有扁斯石[1]，履之卑兮[2]。之子之遠[3]，俾我疷兮[4]。

押韻　八章卑、疷，是 10（支）部。

注釋

1　有扁斯石，當作「斯石有扁」。有扁，扁然，扁平的樣子。斯，此、這。楊《詞詮‧卷六》：「斯，指示形容詞，此也。」此句言乘車時所登墊腳石是扁平的。

2　履，踩踏。之，代詞，指石。本章兩個「兮」字，皆是感歎語氣，「啊」之意。高亨《今注》：「履，踩也。」踩著扁石，不能升高，比喻作者，被貶不能攀及丈夫。」

3　之子，有二解：（一）指幽王。（二）指丈夫。之，往，到⋯⋯去。之遠，到遠方去，指疏遠、遠棄。

4　俾，使。疷，音抵，ㄉㄧˇ，憂病，指相思病。毛《傳》：「疷，病也。」

章旨　八章陳子展《直讀》：「以扁石為人踐踏而愈卑下，興申后為王廢黜而愈悲苦。」朱守亮《評釋》：「以扁石廢之而卑，言夫之遠棄我亦如是，使我為之憂而病也。」

作法　八章兼有比喻（譬喻），而觸景生情的興。

研析

　　余培林《詩經正詁》：「每章詩義，皆隱藏於首二句興詩中，而以之合幽王申后之事，若符節之相合，以此知朱子之說不誤也。而全詩之旨盡在興語之中，亦三百篇之絕無僅有者也。」洵哉斯言。

　　姚際恆《詩經通論》：「此詩八章，凡八比，甚奇。」其言甚諦。方玉潤《詩經原始》：「全詩皆先比後賦，章法似複，然實創格。」誠哉此言。朱守亮《詩經評釋》：「詩則每章起首兩句托物為比，非草木，即禽鳥，亦有雲露、泉石、鐘鼓，何取喻之繁多也。蓋怨之深，恨之杶，憂傷之切，不如此曲喻之，則不足以盡其懷思之情也。後二

句點明本意，三言碩人，四言之子，五用我字。其言碩人者，思而念之也。其言我者，視我恨怒，使我孤獨、病痛，民為之憂勞悲傷也。」此闡論精確，剖析縝密，環環入扣，頗中肯綮。

十　緜蠻

緜蠻黃鳥，止于丘阿。道之云遠，我勞如何？飲之食之，教之誨之，命彼後車，謂之載之。

緜蠻黃鳥，止于丘隅。豈敢憚行？畏不能趨。飲之食之，教之誨之，命彼後車，謂之載之。

緜蠻黃鳥，止于丘側。豈敢憚行？畏不能極。飲之食之，教之誨之，命彼後車，謂之載之。

篇名　〈緜蠻〉，取首章首句「緜蠻黃鳥」中的「緜蠻」為篇名。

篇旨　〈詩序〉：「大臣不用仁心，遺忘微賤，不肯飲食教載之，故作是詩也。」王靜芝《詩經通釋》：「此微臣感於行役時，帥者之厚遇，故作此詩美之也。」此二說，見仁見智。

原文　緜蠻黃鳥¹，止于丘阿²。道之云遠³，我勞如何⁴？飲之食之⁵，教之誨之⁶，命彼後車⁷，謂之載之⁸。

押韻　一章阿、何，是1（歌）部。食，是25（職）部。誨、載，是24（之）部。之、職二部，是對轉而押韻。

注釋

1　緜蠻黃鳥，當作「黃鳥緜蠻」。為使詩文產生波瀾現象而倒裝，是修辭學的倒裝。緜蠻，有三解：（一）小鳥的樣子。毛《傳》：「緜蠻，小鳥貌。」（二）鳥鳴聲。高亨《今注》：「緜蠻，鳥鳴聲。」（三）文彩緜密的樣子。陳子展《直展》：「緜蠻，文彩緜密的樣子。」黃鳥，黃雀。

2　止，棲止、停留。于，於，在。丘阿，山坡彎曲的地方。阿，坡。高亨《今注》：「阿，坡也。」陳延傑《詩序解》：「殆寫小臣棲棲不遑寧處，而歎其不若鳥之止於丘焉。」

3　道，路途。之云，語中助詞，無意義。按：在語「道」是名詞，表語「遠」是形容詞。「之云」是表態句中的語中助詞。「云」是語中助詞，「之」也是語中助詞。「道之云遠」，既有強調作用，又有加強語氣，增強「道路極為遙遠」之意。

4　我，行役者自稱。勞，勞苦。如何，奈何。陳子展《直解》：「如何，奈何。」

5　飲，音印，ㄧㄣˋ。飲之，使之飲。四個「之」字，代詞，指行役者。食，音飼，ㄙˋ，使之食。飲、食，皆致使動詞、役使動詞、使役動詞。

6　教之誨之，有事預先教導他，臨事當面指導他。之，代詞，指行役者。

7　命，命令。彼，遠指代詞，「那」之意。後車，後隨之車，即副車。陸德明《經典釋文》：「後車，副車也。」

8　有二解：（一）使。屈萬里《詮釋》：「謂，使也。」（二）告訴。程、蔣《注析》：「謂，告。」上「之」字，指後車駕者。下「之」字，指行役者。屈萬里《詮釋》：「以上四句，乃行役者，希冀其長官如此遇己也。」余培林《正詁》：「以上四句，昏行役者假想之詞，非事實也。」載，裝載。

章旨　一章描述行役者勞苦，希望長官厚遇行役者的情況。「道之云遠，我勞如何」，是全詩的重心。

作法　一章兼有比喻（譬喻），而觸景生情的興。

原文　緜蠻黃鳥，止于丘隅[1]。豈敢憚行[2]？畏不能趨[3]。飲之食之，教之誨之，命彼後車，謂之載之。

押韻　二章隅、趨，是 16（侯）部。食，是 25（職）部。誨、載，是 24（之）部。之、職二部，是對轉而押韻。

注釋

1 隅，角。毛《傳》：「丘隅，丘角也。」

2 憚，音但，ㄉㄢˋ，怕。朱熹《詩集傳》：「憚，畏也。」

3 坉，急走、快走。朱《集傳》：「趨，疾行也。」

章旨　二章敘述行役者勞苦，希冀長官厚待自己的情形。

作法　二章兼有比喻（譬喻）、設問，而觸景生情的興。

原文　緜蠻黃鳥，止于丘側 [1]。豈敢憚行？畏不能極 [2]。飲之食之，教之誨之，命彼後車，謂之載之。

押韻　三章側、極、食，是 25（職）部。誨、載，是 24（之）部。之、職二部，是對轉而押韻。

注釋

1 側，旁邊。鄭玄《箋》：「丘側，丘旁也。」

2 極，到達目的地。鄭玄《箋》：「極，至也。」

章旨　三章陳述行役者辛勞，盼望長官厚待自己的情況。

作法　三章兼有比喻（譬喻）、設問，而觸景生情的興。

研析

余培林《詩經正詁》：「『道之云遠，我勞如何』，為全詩之重心。……每章後四句，皆想像為詞，然於此益見其若也。每章後四句全同，〈國中〉中當見，〈雅〉中僅此一篇而已。」此言甚諦。

十一　瓠葉

> 幡幡瓠葉，采之亨之。君子有酒，酌言嘗之。
> 有兔斯首，炮之燔之。君子有酒，酌言獻之。
> 有兔斯首，燔之炙之。君子有酒，酌言酢之。
> 有兔斯首，燔之炮之。君子有酒，酌言醻之。

篇名　〈瓠葉〉，取首章首句「幡幡瓠葉」的「瓠葉」為篇名。

篇旨　朱熹《詩集傳》：「此亦燕飲之詩。」

原文　幡幡瓠葉[1]，采之亨之[2]。君子有酒[3]，酌言嘗之[4]。

押韻　一章亨、嘗，是 15（陽）部。

注釋

1　幡幡瓠葉，當作「瓠葉幡幡」。為使詩文產生現象而倒裝，這是修辭學的倒裝。請見附錄：《詩經》倒裝的三觀。幡幡，音翻翻，ㄈㄢ ㄈㄢ，反覆翻動的樣子。朱熹《詩集傳·巷伯》：「幡幡，反覆貌。」瓠，音戶，ㄏㄨˋ，葫蘆。

2　采，採的古字。采、採，就訓詁言，古今字。亨，同烹、煮。兩個「之」字，代詞，皆指瓠。

3　君子，指主人。程、蔣《注析》：「君子，指主人。」君子有酒，是有無句。

4　酌，斟酒。言，語中助詞，無意義。楊《詞詮·卷六》。之，代詞，指酒。王先謙《詩三家義集疏》：「主人未獻于賓，先自嘗之也。」

章旨　一章描述採烹瓠葉，以佐酒的情況。

作法　一章平鋪直敘的賦。

原文　有兔斯首[1]，炮之燔之[2]。君子有酒，酌言獻之[3]。

押韻　二章首、酒，是 21（幽）部。燔、獻，是 3（元）部。

注釋

1　有，是帶詞頭衍聲複詞。斯，有二解：（一）之。裴學海《古書虛字集釋》：「斯，猶『之』也。」（二）此。楊《詞詮・卷六》：「斯，指示形容詞，此也。」首，頭、隻。量詞。詳見程、蔣《注析》。朱熹《詩集傳》：「有兔斯頭，一兔也。猶數魚以尾也。」按：朱熹之說，「斯」解為「此」較勝。有兔斯首，兔這一隻。

2　炮，音咆，ㄆㄠˊ，肉帶毛而燒烤。毛《傳》：「毛曰炮。」上下兩個之國字，代詞，指兔。燔，音煩，ㄈㄢˊ，以火燒煮食物。毛《傳》：「加火曰燔。」

3　獻，恭敬莊嚴地送給。之，代詞，指賓客。

章旨　二章敘述炮燔兔，以佐酒獻賓客的情形。

作法　二章兼用類字，而平鋪直敘的賦。

原文　有兔斯首，燔之炙之[1]。君子有酒，酌言酢之[2]。

押韻　三章首、酒，是 21（幽）部。炙酢，是 14（鐸）部。

注釋

1　炙，音志，ㄓˋ，以火烤肉。燒烤。孔穎達《正義》：「炙，以物貫之，而舉於火上，以炙之。」按：炙，燒烤。

2　酢，音作，ㄗㄨㄛˋ，以酒回敬。毛《傳》：「酢，報也。」余培林《正詁》：「賓受主人獻酒，既飲，乃酌以敬主人也。」之，代詞，指主人。

章旨　三章陳述燔炙兔，以佐酒獻賓客，賓客以酒回敬主人。

作法　三章兼用類字，而平鋪直敘的賦。

原文　有兔斯首，燔之炮之。君子有酒，酌言醻之[1]。

押韻　三章首、炮、酒、醻，是 21（幽）部。

注釋

1　醻，音酬，ㄔㄡˊ，同酬，勸酒。鄭玄《箋》：「主人既卒酢爵，又酌自飲，卒爵，復酌進賓。猶今俗之勸酒。」之，代詞，指賓客。

章旨　四章描繪燔炮兔，主人以斟酒勸賓客喝酒的情況。

作法　四章兼有類字，而平鋪直敘的賦。

研析

　　程俊英、蔣見元《詩經注析》：「古人以獻、酢、醻合稱為一獻之禮。」如《禮記・樂記》鄭（玄）注曰：「一獻，士飲酒禮。」洵哉斯言。

　　余培林《詩經正詁》：「每章前二句為興，瓠葉、兔首，示物薄也；亨、炮、燔、炙，示意誠也。後二句述飲事，嘗、獻、酢、醻，言禮備也。賓主歡樂之情，盡寓其中。」此闡析縝密，層次井然，頗中肯綮。

　　朱守亮《詩經評釋》：「讀此則知燕飲之樂，全在情真意摯，回不待羅列鼎俎，百饈雜陳也。全詩簡淡清疏，於脂膏葷血中誦此，不啻如一帖清涼散也。」此言甚諦。

十二　漸漸之石

漸漸之石，維其高矣。山川悠遠，維其勞矣。武人東征，不皇朝矣。

漸漸之石，維其卒矣。山川悠遠，曷其沒矣？武人東征，不皇出矣。

有豕白蹢，烝涉波矣。月離于畢，俾滂沱矣。武人東征，不皇他矣。

篇名　〈漸漸之石〉，取首章首句「漸漸之石」為篇名。

篇旨　朱熹《詩集傳》：「將率出征，經歷險遠，不堪勞苦，而作是詩也。」

原文　漸漸之石 [1]，維其高矣 [2]。山川悠遠 [3]，維其勞矣 [4]。武人東征 [5]，不皇朝矣 [6]。

押韻　一章高、勞、朝，是 19（宵）部。

注釋

1　漸漸，山石高峻的樣子。毛《傳》：「漸漸，山石高峻。」高亨《今注》：「漸漸，通巉巉，山石高峻貌。」按：巉，音禪，ㄔㄢˊ，山勢高險。之，連詞，「的」之意。

2　維，是。其，代詞，指石。矣，語末助詞，表示感歎，「啊」之意。

3　山川，山高水深。悠遠，遙遠。

4　維，是。其，代詞，指山川。勞，有二解：（一）勞苦。（二）借為遼，廣遠、廣闊。詳見孔穎達《正義》。矣，語末助詞，表示感歎，「啊」之意。

5　武人，將率。鄭玄《箋》：「武人，謂將率（帥）也。」東征，指征伐荊

舒之國。孔穎達《正義》：「東征，征代荊舒之國。」

6 皇，通遑，閒暇。朱熹《詩集傳》：「皇，暇也。」朝，有二解：（一）
朝見天子。見余《正詁》。（二）音昭，ㄓㄠ，早晨。矣，語末助詞，表
示感歎，「啊」之意。馬瑞辰《通釋》：「古者戰多以朝，詩言不遑朝
者，甚言其東征急迫，言不暇至朝。」

章旨 一章描述山高路遠，征途勞苦，無暇休息的情況。

作法 一章平鋪直敘的賦。

原文 漸漸之石，維其卒矣[1]。山川悠遠，曷其沒矣[2]？武人
東征，不皇出矣[3]。

押韻 二章卒、沒、出，是 8（沒）部。

注釋

1 辛，音卒，ㄗㄨˊ，「崒」之假借，山勢高峻而危險的樣子。孔穎達
《正義》：「卒，讀為崒。」

2 曷，何時。其，代詞，指山川。沒，窮盡。毛《傳》：「沒，盡也。」

3 皇，通遑，閒暇。出，出險。此句謂但知深入敵陣，沒有閒暇謀劃出險
而生還。

章旨 二章敘述山高水遠，窮盡無期，而無脫險之計。

作法 二章兼有設問，而平鋪直敘的賦。

原文 有豕白蹢[1]，烝涉波矣[2]。月離于畢[3]，俾滂沱矣[4]。武
人東征，不皇他矣[5]。

押韻 三章波、沱、他，是 1（歌）部。

注釋

1 有，帶詞頭衍聲複詞，無意義，豕，音史，ㄕˇ，豬。蹢，音低，ㄉ
ㄧ，蹄。毛《傳》：「蹢，蹄也。」

2　烝，有二解：（一）眾多。鄭玄《箋》：「烝，眾也。」余培林《正詁》：「謂眾豕渡水也。」（二）進。毛《傳》：「進涉水波。」按：涉，波，渡水。高亨《今注》：「涉波，渡水。」本章「矣」字，語末助詞，表示感歎，「啊」之意。

3　月，月亮。離，有二解：（一）靠近。程、蔣《注析》：「離，麗的假借，靠近。」（二）遭遇。朱守亮《評釋》：「離，遭也。」畢，星名，二十八星宿（音秀，ㄒㄧㄡˋ）之一。按：古代月亮靠近畢星，是下雨的徵兆，這是說明行役之苦。

4　俾，音必，ㄅㄧˋ，使。滂沱，大雨的樣子。

5　皇，閒暇。他，其他事情。朱熹《詩集傳》：「此言久役又逢大雨，甚勞苦而不暇及他事也。」

章旨　三章陳述行役勞苦，無暇顧及其他事情。

作法　三章兼用感歎，而平鋪直敘的賦。

研析

　　余培林《詩經正詁》：「一、二章述山高水遠，窮盡無期，以示情景之窘困。末章天將大雨，其境愈困矣。每章後二句皆寫心境，一章『不皇朝矣』，特舉朝君之事，以示其重要。二章『不皇出矣』，不暇顧及之事又多矣。末章『不皇他矣』，除脫困外，其他一切皆不暇計矣。不暇計及之事愈後而愈廣，則其心境愈久而愈苦矣。」余氏闡論精闢，剖析精微，層次井然，頗中肯綮。

　　方玉潤《詩經原始》：「雖負塗曳泥之豕，亦眾然涉波而逝，則人民之被火災（同災）而幾為魚鼈者可知。」斯言甚諦。

十三　苕之華

苕之華，芸其黃矣。心之憂矣，維其傷矣。
苕之華，其葉青青。知我如此，不如無生。
牂羊墳首，三星在罶。人可以食，鮮可以飽。

篇名　〈苕之華〉，取首章首句「苕之華」為篇名。

篇旨　〈詩序〉:「〈苕之華〉，大夫閔時也。幽王之時，西戎東夷交侵
　　　　中國，師旅並起，因之以饑饉。君子閔周室之將亡，傷己逢
　　　　之，故作是詩也。」

原文　苕之華[1]，芸其黃矣[2]。心之憂矣[3]，維其傷矣[4]。

押韻　一章黃、傷，是 15（陽）部。

注釋

　1　苕，音條，ㄊㄧㄠˊ，植物名，又名陵苕、陵霄。之，連詞，「的」之
　　　意。華，花的古字。就訓詁言，華、花，古今字。陳奐《詩毛氏傳
　　　疏》:「奐在杭州西湖葛林園中見陵苕花，藤本蔓生，依古柏樹，直至樹
　　　顛。五、六月中，花盛黃色，俗謂之即凌霄花。」

　2　芸其，芸芸，芸然，深黃的樣子。高亨《今注》:「芸，黃色深濃的樣
　　　子。」王引之《經義述聞》:「詩人之起興，往往感物之盛，而歎人之
　　　哀。」按:譬喻中的反喻。

　3　之，語中助詞，無意義。心，是主語。憂，是表語。此句是表態句。

　4　維，是。其，代詞，指心。傷，悲傷、哀傷。

章旨　一章敘述苕之華茂葉盛，觸景生情的狀況。

作法　一章兼有比喻（譬喻）、感歎，而觸景生情的興。

原文　苕之華，其葉青青 [1]。知我如此，不如無生 [2]。

押韻　二章青、生，是 12（耕）部。

注釋

　　1　其，代詞，指苕。青青，音菁菁，ㄐㄧㄥ ㄐㄧㄥ，茂盛的樣子。

　　2　無生，未出生、不出生。

章旨　二章描述華茂葉盛，生氣盎然，反興人之憂傷憔悴，生不如死。

作法　二章兼有比喻（譬喻），而觸景生情的興。

原文　牂羊墳首 [1]，三星在罶 [2]。人可以食，鮮可以飽 [3]。

押韻　三章首、罶、飽，是 21（幽）部。

注釋

　　1　牂，音臧，ㄗㄤ。牂羊，母羊。毛《傳》：「牂羊，牝羊也。」墳，大。毛《傳》：「墳，大也。」朱熹《詩集傳》：「羊瘠則首大也。」朱守亮《評釋》：「羊瘠瘦，則見其首大，而身細也。」

　　2　三星，參星。罶，音柳，ㄌㄧㄡˇ，有二解：（一）《經典釋文》：「本又作霤。」許慎《說文》：「霤，屋水流也。」余培林《正詁》：「即以指屋簷。」（二）笱。捕魚之具。朱《集傳》：「罶，笱也。罶中無魚而水靜，但見三星之光而已。」

　　3　鮮，音顯，ㄒㄧㄢˇ，少。余培林《正詁》：「言人有食可食，但得飽者少。此饑饉之象，亦衰亂之徵也。」

章旨　三章描繪饑饉的情形，極為嚴重。

作法　三章觸景生情的興。

研析

　　余培林《詩經正詁》：「末章，以墳首言牂羊瘠瘦，以象徵人民不飽。以三星在罶，表示憂不能寐。末二語揭示全詩重心，亦解答所以

憂傷哀痛之故。全詩辭簡而情哀，而周室哀亂之象，如在目前。」洵
哉斯言。

王熙圓《詩說》：「舉一羊而陸物之蕭索可知，舉一魚而水物之凋
耗可想。」此言甚諦。

十四　何草不黃

何草不黃？何日不行？何人不將？經營四方。
何草不玄？何人不矜？哀我征夫，獨為匪民？
匪兕匪虎，率彼曠野。哀我征夫，朝夕不暇！
有芃者狐，率彼幽草，有棧之車，行彼周道。

篇名　〈何草不黃〉，取首章首句「何草不黃」為篇名。

篇旨　朱熹《詩集傳》：「周室將亡，征役不息，行者苦之，故作是詩。」朱守亮《詩經評釋》：「此征夫怨恨行役勞苦之詩。」

原文　何草不黃[1]？何日不行[2]？何人不將[3]？經營四方[4]。

押韻　一章黃、行、將、方，是 15（陽）部。

注釋

　1　黃，枯黃。本章前三句皆設問中的激問，問而不答，答案在問題的反面。鄭玄《箋》：「何草不黃，言草皆黃也。」程、蔣《注析》：「詩人以草的枯黃興，比征夫的辛勞憔悴。」朱守亮《評釋》：「句言草皆枯黃而衰矣，蓋秋冬之際也。」

　2　何日不行，日日行軍，即日日奔走。

　3　將，行。毛《傳》：「將，行也。」何人不將，人人行役。

　4　經營，往來，治理。四方，各地。

章旨　一章描述行役各地，極為辛勞的情形。

作法　一章兼用設問，而觸景生情的興。

原文　何草不玄[1]？何人不矜[2]？哀我征夫[3]，獨為匪民[4]？

押韻　二章玄、矜、民，是 6（真）部。

注釋

1 玄，赤黑色。鄭玄《箋》：「玄，赤黑色。」本章前二句，皆設問中的激問，問而不答，答案在問題反面。何草不玄，草至枯黃而變為赤黑，說明入冬已久。

2 矜，有三解：（一）音官，《ㄍㄨㄢ，病。王引之《經義述聞》：「矜，讀為鰥。」《爾雅》：「鰥，病也。」（二）可憐。高亨《今注》：「矜，可憐也。」（三）無妻。鄭玄《箋》：「無妻曰矜，從役者皆過時不得歸，故謂之矜。」

3 哀，哀傷，可憐。陳子展《直解》：「哀，可憐。」哀我征夫，當作「我征夫哀」，我們這些征夫真可憐！

4 獨，豈，難道。朱守亮《評釋》：「獨，豈也。」匪，非，不。此句言征夫難道不是人，而是如牛馬。余培林《正詁》：「匪民，即非人，言如牛馬也。」

章旨 二章敘述夫婦離別，不能團聚，哀傷而可憐的情況。

作法 二章兼有設問，而觸景生情的興。

原文 匪兕匪虎¹，率彼曠野²。哀我征夫，朝夕不暇³！

押韻 三章虎、野、夫、暇，是 13（魚）部。

注釋

1 匪，非，不。兕，音四，ㄙˋ，野牛。

2 率，循，行。朱熹《集傳》：「率，循也。」高亨《今注》：「率，行也。」彼，遠指代詞，「那」之意。曠，空。鄭玄《箋》：「曠，空也。」孔穎達《正義》：「言我役人非是兕，非是虎，何為久不得歸，常循（行）彼空野之中，與兕虎禽獸無異乎？」

3 暇，閒暇，休息。

章旨 三章陳述征夫非野獸，何以奔馳在空野中？

作法　三章兼用比喻（譬喻）中反喻，而平鋪直敘的賦。

原文　有芃者狐¹，率彼幽草²，有棧之車³，行彼周道⁴。

押韻　四章狐、車，是 13（魚）部。草，是 21（幽）部。魚、幽二部，是旁轉而押韻。

注釋

1　芃，音朋，ㄆㄥˊ。有芃，芃然、芃芃，本是草木茂盛的樣子，此比喻狐尾之豐長。者「的」之意。楊《詞詮・卷五》：「者，指示代名詞，兼代人物。代人可譯為『人』，代事物可譯為『的』。」

2　率，循，行。彼，遠指代詞，「那」之意。幽，深。幽草，草之深處。

3　棧，音佔，ㄓㄢˋ。有棧，棧然、棧棧、車高的樣子。馬瑞辰《通釋》：「有棧，車高之貌。」之，連詞，「的」之意。楊《詞詮・卷五》。

4　彼，遠指代詞，「那」之意。周道，大道。

章旨　四章描繪眼前景物，抒發傷感。

作法　四章觸景生情的興。

研析

　　余培林《詩經正詁》：「一章起首連用三問句，頗為奇特，似一腔憤懑，急欲一吐為快。至末語始轉入正題。二章述征夫之苦，『獨為匪民』。一語，似有無窮血淚。三、四章述行役苦況，其首二章皆承『匪民』而言。每章末句為章旨，申聯此末句，則詩義自出，不勞外求也。」此剖析精微，闡論精闢，層次井然，頗中肯綮。

　　方玉潤《詩經原始》：「純是一種陰幽荒涼景象，寫來可畏。所謂亡國之音，哀以思也。詩境至此，窮仄極矣。」斯言甚諦。

　　朱守亮《詩經評釋》：「五何字，責難至極，三匪字句，嗟歎獨深；而哀字、獨字，目尤見怨懟之情切也。」洵哉斯言。

大雅

文王之什

一　文王

　　文王在上，於昭于天。周雖舊邦，其命維新。有周不顯，帝命不時。文王陟降，在帝左右。

　　亹亹文王，令聞不已。陳錫哉周，侯文王孫子。文王孫子，本支百世。凡周之士，不顯亦世。

　　世之不顯，厥猶翼翼。思皇多士，生此王國。王國克生，維周之楨。濟濟之士，文王以寧。

　　穆穆文王，於緝熙敬止。假哉天命，有商孫子。商之子孫，其麗不億。上帝既命，侯于周服。

　　侯服于周，天命靡常。殷士膚敏，祼將于京。厥作祼將，常服黼冔。王之藎臣，無念爾祖。

　　無念爾祖，聿脩厥德。永言配命，自求多福。殷之未喪師，克配上帝。宜鑒于殷，駿命不易。

　　命之不易，無遏爾躬。宣昭義問，有虞殷自天。上天之載，無聲無臭。儀刑文王，萬邦作孚。

篇名　〈文王〉，取首章首句「文王在上」的「文王」為篇名。

篇旨　朱熹《詩集傳》：「周公追述文王之德，明周家所以受命而代商者，皆由於此，以戒成王。」余培林《詩經正詁》：「觀詩中文字，懇切叮嚀，諄諄告戒，非周公不能作。」

原文　文王在上 [1]，於昭于天 [2]。周雖舊邦 [3]，其命維新 [4]。有周不顯 [5]，帝命不時 [6]。文王陟降 [7]，在帝左右 [8]。

押韻　一章天、新，是 6（真）部。時、右，是 24（之）部。

注釋

1　上，指天上。高亨《今注》：「上，指天上。」此句言文王之神在天上。

2　於，音烏，感歎詞。毛《傳》：「於，歎辭。」陳霞村《古代漢語虛詞類解》：「『於』單獨使用，表示讚美、稱頌、感歎，『啊』之意。」昭，明，顯現、明察。毛《傳》：「昭，明也。」于，於，在。天，指上帝。朱守亮《評釋》：「天，指上帝」。高亨《今注》：「此句言文王比上帝還明察。」

3　舊邦，周自文王祖父古公亶父，由豳遷徙於岐下，有國甚久，故稱舊邦。

4　其，代詞，指文王。命，天命。鄭玄《箋》：「命，天命。」維，是。朱熹《詩集傳》：「周邦雖自后稷始封，千有餘年，而其受命，則自今始也。」

5　有，帶詞頭衍聲複詞，無意義。有周，即周。不，音丕，ㄆㄧ，大、甚。許慎《說文》：「丕，大也。」顯，顯赫。

6　帝命，上帝授命。不，音丕，ㄆㄧ，大，甚。時，是，善。此句言上帝命周代殷之命甚是。

7　陟降，往來。王國維〈與友人論詩書中成語書〉：「古人言陟降，猶今人言往來，不必兼陟與降二義。」此句言文王之神往來於天人之間。

8　帝，上帝。朱熹《詩集傳》：「帝，上帝也。」此句言文王之神在上帝左右，以輔佐之，顯現文王之重要。

章旨　一辛陳子展《直解》：「言文王受命，克配于天，視之為天神。」余培林《正詁》：「言文王得天命而興周。」

作法　一章平鋪直敘的賦。

原文　亹亹文王 [1]，令聞不已 [2]。陳錫哉周 [3]，侯文王孫子 [4]。文王孫子，本支百世 [5]。凡周之士 [6]，不顯亦世 [7]。

押韻　二章已、子、子、士，是 24（之）部。世、世，是 2（月）部。

注釋

1　亹亹，音委委，ㄨㄟˇ　ㄨㄟˇ，勤勉的樣子。毛《傳》：「亹亹，勉也。」

2　令，善。朱《集傳》：「令聞，善譽也。」不已，不停止。

3　陳，重複，一再。錫，賜。馬瑞辰《通釋》：「陳錫，即申錫也。申，重也。重錫，言錫之多。」哉，在、于。于省吾《詩經新證》三哉、才、在，古通。陳錫哉周，應讀作『陳錫在周。在，猶于也。謂申錫于周也。』

4　侯，有二解：（一）維，是。毛《傳》：「侯，維也。」余《正詁》：「二句言文王重賜於周者，厥惟其子孫也。」（二）動詞，使之做侯。高亨《今注》：「侯，動詞，使之做侯。此二句言：文王多多賜福周國，使其子孫為侯。」按：侯，使之做侯，就文法言，是役使動詞，使役動詞、致使動詞。「孫子」，當作「子孫」，為押韻而倒裝。詳見附錄：《詩經》倒裝的三觀。

5　本，周王一系為本。高亨《今注》：「本，周王一系為本。」毛《傳》：「本，本宗也。支，支子也。」余《正詁》：「此言文王之子孫，本宗為天子，支子為諸侯，皆能緜延百世也。」

6　凡，所有。之，連詞，「的」之意。士，指周王朝異姓之臣。毛《傳》：「士，世祿也。」高亨《今注》：「士，指周王朝異姓之臣。」

7　不顯，很大光耀。亦世，累世，世世代代。馬瑞辰《通釋》：「亦世，即奕世也，亦與奕，古本通用。奕世，即長世也，或亦訓為累世。

章旨　二章敘述文王有賢子孫，能世世代代顯耀。

作法 二章兼用疊句，而平鋪直敘的賦。

原文 世之不顯[1]，厥猶翼翼[2]。思皇多士[3]，生此王國[4]。王國克生[5]，維周之楨[6]。濟濟之士[7]，文王以寧[8]。

押韻 三章翼、國，是25（職）部。生、楨、寧，是12（耕）部。

注釋

1 之，語中助詞，無意義。此句言世世代代很大光耀。

2 厥，其，代詞，指士。楊《詞詮·卷四》：「厥，指示代名詞，其也。」猶，謀略。鄭玄《箋》：「猶，謀也。」翼翼，思慮深遠的樣子。《逸周書·諡法》：「思慮深遠曰翼。」

3 思，語首助詞，無意義。楊《詞詮·卷六》。皇，美麗、優秀。朱《集傳》：「皇，美也。」多士，眾多賢士。朱《集傳》：「多士，眾多之賢士。」

4 生，產生。此，近指代詞，「這」之意。王國，指周。

5 克，能夠。此句言王國（指周）周態產生眾多賢士。

6 維，是。之，連詞，「的」之意。楨，築牆所用來。朱守亮《評釋》：「在牆兩端者曰楨，兩邊者曰榦。此猶言棟梁。二句言王國能生此多士，皆周之棟梁材也。」《尚書·費誓》蔡沈傳：「楨幹，板築之木。題曰楨，牆端之木也，旁曰幹，兩旁障土者。」余培林《正詁》：「此以喻棟梁之材也。」

7 濟濟，眾多的樣子。高亨《今注》：「濟濟，多而整齊貌。」

8 以，因，因此。寧，安寧。此言文王因此安寧。

章旨 三辛陳述周有很多賢士能輔佐，文王因此安寧。

作法 三章兼用頂針（頂真）而平鋪直敘的賦。

原文 穆穆文王[1]，於緝熙敬止[2]。假哉天命[3]，有商孫子[4]。

商之子孫，其麗不億 ⁵。上帝既命 ⁶，侯于周服 ⁷。

押韻 四章止、子、子，是 24（之）部。億，服，是 25（職）部。
之、職二部，是對轉而押韻。

注釋

1 穆穆，美好的樣子。毛《傳》：「穆穆，美也。」

2 於，音烏，ㄨ，表示讚美的感歎。緝，音氣，ㄑㄧˋ，光明。熙，光
大。《國語・周語下》韋昭注：「緝，明也。熙，光大也。」毛《傳》：
「緝熙，光明。」緝熙，本是「光明」引申為「光大」之意。

3 假，大。朱《集傳》：「假，大也。」假哉天命，當作「天命假哉」，此
句言天命偉大啊！哉，語末助詞，表示讚美的感歎。楊《詞詮・卷
六》。敬，恭敬謹慎。止，語末助詞，表示決定。楊《詞詮・卷五》。

4 有，保有。朱守亮：《評釋》：「句謂商之子孫，皆臣屬於周也。」

5 其，代詞，指商之孫子。麗，數目。毛《傳》：「麗，數也。」不億，不
只一億，言其數甚多。孔穎達《正義》：「不徒止於一億而已，言其數過
億也。」按：「止」，「只」之意。

6 既，已經。命，命人之。

7 侯于周服，當作「侯服于服」。侯，乃、就。王引之《經傳釋詞》：
「侯，乃也。」于，於。服，臣服。高亨《今注》：「服，臣服。」

章旨 四章描寫文王得天命而代商，商之子孫屈服於周。

作法 四章兼用倒裝，而平鋪直敘的賦。

原文 侯服于周，天命靡常 ¹。殷士膚敏 ²，祼將于京 ³。厥作
祼將 ⁴，常服黼冔 ⁵。王之藎臣 ⁶，無念爾祖 ⁷。

押韻 五章常、京，是 15（陽）部。冔、祖是 13（魚）部。魚、陽
二部，是對轉而押韻。

注釋

1 靡，非，不。常，固定，不變。余培林《正詁》：「殷人服於周，正示天命之無常也。」

2 殷士，指殷商後人。膚敏，黽勉努力。高亨《今注》：「膚，當讀為薄。《方言》：『薄，勉也。』于省吾《澤螺居讀詩札記》：『敏，勉也。』膚敏，即黽，勉努力。」

3 祼，音灌，《ㄨㄢˋ，以鬯酒獻尸，尸受酒灌於地，以降神明。毛《傳》：「祼，灌鬯也。」將，舉行。毛《傳》：「將，行也。」祼將，當作「將祼」。于，往。京，周京，周王朝之京師。于省吾《澤螺居詩經新證》：「此詩是說殷士助祭於周，但興亡之感，不能無動於衷，只有俯首就範，黽勉從事而已。……當時殷士服殷之冠，以助祭於周京，與周人相形之下，榮辱判然，與其譽之為膚美敏疾之不合情理，不如說他們黽勉從事之有符於實際。」

4 厥，其，代詞，指殷。作，舉行。

5 常，尚，金文同一字，可見二字相通，還是、仍然。服，本是名詞，此當動詞，穿戴，黼，音扶，ㄈㄨˊ，古代貴族繡有黑白相間而斧形花紋之禮服。冔，音栩，ㄒㄩˇ，殷朝貴族所戴之禮帽。毛《傳》：「冔，殷冠也。夏后氏曰收，周曰冕。」

6 王，指周王。之，連詞，「的」之意。藎，音進，ㄐㄧㄣˋ，進用。藎臣，進用之臣，指周王進用殷商之舊臣。朱《集傳》：「藎，進也」。言其忠愛之臣，進進不已也。余培林《正詁》：「藎臣，忠臣也。指『殷士』而言。」

7 無，勿，禁戒之詞。屈萬里《詮釋》：「無念，勿念也。」楊《詞詮·卷八》：「無，禁戒副詞，莫也。」按：「莫」，「勿」之意。爾，汝，代詞，指殷商。祖，祖先。余《正詁》：「二句言王之忠藎之臣，勿念爾之祖先。意謂但忠於周也。」

章旨　五章描述殷之子孫助祭于周京，表示周之寬大，不易殷服，殷冠。

作法　五章兼用倒裝，而平鋪直敘的賦。

原文　無念爾祖，聿脩厥德[1]。永言配命[2]，自求多福[3]。殷之未喪師[4]，克配上帝[5]。宜鑒于殷，駿命不易[6]。

押韻　六章德、福，是 25（職）部。帝、易，是 11（錫）部。錫、職二部，是旁轉而押韻。

注釋

1　聿，音玉，ㄩˋ，語首助詞，發語辭，無意義。楊《詞詮・卷九》：「聿語首助詞。……按：實無義。」朱《集傳》：「聿，發語辭。」脩，修養，厥，其，代詞，指殷士。德，品德。

2　永，永久。毛《傳》：「永，長也。」言，語中助詞，無意義。楊《詞詮・卷七》。配命，配合天命，朱《集傳》：「配，合也。」

3　自求，自我要求。多福，很多福祿。朱《集傳》：「多福，盛大之福。」

4　之，語中助詞，無意義。楊《詞詮・卷五》。喪，喪失。師，民眾。鄭玄《箋》：「師，眾也。」

5　克，能夠。此句言能夠配合上帝的旨意。

6　宜，應該，鑒，同「鑑」，本意是名詞「鏡子」，這裡引申為動詞「借鏡」，意謂動詞。于，以……為……。楊《詞詮・卷九》：「于，介詞，用同『以』。」又：「于，介詞，用同『為』。」按：楊《詞詮》之說，「借鏡」含有「以……為借鏡」之意，意謂動詞。詳見蔡宗陽《國文文法》。

7　駿，大。毛《傳》：「駿，大也。」不易，不容易。朱《集傳》：「不易，言其難也。」

章旨　六章陳子展《直解》：「追述殷德未失，亦可配天，以警殷士，

亦以自警。」

作法 六章兼用轉品（轉類、詞類活用），而平鋪直敘的賦。

原文 命之不易 [1]，無遏爾躬 [2]。宣昭義問 [3]，有虞殷自天 [4]。
上天之載，無聲無臭 [5]。儀刑文王 [6]，萬邦作孚 [7]。

押韻 七章躬，是 16（冬）部。天，是 6（真）部。臭、孚，是 21
（幽）部。幽、冬二部，是對轉而押韻。王力《詩經韻讀》以
為真、冬二部，是旁轉（合韻）而押韻。

注釋

1 之，語中助詞，無意義。此句言大命得來不容易。

2 無，警戒之詞，「勿」之意。遏，斷絕、中斷。朱《集傳》：「遏，絕
也。」爾，汝。躬，本身，自己。

3 宣昭，宣明、昌明、發揚光大。王引之《經義述聞》：「宣，明也。」朱
《集傳》：「昭，明也。」義問，好名聲。毛《傳》：「義，善也。」孔穎
達《正義》：「問，聲聞也。」

4 有，音又，ㄧㄡˋ，「又」之意。虞，揣度、思慮。毛《傳》：「虞，度
也。」此句言又時常思慮殷商之興廢，皆由於天。

5 載，事情。毛《傳》：「載，事也。」臭，音秀，ㄒㄧㄡˋ，氣味。此二
句言上天之事情，雖聽之不開，臭之無味，可是變化無常，很難預料，
必須敬慎小心。

6 儀，應該。高本漢《詩經注釋》：「儀，宜也。」刑，效法。毛《傳》：
「刑，法也。」

7 作，則、就。孚，音浮，ㄈㄨˊ，信服。毛《傳》：「孚，信也。」此句
言天下萬國就會信服於周。

章旨 七章陳述告戒殷士配合天命，而自求多福，並業自我儆惕。末
章「儀刑文王」一語，指出全詩之重心。

作法　七章平鋪直敘的賦。

研析

　　朱守亮《詩經評釋》引賀子翼：「通篇以『儀刑文王』作主，詠文王以敬字作骨。敬與命相通，敬則受命，不敬則墜命；受命則新，塑命則遏。『天命靡常』句，極森悚。中間監殷一段，是詩中波瀾。」賀氏闡析精闢，論述環環相扣，頗中肯綮。

　　孫鑛《批評詩經》：「全只述事談理，更不用景物點注，絕去風雲月露之態。然詞旨高妙，機軸渾化，中間轉折變換，略無痕跡，讀之覺神采飛動，骨勁色蒼，真是無上神品。」洵哉斯言。

二 大明

明明在下，赫赫在上。天難忱斯，不易維王。天位殷
適，使不挾四方。

摯仲氏任，自彼殷商，來嫁于周，曰嬪于京。乃及王
季，維德之行。太任有身，生此文王。

維此文王，小心翼翼。昭事上帝，聿懷多福。厥德不
回，以受方國。

天監在下，有命既集，文王初載，天作之合。在洽之
陽，在渭之涘。文王嘉止，大邦有子。

大邦有子，俔天之妹。文定厥祥，親迎于渭。造舟為
梁，不顯其光。

有命自天，命此文王，于周于京。纘女維莘，長子維
行。篤生武王，保右命爾，燮伐大商。

殷商之旅，其會如林。矢于牧野：「維予侯興。上帝臨
女，無貳爾心。」

牧野洋洋，檀車煌煌，駟騵彭彭。維師尚父，時維鷹
揚。涼彼武王，肆伐大商，會朝清明。

篇名 篇名說法有二：（一）毛〈序〉：「文王有明德，故天復命武王
也。」鄭玄《箋》：「二聖相承，其明德日以廣大，故曰〈大
明〉。」按：余培林《正詁》：「此詩蓋追述文武之業，而推本
於二代聖母也。故將述文王，則先述文母太任；將述武王，則
先述武母太姒也。」（二）馬瑞辰《通釋》：「〈大明〉蓋對〈小
雅〉有〈小明〉而言。《逸周書·世俘解》：『籥人奏〈武〉，王
入進〈萬〉，獻〈明明〉三終。』孔晁注：『〈明明〉，詩篇

名。』當即此詩。是此詩又以〈明明〉名篇，蓋即取首句為篇名耳。」

篇旨 王靜芝《詩經通釋》：「此述周德之盛，配偶之宜，乃生武王而伐商有天下也。」

原文 明明在下[1]，赫赫在上[2]。天難忱斯[3]，不易維王[4]。天位殷適[5]，使不挾四方[6]。

押韻 一章上、王、方，是 15（陽）部。

注釋

1　明明，光明的樣子。嚴粲《詩緝》：「重言明者，至著也。」在下，在人間。此言光明的品德在人間。

2　赫赫，顯盛的樣子。毛《傳》：「赫赫，顯盛貌。」在上，在天上。陳奐《詩毛氏傳疏》：「明明、赫赫，皆是形容天王之德。」

3　天，天命。忱，相信。毛《傳》：「忱，信也。」斯，語末助詞，無意義。楊《詞詮‧卷六》。

4　「不易維王」，當作「維王不易」，為押韻而倒裝。維王不易，高亨《今注》：「維，為也。此句言作國王不容易。」朱《集傳》：「不易，難也。」

5　位，立，金文同一字。適，通「嫡」，指殷王之嫡子紂。林義光《詩經通解》：「殷嫡，謂紂王也。」此句言上帝立殷紂為君。詳見高亨《今注》。

6　挾，挾有、擁。朱《集傳》：「挾，有也。」高亨《今注》：「挾，擁有。此句言上帝使紂不能保有天下四方。」

章旨 一章描述天命無常，惟德是與。殷之興亡，由於天意。

作法 一章兼用類疊（複疊），而平鋪直敘的賦。

原文 摯仲氏任 [1]，自彼殷商 [2]，來嫁于周 [3]，曰嬪于京 [4]。乃及王季 [5]，維德之行 [6]。太任有身，生此文王 [7]。

押韻 二章商、京、行、王，是 15（陽）部。

注釋

1 摯，古國名，在今河南汝寧。仲，次女。摯仲，指太任。文王之母。氏任，姓任。毛《傳》：「任，姓也。」《國語‧晉語》：「黃帝之子二十五宗，其得姓者十四人，為十二姓，任其一也。」

2 彼，遠指代詞，「那」之意。自，從。

3 摯是殷商之諸侯，故曰從商來嫁于周。于，往。

4 曰，語首助詞，無意義。楊《詞詮‧卷九》。嬪，本是名詞「媳婦」，此當動詞「嫁」之意。高亨《今注》：「嬪，嫁也。」于，往。京，周京，周之京師。

5 乃，於是。楊《詞詮‧卷二》：「乃，副詞，於是也，然後也，始也。今語言『這纔』。」及，本是跟隨，引申為「嫁給」之意。王季，毛《傳》：「太王之子，文王之父也。」

6 維，通「惟」，只有。維德之行，當作「維行德」，為押韻而倒裝。之，語中助詞，無意義。行德，有二解：（一）做有德的事情。高亨《今注》：「維德之行，指摯仲與王季只行德事。」（二）齊等。朱守亮《評釋》：「行，猶齊等。句謂太任之德與王季齊等也」。

7 大，音太，ㄊㄞˋ。大任，摯仲氏任。有，帶詞頭衍聲複詞。身，本是名詞，此當動詞，「懷孕」之意。鄭玄《箋》：「身，懷孕也。」

章旨 二章敘述王季能得到嘉偶，而生文王的情形。

作法 二章兼有倒裝而平鋪直敘的賦。

原文 維此文王，小心翼翼 [1]。昭事上帝 [2]，聿懷多福 [3]。厥德不回 [4]，以受方國 [5]。

押韻 三章翼、福、國，是 25（職）部。

注釋

1 維，通「惟」，只有。此，近稱代詞，「這」之意。翼翼，恭敬謹慎的樣子。鄭玄《箋》：「翼翼，恭慎貌。」

2 昭，光明，鄭玄《箋》：「昭，明也。」事，事奉。此句言用光明的品德事奉上帝。

3 聿，音玉，ㄩˋ，語首助詞，無意義。懷，招來。蘇轍《詩集傳》：「懷，來也。」

4 厥，其，代詞，指文王。回，邪僻。〈小雅・鼓鐘〉毛《傳》：「回，邪也。」此言其德正而不邪僻。

5 以，因，因此。受，承受。方，國。屈萬里《詮釋》：「方，亦國也。」高亨《今注》：「方，邦也。此句言文于承受周國，做了周王。」

章旨 三章陳述文王之德，天人所與的情況。

作法 三章平鋪直敘的賦。

原文 天監在下[1]，有命既集[2]，文王初載[3]，天作之合[4]。在洽之陽[5]，在渭之涘[6]。文王嘉止[7]，大邦有子[8]。

押韻 四章集、合，是 27（緝）部。涘、子，是 24（之）部。

注釋

1 天，上天。監，監視。朱《集傳》：「監，視也。」在下，在天之下的人民。

2 有，帶詞頭衍聲複詞，無意義。詳見蔡宗陽《國文文法》。命，天命。既，已經。集，至，到。此句言天命已經降到文王。高亨《今注》：「有命既集，指天命已經落在文王身上。」

3 載，年。文王初載，文王即位初年。

4 合，配合。鄭玄《箋》：「合，配也。」此言文王之婚姻乃上天所配合。

5　洽，水名，今稱金水河，源於陝西合縣縣北，東南流入黃河。詳見高亨
　　《今注》。陽，水的北邊。

6　渭，渭水。涘，音四，ㄙˋ，水旁。此二句言文王迎親之地。

7　嘉，讚美。毛《傳》：「嘉，美也。」止，語末助詞，表示讚美之歎辭。
　　楊《詞詮・卷五》。

8　大邦，莘國。朱《集傳》：「大邦，莘國也。」余培林《正詁》：「莘為小
　　國，不得稱大邦。竊疑此大邦、指殷，文王所娶者為殷帝之女、紂之
　　妹。」余培林又云：「此二句為倒裝，言大邦有女，文王嘉美之也。」
　　按：此乃為押韻而倒裝。

章旨　四章描述文王與太姒結婚，乃天作之合。

作法　四章兼有倒裝，而平鋪直敘的賦。

原文　大邦有子 1，俔天之妹 2。文定厥祥 3，親迎于渭。造舟
　　為梁 4，不顯其光 5。

押韻　五章妹、渭，是 8（沒）部。梁、光，是 15（陽）部。

注釋

1　首句「大邦有子」，與前章末句「大邦有子」，是段間頂針（頂真）。

2　俔，音欠，ㄑㄧㄢˋ，好比。高亨《今注》：「俔，好比。」天之妹，即
　　稱讚美如天仙。

3　文定，即今訂婚。文，禮文，指「納幣」之禮。厥，其，替兩國聯婚。
　　朱《集傳》：「言卜得吉，而以納幣之禮，定其祥也。」

4　造，作。梁，橋。朱《集傳》：「作船於水，比之而加版於其上，以通行
　　者，即今之浮橋也。」《爾雅・釋水》：「天子造舟。」

5　不，音丕，ㄆㄧ，大。顯，顯示，顯揚。其，代詞，指婚禮。光，米
　　光、光輝。

章旨　五章指述文王親迎，慎重其事，婚禮顯揚，文王的光輝。

作法　五章平鋪直敘的賦。

原文　有命自天[1]，命此文王，于周于京[2]。纘女維莘[3]，長子維行[4]。篤生武王[5]，保右命爾[6]，燮伐大商[7]。

押韻　六章王、行、商、王，是 15（陽）部。天、莘，是 6（真）部。

注釋

1　有，帶詞頭衍聲複詞，無意義。此句言天命從天降下來。

2　「于」字，於、在。此句言在周國的京都。

3　纘，音讚，ㄗㄢˋ，有二解：（一）繼娶。毛《傳》：「纘，繼也。」（二）美好。馬瑞辰《通釋》：「纘女，謂好女。……詩言莘周有好女，倒其文則曰纘女維莘。」莘，音伸，ㄕㄣ，國名，此句言繼娶好女是莘國之女。維，是。

4　長子，長女，指太姒。毛《傳》：「長子，長女也。」行，嫁。朱《集傳》：「行，嫁也。」高亨《今注》：「古語也稱出嫁為行。此句指莘國之君的長女出嫁文王。」

5　篤，厚、重、隆重。毛《傳》：「篤，厚也。」

6　保右，保佑。朱《集傳》：「右，助也。」爾，代詞，指武王，上帝保佑武王，命令武王。

7　燮，音謝，ㄒㄧㄝˋ，襲伐、進攻。程、蔣《注析》：「燮，襲的假借。」《左傳》：「有鐘伐曰伐，無曰襲。」這裏襲伐連用，是通稱進攻。大商，殷商。

章旨　六章敘述天命太姒生武王，蓋天欲、其滅商。

作法　六章平鋪直敘的賦。

原文　殷商之旅[1]，其會如林[2]。矢于牧野[3]：「維予侯興[4]。上

帝臨女[5]，無貳爾心[6]。」

押韻 七章旅、野、女，是 13（魚）部。林、侵，是 28（侵）部。
興，是 26（蒸）部。按：王力《詩經韻讀》以為蒸、侵二
部，是轉旁而押韻，即王氏所謂合韻，但蒸是舌根韻尾、侵是
雙脣韻尾。渾言之則同，析言之則異。蒸、侵，是陽聲。

注釋

1 之，連詞，「的」之意。旅，眾，指軍隊。毛《傳》：「旅，眾也。」

2 其，代詞，指旅。會，聚會、聚集。此言殷商之軍隊，聚集在一起如森
林之眾多。

3 矢，通「誓」，誓師。于，於，在。牧野，殷商國都朝歌之外地名，在
今河南省淇縣西南。此句言武王誓師在牧野。按：高亨《今注》：「古代
在作戰前，主帥對軍隊講些告誡鼓勵的話，叫做誓。」

4 維，語首助詞、發語辭。楊《詞詮・卷八》。予，我，指周王朝。侯，
乃，於是、然後、始、這纔。楊《詞詮・卷二》。此句言我周王朝於是
興起。

5 臨，監視。女，汝，指武王所率領的軍隊。

6 無，警戒之詞，「勿」之意。無貳爾心，當作「爾無貳心」，汝勿變心。
意謂派等堂同心一志，勿有變心。

章旨 七章描述武討伐商，在牧野誓師的情形。

作法 七章兼比喻（譬喻），而平鋪直敘的賦。

原文 牧野洋洋[1]，檀車煌煌[2]，駟騵彭彭[3]。維師尚父[4]，時
維鷹揚[5]。涼彼武王[6]，肆伐大商[7]，會朝清明[8]。

押韻 八章洋、煌、彭、揚、王、商、明，是 15（陽）部。

注釋

1 洋洋，廣大的樣子。朱《集傳》：「洋洋，廣大之貌。」

2　檀車，用檀木造的堅固戰車。煌煌，鮮明亮麗的樣子。朱《集傳》：「煌煌，鮮明貌。」高亨《今注》：「明亮貌。」

3　駟，音四，ㄙˋ，四匹馬。騵，音源，ㄩㄢˊ，赤色黑鬣白腹的馬。按：鬣，音列，ㄌ一ㄝˋ，馬頸上的長毛。彭彭，音旁旁，ㄆㄤˊ ㄆㄤˊ，強壯有力的樣子。朱《集傳》：「彭彭，強盛貌。」

4　維，語首助詞。發語辭。楊《詞詮・卷八》。師，官名，也稱太師。尚父（音甫，ㄈㄨˇ），姜子牙之號，俗稱姜太公。俗諺云：「姜公釣魚，願者上釣。」

5　時，是，此，指這個人，即尚父。維，是。鷹揚，勇猛如鷹之飛揚。毛《傳》：「鷹揚，如鷹之飛揚也。」國此言呂父之武勇。

6　涼，輔佐。毛《傳》：「涼，佐也。」高亨《今注》：「涼，輔佐。」彼，遠指代詞，「那」之意。

7　肆、襲。《風俗通義・皇霸》引作「襲」。高亨《今注》：「肆伐與上文燮伐同義，即侵伐也。」按：肆伐，襲伐、攻伐、侵伐、攻打之意。

8　會，至。馬瑞辰《通釋》：「會，至也。」高亨《今注》：「朝，晨也。會朝清明，言牧野大戰，至早晨而天下平定清平。」

章旨　八章敘述武王伐紂，車馬軍隊盛多，尚父及諸將之勇猛。陳子展《直解》：「言武王誓師伐商。結句『會朝清明』，則言其速戰速決耳。」

作法　八章兼用比喻（譬喻），而平鋪直敘的賦。

研析

　　毛《傳》：「會，甲也。不崇朝而天下清明。」惠棟《九經古義》：「會朝，甲朝，一朝也。故云不崇朝。」余培林《正詁》：「末語『會朝清明』，看似閒筆，實勝機已兆，《傳》謂『不崇朝而天下清明』之意，隱於其中。」此乃陳子展《直解》：「會朝清明，則言其速戰速勝耳。」洵哉斯言。

　　陳子展《直解》:「〈大明〉與上篇〈文王〉,同是同人自述問國史詩之一。詩自文王父母王季太任及文王出生敘起,至武王伐紂,勝利為止,重點實在武王,不在王季太任及文王太似。」此言甚諦。

三　緜

緜緜瓜瓞。民之初生,自土沮漆。古公亶父,陶復陶穴,未有家室。

古公亶父,來朝走馬。率西水滸,至于岐下。爰及姜女,聿來胥宇。

周原膴膴,菫荼如飴。爰始爰謀,爰契我龜。曰止曰時,築室于茲。

迺慰迺止,迺左迺右;迺疆迺理,迺宣迺畝。自西徂東,周爰執事。

乃召司空,乃召司徒,俾立家室。其繩則直,縮版以載,作廟翼翼。

捄之陾陾,度之薨薨,築之登登,削屢馮馮。百堵皆興,鼛鼓弗勝。

迺立皋門,皋門有伉;迺立應門,應門將將。迺立冢土,戎醜攸行。

肆不殄厥慍,亦不隕厥問。柞棫拔矣,行道兌矣。混夷駾矣,維其喙矣。

虞芮質厥成,文王蹶厥生。予曰有疏附,予曰有先後,予曰有奔奏,予曰有禦侮。

篇名　〈緜〉,取首首句「緜緜瓜瓞」的「緜」為篇名。

篇旨　〈詩序〉:「〈緜〉,文王之興,本由大王也。」朱守亮《詩經評釋》:「此美太王創業之勤及文王得人之盛之詩。」

原文　緜緜瓜瓞[1]。民之初生[2],自土沮漆[3]。古公亶父[4],陶

復陶穴，未有家室⁵。

押韻 一章瓞、漆、穴、室，是5（質）部。

注釋

1 緜緜瓜瓞，當作「瓜瓞緜緜」，為押韻而倒裝。緜緜，連接不斷的樣子。瓜，指大瓜，比喻古公。瓞，音迭，ㄉㄧㄝˊ，指大瓜，比喻文王。高亨《今注》：「詩用瓜瓞的連綿不絕，比喻周朝子孫的眾多。」

2 民，人，指周人。毛《傳》：「民，周民也。」余培林《正詁》：「民之初生，謂周之先世也。鄭氏指為公劉。」之，連詞，「的」之意。

3 自，從。土，讀為杜，ㄉㄨˋ，水名，在豳地。沮，「徂」的假借，往。漆，水名，亦在豳地。朱守亮《評釋》：「二句言周之遠世始祖，自土往漆，逐漸發展也。」

4 古公，是號。毛《傳》：「古公，豳公也。古，言久也。」亶父，言膽甫，ㄉㄢˇ ㄈㄨˇ，是字，古公衰父，指王季之父親，文王之祖父太王。

5 陶，挖掘。陶復陶穴，當作「陶穴陶復」，為押韻而倒裝。馬瑞辰《通釋》：「陶，讀為掏。」掏，挖掘。復，借為覆。從旁掏的洞，叫做覆，即山洞（或窯洞）。向下掏的洞叫做穴，即地洞。于省吾《詩經新證》：「徑直而簡易者曰穴，複出而多岐者曰覆。」余培林《正詁》：「句言太王掘洞而居，未有房室也。」室家，房屋居室。

章旨 一章敘述周代遠祖至太王居豳，挖洞穴而居的情形。

作法 一章兼有比喻（譬喻），而觸景生情的興。朱《集傳》：「此其首章，言瓜之先小後大，以比同人始生於漆沮之上，而古公之時居於窯竈土室之中，其國甚小，至文王而後大也。」

原文 古公亶父，來朝走馬¹。率西水滸²，至于岐下³。爰及姜女⁴，聿來胥宇⁵。

押韻　二章父、馬、滸、下、女、宇，是 13（魚）部。

注釋

1　朝，音昭，ㄓㄠ，早晨。朱《集傳》：「朝，早也。」來朝，早來，一大
　　早來。屈《詮釋》：「來朝，早來也。」走馬，馳馬、趕馬。顧廣譽《學
　　詩詳說》：「走馬，猶去驅馬。」程大昌《雍錄》：「古皆駕車，今曰走
　　馬。」朱守亮《評釋》：「走馬，言馳馬疾去，指避戎狄而去岐山之事
　　也。」

2　率，循、沿。西法：沿著豳城西之水。滸，音虎，ㄏㄨˇ，水邊。高亨
　　《今注》：「滸，水邊。」

3　至於，到。許世瑛《常用虛字用法淺釋》：「『至於』就是『到』字的意
　　思，是個動詞。」岐下，岐山之下。岐山，在今陝西岐山縣。朱守亮
　　《評釋》：「二句言太王避狄人之難，循彼豳地西水涯岸，南行踰梁山，
　　又西行至於岐山之下也。」

4　爰，於是。及，和。此句言於是和太姜。

5　聿，音玉，ㄩˋ，語首助詞、發語詞。胥，音需，ㄒㄩ，視察、觀察。
　　宇，居處，指新址。

章旨　二章陳述太王遷於岐山下，偕其妃太姜，視察新址的情況。

作法　二章平鋪直敘的賦。

原文　周原膴膴[1]，菫荼如飴[2]。爰始爰謀[3]，爰契我龜[4]。曰
　　止曰時[5]，築室于茲[6]。

押韻　三章膴，是 13（魚）部。飴、謀、龜，時、茲，是 21（之）
　　部。魚、之二部，是旁轉而押韻。

注釋

1　原，廣而平之地。《爾雅·釋地》：「廣平曰原。」周原，有二解：（一）
　　地名。（二）周地廣而平，言岐山下，廣平之地。膴膴，音五五，ㄨˇ

ㄨˇ，肥美的樣子。朱《集傳》：「膴膴，肥美貌。」高亨《今注》：「膴膴，肥沃貌。」

2 菫，音謹，ㄐㄧㄣˇ，菜。毛《傳》：「菫，菜也。」荼，音徒，ㄊㄨˊ，苦菜。毛《傳》：「荼，苦菜。」余培林《正詁》：「此二句言周原土地肥美，雖菫荼苦菜，亦甘如飴也。」飴，音移，ㄧˊ，糖漿。

3 爰，於是。馬瑞辰《通釋》：「始，亦謀。」此句言於是開始謀劃。

4 契，音氣，ㄑㄧˋ，刻。屈《詮釋》：「契，刻也，刻龜甲為橢圓形小孔，然後火灼之而卜也。」

5 上下兩個「曰」字，言、說，指龜兆說。楊《詞詮·卷九》：「曰，外動詞。《廣雅·釋詁》云：『言也。』」高亨《今注》：「曰，指龜兆說。」止，居住。時，善，適宜。程、蔣《注析》：「時，善、適宜。〈頍弁〉毛《傳》：『時，善也。』」

6 築室于茲，當作「于茲築室」，為押韻而倒裝。此句言在這裡可以建築宮室。

章旨 三章描繪卜居岐山下周高平之地，肥美之地。

作法 三章兼有比喻（譬喻），而平鋪直敘的賦。

原文 迺慰迺止 [1]，迺左迺右 [2]；迺疆迺理 [3]，迺宣迺畝 [4]。自西徂東 [5]，周爰執事 [6]。

押韻 四章止、右、理、畝、事，是 24（之）部。

注釋

1 迺，同「乃」。《爾雅·釋詁》：「迺，乃也。」楊《詞詮·卷二》：「乃，副詞，於是也，然後也，始也。今語言『這纔』。」慰，安心。毛《傳》：「乃，安也。」止，居住。此句言，於是安心下來，然後居住下來。

2 迺左迺右，於是有居住左邊，有居住右邊。

3　疆，劃定田界。理，治理田地。

4　宣，疏通溝渠。蘇轍《詩集傳》：「宣，道溝洫也。」畝，整理田地。朱《集傳》：「畝，治其田疇也。」

5　徂，音殂，ㄘㄨ，，往。

6　周，徧。朱《集傳》：「周，徧也。」爰，於是，然後。余培林《正詁》：「二句言從西到東，徧域中人皆有所事也。」

章旨　四章陳子展《直解》：「四章言，定點安居，整理經界，一時人皆忙於興作。」余培林《正詁》：「四章述開墾耕作，人各執其事。」

作法　四章兼用類疊（複疊），而平鋪直敘的賦。

原文　乃召司空 [1]，乃召司徒 [2]，俾立家室 [3]。其繩則直 [4]，縮版以載 [5]，作廟翼翼 [6]。

押韻　五章徒、家（音姑，ㄍㄨ），是 13（魚）部。直、翼，是 25（職）部。載，是 24（之）部。之、職二部，是對轉而押韻。

注釋

1　司空，官名。高亨《今注》：「司空，即司工，管工程的官。」按：司空，相當於內政部營建署長。

2　司徒，官名。高亨《今注》：「司徒，即司土，管土地和力役的官。」毛《傳》：「司空，掌徒役之事。」相當於勞動部部長。

3　俾，音必，ㄅㄧ丶，使。立，建立。家室，指宮室。《爾雅·釋詁》：「宮謂之室，室謂之宮。」

4　其，指示形容詞，與今語「那」相當。楊《詞詮·卷六》：繩，墨繩，營建宮室，必先用墨繩來劃正地基經界。則，就。承接連詞，表示因果關係。楊《詞詮·卷六》。

5 縮，縛束，綑束、紮緊。孔穎達《正義》：「縮，縛束之也。」縮版，築牆夾工的兩面長版。以，因，因此。載，通作栽，「樹立」之意。「縮版以載」，當作「以載縮版」。馬瑞辰《通釋》：「謂樹立其築牆長版也。」

6 作廟，建造宗廟。翼翼，恭敬謹慎的樣子。

章旨 五章陳述營建宮室、宗廟的情況。

作法 五章兼用倒裝，而平鋪直敘的賦。

原文 捄之陾陾 [1]，度之薨薨 [2]，築之登登 [3]，削屢馮馮 [4]。百堵皆興 [5]，鼛鼓弗勝 [6]。

押韻 六章陾、薨、登、馮、興、勝，是 26（蒸）部。

注釋

1 捄，音具，ㄐㄩˋ，本是名詞，此當動詞，鏟土裝入籠。之，連詞，「的」之意。陾陾，音仍仍，ㄖㄥˊ ㄖㄥˊ，土裝入籠的聲音。

2 度，音惰，ㄉㄨㄛˋ，填土，將籠裡的土填入牆版中間。鄭玄《箋》：「度，投也。」薨薨，音烘烘，ㄏㄨㄥ ㄏㄨㄥ，填土的聲音。孔穎達《正義》：「薨薨，投土之聲音。」

3 築，搗土，使堅實。屈《詮釋》：「築，以杵搗土，使堅也。」登，搗土的聲音。

4 削，削平。屢，隆高。馬瑞辰《通釋》：「屢，即婁字之俗。……婁之義為隆高，即削去其牆土之隆高者，使之平且堅也。」馮馮，音平平，ㄆㄧㄥˊ ㄆㄧㄥˊ，削平土牆的聲音。

5 百堵，指很多牆。這是數量誇飾。朱《評釋》：「堵，牆也。一丈為版，言長度也。版高二尺，五版為堵，言高度也。五版相接，其高亦一丈也。百堵，言多也，似指為一小城邑。」皆興、同時動工。

6 鼛，音高，ㄍㄠ，大鼓。於眾人服力役時，擊鼓以勸事樂功。毛《傳》：「言勸事樂功。」弗，不。弗勝，不勝其擊，言赴土者多，鼓不

　　　勝擊。朱《評釋》:「勝，凌駕也，超過也。謂鼓聲為陾陾、薨薨、登登、馮馮諸聲所掩也。」

章旨　六章描述建築土牆的情況。

作法　六章兼用排比句法，而平鋪直敘的賦。

原文　迺立皋門 [1]，皋門有伉 [2]；迺立應門 [3]，應門將將 [4]。迺立冢土 [5]，戎醜攸行 [6]。

押韻　七章伉、將、行，是 15（陽）部。

注釋

1　迺，同乃，於是。立，建立。皋，音高，《ㄠ。皋門有二解:（一）外門。朱《評釋》:「周之宮庭、宗廟、城郭等外門，皆曰皋門。」（二）天子郭門。毛《傳》:「王之郭門曰皋門。」余培林《正詁》:「皋門乃天子郭門，大王非天子，而稱皋門者，美之也。」

2　首句、次句同用「皋門」，是頂針（頂真）修辭手法。有伉，伉然，高大的樣子。毛《傳》:「伉，高貌。」

3　應門，天子之正門。毛《傳》:「王之正門曰應門。」

4　三、四章連用「應門」，是頂針（頂真）修辭手法。將將，音槍槍，ㄑㄧㄤ ㄑㄧㄤ，嚴正高大的樣子。毛《傳》:「將將，嚴正也。」《爾雅·釋詁》:「將，大也。」

5　冢，音腫，ㄓㄨㄥˇ，大。冢土，大社。社，土神。毛《傳》:「冢社，大社也。……美大王之社，遂為大社也。」《禮記·祭法》:「王為群姓立社曰大社。王自為立社曰王社。」

6　戎醜，戎狄醜虜。于省吾《詩經新證》:「戎醜，指戎狄醜虜言之。」攸，用，以，因，因此。王引之《經傳釋詞》:「攸，用也。」行，音杭，ㄏㄤˊ，離去。于《新證》:「戎醜攸行，言戎狄醜虜因遁去。」

章旨　七章敍述建立門、社的情形。

作法 七章兼用頂針（頂真），而平鋪直敘的賦。

原文 肆不殄厥慍[1]，亦不隕厥問[2]。柞棫拔矣[3]，行道兌矣[4]。
混夷駾矣[5]，維其喙矣[6]。

押韻 八章慍、問，是 9（諄）部。拔、兌、駾、喙，是 2（月）
部。

注釋

1 肆，故，所以，因此，於是。《爾雅·釋詁》：「肆，故也。」殄，音
舔，ㄊㄧㄢˊ，杜絕，消滅、消除。蘇轍《詩集傳》：「殄，絕也。」
厥，其，代詞，指混夷言。慍，音蘊，ㄩㄣˋ，憤怒。毛《傳》：「慍，
恚也。」按：恚，音會，ㄏㄨㄟˋ，動怒。高亨《今注》：「此指亶父對
昆夷的憤怒，並不消除，懷著復仇，收復土地的決心。」

2 亦、又、也。楊《詞詮·卷七》：「亦又也。昭十七年《公羊傳》注云：
『亦者，兩相須之意。』按：今語言『也』。」隕，音允，ㄩㄣˇ，
墜，喪失，消除。毛《傳》：「隕，墜也。」厥，其，指混夷。問，聘
問。鄭玄《箋》：「小問曰問。」余培林《正詁》：「二句言故，既不能消
除對混夷之恚怒，亦不能停止對混夷之聘問。」

3 柞，音作，ㄗㄨㄛˋ，一種常綠灌木或喬木。棫，音域，ㄩˋ，叢生有
刺的小樹，拔，拔去，拔除。焦循《毛詩補疏》：「拔，拔去也。」本章
四個「矣」字，語末助詞，表示感歎，「啊」之意。

4 行，道路，行道，是同義複詞。兌，暢通，通順，暢達。朱《集傳》：
「兌，通也。」余培林《正詁》：「言柞棫脫除，道路乃暢達也。」

5 混，音昆，ㄎㄨㄣ，混夷，即西戎，又稱鬼方。駾，音對，ㄉㄨㄟˋ，驚
怕奔逃的樣子。鄭玄《箋》：「駾，驚走奔突也。」

6 維，是。其，指示形容詞，「那」之意。楊《詞詮·卷四》。喙，音會，
ㄏㄨㄟˋ，疲勞困頓。高亨《今注》：「喙，借為瘒，疲勞病困。」朱

《評釋》:「二句言西北之戎混夷,奔突驚走,疲勞困病,不能復振,乃自臣服於周也。」

章旨　八章陳述大王立國,文王追逐混夷,犬夷驚走的情況。

作法　八章兼有感歎,而平鋪直敍的賦。

原文　虞芮質厥成[1],文王蹶厥生[2]。予曰有疏附[3],予曰有先後[4],予曰有奔奏[5],予曰有禦侮[6]。

押韻　九章成、生,是 12(耕)部。附、後、奏、侮,是 16(侵)部。

注釋

1　虞,國名,在今山西建(音懈,ㄒㄧㄝˋ)縣。芮,音瑞,ㄖㄨㄟˋ,國名,在今山西芮城縣。質,公正評斷。朱《集傳》:「質,正也。」厥,其,代詞,指虞、芮二國。成,平息結好。毛《傳》:「成,平也。」陳啟源《毛詩稽古編》:「成乃鄰國結好之稱。」毛《傳》:「虞、芮之君相與爭田,久而不平,乃相謂:『西作,仁人也。盍往質焉。』乃相與朝周。……乃相讓,以其所爭田為閒田而退。」

2　蹶,感動。毛《傳》:「蹶,動也。」厥,指虞、芮二國之君。毛《傳》:「二國之君感而相謂曰:『我等小人,不可以履君子之庭。』乃相讓,以其所爭田為閒田而退。」生天性。馬《通釋》:「生、性,古通用。」

3　予,指文王。高亨《今注》:「文王自稱。」本章四個「曰」字,語中助詞,無意義,楊《詞詮・卷九》。此言文王有親疏之大臣。

4　先後,猶左右,指輔佐之大臣。

5　奔奏,有二解:(一)指宣揚教令之文臣。毛《傳》:「奔奏,喻德宣譽曰奔奏。」(二)指奔走效力之大臣。高亨《今注》:「奏,借為『走』。奔走,指奔走效力之臣。」

6　禦侮,捍衛疆域的武臣。毛《傳》:「武臣折衝曰禦侮」。

章旨 九章描繪文王「德化的情形。陳子展《直解》:「九章言文王外
和鄰部,內有良田,以見周之興,由於太王開拓,文王冒
丈。」

作法 九章兼有類疊(複疊),而平鋪直敘的賦。

研析

　　末章以四個「予曰」,排比句法作結,極為奇特。姚際恆《詩經
通論》:「以四句直收,章法甚奇,亦饒姿態。」洵哉斯言。

　　孫鑛《批評詩經》:「敘遷岐事,歷歷詳備,舒徐有度。……筆力
絕雄勁,絕有態,顧盼快意。」此言甚諦。

　　陳子展《詩經直解》:「八章首『肆』字,承上起下之詞。由太王
說到文王,銜接得巧,不露痕跡。」其說俞矣。

　　朱守亮《詩經評釋》:「全詩結構完整,為〈大雅〉中成熟作
品。」誠哉斯言。

四　棫樸

芃芃棫樸，薪之槱之。濟濟辟王，左右趣之。
濟濟辟王，左右奉璋。奉璋峨峨，髦士攸宜。
淠彼涇舟，烝徒楫之。周王于邁，六師及之。
倬彼雲漢，為章于天。周王壽考，遐不作人？
追琢其章，金玉其相。勉勉我王，綱紀四方。

篇名　〈棫樸〉，取首章首句「芃芃棫樸」的「棫樸」為篇名。

篇旨　王靜芝《詩經通釋》：「此美周王能得人，能作人，乃能綜理四方之詩。」

原文　芃芃棫樸¹，薪之槱之²。濟濟辟王³，左右趣之⁴。

押韻　一章槱，是 21（幽）部。趣，是 16（侯）部。侯、幽二部，是旁轉而押韻。

注釋

1　芃芃棫樸，當作「棫樸芃芃」。芃芃，音朋朋，ㄆㄥˊ ㄆㄥˊ，茂盛的樣子。棫，音玉，ㄩˋ，叢木名。樸，叢木名。

2　薪，本是名詞，此當動詞，「砍」之意。上下兩個「之」字，代詞，指棫樸。槱，音友，ㄧㄡˇ，堆積木柴，點火燒，以祭天神。許慎《說文》：「槱，積木燃之也。」

3　濟濟，莊嚴恭敬的樣子。高亨《今注》：「濟濟，莊嚴恭敬貌。」辟，音壁，ㄅㄧˋ，君。辟王，即君王，指周王。

4　左右，指周王左右的大臣。趣，趨附、追隨。高亨《今注》：「趣，通『趨』，趨附。」之，代詞，指辟王。此句言周王左右大臣都來追隨君王，以祭祝天神。

章旨 一章描述周王之祭，左右大臣都追隨君王助祭的情況。

作法 一章觸景生情的興。

原文 濟濟辟王，左右奉璋[1]。奉璋峨峨[2]，髦士攸宜[3]。

押韻 一章，王、璋，是 15（陽）部。峨、宜，是 1（歌）部。

注釋

1 奉，捧。奉、捧，是古今字。璋，半圭、璋瓚。毛《傳》：「半圭曰璋。」鄭玄《箋》：「璋，璋瓚也。祭祝之禮，王祼以圭瓚，諸臣助之，亞祼以璋瓚。」此言周王左右大臣捧璋瓚，以助祭。

2 峨峨，音娥娥，ㄜˊ ㄜˊ，盛大莊嚴的樣子。毛《傳》：「峨峨，盛壯也。」

3 髦士，英俊之士，指周王左右大臣。攸，所。《爾雅・釋言》：「攸，所也。宜，適宜，適合。

章旨 二章敘述周王主祭，左右大臣捧璋瓚，以助祭的情形。

作法 二章平鋪直敘的賦。

原文 淠彼涇舟[1]，烝徒楫之[2]。周王于邁[3]，六師及之[4]。

押韻 三章楫、及，是 27（緝）部。

注釋

1 淠，音闢，ㄆㄧˋ，船行駛的樣子。毛《傳》：「淠，舟行貌。」彼，遠指代詞，「那」之意。涇，水名。涇舟，涇水中之舟。

2 烝，眾多。鄭玄《箋》：「烝，眾也。」烝徒，眾人。高亨《今注》：「烝徒，猶眾。此指船夫。」楫，本是名詞，「槳」之意。此當動詞，划船。之，代詞，指舟。

3 于，往。邁，出兵征伐。鄭玄《箋》：「邁，行也。謂出兵征伐也。」

4 六師，六軍。毛《傳》：「六師，天子六軍。」及，與，隨從、跟隨。

之，代詞，指周王。此言六軍隨行保衛周王。

章旨 三章陳述周王出征，六軍隨行保衛君王的狀況。

作法 三章觸景生情的興。

原文 倬彼雲漢[1]，為章于天[2]。周王壽考[3]，遐不作人[4]？

押韻 四章天、人，是6（真）部。

注釋

1 倬，音卓，ㄓㄨㄛˊ，廣大的樣子。毛《傳》：「倬，大也。」彼，遠指代詞，「那」之意。陳霞村《古代漢語虛詞類解》。雲漢，天河。毛《傳》：「雲漢，天河也。」

2 為，畫。章，文章、文彩。朱《集傳》：「章，文章也。于，於，在。」

3 孔穎達《正義》：「文王受命之時，已九十矣。六年乃稱王。」壽考，長壽。高亨《今注》：「壽考，長壽。」鄭玄《箋》：「文是時九十餘矣，故云：壽考。」《史記集解》：「文王九十七崩。」

4 遐，如何，怎麼。朱《集傳》：「遐，與『何』用。」作，培養、造就。高亨《今注》：「作，造就，培養。」此句言怎麼能不造就人才呢？

章旨 四章敘述周王長壽，培養俊彥之人。

作法 四章兼有設問，而觸景生情的興。

原文 追琢其章[1]，金玉其相[2]。勉勉我王[3]，綱紀四方[4]。

押韻 五章章、相、王、方，是15（陽）部。

注釋

1 追琢其章，當作「其章（如）追琢」，為押韻而倒裝。追，音堆，ㄉㄨㄟ，雕。毛《傳》：「追，彫也。金曰彫，玉曰琢。」按：彫、雕，是古今字。朱駿聲《說文通訓定聲》：「追，假借為『彫』。」琢，刻。其代詞，指周王。章，文彩，即今之花紋。

2　金玉其相，當作「其相（如）金玉」，為押韻而倒裝。其，代詞，指周
　　王。相，品質、資質。毛《傳》：「相，質也。」高亨《今注》：「此句言
　　周王的品質似經過精雕細琢的金玉。」按：陳啟源《毛詩稽古編》：「追
　　琢者其文，比其修飾也。金玉者其質，比其精純也。」

3　勉勉我王，當作「我王勉勉」，為押韻而倒裝。勉勉，勤勉努力的樣
　　子。

4　綱紀，治理、統治。高亨《詩經今注》：「綱紀，治理。」綱紀，本是名
　　詞，此當動詞，是轉品、轉類、詞類活用。

章旨　五章描繪周王品德如金玉，勤勉綜理四方。

作法　五章兼有比喻（譬喻），而觸景生情的興。

研析

　　吳闓生《詩義會通》：「倬彼四句，高華。追琢四句，典麗。」此
言甚諦。

　　滕志賢《新譯詩經讀本》：「四章言周王培育人才。『遐不作人』，
乃全詩重心。雲漢為章於天，興周王樹人於朝。」洵哉斯言。

　　余培林《詩經正詁》：「周以一人而興，殷以一人而亡，興亡之
機，其微矣乎！」《禮記・大學》：「一人定國。」誠哉斯言。

五　旱麓

瞻彼旱麓，榛楛濟濟。豈弟君子，干祿豈弟。
瑟彼玉瓚，黃流在中。豈弟君子，福祿攸降。
鳶飛戾天，魚躍于淵。豈弟君子，遐不作人？
清酒既載，騂牡既備。以享以祀，以介景福。
瑟彼柞棫，民所燎矣。豈弟君子，神所勞矣。
莫莫葛藟，施于條枚。豈弟君子，求福不回。

篇名　〈旱麓〉，取首章首句「瞻彼旱麓」的「旱麓」為篇名。

篇旨　王靜芝《詩經通釋》:「此祝周王祭祝得福之詩。」

原文　瞻彼旱麓¹，榛楛濟濟²。豈弟君子³，干祿豈弟⁴。

押韻　一章濟、弟，是 4（脂）部。

注釋

1　瞻，向遠方看。彼，遠指代詞，「那」之意。陳霞村《古代漢語虛詞類
解》。旱，山名。在今陝西漢中西南。毛《傳》:「旱，山名也。」麓，
山腳。毛《傳》:「麓，山足也。」按:旱，比喻先祖，麓，比喻子孫。

2　榛，音真，ㄓㄣ，木名。楛，音互，ㄏㄨˋ，木名，莖似荊，葉曰菩，
材可作矢幹。按:榛楛，比喻福祿。濟濟，眾多的樣子。毛《傳》:「濟
濟，眾多也。」

3　豈，音愷，ㄎㄞˇ。弟，音悌，ㄊㄧˋ。豈弟。同愷悌，和樂平易、平
易近人。君子，指所讚美的周王。

4　干祿豈弟，當作「豈弟干祿」，為押韻而倒裝。干，求。毛《傳》:
「干，求也。」祿，福。《爾雅‧釋詁》:「祿，福也。」按:末二句是
全詩之重心。

章旨　一章以旱麓榛楛，象徵周之人才眾多。

作法　一章兼有比喻（譬喻），而觸景生情的興。

原文　瑟彼玉瓚[1]，黃流在中[2]。豈弟君子[3]，福祿攸降[4]。

押韻　二章中、降，是 23（冬）部。

注釋

　　1　瑟，潔淨鮮亮的樣子。鄭玄《箋》：「瑟，絜明貌。」彼，遠指代詞，
　　　　「那」之意。瓚，音讚，ㄗㄢˋ，玉瓚，圭瓚。毛《傳》：「玉瓚，圭
　　　　瓚。」按：玉瓚，即天子祭神所用之酒器。

　　2　黃流，屈《詮釋》：「流，流水之口也。瓚有流，流以黃金為之，色黃，
　　　　故曰黃流。在中，謂流在器之中央也。」

　　3　豈弟，同愷悌。君子，指周王。

　　4　攸，所。降，下。鄭玄《箋》：「攸，所也。降，下也。」此言福祿所降
　　　　臨給周王。

章旨　二章描述周王執玉瓚祭祝，神降福給周王的情況。

作法　二章覩物生情的興。

原文　鳶飛戾天[1]，魚躍于淵[2]。豈弟君子，遐不作人[3]？

押韻　三章天、淵、人，是 6（真）部。

注釋

　　1　鳶，音鴛，ㄩㄢ，鳥名，俗稱鷂鷹、老雕。黑耳鳶，又名老鷹，戾，音
　　　　利，ㄌㄧˋ，到。此句比喻做官飛黃騰達。

　　2　魚躍于淵，比喻周王培育人才生動活潑。

　　3　遐，何，如何，怎麼。此句言怎麼不造就人才呢？

章旨　三章以鳶飛魚躍，興起怎能不造就人才呢？

作法　三章兼比喻（譬喻），而觸景生情的興。

原文　清酒既載¹，騂牡既備²。以享以祀³，以介景福⁴。

押韻　四遭載、祀，是 24（之）部。備、福，是 25（職）部。之、
　　　　職，是對轉而押韻。

注釋

1　清酒，清潔之酒。既，已經。載，設置，擺設、陳設。高亨《今注》：
　　「載，設置。」

2　騂，音辛，ㄒㄧㄥ，赤色。牡，音母，ㄇㄨˇ，公牛。既，已經。備，
　　具備、準備。

3　以，用來。享，孝敬（先祖）。祭，祭祀（先祖）。

4　以，用來。介，祈求。高亨《今注》：「介，借為丐，祈求。」景，大。
　　景福，大福。

章旨　四章敘述周王置酒備牲，祭祀求大福。

作法　四章平鋪直敘的賦。

原文　瑟彼柞棫¹，民所燎矣²。豈弟君子，神所勞矣³。

押韻　四章燎、勞，是 19（宵）部。

注釋

1　瑟，有二解：（一）潔淨鮮亮的樣子。鄭玄《箋》：「瑟，絜明貌。」
　　（二）眾多。毛《傳》：「瑟，眾貌。」彼，遠指代詞，「那」之意。陳
　　霞村《古代漢語虛詞類解》。柞，音作，ㄗㄨㄛˋ，木名。棫，音玉，
　　ㄩˋ，木名。

2　所，用。按：楊樹達《詞詮・卷六》：「人所，猶今言不用、不必。」
　　所，當「用」之意。燎，燒柴祭神、祭天。程、蔣《注析》：「燎，同
　　『尞』，燒柴祭神。」《說文》：「尞，柴祭天也。」此二句言人民燒很多
　　潔淨鮮亮的柞棫，以祭天、祭神。本章兩個「矣」字，都是表示感歎，
　　「啊」之意。

　　3　所，用。勞，作助、保佑。鄭玄《箋》：「勞，勞來，猶言佑助。」

章旨　余培林《正詁》：「五章言燎柞棫，以祭祀，神因勞之，而賜之
　　　　福也。」

作法　五章觸景生情的興。

原文　莫莫葛藟[1]，施于條枚[2]。豈弟君子，求福不回[3]。

押韻　六章藟、枚、回，是 7（微）部。

注釋

　　1　莫莫葛藟，當作「葛藟莫莫」，為押韻而倒裝。莫莫，茂盛的樣子。朱
　　　　熹《詩集傳》：「莫莫，茂盛貌。」葛藟，葛藤。

　　2　施，音亦，一ˋ，蔓延。于，在。條，樹枝。枚，樹幹。鄭玄《箋》：
　　　　「延蔓於木二條枚而茂盛，喻子孫依緣先人之功而起。」

　　3　回，有二解：（一）邪僻。高亨《今注》：「此句言君子以正道求福。」
　　　　（二）違背。鄭玄《箋》：「不回者，不違先祖之道。」

章旨　余培林《正詁》：「末章以葛藟施於條枚，象徵君子能依緣祖
　　　　業，而庇本根本也。」

作法　六章兼有比喻（譬喻），而觸景生情的興。

研析

　　方玉潤《詩經原始》：「前後均泛言福祿，中間乃插入作人、享祝
二端。蓋享祀二端。蓋享祀是此篇之王，而作人則推原致福之由。得
人者昌，天必相之矣。」闡析精闢，頗中肯綮。

　　朱守亮《詩經評釋》：「細審詩篇，二、四章真寫祭祀，其餘各章
述求福，自是王靜芝先生據姚際恆之『詠祭祀而獲。』定為『此祝周
王祭祀得福之詩。』詩，則通篇以『豈弟君子』為立，而緯以『福祿
攸降』，故詩六章而五言『豈弟君子』。」洵哉斯言。

六　思齊

　　思齊大任，文王之母。思媚周姜，京室之婦。大姒嗣徽音，則百斯男。

　　惠于宗公，神罔時怨，神罔時恫。刑于寡妻，至于兄弟，以禦于家邦。

　　雝雝在宮，肅肅在廟，不顯亦臨，無射亦保。

　　肆戎疾不殄，烈假不瑕。不聞亦式，不諫亦入。

　　肆成人有德，小人有造。古之人無斁，譽髦斯士。

篇名　〈思齊〉，取首章首句「思齊大任」的「思齊」為篇名。

篇旨　朱熹《詩集傳》：「此詩亦歌文王之德，而推本言之。」

原文　思齊大任[1]，文王之母。思媚周姜[2]，京室之婦[3]。大姒嗣徽音[4]，則百斯男[5]。

押韻　一章母、婦，是24（之）部。音、男，是28（侵）部。

注釋

　1　思，語音助詞，無意義。楊《詞詮·卷六》。齊，音齋，ㄓㄞ，莊敬。毛《傳》：「齊，莊也。」大，音太，ㄊㄞ丶。太任，王季之妃，文王之母。

　2　思，語首助詞，無意義。媚，德行美好。周姜，太王之妃，王季之母太姜。

　3　京室，王室。毛《傳》：「京室，王室也。」之，連詞，「的」之意。婦，媳婦。

　4　大姒，文王之妃。嗣，繼承。徽，美好。鄭玄《箋》：「徽，美也。」徽音，美好的聲譽。

5　則，承接連詞，表示因果關係。百，形容很多，數量誇飾。斯，其，代
　　詞，指大姒。王引之《經傳釋詞‧卷八》：「斯，猶『其』也。」

章旨　一章敘述「周室之母」之德，重在文王之母，顯現文王之聖，
　　其來有自。歐陽脩《詩本義》：「文王所以聖者，世有賢妃之
　　助。」

作法　一章平鋪直敘的賦。

原文　惠于宗公 [1]，神罔時怨 [2]，神罔時恫 [3]。刑于寡妻 [4]，至
　　于兄弟 [5]，以御于家邦 [6]。

押韻　二章公、恫、邦，是 18（東）部。妻、弟，是 4（脂）部。

注釋

1　惠，順從。鄭玄《箋》：「惠，順也。」于，語中助詞，無意義。楊《詞
　　詮‧卷九》。宗公，宗廟先公。孔穎達《正義》：「宗公，是宗廟先公
　　也。」馬瑞辰《通釋》：「宗公，即先公也。言其久，則曰古公；言其
　　尊，則曰宗公。……宗公，猶云高祖。」

2　神，指先公之神，即先祖之神。罔，無。時，所。馬瑞辰《通釋》：
　　「時，所也。」怨，怨恨。

3　恫，音通，ㄊㄨㄥ，痛恨，傷痛。毛《傳》：「恫，痛也。」

4　刑，通型，本是名詞，此當動詞，做典範。于，於，在。寡妻，對文王
　　正妻之謙稱。

5　至于，「到」之意。許世瑛《常用虛字用法淺釋‧十六》：「至於，就是
　　『到』的意思。」

6　以，用來。御，音遇，ㄩˋ，又音訝，一ㄚˋ，治理。鄭玄《箋》：
　　「御，治也。」于，於，在。家邦，指國家。

章旨　二章描述文王事神、治人、齊家、治國的情形。王先謙《詩三
　　家義集疏》：「刑寡妻至兄弟，以御家邦，即身修、家齊、國治

之道也。」

作法　二章平鋪直敘的賦。

原文　雝雝在宮¹，肅肅在廟²，不顯亦臨³，無射亦保⁴。

押韻　三章廟，是 19（宵）部。保，是 21（幽）部。宵、幽二部，
　　　　是旁轉而押韻。

注釋

1　雝雝，音雍雍，ㄩㄥ ㄩㄥ，和順的樣子，和睦的樣子、和諧的樣子。毛
　　《傳》：「雝雝，和也。」雝雝在宮，當作「在宮雝雝」。

2　肅肅在廟，當「在廟肅肅」，為押韻而倒裝。肅肅，肅穆恭敬的樣子。
　　毛《傳》：「肅肅，敬也。」

3　不，音丕，ㄆㄧ，大。顯，光明。高亨《今注》：「顯，光明。」上下兩
　　「亦」字，有二解：（一）是語中助詞，無意義。楊《詞詮‧卷七》。
　　（二）以。高亨《今注》：「亦，猶以也。」臨，視察。鄭玄《箋》：
　　「臨，視也。」民，民事。

4　無，不。射音亦，ㄧˋ，厭倦。《經典釋文》：「射，厭也。此二句言文
　　王極光明以活國，不厭倦以保民。」

章旨　三章陳述文王在宮、在廟、在朝，自強不息，從不稍懈。

作法　三章平鋪直敘的賦。

原文　肆戎疾不殄¹，烈假王瑕²。不聞亦式³，不諫亦入⁴。

押韻　四章式，是 25（職）部。入，是 27（緝）部。按：王力《詩
　　　　經韻讀》以為職、緝，是旁轉（合韻）而押韻。依職是舌根韻
　　　　尾，緝是雙聲韻尾，但職、緝二部，是入聲，渾言之，則旁轉
　　　　（合韻）而押韻，析言之則不能押韻。

注釋

1 肆，所以。王引之《經傳釋詞・卷八》：「《爾雅》：『肆，故也。』」戎疾，指瘟疫。高亨《今注》：「馬瑞辰說：『戎，兇也，惡也。』戎疾，指瘟疫。」殄，音忝，ㄊㄧㄢˇ，斷絕。

2 烈，大。于省吾《詩經新證》：「烈、厲，古通，大也。」假，馬瑞辰《通釋》：「假，即瘕之假借。病也。」瑕，已，遠去、消滅。鄭玄《箋》：「瑕，已也。」余培林《正詁》：「此二句言雖大疫不絕，大病不已，而文王獨善治其國也。」

3 聞，告訴。高亨《今注》：「聞，告也。」上下兩個「亦」字，皆是「也」之意。式，用。鄭玄《箋》：「式，用也。」

4 諫，音見，ㄐㄧㄢˋ，勸諫、進諫。亦，也。楊《詞詮・卷七》：「亦，副詞，又也。……按：今語言『也』。」入，採納。高亨《今注》：「入，納也。」

章旨 陳子展《直解》：「四章言文王好善修德之效。」

作法 四章平鋪直敘的賦。

原文 肆成人有德[1]，小人有造[2]。古之人無斁[3]，譽髦斯士[4]。

押韻 五章造，是 21（幽）部。士，是 24（之）部。

注釋

1 肆，故，所以。成人，指成年人。德，美好之品德。

2 小子，指未成人。孔《正義》：「小子，未成人者。」朱《集傳》：「小子，童子也。」造，作為。有造，有造就。毛《傳》：「造，為也。」高亨《今注》：「造，培育，造就。」

3 古之人，指文王。朱《集傳》：「古之人，指文王也。」斁，音亦，ㄧˋ，厭足，滿足。

4 譽，推舉，提拔。高亨《今注》：「譽，借為舉，推舉，提拔。」「髦斯

士」，當作「斯髦士」。高亨《今注》：「譽髦斯士」，當作譽斯髦士，斯
髦二字傳寫誤倒。」斯，代詞，「這些」之意。髦士，英俊之士。

章旨　五章陳子展《直解》：「言文王之成人材，小大皆有成就，此亦
好善修德之效。」余培林《正詁》：「末章述其（指文王）能舉
用俊才。」

作法　五章平鋪直敘的賦。

研析

　　江永〈古韻標準〉，認為此詩三、四、五章皆無韻。按：陳新雄
古音三十二部，三章 19（宵）部、21（幽）部，是旁轉而押韻。四
章依王力《詩經韻讀》以為 27（緝）部、25（職）部，是合韻而押
韻。渾言則同，析言之則異。惟五章確定無押韻。

　　姚際恆《詩經通論》：「皆選言而出，精工練淨。」其言甚諦。朱
守亮《評釋》：「深以為〈思齊〉一詩，不僅在頌美文王之德，且頗似
文王身之所自，而至修齊治平小傳也。」誠哉斯言。

七　皇矣

皇矣上帝，臨下有赫。監觀四方，求民之莫。維此二國，其政不獲；維彼四國，爰究爰度。上帝耆之，憎其式廓。乃眷西顧，此維與宅。

作之屏之，其菑其翳；脩之平之，其灌其栵；啟之辟之，其檉其椐；攘之剔之，其檿其柘。帝遷明德，串夷載路。天立厥配，受命既固。

帝省其山，柞棫斯拔，松柏斯兌。帝作邦作對，自大伯王季。維此王季，因心則友，則友其兄。則篤其慶，載錫之光。受祿無喪，奄有四方。

維此王季，帝度其心，貊其德音。其德克明，克明克顯，克長克君，王此大邦，克順克比。比于文王，其德靡悔。既受帝祉，施于孫子。

帝謂文王：「無然畔援，無然歆羨，誕先登于岸。」密人不恭，敢距大邦，侵阮徂共。王赫斯怒，爰整其旅，以按徂旅，以篤于周祜，以對于天下。

依其在京，侵自阮疆，陟我高岡。無矢我陵，我陵我阿；無飲我泉，我泉我池。度其鮮原，居岐之陽，在渭之將。萬邦之方，下民之王。

帝謂文王：「予懷明德，大不聲以色，不長夏以革。不識不知，順帝之則。」帝謂文王：「詢爾仇方，同爾兄弟，以爾鉤援，與爾臨衝，以伐崇墉。」

臨衝閑閑，崇墉言言，執訊連連，攸馘安安。是類是禡，是致是附，四方以無侮。臨衝茀茀，崇墉仡仡，是伐是肆，是絕是忽，四方以無拂。

篇名　〈皇矣〉，取首章首句「皇矣上帝」的「皇矣」為篇名。

篇旨　朱熹《詩集傳》：「此詩敘大王、大伯、王季三德，以及文王伐密伐崇之事也。」

原文　皇矣上帝[1]，臨下有赫[2]。監觀四方[3]，求民之莫[4]。維此二國[5]，其政不獲[6]；維彼四國[7]，爰究爰度[8]。上帝耆之[9]，憎其式廓[10]。乃眷西顧[11]，此維與宅[12]。

押韻　一章赫、莫、獲、度、廓、宅，是14（鐸）部。

注釋

1　皇矣上帝，當作「上帝皇矣」。這是讚美句倒裝，屬於文法倒裝。皇，光明偉大。毛《傳》：「皇，大也。」矣，表示讚美的感歎：「啊」之意。

2　臨，俯視。鄭玄《箋》：「臨，視也。」下，下面，指人間。有赫，赫然，威嚴光明的樣子。朱《集傳》：「赫赫，威明也。」

3　監，視。朱《集傳》：「盛，亦視也。監觀，視察。

4　莫，通瘼，疾苦。許慎《說文》：「瘼，病也。」

5　維，通「惟」，只是。此，近指代詞，「這」之意。二國，有二解：（一）指夏、商。毛《傳》：「二國，殷、夏也。」《尚書・召誥》：「我不敢不監于有夏，亦不可不監于有殷。」（二）指殷商。馬瑞辰《通釋》：「古文上作二，與一、二之二相似，二國當為上國之誤。」高亨《今注》：「上國，指殷國。殷末亡時，殷君為王，別國為諸侯，所以稱殷為上國。」以高氏之說較勝。

6　其，指殷商。獲，得。鄭玄《箋》：「獲，得也。」孔穎達《正義》：「不獲，不得於民心也。」

7　維，通惟，只是。彼，遠指代詞，「那」之意。四國，四方之諸侯國。毛《傳》：「四國，四方也。」

8 爰，表示承接連詞，可譯為「於是」、「因此」，詳見段德森《實用古漢語虛詞》。究，謀求，考慮。度，謀求。鄭玄《箋》：「度，亦謀也。」此句言（上帝）於是考慮謀求。

9 耆，音其，ㄑㄧˊ，厭惡、憎恨。之，代詞，指殷商。

10 憎，怨恨。其，代詞，指殷商。式，用。裴學海《古書虛字集釋・卷九》：「式，用也。」郭，大。毛《傳》：「郭，大也。」按：式廓，指侈淫過甚。此句朱守亮《評釋》：「上帝惡商之侈淫過甚也。」

11 乃，於是。眷，回頭看。西顧，指看到西方的周朝。

12 此，指周王。宅，居。此維與宅，即維與此宅，言只有上帝與周王同住，保佑周王。維，通惟，只有。詳見高亨《今注》。

章旨 一章描述上帝厭惡殷商侈淫過甚，眷顧周王，上帝與周王同住。

作法 一章兼用倒裝，而平鋪直敘的賦。

原文 作之屏之，其菑其翳 [1]；脩之平之，其灌其栵 [2]；啟之辟之，其檉其椐 [3]；攘之剔之，其檿其柘 [4]。帝遷明德 [5]，串夷載路 [6]。天立厥配 [7]，受命既固 [8]。

押韻 二章屏、平，是 12（耕）部。翳，是 5（質）部。栵，是 2（月）部。質、月二部，是旁轉而押韻。辟、剔，是 11（錫）部。柘、路，是 14（鐸）部。錫、鐸二部，是旁轉而押韻。椐、固，是 13（魚）部。魚、鐸二部，是對轉而押韻。

注釋

1 一、二句當作「其菑其翳，作之屏之」。上下「其」字，代詞，「那些」之意。上「之」字，代詞，指菑。下「之」字，指翳。作，王引之《經義述聞》：「作，讀為柞。……除木曰柞。」高亨《今注》：「作，借

為柞，砍代樹木。」屏，音丙，ㄅㄧㄥˇ，除去。《經典釋文》：「屏，除去。」菑，音咨，ㄗ，直立未倒的枯樹。毛《傳》：「木立死曰菑。」翳，音義，ㄧˋ，倒在地上的枯樹。高亨《今注》：「翳，通殪，倒在地上的枯木。」

2　三、四句當作「其灌其栵，脩之平之」。上下兩個「其」字，代詞，「那些」之意。上「之」字，代詞，指灌。下「之」字，代詞，指栵。灌，灌木。毛《傳》：「灌，叢生也。」栵，音烈，ㄌㄧㄝˋ，歌而復生之樹。王引之《經傳釋詞》：「栵，斬而復生之木。」脩，修剪。平，整治。孔穎達《正義》：「脩之平之，修理之，平治之也。」

3　五、六句當作「其檉其椐，啟之辟之」。上下兩個「其」字，代詞，「那些」之意。檉，音稱，ㄔㄥ，樹名，又名河柳。毛《傳》：「檉，河柳也。」椐，音居，ㄐㄩ，樹名，靈壽木。啟，開發。辟，同「闢」，開闢。上「之」字，代詞，指檉。下「之」字，代詞，指椐。

4　七、八句當作「其檿其柘，攘之剔之」。上下兩個「其」字，代詞，「那些」之意。檿，音掩，ㄧㄢˇ，樹名，山桑。毛《傳》：「檿，山桑也。」柘，音蔗，ㄓㄜˋ，樹名，黃桑。上「之」字，代詞，指檿。下「之」字，代詞，指柘。攘，除掉。剔，剔除。

5　帝，上帝。遷，轉移，上升。明德，光明品德之人，指太王。高亨《今注》：「此句言上帝使太王步步上升。」胡承珙《毛詩後箋》：「帝遷明德，言天去殷即周。」

6　串夷，昆夷，又稱犬戎。載，則，就。高亨《今注》：「載，猶則也。」路，通露，失敗。高亨《今注》：「太王，原居豳，太王因而遷岐，以後打敗犬戎。」此二句言上帝保佑太王，所以犬戎失敗了。

7　厥，其，代詞，指天、上帝。配有二解：（一）輔佐，高亨《今注》：「配，佐也。」此句言上天所立周王，是上帝輔佐的結果。（二）配偶。朱《評釋》：「配，配偶也，指太王之妃太姜。」

8 既，已經。固，鞏固。此句周王接受天命，因此國家已經極鞏固了。

章旨 二章敘述太王遷移岐，篳路藍縷，建立王業之艱辛狀況。

作法 二章兼用倒裝句法，而平鋪直敘的賦。

原文 帝省其山 [1]，柞棫斯拔 [2]，松柏斯兌 [3]。帝作邦作對 [4]，自大伯王季 [5]。維此王季，因心則友 [6]，則友其兄。則篤其慶 [7]，載錫之光 [8]。受祿無喪 [9]，奄有四方 [10]。

押韻 三章拔、兌，是 2（月）部。對、季，是 8（沒）部。兄、慶、光、喪、方，是 15（陽）部。

注釋

1 帝，上帝，省，音醒，ㄒㄧㄥˇ，視察。歐陽脩《詩本義》：「省，視也。」其，代詞，「那」之意。山指岐山。

2 柞，音作，ㄗㄨㄛˋ，木名，柞樹。棫，音域，ㄩˋ，木名，棫樹。斯，則，乃，於是，於是。楊《詞詮·卷六》：「斯，承接連詞，則也，解也。」拔，拔除。

3 斯，於是、已經。直，筆直。毛《傳》：「兌，易直也。」

4 作，興立，建立。邦，指周國。鄭玄《箋》：「作邦，謂興周國也。」對，配。作對，直配天之君王。

5 此句言從太伯、王季開始。

6 維，通「惟」，只有。此，代詞，「這」之意。因，依。則，就，其，代詞，指王季。依他的心就友愛，就友愛他的兄弟。上句「則友」與「則友」……，是頂針修辭手法。

7 則，就。篤，增厚、增多。鄭玄《箋》：「篤，厚也。」其，代詞，指王季。慶，福慶。

8 載，則，就。朱《集傳》：「載，則也。」錫，賜予。嚴粲《詩緝》：「程子曰：錫，予也。」之，代詞，指王季。此句言上帝就賜予王季榮光

（光耀）。

9　受祿，永受福祿。無，不。喪，喪失。毛《傳》：「喪，亡也。」按：亡失，即喪失。

10　奄，覆蓋、包括。高亨《今注》：「奄，包括。」按：包括，引申為統治。四方，指四面八方的諸侯，即全國。此句言王季能夠統治全國。

章旨　三章方玉潤《詩經原始》：「夾寫太伯，從王季一面寫友愛，而太伯『讓國』之德自見。」余培林《正詁》：「三章言王季能紹述大王之業，為文王興周之張本。」

作法　三章兼有頂針，而平鋪直敘的賦。

原文　維此王季，帝度其心 ¹，貊其德音 ²。其德克明，克明克顯 ³，克長克君 ⁴，王此大邦，克順克比 ⁵。比于文王 ⁶，其德靡悔 ⁷。既受帝祉 ⁸，施于孫子 ⁹。

押韻　四章心、音，是 28（侵）部。類，是 8（沒）部。比，是 4（脂）部。王力《詩經合韻》以為 8（物）部、4（脂）部是合韻。指：王力物部，是陳新雄 8（沒）部。按：對轉是通韻，旁轉是合韻，依陳新雄古韻三十二部既不是旁轉，又不是合韻。此備一說。悔、祉、子，是 24（之）部。

注釋

1　維，通「惟」，只有。此、近指代詞，「這」之意。帝，指上帝、天。度，忖度。毛《傳》：「心能制義曰度。」余培林《正詁》：「句言天帝開度其心，使其能度物制義也。」

2　貊，音莫，ㄇㄛˋ，傳布、傳播。《左傳・昭公二十八年》、《禮記・樂記》均引作「莫」。《廣雅・釋詁》：「莫，布也。」其，代詞，指王季。德音，美名。

3　其，代詞，指王季。克，能。本句「克明」與下句「克明」，是頂針修

辭手法。類，善。毛《傳》：「類，善也。勤施無私曰善。」此二句言王季的品德既能明辨是非，又能明辨善惡。

4 克，能。此句言既能為師長，又能為君王。毛《傳》：「教誨不倦曰長，賞慶刑威曰君。」

5 王，音旺，ㄨㄤˋ，動詞，統治。此，代詞，「這」之意。于省吾《詩經新證》：「由于从、比二字形近，又均反正無別，故易混同。『從』乃『从』之孳乳字，又邦與從疊韻。則此詩本應作『王此大邦，克順克從』，屬詞與韻讀無有不符。」此二句之意，程、蔣《注析》：「王季當了周邦的君主，上下都能和順團結，一心服從。」順，和順，比，服從。

6 比于，至於、關於、談到。

7 其，代詞，指王季。靡，非、無。高亨《今注》：「古語稱小過為悔。」

8 既，已經。帝祉，上帝之福。

9 施，音易，一ˋ，延續。于，往，到。孫子，當「子孫」，為押韻而倒裝。

章旨 四章描述王季之品德，到了文王的情況。

作法 四章兼有類疊，而平鋪直敘的賦。

原文 帝謂文王：「無然畔援[1]，無然歆羨[2]，誕先登于岸[3]。」密人不恭[4]，敢距大邦[5]，侵阮徂共[6]。王赫斯怒[7]，爰整其旅[8]，以按徂旅[9]，以篤于周祜[10]，以對于天下[11]。

押韻 五章援、羨，岸，是 3（元）部。恭、邦、共，是 18（東）部。怒、旅、旅、祜、下，是 13（魚）部。

注釋

1 無，不要。然，如此、這樣。朱《集傳》：「無然，猶言不可如此也。」畔援，專橫。鄭玄《箋》：「畔援，猶跋扈也。」

2　歆羨，貪羨。毛《傳》：「歆羨，貪羨也。」

3　誕，語首助詞，無意義。楊《詞詮‧卷二》。于，往。岸，高地，比吃高位。孔穎達《正義》：「岸是高地，故以喻高位。」

4　密，密須，古國名，在今甘肅靈臺縣西。朱《集傳》：「密，密須氏也，姞姓之國。」不恭，不恭須。

5　距，通拒，抗拒。高亨《今注》：「距，通拒，抗拒。」大邦，指周國。

6　侵，侵略。阮，古國名。當時是周之屬國，即今甘肅涇川縣。徂，往，至。共，音工，《ㄍㄨㄥ，古國名，即今其肅涇川北。

7　赫，怒意。裴學海《古書虛字集釋》：「斯，猶然。」赫然，勃然大怒的樣子。陳奐《詩毛氏傳疏》：「赫，盛怒之貌。」

8　爰，於是。孔穎達《正義》：「爰，於是也。」整，整，整頓、整齊。其，代詞，指文王。旅，軍旅、軍隊。

9　以，用來。按遏止、阻止。毛《傳》：「按，止也。」按，遏之假借。徂，往，到。朱《集傳》：「徂，密師之往共者也。」孔穎達《正義》：「密人之來侵也，侵阮遂往侵共，遂往侵旅，故王赫斯怒，於是整其師以止的徂旅之寇。侵阮徂共文次不便，不得復說旅，故於此而見焉。」

10　以，用來。篤，鞏固。高亨《今注》：「于，猶乎也（《孟子‧梁惠王上》引無『于』字）。」祜，音戶，ㄏㄨˋ，福祿。

11　以，用來。遂，對，安。《爾雅‧釋言》：「對，遂也。」陳奐《詩毛氏傳疏》：「遂，安也。」

章旨　五章陳述文王平密須入侵阮共，救亂安民，以增加周王之福祿。

作法　五章兼用類疊，而平鋪直敘的賦。

原文　依其在京[1]，侵自阮疆[2]，陟我高岡[3]。無矢我陵，我陵我阿[4]；無飲我泉，我泉我池[5]。度其鮮原[6]，居岐之

陽 7，在渭之將 8。萬邦之方 9，下民之王 10。

押韻

注釋

1 依，依據、憑藉。其，代詞，指密人。此言密人憑藉處在周京的險要地勢。

2 侵，侵犯。自，從。此言密人從阮國入侵周國。

3 陟，音置，ㄓˋ，登上。

4 矢，陳領。毛《傳》：「矢，陳也。」上句末「我陵」，末句首句「我陵」，這是頂針（頂真）。陵，大阜。阿，大陵。鄭玄《箋》：「大陵曰阿。」

5 上句末「我泉」，下句首句「我泉」，這也是頂針（頂真）。孔穎達《正義》：「派密須之人，無得陳兵於我周地之陵，此乃我王之陵，文王之阿，無得飲食我去地之泉，此乃我文王之泉，文王之池。」屈《詮釋》：「此四句乃周人戒密人之辭也。」

6 度，規劃、經營、測量。其，代詞，指文王。鮮原，有二解：（一）地名。《逸同書·和寤》：「王出圖南，至於獻原。」孔晁注：「近岐周之地也。」（二）鮮，通巇，小山。原，平原。馬瑞辰《毛詩傳箋通釋》：「該鮮原位于商、周邊境，周本詩所說的『居岐之陽，在渭之將』，在地理位置上相去甚遠，文王不可能在此處規劃。」

7 陽，山之南方。

8 渭，水名。將，側，旁遞。毛《傳》：「將，側也。」此言其地居岐山之南，在渭水之側。

9 方，法則、模範、典範、榜樣。

10 下民之王，周王是人民之王。

章旨 六章描繪文王討伐密須，又作下都程邑。

作法 六章兼有頂針（頂真），而平鋪直敘的賦。

原文　帝謂文王[1]：「予懷明德[2]，大不聲以色[3]，不長夏以革[4]。不識不知[5]，順帝之則[6]。」帝謂文王：「詢爾仇方[7]，同爾兄弟[8]，以爾鉤援[9]，與爾臨衝[10]，以伐崇墉[11]。」

押韻　七章德、色、革、則，是 25（職）部。王、方、兄，是 15（陽）部。衝、墉，是 18（東）部。

注釋

1　謂，告訴。

2　予，代詞，我，指上帝。懷，眷念。明德，美德。此指文王之美德。

3　大不，當作「不大」，不大重視。聲，言語。以，與。朱《集傳》：「以，與也。」色，容貌。此句言文王不重視言語與容貌。

4　長，尊尚、依仗。夏以革，有二解：（一）侈大與急速。以，與。毛《傳》：「夏，大也。革，急也。」朱駿聲《說文通訓定聲》：「革，亟也。」余《正詁》：「亟，急也。」余《正詁》：「（文王）不尊尚侈大與急速也。」（二）戛革與兵革、兵甲同意。高亨《今注》：「夏，疑作戛，形近而誤。《說文》：『戛，戟也。』……此句言大王不依仗兵甲的力量去侵凌別國。」

5　不識不知，不知不覺。陳奐《詩毛氏傳疏》：「言文王性與天合。」

6　順，順從、遵循。之，連詞。「的」之意。則，準則、法則。

7　詢，徵詢、商量。爾，汝。仇方，鄰國、友邦。

8　同，和協，會合、聯合。鄭玄《箋》：「同，和協也。」兄弟，同姓兄弟諸侯之國。

9　以，用。鉤援，雲梯。朱《集傳》：「鉤援，鉤梯也。所以鉤引上城，所謂雲梯者也。」馬瑞辰《毛詩傳箋通釋》：「《六韜・軍用》有飛鉤，長八寸，梯長六尺以上千百二杖。蓋即此詩之鉤。《傳》云：『鉤，鉤梯』者，謂以鉤鉤梯而上，故又申言之曰：『所以鉤引上城者』，非謂鉤即梯也。」

10 與，和。爾，派。臨，臨軍，戰車。毛《傳》：「衝，衝車也。」孔穎
達《正義》：「臨者，在上臨下之名。衝者，從傍衝突之稱。」

11 以，用來。伐，攻伐，攻打。崇，國名。墉，音庸，ㄩㄥ，城。毛
《傳》：「墉，城也。」

章旨 七章陳述文王伐崇國，順應天命。

作法 七章平鋪直敘的賦。

原文 臨衝閑閑[1]，崇墉言言[2]，執訊連連[3]，攸馘安安[4]。是
類是禡[5]，是致是附[6]，四方以無侮[7]。臨術茀茀[8]，崇
墉仡仡[9]，是伐是肆[10]，是絕是忽[11]，四方以無拂[12]。

押韻 八章閑、言、連、安，是 3（元）部。附、侮，是 16（侯）
部。茀、仡、忽、拂，是 8（沒）部。肆，是 5（質）部。
質、沒，是旁轉而押韻。

注釋

1 臨衝，臨車、衝車。閑閑，車強盛的樣子。王引之《經義述聞》：「閑
閑，車之強盛也。」

2 崇墉，崇國城牆。言言，高大的樣子。毛《傳》：「言言，高大也。」

3 執，捉拿。訊，俘虜。高亨《今注》：「訊，當讀為奚。奚，俘虜。連
連，連續不斷也。」余《正詁》：「言其多也。」

4 攸，所。楊《詞詮·卷七》：「攸，助動詞。《爾雅·釋言》云：『攸，所
也。』」馘，音國，ㄍㄨㄛˊ，割殺敵人的左耳，用來計功。安安，多的
樣子。高亨《今注》：「安安，當是多的樣子。」

5 是，於是。類，祭天。高亨《今注》：「類，通禷，祭天。」禡，音罵，
ㄇㄚˋ，祭神。《禮記·王制》：「天子將出，類乎上帝，禡於所徵之
地。」

6 致，招致。附，通「撫」，安撫。

7 四方，四方諸侯國。以，因此。無，不。侮，欺侮、侮慢。鄭玄
《箋》：「侮，侮慢也。」

8 臨衝，臨車、衝車。茀茀，音弗弗，ㄈㄨˊ ㄈㄨˊ，強盛的樣子。毛
《傳》：「茀茀，強盛也。」

9 仡仡，音屹屹，高大的樣子。

10 伐，攻伐。肆，突擊。

11 絕，殺絕。忽，消滅。毛《傳》：「忽，滅也。」《爾雅・釋詁》：「忽、
滅，盡也。」

12 拂；陸德明《釋文》：「拂；違也。」此句謂天下因此沒有再敢違逆周
者。

章旨 八章描繪文王消滅崇國，使四方之國不敢侮慢。

作法 八章兼有類疊（複疊），而平鋪直敘的賦。

研析

孫鑛《批評詩經》：「長篇繁敘，規模閎闊，筆力甚馳騁縱放；然
卻有精語為之骨，有濃語為之色，可謂兼終始條理。此便是後世歌行
所祖。」剖析精微，闡論精闢。

方玉潤《詩經原始》：「伐密伐崇，連用帝謂文王句特筆提起，是
何等聲靈！通篇文勢皆振。後代文章唯韓愈往往有此。」洵哉斯言。

八 靈臺

　　經始靈臺，經之營之。庶民攻之，不日成之。經始勿
亟，庶民子來。

　　王在靈囿，麀鹿攸伏；麀鹿濯濯，白鳥翯翯。王在靈
沼，於牣魚躍。

　　虡業維樅，賁鼓維鏞，於論鼓鐘，於樂辟廱。

　　於論鼓鐘，於樂辟廱。鼉鼓逢逢，矇瞍奏公。

篇名　〈靈臺〉，取首章首句「經始靈臺」中的「靈臺」為篇名。

篇旨　呂祖謙《東塾讀詩記》：「前二章樂文王有臺池鳥獸之樂也，後
　　　　二章樂文王有鐘鼓之樂也。皆述民樂之辭也。」

原文　經始靈臺 [1]，經之營之 [2]。庶民攻之 [3]，不日成之 [4]。經
　　　　始勿亟 [5]，庶民子來 [6]。

押韻　一章營、成，是 12（耕）部。亟，是 25（職）部。來，是 24
　　　　（之）部。

注釋

1　經，度量、規劃。毛《傳》：「經，度之也。」經始，當作「始經」。
　　靈，善。《廣雅·釋詁》：「靈，善也。」臺，四方而高。毛《傳》：「四
　　方而高曰臺。」《說苑·修文》：「積恩為愛，積愛為仁，稱仁為靈。靈
　　臺之所以為臺者，積仁也。」靈臺，是文王臺名，在今陝西西安西北。

2　經之營之，即經（營）之（經）營之，是互文補義。之，代詞，指靈
　　臺。按：經營，測量、規劃，規劃，此指建造過程。

3　庶民，眾民。攻，建造。之，代詞，指靈臺。

4　不曰，不多曰，引申為不久。嚴粲《詩緝》：「不曰，不多曰也。今人言

不久為不曰。」余《正詁》:「不曰,言其速也。」成,建成。之,代詞,指靈臺。

5 經始,當作「始經」,開始測量。亟,音急,ㄐㄧˊ,著急。

6 庶民子來,眾民如兒子一般來幫忙。朱《集傳》:「雖文王心恐煩民,戒令勿急,而民心樂之,如子趣父事,不召自來也。」

章旨 一章描述文王建造靈臺,民眾樂意幫忙建造的情形。

作法 一章平鋪直敘的賦。

原文 王在靈囿[1],麀鹿攸伏[2];麀鹿濯濯[3],白鳥翯翯[4]。王在靈沼[5],於牣魚躍[6]。

押韻 二章囿、伏,是 25(職)部。濯,翯、躍,是 20(藥)部。藥、職二部,是旁轉而押韻。

注釋

1 囿,音又,ㄧㄡˋ,養禽哭,以供遊玩。馬瑞辰《毛詩傳箋通釋》:「古者囿蓋有二:一是田獵之處,一是宴遊之所。雖同是養禽獸,而地之大小不同。⋯⋯所謂囿,皆養禽獸,以供玩遊之。此詩靈囿與臺沼並言,其為玩遊之囿無疑。」

2 麀,音幽,ㄧㄡ,母鹿。朱《集傳》:「麀,牝鹿也。」攸,猶是。裴學海《古書虛字集釋》:「攸,猶是也。」楊《詞詮‧卷七》:「攸,語中助詞,賓詞在前,動詞在後時用之。」伏,臥。按:此句「攸」,當是語中助詞。

3 濯濯,音濁濁,ㄓㄨㄛˊ ㄓㄨㄛˊ,肥美而有光澤的樣子。朱《集傳》:「濯濯,肥澤貌。」

4 翯翯,音賀賀,ㄏㄜˋ ㄏㄜˋ,潔白而亮麗的樣子。朱《集傳》:「翯翯,潔白貌。」

5 沼,音找,ㄓㄠˇ,水池。

6 於，音烏，ㄨ，感歎詞。牣，音認，ㅁㄣˋ，滿。毛《傳》：「牣，滿
也。」朱《集傳》：「魚滿而躍，言多而得其所也。」

章旨 二章陳述文王有臺池鳥獸之樂，民亦樂之，鳥獸更得其樂。

作法 二章兼有類疊（複疊），而平鋪直敘的賦。

原文 虡業維樅[1]，賁鼓維鏞[2]，於論鼓鐘[3]，於樂辟廱[4]。

押韻 三章樅、鏞、鐘、廱，是 18（東部）。

注釋

1 虡，音巨，ㄐㄩˋ，懸鼓、磬架的立木。毛《傳》：「植立者為虡，橫者
為栒。」孔穎達《正義》：「懸鼓、磬者，兩端有植木，其上有橫木。謂
直立者為虡，謂橫牽者為栒。」業，栒上的大版。毛《傳》：「業，大版
也。」維，與。和。樅，音聰，ㄘㄨㄥ，業上懸鐘、磬處，即崇牙。毛
《傳》：「業，崇牙。」孔穎達《毛經正義》：「其（業上）懸鐘、磬處，
又以彩色為大牙，其狀隆然，謂之崇牙。」

2 賁，音墳，ㄈㄣˊ，大鼓。毛《傳》：「賁，大鼓也。」維，與。鏞，音
雍，ㄩㄥ，大鐘。毛《傳》：「鏞，大鐘也。」

3 於，音烏，ㄨ，感歎詞。論，通倫，排列有條不紊；假借義。論鼓鐘，
當作「鼓鐘論」。此句言啊！鼓和鐘排列有條不紊。

4 於，音烏，ㄨ，感歎詞。樂，歡樂。辟，通壁。廱，音雍，ㄩㄥ，水
澤。朱《集傳》：「辟廱，天子之學，大射、行禮之處也。」余《正
詁》：「其學圓如壁，四周環木，故語言辟廱。」樂群廱，當作「辟廱
樂」。此句言啊！壁廱多麼歡樂。

章旨 三章描繪文王讚美辟廱、鐘鼓之樂而樂之的情況。

作法 三章兼用感歎，而平鋪直敘的賦。

原文 於論鼓鐘，於樂辟廱[1]。鼉鼓逢逢[2]，矇瞍奏公[3]。

押韻　四章鐘、鼉、逢、公，是 18（東）部。

注釋

1　首、次句與上章末二句，是頂針（頂真）。

2　鼉，音駝，ㄊㄨㄛˊ，高亨《今注》：「鼉，水中動物，即揚子鰐，皮堅厚，可以蒙鼓。」逢逢，音蓬蓬，ㄆㄥˊ ㄆㄥˊ，鼓聲。馬瑞辰《通釋》：「逢逢，鼓聲之大也。」

3　矇，音蒙，ㄇㄥˊ，孔穎達《正義》：「矇，即今之青盲者也。」按：今語「盲人」。瞍，音叟，ㄙㄡˇ，孔穎達《正義》：「有眸子而無見曰矇。」按：今語「盲人」。古樂師皆以盲瞽擔任，此指樂師。奏、作。公，公事，此指樂師的公事，即奏樂，以慶祝靈臺落成。

章旨　四章敘述矇瞍奏樂，此與眾樂樂。

作法　四章兼有感歎、段間頂針（頂真），而平鋪直敘的賦。

研析

　　孫鑛《批評詩經》：「鹿善驚，今乃伏；魚沉水，今乃躍；總是形容其自得，不畏令意。」誠哉此言。

　　方玉潤《詩經原始》：「細察之，詩首章見落成之速，使非民情踴躍，胡以至是？次章見蕃育之盛，不啻人物相忘，藉非賢者，又鳥樂。末二章則辟靈鐘鼓，以助讌遊樂興，此何如太平氣象乎？故同此鐘鼓管樂之音，同此臺池、鳥獸之觀也；而民之見之者，有樂有不樂，非可強而同。此則不惟民心樂赴，且亟欲同樂。」方氏之言，俞矣。

九 下武

下武維周，世有哲王。三后在天，王配于京。
王配于京，世德作求。永言配命，成王之孚。
成王之孚，下土之式。永言孝思，孝思維則。
媚茲一人，應侯順德。永言孝思，昭哉嗣服。
昭茲來許，繩其祖武。於萬斯年，受天之祜。
受天之祜，四方來賀。於萬斯年，不遐有佐！

篇名 〈下武〉，取首章首句「下武維周」之「下武」為篇名。

篇旨 〈詩序〉：「〈下武〉，繼文也。武王有聖德，復受天命，能昭先人之功焉。」洵哉斯言。

原文 下武維周[1]，世有哲王[2]。三后在天[3]，王配于京[4]。

押韻 一章王、京，是15（陽）部。

注釋

1 下，後人、後代。武，繼承。維，通惟，只有。此句言後人能繼承先祖，只有周家。

2 哲，明智。鄭玄《箋》：「哲，智也。」此句言世世代代有明哲之王。明智之王，指大王、王季、文王。

3 三后，即大王、王季、文王。毛《傳》：「三后，大王、王季、文王也。」此言三后已往生，故王后之神靈在天上。

4 王，指武王。毛《傳》：「王，武王也。」京，鎬京。鄭玄《箋》：「京，鎬京也。」此言武王有鎬京，能配王后之德。「王配于京」，是全詩的重心。

章旨 一章讚美武王能繼承大王、王季、文王之德。

作法　一章平鋪直敘的賦。

原文　王配于京[1]，世德作求[2]。永言配命[3]，成王之孚[4]。

押韻　二章求、孚，是 21（幽）部。

注釋

1　首句與首章末句同用「王配于京」，這是段間頂針（頂真）。

2　世德，先祖之德行。高本漢《詩經注釋》：「世德，累世的德行。」作，則，就。屈《詮釋》：「作，則也。」求，追求。此句言武王就追求先祖之德。

3　永，永遠。言，語中助詞，無意義。楊《詞詮・卷七》。配命，配合天命。

4　成，成就。王，武王。之，連詞，「的」之意。孚，音浮，ㄈㄨˊ，威信。

章旨　二章讚美武王能追求先祖之德，永遠配合天命，成就其威信於天下。

作法　二章兼用段間頂針（頂真），而平鋪直敘的賦。

原文　成王之孚[1]，下土之式[2]。永言孝思[3]，孝思維則[4]。

押韻　三章式、則，是 25（職）部。

注釋

1　本章首句與上章末句同用「成王之孚」，是段間頂針（頂真）。

2　式，法則。毛《傳》：「式，法也。」下土，天下。之，連詞，「的」之意。此句言是天下之法則。

3　言，語中助詞，無意義。永，永遠存在。孝思，孝敬之意思。此句言永遠存在孝敬先王之意念。

4　上句末二字「孝思」，與本句首句二字「孝思」相同連用，這是句間頂

針（頂真）。此句言武王以孝順思念先王是他的準則。

章旨 三章讚美武王既能以先祖為準則，又能永久存念先王。

作法 三章兼有段間頂針（頂真）、句間頂針（頂真），而平鋪直敘的賦。

原文 媚兹一人[1]，應侯順德[2]。永言孝思，昭哉嗣服[3]。

押韻 四章德、服，是25（職）部。

注釋

1 媚，愛。鄭玄《箋》：「媚，愛也。」兹此。鄭玄《箋》：「兹，此也。」一人，指天子。毛《傳》：「一人，天子也。」此指武王。

2 應，回應。侯，語中助詞，無意義。楊《詞詮‧卷三》。順德，孝順之德，敬慎之德。

3 「昭哉嗣服」，當作「嗣服昭哉」。此句言昭，光明磊落。孔穎達《正義》：「昭，顯明也。」嗣服，繼承先王事業。陳奐《詩毛氏傳疏》：「嗣服，猶言纘緒也。」

章旨 四章讚美武王能繼承先祖之德與事業。

作法 四章兼有感歎（讚美），而平鋪直敘的賦。

原文 昭兹來許[1]，繩其祖武[2]。於萬斯年[3]，受天之祜[4]。

押韻 五章許、武、祜，是13（魚）部。

注釋

1 昭兹來許，當個「來許昭兹」。兹、哉，古通用。朱《集傳》：「兹、哉聲相近，古蓋通用也。」來許，後進，即後來的繼承人。朱《集傳》：「來，後世也。」毛《傳》：「許，進也。」此句言後來的繼承人，光明磊落啊！

2 繩，繼承。朱《集傳》：「繩，繼也。」其，代詞。祖，祖先，武，足

跡，指事業。毛《傳》：「武，跡也。」此言繼承祖先的事跡。

3 於，音烏，ㄨ，感歎（表讚美）。斯，語中助詞。程、蔣《注析》：
「斯，語助詞，其作用等於疊字。萬斯年，即萬萬年。」

4 之，連詞，「的」之意。祜，音戶，ㄏㄨˋ，福祿。鄭玄《箋》：「祜，
福也。」

章旨 五章描述後代應該繼承祖先的足跡，必受上天之福祿。

作法 五章兼有感歎，而平鋪直敘的賦。

原文 受天之祜[1]，四方來賀[2]。於萬斯年，不遐有佐[3]！

押韻 六章賀、佐，是 1（歌）部。

注釋

1 首句「受天之命」與上章末句相同，是段間頂針。

2 四方，四面八方的諸侯。

3 遐，差錯。林義《通解》：「佐，讀為差。」此句言，不曾有什麼差錯！

章旨 六章敘述周已受天福，四方來賀。

作法 六章兼有感歎，而平鋪直敘的賦。

研析

余培林《詩經正詁》：「全詩重心繼武世德，而所謂世德，即孝思
而已。〈中庸〉謂：『武王纘大王、王孝、文王之緒。』又讚其『達
孝』，觀乎此詩，信然！」洵哉斯言。

朱守亮《詩經評釋》：「此詩言武王得天下，亦言其配三后之德。
〈中庸〉言『達孝』，此詩言『孝思』。〈中庸〉言『孝者，善繼志述
事』，此詩語『孝曰求德嗣服』，其旨一也。蓋周之德為『世德』，周
之孝為『達孝』。『世德達孝』，此周室歷命鞏固之本，足為法於天世
者矣。」信哉此言。

陳子展《詩經直解》：「六章頌美康王時，四方來賀，而有輔佐，

作結。必須如此作解,方見篇章組織完整。」又云:「前四章皆章末,章首兩句相承,為蟬聯格。中兩章獨用第三句相承,格又稍變。」陳氏剖析深入,闡論精微,頗中肯綮。

十　文王有聲

文王有聲，遹駿有聲，遹求厥寧，遹觀厥成。文王烝哉！
文王受命，有此武功。既伐于崇，作邑于豐。文王烝哉！
築城伊淢，作豐伊匹。匪棘其欲，遹追來孝。王后烝哉！
王公伊濯，維豐之垣。四方攸同，王后維翰。王后烝哉！
豐水東注，維禹之績。四方攸同，皇王維辟。皇王烝哉！
鎬京辟廱，自西自東，自南自北，無思不服。皇王烝哉！
考卜維王，宅是鎬京。維龜正之，武王成之。武王烝哉！
豐水有芑，武王豈不仕？詒厥孫謀，以燕翼子。武王
烝哉！

篇名　〈文王有聲〉，取首章首句「文王有聲」為篇名。

篇旨　朱熹《詩集傳》:「此詩言文王遷豐，武王遷鎬之事。」誠哉此
言。

原文　文王有聲 ¹，遹駿有聲 ²，遹求厥寧 ³，遹觀厥成 ⁴。文
王烝哉 ⁵！

押韻　一章聲、聲、寧、成，是 12（耕）部。

注釋

1　聲，美好之名聲。鄭玄《箋》:「華，令聞之聲。」此句係文法有無句。
「文王」是主語，「有」是述語，「聲」是賓語。詳見蔡宗陽《國文文
法》。

2　遹，音玉，ㄩˋ，語首助詞，無意義。楊《詞詮・卷九》。駿，大。毛
《傳》:「駿，大也。」一、曆句間隔使用「有聲」，是類疊（複疊），含
有加強作用。此句當作「有聲遹駿」，為押韻而倒裝，詳見附錄:《詩

經》倒裝的三觀。此句言有美好的名聲，真好啊！

3 遹，音玉，ㄩˋ，語首助詞，無意義。楊《詞詮・卷九》。求，追求。
厥，代詞，其，此指天下人民。寧，安寧。

4 二、三句同用「遹」字，是類句，具有強調作用。觀，觀察，引申為盼
望。厥，其，代詞，此指武王事業。成，成功。王先謙《詩三家義集
疏》：「在文王之意，祇求庶民之安。至武王伐紂勝殷，始觀厥成功。」

5 烝，美。高亨《今注》：「烝，美也。」一、二章末句，是遙韻，具有加
強作用。

章旨 一章描述文王心求安定人民生活。

作法 一章兼有類疊（複疊）、感歎而平鋪直敘的賦。

原文 文王受命 [1]，有此武功 [2]。既伐于崇 [3]，作邑于豐 [4]。文
王烝哉 [5]！

押韻 二章功、豐，是 18（東）部。

注釋

1 受命，接受天命。

2 此，近指代詞，「這」之意。武功，討伐四國及崇之戰功。孔穎達《正
義》：「非獨伐崇而已，所伐邗、耆、密須、混夷之屬，皆是也。」

3 既，已經。于，古「邘」字，是古國名。俞樾《群經平議》：「于，當作
『邘』，亦國名也。」

4 作吧，遷都、建都。毛《傳》：「作吧，徙都也。」于，於，在。豐，地
名，在今陝西長安西北、灃水以西。高亨《今注》：「（豐）原為崇國所
在，文王滅崇，于此建豐城，並由岐遷都于此。」

5 文王烝哉，當作「烝哉文王」。一、二章末句，同用「文王烝哉」，是遙
韻，含有強調作用。

章旨 二章敘述文王既有武功，又建都豐城的情況。

作法　二章兼有類疊（複疊）、感歎，而平鋪直敘的賦。

原文　築城伊淢[1]，作豐伊匹[2]。匪棘其欲[3]，遹追來孝[4]。王后烝哉[5]！

押韻　三章淢、匹，是 25（職）部。欲、孝，是 17（屋）部。屋、職，是旁轉而押韻。

注釋

1　築城，築城牆。伊，為，作。裴學海《古書虛字集釋》：「伊，猶為也。」淢，音序，ㄒㄩˋ，城溝。陳奐《詩毛氏傳疏》：「『成』為『城』古文假借。毛《傳》云：成溝，猶城池。」按：城池，護城河。

2　作豐，建造豐城。伊，作城池。匹，相配稱。

3　匪，非，不是。棘，音急，ㄐㄧˊ，急。鄭玄《箋》：「棘，急也。」其，代詞，指文王。欲，慾望。鄭玄《箋》：「此非以急成從已之欲。」

4　遹，音玉，ㄩˋ，語首助語。追，追思。高本漢《詩經注釋》：「追，追思也。」來，其，代詞，指文王。高亨《今注》：「來，猶其也。古語稱孝順已死 祖先為追孝。」

5　王后，君王，指文王。后，君。毛《傳》：「后，君也。」朱《集傳》：「王后，亦指文王也。」末句「王后烝哉」與次章末句「王后烝哉」，既是類疊，又是遙韻，具有強調讚美文王的作用。

章旨　三章描繪文王作豐城、作護城之意，旨在追孝祖先。

作法　三章兼有類疊（複疊）、感歎（表讚美），而平鋪直敘的賦。

原文　王公伊濯[1]，維豐之垣[2]。四方攸同[3]，王后維翰[4]。王后烝哉！

押韻　四章垣、翰，是 3（元）部。

注釋

1 公,功勞。朱《集傳》:「公,功也。」王公,文王功勞。伊,不完全內動詞,「是」之意。楊《詞詮‧卷七》。濯,音卓,ㄓㄨㄛˋ,大。毛《傳》:「濯,大也。」

2 維,是。豐,豐城。之,連詞,「的」之意。垣,音元,ㄩㄢˊ,城牆。

3 四方,四面八方諸侯國。攸,音優,一ㄡ,所。楊《詞詮‧卷八》:「攸,助動詞。《爾雅‧釋言》:『攸,所也。』。」同,聚會,引申為歸向。

4 后,君。王后,王君,指文王。維,是。翰,楨幹。毛《傳》:「翰,幹也。」按:楨幹,比喻賢良的人才。楨幹,又作「貞幹」、「楨榦」。

章旨 四章陳述豐城已經竣工,四面八方諸侯歸向文王,可謂「天下歸心」。

作法 四章兼有類疊(複疊)、感歎(表讚美),而平鋪直敘的賦。

原文 豐水東注 ¹,維禹之績 ²。四方攸同 ³,皇王維辟 ⁴。皇王烝哉 ⁵!

押韻 五章績、辟,是 11(錫)部。

注釋

1 豐水,即灃水,水名。源出長安西南,秦嶺山中。在豐城之東,鎬京之西,流豐城之東,入渭,而注於黃河。

2 維,是。禹,大禹。之,連詞,「的」之意。「績」,有二解:(一)通蹟,功蹟、功勞。(二)遺跡,馬瑞辰《毛詩傳箋通釋》:「績,遺跡也。」

3 本章三句「四方攸同」與四章三句「四方攸同」,二者相同,是類疊中的類句。

4 「皇王」四、五句使用相同，也是類疊。皇，偉大。毛《傳》：「皇，大也。」皇王，指武王。維，是。「辟」有二解：（一）君。鄭玄《箋》：「辟，君也。」（二）法則。陸德明《經典釋文》：「辟，法池。」按：陳奐《詩毛氏傳疏》：「當依陸別義為優。」

章旨　五章描繪武王繼承文王之偉業。

作法　五章兼有類疊（複疊）、感歎（表讚美），而平鋪直敘的賦。

原文　鎬京辟廱[1]，自西自來，自南自北，無思不服[2]。皇王烝哉[3]！

押韻　六章廱、東，是 18（東）部。北、服，是 25（職）部。

注釋

1 鎬，音浩，ㄏㄠˋ。鎬京。武王所經營，遷都鎬京。辟廱，音僻庸，ㄆㄧˋ ㄩㄥ，設立學堂。高亨《今注》：「辟廱，周王朝為貴族子弟設立的學校。」

2 國，語中助詞，無意義。楊《詞詮・卷六》。無……不……，負負得正，此乃蔡宗陽「國語文數理式數學法」。服，歸服。王引之《經傳釋詞》：「無思不服，無不服也。」

3 「皇王烝哉」與五章句末相同，既是類疊的類句，具有強調作用，又是遙韻。

章旨　六章陳述武王遷都鎬京，建學堂，德化流行天下。

作法　六章兼有類疊（複疊）、感歎（表讚美），而平鋪直敘的賦。

原文　考卜維王[1]，宅是鎬京[2]。維龜正之[3]，武王成之[4]。武王烝哉[5]！

押韻　七章王、京，是 15（陽）部。正、成，是 12（耕）部。耕、陽二部，是旁轉而押韻。

注釋

1 考卜維王，當作「維王考卜」，為押韻而倒裝。詳見蔡宗陽《詩經》倒裝的三觀。維，是語首助詞，無意義。楊《詞詮・卷八》。王，指武王。考卜，卜稽。鄭玄《箋》：「考，猶稽也。」按：《尚書・盤庚》：「卜稽曰；其如台。」卜稽，同龜甲占卜問卦。《廣雅・釋詁》：「考，問也。」

2 宅，定居。是，此，這，近指代詞。鄭玄《禮記》注：「武天卜而謀居此鎬京。」

3 維龜正之，當作「正之維龜」，為押韻而倒裝。正，決定。高亨《今注》：「周王以龜占卜遷鎬一事，得了吉兆，因而確定遷鎬。」之，代詞，指遷都鎬京。

4 成，完成。四、五句「之」字，皆代詞，指遷都鎬京。

5 「武王烝哉」，與八章末句相同，既是類疊，又是遙韻。

章旨 七章描述武王遷都鎬京，決定安居鎬京的經過。

作法 七章兼有類疊（複疊）、感歎（表讚美），而平鋪直敘的賦。

原文 豐水有芑 ¹，武王豈不仕 ²？詒厥孫謀 ³，以燕翼子 ⁴。武王烝哉！

押韻 八章芑、仕、謀、子，是 24（之）部。

注釋

1 芑，音起，ㄑㄧˇ，菜名，水芹。嚴粲《詩緝》：「陳氏曰：芑，以喻人材。」

2 豈，難道。仕，事。毛《傳》：「仕，事也。」朱《集傳》：「鎬京，猶在豐水下取以起興，言豐水猶有芑，武王豈無所事乎？」

3 詒，音遺，ㄧ，遺留。朱《集傳》：「詒，遺也。」厥，其，代詞，指此武王。孫，子孫。謀，謀略。此言武王遺留謀略紿子孫。

　　4　以，用來，表示目的。燕，安定。鄭玄《箋》:「燕，安也。」翼，保
　　　護。嚴粲《詩緝》:「翼，輔翼之翼。」四句「子」字與三句「孫」字，
　　　是互文補義。詳見附錄:《詩經》互文補義與互文見義的辨析。呂祖謙
　　　《私塾讀詩記》:「孫與子，特互文言之，皆謂子孫也。」按:此乃互文
　　　補義，與互文見義。

章旨　八章敘述武王之所以遷都鎬京的緣故。

作法　八章兼有類疊（複疊）、設問、互文補義，而平鋪直敘的賦。

研析

　　　方玉潤《詩經原始》:「皆以單句贊詞煞腳，此兩平駛板格也。然
八句煞腳中，前兩章言『文王』，後兩章言『武王』，中間四章，二言
『王后』，二言『皇王』，則又變矣。不獨此也。言文王者，偏曰『伐
崇』、『武功』；言武王者，偏曰『鎬京辟廱』，武中寓文，文中有武。
不獨兩聖兼資之妙，抑或文章幻化之奇，則更變中之變。矣。」方氏
剖析縝密，闡論精闢，頗中肯綮。

生民之什

一　生民

　　厥初生民，時維姜嫄。生民如何？克禋克祀，以弗無子。履帝武敏歆，攸介攸止。載震載夙，載生載育，時維后稷。

　　誕彌厥月，先生如達。不坼不副，無菑無害。以赫厥靈，上帝不寧。不康禋祀，居然生子。

　　誕寘之隘巷，牛羊腓字之。誕寘之平林，會伐平林；誕寘之寒冰，鳥覆翼之。鳥乃去矣，后稷呱矣。實覃實訏，厥聲載路。

　　誕實匍匐，克岐克嶷，以就口食。蓺之荏菽，荏菽旆旆，禾役穟穟，麻麥幪幪，瓜瓞唪唪。

　　誕后稷之穡，有相之道。茀厥豐草，種之黃茂。實方實苞，實種實褎，實發實秀。實堅實好，實穎實栗，即有邰家室。

　　誕降嘉種，維秬維秠，維穈維芑。恆之秬秠，是穫是畝；恆之穈芑，是任是負。以歸肇祀。

　　誕我祀如何？或舂或揄，或簸或蹂；釋之叟叟，烝之浮浮。載謀載惟，取蕭祭脂，取羝以軷，載燔載烈，以興嗣歲。

　　卬盛于豆，于豆于登。其香始升，上帝居歆。胡臭亶時！后稷肇祀，庶無罪悔，以迄于今。

篇名 〈生民〉，取首章首句「厥初生民」的「生民」為篇名。

篇旨 〈詩序〉：「〈生民〉，尊祖也。后稷生於姜嫄，文武之功，起於后稷，故推以配天也。」朱熹《詩集傳》：「此詩推其經始生之祥，明其受命之天，固有異於常人也。」按：余培林《詩經正詁》：「其（指〈詩序〉）說，頗合詩文，然猶未能盡之。……若補入（朱《集傳》）此數語，則完備無缺矣。」洵哉此言。

原文 厥初生民 [1]，時維姜嫄 [2]。生民如何 [3]？克禋克祀 [4]，以弗無子 [5]。履帝武敏歆 [6]，攸介攸止 [7]。載震載夙 [8]，載生載育 [9]，時維后稷 [10]。

押韻 一章民是 6（真）部，嫄是 3（元）部。元、真二部，是旁轉而押韻。祀、子、敏、止，是 21（之）部。夙、育是 22（覺）部。之、覺二部，是對轉而押韻。稷，是 25（職）部。職、覺二部，是旁轉而押韻。

注釋

1 厥，指示代（名）詞，其。楊樹達《詞詮・卷四》。初，開始。《爾雅・釋言》：「初、哉、首、基、肇、祖、元、胎、俶、落、權輿，始也。」生，誕生。民，人民，指周人。朱《集傳》：「民，人也。謂周人也。」

2 時，是，此。鄭玄《箋》：「時，是也。」按：是，此。維，是。楊《詞詮・卷八》：「維，不完全內動詞，是也。」姜嫄，姓姜，名嫄。陸德明《經典釋文》：「有邰氏之女，帝嚳元妃，后稷母也。」

3 生民如何，姜嫄如何生周之始祖。

4 克，能夠。禋，音因，一ㄣ，一種野祭。高亨《今注》：「用火燒牲，使煙氣上沖於天。」孔穎達《正義》：「凡絜（潔）祀曰禋。」余《正詁》：「祀，指一般祭祝。」此言既能潔祀上帝，又能祭神百神。

5 以，用來。弗，消除。毛《傳》：「弗，去也。去無子，求有子也。」此

言姜嫄能禋祀，以消除無子之疾，即祭祀的目的，在求生存。鄭玄
《箋》：「弗之言祓也。以祓除其無子之疾，而得其福也。」

6　履，踐踏。帝，上帝。鄭玄《箋》：「帝，上帝也。」武，足迹，即腳
印。毛《傳》：「武，迹也。」敏，拇的假借，足大趾，即大腳趾。鄭玄
《箋》：「敏，拇也。」歆，音欣，ㄒㄧㄣ，欣喜。馬瑞辰《通釋》：「歆
之言忻。」按：忻，同欣。林尹《訓詁學概要》：「凡言『之言』者，必
得音義全通。」

7　攸，表示承接，連接先後相繼的兩個動作或兩件事情，可譯為「於
是」。段德森《實用古漢語虛詞》。介，歇息。止，止息、休息。按：高
亨《今注》：「介、止，都是休息。」

8　載……載……，又……。震，娠之假借，懷孕。陸德明《經典釋文》：
「震，有娠。」許慎《說文》：「娠，女妊身動也。」毛《傳》：「震，動
也。」夙，肅敬。鄭玄《箋》：「夙之言肅也。」高亨《今注》：「夙，當
作孕，字形相近而誤。」按：訓詁學有「形近而譌（音ㄜˊ，同訛，錯
誤）」。古書有「形近而譌」，如「戰陳無勇，非孝也。」「陳」與
「陣」，即形近而訛，是其證也。

9　生，誕生，分娩。育，養育。

10　時，是，此，這。維，是。后稷，姓姬，名棄。后稷本是官名。高亨
《今注》：「相傳他（指姬棄）在堯、舜時，任主管農事的后稷之官，是
周人的始祖，周人稱他為后稷。」

章旨　一章描述姜嫄祭祖，而誕生后稷的神奇故事。

作法　一章兼用設用、類疊（複疊），而平鋪直敘的賦。

原文　誕彌厥月 [1]，先生如達 [2]。不坼不副 [3]，無菑無害 [4]。以
赫厥靈 [5]，上帝不寧 [6]。不康禋祀 [7]，居然生子 [8]。

押韻　二章月、達、害，是 2（月）部。靈、寧，是 12（耕）部。

祀、子，是 24（之）部。

注釋

1 誕，語首助詞，無意義。楊《詞詮·卷二》。彌，滿。高亨《今注》：
「彌，滿也。」厥，其，代詞，指姜嫄。此指姜嫄懷孕滿十月。

2 先的一，初生，第一胎生。朱《集傳》：「先生，首生也。」今語所謂頭
生，即第一胎。達，羍，小羊也。讀若達。」（鄭玄）《箋》：「蓋以達為
羍為假借。」余《正詁》：「凡頭胎皆難產，而小羊易生，詩云：如達，
言后稷出生之易也。」林尹《訓詁學概要》：「擬其音，曰讀。凡言讀
如、讀若，皆是也。」

3 坼，音撤，ㄔㄜˋ，裂開。副，音敝，ㄅㄧˋ，割開。高亨《今注》：
「此句按生產順利，不致被裂產門。」按：不坼不副，即今剖腹產。

4 菑，音災，ㄗㄞ，同「災」。此言姜嫄平安生子。按：菑、災，是古今
字。

5 以，因為。赫，顯示。毛《傳》：「赫，顯也。」厥，其，代詞，指上
帝。此言上帝顯示靈異。

6 不，音丕，ㄆㄧ，大。寧，安寧。余《正詁》：「姜嫄履帝跡而孕，則后
稷乃帝之子，今姜嫄生后稷易而平安，故帝甚寧也。」

7 康，安樂。鄭玄《箋》：「康，安也。」陳奐《詩毛氏傳疏》：「康，樂
也。」此言上帝安樂姜嫄之禋祝。

8 居，安。屈《詮釋》：「居，安也。此言上帝使姜嫄平安懷孕而生后稷。

章旨 二章陳述姜嫄履帝跡而懷孕，生后稷的情況。

作法 二章兼有譬喻（比喻）、類疊（複疊），而平鋪直敘的賦。

原文 誕寘之隘巷 [1]，牛羊腓字之 [2]。誕寘之平林，會伐平
林 [3]；誕寘之寒冰，鳥覆翼之 [4]。鳥乃去矣 [5]，后稷呱
矣 [6]。實覃實訏 [7]，厥聲載路 [8]。

押韻　三章字，是 24（之）部。翼，是 25（職）部。之、職二部，是對轉而押韻。林、休，是 28（侵）部。冰，是 26（蒸）部。侵、蒸二部，是旁轉而押韻。去、呱、訏，是 13（魚）部。路，是 14（鐸）部。魚、鐸二部，是對轉而押韻。

注釋

1 誕，語首助詞，無意義。實，音置，拋置。之，當作「之於」。之，代詞，指后稷。於，在。隘，音愛，ㄞˋ，狹小。朱《詩集傳》：「隘，狹小也。」余《正詁》：「言棄置於狹隘巷中。后稷無父而生，故棄置之也。」

2 「腓」有二解：（一）音肥，ㄈㄟˊ，避。毛《傳》：「腓，辟也。」按：辟，即「避」。（二）腓，假借為「庇」，庇護。「字」有二解：（一）愛。毛《傳》：「字，愛也。」（二）字，養育。高亨《今注》：「字，養育，指給他乳吃。」許慎《說文》：「字，乳也。」按：二解合而觀之，此言牛羊來庇護他，給他（指后稷）餵奶。

3 平林，平原的樹林中。是，通逢。朱《集傳》：「會，值也。」此二句語既拋棄后稷在平原的樹林中，又適逢砍伐平林的人。

4 寒冰，寒冷的冰層。覆翼，用翅膀遮護。此二句言將后稷拋置在寒冷的冰層，鳥用翅膀來遮護他、溫暖他。按：一、三、三句間隔使用「誕實之」三次，是類疊中的類句，具有加強語勢，形象如畫，生動活潑的作用。

5 乃，副詞，表示過程慢，行動晚，可譯為「才」。段德森《實用古漢語虛詞》。去，離開。矣，語末助詞，表示已然之事實。楊《詞詮‧卷七》。

6 呱，音孤，ㄍㄨ，哭聲。陸德明《經典釋文》：「呱，泣聲也。」余培林《正詁》：「鳥乃去矣，后稷呱矣，示人來收取也。」

7 實，是，此，這。鄭玄《箋》：「實之言是也。」覃，音談，ㄊㄢˊ，

長。毛《傳》:「覃,長也。」訏,音須,ㄒㄩ,大。毛《傳》:「訏,大也。」此言后稷哭聲既長,又宏亮。

8　厥,其代詞,指后稷。「載」有二解:(一)滿。朱《集傳》:「滿路,言其聲之大也。」按:此乃夸(誇)飾手法。(二)在。高亨《今注》:「載,借為在。」余培林《正詁》:「言其聲傳於戶外而在路也。」

章旨　三章敘述遭拋棄的經過:棄之隘巷、平林、寒冷,而安然無恙,可謂神奇。

作法　三章兼有類疊(複疊),而平鋪直敘的賦。

原文　誕實匍匐 1,克岐克嶷 2,以就口食 3。蓺之荏菽 4,荏菽旆旆 5,禾役穟穟 6,麻麥懞懞 7,瓜瓞唪唪 8。

押韻　四章匐、嶷、食,是 25(職)部。旆,是 2(月)部。稼,是 9(沒)部。月、沒二 部,是旁轉而押韻。懞、唪,是 18(東)部。

注釋

1　誕,語首助詞,無意義。實,是,此,代詞,指后稷。匍匐,爬行。朱《集傳》:「匍匐,手足並行也。」高亨《今注》:「匍匐,爬行。指后稷長到能夠爬行的時候。」

2　克,能夠。嶷,音匿,ㄋㄧˋ。岐、嶷,有二解:(一)知意、知識。毛《傳》:「岐,知意也。嶷,識也。」余培林《正詁》:「大約如今語聰明也。」(二)站起。朱守亮《評釋》:「由爬行漸站起,直立前行貌。」

3　以,因此。就,到。高亨《今注》:「就,往,趨。」口食,自己找食物吃。朱《集傳》:「口食,自能食也。」此句言后稷因此到了可以自己找食物吃。

4　蓺,「蓋」之古字。就訓詁言,蓺,藝是古今字,此當動詞,種植。鄭

玄《箋》:「蓺,樹也。」按:樹,本名詞,此當動詞,「種植」之意。荏,音忍,ㄖㄣˇ。荏菽,大豆。鄭玄《箋》:「荏菽,大豆也。」

5　四句末用「荏菽」,五句首用「荏菽」,這是頂針(頂真)手法。旆旆,音沛沛,ㄆㄟˋ ㄆㄟˋ,茂盛的樣子。朱守亮《評釋》:「旆旆,猶勃勃,枝葉揚起茂盛之貌。」

6　役,「穎」之假借。禾役,禾穗。穟穟,音遂遂,ㄙㄨㄟˋ ㄙㄨㄟˋ,有二解:(一)苗美好的樣子。毛《傳》:「穟穟,苗好美也。」(二)稻穗下垂的樣子。高亨《今注》:「穟穟,穀穗下垂貌。」

7　幪幪,音猛猛,ㄇㄥˇ ㄇㄥˇ,茂盛的樣子。毛《傳》:「幪幪,茂盛也。」

8　瓞,音迭,ㄉㄧㄝˊ,小瓜。高亨《今注》:「瓞,小瓜。」唪唪,音蹦蹦,ㄅㄥˋ ㄅㄥˋ,果實多而茂盛的樣子。毛《傳》:「唪唪,多實也。」按:程、蔣《注析》:「唪唪,菶菶的假借,果實豐碩貌。(顧野王)《玉篇》:『菶菶,多實也。』」此與毛《傳》同。

章旨　四章描繪后稷幼年好種植,能種植五穀,果實豐碩而茂盛的情況。

作法　四章兼用類疊(複疊)、頂針(頂真),而平鋪直敘的賦。

原文　誕后稷之穡 [1],有相之道 [2]。茀厥豐草 [3],種之黃茂 [4]。實方實苞 [5],實種實襃 [6],實發實秀 [7]。實堅實好 [8],實穎實栗 [9],即有邰家室 [10]。

押韻　五章道、草、茂、苞、襃、秀、好是 21(幽)部。栗、室,是 5(質)部。

注釋

1　誕,語首助語,無意義。之,連詞,「的」之意。穡,稼穡,此指種植五穀,即從事農業生產。

2 相，音向，ㄒㄧㄤˋ，助長。毛《傳》：「相，助也。」之，連詞，「的」
之意。道，秘訣、訣竅、方法。

3 茀，「拂」的假借，拔除。《廣雅》：「拂，除也，拔也。」厥，其，代
詞，「那」之意。豐草，豐茂的野草。

4 之，代詞，指農作物。黃茂，茂美的嘉穀。毛《傳》：「黃，嘉穀也。
茂，美也。」

5 五章十個「實」字，係類疊（複疊）手法。是，此，代詞，指嘉穀。朱
守亮《評釋》：「方，始也，謂苗始吐芽也。苞，包也，謂苗始生包而未
舒也。」

6 種，音腫，ㄓㄨㄥˇ，剛發芽。褎，音又，ㄧㄡˋ，禾苗逐漸長高。毛
《傳》：「褎，長也。」

7 發，禾苗發莖拔節。秀，禾初生長成穗。朱《集傳》：「秀，始穗也。」

8 堅，莖管堅強。好，穀粒美好。

9 穎，禾穗下垂。毛《傳》：「穎，垂穎也。」栗，穀粒飽滿堅實。

10 即，就，往，到。嚴粲《詩緝》：「即，就也。」有，用在名詞之前，
無意義。楊《詞詮・卷七》。邰，音台，ㄊㄞˊ，古代氏族名，在今陝
西武功縣。《列女傳・母儀》：「堯使棄居稷官，更國邰地，遂封棄於
邰，號曰后稷。」家室，成家立室。

章旨 五章描述后稷有功於農業，而受封於邰。

作法 五章兼類疊（複疊），而平鋪直敘的賦。

原文 誕降嘉種 [1]，維秬維秠 [2]，維穈維芑 [3]。恆之秬秠 [4]，是
穫是畝 [5]；恆之穈芑，是任是負 [6]。以歸肇祀 [7]。

押韻 六章秠、芑、秠、畝、芑、負、祀，是 24（之）部。

注釋

1 誕，語首助詞，無意義。降，上降賜。嘉種，美善的穀種。高亨《今

注》：「嘉種，好種子。」

2 維，是。秬，音巨，ㄐㄩˋ，黑黍。秠，音丕，ㄆㄧ，一個殼裏有兩顆米。

3 穈，音門，ㄇㄣˊ，紅苗黍。毛《傳》：「穈，赤苗也。」芑，音起，ㄑㄧˇ，白苗黍。毛《傳》：「芑，白苗也。」

4 恆，音亙，ㄍㄥˋ，通亙，徧地種。之，此，這。

5 是，於是。孔穎達《正義》：「是，於是。」穫，收穫。畝，以畝計之。鄭玄《箋》：「畝，以畝計之。」

6 是，於是。任，肩挑。負，揹在背上。

7 以，因此。歸，回家。肇，開始。毛《傳》：「肇，始也。」祀，祭祝。嚴粲《詩緝》：「后稷始受國為祭主，故曰肇祀。」

章旨　六章敍述后稷種植豐收，回家開始祭祀。

作法　六章兼用類疊（複疊），而平鋪直敍的賦。

原文　誕我祀如何？或舂或揄[1]，或簸或蹂[2]；釋之叟叟[3]，烝之浮浮[4]。載謀載惟[5]，取蕭祭脂[6]，取羝以軷[7]，載燔載烈[8]，以興嗣歲[9]。

押韻　七章揄，是 16（侯）部。蹂、叟、浮，是 21（幽）部。侯、幽二部，旁轉而押韻。惟，是 7（微）部。脂，是 4（脂）部。微、脂二部，旁轉而押韻。軷、烈、歲，是 2（月）部。

注釋

1 誕我祀如何，當作「誕我如何祀」。誕，語首助詞，無意義。祀，祭祀。或，有的。舂，音充，ㄔㄨㄥ，擣米。許慎《說文》：「舂，擣粟也。」揄音由，ㄧㄡˊ，自臼中取已舂好之穀物。

2 簸，音跛，ㄅㄛˇ，簸揚去糠。朱《集傳》：「簸，揚去糠也。」蹂，音柔，ㄖㄡˊ，通揉，用手搓揉，使糠和米分開。

3 釋，用水淘米。之，連詞，「的」之意。叟叟，淘米聲。

4 烝，蒸米。之，連詞，「的」之意。浮浮，熱氣上升的樣子。孔穎達
《正義》：「其氣浮浮，然言升盛也。」

5 載，則，就。謀，規劃。惟，思考。此言就規劃思考祭祀之事。陳子展
《直解》：「載謀載惟，就謀卜祭日，就籌思郊祭之禮。」

6 取，拿。蕭，香蒿。孔穎達《正義》：「蕭，香蒿也。」祭脂，祭牲之脂
肪。鄭玄《箋》：「祭脂，祭祀之脂。」此言用脂肪做祭品，底下執上香
蒿，燒起來有強烈的香氣，使香氣遠開，而神欣饗之。

7 取，拿。羝，音低，ㄉㄧ，牡羊、公羊。以，用來。軷，音拔，ㄅㄚˊ，
祭路神。朱《集傳》：「軷，祭行道之神也。」

8 載，則，就。燔，音煩，ㄈㄢˊ，將肉放在火中燒。烈，將肉串在一
起，放在架上，用火來烤。

9 以，用來，表示「目的」之意。興，使興旺，役使動詞。嗣歲，來年。
胡承珙《毛詩後箋》：「古人穀熟而祭遂更祈來歲之事。」

章旨 七章陳述后稷祭之誠，旨在祈求來年豐收。

作法 七章兼有設問，類疊（複疊），而平鋪直敘的賦。

原文 卬盛于豆[1]，于豆于登[2]。其香始升[3]，上帝居歆[4]。胡
臭亶時[5]！后稷肇祀，庶無罪悔[6]，以迄于今[7]。

押韻 八章登、升，是 26（蒸）部。歆、今，是 28（侵）部。蒸、
侵二部，是旁轉而押韻。時、祀、悔，先 24（之）部。之、
蒸二部，是對轉而押韻。

注釋

1 卬，音昂，ㄤˊ，我。毛《傳》：「卬，我也。」盛，音成，ㄔㄥˊ，盛
物在祭器上。于，在。豆，木製「梪」，祭器。毛《傳》：「木曰豆。」

2 登，祭器。高亨《今注》：「豆和登有木質、陶質或銅質的。」毛

《傳》：「瓦曰登。」

3　其，代詞，指祭品。香，香氣。始升，開始上升。

4　居，安然。歆，欣。朱《集傳》：「鬼神食氣曰歆。」高亨《今注》：「歆，享受。」

5　「胡」有二解：（一）為何。鄭玄《箋》：「胡之言何也。」（二）大。高亨《今注》：「胡，大也。」臭，音秀，ㄒㄧㄡˋ，香氣。朱《集傳》：「臭，香也。」亶，音膽，ㄉㄢˇ，真實、確實。鄭玄《箋》：「亶，誠也。」時，善，好。馬瑞辰《通釋》：「時，善也。」

6　幸，幸而、但願。悔，過失。

7　迄，至。毛《傳》：「迄，至。」鄭玄《箋》：「子孫蒙其福，以至於今。」

章旨　八章描述后稷供奉祭品馨香，上帝安然饗用，世世如此，迄今而無罪過。

作法　八章兼用類疊（複疊），而平鋪直敘的賦。

研析

方玉潤《詩經原始》：「尊祖無怠，通篇層次井然，不待深求，而自了了。唯八章中，皆以八句、十句相間。又二章以後，七章以前，每章起句，均用誕字作首，另是一格。」洵哉斯言。

余培林《詩經正詁》：「全詩起於『禋祀』，終於『肇祀』，首尾圓合，結構完整。其他如三章用三『誕實之』，四章用四疊字句，五章用十『實』字，六章用四『維』事、四『是』字，七章用四『或』字，四『載』字，不僅不覺其繁複，且更覺其靈活多姿，斯亦奇矣。而全詩用『誕』字，六章以『誕』字領章，斯尤奇矣。」余氏剖析縝密，闡論精闢，頗中肯綮。

二 行葦

> 敦彼行葦，牛牛勿踐履。方苞方體，維葉泥泥。
> 戚戚兄弟，莫遠具爾。或肆之筵，或授之几。
> 肆筵設席，授几有緝御。或獻或酢，洗爵奠斝。
> 醓醢以薦，或燔或炙。嘉殽脾臄，或歌或咢。
> 敦弓既堅，四鍭既鈞，舍矢既均，序賓以賢。
> 敦弓既句，既挾四鍭；四鍭如樹，序賓以不侮。
> 曾孫維主，酒醴維醹。酌以大斗，以祈黃耇。
> 黃耇台背，以引以翼。壽考維祺，以介景福。

篇名 〈行葦〉，取首章首句「敦彼行葦」的「行葦」為篇名。

篇旨 余培林《詩經正詁》：「此詩當是祭射而燕父兄耆老，並行射（禮）之詩。」

原文 敦彼行葦[1]，牛牛勿踐履[2]。方苞方體[3]，維葉泥泥[4]。

押韻 一章葦、體、泥，是 7（微）部。履，是 4（脂）部。微、脂二部，是旁轉押韻。

注釋

1　敦，音團，ㄊㄨㄢˊ，聚集叢生的樣子。毛《傳》：「敦，聚貌。」此句當作「彼行葦放」，為押韻而倒裝。詳見《詩經》倒裝的三觀。彼，遠指代詞，「那」之意。行，音杭，ㄏㄤˊ，道路。葦，蘆葦。鄭玄《箋》：「行葦，道傍之葦也。」此言那道路旁的蘆葦叢生而聚集在一起。

2　踐履、踐踏。

3　方，剛才，將要。苞，含苞吐芽。體，長莖成形。鄭玄《箋》：「體，成形也。」

4 維，語首助詞，無意義。泥泥，音你你，ㄋㄧˇ ㄋㄧˇ，蘆葉柔嫩光滑
　茂盛的樣子。朱《集傳》：「泥泥，柔澤貌。」

章旨 一章以蘆葦叢生，比喻兄弟相聚相親。

作法 一章兼有譬喻（比喻），而觸景生情的興。

原文 戚戚兄弟[1]，莫遠具爾[2]。或肆之筵[3]，或授之几[4]。

押韻 二章弟、爾、几，是 4（脂）部。

注釋

1 戚戚，親愛的樣子。

2 莫，禁戒副詞，「勿」之意。楊《詞詮‧卷一》。遠，疏遠。具，俱，
　都。鄭玄《箋》：「具，俱也。」爾，通「邇」，近。蘇轍《詩集傳》：
　「爾，近也。」

3 或，有的人。肆，陳，鋪上。毛《傳》：「肆，陳也。」之，介詞，於，
　在。楊《詞詮‧卷五》。筵，席。陸《經典釋文》：「筵，席也。」

4 或，有的人。授，給予。之，於，在。几，矮小的桌子。鄭玄《箋》：
　「年稚者為設筵而已，老者加之以几。」嚴粲《詩緝》：「曹氏曰：几，
　尊者憑之以為安。」

章旨 二章描述兄弟應相親相愛，肆筵授几，不是遠近，而是老幼不
　同而已。

作法 二章兼有類疊（複疊），而平鋪直敘的賦。

原文 肆筵設席[1]，授几有緝御[2]。或獻或酢[3]，洗爵奠斝[4]。

押韻 三章席、御、酢，是 14（鐸）部。斝，是 13（魚）部。魚、
　鐸二部，是對轉而押韻。

注釋

1 肆筵，鋪上竹席。設席，重席。毛《傳》：「設席，重席也。」《禮記‧

禮器》：「天子之席五重，諸侯之席三重，大夫再重。」由此可證，古代有重席。

2 高亨《今注》：「此九字為一句。」即一、二句連成一句。《今注》：「言肆筵、設席、授几，都有人相繼侍候。」緝，音氣，ㄑㄧˋ，續代，不斷。御，侍者。鄭玄《箋》：「緝，猶續也。御，侍也。」

3 或，有的人。獻，敬酒。酢，音作，ㄗㄨㄛˋ，回敬。

4 爵，古代飲酒器。奠，放置。斝，音甲，ㄐㄧㄚˇ，古代飲酒器。洗爵，洗酒標。奠斝，放酒杯在几上。高亨《今注》：「周人宴會的禮節，主人敬酒時，從几上拿起一個酒杯，先洗一洗，然後斟酒獻客。客人飲畢，則置酒杯于几上。」

章旨 三章描繪燕享之樂。

作法 三章兼有類疊（複疊），而平鋪直敘的賦。

原文 醓醢以薦[1]，或燔或炙[2]。嘉殽脾臄[3]，或歌或咢[4]。

押韻 四章炙、臄、咢，是 14（鐸）部。

注釋

1 醓，音坦，ㄊㄢˇ，多汁的肉醬。朱《集傳》：「醓，醢之多汁者也。」醢，音海，ㄏㄞˇ，肉醬。孔穎達《正義》：「李巡曰：以肉作醬曰醢。」以，外動詞，用。楊《詞詮・卷七》。薦，進獻。

2 或，有人。燔，音凡，ㄈㄢˊ，燒肉。炙，音置，ㄓˋ，烤肉。

3 嘉，美好。殽，同肴，菜肴。脾，音皮，ㄆㄧˊ，牛胃。陳奐《詩毛氏傳疏》：「脾，胃薄如葉，碎切之之脾。」臄，音決，ㄐㄩㄝˊ，牛舌。朱《集傳》：「臄，口上肉也。」

4 或，有人。歌，唱歌。咢，音鄂，ㄜˋ，擊鼓而不唱歌。高亨《今注》：「歌有音有字，咢，有音無字。」

章旨 四章陳述燕禮食物之豐盛，有歌有鼓為樂的情形。

作法 四章兼類疊（複疊），而平鋪直敘的賦。

原文 敦弓既堅[1]，四鍭既鈞[2]，舍矢既均[3]，序賓以賢[4]。

押韻 五章堅、鈞、均、賢，是6（真）部。

注釋

1 敦，音雕，ㄉㄧㄠ。敦、雕，是古今字。孔《正義》：「敦與雕，古今之異，雕是畫飾之義。」敦弓，畫弓。毛《傳》：「敦弓，畫弓也。天子敦弓。」既，已經。堅，強勁。朱《集傳》：「堅，猶勁也。」

2 鍭，音侯，ㄏㄡˊ，射之一種。陸《經典釋文》：「鍭，矢名。」既，已經。鈞，通「均」，同樣。高亨《今注》：「此句指較射時，四人一組，都用同樣的箭。」

3 舍矢，射箭。既，已經。均，都射中（音ㄓㄨㄥˋ）。朱《集傳》：「均，皆中也。」

4 序賓，評定賓客射箭成績的次序。以，外動詞，以為。楊《詞詮·卷七》。賢，射多中（ㄓㄨㄥˋ）者為優勝。朱《集傳》：「賢，射多中也。」余培林《正詁》：「猶今言優勝也。」

章旨 五章敘述射箭，以射多中者為優勝，重在射技。

作法 五章兼用類疊（複疊），而平鋪直敘的賦。

原文 敦弓既句[1]，既挾四鍭[2]；四鍭如樹[3]，序賓以不侮[4]。

押韻 六章句、鍭、樹、侮，是16（侯）部。

注釋

1 敦弓，畫弓。既，已經。句，音彀，ㄍㄡˋ，張弓。孔穎達《正義》：「句與彀，字雖異，音義同。」

2 既，已經。挾，持。余培林《正詁》：「謂以手持而射也。」

3 二句末二字「四鍭」，三句首二字「四鍭」，是頂針（頂真）手法。四鍭

如樹，是譬喻（比喻）。此言四箭射中箭靶，好像豎立在箭靶上。

4 以，以為。侮，侮慢、輕侮。此句言評定賓客射箭的成績，以不侮慢任何人為原則。

章旨 六章陳述射箭，以射德為主。

作法 六章兼頂針（頂真）、譬喻（比喻），而平鋪直敘的賦。

原文 曾孫維主 [1]，酒醴維醹 [2]。酌以大斗 [3]，以祈黃耇 [4]。

押韻 七章主、醹、斗、耇，是 16（侯）部。

注釋

1 曾孫，主祭者之稱。高亨《今注》：「周代貴族對神的自稱曾孫。」「維」有二解：（一）是。（二）做，孔《正義》：「維主人，為主人。」二說皆通。

2 醴，音里，ㄌㄧˇ，甜酒。《莊子‧山木》：「君子之交，淡若水；小人之交，甘若醴。」維，是。醹，音乳，ㄖㄨˇ，酒味醇厚。

3 酌，斟酒，舀酒。以，用。大斗，柄長三尺的斗。唐陸德明《經典釋文》：「三尺，謂大斗之柄也。」

4 以，用來，表示目的。祈，祈求。朱《集傳》：「祈，求也。」耇，音苟，ㄍㄡˇ，老。黃耇，老人。高亨《今注》：「黃耇，長壽年老的稱呼。」此二句言貴族以斗酒祭神，祈求長壽。

章旨 七章描述尊老祝壽的情況。

作法 七章平鋪直敘的賦。

原文 黃耇台背 [1]，以引以翼 [2]。壽考維祺 [3]，以介景福 [4]。

押韻 八章背、翼、福，是 25（職）部。

注釋

1 黃耇，長壽老人的稱呼。台背，長壽老人多駝背。高亨《今注》：「台背

疑即駝背，長壽年老的人多駝背，故稱為駝背。台與駝一聲之轉。」洵哉斯言。

2　以，介詞，用。表示動作所用之人、事物。楊《詞詮・卷七》。引，在老人前引導。翼，在老人旁攙扶。

3　壽考，長壽。維，就是。祺，吉祥。毛《傳》：「祺，吉也。」

4　以，用來，表示目的。介，音丐，《ㄞˋ，祈求。景，大。

章旨　八章敘述尊老祝福的情形。

作法　八章兼用類疊（複疊），而平鋪直敘的賦。

研析

　　余培林《詩經正詁》：「前二章寫壯者射事，顯其能，誇其德；末二章述老者飲事，析其壽，介其福，兄弟和樂融融。於此始知首章敦彼行葦，維葉泥泥興語之妙。」此剖析闡論，頗中肯綮。

　　滕志賢《新譯詩經讀本》：「本詩首章以比興開篇一為〈大雅〉所罕見。『四鍭如樹』描摹四箭貫靶，極為形象，堪稱妙筆。全詩洋溢濃親情。」此闡析精微，詮釋中肯。

三 既醉

既醉以酒，既飽以德。君子萬年，介爾景福。
既醉以酒，爾殽既將，君子萬年，介爾昭明。
昭明有融，高朗令終。令終有俶，公尸嘉告。
其告維何？籩豆靜嘉。朋友攸攝，攝以威儀。
威儀孔時，君子有孝子。孝子不匱，永錫爾類。
其類維何？室家之壼。君子萬年，永錫祚胤。
其胤維何？天被爾祿。君子萬年，景命有僕。
其僕維何？釐爾女士。釐爾女士，從以孫子。

篇名 〈既醉〉，取首章首句「既醉以酒」的「既醉」為篇名。

篇旨 范家相《詩瀋》：「此正是王與群臣宴畢，飲燕于寢，而群臣頌君之詞。」范說極是。

原文 既醉以酒¹，既飽以德²。君子萬年³，介爾景福⁴。

押韻 一章德、福，是 25（職）部。

注釋

1 既，已經。以，介詞，用，表示動作所用之人、事、物。楊《詞詮・卷七》。既醉以酒，當作「以酒既醉」。

2 既飽以德，當作「以德既飽」。「德」有二解：（一）恩惠。朱《集傳》：「德，恩惠也。」（二）食。高亨《今注》：「德，當作食，古德字作悳。與食形近，因而寫錯。此二句言貴族祭神，醉神以酒，飽神以食（代神飲食的是裝神的尸）。」按：訓詁有「形近而譌」之現象，高氏之說，可資卓參。

3 君子，指主祭者周王。朱《集傳》：「君子，謂王也。」萬年，祝君王長壽。

4　介，音丐，《ㄍㄞˋ，祈求、施予。《爾雅·釋詁》：「丐，予也。」爾，汝，指周王。景，大。

章旨　一章描述群臣燕後，祝君王長壽而大福。

作法　一章兼有類疊（複疊），而平鋪直敘的賦。

原文　既醉以酒[1]，爾殽既將[2]，君子萬年[3]，介爾昭明[4]。

押韻　二章將、明，是 15（陽）部。

注釋

1　首章與次章首句皆用「既醉以醉」，是類疊中的類句。

2　爾，汝，指周王。殽，同餚，肴，肉饌，葷菜。既，盡。楊《詞詮·卷四》：「表數副詞，盡也。」將，捧上。朱《集傳》：「將，亦奉持而進之意。」

3　首章、次章三句皆用「君不萬年」，是類句。

4　介，音丐，《ㄍㄞˋ，祈求，施予。昭明，昭顯光明。此句言祈求賜給周王前程光明。

章旨　二章敘述群臣燕後，祝君王長壽而光明。

作法　二章兼有類疊（複疊），而平鋪直敘的賦。

原文　昭明有融[1]，高朗令終[2]。令終有俶[3]，公尸嘉告[4]。

押韻　三章融、終，是 23（冬）部。俶、告，是 22（覺）部。覺、冬二部，是對轉而押韻。

注釋

1　二章末二字「昭明」與三章首二字「昭明」，是頂針（頂真）。「融」有二解：（一）明之盛。朱《集傳》：「融，明之盛也。」（二）長遠。高亨《今注》：「融，長遠。」有融、融然，明且盛。屈《詮釋》：「詩中凡以『有』字冠於形容詞或副詞之上者，等於加『然』字於形容詞或副詞之

下。」馬瑞辰《毛詩傳箋通釋》:「謂既已昭明,而又融融不絕,極言其明之長且盛也。」

2 朗,明。毛《傳》:「朗,明也。」令終,好結果。高亨《今注》:「令終,好結果。」朱守亮《評釋》:「令,善也。令終,當兼福祿名譽言之,謂嘉善結果,圓滿而終也。」鄭玄《箋》:「天既助女以光明之道,又使之長有高明之譽,而以善名終。」按:二句末二字「令終」,與三句首二字「令終」,是頂針(頂真)。

3 俶,音觸,ㄔㄨ、,始。《爾雅·釋詁》:「初、哉、首、基、肇、祖、元、胎、俶、落、權輿,始也。」馬瑞辰《通釋》:「令終有俶,猶《易》言終則有始。」余培林《正詁》:「言有善終,必將又有善始也。」按:老子《道德經·第六十四章》:「慎終如始,則無敗事。」魏徵〈諫太宗十思疏〉:「凡百元首,承天景命,莫不殷憂而道著,功成而德衰,有善始者實繁,能克終者蓋寡。」

4 公尸,君尸。鄭玄《箋》:「公,君也。」朱《集傳》:「周稱王,而尸但曰公尸,蓋田其舊。如秦已稱皇帝,其男女猶稱公子、公女也。」朱守亮《評釋》:「古者祭,設生人為尸,以代神位受祭,後世易以畫像。」嘉告,尸代神告以善言。鄭玄《箋》:「嘉告,以善言告之,謂嘏辭也。」高亨《今注》:「祝官代表尸對主祭者致賜福之辭,古語叫做嘏。」

章旨 陳子展《詩經直解》:「前三章是參君祭畢宴會,群臣頌主之詞。而以最後二句云:『令終有俶,公尸嘉告。』將借公尸善言以告之,為一篇承上啟下之關鍵。」洵哉此言。

作法 三章兼有頂針(頂真),而平鋪直敘的賦。

原文 其告維何¹?籩豆靜嘉²。朋友攸攝³,攝以威儀⁴。

押韻 四章何、嘉、攝、儀,是1(歌)部。

注釋

1 其，代詞，此指公尸。告，即嘉告。維，是。何，何謂，什麼。此句是「設問」手法。

2 籩，音邊，ㄅㄧㄢ，竹製祭器。豆，木製祭器。靜，善。馬瑞辰《通釋》：「靜，善也。」嘉，美。此句言籩豆中的祭物美好。

3 朋友，助祭之賓客。朱《集傳》：「朋友，指賓客助祭者。」攸，猶是。裴學海《古書虛字集釋》：「攸，猶『是』也。」攝，佐助。毛《傳》：「攝，佐也。」余培林《正詁》：「言助祭之群臣，以威儀佐助之也。」

4 三句末字「攝」與四句首字「攝」，是頂針（頂真）。以，外動詞，用。楊《詞詮·卷七》。威儀，禮儀容止。朱守亮《評釋》：「今言合乎禮節之態度與舉動。」

章旨 四章敘述祭品潔淨而美好，助祭者有威儀。

作法 四章兼有設問、頂針（頂真），而平鋪直敘的賦。

原文 威儀孔時[1]，君子有孝子[2]。孝子不匱[3]，永錫爾類[4]。

押韻 五，時、子，是24（之）部。匱，類，是8（沒）部。

注釋

1 「威儀」與四章末二字相同，是段間頂針（頂真）。孔，甚，很，非常。鄭玄《箋》：「孔，甚也。」時，善。馬瑞辰《通釋》：「時，善也。」

2 有，音又，ㄧㄡˋ，又。馬瑞辰《通釋》：「有者，又也。言君子又為孝子也。」

3 二句末二字「孝子」，與三句首二字「孝子」，是句間頂針（頂真）。匱，音愧，ㄎㄨㄟˋ，虧缺。毛《傳》：「匱，竭也。」此句言孝子之孝心孝行沒有虧缺。

4 錫，賜。爾，汝。類，善。毛《傳》：「類，善也。」此句言上天永久賜汝好福氣。《國語·周語》：「叔向曰：『類也者，不忝前哲之謂也。』」

章旨　五章陳述君子又是孝子，上天永賜汝以善。

作法　五章兼有頂針（頂真），而平鋪直敘的賦。

原文　其類維何¹？室家之壼²。君子萬年，永錫祚胤³。

押韻　六章壼、胤，是 9（諄）部。年，是 6（真）部。真、諄二部，是旁轉而押韻。

注釋

1　其類維何，是設問。其，代詞，指君子。類，善。維，是。何，什麼。

2　壼，音捆，ㄎㄨㄣˇ。《爾雅・釋宮》：「宮中衖謂之壼。」宮中道，是本義。程、蔣《注析》：「宮中道的形狀環繞而整齊，因此引申為『齊』。這裏用作動詞，意為齊家，治理家室。這句即《禮記・大學》所謂『家齊而後國治，國治而後天下平』的意思。」

3　錫，賜。祚，音做，ㄗㄨㄛˋ，福。胤，音印，一ㄣˋ，子孫。鄭玄《箋》：「胤，子孫也。」

章旨　六章描繪君子能長壽萬年，上天賜福給予後代子孫。

作法　六章兼有「設問」，而平鋪直敘的賦。

原文　其胤維何¹？天被爾祿²。君子萬年³，景命有僕⁴。

押韻　七年祿、僕，是 17（屋）部。

注釋

1　其，代詞，指君子。胤，子孫。維，是。何，什麼。其胤維何，是「設問」手法。

2　被，音丕，ㄆㄧ，覆蓋，加給。鄭玄《箋》：「被，覆被也。」爾，代詞，指君子祿，福祿、祿位，指王位。鄭玄《箋》：「天覆被女（汝）以祿位，使錄臨天下。」

3　三句「君子萬年」，與六章三句「君子萬年」，是「類句」手法。

4　景命，大命，天命。鄭玄《箋》：「景命，大命也。」僕，奴僕、附從。
　　余培林《正詁》：「指下文『女王』『孫子』。毛《傳》：『僕，附也。』余
　　培林《正詁》：『胤』，指本幹；『僕』，指枝葉。」

章旨　余培林《正詁》：「七章言天又賜大命，命君有本而復有枝，俾
　　能本枝百世而不絕也。」

作法　七章兼用「設問」、「類句」，而平鋪直敘的賦。

原文　其僕維何[1]？釐爾女士[2]。釐爾女士[3]，從以孫子[4]。

押韻　八章士、士、子，是 24（之）部。

注釋

1　其，代詞，指君子。僕，奴隸，依附之人。維，是。何，何人，誰。

2　釐，音離，ㄌㄧˊ，給予、賜予。毛《傳》：「釐，予也。」爾，汝，指
　　君子。女士，男女，指子女。高本漢《詩經注釋》：「女和士實際上是兩
　　個並用。」余培林《正詁》：「女士，謂男與女也，即指子女言。」按：
　　《詩經》：「女士」，指女子男子之「節縮」，就修辭學言。如今「女
　　士」，專指女子，就文法言，是偏儀複詞。如「國家」，僅「國」之意，
　　亦曰偏義複詞。

3　三句「釐爾女士」，與皆二句「釐爾女士」，皆同，是「疊句」手法。

4　從，隨從、延續。以，介詞，表所用之名義或資格。楊《詞詮·卷
　　七》。孫子，即子孫。高亨《今注》：「此句言奴隸的子孫，也隨著當奴
　　隸。」

章旨　八章描寫天賜子女，又從而使其子孫蕃衍不絕。

作法　八章兼用「設問」、「疊句」，而平鋪直敘的賦。

研析

　　陳子展《詩經直解》：「後五章用問答的方式，逐層逼出公尸以善
言相告之內容，但並不即是嘏詞原文。自『景命有僕』以下，舊注皆

不得其解，蓋不知當時社會為奴隸制社會，而奴隸亦世襲勿替者
也。」陳氏剖析絲絲入扣，闡論頗中肯綮。按：陳氏所謂「後五章」
用問答的方式，尋繹全詩僅四章用問答的方式，即四、六、七、八
章，而五章未用「設問」。

　　方玉潤《詩經原始》：「首二章德雙題，三章嘩承德字，四章以下
皆言福。蓋借嘏辭，以傳神意耳。然非有是從，何以膺是福？詩意甚
明。何元明以來，儒孝乃有專主福，而不言德者！」其說俞矣。

四　鳧鷖

　　鳧鷖在涇，公尸來燕來寧。爾酒既清，爾殽既馨。公尸燕飲，福祿來成。

　　鳧鷖在沙，公尸來燕來宜。爾酒既多，爾殽既嘉。公尸燕飲，福祿來為。

　　鳧鷖在渚，公尸來燕來處。爾酒既湑，爾殽伊脯。公尸燕飲，福祿來下。

　　鳧鷖在潨，公尸來燕來宗。既燕于宗，福祿攸降。公尸燕飲，福祿來崇。

　　鳧鷖在亹，公尸來止熏熏。旨酒欣欣，燔炙芬芬。公尸燕飲，無有後艱。

篇名　〈鳧鷖〉，取首章首句「鳧鷖在涇」的「鳧鷖」為篇名。

篇旨　孔穎達《毛詩正義》：「言公尸來燕，則是祭後燕尸，非祭時也。燕尸之禮，大夫謂之賓尸，即用其祭之曰，今〈有司徹〉是其事也。天子、諸侯，則謂之繹，以祭之明日。《春秋》·宣公八年」言『辛巳，有事於太廟。壬午，猶繹。』是謂在明日也。」余培林《詩經正詁》：「孔氏之言，極為詳盡。按：「《穀梁傳·宣公八年》：「繹者，祭之旦日之享賓也。」」

原文　鳧鷖在涇[1]，公尸來燕來寧[2]。爾酒既清[3]，爾殽既馨[4]。公尸燕飲[5]，福祿來成[6]。

押韻　一章涇、寧、清、馨、成，是 12（耕）部。

注釋

　1　鳧，音伏，ㄈㄨˊ，野鴨。鷖，音伊，一，鷗鳥，又名水鴞。陸《經典

釋文》:「《蒼頡解詁》云『鷖，鷗也。一名水鴞。』」按:鴞，音消，ㄒ
ㄧㄠ，鳥名。「涇」有二解:(一) 水名。高亨《今注》:「涇，水名。」
(二) 水中。鄭玄《箋》:「涇，水中也。」按:程俊英、蔣見元《詩經
注析》:「涇，徑直，指徑直向前的水流。《爾雅》:『水直波為涇。』
涇、涇同。」余培林《詩經正詁》:「此徑字當從《箋》訓，不應是水
名。」

2　公尸，君尸。來，語中助詞，賓語倒置時用之。燕，同「宴」，宴饗，
此當動詞。楊《詞詮·卷二》。此句言宴饗公尸，使公尸安寧。按:
「來」字，與「唯利是圖」中的「是」字，用法同。

3　爾、汝，指主人。朱《集傳》:「爾，指主人也。」既，已經。清，清
澈、清冽。

4　殽，用「餚」、「肴」，肉饌，即今葷菜。馨，音欣，香。毛《傳》:
「馨，香之遠聞也。」

5　一至五章五句皆用「公尸燕飲」，是「類句」手法。

6　來，語中助詞，賓語倒置時用之。福祿來成，當作「成福祿」。此句言
成就公尸福祿。

章旨　一章以「鳬鷖」比喻「公尸」，描述鳬鷖和樂安適，比喻公尸
既宴飲，又安樂。

作法　一章兼有比喻（譬喻）、類疊（複疊），而觸景生情的興。按:
陳子展《直解》:「水鳥而居水中，猶人之為公尸之在宗廟也，
故以喻焉。」

原文　鳬鷖在沙[1]，公尸來燕來宜[2]。爾酒既多，爾殽既嘉。
公尸燕飲，福祿來為[3]。

押韻　二章沙、宜、嘉、為，是 1（歌）部。

注釋

1　沙，沙灘。

2　宜，舒適。高亨《今注》：「宜，猶適也。」此句言公尸既宴飲，又舒
　　適。

3　來，語中助詞。為，幫助、成全。此句言幫助成全公尸福祿。

章旨　二章陳子展《直解》：「水鳥以居水中為常，今出在水旁，喻祭
　　四方百物之尸也。

作法　二章兼有比喻（譬喻）、類疊（複疊），而觸景生情的興。

原文　鳧鷖在渚[1]，公尸來燕來處[2]。爾酒既湑[3]，爾殽伊脯[4]。
　　公尸燕飲，福祿來下[5]。

押韻　三章渚、處、脯、下，是 13（魚）部。

注釋

1　渚，音煮，ㄓㄨˇ，水中的小塊陸地。《爾雅・釋水》：「水中可居者曰
　　洲，小洲曰渚。」

2　處，安樂。林義光《詩經通解》：「處字本義為依几而立，其引伸義為安
　　樂，故謂安樂為處。」

3　湑，音栩，ㄒㄩˇ，本義是濾過的酒，引伸為濾清。高亨《今注》：
　　「湑，清也。」

4　伊，是。楊《詞詮・卷七》：「伊，不完全內動詞，是也。」脯，音府，
　　ㄈㄨˇ，乾肉。

5　來，語中助詞。楊《詞詮・卷二》：「來，語中助詞，賓語倒置時用
　　之。」福祿來下，當作「下福祿」。下，降下，降臨，降與，此指降給
　　公尸福祿。

章旨　三章陳子展《直解》：「水中之有渚，猶平地之有丘也。喻祭天
　　地之尸也。」

作法 三章兼有比喻（譬喻）、類疊（複疊），而觸景生情的興。

原文 鳧鷖在潀[1]，公尸來燕來宗[2]。既燕于宗[3]，福祿攸降[4]。公尸燕飲，福祿來崇[5]。

押韻 四章潀、宗、宗、降、崇，是23（冬）部。

注釋

1 潀，音終，ㄓㄨㄥ，兩水相會之處。許慎《說文》：「小水入大水曰潀。」

2 宗，安樂。高亨《今注》：「宗，借為悰。」《說文》：「悰，樂也。」

3 既，已經。于，往，到……去。宗，宗廟。孔穎達《毛經正義》：「宗，宗廟也。」

4 攸，所。楊《詞詮・卷七》：「攸，助動詞。《爾雅・釋言》云：『攸，所也。』」

5 來，語中助詞，崇，增高。高亨《今注》：「崇，增高也。」又《廣雅・釋詁》：「崇，聚也。」福祿來崇，當作「崇福祿」。崇，是役使動詞、使役動詞，致使動詞。詳見蔡宗陽《國文文法》。此句言使公尸福祿增高。

章旨 四章陳子展《直解》：「潀，水外之高者也。有瘞埋之象。喻祭社稷山川之尸。」按：瘞，音亦，ㄧˋ，掩埋。

作法 四章兼有比喻（譬喻）、類疊（複疊），而觸景生情的興。

原文 鳧鷖在亹[1]，公尸來止熏熏[2]。旨酒欣欣[3]，燔炙芬芬[4]。公尸燕飲，無有後艱[5]。

押韻 五章亹、熏、欣、芬、艱，是（9）諄部。

注釋

1 亹，音們，ㄇㄣˊ，程俊英、蔣見元《詩經注析》：「亹，山間通水之

處，即峽口。」《漢書・地理志》顏師古注：「竇者，水流峽，山岸深若門也。」

2　止，休息。按：許慎《說文》引《詩》此句作「來燕」。以一至四章二句皆用「公尸來燕」，惟五章五章二句用「公尸來止」，疑有誤植或誤鈔，存疑。熏熏，和樂喜悅的樣子。毛《傳》：「熏熏，和說（悅）也。」

3　旨，美。許慎《說文》：「旨，美也。」欣欣，香氣盛多的樣子。按：俞樾《古書疑義舉例》：「『旨酒熏熏』，此『熏』字乃『薰』之假借。《說文》：『薰，香草也。』蓋因草之香而引申之，則見香者皆得言『薰』也。」按：薰，本義是「香草」，引申為「飄香」。

4　燔，音番，ㄈㄢ，燒肉。炙，音置，ㄓˋ，烤肉。芬芬，香氣芬芬的樣子。毛《傳》：「芬芬，香也。」

5　後艱，後患。嚴粲《詩緝》：「後艱，猶後患也。」按：高亨《今注》：「後艱，指今後的災殃。」

章旨　五章陳子展《直解》：「竇之言門也。燕七祀之尸于門戶之外，故以喻焉。」

作法　兼有比喻（譬喻），而觸景生情的興。

研析

　　孫鑛《批評詩經》：「滿篇歡宴福祿，而以『無有後艱』收，可見古人兢兢戒慎意。」洵哉斯言。

五　假樂

假樂君子，顯顯令德，宜民宜人，受祿于天。保右命
之，自天申之。

干祿百福，子孫千億。穆穆皇皇，宜君宜王。不愆不
忘，率由舊章。

威儀抑抑，德音秩秩。無怨無惡，率由群匹。受福無
疆，四方之綱。

之綱之紀，燕及朋友。百辟卿士，媚于天子。不解于
位，民之攸墍。

篇名　〈假樂〉，取首章首句「假樂君子」的「假樂」為篇名。

篇旨　〈詩序〉：「〈假樂〉，嘉成王也。」孔穎達《毛詩正義》：「經之
　　　所云，皆是嘉也。……以其能守成功，故於此嘉美之。」余培
　　　林《詩經正詁》：「此說與詩文頗合，故後人從之者眾。」按：
　　　方玉潤《詩經原始》：「此等詩無非奉上美詞，若無『不解于
　　　位』一語，則近諛矣。」

原文　假樂君子[1]，顯顯令德[2]，宜民宜人[3]，受祿于天[4]。保
　　　右命之[5]，自天申之[6]。

押韻　一章子，是 24（之）部。德，是 25（職）部。之、職二部，
　　　是對轉而押韻。人、天、命、申，是 6（真）部。

注釋

　　1　假，「嘉」之假借，美好。《毛《傳》：「假，嘉也。」樂，喜樂。君子，
　　　　指君王。朱《集傳》：「君子，指王也。」按：〈詩序〉云嘉成王，朱
　　　　《集傳》疑公尸答〈鳧鷖〉，何楷以為祭武王之詩，方玉潤以為皆臆

測，而是奉上美詞。

2　顯顯，光明的樣子。鄭玄《箋》：「顯，光也。」令德，美德。

3　宜，適宜，適合。民，指庶民，人民。人，指群臣百官。朱《集傳》：
　　「民，庶民也。人，在位者也。」

4　于，在，從。楊《詞詮·卷九》：「于，介詞，表方所，在也。」此句言
　　從上天領受福祿。

5　右，佑，助。按：在、佑，是古今字。高亨《今注》：「右，左『佑』
　　字。」命，天命。之，代詞，指君王。

6　自，從。申，重複。毛《傳》：「申，重也。」之，代詞，指君王。

章旨　一章描述君王美德彰顯，受命于天，統治臣民。滕志賢《新譯
　　　　詩經讀本》：「此為全詩總提。」按：全詩四章，首章先「總」
　　　　述一、二、三、四章後「分」述。此乃演繹法。

作法　一章兼有類疊（複疊），而平鋪直敘的賦。

原文　干祿百福[1]，子孫千億[2]。穆穆皇皇[3]，宜君宜王[4]。不
　　　　愆不忘[5]，率由舊章[6]。

押韻　二章福、億，是 25（職）部。皇、王、忘、章，是 15（陽）
　　　　部。

注釋

1　「干」有二解：（一）祈求。鄭玄《箋》：「干，求也。」（二）「干」字
　　疑「千」字之誤。俞樾《群經平議》：「『干』字疑『千』字之誤，千祿
　　百福，言福祿之多也。」余培林《正詁》：「俞氏之說是也。」

2　千億，形容子孫眾多。這是數量的夸飾（夸張）。陳奐《詩毛氏傳疏》：
　　「千億，言子孫眾多也。」按：高亨《今注》：「周代以十萬為一億。千
　　億，言其多也。」

3　穆穆，肅敬的樣子，恭敬的樣子。《爾雅·釋訓》：「穆穆，敬也。」皇

皇，光明的樣子。高亨《今注》：「皇皇，光明。」

4 宜，適宜，適合。宜君宜王，適合做君王，統治天下。毛《傳》：「宜君宜王，宜君王天下也。」

5 愆，音千，ㄑㄧㄢ，過失，過錯。鄭玄《箋》：「愆，過也。」忘，遺忘，忘掉。孔穎達《正義》：「忘，遺忘。」

6 率，遵循、遵從。鄭玄《箋》：「率，循也。」。由，自，從。舊章，舊的典章制度，指先王的典章制度。鄭玄《箋》：「舊章，舊典之文章。」

章旨 二章敘述君王求福得福，子孫眾多，遵從先王典章法度，而無過失。

作法：二章兼有夸飾（夸張）、類疊（複疊），而平鋪直敘的賦。

原文 威儀抑抑 [1]，德音秩秩 [2]。無怨無惡 [3]，率由群匹 [4]。受福無疆 [5]，四方之綱 [6]。

押韻 三章抑、秩、匹，是5（質）部。疆、綱，是15（陽）部。

注釋

1 威儀，儀表態度。抑抑，端莊美妙的樣子。毛《傳》：「抑抑，美也。」

2 德音，此指政教法令的好名聲。秩秩，井然有序的樣子。

3 怨，私怨。惡，意務，ㄨˋ，私惡。此句言巴無私人之怨惡，又能禮賢納士。

4 率，依循。由，從。率由，依從，遵從。群匹，此指群臣之意見。鄭玄《箋》：「群臣之賢者，其行能匹偶己之心。」按：匹，配合。匹偶，匹配。此句言遵從群賢臣的好意見，群臣之好遭見，比較能配合君王之心。余培林《正詁》：「此處『群匹』，即老成人，亦即鄭氏所謂『群臣之賢者』也。」

5 無疆，無窮盡，形容很多。此句言接受福氣是很多的。

6 四方，指天下。之，連詞，「的」之意。楊《詞詮·卷五》：「之，連

詞，與口語『的』字相當。」綱，綱紀，法紀。此句言天下的綱紀。余培林《正詁》：「綱，綱紀也。言為天下之綱紀也。」高亨《今注》：「綱，法也。」按：所謂綱紀，即法紀，法度。

章旨　三章陳述君王既有威儀，又有德音，更能用賢尊賢，為天下之綱紀。

作法　三章兼有類疊（複疊），而平鋪直敘的賦。

原文　之綱之紀 ¹，燕及朋友 ²。百辟卿士 ³，媚于天子 ⁴。不解于位 ⁵，民之攸墍 ⁶。

押韻　四章紀、友、士、子，是 24（之）部。位，墍，是 6（沒）部。

注釋

1　「之綱之紀」中之「綱紀」是運用「析詞」（拆詞）手法。上下兩個「之」字，皆是指示形容詞「此」之意。楊《詞詮・卷五》：「之，指示形容詞，此也。」此句言這個「綱」，這個「紀」，即這個綱紀。

2　燕，平安。朱《集傳》：「燕，安也。」及，介詞，涉及。楊《詞詮・卷四》。朋友，群臣。毛《傳》：「朋友，群臣也。」按：燕，當作「使之平安」，「之」是代詞，指朋友，即群臣。是役使動詞、使役動詞。此句手使群臣平安。

3　百，形容很多的樣子，是數量的夸飾（夸張）。辟，音避，ㄅㄧˋ，君。百辟指眾，諸侯。高亨《今注》：「百辟，指眾諸侯。」卿士，各級官員的泛稱。」按：《左傳・隱公三年》：「鄭武公、莊公為平生卿士。」杜預注：「卿士，王卿之執政者。」高亨《今注》：「卿士，各級官員的泛稱。」

4　媚，愛戴。鄭玄《箋》：「媚，愛也。」于，介詞，表方所，在。楊《詞詮・卷九》。

5 解，通「懈」，懈怠，迨惰。朱《集傳》：「解，惰也。」于，于，在。楊《詞詮・卷九》：「于，介詞，表方所，在也。」位，職位。

6 之，語中助詞，無意義。楊《詞詮・卷五》。攸，助動詞，所。楊《詞詮・卷七》。塈，音係，ㄒㄧˋ，安息、休息。毛《傳》：「塈，息也。」

章旨 四章描寫群百官不懈怠於職位，因此人民安心休息。

作法 四章兼有類疊（複疊），而平鋪直敘的賦。

研析

余培林《詩經正詁》：「四章分言敬天、法祖、用賢、安民，而四者之本即在『令德』，故於篇首即將此旨揭出。」洵哉斯言。全詩作法是「先總後分的演繹法。

六　公劉

　　篤公劉，匪居匪康，迺埸迺疆，迺積迺倉。迺裹餱糧，于橐于囊，思輯用光。弓矢斯張，干戈戚揚，爰方啟行。

　　篤公劉，于胥斯原。既庶既繁，既順迺宣，而無永歎。陟則在巘，復降在原。何以舟之？維玉及瑤，鞞琫容刀。

　　篤公劉，逝彼百泉，瞻彼溥原。迺陟南岡，乃覯于京。京師之野，于時處處，于時廬旅。于時言言，于時語語。

　　篤公劉，于京斯依。蹌蹌濟濟，俾筵俾几。既登乃依，乃造其曹，執豕于牢，酌之用匏。食之飲之，君之宗之。

　　篤公劉，既溥既長。既景迺岡，相其陰陽，觀其流泉。其軍三單。度其隰原，徹田為糧。度其夕陽，豳居允荒。

　　篤公劉，于豳斯館。涉渭為亂，取厲取鍛。止基迺理，爰眾爰有。夾其皇澗，遡其過澗，止旅乃密，芮鞫之即。

篇名　〈公劉〉，取首章首句「篤公劉」中的「公劉」為篇名。

篇旨　陳子展《詩經直解》：「〈公劉〉，敘述公劉去邰遷豳之詩。」
　　　　按：去，離開。邰，音臺，ㄊㄞˊ，古國名，在今陝西武功縣。豳，音彬，ㄅㄧㄣ，古邑名，周朝祖先公劉所立，在今陝西枸邑縣，同「邠」。

原文　篤公劉[1]，匪居匪康[2]，迺埸迺疆[3]，迺積迺倉[4]。迺裹餱糧[5]，于橐于囊[6]，思輯用光[7]。弓矢斯張[8]，干戈戚揚[9]，爰方啟行[10]。

押韻　一章康、疆、倉、糧、囊、光、張、揚、行，是 15（陽）部。

注釋

1 篤，忠實厚道。毛《傳》：「篤，厚也。」公劉，后稷的曾孫。鄭玄
《箋》：「公劉，后稷之曾孫也。」按：司馬遷《史記‧周本紀》：「公劉
雖有戎狄之間，復修后稷之業，務耕種，行地宜，自漆沮渡渭，取材
用。行者有資，居者有積。民賴其慶，百姓、懷之，多徙而保歸焉。周
道之興自此始，故詩人歌樂思其德。」

2 上「匪」字，彼，指公劉。下「匪」字，非，不。康，安康，安寧。朱
《集傳》：「康，寧也。」朱守亮《評釋》：「謂公劉因其人民居於戎狄之
間，（故）不安康也。」

3 迺，音乃，ㄋㄞˇ，副詞，於是。楊《詞詮‧卷二》。場，音易，一ˋ，
本是名詞，此當動詞，整治田界。疆，本是名詞，此當動詞，劃定田間
之界限。按：場、疆，是互文見義，字異而義同。

4 迺，於是。積，積存糧食。倉，將糧食裝入倉中。朱守亮《評釋》：「謂
積存糧穀，置入穀倉儲存之也。」

5 迺，於是。裹，包裝。餱，音侯，ㄏㄡˊ，乾食。餱糧，出行的攜帶之
乾糧。

6 于，放在。楊《詞詮‧卷九》：「于，介詞，表方所，在也。」橐，音
駝，ㄊㄨㄛˊ，包裝乾糧的袋子。毛《傳》：「小曰橐，大曰囊。」朱
《集傳》：「無底曰橐，有底曰囊。」

7 思，王引之《經傳釋詞》：「思，發語詞也。」楊《詞詮‧卷六》：「思，
語首助詞，無義。」輯，聚集。嚴粲《詩緝》：「此輯，亦聚集之也。」
用，以，因此。光，廣大，眾多，充實。此句有二解：（一）聚集乾
糧，因此充實，而眾多，以備途中食用。詳見余培林《正詁》、朱守亮
《評釋》。（二）輯，團結和睦。思，想，光，光榮，顯耀。公劉想團結
人民，因此可以把國威發揚光大。詳見陳子展《詩經直解》、滕志賢
《新譯詩經讀本》、程俊英、蔣見元《詩經注析》。

8 弓，發射箭的器具。矢，音使，ㄕˇ，箭。斯，承接連詞，則，就，就
　 是。楊《詞詮·卷六》：「斯，承接連詞，則也，乃也。」張，搭箭上
　 弦，拉開弓。

9 干，盾。戚，斧。毛《傳》：「戚，斧也。」「揚」有二解：（一）鉞，大
　 斧。孔穎達《正義》：「鉞大而斧小。」（二）舉起。高亨《今注》：
　 「揚，舉起。」二解可以合而觀之，此句言舉起盾、戈、斧（小斧）。
　 鉞（大斧）。

10 爰，於是。高亨《今注》：「爰，於是。」方，開始。朱《集傳》：
　 「方，始也。」啟行，出發。按：啟，開。行，道路。本義是開啟道
　 路，引申為啟程、出發之意。朱守亮《評釋》：「以遠行途中備警防患，
　 故整備武器而啟程遷於豳也。」

章旨　一章描述公劉由邰遷豳之始，場（易，音一ˋ）疆積倉，記錄
　　　 居住邰事。裏餱糧于橐囊，記錄離開邰事。

作法　一章兼有類疊（複疊），而平鋪直敘的賦。

原文　篤公劉，于胥斯原[1]。既庶既繁[2]，既順迺宣[3]，而無永
　　　 歎[4]。陟則在巘[5]，復降在原[6]。何以舟之[7]？維玉及
　　　 瑤[8]，鞞琫容刀[9]。

押韻　二章原、繁、宣、歎、巘、原，是 3（元）部。瑤、刀，是 19
　　　 （宵）部。

注釋

1 于，往。胥，音需，ㄒㄩ，視察，觀察。毛《傳》：「胥，相也。」按：
　 相，音像，ㄒㄧㄤˋ，視，視察，觀察。斯，此，這，指示形容詞。
　 原，原野。斯原，這塊原野，指豳這塊原野。

2 既，已經。庶、繁，皆是眾多。鄭玄《箋》：「既庶既繁，民既眾矣，既
　 多矣。」朱《集傳》：「庶、繁，謂居之者眾也。」余培林《正詁》：

「庶、繁皆眾多之意，指斯原物產豐富，人口眾多，不僅『居之眾』而已。」

3 既，已經。廼，同「乃」，於是。此句言已經順應民心，於是公劉宣告人民遷於豳這塊原野。

4 而，承接連詞，而且，並且。陳霞村《古代漢語虛詞類解》：「『而』表示匹進、連接詞、短語或分句，相當於『而且』。」永，長。

5 陟，登。則，表示一種動作或狀態表現之早連，與「即」同。楊《詞詮·卷六》。巘，音奄，一ㄢˇ，山的形狀上大下小。高亨《今注》：「巘，孤立的小山。」

6 復，又。降，下。原，平原。余《正詁》：「陟山、降原，所以觀察地勢也。」

7 何以，當作「以何」，用什麼。舟，佩帶。毛《傳》：「舟，帶也。」之，代詞，指公劉。孫鑛《批評詩經》：「於相地之時，卻敘述佩劍之麗，似涉無緊要，然風致正在此。」

8 維，是。玉，美玉。瑤，似玉的美石。

9 鞞，音鄙，ㄅㄧˇ，刀鞘。琫，音繃，ㄅㄥˇ，刀鞘口部的裝飾。容刀，佩刀。陳奐《詩毛氏傳疏》：「佩刀以為容飾，故曰容刀。」

章旨 二章敘述公劉至豳，視察地勢而開墾之經過。

作法 二章兼有設問、類疊（複疊），而平鋪直敘的賦。

原文 篤公劉，逝彼百泉[1]，瞻彼溥原[2]。廼步南岡，乃覯于京[3]。京師之野[4]，于時處處[5]，于時廬旅[6]。于時言言，于時語語[7]。

押韻 三章泉、原，是 3（元）部。岡，是 15（陽）部。野、處、旅、語，是 13（魚）部。魚、陽二部，是對轉而押韻。

注釋

1　逝，往，鄭玄《箋》：「逝，往也。」彼，遠指代詞，「那」之意。百泉，泉水眾多。百，是數量夸飾（夸張）。顧廣譽《學詩正詁》：「百泉，約言其泉之多，非實指其名。」

2　瞻，向遠處看。彼，那。溥，音普，ㄆㄨˇ，廣大。毛《傳》：「溥，大也。」此句言向遠處視察那廣大的原野。

3　廼，乃，字異而義同，是句間互文見義。步，登上。觀，音購，《ㄨˋ，看見。于，介詞，表示方所，在，同「於」。楊《詞詮‧卷九》。京，有二解：（一）高丘。高亨《今注》：「京，高大的山丘。」（二）豳地名。余《正詁》：「京，即下文之『京師』，當是豳地（斯原）之城邑，而公劉以為京都者。」

4　「京師」有二解：（一）都城。余《正詁》：「句曰『京師之野』，則『京師』必為都城。」（二）國都。高亨《今注》：「京師，豳城建築在大丘上面，很長時期是周人的國都，所以作者稱它做京師。」野，原野，郊外。《爾雅‧釋地》：「邑外謂之三郊，郊外謂之牧，牧外謂之野。」

5　于時，於是。鄭玄《箋》：「于時，於是也。」處處，上「處」字，是動詞，居住。下「處」字，是名詞，處所，此指京師。余《正詁》：「處處，居其處也。」其說是也。

6　廬旅，上「廬」字，是動詞，寄住。毛《傳》：「廬，寄也。」下「旅」字，是名詞，旅舍，館舍、居屋，此指京師之居室。余《正詁》：「廬旅，舍其室也。」洵哉斯言。

7　言言，上「言」字，是動詞，說。下「言」字，是名詞，言語。鄭玄《箋》：「言言，言其所當也。」語語，上「語」字，是動詞，說。下「語」字，是名詞，言語。鄭玄《箋》：「語語，語其所當語。」按：「言言」、「語語」，既是互文補義，又是互文見義。詳見附錄：《詩經》互文補義與互文見義的辨析。

章旨 三章陳述公劉至豳，觀于京，隨從人員安居在京師之野。

作法 三章兼有夸飾（夸張）、類疊（複疊），而平鋪直敘的賦。

原文 篤公劉，于京斯依 [1]。蹌蹌濟濟 [2]，俾筵俾几 [3]。既登乃依 [4]，乃造其曹 [5]，執豕于牢 [6]，酌之用匏 [7]。食之飲之，君之宗之 [8]。

押韻 四章依、依，是 7（微）部。濟、几，是 4（脂）部。脂、微二部，是旁轉而押韻。曹、牢、匏，是 21（幽）部。飲、宗，是 28（侵）部。

注釋

1 于，於，在。斯，助詞。段德森《實用古代漢語虛詞》：「斯，用在動詞和前置賓語之間，有幫助賓語前置的作用。近似結構助詞『之』、『是』。」于京斯依，當作「依于京」。依，依傍。陳奐《詩毛氏傳疏》：「依，依之立國也。」鄭玄《箋》：「公劉之居於此京，依而築宮室。」

2 蹌蹌，音腔腔，ㄑㄧㄤ ㄑㄧㄤ，威儀端莊的樣子。濟濟，眾多而整齊的樣子。此言隨從人員眾多而整齊，威儀端莊。

3 俾，音必，ㄅㄧˋ，使人。鄭玄《箋》：「俾，使也。」筵，竹席。几，音肌，ㄐㄧ，矮小的桌子。此言公劉派人擺上竹席和小桌子。

4 既，已經。乃，於是。依，依靠。此言隨從人員已經登上竹席，於是依靠小桌子。

5 乃，於是。造，往，到……去。其，指示代詞，「那」之意。段德森《實用古代漢語虛詞》：「其，指示代詞，表遠指，可譯為『那』。」曹，一群人。毛《傳》：「曹，群也。」高本漢《詩經注釋》：「曹，指一群人，尤其是地位低的人。」按：一群人，當指公劉的隨從人員。

6 執，捉。于，介詞，表示方所，在，同「於」。牢，豬圈（音卷，

ㄐㄩㄢˋ），養豬的場所。

7 酳之，使之酳。酳，役使動詞、使役動詞，喝酒。之，代詞，指隨從人員。此言使賓客喝酒。匏，音咆，ㄆㄠˊ，瓢。陳奐《詩毛氏傳疏》：「蓋以一匏離而為二，酳酒於其中，是曰匏爵，亦謂之瓢。」此言用瓠斟酒，使賓客喝酒。

8 四個「之」字，代詞，指隨從人員。食，動詞，吃飯。飲，飲酒。此言公劉請隨從人員吃飯、飲酒。君之，以之為君。意謂動詞，做國君。宗，宗主。朱《集傳》：「宗，主也。」宗之，以之為宗。宗，意謂動詞，做宗主。

章旨 四章描繪公劉遷居落成，祭畢宴飲，為國君，為宗主的情況。按：馬瑞辰《毛詩傳箋通釋》：「何楷、錢澄之，並以『于京斯依』四句，為宗廟始成之禮，是也。《禮》：『君子將營宮室，宗廟為先。』公劉依京築室，宜莫先于宗廟。」其說是也。

作法 四章兼同類疊（複疊），而平鋪直敘的賦。

原文 篤公劉，既溥既長[1]。既景迺岡[2]，相其陰陽[3]，觀其流泉[4]。其軍三單[5]。度其隰原[6]，徹田為糧[7]。度其夕陽[8]，豳居允荒[9]。

押韻 五章，長、岡、陽，是 15（陽）部。泉、單、原、是 3（元）部。糧、陽、荒，是 15（陽）部。

注釋

1 既，已經。溥，廣。朱《集傳》：「溥，廣也。言其芟夷墾辟土地，既廣而且長也。」

2 既，已經。景，同「影」，本是名詞，此當動詞，測量日影，以確定方位。迺，同「乃」，於是。岡，本是名詞，山岡。此，當動詞，登上山岡。

3 相，音象，ㄒㄧㄤˋ，看，視察。其，遠指代詞，「那裡」之意，公劉開
　墾之地。陰，山之北。陽，山之南。朱熹《詩集傳》：「陰陽，向背寒暖
　之宜也。

4 觀，觀察。其，遠指代詞，「那裡」之意，指公劉公墾之地。流泉，泉
　水的流向，以利耕種。

5 其，代詞，公劉。單，獨立單位。三單，三軍。毛《傳》：「單，相襲
　也。」余《正詁》：「農者，富強之基也。后稷以農興，故其子孫無不特
　重農事，公劉亦然。『其軍三單』，亦主農事而言也。蓋分其軍為三，用
　其一，而以其二從事耕作，更相番代，亦寓兵於農之意也。」

6 度，音舵，ㄊㄨㄛˋ，測量。其，遠示代詞，「那」之意。隰，音息，
　ㄒㄧˊ，低溼之地。《爾雅·釋地》：「下溼曰隰。」原，廣平之地。《爾
　雅·釋地》：「廣平曰原。」隰原，當作「原隰」，為押韻而倒裝。

7 徹，治。程、蔣《注析》：「徹回，指開墾田地。為糧，生產糧食。」

8 度，音舵，測量。其，遠指代詞，「那」之意。夕陽，山的西面。毛
　《傳》：「山西曰夕陽。」

9 豳居，豳人居住的地方。允，確實。鄭玄《箋》：「允，信也。」荒，廣
　大。毛《傳》：「荒，大也。」

章旨 五章敘述公劉開墾土地，生產糧食。陳子展《直解》：「相地之
宜，率軍治田。蓋為後世籌邊，以軍屯田之始乎？」旨哉斯
言。

作法 五章兼用類疊（複疊），而平鋪直敘的賦。

原文 篤公劉，于豳斯館[1]。涉渭為亂[2]，取厲取鍛[3]。止基迺
理[4]，爰眾爰有[5]。夾其皇澗[6]，遡其過澗[7]，止旅乃
密[8]，芮鞫之即[9]。

押韻 六章館、亂、鍛，是 3（元）部。理、有，是 24（之）部。

潤、澗，是 3（元）部，密、即，是 5（質）部。

注釋

1　于，於，在。豳，豳地。斯，句中助詞。楊《詞詮・卷六》：「斯中助詞，外動詞賓語倒裝時用之。」于豳斯館，當作「館于豳」，此言在豳地營造館舍。毛《傳》：「館，舍也。」朱守亮《評釋》：「句謂築舍於豳而居之也。」

2　涉渭，渡過渭水。為，是。亂，橫渡而去的。孔穎達《正義》：「水以流為順，橫渡則絕其流，故為亂。」

3　取厲，採取堅硬的磨刀石。取鍛，採取捶物的大石。按：厲，砥。朱《集傳》：「厲，砥也。」鍛，石。毛《傳》：「鍛，石也。」朱《集傳》：「言其始來未定居之時，涉渭取材，而為舟以來往，取厲取鍛，以成宮室。」

4　止，定居。朱《集傳》：「止，居也。」迺，同「乃」，於是。理，修整好。高亨《今注》：「理，修整好。」此言定居的基礎，於是就修整好了。

5　爰，助詞。段德森《實用古漢語虛詞》：「爰，用在句首或句中，調整音節，加強語氣，幫助表達語氣。」此言人民眾多，財物富有。馬瑞辰《毛詩傳箋通釋》：「有與眾同義。」高亨《今注》：「有，指財物多。」《周易・大有》：「大有，元亨。」彖曰：「大有，柔得尊位大中，而上下應之，曰大有。其從剛健而文明，應乎天而時行，是以元亨。」按：「謝大荒《易經語解》：「『元』即是『大』，所有者既大，則其亨泰之象，自非尋常，故稱『元亨』。」

6　夾，兩旁。其，代詞，指館舍，居室。皇澗，澗名，此指豳地澗名。余《正詁》：「謂人群住於皇澗之兩旁也。」

7　遡，面向。毛《傳》：「遡，鄉也，面向。」其，代詞，指館舍，居室。過澗，豳地澗名。此言人群面向過澗而居。

8　止，定居。旅，居室。乃，於是。密，安定。高亨《今注》：「密，安
也。」余《正詁》：「言房屋乃密，意謂居民日多也。」

9　芮，音瑞，ㄖㄨㄟˋ，水灣之內。鞫，音鞠，ㄐㄩˊ，水灣之外。孔穎達
《正義》：「芮、鞫，皆是水厓之名。鞫是其外，則芮是其內。」之語中
助詞。芮鞫之即，當作「即芮鞫」。即，就，到。此言公劉率領民眾到
芮、鞫水邊定居。

章旨　六章描述公劉營建宮室，建造館舍，使人民安居樂業。姚際恆
《詩經通論》：「末四句分明圖畫。」所謂「詩中有畫，畫中有
詩」是也。

作法　六章兼用類疊（複疊），而平鋪直敘的賦。

研析

　　陳子展《詩經直解》：「在義人先公先王歷史上，后稷（〈生民〉）
為第一偉大人物，公劉（〈公劉〉）為第二偉大人物。自此以降，依次
為太王（〈緜〉）、王季（〈皇矣〉）、文王（〈文王〉）、武王（〈大明〉），
合為周代開國六個偉大人物，亦即周之先世具有史詩性質半神半人之
英雄人物也。」一言以蔽之，周人自敘開國史詩凡有六篇。

　　余培林《詩經正詁》：「全詩六篇，每章十句。六章首句皆曰『篤
公劉』，篤有厚義。讚美、告戒之意，皆從此一字出。牛運震曰：『一
「篤」字通篇之旨。』旨哉斯言。然自馬瑞辰訓為語詞（見〈大明〉
『篤生武王』），後人多從之。於是，僅此句意味索然，詩之精神亦頓
失矣。」此訓析精微，闡論精闢。

七　泂酌

　　泂酌彼行潦，挹彼注茲，可以餴饎。豈弟君子，民雖
父母。

　　泂酌彼行潦，挹彼注茲，可以濯罍。豈弟君子，民之
攸歸。

　　泂酌彼行潦，挹彼注茲，可以濯溉。豈弟君子，民之
攸墍。

篇名　〈泂酌〉，取首章首句「泂酌彼行潦」的「泂酌」為篇名。

篇旨　屈萬里《詩經詮釋》:「此頌美天子之詩。」

原文　泂酌彼行潦[1]，挹彼注茲[2]，可以餴饎[3]。豈弟君子[4]，
　　　　民雖父母[5]。

押韻　一章茲、饎、子、母，是 24（之）部。

注釋

　1　泂，音迥，ㄐㄩㄥˇ，「迥」的假借，遠。陳奐《詩毛氏傳疏》:「泂，讀
　　　為迥，假借字也。」酌，用勺舀取。彼，遠指代詞，「那」之意。行
　　　潦，路邊積水。

　2　挹，音邑，一ˋ，用勺舀取。彼，遠指代詞，「那」之意，此指「那行
　　　潦」。注，灌入。茲，此。

　3　餴，音芬，ㄈㄣ，餾，即今蒸飯。毛《傳》:「餴，餾也。」饎，音斥，
　　　ㄔˋ，酒食。毛《傳》:「饎，酒食也。」

　4　豈弟，音愷悌，ㄎㄞˇ ㄊㄧˋ，有二解:（一）和樂而平易。朱《評
　　　釋》。（二）德行高大。程、蔣《注析》。

　5　之，連詞，「的」之意。

章旨 一章以行潦洗滌可做酒食，象徵君王和樂平易而德行高大，可以為人民之父母。滕志賢《新譯詩經讀本》：「首章言周王為民之父母，為全篇總探。」其會是也。

作法 一章觸景生情的興。

原文 泂酌彼行潦，挹彼注茲，可以濯罍¹。豈弟君子，民之攸歸²。

押韻 二章茲、子，是24（之）部。罍、歸，是7（微）部。

注釋

1 濯，洗滌。毛《傳》：「濯，滌也。」罍，音雷，ㄌㄟˊ，酒器。

2 之，連詞，與口語「的」字相當。楊《詞詮‧卷五》。攸，所。楊《詞詮‧卷七》：「攸，助動詞。《爾雅‧釋言》云：『攸，所也。』」歸，歸附，親附，依附。

章旨 二章以行潦洗滌酒器，象徵君王得民心。孟子云：「得民者昌，失民者亡。」旨哉斯言。

作法 二章觸景生情的興。

原文 泂酌彼行潦，挹彼注茲，可以濯溉¹。豈弟君子，民之攸墍²。

押韻 三章茲、子，是24（之）部。溉、墍，是9（沒）部。

注釋

1 溉，盛酒的漆器。王引之《經義述聞》引王念孫云：「溉，當讀為概。概，漆尊也。」

2 墍，音係，ㄒㄧˋ，有二解：（一）休息，安息。毛《傳》：「墍，息也。」（二）愛。高亨《今注》：「墍，借為㤅。㤅，古『愛』字。」按：㤅、愛，就訓詁言，是古今字。

章旨　三章以行潦洗滌漆器，象徵君王愛民，使人民能安息。勤政愛民，是君王必備條件。陳立夫云：「治人之首要，在仁與智，無此二者，極難領導他人。」旨哉斯言。

作法　三章觸景生情的興。

研析

　　全詩採用先總後分的演繹法，先總述，再分述。首章總述君王欲為人民之父母，在於得民心、愛民奴子。次章分別描述君王得民心，始能得天下。末章再敘述君王愛民，而民歸之之義。方玉潤《詩經原始》：「必在上者有慈祥豈弟之意，而後在下者有親附來歸之誠。」洵哉斯言。

　　全詩筆法，三章首句、次句、四句，皆運用類疊（複疊）中的類句，這種間隔反覆，旨在凸顯重心，加強重心，增強音律美，強調敘述井然有序，呈現生動活潑。

八 卷阿

有卷者阿，飄風自南。豈弟君子，來游來歌，以矢其音。

伴奐爾游矣，優游爾休矣。豈弟君子，俾爾彌爾性，似先公酋矣。

爾土宇昄章，亦孔之厚矣。豈弟君子，俾爾彌爾性，百神爾主矣。

爾受命長矣，茀祿爾康。豈弟君子，俾爾彌爾性，純嘏爾常矣。

有馮有翼，有孝有德，以引以翼。豈弟君子，四方為則。

顒顒卬卬，如圭如璋，令聞令望。豈弟君子，四方為綱。

鳳皇于飛，翽翽其羽，亦集爰止。藹藹王多吉士，維君子使，媚于天子。

鳳皇于飛，翽翽其羽，亦傅于天。藹藹王多吉士，維君子命，媚于庶人。

鳳皇鳴矣，于彼高岡。梧桐生矣，于彼朝陽。菶菶萋萋，雝雝喈喈。

君子之車，既庶且多。君子之馬，既閑且馳。矢詩不多，維以遂歌。

篇名 〈卷阿〉，取華章首句「有卷者阿」中之「卷阿」為篇名，這是運用「節縮」修辭手法。

篇旨 余培林《詩經正詁》：「此詩乃頌美來朝（即『來游來歌』）之諸侯，其作者當是來游諸侯之一。」余氏又云：「揆其身分，非位居上公之老臣，不能為也。《竹書紀年》曰：『成王三十三年，遊於卷阿，召康公從。』是則〈序〉高召康公作，頗為可

信，惟非『戒成王』而已。」旨哉斯言。

原文　有卷者阿¹，飄風自南²。豈弟君子³，來游來歌，以矢其音⁴。

押韻　一章阿、歌，是 1（歌）部南、歌，是 28（侵）部。

注釋

　1　有卷，卷然，曲折的樣子。毛《傳》：「卷，曲也。」者，指示代詞，「的」之意。楊《詞詮·卷五》：「者，指示代名詞，兼代人、物。代人可譯為『人』，代事物可譯為『的』。」阿，音娜，ㄜˊ，大陵，大土山。鄭玄《箋》：「大陵曰阿。」

　2　飄風，迴風，旋風，暴風。毛《傳》：「飄風，迴風也。」陸德明《釋文》：「李巡曰：『迴風，旋風也。』」滕志賢《新譯詩經讀本》：「旋風，景風。」自，從。南，南方。

　3　豈弟，音愷悌，音ㄎㄞˇ ㄊㄧˋ，和樂平易，德行、意大。君子，指諸侯。鄭玄《箋》：「君子，謂諸侯」朱《集傳》：「君子，謂王。」余《正詁》：「以七章『藹藹王多吉士，維君子使，媚于天子』之語觀之，《箋》說較是。」

　4　以，用來，引申為「目的」。矢，陳獻。毛《傳》：「矢，陳也。」其，代詞，指諸侯。音，本義是「聲音」，引申為「詩歌」。

章旨　一章描述諸侯來游來歌，獻詩於王，此乃一篇之總綱。余《正詁》：「首二句以飄風自南迴盪卷阿，以象徵君臣游歌，其樂融融。」

作法　遭兼有類疊（複疊），而觸景生情的興。

原文　伴奐爾游矣¹，優游爾休矣²。豈弟君子，俾爾彌爾性³，似先公酋矣⁴。

押韻 二章游、休、酋,是 21(幽)部。

注釋

1 「伴奐」有二解:(一)輕鬆。余《正詁》:「伴奐,猶今語輕鬆也。」(二)回還往來。高亨《今注》:「伴奐,當讀為盤桓,回還往來之意。」爾,汝,指來游來歌的諸侯。游,遊玩。本章三個「矣」字,語末助詞,表示言者語意之堅確。楊《詞詮·卷七》。

2 優游、閒適。朱《集傳》:「優游,閑暇之意。」休,休息。

3 俾,音必,使。彌,久,長。本是形容詞,此當役使動詞。性,性命,生命。此言使汝延長汝之生命。使汝長壽之意。屈《詮釋》:「此祝其長壽也。」

4 似,通「嗣」,繼承。毛《傳》:「似,嗣也。」先公,指君子之祖先。酋,讀為猷,謀、猷,即事業。見高亨《今注》。

章旨 二章祝君子長壽,繼承祖先之事業。

作法 二章平鋪直敘的賦。

原文 爾土宇昄章 ¹,亦孔之厚矣 ²。豈弟君子,俾爾彌爾性,百神爾主矣 ³。

押韻 三章厚、主,是 16(侯)部。

注釋

1 土宇,疆土。昄,音版,ㄅㄢˇ。「昄章」有二解:(一)昄章,版圖。程、蔣《注析》:「昄章,猶版圖」。(二)廣大而彰顯。毛《傳》:「昄,大也。」蘇轍《詩集傳》:「章,著也。」

2 亦,語首助詞,無意義。見楊《詞詮·卷七》。孔,甚,很。之,語中助詞,無意義。見楊《詞詮·卷五》。厚,富厚。見高亨《今注》。

3 主,本是主祭,此當役使動詞。爾主,使爾主祭。陳奐《詩毛氏傳疏》:「《孟子·萬章上》云:『使之主祭,而百神饗之。』所謂百神爾主

也。」

章旨　三章描述君子長壽，而能主祭百神的情況。

作法　三章平鋪直敘的賦。

原文　爾受命長矣 [1]，茀祿爾康 [2]。豈弟君子，俾爾彌爾性，純嘏爾常矣 [3]。

押韻　四章長、康、常，是 15（陽）部。

注釋

    1　爾，汝，指君子。受命，領受天命，指周王受命為天子。長，久。本章三個「矣」，語末助詞，表示言者語意之堅確。楊《詞詮・卷七》。

    2　茀，音服，ㄈㄨˊ，福。鄭玄《箋》：「茀，福也。」康，安享。鄭玄《箋》：「康，安也。」茀祿命，當作「爾康茀祿」，為押韻而倒裝。此言安享汝福祿。

    3　純嘏爾常，當作「爾常純嘏」，為押韻而倒裝，詳見附錄：《詩經》倒裝的三觀。純，大。鄭玄《箋》：「純，大也。」嘏，音谷，《ㄨˇ，福。蘇轍《詩集傳》：「嘏，福也。」此言使汝永享大福。」常，長，永久。鄭玄《箋》：「使女（汝）大受神之福以為常。」

章旨　四章敘述君子受命為天子已長久，使君子永享大福。

作法　四章平鋪直敘的賦。

原文　有馮有翼 [1]，有孝有德 [2]，以引以翼 [3]。豈弟君子，四方為則 [4]。

押韻　五章翼、德、翼、則，是 25（職）部。

注釋

    1　馮，用「憑」，憑依，依靠。毛《傳》：「馮，馮依。」翼，輔助。毛《傳》：「翼，輔翼。」此言君子有依靠的人，有輔助之人。一、二章間

隔反覆使用「有」字，使節奏更有韻律美。

2　有孝有德，有孝行的人，有德望的人。屈《詮釋》：「有孝，謂有孝行者。有德，謂有德望者。」

3　以，用來。引，在前引導，前導。翼，有旁輔助。按：〈行葦〉鄭玄《箋》：「在前曰引，在旁曰翼。」

4　四方，四方諸侯。為，意謂動詞，以……為……。則，法則，榜樣，典範，楷模。此言四方諸侯以君子為法則。

章旨　五陳述君子有賢輔，有聖德，君子是四方諸侯的楷模。

作法　五章兼有類疊（複疊），而平鋪直敘的賦。

原文　顒顒卬卬 1，如圭如璋 2，令聞令望 3。豈弟君子，四方為綱 4。

押韻　六章卬、璋、望、綱，是 15（陽）部。

注釋

1　顒顒，音慵慵，ㄩㄥˊ ㄩㄥˊ，溫和而敬順的樣子。毛《傳》：「顒顒，溫貌。」卬卬，音昂昂，ㅊˊ ㅊˊ，氣宇高朗的樣子。孔穎達《正義》：「高朗即盛壯也。」毛《傳》：「卬卬，盛貌。」

2　圭、璋，都是玉作的禮器。如圭如璋，比喻君子品德像圭、璋一樣高貴。這是明喻為合喻。詳見蔡宗陽《文法與修辭探驪‧譬喻的變化類型》。

3　令，美好。鄭玄《箋》：「令，善也。」此句言美好的聲譽，美好的名望。蘇轍《詩集傳》：「遠自則有令聞，近之則有令望。」

4　為，意謂動詞，以……為……。此言四方諸侯以君子為綱紀。按：高亨《今注》：「綱，法也。」鄭玄《箋》：「則，法也。」法，法則。這是段間互文見義。詳見附錄：《詩經》互文補義與互文見義的辨析。

章旨　六章敘述君子溫和而敬順，氣宇高昂，四方諸侯奉為圭臬。

作法　六章兼有比喻（譬喻），而平鋪直敘的賦。

原文　鳳皇于飛 ¹，翽翽其羽 ²，亦集爰止 ³。藹藹王多吉士 ⁴，維君子使 ⁵，媚于天子 ⁶。

押韻　七章止、士、使、子，是 24（之）部。

注釋

1　鳳皇，即「鳳凰」。高亨《今注》：「以鳳凰比周王。」于，往。飛，飛翔。毛《傳》：「鳳皇，靈鳥仁瑞也。雄曰鳳雌曰皇。」

2　翽翽其羽，當作「其羽翽翽」，此為使詩文產生生產波瀾現象而倒裝，這是修辭學的倒裝。其，代詞，指鳳皇。翽翽，音惠惠，ㄏㄨㄟˋㄏㄨㄟˋ，鳥振動羽毛的聲遭。鄭玄《箋》：「翽翽，羽聲也。」

3　亦，語首助詞，無意義。見楊《詞詮·卷七》。集，群鳥棲息在樹上。爰，介詞，用同「於」，在。見楊《詞詮·卷九》。止，停息。鄭玄《箋》：「鳳皇往飛翽翽然，亦與眾鳥集於所止。眾鳥慕鳳皇而來，喻賢者所在，群士皆慕而往仕也。」

4　藹藹，音靄靄，ㄞˇㄞˇ，眾多的樣子。朱《集傳》：「藹藹，眾多也。」吉士，善士，此指群臣。鄭玄《箋》：「吉士，善士也。」

5　維，通「惟」，只有、只聽。楊《詞詮·卷八》：「惟，副詞，獨也，僅也。」使，動詞，指使，使用。

6　媚，愛戴。高亨《今注》：「媚，愛也。」于，介詞，用同「以」。按：楊《詞詮·卷九》：「于，介詞，用同『以』。」又《詞詮·卷七》：「以，指示形容詞，此也。」于，以，此，這。鄭玄《箋》：「王之朝多善士藹藹然，君子在上位者奉化之，使之親愛天子，奉職盡力。」陳啟源《毛詩稽古編》：「詩十章，凡十言君子，而其六則言豈弟。《箋》、《疏》皆目大臣，即《敘》所謂賢也。《敘》所謂言士，則經文之藹藹吉士，藹藹吉人也。能信任大賢，處之尊位，則眾賢滿朝矣。」

章旨 七章以鳳皇仁瑞，比喻群臣吉士，愛戴天子的情況。

作法 七章兼有比喻（譬喻），而觸景生情的興。

原文 鳳皇于飛，翽翽其羽，亦傅于天[1]。藹藹王多吉士，維君子命，媚于庶人[2]。

押韻 八章天、人、命、人，是 6（真）部。

注釋

1 亦，語首助詞，無意義。傅，至，到。高亨《今注》：「傅，至也。」于，往。天，天空。此言眾鳥隨鳳皇飛往天空。

2 庶人，平民，百姓，人民。高亨《今注》：「庶人，平民。」

章旨 八章以鳳皇仁瑞，比喻君子上愛天子，下愛平民的情形。

作法 八章兼有比喻（譬喻），而觸景生情的興。

原文 鳳皇鳴矣，于彼高岡[1]。梧桐生矣[2]，于彼朝陽[3]。菶菶萋萋[4]，雝雝喈喈[5]。

押韻 九章鳴、生，是 12（耕）部。岡、陽，是 15（陽）部。耕、陽二部，是旁轉而押韻。萋、喈，是 4（脂）部。

注釋

1 于，於，在。彼，指示形容詞，「那」之意。

2 梧桐，樹名。鄭玄《箋》：「鳳凰之性，非梧桐不棲，非竹實不食。」按：《莊子·秋水》：「夫鵷鶵，飛於南海，而正於北海，非梧不止，非練實不食，非醴泉不飲。」鵷鶵，音鴛芻，ㄩㄢ ㄔㄨˊ，古代傳說像鳳凰的鳥。練實，竹食。醴，音禮，甜酒。醴泉，甘泉。姚際恆《詩經通論》：「詩本意，是高岡朝陽，梧桐生其上，而鳳凰棲於梧桐之上鳴焉。今鳳凰言高岡，梧桐言朝陽，互見也。」所謂互見，互文見義。詳見附錄：《詩經》互文補義與互文見義的辨析。

3　于，於，在。彼，指示形容詞，「那」之意。朝陽，山的東面，因其為
　　早晨太陽所照亮。故稱為朝陽。毛《傳》:「山東曰朝陽。」

4　菶菶，音繃繃，ㄅㄥˇ ㄅㄥˇ，草木茂盛的樣子。萋萋，音妻妻，草木
　　茂盛的樣子。毛《傳》:「菶菶萋萋，梧桐盛也。」鄭玄《箋》:「喻君德
　　盛也。」

5　雝雝喈喈，音雍雍基基，ㄩㄥ ㄩㄥ ㄐㄧ ㄐㄧ，均指鳳凰和諧鳴聲，比
　　喻群臣和諧。毛《傳》:「鳳凰鳴也。」鄭玄《箋》:「喻民臣和協。」

章旨　九章描繪鳳凰和諧鳴聲，梧桐茂盛，比喻群臣和諧的情況。

作法　九章運用比喻（譬喻）的寫作手法。

原文　君子之車，既庶且多 ¹。君子之馬，既閑且馳 ²。矢詩
　　　　不多 ³，維以遂歌 ⁴。

押韻　十章車、馬，是 13（魚）部。多、馳、多、歌，1（歌）部。

注釋

1　既……且……，既……又……庶，眾多。庶、多，是字異而義同，句中
　　互文見義。

2　閑，熟習、熟練。馳，疾馳，馬疾行。

3　矢，陳獻。「不多」有二解：（一）少。余《正詁》:「不多，少也。」
　　（二）多。毛《傳》:「不多，多也。」按：不多，多。就訓詁言，是反
　　訓。此二說，以余說較勝。

4　維，通「惟」，只。以，用來，引申為「目的」。遂，成。「遂歌」有二
　　解：（一）成歌。余《正詁》:「所獻之歌詞雖不多，惟是以成歌矣。」
　　（二）答歌。陳子展《直解》:「陳出詩篇不多，只是用來答歌。」毛
　　《傳》:「王使公卿獻詩，以陳其志，遂為工師之歌焉。」

章旨　陳子展《直解》:「十章，歎君子車馬之盛美。詩人並自言矢詩
　　　　遂歌，與首章，君子來歌矢音相照應，具見其篇章完整之美，

　　　　即以此作結。」

作法　十章兼用排比句法，而平鋪直敘的賦。

研析

　　朱守亮《詩經評釋》：「其用字也，前半連用十三『爾』字，後半運用『顒顒卬卬』等疊字。又懼其緊促呆滯，失其活潑輕妙，而用十『矣』字以舒緩之。練字之工，真劉舍人（勰）《文心》所謂『善為文』，『美酌字』，而『參伍單複，磊落如珠』者矣。」剖析縝密，闡論精闢。

九　民勞

　　民亦勞止，汔可小康。惠此中國，以綏四方。無縱詭
隨，以謹無良。式遏寇虐，憯不畏明。柔遠能邇，以定我王。
　　民亦勞止，汔可小休。惠此中國，以為民逑。無縱詭
隨，以謹惛怓。式遏寇虐，無俾民憂。無棄爾勞，以為王休。
　　民亦勞止，汔可小息。惠此京師，以綏四國。無縱詭
隨，以謹罔極。式遏寇虐，無俾作慝。敬慎威儀，以近有德。
　　民亦勞止，汔可小愒。惠此中國，俾民憂泄。無縱詭
隨，以謹醜厲。式遏寇虐，無俾正敗。戎雖小子，而式弘大。
　　民亦勞止，汔可小安。惠此中國，國無有殘。無縱詭
隨，以謹繾綣。式遏寇虐，無俾正反。王欲玉女，是用大諫。

篇名　〈民勞〉取首章首句「民亦勞止」的「民勞」為篇名。這是運
　　　　用「節縮」修辭手法。

篇旨　朱熹《詩集傳》：「〈序〉說以此為召穆公刺厲王之詩，以今考
　　　　之，乃同列相戒之辭耳，未必專為刺王而發。然其憂時感事之
　　　　意，亦可見矣。」王靜芝《詩經通釋》：「此蓋同列相戒，竭力
　　　　除惡愛民，以安邦國之義。朱說是也。」

原文　民亦勞止 [1]，汔可小康 [2]。惠此中國 [3]，以綏四方 [4]。無
　　　　縱詭隨 [5]，以謹無良 [6]。式遏寇虐 [7]，憯不畏明 [8]。柔遠
　　　　能邇 [9]，以定我王 [10]。

押韻　一章康、方、良、明、王，是 15（陽）部。

注釋

　1　「亦」有二解：（一）副詞也。楊《詞詮‧卷七》。（二）語中助詞，無

意義。見楊《詞詮‧卷七》。止，語末助詞，表示決定。見楊《詞詮‧卷五》。

2 汔，音企，ㄑ一ˋ，庶幾，希望。鄭玄《箋》：「汔，幾也。」小，稍。康，安居，休息。鄭玄《箋》：「康，安也。」于省吾《詩經新證》：「求可以小安，非有希於郅活之隆也，其意婉而諷矣。」

3 惠，愛護。此，近指代詞，「這」之意。中國，京師。孔穎達《正義》：「京師者，諸夏之根本。根本既安，枝葉亦安。」

4 以，用來，表示「目的」，見許世瑛《常用虛字用法淺釋》。綏，安定。四方，諸夏，即四面八方之諸侯。按：許世瑛云：「『以』字，最重要的作用，是表示下一行動為上一行動的目的。」

5 無，勿，不要。楊《詞詮‧卷八》：「無，禁戒副詞，莫也。」縱，放縱。詭隨，姦滑狡詐之人。王引之《經義述聞》：「詭隨，謂譎詐謾欺之人。」

6 以，用來，目的。謹，謹慎，慎防。鄭玄《箋》：「謹，慎也。」良，善。無良，不善之人。

7 式，語首助詞。見楊《詞詮‧卷五》。遏，音餓，ㄜˋ，遏止、制止。鄭玄《箋》：「遏，止也。」寇虐，殘害暴虐。

8 憯，音慘，ㄘㄢˇ，曾，竟然。毛《傳》：「憯，曾也。」畏，畏懼，害怕。「明」有二解：（一）光明之正道。余《正詁》：「明，光明。」屈《詮釋》：「明，猶言正道也。」（二）禮法。陳奐《詩毛氏傳疏》：「明，猶法也。不畏明法，即是寇虐。」按：程、蔣《注析》：「明，禮法。」

9 柔，安撫。毛《傳》：「柔，安也。」遠，遠國，指四方之諸侯。能，親善，親近。《漢書‧百官公卿表上》顏師古注：「能，善也。」邇，近處，指鄰邦。

10 以，用來，引申為「目的」。見許世瑛《常用虛字用法淺釋》。定，安

定。王，指君王。

章旨　一章描述人民勞苦，惟求小康。安康之道，在於「惠此中
國」，「綏四方」；力行之道，在於「無縱詭隨」，始能民安政
興。

作法　一章平鋪直敘的賦。

原文　民亦勞止，汔可小休 [1]。惠此中國，以為民逑 [2]。無縱
詭隨，以謹惽怓 [3]。式遏寇虐，無俾民憂 [4]。無棄爾
勞 [5]，以為王休 [6]。

押韻　一章休、逑，是21（幽）部。怓、憂、休，是19（宵）部。

注釋

1　休，休息。

2　以為，以……為。意謂動詞，見蔡宗陽《國文文法》。此指以「惠此
中」為「民逑」。逑，聚合，團結。毛《傳》：「逑，合也。」鄭玄
《箋》：「合，聚也。」此言以愛此京師為人民團結之中心。

3　以，用來，引申為「目的」。謹，謹慎預防。惽怓，音昏撓，ㄏㄨㄣ
ㄋㄠˊ，喧嘩爭吵，此指多言致亂者。鄭玄《箋》：「惽怓，猶讙譁也，
好爭訟者也。」按：「讙譁」，同「喧嘩」，亦作「喧譁」，大聲說笑或叫
喊、哄鬧。

4　無，勿。俾，音必，ㄅㄧˋ，使。

5　無，勿。棄，放棄。爾，汝，此指當時之執政者。見高亨《今注》。
勞，功勞。鄭玄《箋》：「勞，謂功也。」

6　以為，以「無棄爾勞」為，意謂動詞。休，美好的名聲。此言以「無棄
爾勞」為「王休」，即把勿放棄汝前功，當作君王的美名。見許世瑛
《常用虛字用法淺釋》。

章旨　二章敘述人民辛勞，只求小休。安康之道，在於「惠此中

國」，始能「為民逑」；力行之道，在於「無縱詭隨」，始能
「民無憂」。

作法 二章平鋪直敘的賦。

原文 民亦勞止，汔可小息 ¹。惠此京師，以綏四國 ²。無縱
詭隨，以謹罔極 ³。式遏寇虐，無俾作慝 ⁴。敬慎威
儀，以近有德 ⁵。

押韻 三章息、國、極、慝、德，是 25（職）部。

注釋

1 息，休息。二章二句「休」與三章二句「息」，是段間互文補義。詳見
附錄：《詩經》互文補義與互文見義的辨析。

2 四國，四方，四方諸侯國。首章四句「四方」與三章四句「四國」，字
異而義用，是段間互文見義。

3 罔極，無良，不善之人。首章六句「無威」與三章六句「罔極」，字異
而義用，是段間互文見義。

4 慝，音特，ㄊㄜˋ，邪惡。毛《傳》：「慝，惡也。」

5 近，親近。有德，有德之人。朱《集傳》：「有德，有德之人也。」

章旨 三章陳述人民勞苦，惟求小息。安康之道，在於「惠此中中」
始能「綏四國」；力行之道，在於「無縱詭隨」，始能「敬慎威
儀」。

作法 三章平鋪直敘的賦。

原文 民亦勞止，汔可小愒 ¹。惠此中國，俾民憂泄 ²。無縱
詭隨，以謹醜厲 ³。式遏寇虐，無俾正敗 ⁴。戎雖小
子 ⁵，而式弘大 ⁶。

押韻 四章愒、泄、厲、敗、大，是 2（月）部。

注釋

1 愒,音器,ㄑㄧˋ,休息。毛《傳》:「愒,息也。」

2 俾,音必,ㄅㄧˋ,使。泄,音易,ㄧˋ,發洩。鄭玄《箋》:「泄,猶
出也,發也。」

3 醜厲,醜惡之人。鄭玄《箋》:「厲,惡也。」馬瑞辰《毛詩傳箋通
釋》:「醜、厲二字同義,醜亦惡也。」按:就文法言,醜厲,是同義複
詞。見蔡《國文文法》。

4 正敗,敗壞國政。王引之《經義述聞》:「正當讀為『政』。寇虐之後,
敗壞國政。遏之,則政不敗矣。」

5 戎,汝,指當時執政者。鄭玄《箋》:「戎,猶女也。」解,小子,年輕
人。高亨《今注》:「小子,古代對年輕人的稱謂。」

6 而,然而。按:雖⋯⋯而⋯⋯,是轉折複句,見蔡《國文文法》。式,
效法。見余培林《詩經正詁》,辨之甚詳。弘,廣大。按:弘、宏、
鴻,皆是「大」之意。就訓詁言,是聲義同源。「弘大」一詞,就文法
言,是同義複義。

章旨 四章描述人民辛勞,惟求小休。安康之道,在於「惠此中
國」,始能「民憂泄」;力行之道,在於「無縱詭隨」,始能擔
當大任。

作法 四章平鋪直敘的賦。

原文 民亦勞止,汔可小安 [1]。惠此中國,國無有殘 [2]。無縱
詭隨,以謹繾綣 [3]。式遏寇虐,無俾正反 [4]。王欲玉女 [5],是用大諫 [6]。

押韻 五章安、殘、綣、反、諫,是 3(元)部。

注釋

1 小,稍。安,安寧。

2 殘，殘暴、災害。

3 繾綣，音遣犬，ㄑㄧㄢˇ ㄑㄩㄢˇ，固結於君王身旁之小人。蘇轍《詩集傳》：「繾綣，小人之固結其君者也。」

4 正「政」之古字。孔子云：「正者，政也。子率以正，孰敢不正。」正反，違背政事的正規，反其道而行。見高亨《今注》。

5 欲，想要。玉女，意謂動詞，以汝為寶玉之珍愛。詳見蔡《國文文法》。朱《集傳》：「王欲以汝為玉而寶愛之。」

6 是，此。用，以，因。是用，因此。大諫，深切規勸進諫。

章旨 余培林《正詁》：「末章曰：『王欲玉女。』實則詩人亦欲玉成之，故作此詩以諫戒之也。」

作法 五章平鋪直敘的賦。

研析

嚴粲《詩緝》：「無良、憯怴、罔極、醜厲、繾綣皆極小人之情狀，而總之以詭隨，蓋小人之媚君子，其始皆以詭隨入之，其終無所不至，孔子所謂佞人殆也。」洵哉斯言。

陳子展《詩經直解》：「五章一意，每章言愈切而意愈深。要之，大諫主旨不外恤民、保京、防姦、止亂，如是而已。」誠哉此言。

余培林《詩經正詁》：「每章首句皆曰：『民亦勞止』，既曰『亦』，則知民之勞也久矣。而詩人所求者，不過小康、小休、小息、小愒、小安而已，亦可見安康之難也。」又云：「全詩情委婉而真摯，規勸嚴峻而懇切，老成謀國之心，忠誠悃款，感人至深。」旨哉斯言。

方玉潤《詩經原始》：「詩起曰句說安民，中曰句說防姦，非君上不足以當此。惟末二句輔成君德，似戒同列辭耳。……全詩當以中四句為主，雖曰戒同列，實則望君以去邪為急務也。」剖析精細，闡論頗中肯綮。

十　板

　　上帝板板，下民卒癉。出話不然，為猶不遠。靡聖管管，不實於亶。猶之未遠，是用大諫。

　　天之方難，無然憲憲；天之方蹶，無然泄泄。辭之輯矣，民之洽矣；辭之懌矣，民之莫矣。

　　我雖異事，及爾同僚。我即爾謀，聽我囂囂。我言雖服，勿以為笑。先民有言：「詢于芻蕘。」

　　天之方虐，無然謔謔。老夫灌灌，小子蹻蹻。匪我言耄，爾用憂謔。多將熇熇，不可救藥。

　　天之方懠，無為夸毗。威儀卒迷，善人載尸。民之方殿屎，則莫我敢葵。喪亂蔑資，曾莫惠我師。

　　天之牖民，如壎如箎，如璋如圭，如取如攜。攜無曰益，牖民孔易。民之多辟，無自立辟。

　　价人維藩，大師維垣。大邦維屏，大宗維翰。懷德維寧，宗子維城，無俾城壞，無獨斯畏。

　　敬天之怒，無敢戲豫；敬天之渝，無敢馳驅。昊天曰明，及爾出王；昊天曰旦，及爾游衍。

篇名　〈板〉，取首章首句「上帝板板」的「板」為篇名。這是運用「節縮」修辭手法。

篇旨　朱守亮《詩經評釋》：「此假戒同僚，而歸諫於王之詩。」

原文　上帝板板[1]，下民卒癉[2]。出話不然[3]，為猶不遠[4]。靡聖管管[5]，不實於亶[6]。猶之未遠[7]，是用大諫[8]。

押韻　一章板、癉、然、遠、管、亶、諫，是3（元）部。

注釋

1 上帝，比喻君王。高亨《今注》：「上帝，喻指周王。」按：詩人不敢直稱君王，以「上帝」借喻君王。省略「本體」、「喻詞」，僅有「喻體」，這是借喻。一般誤為「暗喻」、「暗喻」有「本體」、「喻詞」、「喻體」，「喻詞」係「是」、「為」，屬於準繫語。板板，違反常態的樣子。毛《傳》：「板板，反也。」孔穎達《毛詩正義》：「板板，邪僻，即反戾之義。」

2 下民，人民，百姓。卒，有二解：（一）盡，皆。鄭玄《箋》：「卒，盡也。」（二）病。馬瑞辰《通釋》：「卒與瘁同，病也。」癉，音但，ㄉㄢˋ，病。毛《傳》：「癉，病也。」卒癉，勞累痛苦。見高亨《今注》。此言人民皆勞累痛苦，即人民皆積勞成疾。

3 說話不然，說話不合理。朱《集傳》：「不然，不合理。」

4 猶，同「猷」，謀，計畫，政策。為猶，為政，計謀。不遠，沒有遠見。

5 靡，非，無。聖，聖人之法度。鄭玄《箋》：「靡聖，王無毆走之法度。管管，憂心無所憑依的樣子。毛《傳》：「管管，無所依也。」此言王無聖人之法度，使人憂心無所憑依。

6 實，忠。亶，音膽，ㄉㄢˇ，誠信。鄭玄《箋》：「亶，城也。」

7 猶，同「猷」，計謀。之，語中助詞，無意義。見楊《詞詮・卷五》。

8 是，此。用，以，因。是用，因此。

章旨 一章余培林《正詁》：「首章『出話不然，為猶不遠』，乃一詩之綱領。詩人所以作此詩以諫者，厥在『猶之未遠』也。實則『話』亦『猶』也。二者，而而已矣。下文曰辭、曰謀、曰言，皆『話』也，『猶』也，惟異其辭耳。」

作法 一章平鋪直敘的賦。

原文　天之方難 [1]，無然憲憲 [2]；天之方蹶 [3]，無然泄泄 [4]。辭之輯矣 [5]，民之洽矣 [6]；辭之懌矣 [7]，民之莫矣 [8]。

押韻　二章難、憲，是 3（元）部。蹶、泄，是 2（月）部。月、元二部，是對轉而押韻。輯、洽，是 27（緝）部。洽、懌、莫，是 14（鐸）部。

注釋

1　本章六個「之」字，皆語中助詞，無意義。方，正在。難，艱難，災難，困難。蘇轍《詩集傳》：「難，艱難。」高亨《今注》：「難，予人以災難。」

2　無，不要。然，如此，這樣。憲憲，得意忘形。毛《傳》：「憲憲，猶欣欣也。」高亨《今注》：「憲憲，猶欣欣，喜悅也。」

3　蹶，音桂，《ㄨㄟˋ，動亂，變動。毛《傳》：「蹶，動也。」

4　泄泄，音易易，一ˋ 一ˋ，喋喋不休的樣子，即多言的樣子。高亨《今注》：「泄泄，渫渫多言。」

5　辭，言辭，政教，法令。輯，溫和，緩和協調。毛《傳》：「輯，和也。」五至八句句末「矣」字，語末動詞，表示言者語意之堅確。見楊《詞詮・卷七》。

6　洽，融洽，和協。毛《傳》：「洽，合也。」

7　懌，有二解：（一）喜悅。毛《傳》：「懌，悅也。」（二）敗。朱彬《經傳考證》：「懌，與『斁』同，猶『口無擇言』之擇，敗也。」

8　莫，有二解：（一）安定。毛《傳》：「莫，定也。」（二）傷害。朱彬云：「莫，如『求民之莫』，亦與『瘼』通，病也。蓋輯與懌相反，洽與莫相反。言辭善，則民獲益；辭不善，則民受其害也。」余培林《詩經正詁》：「《傳》訓『懌』為『悅』，訓『莫』為『定』，似不若朱說為允。」余說是也。

章旨　余《正詁》：「二章『辭之輯矣』四句，乃承上章『話』、『猶』

而來。辭輯民洽，是為話然，猶遠；辭懌民莫，則是話不然，
猶未遠也。」

作法 二章兼排比句法，而平鋪直敘的賦。

原文 我雖異事[1]，及爾同僚[2]。我即爾謀[3]，聽我囂囂[4]。我
言雖服[5]，勿以為笑[6]。先民有言：「詢于芻蕘[7]。」

押韻 三章僚、囂、笑、蕘，是19（宵）部。

注釋

1 異事，職務不同。孔穎達《正義》：「異事，異其所職之事。」

2 及，和。爾，汝。同僚，同為王官，即今，同事。毛《傳》：「僚，官
也。」

3 即，往就，接近。爾，汝。謀，計謀。

4 囂囂，音遨遨，ㄠˊ ㄠˊ，喧嘩的聲音。毛《傳》：「囂囂，猶謷謷
也。」按：謷謷，有二解：（一）喧嘩聲。見余培林《正詁》。（二）出
言反對，拒絕批評。見高亨《今注》。

5 維，是。服，用。見高亨《今注》：「此句言我的話是有用的。」

6 笑，嘲笑、笑言、戲笑。以為笑，當作「以『我言』為笑」。此言不要
把我的話當作是開玩笑。

7 先民，古人。有言，有說過。詢，問，于，往，到……去。芻蕘，割草
打柴的人，即樵夫。孔穎達《正義》：「以樵采之賤者，猶當與之謀，況
我與汝之同寮，不得棄其言也。」

章旨 陳子展《直解》：「三章，責同僚不聽善言。」

作法 三章平鋪直敘的賦。

原文 天之方虐[1]，無然謔謔[2]。老夫灌灌[3]，小子蹻蹻[4]。匪
我言耄[5]，爾用憂謔[6]。多將熇熇[7]，不可救藥[8]。

押韻　四章謔、蹻、耄、謔、熇、藥，是 20（藥）部。

注釋

1 之，語中助詞，無意義。方，正在。虐，暴虐，降災。高亨《今注》：「虐，降災。」

2 有，如此，這樣。謔謔，音虐虐，ㄋㄩㄝˋ ㄋㄩㄝˋ，戲笑侮慢的樣子。蘇轍《詩集傳》：「謔謔，戲悔也。」

3 老夫，詩人自稱。朱《集傳》：「老夫詩人自稱。」《禮記・典禮上》：「丈夫七十自稱老夫。」灌灌，情意懇切的樣子。高亨《今注》：「灌灌，猶款款，情意懇切。」

4 小子，年輕執政者。范處義《詩補傳》：「小子，年少之通稱。」王夫之《詩經稗疏》：「小子，指執政者。」蹻蹻，音矯矯，ㄐㄧㄠˇ ㄐㄧㄠˇ，驕傲的樣子。毛《傳》：「蹻蹻，驕貌。」

5 匪，非，不。言，說。耄，音貌，ㄇㄠˋ，老。此言非我言老，即非我賣老。」毛《傳》：「八十曰耄。」

6 爾，汝。用，以。蘇轍《詩集傳》：「用憂謔，以憂為戲耳。」此言汝把憂愁當作戲笑。

7 多，指謔多，戲笑過多。熇熇，音賀賀，ㄏㄜˋ ㄏㄜˋ，火勢旺盛的樣子。毛《傳》：「熇熇，熾盛也。」按：熾，音赤，ㄔˋ，火勢旺盛。

8 不可救藥，以「病」作比喻，言憂患既深，如病患已深，無法用食藥來拯救、來醫治，即指藥石罔效。

章旨　陳子展《直解》：「責同僚拒絕善言，不可救藥。」四章所謂「不聽老人言，吃虧在眼前。」

作法　四章兼有映襯（對比），而平鋪直敘的賦。

原文　天之方懠[1]，無為夸毗[2]。威儀卒迷[3]，善人載尸[4]。民之方殿屎[5]，則莫我敢葵[6]。喪亂蔑資[7]，曾莫惠我師[8]。

押韻 五章懠、毗、迷、尸、屎、葵、資、師，是4（脂）部。

注釋

1 懠，音計，ㄐㄧˋ，憤怒。毛《傳》：「懠，怒也。」

2 夸毗，有三解：（一）夸，大。蘇轍《詩集傳》：「夸，大也。」毗，音皮，ㄆㄧˊ，附和。朱守亮《詩經評釋》：「夸毗，言夸大其諛辭，而附和之也。」（二）屈己卑身，以柔順人。孔穎達《毛詩正義》引孫炎曰：「夸毗，屈己卑身，以柔順人也。」（三）夸，大。蘇轍《詩集傳》：「夸，大也。」高本漢《詩經注釋》：「無論從比作囟比、毗、肶，或從毘，作膍，意義都是盛大。所以夸毗是同義複詞，指自尊自大，或誇大。」

3 威儀，君臣之間的禮節。高亨《今注》：「威儀，禮節」卒，盡，全，都。迷，迷亂。

4 善人，好人。載，則，就。尸，神主。孔穎達《正義》：「尸，謂祭，時之尸，以為神象，故終祭不言。賢人君子，則如尸不復言語，畏政也。」

5 之，語中助詞，無意義。殿屎，呻吟。毛《傳》：「殿屎，呻吟也。」此言人民正在痛苦呻吟。

6 則，承接連詞，表示因果之關係。楊《詞詮・卷六》：「『則』字以上之為原因，以下之文為結果。」按：「民之方殿屎」，是原因：「莫我敢葵」，是結果。莫我敢葵，當作「莫敢葵我」，兼有押韻的否定句倒裝。此言無人敢對我評量考察，加以重用。

7 喪亂，死喪禍亂。蔑，無人。毛《傳》：「蔑，無也。」資，資助，資財。毛《傳》：「資，財也。」此言人民有死喪災亂，沒有人伸出錢財捐助。

8 曾，竟然。惠，施恩惠，即愛撫。師，民眾。莫惠我師，沒有人施加恩惠給民眾。

章旨　五章敘述同僚勿自尊自大，屈己卑身，使人民痛苦，應該愛撫
　　　　人民。

作法　五章兼用倒裝，而平鋪直敘的賦。

原文　天之牖民 ¹，如壎如箎 ²，如璋如圭 ³，如取如攜 ⁴。攜
　　　　無曰益 ⁵，牖民孔易 ⁶。民之多辟 ⁷，無自立辟 ⁸。

押韻　六章箎、圭、攜，是 12（支）部。益、易、辟、辟，是 11
　　　　（錫）部。支、錫二部，是對轉而押韻。

注釋

1　之，語中助詞，無意義。牖，音有，ㄧㄡˇ。誘導。毛《傳》：「牖，導
　　也。」孔穎達《正義》：「牖與誘，古字通用。」此言上天循循善誘人
　　民。

2　壎、箎，音熏池，ㄒㄩㄣ ㄔˊ，壎、箎都是樂器，壎唱箎和。如壎如
　　箎，比喻誘導人民和諧，好像壎箎合奏一樣的和諧相應。毛《傳》：「如
　　壎如箎，言相和也。」這是省略「主語」的明喻。

3　璋、圭，都是瑞玉製作的禮器。孔穎達《正義》：「半圭為璋，合二璋則
　　成圭。」如璋如圭，比喻人民配合天意，好像璋圭配合得宜。毛
　　《傳》：「如圭如璋，言相合也。」這是省略「主語」的明喻。

4　取，用手拿物。攜，提、拿。毛《傳》：「如取如攜，言必從也。」余培
　　林《正詁》：「取、攜皆就天而言。凡人取物攜物，則物必從之。」如取
　　如攜，比喻君王領導人民很容易，好像提攜物品，物品必須順從。這是
　　省略「主語」的明喻。

5　曰，語中助詞，無意義。見楊《詞詮·卷九》。益，捉。高亨《今注》：
　　「益，借為搤（同『扼』）。《說文》：『搤，提也。』此句指提攜人民，
　　不是說捉住他，加以強迫，而是因勢利導。」

6　孔，甚，很。牖民孔易，誘導人民很容易。孔穎達《正義》：「言上為善

政，民必為善，是甚易也。」這正是孔子所云：「正者，政也。子率以
正，孰政不正。」

7 之，語中助詞，無意義。辟，邪僻之事。此言人民多行邪僻之事。高亨
《今注》：「辟，借為『僻』，邪也。」

8 辟，法律。無自立辟，勿自己建立治民的法律。馬瑞辰《毛詩傳箋通
釋》：「謂邪僻之世，不可執法以繩人。」老子《道德經·第五十七
章》：「法令滋彰，盜賊多有。」是其證也。

章旨 六章陳子展《直解》：「六章言人民原本善良，易於教導。」王
應麟《三字經》：「人之初，性本善。」洵哉斯言。

作法 六章兼用比喻（譬喻），而平鋪直敘的賦。

原文 价人維藩 ¹，大師維垣 ²。大邦維屏 ³，大宗維翰 ⁴。懷
德維寧 ⁵，宗子維城 ⁶，無俾城壞 ⁷，無獨斯畏 ⁸。

押韻 七章藩、垣，是 3（元）部。屏、寧、城，是 12（耕）部。
壞、畏，是 7（微）部。

注釋

1 价，音介，ㄐㄧㄝˋ，大。朱《集傳》：「价，大也。」余培林《正詁》：
「价人，大人，指朝中官吏。卿、大夫、士，皆在其中，與下文『大
師』指民眾者相對。朱子謂大德之人，朱彬謂諸侯，馬瑞辰謂善人，高
本漢謂偉大之人，皆非是。」維，是。藩，籬笆。毛《傳》：「藩，屏
也。」

2 師，民眾。朱《集傳》：「師，眾也。」大師，大眾即民眾，人民大眾。
維是。垣，音元，ㄩㄢˊ，圍牆。

3 大邦，諸侯大國，強國。朱《集傳》：「大邦，強國也。」屏，屏障。

4 大宗，王之同姓嫡子，強族。朱《集傳》：「大宗，強族也。」翰，幹，
棟梁。毛《傳》：「翰，幹也。」

5　懷德，胸懷大德。寧，安寧，安定。鄭玄《箋》：「寧，安也。」此言胸
懷大德是可以使國家安定，王室安寧的保障。余培林《正詁》：「此句就
天子而言。言王能懷有德惠，則价人、大師、大邦、大宗皆為王之藩、
垣、屏、翰，而王室可安。」

6　宗子，君王之嫡子。此言嫡子是城牆。余《正詁》：「城，較藩、垣、
屏、翰為重，為大，且總此四者而會其歸也。」朱《集傳》：「言是六者
（即以上六句所言）皆君之所恃以安，而德其本也。有德則得五者之
助，不然則親戚叛之而城壞。」

7　無，勿，音必，ㄅㄧˋ，使。城壞，城牆毀壞。

8　無獨，勿孤立。斯，是。見高本漢《詩經注釋》。朱守亮《評釋》：「言
勿使城壞，城壞則孤獨，孤獨則可畏矣。」余培林《正詁》：「蓋城壞，
則藩、垣、屏、翰皆壞，王乃孤獨也。」

章旨　余培林《正詁》：「七章為全詩最吃緊處，鳥瞰國家結構，分析
最要形勢，而歸結於『懷德維寧，宗子維城』二語。」

作法　七章兼用類疊（複疊）之類字，而平鋪直敘的賦。

原文　敬天之怒[1]，無敢戲豫[2]；敬天之渝[3]，無敢馳驅[4]。昊
王曰明[5]，及爾出王[6]；昊王曰旦[7]，及爾游衍[8]。

押韻　八章怒、豫，是 13（魚）部。渝、驅，是 16（侯）部。明、
王，是 15（陽）部。旦、衍，是 3（元）部。魚、陽二部，是
對轉而押韻。

注釋

1　敬，敬畏。之，連詞，「的」之意。見楊《詞詮·卷五》。此言敬畏上天
的生氣。

2　無敢，不敢。戲，嬉戲。豫，娛樂。高亨《今注》：「豫，借為娛，樂
也。」

3　之，連詞，「重國之意。渝，變卦。鄭玄《箋》：「渝變也。」高亨《今
　　注》：「渝，變也，指災異。」程、蔣《注析》：「渝，變，指天災。」

4　馳驅，當作「驅馳」，為押韻而倒裝。詳見附錄：《詩經》倒裝的三觀。
　　馳驅，任意放縱。見高亨《今注》。

5　昊天，蒼天、皇天、上天。曰，語中助詞，無意義。見楊《詞詮·卷
　　九》。明，光明，清明。余培林《正詁》：「明，清明也。喻世太平
　　也。」

6　及，與，和。爾，汝。王，往。毛《傳》：「王，往也。」出王，出遊。
　　余培林《正詁》：「此言昊天清之時，我當爾俱出遊也。」

7　旦，明。毛《傳》：「旦，明也。」

8　衍，樂。《集韻》：「樂也。」遊衍，遊樂。

章旨　陳子展《直解》：「八章言上天隨時隨事監臨，是與上天同在，
　　　　不可不敬畏。

作法　八章兼用排比句法，而平鋪直敘的賦。

研析

　　孫鑛《批評詩經》：「旦而天明，人乃出游即借此著監臨之無所不
在。意回精妙。」旨哉斯言。

　　朱守亮《評釋》：「末以『敬天』總結，以終『大諫』之意。通篇
屢提『天』字作棒喝，末則連點四『天』字作收，不獨人君之大寶
箴，抑亦士人之座右銘也。……又篇中九用『無』字，叮嚀、戒止、
希冀之意，爛然紙上。七用『我』字，以『老天』狀之；五用『爾』
字，以『小子』狀之，其尊倨老臣，垂戒狂傲後進之作歟？！」此剖
析縝密，絲絲入扣，闡論頗中肯綮。

　　方玉潤《詩經原始》：「較之上篇（〈民勞〉），意尤深切，而詞愈
警策，足以動人。」余培林《詩經正詁》：「此篇（〈板〉）與上篇
（〈民勞〉），無論就其文字、內容而觀，似皆出於一人之手，其目的

皆在『是用大諫』，而所規諫者似亦為一人——小子，故當合而觀之，以互相發明也。」方、余二說，闡論精闢，合而觀之，更洞悉此二篇之意涵。

蕩之什

一　蕩

　　蕩蕩上帝，下民之辟。疾威上帝，其命多辟。天生蒸民，其命匪諶。靡不有初，鮮克有終。

　　文王曰：「咨！咨女殷商。曾是彊禦，曾是掊克；曾是在位，曾是在服。天降滔德，女興是力。」

　　文王曰：「咨！咨女殷商。而秉義類，強禦多懟。流言以對，寇攘式內。侯作侯祝，靡屆靡究。」

　　文王曰：「咨！咨女殷商。女炰烋于中國，斂怨以為德。不明爾德，時無背無側；爾德不明，以無陪無卿。」

　　文王曰：「咨！咨女殷商。天不湎爾以酒，不義從式。既愆爾止，靡明靡晦。式號式呼，俾晝作夜。」

　　文王曰：「咨！咨女殷商。如蜩如螗，如沸如羹。小大近喪，人尚乎由行。內奰于中國，覃及鬼方。」

　　文王曰：「咨！咨女殷商。匪上帝不時，殷不用舊。雖無老成人，尚有典刑。曾是莫聽，大命以傾。」

　　文王曰：「咨！咨女殷商。人亦有言：『顛沛之揭，枝葉未有害，本實先撥。』殷鑒不遠，在夏后之世。」

篇名　〈蕩〉，取首章首句「蕩蕩上帝」的「蕩」為篇名。這是運用「節縮」修辭手法。

篇旨　〈詩序〉：「〈蕩〉，召穆公傷周室大壞也。厲王無道，天下蕩蕩，無綱紀文章，故作是詩也。」後世說《詩》者多從之，嚴

粲《詩緝》:「此詩託言歎商,特借秦為喻耳。」其說是也。

原文 蕩蕩上帝[1],下民之辟[2]。疾威上帝[3],其命多辟[4]。天生蒸民[5],其命匪諶[6]。靡不有初[7],鮮克有終[8]。

押韻 一章帝、辟、帝、辟,是 11(錫)部。諶,是 28(侵)部。終,是 23(冬)部。按:王力《詩經韻讀》無「冬」部,「冬」部與「侵」部合,是以諶、終,皆侵部,可以押韻。依陳新雄古韻三十二部,冬、侵同為陽聲韻尾,是旁轉轉押韻。

注釋

1 蕩蕩,廣大的樣子。歐陽脩《詩本義》:「蕩蕩,廣大也。」上帝,指君王。毛《傳》:「上帝,以托君王也。」

2 下民,人民,百姓。之,連詞「的」之意。辟,音必,ㄅ一ˋ,君王。毛《傳》:「辟,君也。」

3 疾威,暴虐。朱《集傳》:「疾威,猶暴虐也。」

4 其,代詞,指上帝,即君主。辟,音僻,ㄆ一ˋ,邪僻。鄭玄《箋》:「辟,邪辟也。」高亨《今注》:「辟,通『僻』,邪僻。」

5 烝,眾多。鄭玄《箋》:「烝,眾也。」

6 其,代詞,指上帝,匪,非,不。諶,音沉,ㄔㄣˊ,信賴。朱《集傳》:「諶,信也。」

7 靡,非,不。靡不,兩個否定變成一個肯定,即數學負負得正。初,開始。《爾雅·釋詁》:「初、哉、首、基、肇、祖、元、胎、俶、落、權輿,始也。」

8 鮮,同「尟」、「尠」,音險,ㄒ一ㄢˇ,少。此二句「有始無終國之遭」,是映襯(對比)。

章旨 陳子展《詩經直解》:「一章先提『蕩』字,次挈『疾威』二字,是為全篇綱領。」孔穎達《正義》:「上帝者,天之別名,

天無所壞，不得與蕩蕩共文。故知上帝以托君王，言其不敢斥
王，故托之上帝也。其實稱帝，亦斥王。」

作法 一章兼用映襯（對比），而平鋪直敘的賦。

原文 文王曰：「咨¹！咨女殷商²。曾是彊禦³，曾是掊克⁴；
曾是在位⁵，曾是在服⁶。天降滔德⁷，女興是力⁸。」

押韻 二章咨、克、服、德，是 25（職）部。

注釋

1 咨，音茲，ㄗ，歎詞，無意義。見楊《詞詮‧卷六》。毛《傳》：「咨，
嗟也。」

2 上句「咨」與本句「咨」，是頂針修辭手法，旨在使語氣連貫，音律流
暢，女，汝。

3 曾，乃，卻。楊《詞詮‧卷六》：「曾，副詞，乃也。」《詞詮‧卷二》：
「乃，副詞，顧也，卻也。」王引之云：「異之之詞。」是，此，這
樣。彊、強，是古今字。彊禦，強橫暴虐。見高亨《今注》。本章連用
四次「曾是」，係類疊（複疊）中的類字。朱熹《集傳》：「強禦，暴虐
之臣也。」

4 掊，音裒，ㄆㄡˊ，聚集、聚斂。掊，是「裒」的假借字。掊克，聚
斂。陸德明《釋文》：「掊克，聚斂也。」朱熹《詩集傳》：「掊克，聚斂
之臣也。」高亨《今注》：「聚斂有剝掊克，削。」

5 在位，處在高位。鄭玄《箋》：「在位，處位也。」

6 在服，執行職事。朱《集傳》：「服，事也。」

7 滔德，傲慢的德行。毛《傳》：「滔，慢也。」

8 女，汝，指殷商君王。興，興起，有「推波助瀾」之意。是力，當作
「力是」。力，力行。是，此，代詞，指滔德。

章旨 陳子展《直解》：「二章言為何重用貪暴之人？看此章以下，皆

託為先世文王歎紂之詞，寓借殷為鑑之意。殆亦以屬王監謗，不敢直刺其惡邪？」孫鑛《批評詩經》：「明是彊禦在位，掊克在服，乃分作四句，各喚以『曾是』字，以肆其態。」按：間隔使用「曾是」四次，含有凸出重點，強調重點，並增強音律美、節奏感。

作法　二章兼有類疊（複疊），而平鋪直敘的賦。

原文　文王曰：「咨！咨女殷商。而秉義類[1]，強禦多懟[2]。流言以對[3]，寇攘式內[4]。侯作侯祝[5]，靡屆靡究[6]。」

押韻　三章類、懟、對、內，是 8（沒）部。祝，是 22（覺）部。究，是 21（幽）部。幽、覺二部，是對韻而押韻。

注釋

1　而，汝。楊《詞詮·卷十》：「而，人稱代名詞，對稱用，汝也。」秉，任用。義、類，是同義複詞，「善」之意。陳奐《詩毛氏傳疏》：「義、類，皆善也。」

2　懟，音對，ㄉㄨㄟˋ，怨恨。朱《集傳》：「懟，怨也。」

3　流言，謠言。《荀子·大略》：「流言止於知（智）者。」以，用……來。對，應對，回答。

4　寇攘，盜竊，即巧取豪奪。式，任用。內，內部。

5　侯，維，有，是。陳奐《傳疏》：「侯，維也，猶有。」按：維，亦「是」之意。作，借為「詛」，向神明請求加禍於旁人。祝，向神明請求賜福於自己或別人。高亨《今注》：「此句指殷紂以『詛祝』的手段來維持統治。」

6　靡，非，無。屆，極。毛《傳》：「屆，極也。」究，窮。毛《傳》：「究，窮也。」高亨《今注》：「此句指殷紂的罪行無窮無盡。」

章旨　陳子展《直解》：「三章言強暴之人而排斥善類，內訌以生。」

作法　三章兼有類疊（複疊），而平鋪直敘的賦。

原文　文王曰：「咨！咨女殷商。女炰烋于中國 [1]，斂怨以為德 [2]。不明爾德 [3]，時無背無側 [4]；爾德不明，以無陪無卿 [5]。」

押韻　四章國、德、德、側，是 5（質）部。明、卿，是 15（陽）部。

注釋

1　女，汝。炰烋，音咆哮，ㄆㄠˊ ㄒㄧㄠˋ，怒吼。于，在。中國，國中。

2　以為，以……為……，把……當作……，意謂動詞。此句提聚斂別人之怨恨，當作自己的美德。

3　此句當作「使爾德不明」，是役使動詞，使役動詞。意謂使汝德行不光明。爾，汝。明，光明。孔穎達《正義》：「明，光明也。」

4　時，是，於是。滕志賢《新譯詩經讀本》：「時，通『是』，於是。」無背無側，孔穎達《正義》：「背後無良臣，傍側無賢人也。」

5　以，因，因此。陪，輔佐，輔佐之臣。卿，卿士，卿大夫。朱《集傳》：「前後左右公卿之臣，皆不稱其官，如無人也。」

章旨　陳子展《直解》：「四章言王之驕橫自恣，將必召亂。注意反覆強調『不明』二字，而王之前後左右瞀御公卿之臣，皆不稱其職，如無人也。」按：瞀御，音執玉，ㄓˋ ㄩˋ，侍御，即陪伴或服侍。

作法　四章兼有反覆使用之類疊（複疊），而平鋪直敘的賦。

原文　文王曰：「咨！咨女殷商。天不湎爾以酒 [1]，不義從式 [2]。既愆爾止 [3]，靡明靡晦 [4]。式號式呼 [5]，俾晝作夜 [6]。

押韻 五章式,是 25（職）部。止、晦,是 24（之）部。之、職二部,是對轉押韻。呼,是 13（魚）部。夜,是 14（鐸）部。魚、鐸二部,是對轉而押韻。

注釋

1 湎,音勉,ㄇㄧㄢˇ,沉湎。蘇轍《詩集傳》:「酒,沉湎也。」許慎《說文》:「湎,湛於酒也。」爾,汝。以,介詞,用,表達動作所用之物。見楊《詞詮・卷七》。

2 不義從式,當作「從式不義」。從,跟從。式,效法。鄭玄《箋》:「式,法也。」義,善。

3 此句當作「爾止既愆」,為押韻而倒裝。爾,汝。止,容止,行為。蘇轍《詩集傳》:「止,容止也。」既,已經。愆,音千,ㄑㄧㄢ,過錯。鄭玄《箋》:「愆,過也。」

4 靡,不,無。明,白天。晦,黑夜。

5 式,語首助詞。見楊《詞詮・卷五》。號,號喊。呼,呼叫。

6 俾,音必,ㄅㄧˋ,使。毛《傳》:「俾,使也。高亨《今注》,俾晝作夜,把白天當做黑夜,指白天昏睡,夜裡痛飲。」

章旨 陳子展《直解》:「五章言王之縱酒。紂王酗（音序,ㄒㄩˋ）酒,有《尚書》〈泉誓〉、〈微子〉、〈酒誥〉等篇可證。」

作法 五章兼有類疊（複疊）,而平鋪直敘的賦。

原文 文王曰:「咨！咨女殷商。如蜩如螗[1],如沸如羹[2]。小大近喪[3],人尚乎由行[4]。內奰大于中國[5],覃及鬼方[6]。」

押韻 六章商、螗、羹、喪、行、方,是 15（陽）部。

注釋

1 蜩,音調,ㄊㄧㄠˊ,蟬。毛《傳》:「蜩,蟬也。」螗,音唐,ㄊㄤˊ,

蟬之大而黑色。陸璣《毛詩草木鳥獸蟲魚疏》:「螗,蟬之大而黑者。」
如蜩如螗,形容人民悲鳴之聲,好像小蟬、大蟬一般的嚷叫。這是譬喻
(比喻)中的明喻。

2 如沸如羹,形容憂亂的民心,好像開水,好像菜湯一般的熱滾、煮熟。
這是譬喻中的明喻。朱《集傳》:「如蟬鳴,如沸羹,皆亂意也。」馬瑞
辰《毛詩傳箋通釋》:「詩意蓋謂時人悲嘆之聲,如蜩螗之鳴;憂亂之
心,如沸羹之熟。」

3 「小大」有二解:(一)大小官僚。見高亨《今注》。(二)老少。屈
《詮釋》:「小大,猶言老少也。」近,將近,將要。喪,喪亡。余《正
詁》:「言民之老少幾於喪亡矣。」

4 人,此指紂王,尚,拒絕。高亨《今注》:「尚,是借為堂。」《說文》:
「堂,扼也。從止,尚聲。」乎,於,在。由,從。行,道,指禮法。

5 奰,音必,ㄅㄧˋ,激怒,怨怒。于,於,在。中國,國中。

6 覃,音談,ㄊㄢˊ,延。孔穎達《正義》:「覃,延也。」及,到。鬼
方,殷周稱匈奴為鬼方。

章旨 六章描述紂王之怨怒,不止到國內,也影響到國外。

作法 六章兼有比喻(譬喻),而平鋪直敘的賦。

原文 文王曰:「咨!咨女殷商。匪上帝不時[1],殷不用舊[2]。
雖無老成人[3],尚有典刑[4]。曾是莫聽[5],大命以傾[6]。」

押韻 七章時、舊,是24(之)部。刑、聽、傾,是12(耕)部。

注釋

1 匪,非,不。時,善。馬瑞辰《通釋》:「時,善也。」

2 舊,先生之舊法。鄭玄《箋》:「先王之故法也。」

3 老成年,年老成德之人,指舊臣。朱《集傳》:「老成人,舊法也。」

4 尚,還。刑,通「型」。典刑,典章法度。朱《集傳》:「典刑,舊法

也。」日本竹添光鴻《毛詩會箋》:「典者,先王府典章;型者,先王之法度。」高亨《今注》:「刑,通『型』。典型,舊法常規。」

5 曾,竟,卻。是,此,這樣。莫,不。聽,聽從。

6 大命,國安大命運。見陳子展《詩經直解》。以,因此。須,傾覆,引申為「滅亡」。大命以國,此指亡國。高亨《今注》:「大命以傾,指亡國。」

章旨 陳子展《直解》:「七章言不用舊章、舊臣,將致滅亡。」余培林《正詁》:「七章『匪上帝不時』乃回應首章之語。又言殷不由舊章,終於傾覆。」

作法 七章兼有感歎,而平鋪直敘的賦。

原文 文王曰:「咨!咨女殷商。人亦有言[1]:『顛沛之揭[2],枝葉未有害[3],本實先撥[4]。』殷鑒不遠[5],在夏后之世[6]。」

押韻 八章揭、撥、世,是2(月)部。

注釋

1 亦,副詞,「也」、「又」之意。見楊《詞詮・卷七》。

2 顛沛,樹木倒下。毛《傳》:「顛,仆。沛,拔也。」之,語中助詞,無意義。揭,樹根蹶起的樣子。朱《集傳》:「揭,木根蹶起之貌。」

3 害,傷害。

4 本,樹根。實,實在。撥,毀壞。馬瑞辰《通釋》:「撥,即敗之假借。」

5 殷,殷紂。鑒,鏡子。鄭玄《箋》:「鑒,明鏡也。」

6 夏后,周人稱夏朝為夏后氏。見高亨《今注》。朱《集傳》:「夏后,桀也。」高亨《今注》:「此二句言夏桀的亡國是殷紂的一面鏡子。」

章旨 陳子展《直解》:「八章言國本動搖,殷商當以夏為鑒,意在周

　　當以殷為鑒也。」

作法　八章兼有引用，而平鋪直敘的賦。

研析

　　陸奎勳《詩學》：「文王以下七章，初無一語顯斥厲王，結撰之奇，在〈雅〉詩亦不多覯。」朱守亮《詩經評釋》：「細考『靡不有初，鮮克有終』之語，似是周之哀之作。又末有『殷鑒不遠，在夏后氏』之言，當係詩人托言文王而引發商之覆亡，以警當世之詩。」陸、朱二氏說，語中肯綮。

　　余培林《詩經正詁》：「首章總冒全篇，下曰：『以諸章皆言『文王曰咨』，此獨不然者，見實非殷商之事，故于章首不言文王，以起發其意也。』誠哉斯言。」余《正詁》：「又云：『末章以傾木為喻，事近而義遠。』末二句『殷鑒不遠，在夏后之世』，為千古警語，亦為詩人此詩之本心。」旨哉此言。桓譚《鹽鐵論·結和》：「前車覆，後車戒。殷鑒不遠，在夏后之世矣。」是其證也。

二　抑

抑抑威儀，維德之隅。人亦有言：「靡哲不愚。」庶人之愚，亦職維疾；哲人之愚，亦維斯戾。

無競維人，四方其訓之；有覺德行，四國順之。訏謨定命，遠猶辰告。敬慎威儀，維民之則。

其在于今，興迷亂于政。顛覆厥德，荒湛于酒。女雖湛樂從，弗念厥紹，罔敷求先王，克共明刑。

肆皇天弗尚，如彼泉流，無淪胥以亡。夙興夜寐，洒掃廷內，維民之章。脩爾車馬，弓矢戎兵，用戒戎作，用逷蠻方。

質爾人民，謹爾侯度，用戒不虞。慎爾出話，敬爾威儀，無不柔嘉。白圭之玷，尚可磨也；斯言之玷，不可為也。

無易由言，無曰苟矣。莫捫朕舌，言不可逝矣。無言不讎，無德不報。惠于朋友，庶民小子。子孫繩繩，萬民靡不承。

視爾友君子，輯柔爾顏，不遐有愆。相在爾室，尚不愧于屋漏。無曰：「不顯，莫予云覯。」神之格思，不可度思，矧可射思？

辟爾為德，俾臧俾嘉。淑慎爾止，不愆于儀。不僭不賊，鮮不為則。投我以桃，報之以李。彼童而角，實虹小子。

荏染柔木，言緡之絲。溫溫恭人，維德之基。其維哲人，告之話言，順德之行。其維愚人，覆謂我僭，民各有心。

於乎小子，未知藏否。匪手攜之，言示之事，匪面命
之，言提其耳。借曰未知，亦既抱子。民之靡盈，誰夙知而
莫成。

昊天孔昭，我生靡樂。視爾夢夢，我心慘慘。誨爾諄
諄，聽我藐藐。匪用為教，覆用為虐。借曰未知，亦聿既
耄。

於乎小子，告爾舊止。聽用我謀，庶無大悔。天方艱
難，曰喪厥國。取譬不遠，昊天不忒，回遹其德，俾民大
棘。

篇名　〈抑〉，取首章首句「抑抑威儀」的「抑」為篇名。這是「節
縮」的修辭手法。

篇旨　屈萬里《詩經詮釋》：「〈詩序〉：『抑，衛武公刺厲王，亦以自
警也。』歷來承用此說。……《國語・楚語》：左史倚想曰：
『昔衛武公年數九十五矣，……於是乎人〈懿〉戒以自儆。』
懿，抑，古通用，懿戒即此〈抑〉詩也。《國語》無刺王之
說，而詩中有『謹爾侯度』之語，則所謂自儆之詩，大致可
信。』屈說是也。」

原文　抑抑威儀[1]，維德之隅[2]。人亦有言：「靡哲不愚[3]」。庶
人之愚，亦職維疾[4]；哲人之愚，亦維斯戾[5]。

押韻　一章隅、愚，是 16（侯）部。疾、戾，是 5（質）部。

注釋

　1　抑抑，有二解：（一）美。高亨《今注》：「抑，借為懿。懿懿，美也。」
　　　（二）慎密。陳子展《直解》：「抑抑，慎密。」威儀，尊嚴的容貌和莊
　　　重的舉止。此句當作「威儀抑抑」。

2 維，是。德，威儀是德的外表。之，連詞，「的」之意。隅，「偶」的假借，匹配，特徵。此句言內在的德，外在的「威儀」，二者是表裡一致。

3 亦，語中助詞，無意義。靡，非，不。靡……不，負負得正，兩個否定變一個肯定。哲，智者。朱《集傳》：「哲，知（智）也。」按：「靡哲不愚」，即「大智若愚」。「大智若愚」，見於宋朝蘇軾〈賀歐陽脩致仕啟〉。「大巧若拙」，見於《老子‧第四十五章》：「大巧若拙。」「大巧若掘」，側重在「巧」，適用於靈巧、反應迅速的人。「大智若愚」側重在「智」，適用於有學識、有智慧的人。詳見蔡宗陽總校訂《多功能實用成語典》，臺北：五南圖書出版公司。三、四句，引用的修辭手法。

4 庶人，一般人，普通人。之，連詞，「的」之意。愚，愚蠢。亦，語首助詞，無意義。職，只，主要。高亨《今注》：「職，只也。」程、蔣《注析》：「職，主、主要」。疾，疾病，毛病。

5 哲人，智者，聰明的人。斯，此，這。戾，音力，ㄌㄧˋ，犯罪。

章旨 陳子展《直解》：「一章先揭出『威儀』二字，即哲愚雙提，作為總冒。」

作法 一章兼有引用、映襯（對比），而平鋪直敘的賦。

原文 無競維人[1]，四方其訓之[2]；有覺德行[3]，四國順之[4]。訏謨定命[5]，遠猶辰告[6]。敬慎威儀，維民之則[7]。

押韻 二章訓、順，是 9（諄）部。告，是 22（覺）部。則，是 25（職）部。覺、職二部，是旁轉而押韻。

注釋

1 無競，無人與之競爭，無與倫等。維，通「惟」，只有。人，賢人。《呂氏春秋‧求人》高誘注：「國之強，惟在得人。」

2 四方，四方諸侯。訓，順，順從。之，代詞，指賢人。

3 有覺德行，有正直德行的人。

4 「四國」與二句「四方」，皆指諸侯，這是互文見義。二句「訓」與四
句「順」，皆「順從」之意，也是互文見義。

5 訏，音虛，ㄒㄩ，遠大。毛《傳》：「訏，大也。」謨，計謀，計畫。定
命，安定國家之命運。

6 猶，同「猷」，計謀。辰，隨時。毛《傳》：「辰，時也。」告，宣告，
告訴。

7 維，是。之，連詞，「的」之意。則，法測，楷模，典範。

章旨 陳子展《直解》：「二章以國有賢臣自勉、勉王。」

作法 二章兼有互文見義，而平鋪直敘的賦。

原文 其在于今 1，興迷亂于政 2。顛覆厥德 3，荒湛于酒 4。
女雖湛樂從 5，弗念厥紹 6，罔敷求先王 7，克共明刑 8。

押韻 二章政、刑，是 12（耕）部。酒，是 21（幽）部。紹，是 19
（宵）部。幽、宵二部，是旁轉而押韻。

注釋

1 其，副詞，表示時間。段德森《實用古漢語虛詞》：「（其）表示動作行
為就要發生，或事物、情況就要出現。可譯為『將』『將要』、『就
要』。」

2 興，皆。俞樾《群經平議》：「興與舉同義。《廣雅‧釋詁》：『興，舉
也。』舉，皆也。」迷亂，昏迷混亂。于，於，在。政，政治。

3 顛覆，傾敗，敗壞。鄭玄《箋》：「顛覆，傾敗也。」厥，其，代詞，指
君王。

4 湛，音丹，ㄉㄢ，快樂。荒湛，是同義複詞，余培林《正詁》：「《管
子‧戒》：『後樂而不及者，謂之荒』之荒，與『湛』義同。荒湛，耽樂
也。句言沉湎于酒也。」按：荒湛，耽樂，引申為沉湎、沉迷。酒，酒

色。

5　女，汝，代詞，指君王。雖，維，惟。湛樂，耽樂。雖湛樂從，即《尚
　　書‧無逸》：「惟耽樂之從」。見陳奐《詩毛氏傳疏》。從，從事，引申為
　　追求。按：「惟耽樂之從」，當作「惟從耽樂」，即「只有追求無限度的
　　享樂」。

6　弗，不。厥，其，代詞，君王。紹，繼承（先王的事業）。毛《傳》：
　　「紹，繼也。」

7　罔，無，不。鄭玄《箋》：「罔，無也。」敷，廣泛，普遍。鄭玄
　　《箋》：「敷，廣也。」求，追求。先王，此指先王之道。

8　克，能夠。共，執守，執行。高亨《今注》：「共，借為拱，執也。」
　　明，英明。刑，法典。毛《傳》：「刑，法也。」高亨《今注》：「此言能
　　夠執守英明之法典。」

章旨　朱守亮《評釋》：「三章述亂政失從，荒酒縱樂也。」陳子展
　　　《直解》：「三章以毋荒湛于酒，若今之人自做。」

作法　三章平鋪直敘的賦。

原文　肆皇天弗尚[1]，如彼泉流[2]，無淪胥以亡[3]。夙興夜寐[4]，
　　　洒掃廷內[5]，維民之章[6]。脩爾車馬，弓矢戎兵[7]，用戒
　　　戎作[8]，用逷蠻方[9]。

押韻　四章尚、亡、章、兵、方，是 15（陽）部。寐、內，是 8
　　　（沒）部。

注釋

1　肆，故，因此，所以。陳霞村《古代漢語虛詞類解》：「『肆』，表示因果
　　關係，相當於『因此』、『所以』。《尚書》、《詩經》中使用，後來則極少
　　使用。」按：陳子展《詩經直解》：「嗣，故。」弗，不。尚，作助。王
　　引之《經義述聞》：「《爾雅》：『尚，右也。』右與佑通」，言皇天不右助

之也。」

2　如，好像。彼，遠指代詞，「那」之意。泉流，泉水下流。程、蔣《注
析》：「比喻國運的不可挽回。」

3　無，勿。淪胥，有二解：（一）相率，見於程、蔣《注析》。（二）沉
沒。見於高亨《今注》。以，而。亡，見亡，死亡。給：王引之《經義
述聞》：「周之君臣，將相率而底於敗亡也。」淪，率。胥，相。

4　夙興夜寐，早起晚睡。

5　洒，同「灑」。埽，同「掃」。廷，庭院。內，室內。

6　維，為，做。高亨《今注》：「維，為也。」之，連詞。「的」之意。
章，法則，楷模，典範。

7　脩，用「修」，修整。爾，汝。戎兵，兵器。

8　用戒戎作，以防備戰事興起。用，以，為目的。戒，防備，戎，兵事，
戰事。鄭玄《箋》：「戎，兵事也。」作，興起。鄭玄《箋》：「興，起
也。」

9　用，以。遏，音惕，治服，引申為消滅。蠻方，荒遠蠻邦，蠻夷之邦。

章旨　余培林《正詁》：「四章言修德應自『夙興夜寐，洒埽庭內』
始，庶能為民之表章；修車馬弓矢，則能『用遏蠻方』也。」
此正所謂德施於內，而威加於外也。

作法　四章兼用比喻（譬喻），而平鋪直敘的賦。

原文　質爾人民[1]，謹爾侯度[2]，用戒不虞[3]。慎爾出話，敬爾
威儀，無不柔嘉[4]。白圭之玷[5]，尚可磨也；斯言之
玷，不可為也[6]。

押韻　五章度，是 14（鐸）部。虞，是 15（陽）部。儀、嘉、磨、
為，是 1（歌）部。

注釋

1 質，安定。《廣雅‧釋詁》:「質，定也。」歐陽脩《詩本義》:「質，定
也。」爾，代詞，汝。人民，當作「民人」。馬瑞辰《毛詩傳箋釋》:
「今《毛詩》作『人民』，蓋沿《唐石經》傳寫之譌。」按:《韓詩外
傳》引此作「民人」。

2 謹，謹慎。爾，代詞，汝。侯度，諸侯法度。

3 用，用來，引申為「目的」。戒，戒備。虞，料想。不虞，料想不到之
事，即意外之事故。

4 無不，兩個否成一個肯定。柔，柔和，溫和。嘉，美好。

5 圭，音規，《ㄨㄟ，瑞玉。之，連詞，「的」之意。玷，音店，ㄉㄧㄢˋ，
斑點、污點，引申為缺點。

6 不可為，不能挽回。為，作為，引申為挽回。

章旨 五章敘謹言慎行，不可有缺失。

作法 五章兼有映襯（並民），而平鋪直敘的賦。

原文 無易由言[1]，無曰苟矣[2]。莫捫朕舌[3]，言不可逝矣[4]。
無言不讎[5]，無德不報[6]。惠于朋友[7]，庶民小子[8]。子
孫繩繩[9]，萬民靡不承[10]。

押韻 六章舌、逝，是 2（月）部。讎、報，是 21（幽）部。友、
子，是 24（之）部。繩、承，是 26（蒸）部。之、蒸二部，
是對轉而押韻。

注釋

1 易，輕易。由，於。鄭玄《箋》:「由，於也。」由言，發言。此句言不
要輕易於發言，以免差失。

2 曰，說話。苟，苟且隨便。鄭玄《箋》:「苟，苟且也。」矣，表示感
歎，「啊」之意。

3 無人。捫，音門，ㄇㄣˊ，執住。朕，我。按：高亨《今注》：「古人自稱為朕，秦始皇始定為皇帝自稱之辭。」

4 逝，妄發。蘇轍《詩集傳》：「逝，發也。」

5 僧，回答。朱《詩集傳》：「僧，答也。」

6 德，恩德。報，回報，報應。

7 惠，熱愛。于，對於。朋友，指群臣。

8 庶民，眾民，老百姓。小子，指老百姓的子弟。

9 繩繩，戒慎的樣子，小心謹慎的樣子。

10 靡，非，不。承，承順，順從。鄭玄《箋》：「承，承順也。」

章旨 六章陳述慎言修德。《說苑・叢談》：「口者，關也。舌者，機也。出言不當，四馬不能追也。」所謂「一言既出，駟馬難追」是也。

作法 六章平鋪直敘的賦。

原文 視爾友君子[1]，輯柔爾顏[2]，不遐有愆[3]。相在爾室[4]，尚不愧于屋漏[5]。無曰[6]：「不顯[7]，莫予云覯[8]。」神之格思[9]，不可度思[10]，矧可射思[11]？

押韻 七章顏、愆，是 3（元）部。漏、覯，是 16（侯）部。格、度、射，是 14（鐸）部。

注釋

1 視，看。爾，汝。友，本是名詞，此當動詞，招待。君子，與「朋友」皆指群臣。

2 輯，溫和。柔，柔，柔順。爾，汝。顏，臉色。

3 不遐，不至於。愆，音千，ㄑㄧㄢ，過錯，罪過。孔《正義》：「愆，罪過也。」

4 相，看。朱《集傳》：「相，視也。」爾，汝。

5 尚，庶幾，希望之詞。朱《集傳》：「尚，庶幾也。」「屋漏」有二解：
（一）幽暗之處。《爾雅・釋宮》：「西北隅謂之屋漏。」（二）比喻神
明。見程、蔣《注析》。

6 無，勿，戒慎之詞。

7 顯，明顯，明亮。

8 莫予云覯，當作「莫覯予」。莫，無人。云，語中助詞。覯，音構，
《ㄍㄡ丶，看見。

9 末三句末字「思」，是語末助詞，無意義。之，語中助詞，無意義。
格，至，到。鄭玄《箋》：「格，至也。」

10 度，音墮，ㄉㄨㄛ丶，猜測。朱《集傳》：「度，測也。」

11 矧，音審，ㄕㄣˇ，何況，況且。鄭玄《箋》：「矧，況也。」射，音
亦，一丶，討厭，厭棄。鄭玄《箋》：「射，厭也。」

章旨 七章描述慎獨暗室，不愧屋漏的情形。

作法 七章兼有類字（複疊）、設問，而平鋪直敘的賦。

原文 辟爾為德[1]，俾臧俾嘉[2]。淑慎爾止[3]，不愆于儀[4]。不
僭不賊[5]，鮮不為則[6]。投我以桃，報之以李[7]。彼童
而角[8]，實虹小子[9]。

押韻 八章嘉、儀，是 1（歌）部。賊、職，是 25（職）部。李、
子，是 24（之）部。24（之）部、25（職）部，是對轉而押
韻。

註釋

1 辟，效法。鄭玄《箋》：「辟，法也。」爾，汝。為，作為。德，道德的
楷模。此句言別人效法你，作為道德典範。

2 俾，音必，ㄅㄧ丶，使。臧，善。嘉，美。此言你要使自己做到盡善盡
美的境界。

3　淑，善，美好。爾，汝。止，容止。鄭玄《箋》：「止，容止也。」

4　愆，音千，ㄑㄧㄢ，差錯，過錯。于，於。儀，威儀，鄭玄《箋》：「儀，威儀也。」

5　僭，音見，ㄐㄧㄢˋ，差錯。毛《傳》：「僭，差也。」賊，殘害。此言無過，不殘害人。

6　尠，音險，ㄒㄧㄢˇ，用「尟」、「尟」，「少」之意。此句很少不做別人的典範、法則。

7　此句言有恩於我，我必善報。如「一飯千金」。

8　彼，遠指代詞。童，無角的羊。毛《傳》：「童，羊之無角者。」按：余《正詁》：「言彼謂童角而有角者，皆欺詐之人，實亂汝小子也。」

9　虹，潰亂。毛《傳》：「虹，潰也。」小子，鄭玄《箋》：「天子未除喪，稱小子。」此指周王。按：程、蔣《注析》：「有的人稱沒有角的羊，硬說成為有角，這種人實在是潰亂你周王朗的政權。」

章旨　八章敘述明從淑慎，為人民典範。陳子展《直解》：「八章仍以慎威儀，戒驕自儆，亦以儆王。」

作法　八章兼用類字、映襯（對比），而平鋪直敘的賦。

原文　荏染柔木 [1]，言緡之絲 [2]。溫溫恭人 [3]，維德之基 [4]。其維哲人 [5]，告之話言 [6]，順德之行 [7]。其維愚人 [8]，覆謂我僭 [9]，民各有心 [10]。

押韻　九章絲、基，是 24（之）部。言，是 3（元）部。行，是 15（陽）部。元、陽二部，是旁轉而押韻。僭、心是 28（侵）部。按：王力《詩經韻讀》：元、陽二部，是合韻，時旁轉而押韻。

注釋

1　荏，音忍，ㄖㄣˇ。荏染，有二解：（一）弱柔的樣子。（二）堅韌。

2 言，有二解：（一）語首助詞，無意義。（二）猶爰，乃也。見高亨《今
   注》。緡，音民，ㄇㄧㄣˊ，安上琴瑟之弦。朱《集傳》：「緡，綸也，被
   之綸以為弓也。」緡之絲，琴瑟之弦。見馬瑞辰《通釋》。

3 溫溫，有二解：（一）溫和的樣子。（二）寬柔的樣子。恭人，謙恭有禮
   的人。按：高亨《今注》：「此二句用柔木可以為釣竿，比喻溫和的人可
   以成為有用之材。」

4 維，是。從，德行。之，連詞，「的」之意。基，根基、根本，引申為
   標準、典範。

5 其，代詞，「彼」之意。見楊《詞詮·卷四》。維，是。哲人，賢智的
   人。

6 告，勸告。之，代詞，指哲人。話言，古人的善言。毛《傳》：「話言，
   古之善言也。」

7 之，而。屈《詮釋》：「之，猶而也。」這句言順德而行。

8 其，假設連詞，倘若，假如。見楊《詞詮·卷四》。維，是。

9 覆，反覆，反而。鄭玄《箋》：「覆，猶反也。」謂，說。僭，音見，
   ㄐㄧㄢˋ，不誠信，不誠實。鄭玄《箋》：「僭，不信也。」

10 民，人。高亨《今注》：「民，猶人也。」按：朱《集傳》：「言人民不
   同，愚智相越之遠也。」「哲人」、「愚人」，是映襯（對比）。

章旨 余培林《正詁》：「九章哲人、愚人，乃時應首章之文（「靡哲
   不愚」）。朱守亮《評釋》：「第九章，述君子順德，小人扼
   諫。」陳子展《直解》：「九章以溫恭為德，接受善言之哲人自
   勉，亦以勉王。」

作法 九章兼有比喻（譬喻），引用、映襯，而觸景生情的興。

原文 於乎小子[1]，未知藏否[2]。匪手攜之[3]，言示之事[4]，匪
   面命之，言提其耳[5]。借曰未知[6]，亦既抱子[7]。民之靡

盈 [8]，誰夙知而莫成 [9]。

押韻　十章子、否、事、耳、子，是 24（之）部。盈、成，是 12（耕）部。

注釋

1　於，音烏，ㄨ。於乎，同「嗚呼」，感歎詞。小子指周王。見程、蔣《注析》。

2　臧否，音贓匹，ㄗㄤ ㄆㄧˇ，善惡，好壞。

3　匪，同「非」，不但。之，代詞，指小子，即周王。

4　言，外動詞，謂也。引成語而以「言」字解釋之。見楊《詞詮·卷七》。示，指示（事之是非）。

5　匪，不但。之，代詞，指小子。言，外動詞，謂也。見楊《詞詮·卷七》。其，代詞，彼，他。見楊《詞詮·卷四》。今「耳提面命」成語，即節縮此二句，運用「節縮」修辭手法。「耳提面命」，形容教誨殷勤懇切。

6　借，假如。毛《傳》：「借，假也。」曰：說。未知，沒有知識。

7　亦，也。既，已經。此言汝已經抱子而為人父，並非沒有知識的幼童。

8　民，人民，老百姓。之，語中助詞，無意義。靡，不。盈，滿。靡盈，不自滿。見歐陽脩《詩本義》。

9　夙，早上，莫，「暮」的有古字，暮暮，就訓詁言，是古今字。就文字學言，莫是本義，暮是後起字，莫是「晚上」之意。毛《傳》：「莫，晚也。」余培林《正義》：「夙知莫成，言其成之速也。」

章旨　陳子展《直解》：「十章以年少而接受教誨刺王，明為老臣之言。其云借曰未知，亦既抱子，可知時天之年，亦不太幼也。」朱守亮《評釋》：「述訓告切至，以自儆戒也。」

作法　十章兼同感歎、設問，而平鋪直敘的賦。

原文 昊天孔昭[1]，我生靡樂[2]。視爾夢夢[3]，我心慘慘[4]。誨爾諄諄[5]，聽我藐藐[6]。匪用為教[7]，覆用為虐[8]。借曰未知，亦聿既耄[9]。

押韻 十一章昭、慘潮、耄，是 19（宵）部。樂、藐、虐，是 20（藥）部。

注釋

1 昊天，皇天。孔、甚，很，非常。昭，明察，明顯。鄭玄《箋》：「孔昭，甚明也。」

2 靡樂，不敢逸樂。

3 夢夢，昏亂的樣。孔《正義》：「孫炎曰：昏昏之亂也。」

4 慘慘，憂傷的樣子。毛《傳》：「慘慘，憂不樂也。」

5 諄諄，音迺迺，ㄓㄨㄣ ㄓㄨㄣ，懇切而不厭倦的樣子。屈《詮釋》：「諄諄，告曉懇切之貌。」

6 藐藐，輕視的樣子。朱《集傳》：「藐藐，忽略貌。」

7 匪，不但。用，以。此句言汝不以為我是教誨汝。

8 覆，反而。鄭玄《箋》：「覆，反也。」虐，戲謔。馬瑞辰《通釋》：「虐之言謔也。」按：林尹《訓詁學概說·第章訓詁的術語》：「凡言『之言』者，必得音義全通。」

9 亦，也。聿，音玉，ㄩˋ，語中助詞，無意義。楊《詞詮·卷九》。既，已經。耄，音冒，ㄇㄠˋ，老。毛《傳》：「耄，老也。」按《禮記·典禮上》：「八十、九十曰耄。」

章旨 陳子展《直解》：「十一章前八句明亦刺王，後二句語帶雙關，蓋以年老而不接受教言自儆。上云借曰未知，亦既抱子，明為刺王；此云借曰未知，亦聿既耄，自儆亦所以刺王也。一詩兩用，有如一刀兩刃，明矣。」朱守亮《評釋》：「十一章述不聽成言，託看老耄，以逃避之也。」

作法　十一章兼用雙關、映襯，而平鋪直敘的賦。

原文　於乎小子[1]，告爾舊止[2]。聽用我謀，庶無大悔[3]。天方
　　　　艱難[4]，曰喪厥國[5]。取譬不遠[6]，昊天不忒[7]，回遹其
　　　　德[8]，俾民大棘[9]。

押韻　十二章子、止，是 24（之）部。艱、遠，是 3（元）部。國，
　　　　忒、德、棘，是 25（職）部。之部、職部，是對轉而押韻。

注釋

　1　於乎，同「嗚呼」，感歎詞。「唉」之意。小子，代詞，指周王。

　2　告，告訴。爾，汝。舊止，有二解：（一）先王之禮法。按：俞樾《群
　　　經平議》：「止，禮也。」高亨《今注》：「舊止，指先王之禮法。」
　　　（二）舊，舊的典章制度。朱《集傳》：「舊，舊章也。」

　3　庶，庶幾，含有希冀之詞。悔，悔恨，罪咎。鄭玄《箋》：「悔，恨
　　　也。」

　4　方，正在。艱難，降下災難。

　5　曰，語首助詞，無意義。喪，喪亡，滅亡。厥，其，此指西周王朝。

　6　取譬，比喻。不遠，淺近，見滕志賢《新譯詩經讀本》。

　7　昊天，皇天，上天。忒，音特，ㄊㄜˋ，偏差，差錯。朱《集傳》：
　　　「忒，差也。」高亨《今注》：「忒，差誤。」

　8　回遹其德，當作「其德回遹」，為押韻而倒裝，詳見附錄：《詩經》倒裝
　　　的三觀。回遹（音玉，ㄩˋ），邪僻。其，代詞，指小子。

　9　俾，音ㄅㄧˋ，使。棘，音及，ㄐㄧˊ，緊急，艱危，災難。鄭玄
　　　《箋》：「棘，困急也。」

章旨　陳子展《直解》：「十二章末以聽謀無悔，畏天修德，諷王作
　　　　結。」余培林《正詁》：「末章言『聽用我謀，庶無大悔』，正
　　　　示其謀，乃訏謨、遠猷也。若不能聽用，則民受大困，君臣亦

淪胥以亡也。」

作法 十二章年感歎，而平鋪直敘的賦。

研析

余培林《正詁》:「全詩反覆叮嚀告誡者，厥在敬、謹、慎、戒、修其德，俾無愆、愧、悔、棘、迷、亂而已。看似老生常談，實為千古不易之理，故彌足珍貴也。」朱守亮《評釋》:「『詩為千古箴銘之祖』，語不虛也。」二氏之說，洵哉其言。

程俊英、蔣見元《注析》:「『白圭之玷，尚可磨也；斯言之玷，不可為也』、『投我以桃，報之以李』、『匪面命之，言提其耳』等句，在後世廣泛流傳，逐漸演化為成語，由此可見，《詩經》的語言具有旺盛的生命生，歷二千五百餘年而不衰。」誠哉此言。按:「投我以桃，報之以李」，節縮為「投桃報李」;「匪面命之，言提其耳」，節縮為「耳提面命」。詳見二〇一一年六月臺灣師大國文研究所博士論文「《詩經》成語研究」，指導教授蔡宗陽，研究生曾香綾。

三　桑柔

菀彼桑柔，其下侯旬。捋采其劉，瘼此下民。不殄心憂，倉兄填兮。倬彼昊天，寧不我矜？

四牡騤騤，旟旐有翩。亂生不夷，靡國不泯。民靡有黎，具禍以燼。於乎有哀，國步斯頻。

國步蔑資，天不我將。靡所止疑，云徂何往？君子實維，秉心無競。誰生厲階，至今為梗？

憂心慇慇，念我土宇。我生不辰，逢天僤怒。自西徂東，靡所定處。多我覯痻，孔棘我圉。

為謀為毖，亂況斯削。告爾憂恤，誨爾序爵。誰能執熱，逝不以濯？其何能淑？載胥及溺。

如彼遡風，亦孔之僾。民有肅心，荓云不逮？好是稼穡，力民代食。稼穡維寶，代食維好。

天降喪亂，滅我立王。降此蟊賊，稼穡卒痒。哀恫中國，具贅卒荒。靡有旅力，以念穹蒼。

維此惠君，民人所瞻。秉心宣猶，考慎其相。維彼不順，自獨俾臧。自有肺腸，俾民卒狂。

瞻彼中林，甡甡其鹿。朋友已譖，不胥以穀。人亦有言：「進退維谷。」

維此聖人，瞻言百里；維彼愚人，覆狂以喜。匪言不能，胡斯畏忌？

維此良人，弗求弗迪；維彼忍心，是顧是復。民之貪亂，寧為荼毒？

大風有隧，有空大谷。維此良人，作為式穀；維彼不順，征以中垢。

　　大風有隧，貪人敗類。聽言則對，誦言如醉。匪用其
良，覆俾我悖。

　　嗟爾朋友，予豈不知而作？如彼飛蟲，時亦弋獲。既之
陰女，反予來赫？

　　民之罔極，職涼善背。為民不利，如云不克，民之回
遹，職競用力。

　　民之未戾，職盜為寇。涼曰不可，覆背善詈。雖曰匪
予，既作爾歌。

篇名　〈桑柔〉取首章首句「菀彼桑柔」之「桑柔」為篇名。

篇旨　〈桑柔〉篇旨有二解：（一）〈詩序〉：「〈桑柔〉，芮伯『刺』厲
王也。」按：王符《潛夫論·遏利》：「昔者周厲好專利，芮良
夫諫而不入，退而賦〈桑柔〉之詩以『諷』。」（二）屈萬里
《詮釋》：「詩中有『天降喪亂，滅我立王』之語，則此詩作於
東周之初，乃傷時之詩；舊說非也。」王靜芝《通釋》：「此詩
有『滅我立王』之語，則類幽王之後或厲王被逐，共和之際所
作。非刺厲王之作也。詩中所言，大致指責國亂民怨，征役繁
重，君不順義理，不能用善，同僚君之惡。……當是痛佞臣之
惡，作歌以責之，並抒其傷感者。」一言以蔽之，〈桑柔〉含
有諷刺厲王者，先〈詩序〉始發其端，王符《潛夫論》順之，
朱熹《集傳》從之。〈桑柔〉不含諷刺厲王者，《左傳·文公元
年》始發其端，屈萬里《詮釋》順之，王靜芝《通釋》從之。
二解之說，見仁見智，各有千秋，似以後者較勝。按：〈桑
柔〉若為芮良夫之作，其時當在東周初也。詳見王《通論》、
余《正詁》。

原文　菀彼桑柔¹，其下侯旬²。捋采其劉³，瘼此下民⁴。不
　　　　殄心憂⁵，倉兄填兮⁶。倬彼昊天⁷，寧不我矜⁸？

押韻　一章柔、劉、憂，是 21（幽）部。旬、民、填、天、矜，是 6
　　　　（真）部。

注釋

1　菀彼桑柔，當作「彼柔桑菀」，為押韻而倒裝。詳見附錄：《詩經》倒裝
　　的三觀。菀，音玉，ㄩˋ，茂盛的樣子。毛《傳》：「菀，茂貌。」彼，
　　遠指代詞，「那」之意。桑柔，桑的嫩葉。按：余培林《正詁》：「桑
　　桑，即〈幽風・七月〉之『柔桑』，謂嫩葉也。」倒文以協韻。

2　其，代詞，指桑。侯，維，是。旬，樹蔭廣布。毛《傳》：「旬，言陰
　　均。」按：「陰均」，是樹蔭廣布均平。詳見陳子展《直解》。

3　捋，音勒，取。捋采，採取。其劉，剝落的樣子。此句言桑樹被採取，
　　而剝落得一乾二淨，使百姓不能得到庇蔭。

4　瘼，音摸，ㄇㄛ，病。毛《傳》：「瘼，病也。」下民，在樹下休息的百
　　姓。孔《正義》：「下民，其下所息之民。」高亨《今注》：「比喻人民的
　　財富被剝削者剝削淨盡，而無以為生。」

5　殄，音忝，ㄊㄧㄢˇ，斷絕。此句當作「心憂不殄」，為押韻而倒裝。

6　倉兄，音愴況，ㄔㄨㄤˋ ㄎㄨㄤˋ，失意的樣子。《廣韻》：「愴怳，失意
　　貌。」填，音天，ㄅㄧㄢ，病。朱《集傳》：「疑與瘨字同為病之義。」
　　此句言惆悵失意而生病，兮，語末助詞「啊」之意。

7　倬，光明的樣子。彼，遠指代詞，「那」之意。此句當作「彼昊天倬」，
　　為押韻而倒裝。昊天，皇天，上天，蒼生。

8　寧，將難以表達的意思說出來，所以願望之詞。寧可之意。不我矜，當
　　作「不矜我」，這是否定句倒裝。詳見附錄：《詩經》倒裝的三觀。矜，
　　哀憐。

章旨　陳子展《直解》：「一章言民困已深，呼天而愬之。」孫鑛《批

評詩經》：「總說大意，亦似冒頭。」

作法 一章運用比喻（譬喻）修辭手法。

原文 四牡騤騤 [1]，旟旐有翩 [2]。亂生不夷 [3]，靡國不泯 [4]。民靡有黎 [5]，具禍不燼 [6]。於乎有哀 [7]，國步斯頻 [8]。

押韻 二章騤、夷、黎，4（脂）部。翩、泯、燼、頻，是 6（真）部。哀，是 7（微）部。脂、真二部，是對轉而押韻。微、脂二部，是旁轉而押韻。

注釋

1　四牡，四匹公馬。「騤騤」有二解：（一）馬強壯的樣子。高亨《今注》：「騤騤，馬強壯貌。」（二）馬奔馳不停的樣子。程、蔣《注析》：「騤騤，馬匹奔馳不停貌。」

2　旟，音於，ㄩˊ，畫有鷹鳥的旗。旐，音兆，ㄓㄠˋ，畫有龜蛇的旗。有翩，翩然，迎風飄揚的樣子。

3　亂生，戰亂發生。不夷，不能平息。毛《傳》：「夷平也。」

4　泯，音敏，ㄇㄧㄣˇ，混亂。王引之《經義述聞》：「泯，亂也。」靡……不……，靡，不。靡與不，是負負得正，此乃國語文數理式教學法。此句言無國不混亂，即國家都很混亂。

5　民，百姓。靡有，沒有。黎，眾多。嚴粲《詩緝》：「黎，眾也。」高亨《今注》：「言民多死于禍亂，不復如前日之眾解。」姚際恆《詩經通論》：「民靡有黎，猶『周餘黎民，靡有孑遺』之意，以八字縮為四字，簡妙。」「以八字縮為四字」，此乃「節縮」修辭手法。

6　具，俱，全部。鄭玄《箋》：「具，猶俱也。」按：就訓詁學而言，具、俱是古今字。就文字學言，具是本字，俱是後起字。禍，災禍。以，而。楊《詞詮・卷七》：「以，承接連詞，與『而』同。」燼，音盡，ㄐㄧㄣˋ，灰燼。鄭玄《箋》：「災餘曰燼。」按：燼，焚餘之灰燼。此

句言百姓全部遭過災禍，而變成灰燼。

7　於乎，音嗚呼，哀歎之詞。有哀，哀然，悲哀的樣子。

8　國步，國家命運。步，命運。朱《集傳》：「步，猶運也。」斯，不完全內動詞，是，見楊《詞詮・卷六》。頻，危急。毛《傳》：「頻，急也。」

章旨　朱守亮《評釋》：「第二章述征役不息，民不聊生也。」陳子展《直解》：「二章言征役不息，為禍亂之本。」綜合朱、陳二說，章旨更易洞悉。

作法　二章兼同感歎（表示哀慟之詞），而平鋪直敘的賦。

原文　國步滅資 ¹，天不我將 ²。靡所止疑 ³，云徂何往 ⁴？君子實維 ⁵，秉心無競 ⁶。誰生厲階 ⁷，至今為梗 ⁸？

押韻　三章將、往、競、梗，是 15（陽）部。維，是 7（微）部。階，是 4（脂）部。脂、微二部，是旁轉而押韻。

注釋

1　國步，國家的命運。蔑、無。資，財、助。蔑資，因民窮財盡，不能安定，而產生無助。

2　天不我將，當個「天不將我」，是否定句倒裝。將，扶助、扶養。高亨《今注》：「將，扶助。」陳子展《直解》：「將，扶養。」

3　靡所，沒有地方。止疑，安定、安身、安居。毛《傳》：「疑，安也。」

4　云。語首助詞，無意義。見楊《詞詮・卷九》。徂，音殂，ㄘㄨˊ，往，到……去。何往，當作「往何」，疑問句倒裝。往何，到何處去。

5　君子實維，當作「實維君子」，為押韻而倒裝。君子，當政者。鄭玄《箋》：「君子謂諸侯及卿大夫也。」維，是。實維，實在是。

6　秉心，存心，持心。無競，不競爭。

7　生，產生，製造。厲階，災禍的階梯，即禍根、禍端。毛《傳》：「厲，

惡也。」按：惡，指災艱，禍根、禍端。又按：「誰生厲階，至今為
梗」，是全詩之重心。

8 梗，病害、災害。毛《傳》：「梗，病也。」此句言至今猶為國家之病
害。見余培《正詁》。陳子展《直解》：「直到于今還是害人作梗？」

章旨 陳子展《直解》：「三章言人民困窮，無所歸往，居子追尋禍
根。」

作法 三章兼有設問，而平鋪直敘的賦。

原文 憂心慇慇[1]，念我土宇[2]。我生不辰[3]，逢天僤怒[4]。自
西徂東[5]，靡所定處[6]。多我覯痻[7]，孔棘我圉[8]。

押韻 四章慇、辰、東、痻，是 9（諄）部。宇、怒、處、圉，是 13
（魚）部。

注釋

1 慇慇，音殷殷，憂傷的樣子。高亨《今注》：「慇慇，憂傷貌。」

2 念，想念。土宇，國土。高亨《今注》：「土宇，土地房屋，指家園。」

3 辰，逢時。滕志賢《新譯詩經讀本》：「辰，時也。」

4 僤，音但，ㄉㄢˋ，大，厚，盛。毛《傳》：「僤，厚也。」僤怒，大
怒，盛怒。

5 自西徂東，當作「自東徂西」。

6 定處，猶「止疑」，安居，安定。

7 多我覯痻，當作「我覯痻多」，為押韻而倒裝。覯，音構，《ㄡˋ，遭
遇，遇到。痻，音昏，ㄏㄨㄣ，病苦，災難。鄭玄《箋》：「痻，病
也。」

8 孔棘我圉，當作「我圉孔棘」，為押韻而倒裝。孔，甚，很。棘，音
急，ㄐㄧˊ，緊急。朱《集傳》：「棘，急也。」圉，音宇，ㄩˇ，邊
垂，邊疆。毛《傳》：「圉，垂也。」

章旨 朱守亮《釋評》：「第四章述我生不辰，多遭憂患也。」陳子展
《直解》：「四章言愛國殷憂，御侮孔亟。」

作法 四章平鋪直敘的賦。

原文 為謀為毖[1]，亂況斯削[2]。告爾憂恤[3]，誨爾序爵[4]。誰
能執熱[5]，逝不以濯[6]？其何能淑[7]？載胥及溺[8]。

押韻 五章毖、恤，是 5（質）部。熱，是 2（月）部。質、月二
部，是旁轉而押韻。削、爵、濯、溺，是 20（藥）部。

注釋

1 謀，謀劃，計劃，規劃。毖，音必，音ㄅㄧˋ，謹慎小心。

2 亂況，混亂狀況。斯，則，就。削，減削，減輕，削除。

3 告，告訴。爾，汝，指掌權大臣。恤，音續，ㄒㄩˋ，憂慮。憂恤，是
同義複詞。高亨《今注》：「憂恤，猶憂患，指憂患國事。」按：憂患國
事，即憂國憂民。

4 序爵，使賢者官爵排列有序，即任用賢人有先後次序。鄭玄《箋》：「序
爵，次序賢能之爵。」按：《孟子‧公孫丑上》所謂「賢者在位，能者
在職」、《禮記‧禮運》所謂「選賢與能」。賢者，指堪當重任之人。

5 執熱，救熱。馬瑞辰《毛詩傳箋通釋》：「執熱，即治熱，亦即救熱。」
此句言有誰能夠救熱？

6 逝，語首助詞，無意義。見楊《詞詮‧卷八》。濯，洗滌。段玉裁《經
韻樓集‧詩執熱解》：「濯訓滌。沐以濯髮，浴以濯身，洗以濯足，皆得
之濯。」余培林《正詁》：「救熱用濯，喻救亂用賢、用謀也。」張潮
《幽夢影》：「無善無惡是聖人，善多惡少是賢者，善少惡多是庸人，有
惡無善是小人。」按：能者，指堪當重任之人。

7 其，表示近指，相當於「這個」、「這些」，見陳霞村《古代漢語虛詞類
解》。何，如何，怎麼。淑，善。鄭玄《箋》：「淑，善也。」

8　載，則，就。段德森《實用古漢語虛詞》：「『載』用作『則』，在句中起
　承上啟下的作用，可譯為『就』。」胥，相率、相繼，皆。鄭玄《箋》：
　「胥，相也。」及，至。楊《詞詮・卷四》：「及，外動詞，《廣韻》
　云：及，至也。」溺，溺於水，沉沒。按：余培林《正詁》：「溺，溺於
　水，以喻喪亡也。」

章旨　陳子展《直解》：「五章言救國之道，並以救熱救溺為喻。」余
　　　　培林《正詁》：「五章述救國之道，在以謀以德，猶救熱以濯
　　　　也。」

作法　五章兼有設問、比喻（譬喻），而平鋪直敘的賦。

原文　如彼遡風 1，亦孔之僾 2。民有肅心 3，荓云不逮 4？好
　　　　是稼穡 5，力民代食 6。稼穡維寶 7，代食維好 8。

押韻　六章風、心，是 28（侵）部。僾，是 8（沒）部。逮，是 5
　　　　（質）部。沒、質二部，是旁轉而押韻。穡、食是 25（職）
　　　　部。寶、好，是 21（幽）部。

注釋

1　如，好比，好像。彼，遠指代詞，那個人。遡，音素，ㄙㄨˋ，面向。
　遡風，逆風。

2　亦，有二解：（一）也。（二）語首助詞，無意義。孔，很，甚。之，語
　中助詞，無意義。僾，音愛，ㄞˋ，不能喘息。鄭玄《箋》：「僾，不能
　（喘）息也。」

3　肅心，有二解：（一）敬上之心。見陳子展《直解》。（二）上進之心，
　進於善道之心。鄭玄《箋》：「肅，進也。」

4　荓，音乒，ㄆㄧㄥ，使。毛《傳》：「荓，使也。」裴學海《古書虛字集
　釋》：「云，猶其也。」逮，及，到達。

5　好，喜好、喜愛。是，代詞，此。這種。稼穡，此指對農業播種和收

穰。

6　力民，勤民，使人民出力勞動。見程、蔣《注析》。代食，有二解：
　　（一）指不事生產而食祿的官僚，按例吃人民代耕養活的糧，見程、蔣
　　《注析》。（二）代民食之。余培林《正詁》：「治政者當以賢人為寶，而
　　以輕稅薄斂為好也。」

7　稼穡，此指農業耕種和收穫。維，是。

8　代食，代民而食之。維，是。

章旨　陳子展《直解》：「六章言勞動人民之善良，忍受剝削。此章舊
　　　　注皆不得其全解。」

作法　六章兼有比喻（譬喻）、設問，而平鋪直敘的賦。

原文　天降喪亂¹，滅我立王²。降此蟊賊³，稼穡卒痒⁴。諉
　　　　恫中國⁵，具贅卒荒⁶。靡有旅力⁷，以念穹蒼⁸。

押韻　七章王、痒、蒼，是 15（陽）部。賊、國、力，是 25（職）
　　　　部。

注釋

1　喪，死喪，死亡。亂，禍亂。

2　滅，將滅。立等，所立之王，見朱《集傳》。陳奐《詩毛氏傳疏》：「或
　　謂天之所立，謂之立王。」高亨《今注》：「滅我立我，當指周厲王被人
　　趕跑而言。」按：周厲王出奔於彘（音志，ㄓˋ）。

3　此，近指代詞，「這」之意。蟊，音毛，ㄇㄠˊ，吃苗根的蟲。賊，吃
　　苗節的蟲。蟊賊，此指蟲災，天災。

4　稼穡，此指農作物。卒，全部。鄭玄《箋》：「卒，盡。痒，病也。」此
　　句言痒，所有農作物全部遭遇蟲害。

5　哀，哀傷。恫，音通，ㄊㄨㄥ，悲痛。鄭玄《箋》：「恫，痛也。」中
　　國，國中，指國裡的人。

6 具，通「俱」，全部，都是。贅，連年。毛《傳》：「贅，屬也。」許慎《說文》：「屬，連也。」卒，盡。荒，災荒。余培林《正詁》：「穀不升、果不熟，皆謂之荒。」余培林《正詁》：「穀不升、果不熟，皆謂之荒，即凶年也。」

7 靡有，沒有。旅力，體力。朱《集傳》：「旅，與『旅月』同。」

8 以，用來，引申為目的。念，想念，引申為盼望。穹蒼，蒼天、青天，上天、老天。孔穎達《五經正義》：引李巡曰：「仰視天形，穹隆而高，其色蒼蒼，故曰穹蒼。」

章旨 陳子展《直解》：「七章言天降災害，非人民之不力，乃執政者之咎。」

作法 七章平鋪直敘的賦。

原文 維此惠君¹，民人所瞻²。秉心宣猶³，考慎其相⁴。維彼不順⁵，自獨俾臧⁶。自有肺腸⁷，俾民卒狂⁸。

押韻 八章瞻，是 32（談）部。相、臧、狂，是 15（陽）部。按：王力《詩經韻讀》以為談、陽二部，是合韻，即旁轉而押韻。

注釋

1 維，通「惟」，只有。此，近指代詞，「這」之意。惠，順理、順應。惠君，順應民心的君王。

2 民人，當作「人民」，百姓。瞻，仰望。

3 宣，光明。猶，通猷，通順。馬瑞辰《毛詩傳箋通釋》：「秉心宣猶，言其持心明且順耳。」

4 考，考察。孔《正義》：「考，考察也。」其，代名詞，「彼」之意。楊《詞詮·卷四》。相，輔佐之大臣。鄭玄《箋》：「相，助也。」

5 維，通「惟」。彼，遠指代詞，「那」之意。不順，不順應民心之君王。

6 自獨，當作「獨自」。嚴粲《詩緝》：「自獨，猶獨自也。」自己獨斷獨

　　行。俾，使。臧，善。俾臧，自己以為可使之善。余培林《正詁》：「謂
　　其用人不考察、不慎擇也。」

7　肺腸，比喻心思、主見。見余培林《正詁》。

8　卒，盡，全部。狂，迷惑。鄭玄《箋》：「狂，迷惑也。」

章旨　陳子展《直解》：「八章言人君有順理、有不順理；用人有當、
　　有不當。」余培林《正詁》：「八章述國君不順，自有私心，輔
　　相非人，終使人民狂惑悖亂也。」

作法　八章兼用比喻（譬喻），而平鋪直敘的賦。

原文　瞻彼中林 [1]，牲牲其鹿 [2]。朋友已譖 [3]，不胥以穀 [4]。人
　　亦有言：「進退維谷 [5]。」

押韻　九章林、譖，是 28（侵）部。鹿、穀、谷，是 17（屋）部。

注釋

1　瞻，仰望。彼，遠指代詞，「那」之意。中林，當作林中。

2　牲牲其鹿，當作「其鹿牲牲」。其，指示形容詞，「那」之意。楊《詞
　　詮‧卷六》。牲牲，音申申，ㄕㄣㄕㄣ，眾多的樣子。毛《傳》：「牲牲，
　　眾多貌。」

3　譖，音僭，ㄐㄧㄢˋ，不信任。鄭玄《箋》：「譖，不信也。」

4　胥，音須，ㄒㄩ，相。以，與。穀，善。鄭玄《箋》：「今朝廷群臣皆相
　　欺，皆不相與以善道。」

5　維，是。谷，毛《傳》：「谷，窮也。」孔《正義》：「谷，謂山谷。墜谷
　　是窮困之義。」余培林《正詁》：「谷是山谷，山谷難行。進退維谷，進
　　退皆難也。」

章旨　陳子展《直解》：「九章言同僚朋友不以善道相助。」

作法　九章兼有倒、設問，而觸景生情的興。

原文　維此聖人[1]，瞻言百里[2]；維彼愚人，覆狂以喜[3]。匪言
不能[4]，直斯畏忌[5]？

押韻　十章里、喜、忌，是24（之）部。

注釋

1　維，通「惟」，只有。此，近指代詞，「這」之意。此句言只有這聖人有
遠見。《禮記・樂記》：「故知禮樂之情者能作，識禮樂之文者能作。作
者之謂聖，述者之謂明。明、聖者，述作之謂也。」

2　瞻，遠望。言，語中助詞，無意義。見楊《詞詮・卷七》。毛《傳》：
「瞻言百里，遠慮也。」按：遠慮，即遠見。此句言聖人有遠見。

3　覆，反覆。孔《正義》：「覆，反也。」以，而。此二句言只有那愚人的
淺見，反覆發狂而沾沾自喜。

4　匪，非，不。匪言不能，當作「匪不能言」，這是否定句倒裝。此言聖
人非不能言。

5　胡，為何，為什麼。斯，如此，這樣。畏忌，畏懼顧忌。

章旨　陳子展《直解》：「十章言執政同僚缺令遠見，遠不敢進言。」

作法　十章兼有對比（映襯）、設問，而平鋪直敘的賦。

原文　維此良人，弗求弗迪[1]；維彼忍心[2]，是顧是復[3]。民之
貪亂[4]，寧為荼毒[5]？

押韻　十一章迪、復、毒，是22（覺）部。

注釋

1　弗，在。求，營求、追求、奢求。迪，音笛，ㄉㄧˊ，進取。

2　忍心，殘忍之人，此指愚人。良人與忍心，是映襯（對比）。

3　是，連詞，於是。見楊《詞詮・卷五》。顧，顧念，眷顧。復，反覆、
重複。鄭玄《箋》：「顧，重複。」此句言王於眷顧殘忍之人，反覆不
已。高亨《今注》：「指掌權者對內心殘害的人既顧惜，又包庇。」按：

高亨《今注》:「復,借為覆,蓋也,即包庇。」

4　貪亂,貪婪暴亂。余培林《正詁》:「民不堪命,貪婪暴亂。」

5　寧,寧願。為,做。荼,苦荼。毒,螫蟲。荼毒,荼毒,引申為殘害破壞的行為,指惡行。見程、蔣《注析》。

章旨　陳子展《直解》:「十一章言賢者退,不肯者進,將為變亂之由。」余培林《正詁》:「十一章言退賢人,進小人,終使民貪亂也。」

作法　十一章兼有類疊(類字)、設問,而平鋪直敘的賦。

原文　大風有隧[1],有空大谷[2]。維此良人[3],作為式穀[4];維彼不順[5],征以中垢[6]。

押韻　十二章谷、穀,是 17(屋)部。垢,是 16(侯)部。屋、侯部,是旁轉而押韻。

注釋

1　有隧,隧然,迅疾的樣子。王引之《經傳釋詞》:「隧,迅疾也。有隧,形容其(指大風)迅疾也。」

2　有空,空然,大的樣子。〈白駒〉毛《傳》:「空,大也。」鄭玄《箋》:「大風之行,有所從而來,必從大空谷之中,喻賢愚之所行,各由其性。」

3　維,通「惟」,只有。此,這些。良人,賢良的人。

4　作為,名詞,行為。式,效法。嚴粲《詩緝》:「式,法也。」穀,善,善道,楷模。

5　維,通「惟」,只有。彼,那些。不順,猶忍心,愚人。

6　征,作為,行為。以,用……來。中,宮中。垢,污垢為行。此句謂愚人行為用宮中污穢之壞事來污垢好人,即惡人做壞事。

章旨　余培林《正詁》:「十二章言君子、小人性行相反,一式穀,一

污垢，判然而明。」

作法 十二章兼有映襯，而見景生情的興。

原文 大風有隧，貪人敗類[1]。聽言則對[2]，誦言如醉[3]。匪用
其良，覆俾我悖[4]。

押韻 十三章隧、類、對、醉、悖，是8（沒）部。

注釋

1 貪人，貪財違法的小人。敗，敗壞，殘害。類，善類，善良之人。毛
《傳》：「類，善也。」

2 聽言，讚美的話，即譽言。馬瑞辰《通釋》：「聽言，謂順從之言，即譽
言也。」則，就。答，對答如流。

3 誦言，莊誦之言，即規勸之言。陳奐《詩毛氏傳疏》：「聽言，指貪人。
誦言，指良人。王聞貪人聽從之言，則對答如流；而聞良人莊誦之言，
則憒然若醉酒，不省人事。」

4 匪，非，不。其，彼，「那」之意。良，指進諫之良人。覆，反而。
俾，音必，ㄅㄧˋ，使。我，指作者。悖，（人民）作亂，悖逆。鄭玄
《箋》：「悖，悖逆也。」程、蔣《注析》：「這章責備厲王任用貪利之
人，不聽諷諫之言，促成民變。」

章旨 陳子展《直解》：「十三章仍申言王用不肖貪人，將促使民
變。」

作法 十三章兼用映襯（對比）、比喻（譬喻），而觸景生情的興。

原文 嗟爾朋友[1]，予豈不知而作[2]？如彼飛蟲[3]，時亦弋獲[4]。
既之陰女[5]，反予來赫[6]？

押韻 十四章作、獲、赫，是14（鐸）部。

注釋

1 嗟，歎詞，表示呼喚、歎惜。陳霞村《古代漢語虛詞類解》：「『嗟』單獨使用，表示呼喚、歎惜。」爾，汝。朋友，指同僚朋友。見陳子展《直解》。

2 予，代詞，我。豈，難道。而，你們。楊《詞詮・卷十》：「而，人稱代名詞，對稱用，汝也。」按：而，此指你們，即同僚朋友。作，作為。

3 如，好像。彼，遠指代詞，「那」之意。飛蟲，飛鳥。孔《正義》：「《箋》言飛鳥者，蟲是鳥之大名。」

4 時，有時。亦，也。弋，音亦，一ˋ，繳射。弋獲，射獲。獲，得。余培林《正詁》：「詩人以飛蟲喻貪人，以射者自喻。意謂千慮亦有一得也。」

5 既，已經。之，語中助詞，無意義。見楊《詞詮・卷五》。陰，借為蔭，庇護，保護。見高亨《今注》。女，汝，此指你們，即同僚朋友。鄭玄《箋》：「陰，覆蔭也。」按：朱《評釋》：「陰，覆蔭也，庇護也。」

6 反予來赫，當作「反來赫予」，為押韻而倒裝。反，反而。予，我。此句謂反而用來威嚇我嗎？

章旨　陳子展《直解》：「十四章慨歎同僚朋友於我無所用其威嚇。」

作法　十四章兼用感歎、設問、比喻（譬喻），而平鋪平敘的賦。

原文　民之罔極[1]，職涼善背[2]。為民不利[3]，如云不克[4]，民之回遹[5]，職競用力[6]。

押韻　十五章極、克、力，是25（職）部。

注釋

1 之，語中助詞，無意義。罔，無，不。極，正。人民行為不端正，指人民不守禮法。

2　職，但，只是。涼，涼薄，刻薄。善背，善於反覆而違背道理。

3　為，作為，「作」之是。此句謂在上位者做對於人民不利之事。

4　如，好像，是假喻，不是比喻（譬喻），舉例說明性質。克，戰勝。鄭玄《箋》：「克，勝也。」此句謂好像不能戰勝人民。

5　之，語中助詞，無意義。遹，音玉，ㄩˋ。回遹，邪僻。

6　職，但，只是由於。競用力，指在上位者競相使用暴力所使然。

章旨　陳子展《直解》：「十五言人民有不善，但由於執政背理，與使用暴力。」余培林《正詁》：「十五章言民有不善，皆在上者導之，非民之咎也。」

作法　十五章平鋪直敘的賦。

原文　民之未戾[1]，職盜為寇[2]。涼曰不可[3]，覆背善詈[4]。雖曰匪予[5]，既作爾歌[6]。

押韻　十六章可、詈、歌，是1（歌）部。

注釋

1　之，語中助詞，無意義。戾，音利，ㄌㄧˋ，善，定。《廣雅‧釋詁》：「戾，善也。」陳子展《直解》：「戾，安定。」

2　職，但由於。盜為寇，執政者強盜似的掠奪。

3　曰，語中助詞，無意義。涼薄待人，固然不可以。

4　覆，反而。詈，音利，ㄌㄧˋ，罵。此句謂汝反而背道行事，又善於善人，事情必定失敗。

5　曰，說。匪，不。此句謂汝雖然說這惡政，不是我所作的。

6　既，已經。此句謂我已經為汝作這首詩歌，加以揭露和諷刺，明白地指示汝的過錯。

章旨　陳子展《直解》：十六章言人民之不安定，但由於執政者貪利掠奪，歸到作詩之由作結。

作法　十六章平鋪直敘的賦。

研析

　　余培林《正詁》:「〈桑柔〉,全詩十六章,為三百篇中最多章之詩。」誠哉此言。余培林《正詁》又曰:「〈豳風・七月〉,全詩八章,每章十一句,為十五〈國風〉中之最長者。」按:前者以章數言,〈桑柔〉是三百篇中最多章之詩;後者,以字句言,〈豳風・七月〉則是十五〈國風〉中之最長者。

　　朱守亮《評釋》:「詩中所言,大致為指責國亂民困,征役頻仍,賦斂繁重;君不順義理,不能用善。當是哀君之不順,國亂民困,責佞臣之惡之詩。」朱守亮《評釋》又引朱公遷曰:「〈小雅・正月〉,《大雅・桑柔〉,皆詩人深悲甚痛之詞,故言之長也如此。然彼多憂懼,此多哀怒,則有不容不辨也。」此言比較〈正月〉與〈桑柔〉之異同,昭然若揭。

四 雲漢

倬彼雲漢，昭回于天。王曰：「於乎！何辜今之人！天降喪亂，饑饉薦臻。靡神不舉，靡愛斯牲。圭璧既卒，寧莫我聽？

旱既大甚，蘊隆蟲蟲。不殄禋祀，自郊徂宮。上下奠瘞，靡神不宗。后稷不克。上帝不臨，耗斁下土，寧丁我躬？

旱既大甚，則不可推。兢兢業業，如霆如雷。周餘黎民，靡有孑遺。旱天上帝，則不我遺。胡不相畏？先祖于摧。

旱既大甚，則不可沮。赫赫炎炎，云我無所。大命近止，靡瞻靡顧。群公先正，則不我助。父母先祖，胡寧忍予？

旱既大甚，滌滌山川。旱魃為虐，如惔如焚。我心憚暑，憂心如薰。群公先正，則不我聞。旱天上帝，寧俾我遯？

旱既大甚，黽勉畏去。胡寧瘨我以旱？憯不知其故。祈年孔夙，方社不莫。旱天上帝，則不我虞。敬恭明神，宜無悔怒。

旱既大甚，散無友紀。鞫哉庶正，疚哉冢宰，趣馬師氏，膳夫左右。靡人不周，無不能止。瞻卬昊天，云如何里？

瞻卬昊天，有嘒其星。大夫君子，昭假無贏。大命近止，無棄爾成。何求為我？以戾庶正。瞻卬昊天，曷惠其寧。

篇名 〈雲漢〉，取首章首句「倬彼雲漢」中之「雲漢」為篇名。

篇旨 明朝季本《詩說解頤》：「此述宣王憂旱之詩也」。清朝方玉潤《詩經原始》：「此一篇禳旱文也。而篇中所言，乃王自禱詞耳。」按：禳，音攘，ㄖㄤˊ，祭祀消災。朱守亮《詩經評釋》：「此周王為民禳除旱暵，祈禱求雨之詩。」

原文 倬彼雲漢 ¹，昭回于天 ²。王曰：「於乎 ³！何辜今之人 ⁴！天降喪亂，饑饉薦臻 ⁵。靡神不舉 ⁶，靡愛斯牲 ⁷。圭璧既卒 ⁸，寧莫我聽 ⁹？

押韻 一章天、人、臻，為 6（真）部。牲、聽，是 12（耕）部。

注釋

1　倬彼雲漢，當作「彼雲漢倬」，為詩文產生波瀾而倒裝。倬，音卓，ㄓㄨㄛˊ，明亮，高遠，浩大。彼，遠指代詞，「那」之意。雲漢，天河，銀河。毛《傳》：「雲漢，謂天河也。」

2　昭，明亮，光明。回，運轉。毛《傳》：「回，轉也。」于，於，在。天，天空。此句高明亮轉運在天空。朱《評釋》：「是夜晴無雨之象也。」

3　王，周宣王。於乎，同烏乎、嗚呼，感歎詞。陳霞村《古代漢語虛詞類解》：「『於』，單獨使用，表示讚美、稱頌。感歎，在先秦典籍《尚書》、《詩經》等書中出現。」陳霞村又云：「於乎，歎詞連用，比起單獨使用，表達更為凸出的語調，抒發更為強烈的感情，可以表示讚美、痛惜、驚異、喝斥、感概等等。」

4　何辜今之人，當作「今之人何辜」，為押韻而倒裝。辜，罪過。鄭玄《箋》：「辜，罪也。」

5　饑，穀不熟。饉，菜不熟。薦，重複，屢次，接連，一再。毛《傳》：「薦，重也。」臻，音真，ㄓㄣ，來到。毛《傳》：「臻，至也。」

6 靡，無，不。舉，祭祀。《禮記‧王制》鄭玄注：「舉，猶祭也。」此句謂所有神明都祭祀。靡……不……，負責得正，此乃數理式國語文教學法。

7 靡不。愛，吝惜，這。楊《詞詮‧卷六》：「斯，指示形容詞，此也。」牲，祭祀用的牲畜。

8 圭、璧，祭神之瑞玉。朱《集傳》：「圭、璧，禮神之玉也。」既，已經。卒，用盡，用完。鄭玄《箋》：「卒，盡也。」

9 寧莫我聽，當作「寧莫聽我」，為押韻兼否定句倒裝。寧，何，為何，為什麼。此句謂為什麼神明不聽我的祭禱而降雨呢？

章旨 陳子展《直解》：「一章言王遭旱，晴夜禱神。」孫鑛《批評詩經》：「以雲漢形容旱意，最得實，最有風味。」

作法 一章兼用感歎、設問，而平鋪直敘的賦。

原文 旱既大甚[1]，蘊隆蟲蟲[2]。不殄禋祀[3]，自郊徂宮[4]。上下奠瘞[5]，靡神不宗[6]。后稷不克[7]。上帝不臨[8]，耗斁下土[9]，寧丁我躬[10]？

押韻 二章甚、蟲、宮、宗、臨、躬，是28（侵）部。

注釋

1 既，已經，大，音太，ㄊㄞˋ，同「太」。大甚，非常嚴重。

2 蘊，鬱悶、悶熱。隆、隆盛。朱《集傳》：「隆，盛也。」蟲蟲，熱氣蒸人的樣子。孔《正義》：「蟲蟲，熱氣蒸人之貌。」

3 殄，音忝，ㄊㄧㄢˇ，斷絕。禋，音因，ㄧㄣ，祭祀。此句謂祭祀不斷絕。

4 郊，祭祀天地。朱《集傳》：「郊，祀天地也。」宮，祭祀祖先在宗廟。鄭玄《箋》：「宮，宗廟。」自，從。徂，往，到。此句謂從郊外祭祀天地，再到宗廟祭祀祖先。

5 上下，上祭天，下祭地。見毛《傳》。奠，祭天神時，陳列祭品在地上。瘞，音亦，一ˋ，祭地神時，把祭品埋入地裡。

6 靡，不。靡……不……，負負得正，方乃數厘式國語文教學法。宗，尊重。毛《傳》：「宗，尊也。」

7 后稷，周代的始祖。克，能夠、勝過。此句謂后稷想救旱災，但不能勝過上天。

8 不臨，不降臨保佑人民。

9 耗，損耗，消耗。斁，音杜，ㄉㄨˋ，敗壞。鄭玄《箋》：「斁，敗也。」下土，天下。見鄭玄《箋》。

10 寧，為何。丁，當。見毛《傳》。躬，自身。此句謂為什麼當我身有這樣旱災？

章旨　余培林《正詁》：「二章言祭祀天地百神，以祈降雨。」

作法　二章兼有設問、而平鋪直敘的賦。

原文　旱既大甚，則不可推 [1]。兢兢業業 [2]，如霆如雷 [3]。周餘黎民 [4]，靡有孑遺 [5]。旱天上帝 [6]，則不我遺 [7]。胡不相畏 [8]？先祖于摧 [9]。

押韻　三章推、雷、遺、遺、畏、摧，是 7（微）部。

注釋

1 推，排除，排開。消除。毛《傳》：「推，去也。」

2 兢兢業業，恐慌危懼的樣子。毛《傳》：「兢兢，恐也。」毛《傳》：「業業，危也。」

3 如霆如雷，旱災猛烈而恐怖，好像遇霹靂，好像聞打雷。

4 黎，眾，見鄭玄《箋》。黎民，人民，百姓。此句用地所剩餘的人民。

5 靡有，沒有。孑，音結，ㄐㄧㄝˊ，孤獨的樣子。見孔《正義》。遺，遺留，剩下。此句謂沒有遺留，即悉盡。

6 皇天，皇天，蒼天。

7 不我遺，當作「不遺我」，為押韻而否定句的倒裝。則，就。遺，留下，遺留。

8 胡，為何。相畏，互相畏懼。

9 于，以，而。摧，毀滅。

章旨 陳子展《直解》:「三章言久旱，人民盡困，求天不應，何不降雨而求祖？」余培林《正詁》:「三章言旱害之甚，民無孑遺，宗祀且絕。」

作法 三章兼有比喻（譬喻）、設問，而平鋪直敘的賦。

原文 旱既大甚，則不可沮¹。赫赫炎炎²，云我無所³。大命近止⁴，靡瞻靡顧⁵。群公先正⁶，則不我助⁷。父母先祖⁸，胡寧忍予⁹？

押韻 四章沮、所、顧、助、予，是23（魚）部。

注釋

1 則，承接連詞，表示因果關係。「則」字以上之文為「原因」，以下之文為「結果」。見楊《詞詮·卷六》。沮，阻止，擋住。沮，音舉，ㄐㄩˇ，擋住。毛《傳》:「沮，止也。」

2 赫赫，乾旱之盛。炎炎，熱氣之盛。見陳奐《詩毛氏傳疏》。

3 云，語首助詞，無意義。見楊《詞詮·卷九》。無，所，沒有容身的地方。

4 大命，有二解:（一）國運。（二）壽命。近，止，有二解:（一）接近終結，快要完結。（二）指民之死亡。毛《傳》:「大命近止，民近死亡也。」

5 靡，不。瞻，前瞻，指體察、視察。顧，後顧，指顧念。

6 群公，周之諸先公。先正，先公之百辟卿士。孔《正義》:「正，長

也。」

7　不我助，當作「不助我「為押韻而倒裝之否定句。

8　父母，指已往生父母之神。

9　胡寧，為何，為什麼。忍予，忍心對我的災難而不救助？

章旨　朱守亮《評釋》:「四章述旱之甚，恐大命將終，呼群公先正，父母先祖，以祈雨也。」

作法　四章兼用倒裝、設問，而平鋪直敘的賦。

原文　旱既大甚，滌滌山川[1]。旱魃為虐[2]，如惔如焚[3]。我心憚暑[4]，憂心如薰[5]。群公先正[6]，則不我聞[7]。旱天上帝，寧俾我遯[8]？

押韻　五章川、焚、薰、聞、遯，是9（諄）部。

注釋

1　滌滌，音笛笛，ㄉㄧˊ ㄉㄧˊ，光禿乾涸。屈《詮釋》:「滌滌，猶濯濯也。」余培林《正詁》:「言山禿水盡也。」

2　魃，音拔，ㄅㄚˊ，旱神。見毛《傳》。為虐，施行暴虐。

3　惔，音談，ㄊㄢˊ，燃燒。焚，音粉，ㄈㄣˊ，燃燒。此句謂大地好像火起，好像火焚。

4　憚，音但，ㄉㄢˋ，害怕。鄭玄《箋》:「憚，猶畏也。」暑，暑熱。

5　憂心，憂痛的心。薰，火重灼。毛《傳》:「熏，灼也。」

6　群公先正；前代公卿的神靈，即群公先正的神。

7　聞，過問，恤問。不我聞，當作「不聞我」，為押韻而否定句倒裝。

8　寧，為何，為什麼。俾使。遯，音盾，ㄉㄨㄣˋ，逃避。

章旨　陳子展《直解》:「五言旱魃為虐，無可奈何，仍求于天。」余培林《正詁》:「五章言山川滌滌，大地如焚，祈旱天上帝降雨，以救之。」

作法　五章兼有比喻（譬喻）、設問，而平鋪直敘的賦。

原文　旱既大甚，黽勉畏去[1]。胡寧瘨我以旱[2]？憯不知其
故[3]。祈年孔夙[4]，方社不莫[5]。昊天上帝，則不我虞[6]。
敬恭明神[7]，宜無悔怒[8]。

押韻　六章去、故、虞、怒，是 13（魚）部。莫，是 14（鐸）部。
魚、鐸二部，是對轉而押韻。

注釋

1　黽，音敏，ㄇㄧㄣˇ。黽勉，勉力，努力。畏去畏旱而逃去。此句謂我
要勉力將可畏懼的旱災趕走。

2　胡寧，為何。瘨，音顛，ㄉㄧㄢ，病，加害。鄭玄《箋》：「瘨，病
也。」以旱，用旱災。

3　憯，音慘，ㄘㄢˇ，曾，還。鄭玄《箋》：「憯，曾也。」

4　祈年，祈求豐年祭。《禮記・月令》；「孟冬之月，天子乃祈來年于天
宗。」孔，甚，很。夙，早。鄭玄《箋》：「孔夙，甚早也。」

5　方，祭四方之神。社，祭土地為神。莫，同「暮」，晚，見鄭玄《箋》。

6　則，就。不我虞，當作「不虞我」，為押韻倒裝的否定句。虞，幫助。
王引之《經義述聞》：「虞，助也。」

7　敬恭，即恭敬。明神，即神明。

8　宜，應該。悔，恨。此句謂神明對我應該沒有悔恨惱怒。

章旨　余培林《正詁》：「六章述無神不祭，無祭不恭，何以竟遭此厄
（旱災）？」

作法　六章兼有設問，而平鋪直敘的賦。

原文　旱既大甚，散無友紀[1]。鞫哉庶正[2]，疚哉冢宰[3]，趣馬
師氏[4]，膳夫左右[5]。靡人不周[6]，無不能止[7]。瞻卬昊

天 [8]，云如何里 [9]？

押韻　七章紀、宰、右、止、里，是 24（之）部。

注釋

1　散，散漫、散亂。友，有。見劉熙《釋名》：「友，有也。」紀，法紀，綱紀。此句謂群臣散漫，而沒有法紀。

2　鞫，音局，ㄐㄩˊ，窮困，貧窮。鄭玄《箋》：「鞫，窮也。」庶正，眾長官。鄭玄《箋》：「庶正，眾官之長也。」

3　疧，病，憂慮。冢宰，官名，猶後代宰相。

4　趣馬，官名，掌管豢養君王的馬。師氏，官名，掌管教育國王和貴族子弟。

5　膳夫，官名，掌管君王和后妃之飲食。左右，招君王左右官吏。

6　靡，不，無人。周，當作賙，救災，救濟，賙救。

7　無，無人。不能，沒有能力。止，停止救助人民。此句謂上下一同，百官都努力救助百姓。

8　卬，通「仰」，仰望。

9　云，語首助詞。如何，奈何。里，憂愁。鄭玄《箋》：「里，憂也。」

章旨　陳子展《直解》：「七章言眾官救災之勞。」余培林《正詁》：「七章朝綱已解，百官散亂。」

作法　七章兼有設問，而平鋪直敘的賦。

原文　瞻卬昊天，有嘒其星 [1]。大夫君子 [2]，昭假無贏 [3]。大命近止 [4]，無棄爾成 [5]。何求為我 [6]？以戾庶正 [7]。瞻卬昊天，曷惠其寧 [8]。

押韻　八章星、贏、成、正、寧，是 12（耕）部。

注釋

1　有嘒其星，當作「其星有嘒」，為押韻而倒裝。其，代詞，指昊天。

嘒，音慧，ㄏㄨㄟˋ。有嘒，嘒然，微光閃閃的樣子。

2 大夫君子，指庶正、冢宰等。余培林《正詁》：「此呼而告之也。」孔《正義》引王肅云：「大夫君子，公卿大夫也。」

3 昭，明，神明。假，音格，ㄍㄜˊ，至，降臨。昭假，祈禱神靈降臨。屈萬里《書傭論學集‧詩經零拾》：「神降臨謂之昭假，祈神降臨亦謂之昭假。」呂祖謙《東塾讀詩記》：「呂氏曰：贏，餘也。」此句謂祭祀祈求神明降臨，而不遺餘力。

4 大命，有二解：（一）國運。（二）人之死亡。近止，快要完結。

5 無，勿。棄，放棄。爾，汝。成，成功，見鄭玄《箋》。

6 何，為何，為什麼。求，祈求。為我，難道為了我自己。

7 以，用來，引申為「目的」。戾，音力，ㄌㄧˋ，安定。毛《傳》：「戾，定也。」庶正，眾官吏。

8 曷，何時。惠，賜。見高亨《今注》。其，代詞，指庶正，即眾官吏。寧，安寧。

章旨 朱守亮《評釋》：「八章勉眾官致力祈雨，以拯斯民作結也。」

作法 八章兼有設問，而平鋪直敘的賦。

研析

余培林《正詁》：「一章言『天降喪亂，饑饉薦臻』，此為一篇之總綱。」誠哉此言。

吳闓生《詩義會通》：「自王曰於乎以下至篇末，皆借王口中出之，以見其憂民之誠，不煩更贅一語，亦一奇格。」滕志賢《新譯詩經讀本》：「祈天求雨為本詩主旨，然通篇不出一『雨』字，亦為奇筆。」吳、滕二氏之說，頗中肯綮。

孫鑛《批評詩經》：「重重複複，說了又說，樣樣說到，喋喋不已，最見憂旱懇切至意。」按：二至七章首章「旱既大甚」，此乃類句（複疊），具有強調「憂旱」之作用。三、五、六反覆使用「旱天

上帝」，七、八章重複運用「瞻印昊天」，具有「祈天降雨」之殷切。
余培林《正詁》：「全詩六言昊天，回言上帝，履言群公先正，父母先祖，足見其望雨之切，祭祀之誠，哀怨之重。然而雲漢昭天，群星有嘒，其奈天地何！」洵哉斯言。

五 崧高

　　崧高維嶽，駿極于天。維嶽降神，生甫及申。維申及甫，維周之翰。四國于藩，四方于宣。

　　亹亹申伯，王纘之事。于邑于謝，南國是式。王命召伯，定申伯之宅，登是南邦，世執其功。

　　王命申伯：「式是南國，因是謝人，以作爾庸。」王命召伯，徹申伯土田。王命傅御，遷其私人。

　　申伯之功，召伯是營。有俶其城，寢廟既成，既成藐藐，王錫申伯，四牡蹻蹻，鉤膺濯濯。

　　王遣申伯，路車乘馬。「我圖爾居，莫如南土。錫爾介圭，以作爾寶。往近王舅，南土是保。」

　　申伯信邁，王餞于郿。申伯還南，謝于誠歸。王命召伯，徹申伯土疆，以峙其粻，式遄其行。

　　申伯番番，既入于謝，徒御嘽嘽。周邦咸喜，戎有良翰。不顯申伯，王之元舅，文武是憲。

　　申伯之德，柔惠且直。揉此萬邦，聞于四國。吉甫作誦，其詩孔碩。其風肆好，以贈申伯。

篇名　〈崧高〉，取首章首句「崧高維嶽」之「崧高」為篇名。

篇旨　朱熹《詩集傳》：「宣王之舅申伯出封于謝，而尹吉甫作詩以送之。」信哉此言。

原文　崧高維嶽[1]，駿極于天[2]。維嶽降神[3]，生甫及申[4]。維申及甫，維周之翰[5]。四國于藩[6]，四方于宣[7]。

押韻　一章天、申，是 6（真）部。翰、蕃、宣，是 3（元）部。

真、元二部，是旁轉而押韻。

注釋

1 崧，音松，山大而高，見毛《傳》。《說文》段玉裁注：「崧、嵩二形，皆即崇之異體。」按：就訓詁學言，崧、嵩、崇即形體異構。如棋、棊、碁，也是形體異構。嵩高，即嵩山（在今河南登封縣境），見高亨《今注》。《爾雅・釋山》：「泰山為東嶽，華山為西嶽，霍山（衡山）為南嶽，恆山為北嶽，嵩高（嵩山）為中嶽。」維，是。此句謂嵩山是五嶽之一。

2 駿，假借為峻，高大。毛《傳》：「駿，大也。」極，至。毛《傳》：「極，至也。」極于，至於。

3 維，語首助詞，無意義。五嶽之一嵩山，降下神靈。

4 生甫及申，生仲山甫及申伯。余培林《正詁》：「意謂甫、申二人佐宣王中興，則其生必不凡也。」

5 維，是。翰，楨榦，棟梁。毛《傳》：「翰，榦也。」

6 四國，四方諸侯國。于，為，是，見程、蔣《注析》。蕃，屏障。鄭玄《箋》：「四國有難，則往扞禦之，為之蕃屏。」

7 四方，指天下。見程、蔣《注析》。于，為，是。宣，垣的假借，圍牆。馬瑞辰《通釋》：「宣與蕃對言，宣當為『垣』之假借。」

章旨 一章朱守亮《評釋》：「第一章述申甫生之鍾靈山嶽也。」

作法 一章平鋪直敘的賦。《文心雕龍・詮賦》：「賦者，鋪也，鋪采摛（音吃，ㄔ，舒展）文，體物寫志也。」

原文 亹亹申伯[1]，王纘之事[2]。于邑于謝[3]，南國是式[4]。王命召伯[5]，定申伯之宅[6]，登是南邦[7]，世執其功[8]。

押韻 二章事，24（之）部。式，是 25（職）之、職二部，是對轉而押韻。伯、宅，是 14（鐸）部。邦、功，是 18（東）部。

注釋

1. 亹亹，音偉偉，ㄨㄟˇ ㄨㄟˇ，勤勉的樣子。申伯，申侯。朱《評釋》：「宣王之元舅，宣王以為南國諸侯之伯，故稱申伯。」

2. 周，周宣王。纘，音纂，ㄗㄨㄢˇ，繼承。鄭玄《箋》：「纘，繼也。」之，代詞，指申伯。此句謂申伯繼承先人之事業。

3. 上「于」，建築。下「于」，在。此句謂於是建築邑在謝。謝，建築邑名，在今河南南陽縣。

4. 南國，謝在周之南。式，為，樹立。楊《詞詮・卷五》：「是，不完全內動詞，為也。」式，法，楷模，榜樣，法則。另一說：南國是式，當作「式南國」。

5. 召伯，召穆公，即召虎，周宣王大臣。孔《正義》：「召伯，召穆公也。」

6. 定，確定，安頓。之，連詞，「的」之意。宅，住宅。居處，此指謝邑。

7. 登，建成，引申為安定。見高亨《今注》。是，此，這。

8. 世，世世代代，執，保持，執行。其，代詞，指申伯。功，事業，職事。毛《傳》：「功，事也。」

章旨 余培林《正詁》：「二章言王封申伯于謝，或是南邦。」

作法 二章平鋪直敘的賦。

原文 王命申伯：「式是南國[1]，因是謝人[2]，以作爾庸[3]。」王命召伯，徹申伯土田[4]。王命傅御[5]，遷其私人[6]。

押韻 二章邦、庸，是18（東）部。曰、人，是6（真）部。

注釋

1. 式是南國，當作「南國是式」。

2. 因，因憑，依據。是，此，這，近指代詞。謝人，謝地民力。

3　以，用來，引申為目的。作，建起，成就。爾，汝，指甲伯。庸有二
　　解：（一）事功。鄭玄《箋》：「庸，功也。」（二）假借為「墉」，城
　　牆。高亨《今注》：「庸，借為墉，城也。」

4　徹，整治。朱《集傳》：「定其經界，正其賦稅也。」田地，土地。

5　傅御，申伯家臣之長。見朱《集傳》。

6　私人，家臣。見毛《傳》。此句謂遷徙申伯的家臣到謝地。

章旨　朱守亮《評釋》：「三章述王命申伯式南邦也。」余培林《正
　　詁》：「三章言王命，以著其寵眷申伯之隆。」

作法　三章兼有引用，而平鋪直敘的賦。

原文　申伯之功，召伯是營 1。有俶其城 2，寢廟既成 3，既成
　　藐藐 4，王錫申伯 5，四牡蹻蹻 6，鉤膺濯濯 7。

押韻　四章營、城、成，是 12（耕）部。藐、蹻、濯，是 20（藥）
　　部。

注釋

1　之，連詞，「的」之意。功、工，全文同一字，工作，此指築謝城，徹
　　土田等工作。召伯是營，當作「召伯營是」，為押韻而倒裝。是，此，
　　代詞，指功。營，經營，辦理。

2　有俶其城，當作「其城有俶」，為押韻而倒裝。其，代詞，召伯。城，
　　指謝城。俶，音觸，ㄔㄨˋ，善，美好。有俶，俶然，美好的樣子。
　　《說文》：「俶，善也。」

3　寢廟，周代宗廟建築分為人所住之寢，神明所居之廟。《禮記‧月令》：
　　「凡廟，前曰廟，後曰寢。」

4　既，已經。藐藐，美麗的樣子，美好的樣子，引申為雄偉壯觀的樣子。
　　毛《傳》：「藐藐，美貌。」

5　錫，賜。此句謂周宣王賜予申伯。

6 牡，公馬。蹻蹻，音矯矯，ㄐㄧㄠˇ ㄐㄧㄠˇ，健壯勇武的樣子。毛《傳》：「蹻蹻，壯貌。」

7 鉤膺，套在馬胸前頸上的帶飾。程、蔣《注析》：「亦名樊纓。」高亨《今注》：「即繁纓。」濯濯，光澤鮮明亮麗的樣子。毛《傳》：「濯濯，光明也。」

章旨 余培林《正詁》：「四章言召伯既營謝過，而王於申伯有所賜予。」

作法 四章兼有頂針，而平鋪直敘的賦。

原文 王遣申伯[1]，路車乘馬[2]。「我圖爾居[3]，莫如南土[4]。錫爾介圭[5]，以作爾寶[6]。往近王舅[7]，南土是保[8]。」

押韻 五章馬，是 13（魚）部。土、寶、舅、保，是 21（幽）部。魚、幽二部，是旁轉而押韻。

注釋

1 遣，遣送。此句謂周宣王遣送申伯。

2 路車，諸侯剩坐的車。乘，音剩，ㄕㄥˋ，四匹馬。

3 我，指周宣王。圖，圖謀，考慮。爾，汝，指申伯。居，居處，封地。

4 莫如，不如。南土，南方這塊土地。

5 錫，賜。爾，汝，指申伯。介，大。圭，上圓下方之瑞玉。按：諸侯去介圭，以朝見周天子。

6 以，用來。爾，汝，指申伯。寶，諸侯朝見天子的信物。

7 往物王舅，當作「王舅往近」。王舅，申伯是宣王母親申后的兄弟，因此宣王稱申伯為王舅。近，音記，ㄐㄧˋ，哉，語助詞。高亨《今注》：「近，猶哉。」按：惠棟《九經古義》以為「近」乃「远」之訛。此另一說。

8 南工是保，當作「保南土」，為押韻而倒裝。保，保護。是，語中助

詞，結構助詞。

章旨　五章描述周宣王遣送申伯，宣王賜申伯既多且重，表示宣王寵
眷申伯之優渥。

作法　五章兼用倒裝，而平鋪直敘的賦。

原文　申伯信邁 [1]，王餞于郿 [2]。申伯還南，謝于誠歸 [3]。王
命召伯，徹申伯土疆 [4]，以峙其粻 [5]，式遄其行 [6]。

押韻　六章郿，是 4（脂）部。歸，是 7（微）部。脂、微二部，是
旁轉而押韻。

注釋

1　信，誠，確定。邁，出行。鄭玄《箋》：「邁，行也。」此句謂申伯確定
出行（日期）。

2　王，周宣王。餞，音見，ㄐㄧㄢˋ，餞行，擺食酒送行。于，於，在。
郿，地名，在今陝西郿縣。

3　謝于誠歸，作「誠歸于謝」，為押韻而倒裝。此句謂誠心歸於謝國。

4　徹，取稅。此句謂取申伯的土地稅。

5　以，用來，引申為「目的」。峙，音至，ㄓˋ，儲存，儲備。朱《集
傳》：「峙，積也。」粻，音帳，ㄓㄤˋ，糧食。鄭玄《箋》：「粻，糧
也。」

6　式，以，用。見程、蔣《注析》。遄，音傳，ㄔㄨㄢˊ，迅速。其，代
詞，指申伯。鄭玄《箋》：「用是速申伯之行。」

章旨　六章陳述申伯往謝，周宣王為申伯餞行。

作法　六章平鋪直敘的賦。

原文　申伯番番 [1]，既入于謝，徒御嘽嘽 [2]。周邦咸喜 [3]，戎有
良翰 [4]。不顯申伯 [5]，王之元舅 [6]，文武是憲 [7]。

押韻 七章番、嘽、翰、憲,是 3(元)部。

注釋

1 番番,音撥撥,ㄅㄛ ㄅㄛ,勇武的樣子。毛《傳》:「番番,勇武貌。」

2 徒御,徒行者御車者。嘽嘽,音貪貪,ㄊㄢ ㄊㄢ,眾盛的樣子,聲盛的樣子。

3 周,全。邦,國。咸,都。喜,喜氣融融,喜氣揚揚。

4 戎,翰,楨幹,此指君王。良翰,善君。

5 不,讀作丕,ㄆㄧ,大。顯,顯赫。

6 之,連詞,「的」之意。元,大。元舅,大舅。

7 文武,文才武功。憲,法,典範,楷模。此句謂文才武功是人們的典範。

章旨 余培林《正詁》:「七章言申伯就謝,為天子之楨幹。」按:申伯既為天子之棟梁,又為人們的典範。

作法 七章平鋪直敘的賦。

原文 申伯之德,柔惠且直[1]。揉此萬邦[2],聞于四國[3]。古甫作誦[4],其詩孔碩。其風肆好[5],以贈申伯[6]。

押韻 八章德、直、國,是 25(職)部。碩、伯,是 14(鐸)部。職、鐸二部,是旁轉而押韻。

注釋

1 柔,安。惠,順。此句謂安順而且正直,見孔《正義》。

2 揉,安撫。馬《通釋》:「揉,安也。」

3 聞,聲聞。此句謂聲名遠播於四方之國。

4 吉甫,尹吉甫,見毛《傳》。作誦,作詩以歌誦之。其,代詞,指尹吉甫。孔,甚,很。碩,美大。鄭玄《箋》:「碩,大也。」

5 其,代詞,指尹吉甫,風,指音響曲調。肆,極,見蘇轍《詩集傳》。

6 以，用來，引申為「目的」。

章旨 陳子展《直解》：「八章頌美申伯美德，作者自述作詩之意，作
結。」

作法 八章平鋪直敘的賦。

研析

姚際恆《詩經通論》：「此與下篇皆吉甫所作，理明詞順，俊快自
得，與〈桑柔〉、〈雲漢〉之古拗稍不類。宣王與厲王時，文章風氣，
已有升降如此。」姚氏比較〈桑柔〉、〈雲漢〉與〈崧高〉、〈丞民〉之
異同，獨具慧眼。

余培林《正詁》：「詩中凡五言王命，又屢言王纘、王錫、王遣、
王餞、王舅，足見申伯獲宣王寵眷之深，然終不能以此，謂此詩『美
宣王國也。』」余氏剖析頗中肯綮。按：二章至八章首句皆言「申
伯」，凡七次，由此可以印證「申伯獲宣于寵眷之深」。

六　丞民

　　天生丞民，有物有則。民之秉彝，好是懿德。天監有周，昭假于下。保茲天子，生仲山甫。

　　仲山甫之德，柔嘉維則。令儀令色，小心翼翼。古訓是式，威儀是力。天子是若，明命使賦。

　　王命仲山甫：「式是百辟，纘戎祖考，王躬是保。出納王命，王之喉舌。賦政于外，四方爰發。」

　　肅肅王命，仲山甫將之，邦國若否，仲山甫明之。既明且哲，以保其身。夙夜匪解，以事一人。

　　人亦有言：「柔則茹之，剛則吐之。」維仲山甫，柔亦不茹，剛亦不吐，不侮矜寡，不畏彊禦。

　　人亦有言：「德輶如毛，民鮮克舉之。」我儀圖之，維仲山甫舉之，愛莫助之，袞職有闕，維仲山甫補之。

　　仲山甫出祖，四牡業業，征夫捷捷，每懷靡及。四牡彭彭，八鸞鏘鏘。王命仲山甫，城彼東方。

　　四牡騤騤，八鸞喈喈。仲山甫徂齊，式遄其歸。吉甫作誦，穆如清風。仲山甫永懷，以慰其心。

篇名　〈丞民〉，取首章首句「天生丞民」中之「丞民」為篇名。

篇旨　朱熹《詩集傳》：「宣王命樊侯仲山甫築城於齊，而尹吉甫作詩，以送之。」洵哉斯言。

原文　天生丞民[1]，有物有則[2]。民之秉彝[3]，好是懿德[4]。天監有周[5]，昭假于下[6]。保茲天子[7]，生仲山甫[8]。

押韻　一章則、德，是25（職）部。下、甫，是13（魚）部。

注釋

1 丞，眾。見毛《傳》。

2 物，事物。毛《傳》：「物事。」則，法則。毛《傳》：「則，法也。」

3 之，語中助詞，無意義。秉，持。彝，音夷，一ˊ，常性。

4 好，音號，ㄏㄠˋ，愛好。是，此，這。懿德，美德。毛《傳》：「懿，
美也。」

5 監，視，看。有周，周朝。按：名詞上「有」字，是帶詞頭衍聲複詞，
無意義。

6 假，音格，ㄍㄜˊ，至。見鄭玄《箋》。昭假，神明降臨。于，於，
在。下，下土，人間。

7 保，保護。茲，此，這個。

8 仲山甫，樊侯。見毛《傳》。孔《正義》：「仲山甫是樊國之君，爵為
侯，而字仲山甫也。」

章旨 一章陳子展《直解》：「一章言人性本善，而仲山甫又有生有
良。」按：姚際恆《詩經通論》：「三百篇說理始此，蓋在宣王
之世矣。」

作法 一章平鋪直敘的賦。

原文 仲山甫之德，柔嘉維則[1]。令儀令色[2]，小心翼翼[3]。古
訓是式[4]，威儀是力[5]。天子是若[6]，明命使賦[7]。

押韻 三章德、則、色、翼、式、力，是 25（職）部。若，是 14
（鐸）部。賦，是 13（魚）部。鐸、魚二部，是對轉而押
韻。

注釋

1 柔，柔和。嘉，美德。維，是。則，法則。

2 令，美好。儀，威儀。色，顏色。

3 翼翼，恭敬謹慎的樣子。

4 古訓，先王之遺典。見鄭玄《箋》。古訓是式，當作「式古訓」。是，語
中助詞，結構助詞，無意義。式，效法。鄭玄《箋》：「式，法也。」

5 力，勤勉。鄭玄《箋》：「力，猶勤也。」蘇轍《詩集傳》：「力，勉
也。」此句當作「力威儀」。是，語中助詞，無意義。

6 若，順從。毛《傳》：「若，順也。」此句當作「若天子」。是，語中助
詞，無意義。

7 明命，政令。使賦，使之頒布。賦，頒布。毛《傳》：「賦，布也。」此
句謂天子使他頒布政令。

章旨 二章描述仲山甫之德。

作法 二章兼有倒裝，而平鋪直敘的賦。

原文 王命仲山甫：「式是百辟 [1]，纘戎祖考 [2]，王躬是保 [3]。
出納王命 [4]，王之喉舌 [5]。賦政于外 [6]，四方爰發 [7]。」

押韻 三章考、保，是 21（幽）部。舌、外、發，是 2（月）部。

注釋

1 式是百辟，當作「百辟式」。是，語中助詞，無意義。式，法式，楷
模，榜樣。辟，音避，ㄅ一ˋ，君。百辟，諸侯。此句謂做諸侯之楷
模。

2 纘，音纂，ㄗㄨㄢˇ，繼承。戎，汝。祖考，祖先。

3 王躬是保，當作「保王躬」。是，語中助詞，無意義。躬，身體。王
躬，指周王。毛《傳》：「躬，身也。」此句謂保護周王的身體。

4 行，頒布且實行周王的政令。朱《集傳》：「出，承而布之也。」納，向
周王回報各地反映之意見和狀況。朱《集傳》：「納，行而復之也。」

5 之，連詞，「的」。喉舌，比喻代言人。

6 賦，頒布。政，政令，政教。于，於，在。外，畿外，首都之外，此指

諸侯之國。

7　四方，四方諸侯。爰，於是。發，施行，響應。馬瑞辰《通釋》：「發，行也。」鄭玄《箋》：「以布政於畿外，天下諸侯於是莫不發應（響應）。」

章旨　三章描述王命仲山甫之職位。

作法　三章兼有倒裝、比喻（譬喻），而平鋪直敘的賦。

原文　肅肅王命[1]，仲山甫將之[2]，邦國若否[3]，仲山甫明之[4]。既明且哲，以保其身[5]。夙夜匪解[6]，以事一人[7]。

押韻　四章將、明，是 15（陽）部。身、人，是 6（真）部。

注釋

1　肅肅王命，當作「王命肅肅」。王命，君王命令。肅肅，嚴肅的樣子，威嚴的樣子。朱《集傳》：「肅肅，嚴也。」

2　將，奉行，執行。毛《傳》：「將，行也。」之，代詞，指王命。

3　邦國，指國家政。若，善。不，音匹，ㄆㄧˇ，惡。鄭玄《箋》：「若否，猶臧否，謂善惡也。」

4　明，明察，疏通。于省吾《詩經新證》：「言邦國當沉晦之時，仲山甫有此通其閉塞。」

5　既明且哲，既聰明又有智慧。呂祖謙《東塾讀詩記》：「明，亦哲也。並言之，則明者哲之發，哲者明之實也。」以，用。保，保全。孔《正義》：「以此明哲，擇安去危，而保全其身，不有禍敗。」此兩句，節縮為「明哲保身」，意謂明智的人善於保全自己，不參與可能自己帶來危險的事。詳見曾香綾《詩經成語研究》，二〇一〇年六月臺灣師大國文研究所博士論文，蔡宗陽指導。

6　夙夜，早晚。匪，非，見鄭玄《箋》。解，同懈，懈怠，鬆弛。

7　以，用來，事，侍奉。一人，天子一人，此指周宣王。

章旨 四章陳述仲山甫任事之勤勞，而毫不懈怠。

作法 四章兼有節縮，而平鋪直敘的賦。

原文 人亦有言[1]：「柔則茹之[2]，剛則吐之[3]。」維仲山甫[4]，柔亦不茹，剛亦不吐，不侮矜寡[5]，不畏彊禦[6]。

押韻 五章茹、吐、甫、茹、吐、寡、禦，是 13（魚）部。

注釋

1 亦，也。此句謂人們也有說過這樣的話。

2 柔，柔軟。則，就。茹，如，吃。之，代詞，指柔。

3 剛，堅硬。則，就。之，代詞，指剛。

4 維，通「唯」，只有。

5 侮，欺侮。矜音關，ㄍㄨㄢ，通鰥，老而無妻。寡，老而無夫。

6 畏，害怕。彊，同強。彊禦，強梁，強悍的人，強橫之人。

章旨 五章描繪仲山甫之德，而美其有剛有柔，恰到好處。

作法 五章兼用引用、映襯（對比），而平鋪直敘的賦。

原文 人亦有言：「德輶如毛[1]，民鮮克舉之[2]。」我儀圖之[3]，維仲山甫舉之[4]，愛莫助之[5]，袞職有闕[6]，維仲山甫補之[7]。

押韻 六章舉、圖、舉、助、補，是 13（魚）部。

注釋

1 輶，音友，ㄧㄡˇ，輕，見鄭玄《箋》。此句謂道德輕如羽毛。

2 鮮，少。克，能夠。這是明喻。人民很多能夠舉起羽毛。比喻道德雖容易修，而人民成德者卻少之又少。

3 我，作者尹吉甫自稱。儀圖，擬度謀畫思量。之，代詞，指德輶如毛。

4 維，通「唯」，只有。舉，舉起。之，代詞，指毛。

5　莫，不。之，代詞，指仲山甫。此句謂仲山甫道德已完全具體，不需有人幫忙仲山甫。

6　袞，音滾，ㄍㄨㄣˇ。袞職，指天子之職。闕，缺失。

7　維，通「唯」，只有。補，匡正。之，指袞職，即天子。此兩句謂天子如有缺失，只有仲山甫能匡正天子。

章旨　六章描述仲山甫既能自舉其德，又能補王之缺失。

作法　六章兼有引用、比喻（譬喻），而平鋪直敘的賦。

原文　仲山甫出祖 [1]，四牡業業 [2]，征夫捷捷 [3]，每懷靡及 [4]。四牡彭彭 [5]，八鸞鏘鏘 [6]。王命仲山甫，城彼東方 [7]。

押韻　七章業，是 31（盍）部。及，是 27（鐸）部。盍、鐸二部，是旁轉而押韻。彭、鏘、方，是 15（陽）部。

注釋

1　出祖，出門而後祖祭。

2　牡，雄馬。業業，馬匹高大強壯的樣子。

3　征夫，指跟從仲山甫出行的人。捷捷，行動敏捷的樣子。

4　每，常常。懷，思，想。靡及，趕不上。

5　彭彭，音旁旁，ㄆㄤˊ ㄆㄤˊ，強壯有力的樣子。

6　鸞，鈴在鑣者，一馬二鸞，四馬有八鸞。

7　城，築城。彼，遠指代詞，「那」之意。東方，齊，見毛《傳》。

章旨　七章敘述仲山甫出祖，奉命城彼東方（齊）。

作法　七章平鋪直敘的賦。

原文　田牡騤騤 [1]，八鸞喈喈 [2]。仲山甫徂齊 [3]，式遄其歸 [4]。吉甫作誦 [5]，穆如清風 [6]。仲山甫永懷 [7]，以慰其心 [8]。

押韻　八章騤、喈、齊，是 4（脂）部。歸，是 7（微）部。脂、微

二部，是旁轉而押韻。風、心，是 28（侵）部。

注釋

1 騤騤，音揆揆，ㄎㄨㄟˊ ㄎㄨㄟˊ，馬高大強壯的樣子。

2 喈喈，音基基，ㄐㄧ ㄐㄧ，鈴聲清脆和諧響亮。

3 徂，音殂，ㄘㄨˊ，往，到……去。

4 式，語首助詞，無意義。遄，音船，ㄔㄨㄢˊ，快速。毛《傳》:「遄，
疾也。」其，時間副詞，將，見楊《詞詮·卷四》。歸，回來。

5 作誦，作詩歌，以歌頌仲山甫。

6 穆，和美。鄭玄《箋》:「穆，和也。」此句謂和美好像清風。

7 永懷，常常想起這首詩。

8 以，用。其，指仲山甫。此句謂用這首詩來安慰仲山甫的心。

章旨 八章陳述仲山甫到齊，並快速回去，伊吉甫作詩，以安慰仲山
甫的心。

作法 八章兼用比喻（譬喻），而平鋪直敘的賦。

研析

孫鑛《批評詩經》:「語意高妙，深微入奧，又別是一種風格，大
約以理趣勝。」余培林《正詁》:「首章惟前四句說理，姚際恆曰:
『三百篇說理始此，蓋在宣王之世矣。』朱守亮《評釋》:『牛運震
曰:『開端四語，性命精微之奧，一篇詩旨，函蓋於此。有物有則一
語，微顯兼到。後儒紛紛論性，不如此語之渾約。』其旨深矣!」綜
觀各家之說，詩義更洞悉，詩旨更明確。

七　韓奕

　　奕奕梁山，維禹甸之，有倬其道。韓侯受命，王親命
之：「纘戎祖考。無廢朕命，夙夜匪解，虔共爾位。朕命不
易，幹不庭方，以佐戎辟。」

　　四牡奕奕，孔脩且張。韓侯入覲，以其介圭，入覲于
王。王錫韓侯；淑旂綏章，簟茀錯衡，玄袞赤舄，鉤膺鏤
錫，鞹鞃淺幭，鞗革金厄。

　　韓侯出祖，出宿于屠。顯父餞之，清酒百壺，其殽維
何？炰鼈鮮魚。其蔌維何？維筍及蒲。其贈維何？乘馬路
車。籩豆有且，侯氏燕胥。

　　韓侯取妻，汾王之甥，蹶父之子。韓侯迎止，于蹶之
里。百兩彭彭，八鸞鏘鏘，不顯其光。諸娣從之，祁祁如
雲。韓侯顧之，爛其盈門。

　　蹶父孔武，靡國不到。為韓姞相攸，莫如韓樂。孔樂韓
土，川澤訏訏，魴鱮甫甫，麀鹿噳噳，有熊有羆，有貓有
虎。慶既令居，韓姞燕譽。

　　溥彼韓城，燕師所完。以先祖受命，因時百蠻。王錫韓
侯，其追其貊，奄受北國，因以其伯。實墉實壑，實畝實
藉。獻其貔皮，赤豹黃羆。

篇名　〈韓奕〉，取詩中二字為題。陳奐《詩毛氏傳疏》：「韓，韓
　　　　侯。奕，猶奕奕也。宣王命韓侯為侯伯，奕奕然大，故詩以
　　　　〈韓奕〉命篇。」按：「韓」字，取四句「韓侯受命」之
　　　　「韓」。「奕」字，取首句「奕奕梁山」之「奕」。

篇旨　朱守亮《詩經評釋》：「此韓侯入覲歸娶，詩人此，以寄望其能

為國北衛之詩。」

原文 奕奕梁山[1]，維禹甸之[2]，有倬其道[3]。韓侯受命[4]，王親命之：「纘戎祖考[5]。無廢朕命[6]，夙夜匪解[7]，虔共爾位[8]。朕命不易[9]，幹不庭方[10]，以佐戎辟[11]。」

押韻 一章甸、命、命，是 6（真）部。道、考，是 21（幽）部。解，是 10（支）部。易、辟，是 11（錫）部。支、錫二部，是對轉而押韻。支、幽二部，是旁轉而押韻。

注釋

1 奕奕，音亦亦，一ˋ 一ˋ，高大的樣子。毛《傳》：「奕奕，大也。」梁山，韓境之山，在今河北固定縣東北。

2 維，是。甸，整治。之，代詞，指梁山。陳奐《詩毛氏傳疏》：「章首即以禹治梁山，除水災，比況宣王平大亂，命諸侯。」

3 有倬，倬然，廣大、廣闊的樣子。其，代詞，指從韓到周。道，道路。此句當作「其道有倬」，為押韻而倒裝。

4 受，命，接受周王冊命。按：冊命，天子封諸侯，載於簡冊之命令。

5 纘，音纂，ㄗㄨㄢˇ，繼承。戎，汝。祖考，祖先。

6 無，勿，廢棄。朕，我，見鄭玄《箋》。命，使命。

7 解，用懈，懈怠。此句謂早晚不懈怠。

8 虔，敬，見朱《集傳》。共，恭之古字。鄭玄《箋》：「古之恭字或共。」此句謂恭敬謹慎汝之職位。

9 朕，我。命，冊命。不易，不會改變。鄭玄《箋》：「易，改易。」

10 幹，整治。不庭方，不來庭之國，見朱《集傳》。此句謂汝整治而平服不來朝見的諸侯國。

11 以，用來。佐，輔佐。戎，汝。辟，君主，天子。此句謂用來輔佐你的天子。

章旨　一章描述韓侯始受封。余培林《正詁》:「先言禹者,蓋欲與韓
　　　　侯古今比功,先後耀美也。」

作法　一章兼有倒裝,而平鋪直敘的賦。

原文　四牡奕奕¹,孔脩且張²。韓侯入覲³,以其介圭⁴,入
　　　　覲于王。王錫韓侯⁵;淑旂綏章⁶,簟茀錯衡⁷,玄袞赤
　　　　舄⁸,鉤膺鏤鍚⁹,鞹鞃淺幭¹⁰,鞗革金厄¹¹。

押韻　二章張、王、章、衡、鍚,是 15(陽)部。幭、厄,是 11
　　　　(錫)部。

注釋

1　牡,雄馬。奕奕長而高大的樣子。

2　孔,甚,很。脩,長,見毛《傳》。且,又。張,大,見毛《傳》。

3　覲,音近,ㄐㄧㄣˋ,諸侯秋天見天子,見鄭玄《箋》。

4　以,用。其,代詞,指韓侯。介圭,大圭,即桓圭。王肅:「桓圭九
　　寸,諸侯圭之大者,所以朝見王子。」

5　錫,賜。

6　淑,善,好看。旂,音旗,ㄑㄧˊ,旗上繪有交龍。綏,登車時手執之
　　組,見屈《詮釋》。朱《集傳》:「綏章,染鳥羽或旄牛尾為之,注於旂
　　竿之首,為表彰者也。」

7　簟,音店,ㄉㄧㄢˋ,竹蓆。茀,音弗,ㄈㄨˊ,車的遮蔽物。簟茀,遮
　　蔽車箱的竹蓆。錯衡,車前橫木,上畫有花紋。程、蔣《注析》:「簟
　　茀、錯衡都是諸侯所乘的路車裝飾。」

8　玄袞,黑色的禮服。赤,紅色。舄,音系,ㄒㄧˋ,禮鞋。

9　鉤膺,套在馬胸前頸上的帶飾。鏤,刻。鍚,音陽,ㄧㄤˊ,馬額頭上
　　的金屬飾物。鏤鍚,有金鏤其鍚,見毛《傳》。

10　鞹,音擴,ㄎㄨㄛˋ,去毛的皮革。鞃,音弘,ㄏㄨㄥˊ,綁在車軾中之

獸皮。淺，虎皮淺毛，見毛《傳》。幭，音密，ㄇㄧˋ，覆式，見毛
《傳》。淺幭，以淺毛之皮為幭，見孔《正義》。余培林《正詁》：「幭，
覆蓋之名也。以淺毛虎皮覆於軾上，以供憑依，故曰淺幭。」

11 鯈，音條，ㄊㄧㄠˊ，轡首之金飾。革，轡首之皮飾。按：轡，音佩，
ㄆㄟˋ，駕馭馬車的繩索，即韁繩。厄，即今之軛字，套在馬頸上，用
來牽挽的金飾器具。

章旨 余培林《正詁》：「二章述韓侯入覲，王多錫予也。受錫愈多，
愈見王寵之優渥。

作法 二章兼有當句對，而平鋪直敘的賦。

原文 韓侯出祖[1]，出宿于屠[2]。顯父餞之[3]，清酒百壺[4]，其
殽維何[5]？炰鼈鮮魚[6]。其蔌維何[7]？維筍及蒲[8]。其贈
維何？乘馬路車[9]。籩豆有且[10]，侯氏燕胥[11]。

押韻 三章祖、屠、壺、魚、蒲、車、且、胥，是 13（魚）部。

注釋

1 出祖，祭道神而後出發。

2 屠，地名，在今陝西西安。此兩句高韓侯離開鎬京，中途住宿在屠地。
見程、蔣《注析》。

3 顯父，人名，周之卿士，見鄭玄《箋》。餞，音見，ㄐㄧㄢˋ，設宴送
行。之，代詞，指韓侯。按：屠是顯父封邑，他為韓侯餞行。

4 清酒，清潔之酒。

5 其，代詞，指餞行之食物。殽，通肴，餚，葷菜。維，是。何，什麼。

6 炰，音庖，ㄆㄠˊ，蒸煮。鮮魚，活烹鮮魚。

7 其，指示形容詞，「那」之意。見楊《詞詮·卷四》。蔌，音速，ㄙㄨˋ，
蔬菜。毛《傳》：「蔌，菜殽也。」

8 維，是。筍，竹初萌生。鄭玄《箋》：「筍，竹萌也。」蒲，蒲始生水

　　中，見余培林《正詁》。

9 乘，音剩，ㄕㄥˋ，四馬。路車，諸侯所乘之車。

10 籩，竹製之禮器。豆，木製禮器物。且，音居，ㄐㄩ，多。有且，且
　　然，多的樣子。鄭玄《箋》：「有且，多貌。」

11 侯氏，韓侯。陳奐《詩毛氏傳疏》：「凡諸覲王曰侯氏。」燕胥，安
　　樂、快樂。按：燕，通宴，宴飲。

章旨　朱守亮《評釋》：「三章述顯父餞韓侯也。」

作法　三章兼有設問，而平鋪直敍的賦。

原文　韓侯取妻[1]，汾王之甥[2]，蹶父之子[3]。韓侯迎止[4]，于
　　　　蹶之里[5]。百兩彭彭[6]，八鸞鏘鏘[7]，不顯其光[8]。諸娣
　　　　從之[9]，祁祁如雲[10]。韓侯顧之[11]，爛其盈門[12]。

押韻　四章子、里、之，是 24（之）部。彭、鏘、光，是 15（陽）
　　　　部。雲、門，是 9（諄）部。

注釋

1 取，娶。

2 汾王，厲王。之，連詞，「的」之意。

3 蹶父，音貴甫，《ㄨㄟˋ ㄈㄨˇ，周之卿士，見毛《傳》。子，女。按：
　　王之甥、卿士之女，言顯貴。見余培林《正詁》。

4 迎，迎親。止，語末助詞，表示決定。見楊《詞詮・卷五》。

5 于，往。蹶，蹶父。之，連詞，「的」之意。里，邑里。

6 兩，同「輛」，車輪。彭彭，音旁旁，ㄆㄤˊ ㄆㄤˊ，車行盛大的聲音。

7 鸞，鈴在鑣上。一馬有二鸞，四馬有八鸞。鏘鏘，音羌羌，ㄑㄧㄤ
　　ㄑㄧㄤ，鈴聲的樣子。

8 不，音丕，ㄆㄧ，大。顯，顯耀。其光，指韓侯迎娶的光輝。

9 諸，眾多。娣，音弟，ㄉㄧˋ，妹，指陪嫁之媵女。從，跟從，跟隨。

之，代詞，指新娘。

10 祁祁，眾多的樣子。此句謂陪嫁媵女好像天上雲彩那樣眾多。毛
《傳》：「如雲，言眾多也。」此句是比喻（譬喻）中的明喻。

11 顧，親迎之禮。之，代詞，指新娘。

12 爛其，爛然，燦爛的樣子。盈，滿。

章旨 四章描述韓侯娶妻的盛況。陳子展《直解》：「忽插入取妻一
段，蓋意在誇張其為王甥，為國威耳。」

作法 四章兼有比喻（譬喻），而平鋪直敘的賦。

原文 蹶父孔武 [1]，靡國不到 [2]。為韓姞相攸 [3]，莫如韓樂 [4]。
孔樂韓土 [5]，川澤訏訏 [6]，魴鱮甫甫 [7]，麀鹿噳噳 [8]，有
熊有羆 [9]，有貓有虎 [10]。慶既令居 [11]，韓姞燕譽 [12]。

押韻 五章到，19（宵）部。樂，是 20（藥）部。宵、藥二部，是
對轉而押韻。土、訏、甫、噳、虎、居、譽，是 13（魚）
部。魚、宵二部，是旁轉而押韻。

注釋

1 孔，甚，很，非常。武，武勇，威武。

2 靡，非，不，無。此句謂謂蹶父沒有一個國家他沒有到過。

3 姞，音吉，ㄐㄧˊ，蹶父之姓。韓姞，蹶父之女。相，音向，ㄒㄧㄤˋ，
看，視察。攸，音優，ㄧㄡ，居所、住處。鄭玄《箋》：「攸，所也。蹶
父為其女韓侯夫人姞氏視其所居，韓國最樂。」

4 此句謂沒有比韓土安樂。

5 孔樂韓土，當作「韓土孔樂」，為押韻而倒裝。此句謂韓土非常安樂。
孔，甚，很，非常。

6 川澤，河川大水非常廣闊。訏訏，音吁吁，ㄒㄩ ㄒㄩ，廣大的樣子。

7 魴，鯿魚。鱮、鰱。甫甫，魚肥大的樣子。

8 麀，音攸，ㄧㄡ，牝鹿。噳噳，音語語，ㄩˇ ㄩˇ，眾多的樣子。

9 羆，音皮，ㄆㄧˊ，熊之大者。

10 貓，似虎淺毛，見毛《傳》。今俗稱山貓，見馬瑞辰《通釋》。

11 慶，慶賀。鄭玄《箋》：「慶，善也。」既，已經。令居好住處。此句謂韓姞已經有好居處。

12 燕，安。譽，快樂。此句謂韓姞非常安樂。

章旨 五章描述韓姞嫁之得宜，並陳述韓土之樂。

作法 五章兼用排比句法，而平鋪直敘的賦。

原文 溥彼韓城[1]，燕師所完[2]。以先祖受命[3]，因時百蠻[4]。王錫韓侯，其追其貊[5]，奄受北國[6]，因以其伯[7]。實墉實壑[8]，實畝實藉[9]。獻其貔皮[10]，赤豹黃羆[11]。

押韻 六章完、蠻，是 3（元）部。貊、伯、壑、藉，是 14（鐸）部。皮、羆，是 1（歌）部。歌、元二部，是對轉而押韻。

注釋

1 溥彼韓城，當作「彼韓城溥」。溥，廣大的樣子。鄭玄《箋》：「溥，大也。」彼，遠指代詞，「那」之意。

2 燕，國名。師，眾多。所，語中助詞，無意義。完，建築，建造。

3 以，依循，因為。先祖，祖先的功業。受命，接受周王冊命為諸侯。

4 因，憑藉，見高本漢《詩經注釋》。時，是，這些，見鄭玄《箋》。百，言其多也。百蠻，諸蠻夷之國。

5 貊，音莫，ㄇㄛˋ。追、貊，皆戎狄之國。此句謂管轄那追國貊國。

6 奄，覆，包括。奄受，盡受，統領。此句謂統領北方蠻夷之國。

7 因，因此，於是。以，用。於是用韓侯做北國之長。其，代詞，指韓侯。伯，長。

8 實，當作，寔，是，於是。墉，築城牆。壑，挖護城河。

9 實，於是。畝，開墾田地。籍，收取賦稅。

10 獻，進貢。貔，音皮，ㄆㄧˊ，猛獸名，又名白狐。此句謂韓侯向天子
　　進貢、貔、豹、羆之皮。

11 赤豹，紅色黑紋的豹。赤豹、黃羆，皆指獸皮。

章旨 六章描述韓侯能懷柔北狄，總領百蠻，勤修貢職，與首章前呼
　　　後應。

作法 六章兼用類疊，而平鋪直敘的賦。

研析

　　陳子展《直解》：「修職以其所能，修貢以其所有。王錫韓侯，奄
受北國，所重在職，不在貢也。其時我已重視國境之東北地區矣。韓
侯可謂為開發我東北，遠及北國百蠻之第一人也。」洵哉斯言。

　　余培林《正詁》：「綜觀全詩，則知此詩主在頌美韓侯，惟以詩人
高才，全篇不僅了無諛詞，反莊嚴華麗，兼而有之。」余氏剖析精
微，頗中肯綮。

　　吳闓生《詩義會通》：「雄峻奇偉，高華典麗，兼而有之。在三百
篇中，亦為傑出之作。」旨哉此言。

八　江漢

江漢浮浮，武夫滔滔。匪安匪遊，淮夷來求。既出我車，既設我旟，匪安匪舒，淮夷來鋪。

江漢湯湯，武夫洸洸。經營四方，告成于王。四方既平，王國庶定。時靡有爭，王心載寧。

江漢之滸，王命召虎：「式辟四方，徹我疆土。匪疚匪棘，王國來極。于疆于理，至于南海。」

王命召虎，來旬來宣：「文武受命，召公維翰。無曰予小子，召公是似。肇敏戎公，用錫爾祉。」

「釐爾圭瓚，秬鬯一卣，告于文人。錫山土田，于周受命。自召祖命。」虎拜稽首：「天子萬年。」

虎拜稽首，對揚王休。作召公考，天子萬壽。明明天子，令聞不已。矢其文德，洽此四國。

篇名　〈江漢〉，取首章首句「江漢浮浮」之「江漢」為篇名。

篇旨　這是一首讚美召穆公（召虎）平定淮夷之詩。

原文　江漢浮浮[1]，武夫滔滔[2]。匪安匪遊[3]，淮夷來求[4]。既出我車，既設我旟[5]，匪安匪舒[6]，淮夷來鋪[7]。

押韻　一章浮、滔、遊、求，是 21（幽）部。車、旟、舒、鋪，是 13（魚）部。幽、魚二部，是旁轉而押韻。

注釋

1　江，長江。漢，漢水。浮浮，水流眾強的樣子。毛《傳》：「浮浮，眾強貌。」

2　武天，出征淮夷的將士廣大。毛《傳》：「滔滔，廣大的樣子。」毛

《傳》：「滔滔，廣大貌。」王引之《經義述聞》、陳奐《詩毛氏傳疏》當作「江漢滔滔，武夫浮浮。」王、陳之說，可資卓參。

3 匪，非，不。此句謂不敢安逸，不敢遊樂。

4 淮夷來求，當作「求淮夷」。本，語中助詞，賓語倒置時用之。見楊《詞詮・卷二》。求，徵討。兼有為押韻而倒裝。

5 既，已經。出，出動。設，樹起，插上。旟，音于，ㄩˊ，旗之畫有鷹（鳥）隼。

6 匪，不敢。安逸。舒，舒適。

7 淮夷來鋪，當作「鋪淮夷」，兼有為押韻而倒裝。來，語中助詞。鋪，討伐，懲罰，懲處。

章旨 一章描述整軍經武，出師伐淮夷的情況。

作法 一章兼有倒裝、類疊（複疊），而平鋪直敘的賦。

原文 江漢湯湯 [1]，武夫洸洸 [2]。經營四方 [3]，告成于王 [4]。四方既平 [5]，王國庶定 [6]。時靡有爭 [7]，王心載寧 [8]。

押韻 二章湯、洸、方、王，是 15（陽）部。平、定、爭、寧，是 12（耕）部。陽、耕二部，是對韻而押韻。

注釋

1 湯湯，音傷傷，ㄕㄤ ㄕㄤ，水勢浩大的樣子。

2 洸洸，音光光，ㄍㄨㄤ ㄍㄨㄤ，威武的樣子。

3 經營，治理，討伐。四方，指淮夷左右的四方叛國而言。

4 將成功的喜訊奏報於王。

5 既，已經。平，平定，平亂。

6 庶，庶幾，希冀之詞。定，安定。

7 時，是，於是。鄭玄《箋》：「時，是也。」靡有，沒有。爭，戰爭。

8 王，君王。載，則。鄭玄《箋》：「載之言則也。」寧，安寧。

章旨 陳子展《直解》:「二章言淮夷平,似是不戰而定。」

作法 二章平鋪直敘的賦。

原文 江漢之滸[1],王命召虎[2]:「式辟四方[3],徹我疆土[4]。匪疚匪棘[5],王國來極[6]。于疆于理[7],至于南海[8]。」

押韻 三章滸、虎、土,是 13(魚)部。棘、極,是 25(職)部。理、海,是 24(之)部。之、職二部,是對轉而押韻。

注釋

1 之,連詞,「的」之意。滸,音虎,ㄏㄨˇ,水厓,水旁,水邊。

2 召,音紹,ㄕㄠˋ。召虎,召穆公,名虎。

3 式,語首助詞。辟,同「闢」,開闢。四方,四面八方。

4 徹,取稅,治其賦稅。鄭玄《箋》:「徹,治也。」此句謂依據疆土之良窳,決定取悅的準則。

5 匪,不。疚,病,見鄭玄《箋》。棘,急,見鄭玄《箋》。此句謂不憂煩不焦急。

6 王國來極,當作「極王國」。來,是語中助詞,賓語倒置用之。極,中,正。此句謂正其王國之疆土。

7 于,於是。此句謂於是規劃其疆界,治理其田畝。

8 至於,到。此句謂將疆土拓到南國。

章旨 三章陳述召虎開闢疆界土田,規劃賦稅。

作法 三章兼類疊(複疊),而平鋪直敘的賦。

原文 王命召虎,來旬來宣[1]:「文武受命[2],召公維翰[3]。無曰予小子[4],召公是似[5]。肇敏戎公[6],用錫爾祉[7]。」

押韻 四章宣、翰,是 3(元)部。子、似、祉,是 24(之)部。

注釋

1 來，是。旬，通作徇。徇，巡視。見馬瑞辰《通釋》。宣，宣布。

2 元武，文王武王。受命，接受天命。

3 召公，召虎的始祖召庚公奭（音是，ㄕˋ）。維，為，是。翰，楨榦，棟梁。

4 予小子，自我貶損之涵義。

5 召公是似，當作「似召公」。繼續汝始祖召康公之德業。是，語中助詞，兼有賓語倒置。似，嗣，繼續，見毛《傳》。

6 肇敏，快速規劃。戎，有二解：（一）汝。（二）事業。公，功業，事業。

7 用，以，因此。錫，賜。爾，汝。祉，福祿，見朱《集傳》。

章旨 四章敘述周王再命召虎勉以善後立功，繼續先人事業功績，周王以召虎立功，賜之以福。

作法 四章兼有類疊（複疊），而平鋪直敘的賦。

原文 「釐爾圭瓚[1]，秬鬯一卣[2]，告于文人[3]。錫山土田[4]，于周受命[5]。自召祖命[6]。」虎拜稽首[7]：「天子萬年[8]。」

押韻 五章人、田、命、命、年，是6（真）部。

注釋

1 釐，音離，ㄌㄧˊ，賜，見毛《傳》。爾，汝。圭瓚，玉瓚，祭器。朱《評釋》：「圭為柄，以黃金為勺，祭祀時灌酒之器也。」

2 秬，音巨，ㄐㄩˋ。鬯，音暢，ㄔㄤˋ。秬鬯，黑黍酒，見鄭玄《箋》。卣，音有，ㄧㄡˇ，酒器。

3 告，祭告。于，於。文人，有文德之先祖。毛《傳》：「文人，文德之人也。」

4 錫，賜予，賞賜。山，山林。土田，土地。

5　于，往，到……去。周，周之鎬京。嚴粲《詩緝》:「錢氏以為鎬京。」
　　受命，接受冊命。

6　自，用，見鄭玄《箋》。召祖，召穆公之祖康公奭受命之禮儀。

7　虎，召虎。拜，拜謝。稽，音啟，ㄑㄧˇ，雙手先下拜而後叩頭至地。
　　稽首，磕頭，九拜中最崇敬的跪拜禮節，叩頭到地，稽留許久，在眾拜
　　中最尊重的一種。

8　萬年，萬壽無疆。

章旨　陳子展《直解》:「五章述王三命，受上賞。上兩命在江漢，此
　　則受命于歧周宗廟耳。」

作法　五章平鋪直敘的賦。

原文　虎拜稽首，對揚王休 [1]。作召公考 [2]，天子萬壽。明明
　　天子 [3]，令聞不已 [4]。矢其文德 [5]，洽此四國 [6]。

押韻　六章首、考、壽，是 21（幽）部。子、之，是 24（之）部。
　　德、國，是 25（職）。之、職二部，是對押而押韻。

注釋

1　對，報答。揚，稱揚、頌揚。休，美命，休美之冊命。

2　此句謂召虎製作祭祀召公奭的簋器，以資紀念明明，英明，賢明。。

3　明明，英明，賢明。

4　令聞，美譽。不已，不止，不停地被稱頌。

5　矢，施行。其，代詞，指天子。文德，文治的德政。

6　洽，協和。這。四國，四面八方的諸侯國。

章旨　六章敘述召虎答王之策命，頌揚天子美德，以表達謝恩。

作法　六年平鋪直敘的賦。

研析

　　余培林《正詁》:「宣王褒虎之功，召虎揚君之德，不矜不伐，互

敬互愛，君之心胸恢宏，臣之意度悠遠。如此，聖君賢臣，無怪乎能成中興之大業也。」此闡析精闢，頗中肯綮。

孫鑛《批評詩經》：「通篇美昭穆，至此乃歸天子；通篇贊武功，至此乃歸之文德。此是補不是意，置之篇末是更進一步意，又是掉尾意。」孫氏觀微知著，見地獨特。

崔述《豐鎬考信錄》：「此詩前三章敘召公經略江漢之事，乃國家大政。後三章耑言召公受賜事。」崔氏畫龍點眼，將全篇分為兩項，言簡意賅，真不愧為高手過招，點到為止。

九　常武

　　赫赫明明，王命卿士，南仲大祖，大師皇父，整我六師，以脩我戎。既敬既戒，惠此南國。

　　王謂尹氏，命程伯休父，左右陳行，戒我師旅：「率彼淮浦，省此徐土，不留不處。三事就緒。」

　　赫赫業業，有嚴天子，王舒保作。匪紹匪遊，徐方繹騷。震驚徐方，如雷如霆，徐方震驚。

　　王奮厥武，如震如怒。進厥虎臣，闞如虓虎。鋪敦淮濆，仍執醜虜。截彼淮浦，王師之所。

　　王旅嘽嘽，如飛如翰，如江如漢。如山之苞，如川之流。緜緜翼翼，不測不克，濯征徐國。

　　王猶允塞，徐方既來，徐方既同，天子之功。四方既平，徐方來庭。徐方不回，王曰：「還歸。」

篇名　王質《詩總聞》：「自南仲以來，累世著武，故曰常武。」

篇旨　朱守亮《評釋》：「此美宣王自將帥伐徐，凱旋還歸之詩。」

原文　赫赫明明 [1]，王命卿士 [2]，南仲大祖 [3]，大師皇父 [4]，整我六師 [5]，以脩我戎 [6]。既敬既戒 [7]，惠此南國 [8]。

押韻　一章士，是 24（之）部。祖、父，是 13（魚）部。戎、國，是 25（職）。之、職二部，是對轉而押韻。

注釋

1　赫赫，顯盛而威武的樣子。明明，明智昭察的樣子。《爾雅・釋訓》：「明明，察也。」此句謂周宣王威武嚴肅，而明察秋毫。

2　卿士，治國之卿，治軍之士，西周之執政者，相當於後代的宰相。

3　南仲，人名，周宣王大臣，大，音太，ㄊㄞˋ。大祖，太祖廟。此句謂
　　周宣王命南仲於太祖廟。按：周朝人以后稷為太祖。

4　大師，太師，總管軍事。皇父，人名，周宣王大臣。按：此句謂周宣王
　　同時命令太師皇父。

5　整，整頓。我，指周宣王。《周禮・夏官・司馬》：「凡制軍，萬有二千
　　五百人為軍。王六師，大國三軍，次國二軍，小國一軍。」

6　以，用來。脩，用修，修理，整理。我，指天子。戎，武器。

7　既，已經。敬，提高警惕。戒，加強戒備。

8　惠，愛，施恩。此，這。南國，南方諸侯國。

章旨　一章描述周宣王命將帥，整頓六軍，修理兵器，以討伐徐方。

作法　一章兼有類疊（複疊），而平鋪直敘的賦。

原文　王謂尹氏 ¹，命程伯休父 ²，左右陳行 ³，戒我師旅 ⁴：
　　　　「率彼淮浦 ⁵，省此徐土 ⁶，不留不處 ⁷。三事就緒 ⁸。」

押韻　二章父、旅、浦、土、處、緒，是 13（魚）部。

注釋

1　謂，囑咐，告訴。尹氏，尹吉甫，掌策命卿大夫。

2　命，命令。程伯，封在程地（即今陝西咸陽上）之伯爵。休父，程伯之
　　名。

3　陳行，左右排成行，即列隊。

4　戒，告戒。師旅，軍隊。此二句相當於後世所謂誓師。

5　率，沿。浦，水邊。此句謂沿著淮河水邊。

6　省，巡視。此，近稱代詞，「這」之意。徐土，徐國之土地。按：徐，
　　又稱徐州，在今安徽泗縣北。

7　留，久留。處，居住。

8　三事，三卿，即大將南仲、監軍皇父、司馬休父。王親。自征伐，三卿

隨從君王。緒，業，見鄭玄《箋》。就緒，已經準備妥當。

章旨 二章陳述周宣王親征，三卿隨從。這是出征前，宣王對將帥事
先吩咐妥當。

作法 二章平鋪直敘的賦。

原文 赫赫業業[1]，有嚴天子[2]，王舒保作[3]。匪紹匪遊[4]，徐
方繹騷[5]。震驚徐方[6]，如雷如霆[7]，徐方震驚[8]。

押韻 三章業，是 31（盍）部。作，是 14（鐸）部。盍、鐸二部，
王力《詩經韻讀》以為合韻，即旁轉而押韻。遊、騷，是 21
（幽）部。霆、驚，是 12（耕）部。

注釋

1 赫赫，威嚴的樣子。業業，壯盛的樣子。此句謂軍容威武壯盛。

2 有嚴，嚴然，威嚴的樣子。毛《傳》：「嚴，威也。」

3 舒，舒緩。毛《傳》：「舒，緩也。」保，安穩。作，前進，行進。毛
《傳》：「作，行也。」舒保作，指起兵。

4 匪，不。紹，遲緩。遊，遊逛。

5 徐方，徐國。繹，軍陣。騷，騷動、驚擾。

6 震驚，使（徐國）震驚。這是役使動詞。

7 如雷如霆，形容兵勢好像雷鳴霹靂那樣猛烈。這是省略主語的明喻。

8 徐方，徐國。震驚，震動驚恐。

章旨 余培林《正詁》：「三章述王師猶在路，而徐方已如雷霆而震
驚。」

作法 三章兼有比喻（譬喻），而平鋪直敘的賦。

原文 王奮厥武[1]，如震如怒[2]。進厥虎臣[3]，闞如虓虎[4]。鋪
敦淮濆[5]，仍執醜虜[6]。截彼淮浦[7]，王師之所[8]。

押韻 四章武、怒、虎、虜、浦、所，是 13（魚）部。

注釋

1 王，君王。奮，奮發，奮揚，奮起。厥，其，代詞，指君王。武，威武。

2 如震，好像上天打雷的聲音。如怒，好像人類勃怒的顏色，形容威嚴很可怕。見孔《正義》。

3 進，進攻。厥，其，「那」之意。虎臣，臣如虎，形容勇猛的樣子。

4 闞，音看，ㄎㄢˋ，奮怒的樣子，見朱《集傳》。如，好像，虓，音消，ㄒㄧㄠ，虎鳴聲。虓虎，怒吼的老虎。此句謂王揮進臣如此勇猛，臣勇武好像怒吼的老虎。

5 鋪，攻伐。敦，投擲。鋪敦，攻擊。濆，音墳，ㄈㄣˊ，河邊之高地。此句謂大軍攻擊到淮河水邊的高地。

6 仍，頻仍，眾多，屢次。抓獲惡俘虜眾多。

7 截，斷絕，整齊，平治。彼，遠指代詞，「那」之意。淮，淮河。浦，水邊。

8 王師，天子軍隊。之，連詞，「的」之意。所，駐紮的處所。

章旨 四章描述王師勇武的情況。

作法 四章兼比喻（譬喻），而平鋪直敘的賦。

原文 王旅嘽嘽[1]，如飛如翰[2]，如江如漢[3]。如山之苞[4]，如川之流[5]。綿綿翼翼[6]，不測不克[7]，濯征徐國[8]。

押韻 五章嘽、翰、漢，是 3（元）部。苞、流，是 21（幽）部。翼、克、國，是 25（職）部。

注釋

1 嘽嘽，音貪貪，ㄊㄢ ㄊㄢ，眾多的樣子。

2 翰，本義是名詞「羽」，此當動詞「飛」。此句形容行軍快速如羽翼飛

翔。

3　江，長江。漢，漢水。此句形容軍好像長江，好像漢水一般盛大。

4　苞，本，形容堅固而不可動搖，此句謂軍隊駐紮，好像山環抱，不可動搖。見朱《評釋》。

5　此句形容軍力旺盛，好像大川流瀉，不可禦止。見朱《評釋》、余培林《正詁》。

6　綿綿，連綿不斷的樣子。翼翼，嚴整不可亂的樣子。

7　不測，不可測度。不克，不可攻勝。見鄭玄《箋》。

8　濯，大，見毛《傳》。此句形容大張旗鼓，討伐徐國。

章旨　五章描述王師壯強盛大的情況。

作法　五章兼有比喻（譬喻），而平鋪直敘的賦。

原文　王猶允塞 [1]，徐方既來 [2]，徐方既同 [3]，天子之功。四方既平，徐方來庭 [4]。徐方不回 [5]，王曰：「還歸 [6]。」

押韻　六章塞，是 25（職）部。來，是 24（之）部。職、之二部，是對轉而押韻。同、助，是 18（東）部。平、庭，是 12（耕）部。東、耕二部，是旁轉而押韻。回、歸，是 7（微）部。

注釋

1　猶，通猷，謀略，見毛《傳》。允，相信，見鄭玄《箋》。塞，確實，同密。此句言王之謀略，相他確實周密可行。

2　徐方，徐國。既，已經。來，來歸周王。

3　既，已經。同，會同來朝見。

4　來庭，歸順朝廷。

5　回，違背，背叛。鄭玄《箋》：「回，猶違也。」

6　還，音旋，ㄒㄩㄢˊ。還歸，凱旋而歸，即班師回朝。

章旨 六章陳述徐方來庭，天下大定，王就凱旋回朝。

作法 六章兼用類疊（複疊），而平鋪直敘的賦。

研析

　　方玉潤《詩經原始》：「徐方二字迴環互用，奇絕快絕！杜甫『即德巴峽穿巫峽，便下襄陽、向洛陽』之句，有此神理。」方氏之言，頗中肯綮。

　　胡承珙《毛詩後箋》：「詩首章統言南國，次章並言淮、徐，三章總言徐方。徐方猶云冀方，謂徐州之境，武夷皆在其中。曰章則言伐淮，五章則言征徐。末章復總言徐，則徐州求夷皆服矣。然則宣王此舉，先淮夷而後徐戎，其次第歷歷可見。」胡氏全詩條分縷析，絲絲入扣，層次井然。

十　瞻卬

　　瞻卬昊天，則不我惠。孔填不寧，降此大厲。邦靡有定，士民其瘵。蟊賊蟊疾，靡有夷屆。罪罟不收，靡有夷瘳。

　　人有土田，女反有之；人有民，女覆奪之。此宜無罪，女反收之，彼宜有罪，女覆說之。哲夫成城，哲婦傾城。

　　懿厥哲婦，為梟為鴟。婦有長舌，維厲之階。亂匪降自天，生自婦人。匪教匪誨，時維婦寺。

　　鞫人忮忒，譖始竟背。豈曰不極？「伊胡為慝」！如賈三倍，君子是識。婦無公事，休其蠶織。

　　天何以刺？何神不富？舍爾介狄，維予胥忌。不弔不祥，威儀不類。人之云亡，邦國殄瘁。

　　天之降罔，維其優矣。人之云亡，心之憂矣。天之降罔，維其幾矣。人之云亡，心之悲矣。

　　觱沸檻泉，維其深矣。心之憂矣，寧自今矣。不自我先，不自我後。藐藐昊天，無不克鞏。無忝爾祖，式救爾後。

篇名　〈瞻卬〉，取首章首句「瞻卬昊天」之「瞻卬」為篇名。

篇旨　陳子展《直解》:「〈瞻卬〉，刺幽王寵褒姒，將致大亂亡國而作。」程、蔣《注析》:「這是一首諷刺周幽王寵褒姒、逐賢良，以致政亂民病、國運瀕危的詩。」

原文　瞻卬昊天[1]，則不我惠[2]。孔填不寧[3]，降此大厲[4]。邦靡有定[5]，士民其瘵[6]。蟊賊蟊疾[7]，靡有夷屆[8]。罪罟

不收 [9]，靡有夷瘳 [10]。

押韻　一章惠、疾、屆，是 5（質）部。厲、瘵、疾、獨，是 2
　　　　（月）部。質、月二部，是旁轉而押韻。收、瘳，是 21
　　　　（幽）部。

注釋

1　卬，同仰，見陸德明《經典釋文》：「卬，音仰。」按：林尹《訓詁學概
　　要》引段玉裁《說文》注：「凡同聲多同義。」瞻卬、瞻仰，懷著敬意
　　仰望。昊天，蒼天、上天。

2　則，假設連詞，若，如果。見楊《詞詮・卷六》。不我惠，當作「不惠
　　我」，兼有押韻的否定句倒裝。「惠」，愛，關愛，惠愛。見鄭玄《箋》。
　　此句如果不關愛我。

3　孔，甚，很。填，有二解：（一）音塵，ㄔㄣˊ，久。見朱《評釋》。
　　（二）音顛，ㄉㄧㄢ，通瘨，病苦。見朱《評釋》。寧，安寧。

4　厲，惡，亂，災，禍患。大厲，大災，此指褒姒。

5　靡，無。安，安定。

6　士民，士和人民。，指示形容詞，與今語「那」相當，此指「那樣」之
　　意。瘵，音債，ㄓㄞˋ，病苦、困苦。

7　蟊，音矛，ㄇㄠˊ，害禾苗之蟲。賊，殘害。疾，病害。此句謂為害之
　　惡人，好像蟊蟲之殘害、病苦人民。見朱《評釋》。

8　朱《集傳》：「夷，平。屆，極也。」夷、屆，同義複詞，皆止極，即平
　　息亦止極。見余《正詁》。

9　罟，音古，ㄍㄨˇ，網。收，收斂，見鄭玄《箋》。此句謂法網不收
　　斂。

10　靡有沒有。夷，平。瘳，音抽，ㄔㄡ，病痊癒。毛《傳》：「瘳，愈
　　也。」夷瘳，猶「夷屆」，此言人民的苦難（疾苦）沒有平息。

章旨　一章余培林《正詁》：「首章述遭虐政，仰天而訴之。」

作法　一章平鋪直敘的賦。

原文　人有土田，女反有之[1]；人有民[2]，女覆奪之[3]。此宜無
　　　　罪，女反收之[4]，彼宜有罪，女覆說之[5]。哲夫成城[6]，
　　　　哲婦傾城[7]。

押韻　二章田、人，是 6（真）部。奪、收，是 2（月）部，城、
　　　　城，是 12（耕）部。

注釋

1　女，汝。反有，反而占為己有。之，代詞，土田，即土地。

2　民人，人民，指奴隸。

3　女，汝。覆，反而。奪，奪取、強奪之，代詞，奴隸。

4　此，此人，這些人。宜，應該。女，汝。反，反而。收，收押。之，代
　　詞，指此人。

5　彼，那，那些人。覆，反而。說，音脫，ㄊㄨㄛ，脫免，赦免。毛
　　《傳》：「說，赦也。」之，代詞，指彼。

6　哲，有智謀。夫，男子。成城，建立國家。城，比喻國家。

7　哲婦，指幽王寵妃褒姒。傾城，傾敗國家，毀滅。國家。陳奐《詩毛氏
　　傳疏》：「傾城，喻亂國也。」按：幽王寵幸褒姒，沉迷酒色，以致亡
　　國。

章旨　二章描述幽王倒行逆施，侵奪賤害，顛倒是非，皆源於褒姒。

作法　兼有映襯（對比）、比喻（譬喻），而平鋪直敘的賦。

原文　懿厥哲婦[1]，為梟為鴟[2]。婦有長舌[3]，維厲之階[4]。亂
　　　　匪降自天[5]，生自婦人。匪教匪誨[6]，時維婦寺[7]。

押韻　二章鴟、階，是 4（脂）。天、人，是 6（真）部。脂、真二
　　　　部，是對轉而押韻。誨、寺，是 24（之）部。

注釋

1　懿，通「噫」，感歎詞，歎息聲，表示悲歎傷傷。厥，其，遠指代詞，
　「那」之意。哲婦，指褒姒。

2　為，是。梟，音消，ㄒㄧㄠ。鴟，音癡，ㄔ。梟，鴟，都是兇惡的貓頭
　鷹。朱《評釋》：「俗謂聞其聲則不祥，喻褒姒之言惡也。」

3　婦，指褒姒。長舌，比喻多言，猶今撥弄是非。鄭玄《箋》：「長舌，喻
　多言語。」

4　維，定。厲，禍亂。楷，階梯，引申為本源根源、來源。

5　禍，禍亂。匪，不是。降自天，從天而降。

6　生，產生。自，從。婦人，指褒姒。匪，不是。教、誨，教唆。按：教
　誨，本是同義複詞，此是析詞，又名柝詞。

7　時，年，此，這。鄭玄《箋》：「時，是也。」維，通「惟」只是。寺，
　侍，親近。此句謂這，只是太親近褒姒。婦，指褒姒。

章旨　朱守亮《評釋》：「三章述禍源由於女寵，褒姒之惡也。」方玉
　　　　潤《詩經原始》：「極力描寫女禍，可謂不遺餘力。」孫鑛《批
　　　　評詩經》：「豔妻意淺，哲婦意精。說到哲處，可謂透入骨
　　　　髓。」

作法　兼有比喻（譬喻），而平鋪直敘的賦。

原文　鞫人忮忒[1]，譖始竟背[2]。豈曰不極[3]？「伊胡為慝[4]」！
　　　　如賈三倍[5]，君子是識[6]。婦無公事[7]，休其蠶織[8]。

押韻　四章忒、背、極、慝、識、織，是 25（職）部。倍、事，是
　　　　24（之）部。

注釋

1　鞫，音局，ㄐㄩˊ，窮，見鄭玄《箋》。朱《評釋》：「窮人，極力說力
　壞話，使人亂窮，而不能辯答者也。」忮，音至，ㄓˋ，官，忒，音

特，ㄊㄜ丶，惡毒。日本竹添光鴻《毛詩會箋》：「慝，惡也。」忮忒，
害人手段，非常惡毒。

2　譖，音怎四聲，ㄗㄣ丶，毀謗。鄭玄《箋》：「譖，不信也。」背，違
背。譖始，開始進譖言，以害別人。竟，終於。鄭玄《箋》：「竟，終
也。」竟背，終見譖言多違背事實。

3　豈，難道。曰，說。極，自己。朱《集傳》：「極，己。」不極，不違反
自整。按：胡承珙《毛詩後箋》：「譖人者必言人之短，己之長，而已則
存心為惡，故於譖人時，已雖偽作善人，然終必背違之也。」此句謂難
道不違背自己的良心嗎？

4　伊，語首助詞，無意義。見楊《詞詮·卷七》。胡，為何，為什麼。
為，做。慝，音特，ㄊㄜ丶，兇惡。鄭玄《箋》：「慝，惡也。」此句謂
為什麼兇邪的事呢！

5　如，好像，不是比喻，是假喻，舉例說明性質。賈，音古，《ㄨˇ。賈
人，商人。朱《集傳》：「賈人，居貨者也。」三倍，獲利很多。朱《集
傳》：「三倍，獲利之多也。」按：「三」形容很多，是虛數，係數量的
誇飾（夸張）修辭手法。

6　君子，指有官爵的從政者。是識，認識這個道理而與商人爭利，真是不
應識。見朱《評釋》：「買物而有三倍之利，乃賈人之事，非在官者所當
為。而今君子竟識其道，爭為之，非所宜也。」

7　公事，政事，朝廷之事，干政。朱《集傳》：「公事，朝廷之事也。」此
句謂婦人（此指褒姒）沒有干涉政事之權利。

8　休，停止。其，代詞，指褒姒。蠶織，養蠶紡織。此句謂褒姒停止養蠶
紡織的工作，反而去干涉政事。

章旨　四章陳述婦人（褒姒）干政，禍亂生於婦人（褒姒）。陳子展
《直解》：「婦人之不使政事，猶君子之不識為賈也。蓋當時社
會意識如此，重男輕女，抑商重農，由來尚已。」

作法　四章兼有設問，而平鋪直敘的賦。

原文　天何以刺¹？何神不富²？舍爾介狄³，維予胥忌⁴。不
　　　　弔不祥⁵，威儀不類⁶。人之云亡⁷，邦國殄瘁⁸。

押韻　五章刺、狄，是 11（錫）部。富，25（職）部。忌，是 24
　　　　（之）部。職、之二部，是對轉而押韻。祥、亡，是 15
　　　　（陽）部。類、瘁，是 8（沒）部。

注釋

1　何以，為何。刺，責罰。此句謂上天為什麼要責罰周王？朱《評釋》：
　「蓋王有過也。」朱《集傳》：「凡以王信用婦人之故也。」

2　富，福。毛《傳》：「富，福也。」此句謂為什麼神明不賜福予王乎？余
　培林《正詁》：「凡神皆降福予人，惟自修其德耳。」按：周王不進德修
　業，是以天不降福予王。

3　爾，汝，指周王。介，有二解：（一）大。見孔《正義》。（二）舍，通
　「捨」，捨棄，拋棄。甲，披甲。見高亨《今注》。狄，夷狄之患，犬戎
　之患。此句捨棄你披甲的夷狄。按：披甲的夷狄，指入侵者，見程、蔣
　《注析》。

4　維，通「唯」，只是。予，我。胥，相。忌，忌恨，怨恨。此句謂只是
　王怨恨我。按：王捨棄披甲夷狄之患而不怨恨，反而以我正言不諱，王
　卻忌恨我，為什麼呢？詳見朱《集傳》。

5　不弔，不哀憐。不祥，不吉祥之事，指災害之事。此句謂王不以為天
　災、人禍是可哀憐的事。

6　類，善，見毛《傳》。此句謂周王傲慢，不修威儀，不像人君。詳見王
　先謙《詩三家義集疏》。

7　人，賢人。之，語中助詞，無意義。云，語中助詞，無意義。見楊《詞
　詮·卷九》。亡，逃亡。此句謂賢人紛紛逃亡。

8　邦國，國家，殄，音殄，ㄊㄧㄢ∨，殄絕。瘁，瘁病。殄瘁，困病憔悴。

章旨　余培林《正詁》：「五章述內有婦災，外有狄患，賢人奔亡，國病深矣。」

作法　五章兼有、設問，而平鋪直敘的賦。

原文　天之降罔 [1]，維其優矣 [2]。人之云亡，心之憂矣。天之降罔，維其幾矣 [3]。人之云亡，心之悲矣。

押韻　六章罔、亡、罔、亡，是 15（陽）部。優、憂，是 21（幽）部。幾、悲，是 7（微）部。

注釋

1　之，語中助詞，無意義。罔，古「網」事。就訓詁學言，是古今字。就文字學言，罔是本字，網是後起字。此句謂上天降下罪網。

2　維，是。其，代詞，指罔。優，寬廣。見鄭玄《箋》：「罔，寬也。」余《正詁》：「罪網寬廣，則所害者眾多。」矣，表示感歎，「啊」之意。

3　維，是。其，代詞，指罔。幾，近。鄭玄《箋》：「幾，近也。」此句謂罪網近，則禍及身。見余《正詁》。

章旨　余培林《正詁》：「六章述天降罪罟，既廣既近，賢人奔亡，故心為之憂悲矣。

作法　六章兼有類疊（複疊），而平鋪直敘的賦。

原文　觱沸檻泉 [1]，維其深矣 [2]。心之憂矣，寧自今矣 [3]。不自我先，不自我後 [4]。藐藐昊天 [5]，無不克鞏 [6]。無忝爾祖 [7]，式救爾後 [8]。

押韻　七章深、今，是 28（侵）部。後、後，是 16（侯）部。鞏，是 18（東）部。東、侯二部，是對轉而押韻。

注釋

1 觱，音必，ㄅㄧˋ。觱沸，泉水湧出的法子。

2 維，是。其，指示形容詞，「那」之意。楊《詞詮‧卷四》。深，深長。
矣，表示感歎，「啊」之意。此二句謂泉水湧出，是那深長，比喻自己
憂思深久。

3 寧，為何。高亨《今注》：「寧，猶何也。」自，從。此句謂為什麼憂愁
從今天開始啊！

4 自，從。此兩句謂不在我之前，不在我之後。

5 藐藐，高遠的樣子。朱《集傳》：「藐藐，高遠貌。」昊天，蒼天，上
天。

6 克，能。鞏，鞏固。余培林《正詁》：「高遠之天，神明莫測，雖危亂之
國，但能自勵，亦無不能鞏固之。」

7 忝，辱沒。爾，汝。祖，祖先。

8 式，語首助詞，無意義。救，拯救。爾，汝。後，後代子孫。鄭玄
《箋》：「後，謂子孫也。」

章旨 余培林《正詁》：「末章述冀王悔悟，庶無辱先祖，挽救子孫
也。」陳子展《直解》：「七章自傷恰逢此亂，猶望王能挽救，
作結。」

作法 七章觸景生情的興。

研析

方玉潤《詩經原始》：「詩之尤為有切者，在人之云亡、邦國殘瘁
二語。夫賢人君子，國之棟梁、耆舊老成，邦之元氣。今元氣已損，
棟梁將傾，此何如時邪？」方氏剖析精微，頗中肯綮。

孫鑛《批評詩經》：「篇中語特多新陗，雖文有半意處。此起章則
極其雄肆，勃勃如吐不罄，語盡砷意猶未止。」洵哉斯言。

十一　召旻

　　旻天疾威，天篤降喪。瘨我饑饉，民卒流亡。我居圉
卒荒。

　　天降罪罟，蟊賊內訌。昏椓靡共。潰潰回遹，實靖夷
我邦。

　　皋皋訿訿，曾不知其玷。兢兢業業，孔填不寧，我位
孔貶。

　　如彼歲旱，草不潰茂，如彼棲苴。我相此邦，無不潰止。

　　維昔之富，不如時；維今之疚，不如茲。彼疏斯粺，胡
不自替？職兄斯引。

　　池之竭矣，不云自頻？泉之竭矣，不云自中？溥斯害
矣，職兄斯弘，不烖我躬？

　　昔先王受命，有如召公，日辟國百里今也日蹙國百里，
於乎哀哉！維今之人，不尚有舊。

篇名　蘇轍《詩集傳》：「因其首章稱昊天，卒章稱召公，故謂之〈召
　　　　旻，以別小旻〉而已。」

篇旨　朱熹《詩集傳》：「此刺幽王任用小人，以致饑饉侵削之詩
　　　　也。」

原文　旻天疾威[1]，天篤降喪[2]。瘨我饑饉[3]，民卒流亡[4]。我
　　　　居圉卒荒[5]。

押韻　一章喪、亡、荒，是 15（陽）部。

注釋

　1 旻，音民，ㄇㄧㄣˊ。昊天，本是秋天，此指上天、蒼天。《爾雅‧釋

天》：「秋為昊天。」疾威，暴虐。

2 篤，厚，嚴重。鄭玄《箋》：「篤，厚也。」降喪，降下喪亂。喪，喪亂，災難。

3 瘨，音顛，ㄅㄧㄢ，病，降災，摧殘。鄭玄《箋》：「瘨，病也。」饑，穀不熟。饉，菜不熟。饑饉，指荒年。

4 卒，盡，全部。流亡，逃亡。

5 居，國中。朱《集傳》：「居，國中也。」圉，音雨，ㄩˇ，邊疆。卒，盡，都，完全，全部。荒，荒涼，荒蕪，空虛。鄭玄《箋》：「荒，虛也。」

章旨 一章描述上天降下喪亂饑饉流亡之災禍。

作法 一章平鋪直敘的賦。

原文 天降罪罟 [1]，蟊賊內訌 [2]。昏椓靡共 [3]。潰潰回遹 [4]，實靖夷我邦 [5]。

押韻 二章訌、共、邦，是 18（東）部。

注釋

1 罟，音古，ㄍㄨˇ，網。

2 蟊，音矛，ㄇㄠˊ，害苗之蟲。蟊賊，比喻壞人。訌，音紅，ㄏㄨㄥˊ，爭訟相陷。見鄭玄《箋》。內訌，在內部爭鬥。

3 昏，同「昬」，昏亂。椓，音卓，ㄓㄨㄛˊ，通「諑」，造謠傷害別人。靡，不共，供職，盡職守。

4 潰潰，昏亂的樣子。遹，音玉，ㄩˋ，回遹，邪僻。

5 實，是，這是。靖，圖謀。夷，平，消滅。我邦，我們的國家。

章旨 陳子展《直解》：「二章言群小內訌，昏亂邪僻，將致亡國。」

作法 二章平鋪直敘的賦。

原文　皐皐訿訿 [1]，曾不知其玷 [2]。兢兢業業 [3]，孔填不寧 [4]，我位孔貶 [5]。

押韻　三章玷、貶，是 32（談）部。業，是 31（盍）部。盍、談二部，是旁轉而押韻。

注釋

1　皐皐，音高高，《ㄠ ㄠ，諞諞假借，互相欺騙。顧野王《玉篇》：「諞諞，相欺也。」訿訿，音子子，毀謗。馬瑞辰《毛詩傳箋通釋》：「皐皐訿訿，皆極言小人讒毀人之狀。」

2　曾，乃，竟然。其，代詞，指小人。玷，音店，ㄉㄧㄢˋ，本是玉上的污點、斑點，引申為缺失，在此比喻小人的缺失。鄭玄《箋》：「玷，缺也。」朱《集傳》：「言小人在位，所為如此，而王不知其缺。」

3　兢兢，警戒謹慎的樣子。業業，危險恐懼的樣子。

4　孔，甚，很，非常。填，久。不寧，不得安寧。此句謂很久以來不得安寧。

5　我位，我的職位。孔，很有可能。貶，貶降。

章旨　三章描述小人得勢，君子反遭貶降，周王是非不分，早白不明。

作法　三章兼用比喻（譬喻），而平鋪直敘的賦。

原文　如彼歲旱 [1]，草不潰茂 [2]，如彼棲苴 [3]。我相此邦 [4]，無不潰止 [5]。

押韻　四章茂，是 21（幽）部。止，是 24（之）部。

注釋

1　如，好比。舉例說明性質，並不是比喻，是假喻。歲，凶歲，荒年。旱，大旱。

2　潰，散亂。嚴粲《詩緝》：「潰，訓散，又訓亂，草散亂則茂盛。」余培

林《正詁》：「歲乾旱，則草不雜茂也。」

3　如，好比。彼，那。棲，棲息。苴，音居，ㄐㄩ，枯草。此句謂好比那，枝草僵臥似的棲息。

4　相，視，看。此，這個。邦，國家。

5　潰，崩潰，崩滅。止，語末助詞，無意義。

章旨　陳子展《直解》：「四章以歲旱草枯為喻，言國家潰滅之象已見。」

作法　四章兼有比喻（譬喻），而平鋪直敘的賦。

原文　維昔之富，不如時 1；維今之疚 2，不如茲 3。彼疏斯粺 4，胡不自替 5？職兄斯引 6。

押韻　五章富，是 25（職）部。時、疚、茲，是 24（之）部。之、職二部，是對轉而押韻。替，是 5（質）部。引，是 6（真）部。質、真二部，對轉而押韻。

注釋

1　維，語首助詞，無意義。楊《詞詮·卷八》。昔，昔日，從前。之，連詞，「的」之意。富，富足。時，今時，現在。毛《傳》：「時，今也。」昔日，指宣王。今時，指幽王。此二句謂昔時的富足，不像今時的貧窮。

2　維，語首助詞，無意義。疚，疢之假借。《說文》：「疢，貧病也。」

3　茲，此日，目前。鄭玄《箋》：「茲，此也。」此二句謂今日的貧病，不像此時此地的貧病那樣嚴重。余培林《正詁》：「幽王雖承宣王之盛，然身昏暗（庸）又姒，內亂外患並至，同勢日衰，至此此時（此地）已極。」

4　彼，指昔人。疏，粗糧。斯，此，此時。粺，音敗，ㄅㄞˋ，精米。此句謂昔人生活簡樸，只吃粗糧，今人生活奢靡，卻吃精米。

5　胡，為何。替，廢退，辭退。此句謂小人為什麼不自我辭退呢？王先謙
　　《詩三家義集疏》：「彼宜食疏糲之小人，反在此食精粺，何不早自廢
　　退，免致妨賢病國。」

6　職，主，此。兄，「況」之古字。斯，語中助詞。引，延長。毛《傳》：
　　「引，長也。」此句謂這種小人掌握的情況，不斷延長。

章旨　余培林《正詁》：「五章言，今時之人生活奢靡，疾病百出，國
　　　　家將益衰微。」

作法　五章兼有映襯（對比）、設問，而平鋪直敘的賦。

原文　池之竭矣[1]，不云自頻[2]？泉之竭矣，不云自中[3]？溥斯
　　　　害矣[4]，職兄斯弘[5]，不烖我躬[6]？

押韻　六章竭、竭、害，2（月）部。中、躬，是 28（侵）部。弘，
　　　　是 26（蒸）部。按：王力《詩經韻讀》以為侵、蒸二部，是
　　　　合韻（即旁轉）而押韻。

注釋

1　之，語中助詞，無意義。竭，乾涸。矣，感歎詞，「啊」之遭。

2　云，語中詞，無義。自，從。頻，通瀕，水邊。此二句謂池塘水乾枯，
　　不是從水邊開始嗎？比喻國家滅亡不是從人民貧窮開始嗎？見高亨《今
　　注》。

3　竭，乾枯。云，語中助詞，無意義。自，從。中，井泉中。此二句謂泉
　　水乾枯，不是從泉中開始嗎？比喻國家滅亡不是從本朝內部腐敗開始
　　嗎？

4　溥，通普遍。此句謂這個禍害已普遍全國了啊！

5　職兄斯弘，當「弘職兄」。斯，語中助詞，無意義。弘，大，擴大。此
　　句謂擴大這種情況更加厲害。

6　烖，同災，災難、災害。躬，本身，我身。此句謂難道這種災害不殃我

的一身嗎？

章旨 陳子展《直解》：「六章以池竭泉涸，內外交竭為喻。內訌外患
未已，恐懼自及于禍。」

作法 六章兼有設問，而平鋪直敘的賦。

原文 昔先王受命[1]，有如召公[2]，日辟國百里[3]；今也日蹙國
百里[4]，於乎哀哉[5]！維今之人[6]，不尚有舊[7]。

押韻 七章里、里、哉、舊，是24（之）部。

注釋

1 先王，文王、武王。鄭玄《箋》：「先王，謂文王、武王也。」此句謂文
王、武王接受天命。

2 召公，召康公奭，音仕，ㄕˋ。鄭玄《箋》：「召公，召康公也。」此
句謂有如召奭這樣賢臣很多，如今卻沒有賢臣。鄭玄《箋》：「言有如
者，時賢臣多，非獨召公也。」

3 辟，同闢。毛《傳》：「辟，開也。」此句謂每日國家開墾闢百里之遠。

4 蹙，音促，ㄘㄨˋ，縮小，削滅。此句謂如今每天縮小國工百里之長。

5 於乎，嗚呼，感歎詞。悲哉，可哀啊！

6 維，語首助詞，無意義。今之人，指當時在朝而不被重用的人。

7 尚，還。舊臣，指像召康公奭這樣的賢臣。朱熹《詩集傳》：「今世雖
亂，豈不猶有舊德可用之人哉？言有之而不用耳。」

章旨 陳子展《直解》：「七章言國有外患，疆土日見侵削。思得如昔
召公之臣，以圖挽救。」

作法 七章兼有映襯（對比），而平鋪直敘的賦。

研析

孫鑛《批評詩經》:「音調悽惻,語皆自哀苦衷中出,匆匆若不經意,而自有一種奇陗,與他篇風格又別。淡煙古樹入畫固妙,卻正於觸處收得,正不必具全景。」斯言甚諦。

吳闓生《詩義會通》:「二詩(指〈瞻卬〉與〈召旻〉)皆憂亂之將至,哀痛迫切之音。賢者遭亂世,蒿目傷心,無可告愬,警冤抑鬱之情,〈離騷〉、〈九章〉所自出也。」吳說至當。

《詩經》互文補義與互文見義
的辨析

∽ 摘　要 ∽

　　鑽研《詩經》，發現《詩經》綦多互文補義與互文見義，既有助於訓詁《詩經》，又有助於互文補義與互文見義之辨析。一般易於將互文補義與互文見義混淆，本論文旨在探析二者之異同。

關鍵詞　《詩經》、互文補義、互文見義

一　前言

　　《詩經》呈現甚多互文補義、互文見義，一般將二者混淆。渾言之則同，析言之則異。二者相同者，皆有「互文」二字，相異者「互文補義」側重「補」字，「互文見義」則側重「見」一字，是以內涵有別。茲將互文補義與互文見義先分別舉例詮證，再比較二者同異之所在。

二　互文補義之名義與類型

　　所謂互文補義，是指在語文中，上下文互相省略而需補充還原其意義的一種修辭手法。蔡宗陽《應用修辭學》所謂互文，即互文補義，將互文補義的類型，分為連續式互文補義、平行互文補義、對舉式互文補義、多層式互文補義四類[1]。

　　（一）《詩經》運用連續式互文補義，即當句互文補義，如《詩經・唐・山有樞》[2]首章：

　　　子有衣裳；弗曳弗婁；子有車馬，弗馳弗驅。

這是連續式互文補義，即句中互文補義，也是當句互文補義。

　　「弗曳弗婁」，即「弗曳（婁）弗（曳）婁」。互文補義具有語文精煉，語義含蓄的作用。曳、婁，皆施曳之意。余培林《詩經正

1　蔡宗陽：《應用修辭學》（臺北市：萬卷樓圖書公司，2013年9月初版六刷），頁232-239。

2　以下逕稱〈唐・山有樞〉，省略《詩經》。

詁》：「毛《傳》：『婁，亦曳也。』曳、婁並施曳之意，謂穿著[3]」「弗馳弗驅」，即「弗馳（驅）弗馳（驅）」這是連續互文補義，即當句互文補義，又名句中互文補義。余培林《詩經正詁》：「《毛詩正義》：『走馬謂之馳，策馬謂之驅。』馳驅，乘坐也。」[4]又如〈山有樞〉二章：

> 子有廷內，弗洒（埽）弗（洒）埽。

這是連續式互文補義，即句中互文補義，又名當句互文補義。毛《傳》：『洒，灑也。』埽，今作掃。」按：就訓詁學言，洒、灑，埽、掃，皆是古今字。「弗鼓弗考」，即「弗鼓（考）弗（鼓）考」，這是連續式互文補義，又名當句互文補義，也是句中互文補義。余培林《詩經正詁》：「《毛傳》：『考，擊也。』鼓，亦敲擊之意。」又如〈大雅·靈臺〉首章：

> 經始靈臺，經之營之。

這是連續式互文補義，又名當句互文補義，也是句中互文補義。「經之營之」，即「經（營）之（經）營之」。這是連續式互文補義，又名當句互文補義，也是句中互文補義。余培林《詩經正詁》：「《傳》：『經，度之也。』蘇轍《詩集傳》：『靈之言善也。』毛《傳》：『四方而高曰臺。』文王開始度量造為靈臺。營，謀畫。《孟子·梁惠王上》朱熹注：『營，謀為也。』量度之，謀畫之。」[5]又如〈小雅·緜

3　余培林：《詩經正詁》（臺北市：三民書局，2007年1月修版二版二刷）。

4　余培林：《詩經正詁》，頁212。

5　余培林：《詩經正詁》，頁534。

蠻〉首章：

> 飲之食之，教之誨之。

這是句中上下互相省略的互文，即連續式互文補義，也是句中互文補
義、當句互文補義。余培林《詩經正詁》：「飲之食之」，即「飲
（食）之（飲）食之」，這是句中上下互相省略的互文，即連續式互
文補義，也是句中互文補義、當句互文補義。食，音四，ㄙㄨ、。皆作
動詞。四『之』字。[6]皆指行役者。「教之誨之」，即「教（誨）之
（教）誨之」。這是句中上下互相省略的互文補義，即當句互文補
義，又名句中互文補義。按：誨，教也。

（二）《詩經》運用平行式互文補義，即句間互文補義，如〈小
雅・蓼莪〉四章：

> 父兮生我，母兮鞠我。

「父兮生我，母兮鞠我」，即「父（母）兮生我，（父）母兮鞠我。」
這是上下文互相省略的互文，也是句間互文補義。鞠，養也。余培林
《詩經正詁》：「毛：『鞠，養也。』孔穎達《毛詩正義》：『母兮懷
任，以養我。』即孕育也。」[7]又如〈小雅・谷風〉三章：

> 無草不死，無木不萎。

「無草不死，無木不萎」，即「無草（木）不（萎）死，無（草）木

---

6 余培林：《詩經正詁》，頁501
7 余培林：《詩經正詁》，頁432。

不萎（死）」。這是上下文互相省略的互文，即對舉式互文補義，又名句間互文補義。余培林《詩經正詁》：「無草木死，無木不萎，即凡草皆死，凡木皆萎也。如言暴風之下，則草死木萎，以喻忘德恩怨，則恩斷情絕。」[8]

（三）《詩經》運用對舉互文補義，即段間互文補義。如〈齊·東方未明〉首、次章：

> 東方未明，顛倒衣裳。顛之倒之，自公召之。
> 東方未晞，顛倒裳衣。倒之顛之，自公令之。

「自公召之」，即「自公召（令）之。「自公令之」，即「自公（召）令之」[9]。這是上下章互相省略的互文，即對舉式互文補義，又名段間即互文補義。令，號令也。」余培林《詩經正詁》：「令之，猶召之也。」[10]又如〈唐·鴇羽〉二、三章：

> 王事靡盬，不能蓺黍稷。父母何食？
> 王事靡盬，不能蓺稻粱。父母何嘗？

「父母何食」，即「父母何（嘗）食」。「父母何嘗（食）」。這是上下章互相省略的互文，即對舉式互文補義，也是段間互文補義。靡，非、不。盬，止息。蓺，本是名詞「樹」，此當動詞，「種」之意，這是修辭學的轉品，又名轉類。就文法言，是詞類活用。「父母何食」，即「父母食何」，是兼有押韻的疑問句倒裝。「父母何嘗」，即「父母

8　余培林：《詩經正詁》，頁429。

9　朱熹：《詩集傳》（臺北市：蘭台書局，1979年元月初版），頁60。

10　余培林：《詩經正詁》，頁183。

食何」，是兼有押韻的疑問句倒裝。「父母何嘗」，即「父母嘗何」，也是兼有押韻的疑問句倒裝。又如〈陳・東門之池〉二、三章：

> 彼美淑妃，可與晤語。
> 彼美淑妃，可與晤言。

「可與晤語」，即「可與（之）語（言）。「可與晤言」，即「可與之晤（語）言」。這上下章互相省略的互文，也是對舉式互文補義，也是段間互文補義。言、語，是談話、聊天之意。又如〈小雅・祈父〉一、二章：

> 祈父！予，王之爪牙。
> 祈父！予，王之爪士。

「王之爪牙」，即「王之爪牙（之士）。「王之爪士」，即「王之爪（牙）士」。這是對舉式互文，又名段間互文補義。余培林《詩經正詁》：「爪牙，孔穎達《毛詩正義》：『鳥用爪，獸用牙，以防衛己身。此人自謂王之爪士，以鳥獸為喻也。』王之爪牙，王之護衛之士，蓋郎虎賁也。」[11]如〈小雅・鼓鐘〉一、二章：

> 憂心且傷。淑人君子，懷允不忘。
> 憂心且悲。淑人君子，其德不回。

「憂心且傷」，即「憂心且（悲）傷」。「憂心且悲」，即「憂心且悲

11　余培林：《詩經正詁》，頁370。

（傷）」。這是上下章互相省略的互文，也是對舉式互文補義，又名段間互文補義。余培林《詩經正詁》：「淑，善也。鄭玄《箋》：『允，信也。』不忘，不已也。句言其守信不已也。」[12]

（四）《詩經》運用多層式互文補義，即兩章與另一章互文補義、或三章呈現三層式互文補義，如〈唐·葛生〉一、二、三章：

誰與？獨處！
誰與？獨息！
誰與？獨旦！

嚴粲《詩緝》：「我其誰與乎？獨處而已。……獨旦，獨宿至旦也。」[13]黃焯《詩說》：「吾誰與居乎？惟旦夕獨處獨息。」[14]此「處」、「息」與「旦」，是多層式互文補義，即一、二章與三章互文補義。又如〈齊·盧令〉一、二、三章：

其人美且仁。
其人美且鬈。
其人美且偲。

余培林《詩經正詁》：「鬈，音權，〈ㄩㄢˊ，毛《傳》：『鬈，好貌。』偲，音鰓，ㄙㄞ。陸德明《經典釋文》引《說文》：『偲，強也。』一章寫其仁，二章寫其好，三章寫其武，而美則共之。」[15]三

---

12 余培林：《詩經正詁》，頁449。
13 嚴粲：《詩緝》（臺北市：廣文書局，2005年8月五版）卷十一，頁26-27。
14 黃焯：《詩說》（武漢市：長江文藝出版社，1981年初版），頁34。
15 余培林：《詩經正詁》，頁189。

章，皆言獵人外在之「美」，又從三個不同角度，言其內在「美」有「仁」、「鬈」（好）、「偲」（強壯），此乃多層式互文補義。又如〈齊・還〉一、二、三章：

> 子之還兮。
> 子之茂兮。
> 子之昌兮。

余培林《毛詩正詁》：「還，音旋，ㄒㄩㄢˊ，好。」陸德明《經典釋文》：『《韓詩》作嫙，訓好貌，正與二章『子之茂兮』、三章『子之昌兮』文義一律。毛《傳》：『茂，美也。』昌，毛《傳》：『昌，盛也。』鄭玄《箋》：『昌，佼好也。』」[16]這是多層式互文補義，即三章獵者從獵技便捷形貌佼好、氣象冒盛良善等三種三不同角度讚美友人。又如〈鄭・緇衣〉一、二、三章：

> 緇衣之宜兮。
> 緇衣之好兮。
> 緇衣之蓆兮。

此乃讚美卿大夫所穿之緇衣，既合身，又美觀，更大方。宜，合身。余培林《詩經正詁》：「朱熹《詩集傳》：『宜，稱也。』此句謂著此緇衣而適宜，言其德稱其服。好，美觀。蓆，寬大、大方。《爾雅・釋詁》：『蓆，大也。』」[17]此例係多層式互文補義，即三章以三種不同

---

16 余培林：《詩經正詁》，頁179。
17 余培林：《詩經正詁》，頁145-146。

的角度，讚美友人所著之緇衣，既合身稱其德，又衣服美觀，更漂亮大方。又如〈鄭·羔裘〉：

> 羔裘如濡，洵直且侯。彼其之子，舍命不渝。
> 羔裘豹飾，孔武有力。彼其己之子，邦之司直。
> 羔裘晏兮，三英粲兮。彼其之子，邦之彥兮。

此章讚美所著之羔裘「如濡」、「晏兮」且「豹飾」。三章次句，由外在服飾之美，至內在品質之美。讚美大夫服飾之美，即讚美所著羔裘者之性情美盛。三章末句讚美大夫內在美：「舍命不渝」、「邦之司直」、「邦之彥兮」。三章合而觀之，讚美大夫是位允文允武、內在美與外在美皆完備之俊彥。這是多層式互文補義，也是從外在美至內在美，呈現多層的美。

三　互文見義名義與類型

　　所謂互文見義，即字異而義異的一種修辭手法，相當於錯綜的抽換詞面。互文見義的類型，分為句中互文見義、句間互文見義三類。
　　（一）《詩經》運用句中互文見義者，如〈邶·柏舟〉一章：

> 微我無酒，以敖以遊。

余培林《詩經正詁》：「微，非也。朱熹《詩集傳》：『微，猶非也。』『以敖以遊』中的『敖』，嚴粲《詩緝》：『敖，音遨，通作遨。』敖，古遨字，出遊也。遨、遊，皆有『樂』意。」[18]遨、遊，皆是

18　余培林：《詩經正詁》，頁52-53。

『樂』之意，因此是句中互文見義。又如〈大雅·公劉〉二章：

　　既庶既繁。

余培林《詩經正詁》：「朱熹《詩集傳》：『庶、繁，謂居之者眾也。』」
余培林《詩經正詁》：「庶、繁，皆『眾多』之意，指斯原物產豐富，
人口眾多，不僅『居之者眾』而已。」[19]按：庶、繁，皆是「眾多」
之意，即字異而義同，也是句中互文見義。又如〈大雅·卷阿〉十章：

　　既庶且多。

庶、多，皆是「眾多」之意，即字異而義同，也是句中至文。
　　（二）《詩經》運用句間互文見義者，如〈鄭·女曰雞鳴〉三章：

　　知子之來之，雜佩以贈之。知子之順之，雜佩以問之。知子之
　　好之，雜佩以報之。

　　二句「雜佩以贈之」中之「贈」四句「雜佩以問之」中之「問」
皆是「贈送」之意。余培林《詩經正詁》：「毛《傳》：『問，遺也。』
遺，贈也。問，即贈也。」[20]這是句間互文見義。又如〈檜·匪風〉
二章：

　　匪風飄兮，匪車嘌兮。

19　余培林：《詩經正詁》，頁560。
20　余培林：《詩經正詁》，頁158。

余培林《詩經正詁》:「匪,彼也。飄,疾也。〈小雅·蓼莪〉:『飄風發發』、《老子》:『飄風不終朝』之飄,疾也。嘌,音飄,ㄆㄧㄠ。許慎《說文解字》:『嘌,疾也。《詩》曰:匪車嘌兮。』」[21]「飄」、「嘌」皆「疾」之意。這是句間互文見義。又如〈小雅·蓼莪〉三章:

> 無父何怙?無母何恃?

余培林《詩經正義》:「怙,音戶,ㄏㄨㄟ,陸德明《經典釋文》:『《韓詩》云:「怙,賴也。」』孔穎達《毛詩正義》:『怙,依怙。』恃,許慎《說文解字》:『恃,賴也。』孔穎達《毛詩正義》:『恃,倚恃。』怙與恃皆依賴、倚仗之意,後世稱父母曰怙恃,即由此而來。」[22]由此可知,此二句是句間互文見義,即字異而義同。又如〈周頌·振鷺〉:

> 在彼無惡,在此無斁。

余培林《詩經正詁》:「惡,怨惡也。斁,音亦,ㄧ丶。鄭玄《箋》:『斁,厭也。』『無惡』、『無斁』,皆謂悅樂也。」[23]「惡」、「斁」,皆字異而義同,即句間互文見義。

　　(三)《詩經》運用段間互文見義者,又分為二章(段)間互文見義、三章(段)間互見義、四章(段)間互文見義。

　　1.《詩經》運用二(段)間互文見義者,如〈周南·關雎〉四、五章:

21　余培林:《詩經正詁》,頁275。

22　余培林:《詩經正詁》,頁432。

23　余培林:《詩經正詁》,頁653。

　　窈窕淑女，琴瑟友之。

　　窈窕淑女，鐘鼓樂之。

余培林《詩經正詁》：「友，《廣雅·釋詁》：『友，親也。』孔穎達
《毛詩正義》：『親之如友。』朱熹《詩集傳》：『友，親愛之意。』」[24]
樂，音要，一ㄠˋ，本是名詞，此當動詞，「愛」之意。如《論語·
雍也》：「仁者樂山，智者樂水。」是其證也。「友」、「樂」，皆是
「愛」之意，此例字異而義同，即二章（段）間互文見義，又如〈周
南·葛覃〉一、二章：

　　維葉萋萋。

　　維葉莫莫。

余培林《詩經正詁》：「萋萋，毛《傳》：『萋萋，茂盛貌。』莫莫，
《爾雅·釋訓》：『莫莫，茂也。』朱熹《詩集傳》：『莫莫，茂盛
貌。』馬瑞辰《毛詩傳箋通釋》：『莫莫，猶言萋萋。』」[25]按：「萋
萋」、「莫莫」，皆「茂盛」之意。這是字異而義同，即二章（段）間
互文見義。又如〈周南·卷耳〉二、三章：

　　維以不永懷。

　　維以不永傷。

余培林《詩經正詁》：「懷，憂也。嚴粲《詩緝》：『即上文懷人之

24　余培林：《詩經正詁》，頁5。
25　余培林：《詩經正詁》，頁7。

懷。』懷人，憂傷之人。傷，《廣雅・釋詁》：『傷，憂也。』」[26]按：「懷」、「傷」，皆有「憂」之意，是字異而義同，即二章（段）間互文見義。又如〈周南・漢廣〉二、三章：

> 言秣其馬。
> 言秣其駒。

朱熹《詩集傳》：「駒，馬之小者。」[27]馬、駒，皆「馬」之意。馬、駒，皆「馬」之意，是字異而義同，即二章（段）間互文見義。又如〈召南・草蟲〉一、二章：

> 憂心忡忡。
> 憂心惙惙。

余培林《詩經正詁》：「忡，音ㄔㄨㄥ。忡忡，《爾雅・釋訓》：『忡忡，憂也。』」[28]按：「忡忡」、「惙惙」，皆是「憂」之意，即字異而義同，即二章（段）間互文見義。
又如〈召南・行露〉二、三章：

> 何以速我獄。
> 何以速我訟。

余培林《詩經正詁》：「獄，即下章『雖速我訟』之訟，猶今語『打官

26　余培林：《詩經正詁》，頁9。
27　朱熹：《詩集傳》，頁6。
28　余培林：《詩經正詁》，頁29。

司』。」[29]按：「獄」、「訟」，皆「打官司」之意，即字異而義同，是二章（段）間互文見義。又如〈召南・江有汜〉一、二章：

　　　不我以。
　　　不我與。

余培林《詩經正詁》：「以，（鄭玄）《箋》：『猶與也。』不我與，謂不與我相共也。與，朱熹《詩集傳》：『猶以也。』與偕也，俱也、共也。『不我與』與上章『不我以』同義。」[30]按：「以」、「與」，皆是「俱」、「偕」、「共」之意，即字異而義同，即二章（段）間互文見義。又如〈邶・新臺〉一、二章：

　　　新臺有泚。
　　　新臺有洒。

余培林《詩經正詁》：「泚，音此，ㄘˇ。毛《傳》：『泚，鮮明貌。』洒，音璀，ㄘㄨㄟˇ。嚴粲《詩緝》引錢氏云：『洒，鮮潔貌。』」[31]按：「泚」、「洒」，皆是「鮮貌」之意，即字異而義同，也是二章（段）間互文見義。又如〈鄘・柏舟〉一、二章：

　　　實維我儀。
　　　實維我特。

29　余培林：《詩經正詁》，頁35。
30　余培林：《詩經正詁》，頁43。
31　余培林：《詩經正詁》，頁84。

余培林《詩經正詁》：「儀，毛《傳》：『儀，匹也。』」[32]按：「儀」、「特」，皆是「匹」之意，即字異而義同，也是二章（段）間互文見義。又如〈鄘‧干旄〉一、二章：

> 何以畀之？
> 何以予之？

余培林《詩經正詁》：「畀，音閉，ㄅㄧˋ，贈予。毛《傳》：『畀，予也。』」[33]按：「畀」、「與」，皆是「贈予」之意，即字異而義同，也是二章（段）間互文見義。又如〈衛‧淇奧〉一、二章：

> 綠竹猗猗。
> 綠竹青青。

猗，音衣，ㄧ。猗猗，毛《傳》：『猗猗，美盛貌。』青，音菁，ㄐㄧㄥ。青青，毛《傳》：『青青，美盛貌。』」[34]按：「猗猗」、「青青」，皆是「美盛貌」，即字異而義同，也是二章（段）間互文見義。又如〈王‧君子于役〉一、二章：

> 雞棲于塒。
> 雞棲于桀。

余培林《詩經正詁》：「塒，音時，ㄕˊ。毛《傳》：「鑿牆而棲曰

---

32 余培林：《詩經正詁》，頁52-53。
33 余培林：《詩經正詁》，頁100。
34 余培林：《詩經正詁》，頁106。

塒。」此雞棲之所。桀，毛《傳》:『雞棲于杙，為桀。』嚴粲《詩緝》:『杙，橛也。』「植杙而橫架，雞則棲於上。」[35]按:「塒」、「桀」，皆是「雞棲之所」之意，即字異而義同，也是二章（段）間互文見義。此外，尚有衛國〈中谷有蓷〉一、二章「乾」、「脩」，皆是「乾」之意。〈兔爰〉一、二章四句「為」、「造」，皆是「為」之意。〈大車〉一、二章「檻檻」、「啍啍」，皆是「車行聲」，即文字異而義同，也是二章（段）間互文見義。鄭國有〈清人〉一、二章四句「翱翔」、「逍遙」，皆是「遊樂」之意。〈有女同車〉一、二章二句「華」、「英」，皆是「花」之意。〈山有扶蘇〉一、二章三句「子都」、「子充」，朱熹《詩集傳》:「子充，猶子都也。」[36]〈蘀兮〉一、二章二句「吹」、「漂」，皆是「吹」之意。〈丰〉一、二章三句「送」、「將」，皆是「送」之意。齊國有〈甫田〉一、二章末句「忉忉」、「怛怛」，皆是「憂」之意。〈盧令〉二、三章首句「重環」、「重鋂」，皆是「大環貫小環」之意。〈載驅〉三、四章末句「翱翔」、「遊敖」，皆是「逍遙」之意。魏國有〈十畝之間〉一、二章二句「閑閑」、「泄泄」，皆是「舒緩」之意。唐國有〈蟋蟀〉一、二章四句「除」、「邁」，皆是「去」之意。〈杕杜〉一、二章二句「湑湑」、「菁菁」，皆是「茂盛貌」之意。〈羔裘〉一、二章二句「居居」、「究究」，皆是「窮極窘困」之意。陳國有〈陳‧宛丘〉二、三章末句「鷺羽」、「鷺翿」，皆是「翳」之意，即字異而義同。〈東門之楊〉一、二章二句「牂牂」、「肺肺」，皆是「憂貌」之意。〈月出〉一、二章首句「皎」、「皓」，皆是「潔白貌」之意。檜國有〈羔裘〉一、二章首句「逍遙」、「翱翔」，皆是……「安閑自得」之意。〈匪風〉一、

---

35 余培林:《詩經正詁》，頁129-130。

36 朱熹:《詩集傳》，頁52。

二章末句「怛」、「弔」，皆是「憂傷」之意。豳國有〈破斧〉二、三章末句「嘉」、「休」，皆是「美好」之意。〈小雅‧出車〉一、二章二句「牧」、「郊」，皆是「野外」之意。〈小雅‧南有嘉魚〉一、二章末句「樂」、「衎」，皆是「樂」之意。〈小雅‧庭燎〉一、二章二句「央」、「艾」，皆是「盡」之意。末句「將將」、「噦噦」，皆是「鸞鑣聲」之意。〈小雅‧我行其野〉二、三章二句「蓫」、「葍」，皆是「惡菜」之意。〈小雅‧四月〉二、三章首句「淒淒」、「烈烈」，皆是「寒冷貌」之意。〈小雅‧鼓鐘〉一、二章二句「湯湯」、「湝湝」，皆是「水流聲」之意。〈小雅‧鴛鴦〉一、四章末句「宜」、「綏」，皆是「安」之意。〈小雅‧頍弁〉一、二章十句「弈弈」、「怲怲」，皆是「憂」之意。〈大雅‧民勞〉一、五章二句「康」、「安」，皆是「安」之意。

2.《詩經》運用三章（段）間互文見義者如〈衛‧考槃〉一、二、三章末句「諼」、「過」、「告」，皆是「忘」之意。〈衛‧木瓜〉一、二、三章二句「琚」、「瑤」、「玖」，皆是「玉名」之意。〈王‧揚之水〉一、二、三章四句「申」、「甫」、「許」，皆是「姜姓」之意。〈王‧兔爰〉六句「罹」、「憂」、「凶」，皆是「憂」之意。〈王‧葛藟〉二句「滸」、「涘」、「漘」，皆是「水邊」之意。〈鄭‧緇衣〉一、二、三章二句「為」、「造」、「作」，皆是「作」之意。〈鄭‧叔于田〉一、二、三章首句「田」、「狩」、「野」，皆是「獵」之意。〈齊‧還〉一、二、三章末句「儇」、「好」、「臧」，皆是「好」之意。〈魏‧伐檀〉一、二、三章末句「餐」、「食」、「飧」，皆是「食」之意。〈秦‧蒹葭〉一、二、三章首句「蒼蒼」、「淒淒」、「采采」，皆是「茂盛」之意。〈曹‧下泉〉一、二、三章末句「周京」、「京周」、「京師」，皆是「天子之所居」之意。〈小雅‧皇皇者華〉二、三、四章二句「如濡」、「如絲」、「沃若」，皆是「柔」之意。〈大雅‧鳧鷖〉一、二、三

章二句「寧」、「宜」、「處」，皆是「安」之意。

　　3.《詩經》運用四章（段）間互文見義者，如〈小雅‧蓼蕭〉一、二、三、四章二句「湑兮」、「瀼瀼」、「泥泥」、「濃濃」，皆是「露盛多」之意。

四　結語

　　互文的異稱綦多，有互體、互音、互辭、互明、互足、互言、互義、互見、互備、參互、錯互[37]；皆渾言之。析言之，則互文補義，與互文見義迥異，易於混淆。從互文補義的類型與互文見義的名義和類型，可辨析二者之大相逕庭。互文補義，是上下互相省略，補足完整意義的一種修辭手法。互文見義，是句中、句間或二章間、三章間、四章間運用字異而義同的一種修辭手法，相當於錯綜的抽換詞面。但錯綜的抽換詞面，一句中的量詞，抽換詞面，如一把刀、一頭牛、一張紙、一匹馬。互文補義，如《詩經》的互文，如〈小雅‧蓼莪〉：「父兮生我，母兮鞠我」，即「父（母）兮生我，（父）母兮鞠我」。互文見義，如〈周南‧關雎〉：「琴瑟友之」的「友」，與「鐘鼓樂之」的「樂」，皆是名詞轉為動詞，「愛」之意，即字異而義同的互文見義。互文補義、互文見義，二者容易混淆不清，特別加以辨析。

---

37 蔡宗陽：《應用修辭學》，頁232；趙克勤：《古漢語修辭簡論》（北京市：商務印書館，1983年3月初版），頁93；朱孟庭：《詩經「重章」藝術研究》（臺北市：臺灣師範大學國文研究所碩士論文，1996年6月），頁112-147。

參考文獻

蔡宗陽《應用修辭學》，臺北市：萬卷樓圖書公司，2013 年 9 月初版六刷。

余培林《詩經正詁》，臺北市：三民書局，2007 年 1 月修版二版二刷。

朱　熹《詩集傳》，臺北市：蘭台書局，1979 年元月初版。

嚴　粲《詩緝》，臺北市：廣文書局，2005 年 8 月五版。

黃　焯《詩說》，武漢市：長江文藝出版社，1981 年初版。

趙克勤《古漢語修辭簡論》，北京市：商務印書館，1983 年 3 月初版。

朱孟庭《詩經「重章」藝術研究》，臺北市：臺灣師範大學國文研究所碩士論文，1996 年 6 月。

經學研究叢書·經學史研究叢刊　0501015

詩經纂箋（中）

作　　者　蔡宗陽

責任編輯　吳家嘉

發 行 人　陳滿銘

總 經 理　梁錦興

總 編 輯　陳滿銘

副總編輯　張晏瑞

編 輯 所　萬卷樓圖書股份有限公司

排　　版　浩瀚電腦排版股份有限公司

印　　刷　百通科技股份有限公司

封面設計　百通科技股份有限公司

發　　行　萬卷樓圖書股份有限公司

　　　　　臺北市羅斯福路二段 41 號 6 樓之 3

　　　　　電話 (02)23216565

　　　　　傳真 (02)23218698

　　　　　電郵 SERVICE@WANJUAN.COM.TW

大陸經銷　廈門外圖臺灣書店有限公司

　　　　　電郵 JKB188@188.COM

ISBN 978-957-739-940-3

2015 年 5 月初版

定價：新臺幣 1000 元

如何購買本書：

1. 劃撥購書，請透過以下郵政劃撥帳號：

　　帳號：15624015

　　戶名：萬卷樓圖書股份有限公司

2. 轉帳購書，請透過以下帳戶

　　合作金庫銀行 古亭分行

　　戶名：萬卷樓圖書股份有限公司

　　帳號：0877717092596

3. 網路購書，請透過萬卷樓網站

　　網址 WWW.WANJUAN.COM.TW

大量購書，請直接聯繫我們，將有專人為

您服務。客服：(02)23216565 分機 10

如有缺頁、破損或裝訂錯誤，請寄回更換

國家圖書館出版品預行編目資料

詩經纂箋 中 / 蔡宗陽著.

 -- 初版. -- 臺北市 ： 萬卷樓, 2015.05

　　面 ；　　公分. -- (經學研究叢書. 經學史研究

刊)

ISBN 978-957-739-940-3(平裝)

1.詩經 2.注釋

831.12　　　　　　　　　　　　104008239